喻世明言

彩绘版

〔明〕冯梦龙 编著

民主与建设出版社

·北京·

© 民主与建设出版社，2024

图书在版编目（CIP）数据

喻世明言：彩绘版 /（明）冯梦龙编著 . -- 北京：
民主与建设出版社，2024.5

ISBN 978-7-5139-4598-1

Ⅰ . ①喻… Ⅱ . ①冯… Ⅲ . ①《喻世明言》 Ⅳ .
① I242.3

中国国家版本馆 CIP 数据核字（2024）第 091626 号

喻世明言（彩绘版）
YUSHI MINGYAN CAIHUI BAN

编　著	〔明〕冯梦龙	
责任编辑	韩增标　王宇瀚	
封面设计	金墨书香	
出版发行	民主与建设出版社有限责任公司	
电　话	（010）59417749　59419778	
社　址	北京市朝阳区宏泰东街远洋万和南区伍号公馆 4 层	
邮　编	100102	
印　刷	三河市刚利印务有限公司	
版　次	2024 年 5 月第 1 版	
印　次	2024 年 11 月第 1 次印刷	
开　本	710 毫米 × 1000 毫米　　1/16	
印　张	21	
字　数	410 千字	
书　号	ISBN 978-7-5139-4598-1	
定　价	79.80 元	

注：如有印、装质量问题，请与出版社联系。

序

　　史统散而小说兴。始乎周季，盛于唐，而浸淫于宋。韩非、列御寇诸人，小说之祖也。《吴越春秋》等书，虽出炎汉，然秦火之后，著述犹希。迨开元以降，而文人之笔横矣。若通俗演义，不知何昉？按南宋供奉局有说话人，如今说书之流。其文必通俗，其作用莫可考。泥马倦勤，以太上享天下之养，仁寿清暇，喜阅话本，命内珰日进一帙，当意，则以金钱厚酬。于是内珰辈广求先代奇迹及闾里新闻，倩人敷演进御，以怡天颜。然一览辄置，卒多浮沉内庭，其传布民间者，什不一二耳。然如《玩江楼》《双鱼坠记》等类，又皆鄙俚浅薄，齿牙弗馨焉。暨施、罗两公，鼓吹胡元，而《三国志》《水浒》《平妖》诸传，遂成巨观。要以韫玉违时，销熔岁月，非龙见之日所暇也。

　　皇明文治既郁，靡流不波，即演义一斑，往往有远过宋人者。而或以为恨乏唐人风致，谬矣。食桃者不费杏，骎縠毳锦，惟时所适。以唐说律宋，将有以汉说律唐，以春秋战国说律汉，不至于尽扫羲圣之一画不止。可若何？大抵唐人选言，入于文心；宋人通俗，谐于里耳。天下之文心少而里耳多，则小说之资于选言者少，而资于通俗者多。试今说话人当场描写，可喜可愕，可悲可涕，可歌可舞；再欲捉刀，再欲下拜，再欲决脰，再欲捐金。怯者勇，淫者贞，薄者敦，顽钝者汗下。虽小诵《孝经》《论语》，其感人未必如是之捷且深也。噫！不通俗而能之乎？茂苑野史氏，家藏古今通俗小说甚富，因贾人之请，抽其可以嘉惠里耳者，凡四十种，畀为一刻。余顾而乐之，因索笔而弁其首。

绿天馆主人题

目　录

第一卷　蒋兴哥重会珍珠衫

仕至千钟非贵，年过七十常稀，浮名身后有谁知？万事空花游戏。　　休逞少年狂荡，莫贪花酒便宜。脱离烦恼是和非，随分安闲得意。

这首词名为《西江月》，是劝人安分守己，随缘作乐，莫为酒、色、财、气四字，损却精神，亏了行止。求快活时非快活，得便宜处失便宜。

说起那四字中，总到不得那"色"字利害。眼是情媒，心为欲种，起手时，牵肠挂肚；过后去，丧魄销魂。假如墙花路柳，偶然适兴，无损于事。若是生心设计，败俗伤风，只图自己一时欢乐，却不顾他人的百年恩义，假如你有娇妻爱妾，别人调戏上了，你心下如何？古人有四句道得好："人心或可昧，天道不差移。我不淫人妇，人不淫我妻。"看官，则今日我说《珍珠衫》这套词话，可见果报不爽，好教少年子弟做个榜样。

话中单表一人，姓蒋名德，小字兴哥，乃湖广襄阳府枣阳县人氏。父亲叫做蒋世泽，从小走熟广东，做客买卖。因为丧了妻房罗氏，止遗下这兴哥，年方九岁，别无男女。这蒋世泽割舍不下，又绝不得广东的衣食道路，千思百计，无可奈何，只得带那九岁的孩子同行作伴，就教他学些乖巧。这孩子虽则年小，生得眉清目秀，齿白唇红，行步端庄，言辞敏捷。聪明赛过读书家，伶俐不输长大汉。人人唤做粉孩儿，个个羡他无价宝。蒋世泽怕人妒忌，一路上不说是嫡亲儿子，只说是内侄罗小官人。原来罗家也是走广东的，蒋家只走得一代，罗家到走过三代了。那边客店牙行，都与罗家世代相识，如自己亲眷一般。这蒋世泽做客，起头也还是丈人罗公领他走起的。因罗家近来屡次遭了屈官司，家道消乏，好几年不曾走动。这些客店牙行见了蒋世泽，那一遍不动问罗家消息，好生牵挂。今番见蒋世泽带个孩子到来，问知是罗家小官人，且是生得十分清秀，应对聪明，想着他祖父三辈交情，如今又是第四辈了，那一个不欢喜。

闲话休题。却说蒋兴哥跟随父亲做客，走了几遍，学得伶俐乖巧，生意行中，百般都会，父亲也喜不自胜。何期到一十七岁上，父亲一病身亡，且喜刚在家中，还不做客途之鬼。兴哥哭了一场，免不得揩干泪眼，整理大事。殡殓之外，做些功德超度，自不必说。七七四十九日内，内外宗亲，都来吊孝。

本县有个王公，正是兴哥的新岳丈，也来上门祭奠，少不得蒋门亲戚陪

1

侍叙话。中间说起兴哥少年老成，这般大事，亏他独力支持，因话随话间，就有人撺掇道："王老亲翁，如今令爱也长成了，何不乘凶完配，教他夫妇作伴，也好过日。"王公未肯应承，当日相别去了。众亲戚等安葬事毕，又去撺掇兴哥，兴哥初时也不肯，却被撺掇了几番，自想孤身无伴，只得应允。央原媒人往王家去说，王公只是推辞，说道："我家也要备些薄薄妆奁，一时如何来得？况且孝未期年，于礼有碍，便要成亲，且待小祥之后再议。"媒人回话，兴哥见他说得正理，也不相强。

光阴如箭，不觉周年已到。兴哥祭过了父亲灵位，换去粗麻衣服，再央媒人王家去说，方才依允。不隔几日，六礼完备，娶了新妇进门。有《西江月》为证："孝幕翻成红幕，色衣换去麻衣。画楼结彩烛光辉，合卺花筵齐备。那羡妆奁富盛，难求丽色娇妻。今宵云雨足欢娱，来日人称恭喜。"说这新妇是王公最幼之女，小名唤做三大儿；因他是七月七日生的，又唤做三巧儿。王公先前嫁过的两个女儿，都是出色标致的。枣阳县中，人人称羡，造出四句口号，道是：天下妇人多，王家美色寡。有人娶着他，胜似为驸马。常言道："做买卖不着，只一时；讨老婆不着，是一世。"若干官宦大户人家，单拣门户相当，或是贪他嫁资丰厚，不分皂白，定了亲事。后来娶下一房奇丑的媳妇，十亲九眷面前，出来相见，做公婆的好没意思。又且丈夫心下不喜，未免私房走野。偏是丑妇极会管老公，若是一般见识的，便要反目；若使顾惜体面，让他一两遍，他就做大起来。有此数般不妙，所以蒋世泽闻知王公惯生得好女儿，从小便送过财礼，定下他幼女与儿子为婚。今日娶过门来，果然娇姿艳质，说起来，比他两个姐儿加倍标致。正是：吴宫西子不如，楚国南威难赛。若比水月观音，一样烧香礼拜。

蒋兴哥人才本自齐整，又娶得这房美色的浑家，分明是一对玉人，良工琢就，男欢女爱，比别个夫妻更胜十分。三朝之后，依先换了些浅色衣服，只推制中，不与外事，专在楼上与浑家成双捉对，朝暮取乐，真个行坐不离，梦魂作伴。自古苦日难熬，欢时易过，暑往寒来，早已孝服完满，起灵除孝，不在话下。

兴哥一日间想起父亲存日广东生理，如今担阁三年有余了，那边还放下许多客帐，不曾取得。夜间与浑家商议，欲要去走一道。浑家初时也答应道该去，后来说到许多路程，恩爱夫妻，何忍分离？不觉两泪交流。兴哥也自割舍不得，两下凄惨一场，又丢开了。如此已非一次。光阴荏苒，不觉又捱过了二年。那时兴哥决意要行，瞒过了浑家，在外面暗暗收拾行李。拣了个上吉的日期，五日前方对浑家说知，道："常言'坐吃山空'，我夫妻两口，也要成家立业，终不然抛了这行衣食道路？如今这二月天气不寒不暖，不上路更待何时？"浑家料是留他不住了，只得问道："丈夫此去几时可回？"兴哥道："我这番出外，甚不得已，好歹一年便回，宁可第二遍多去几时罢了。"浑家指着楼前一棵椿树道："明年此树发芽，便盼着官人回也。"说罢，泪下如雨。兴哥把衣袖替他揩拭，不觉自己眼泪也挂下来。两下里怨离惜别，分外恩情，一言难尽。到第五日，夫妇两个啼啼哭哭，说了一夜的说话，索性不睡了。五更时分，兴哥便起身收拾，将祖遗下的珍珠细软，都交付与浑家收管。自己只带得本钱银两、帐目底本及随身衣服、铺陈之类，又有预备下送礼的人事，都装叠得停当。原有两房家人，只带一个后生些的去，留一个老成的在家，听浑家使唤，买办日用。两个婆娘，专管厨下。又有两个丫头，一个叫晴云，一个叫煖雪，专在楼中伏侍，不许远离。分付停当了，对浑家说道："娘子耐心度日。地方轻薄子弟不少，你又生得美貌，莫在门前窥瞰，招风揽火。"浑家道："官人放心，早去早回。"两下掩泪而别。正是：世上万般哀苦事，无非死别与生离。

兴哥上路，心中只想着浑家，整日的不瞅不睬。不一日，到了广东地方，下了客店。这伙旧时相识，都来会面，兴哥送了些人事。排家的治酒接风，一连半月二十日，不得空闲。兴哥在家时，原是淘虚了的身子，一路受些劳碌，到此未免饮食不节，得了个疟疾，一夏不好，秋间转成水痢。每日请医切脉，服药调治，直延到秋尽，方得安痊，把买卖都担阁了，眼见得一年回去不成。正是：只为蝇头微利，抛却鸳被良缘。兴哥虽然想家，到得日久，索性把念头放慢了。

不题兴哥做客之事。且说这里浑家王三巧儿，自从那日丈夫分付了，果然数月之内，目不窥户，足不下楼。光阴似箭，不觉残年将尽，家家户户，闹轰轰的暖火盆，放爆竹，吃合家欢耍子。三巧儿触景伤情，思想丈夫，这一夜好生凄楚！正合古人的四句诗，道是："腊尽愁难尽，春归人未归。朝来嗔寂寞，不肯试新衣。"明日正月初一日，是个岁朝。晴云、煖雪两个丫头，一力劝主母在前楼去看看街坊景象。原来蒋家住宅前后通连的两带楼房，第一带临着大街，第二带方做卧室，三巧儿间常只在第二带中坐卧。这一日被丫头们撺掇不过，只得从边厢里走过前楼，分付推开窗子，把帘儿放下，三口儿在帘内观看。这日街坊上

好不闹杂！三巧儿道："多少东行西走的人，偏没个卖卦先生在内。若有时，唤他来卜问官人消息也好。"晴云道："今日是岁朝，人人要闲耍的，那个出来卖卦？"煖雪叫道："娘，限在我两个身上，五日内包唤一个来占卦便了。"

到初四日早饭过后，煖雪下楼小解，忽听得街上当当的敲响。响的这件东西，唤做"报君知"，是瞎子卖卦的行头。煖雪等不及解完，慌忙检了裤腰，跑出门外，叫住了瞎先生。拨转脚头，一口气跑上楼来，报知主母。三巧儿分付，唤在楼下坐启内坐着，讨他课钱。通陈过了，走下楼梯，听他剖断。那瞎先生占成一卦，问是何用。那时厨下两个婆娘，听得热闹，也都跑将来了，替主母传语道："这卦是问行人的。"瞎先生道："可是妻问夫么？"婆娘道："正是。"先生道："青龙治世，财爻发动。若是妻问夫，行人在半途，金帛千箱有，风波一点无。青龙属木，木旺于春，立春前后，已动身了。月尽月初，必然回家，更兼十分财采。"三巧儿叫买办的，把三分银子打发他去，欢天喜地，上楼去了。真所谓"望梅止渴""画饼充饥"。

大凡人不做指望，到也不在心上，一做指望，便痴心妄想，时刻难过。三巧儿只为信了卖卦先生之语，一心只想丈夫回来，从此时常走向前楼，在帘内东张西望。直到二月初旬，椿树抽芽，不见些儿动静。三巧儿思想丈夫临行之约，愈加心慌，一日几遍，向外探望。也是合当有事，遇着这个俊俏后生。正是：有缘千里能相会，无缘对面不相逢。这个俊俏后生是谁？原来不是本地，是徽州新安县人氏，姓陈，名商，小名叫做大喜哥，后来改口呼为大郎。年方二十四岁，且是生得一表人物，虽胜不得宋玉、潘安，也不在两人之下。这大郎也是父母双亡，凑了二三千金本钱，来走襄阳贩籴些米豆之类，每年常走一遍。他下处自在城外，偶然这日进城来，要到大市街汪朝奉典铺中问个家信。那典铺正在蒋家对门，因此经过。你道怎生打扮？头上带一顶苏样的百柱鬃帽，身上穿一件鱼肚白的湖纱道袍，又恰好与蒋兴哥平昔穿着相像。三巧儿远远瞧见，只道是他丈夫回了，揭开帘子，定睛而看。陈大郎抬头，望见楼上一个年少的美妇人，目不转睛的，只道心上欢喜了他，也对着楼上丢个眼色。谁知两个都错认了。三巧儿见不是丈夫，羞得两颊通红，忙忙把窗儿拽转，跑在后楼，靠着床沿上坐地，兀自心头突突的跳一个不住。谁知陈大郎的一片精魂，早被妇人眼光摄上去了。回到下处，心心念念的放他不下，肚里想道："家中妻子，虽是有些颜色，怎比得妇人一半！欲待通个情款，争奈无门可入。若得谋他一宿，就消花这些本钱，也不枉为人在世。"叹了几口气，忽然想起大市街东巷，有个卖珠子的薛婆，曾与他做过交易。这婆子能言快语，况且日逐串街走巷，那一家不认得，须是与他商议，定有道理。

这一夜翻来覆去，勉强过了。次日起个清早，只推有事，讨些凉水梳洗，取了一百两银子，两大锭金子，急急的跑进城来。这叫做：欲求生受用，须下死工夫。陈大郎进城，一径来到大市街东巷，去敲那薛婆的门。薛婆蓬着头，正在天井里拣珠子，听得敲门，一头收过珠包，一头问道："是谁？"才听说出"徽州陈"三字，慌忙开门请进，道："老身未曾梳洗，不敢为礼了。大官人起得好早！有何贵干？"陈大郎道："特特而来，若迟时，怕不相遇。"薛婆道："可是作成老身出脱些珍珠首饰么？"陈大郎道："珠子也要买了，还有大买卖作成你。"薛婆道："老身除了这一行货，其余都不熟惯。"陈大郎道："这里可说得话么？"薛婆便把大门关上，请他到小阁儿坐着，问道："大官人有何分付？"大郎见四下无人，便向衣袖里摸出银子，解开布包，摊在卓上，道："这一百两白银，干娘收过了，方才敢说。"婆子不知高低，那里肯受。大郎道："莫非嫌少？"慌忙又取出黄灿灿的两锭金子，也放在卓上，道："这十两金子，一并奉纳。若干娘再不收时，便是故意推调了。今日是我来寻你，非是你来求我。只为这桩大买卖，不是老娘成不得，所以特地相求。便说做不成时，这金银你只管受用。终不然我又来取讨，日后再没相会的时节了？我陈商不是恁般小样的人！"

看官，你说从来做牙婆的那个不贪钱钞？见了这般黄白之物，如何不动火？薛婆当时满脸堆下笑来，便道："大官人休得错怪，老身一生不曾要别人一厘一毫不明不白的钱财。今日既承大官人分付，老身权且留下，若是不能效劳，依旧奉纳。"说罢，将金锭放银包内，一齐包起，叫声："老身大胆了。"拿向卧房中藏过，忙趱出来，道："大官人，老身且不敢谢，你且说甚么买卖，用着老身之处？"大郎道："急切要寻一件救命之宝，是处都无，只大市街上一家人家方有，待央干娘去借借。"婆子笑将起来道："又是作怪！老身在这条巷住过二十多年，不曾闻大市街有甚救命之宝。大官人你说，有宝的还是谁家？"大郎道："敝乡里汪三朝奉典铺对门高楼子内是何人之宅？"婆子想了一回，道："这是本地蒋兴哥家里，他男子出外做客，一年多了，止有女眷在家。"大郎道："我这救命之宝，正要问他女眷借借。"便把椅儿掇近了婆子身边，向他诉出心腹，如此如此。婆子听罢，连忙摇首道："此事大难！蒋兴哥新娶这房娘子，不上四年，夫妻两个如鱼似水，寸步不离。如今没奈何出去了，这小娘子足不下楼，甚是贞节。因兴哥做人有些古怪，容易嗔嫌，老身辈从不曾上他的阶头。连这小娘子面长面短，老身还不认得，如何应承得此事？方才所赐，是老身薄福，受用不成了。"陈大郎听说，慌忙双膝跪下。婆子去扯他时，被他两手拿住衣袖，紧紧按定在椅上，动弹不得。口里说："我陈商这条性命，都在干娘身上。你是必思量个妙计，作成我入马，救我残生。事成之日，再有白金百两相酬。若是推阻，即今便是个死。"慌得婆子没理会处，连声应道："是，是，莫要折杀老身。大官人请起，老身有话讲。"陈大郎方才起身，拱手道："有何妙策，作速见教。"薛婆道："此事须从容图之，只要成就，莫论岁月。若是限时限日，老身决难奉命。"陈大郎道："若果然成就，便迟几日何妨。只是计将安出？"薛婆道："明日不可太早，不可太迟，早饭后，相约在汪三朝奉典铺中相会。大官人可多带银两，只说与老身做买卖，其间自有道理。若是老身这两只脚跨进得蒋家门时，便是大官人的造化。大官人便可急回下处，莫在他门首盘桓，被人识破，误了大事。讨得三分机会，老身自来回覆。"陈大郎道："谨依尊命。"唱了个肥喏，欣然开门而去。正是：未曾灭项兴刘，先见筑坛拜将。

当日无话。到次日，陈大郎穿了一身齐整衣服，取上三四百两银子，放在个大皮匣内，唤小郎背着，跟随到大市街汪家典铺来。瞧见对门楼窗紧闭，料是妇人不在，便与管典的拱了手，讨个木凳儿坐在门前，向东而望。不多时，只见薛婆抱着一个篾丝箱儿来了。陈大郎唤住，问道："箱内何物？"薛婆道："珠宝首饰，大官人可用么？"大郎道："我正要买。"薛婆进了典铺，与管典的相见了，叫声聒噪，便把箱儿打开。内中有十来包珠子，又有几个小匣儿，都盛着新样簇花点翠的首饰，奇巧动人，光灿夺目。陈大郎拣几吊极粗极白的珠子，和那些簪珥之类做一堆儿放着，道："这些我都要了。"婆子便把眼儿瞅着，说道："大官人要用时尽用，只怕不肯出这样大价钱。"陈大郎已自会意，开了皮匣，把这些银两白华华的，摊做一台，高声的叫道："有这些银子，难道买你的货不起？"此时邻舍闲汉已自走过七八个人，在铺前站着看了。婆子道："老身取笑，岂敢小觑大官人。这银两须要仔细，请收过了，只要还得价钱公道便好。"两下一边的讨价多，一边的还钱少，差得天高地远。那讨价的一口不移，这里陈大郎拿着东西，又不放手，又不增添，故意走出屋檐，件件的翻覆认看，言真道假、弹斤估两的在日光中煊耀。惹得一市人都来观看，不住声的有人喝采。婆子乱嚷道："买便买，不买便罢，只管耽阁人则甚？"陈大郎道："怎么不买？"两个又论了一番价。正是：只因酬价争钱口，惊动如花似玉人。

王三巧儿听得对门喧嚷，不觉移步前楼，推窗偷看，只见珠光闪烁，宝色辉煌，甚是可爱。又见婆子与客人争价不定，便分付丫鬟去唤那婆子，借他东西看看。晴云领命，走过街去，把薛婆衣袂一扯，道："我家娘请你。"婆子故意问道："是谁家？"晴云道："对门蒋家。"婆子把珍珠之类劈手夺将过来，忙忙的包了，道："老身没有许多空闲与你歪缠！"陈大郎道："再添些卖了罢。"婆子道："不卖，不卖。像你这样价钱，老身卖去多时了。"一头说，一头放入箱儿里，依先关锁了，抱着便走。晴云道："我替你老人家拿罢。"婆子道："不消。"头也不回，径到对门去了。陈大郎心中暗喜，也收拾银两，别了管典的，自回下处。正是：眼望捷旌旗，耳听好消息。

晴云引薛婆上楼，与三巧儿相见了。婆子看那妇人，心下想道："真天人也，怪不得陈大郎心迷。若我做男子，也要浑了。"当下说道："老身久闻大娘贤慧，但恨无缘拜识。"三巧儿问道："你老人家尊姓？"婆子道："老身姓薛，只在这里东巷住，与大娘也是个邻里。"三巧儿道："你方才这些东西，如何不卖？"婆子笑道："若不卖时，老身又拿出来怎的？只笑那下路客人，空自一表人才，不识货物。"说罢便去开了箱儿，取出几件簪珥，递与那妇人看，叫道："大娘，你道这样首饰，便工钱也费多少。他们还得忒不像样，教老身在主人家面前，如何告得许多消乏？"又把几串珠子提将起来道："这般头号的货，他们还做梦哩。"三巧儿问了他讨价、还价，便道："真个亏你些儿。"婆子道："还是大家宝眷，见多识广，比男子汉眼力到胜十倍。"三巧儿唤丫鬟看茶，婆子道："不扰茶了。老身有件要紧的事，欲往西街走走，遇着这个客人，缠了多时，正是：'买卖不成，担误工程。'这箱儿连锁放在这里，权烦大娘收拾。老身暂去，少停就来。"说罢便走。三巧儿叫晴云送他下楼，出门向西去了。

三巧儿心上爱了这几件东西，专等婆子到来酬价，一连五日不至。到第六日午后，忽然下一场大雨。雨声未绝，砰砰的敲门声响。三巧儿唤丫鬟开看，只见薛婆衣衫半湿，提个破伞进来，口儿道：晴干不肯走，直待雨淋头。把伞儿放在楼梯边，走上楼来万福道："大娘，前晚失信了。"三巧儿慌忙答礼道："这几日在那里去了？"婆子道："小女托赖，新添了个外甥。老身去看看，留住了几日，今早方回。半路上下起雨来，在一个相识人家借得把伞，又是破的，却不是晦气。"三巧儿道："你老人家几个儿女？"婆子道："只一个儿子，完婚过了。女儿到有四个，这是我第四个了，嫁与徽州朱八朝奉做偏房，就在这北门外开盐店的。"三巧儿道："你老人家女儿多，不把来当事了。本乡本土少什么一夫一妇的，怎舍得与异乡人做小？"婆子道："大娘不知，到是异乡人有情怀，虽则偏房，他大娘子只在家里，小女自在店中，呼奴使婢，一般受用。老身每遍去时，他当个尊长看待，更不怠慢。如今养了个儿子，愈加好了。"三巧儿道："也是你老人家造化，嫁得着。"说罢，恰好晴云讨茶上来，两个吃了。

婆子道："今日雨天没事，老身大胆，敢求大娘的首饰一看，看些巧样儿在肚里也好。"三巧儿道："也只是平常生活，你老人家莫笑话。"就取一把钥匙，开了箱笼，陆续搬出许多钗、钿、缨络之类。薛婆看了，夸美不尽，道："大娘有恁般珍异，把老身这几件东西，看不在眼了。"三巧儿道："好说，我正要与你老人家请个实价。"婆子道："娘子是识货的，何消老身费嘴。"三巧儿把东西检过，取出薛婆的篾丝箱儿来，放在卓上，将钥匙递与婆子道："你老人家开了，检看个明白。"婆子道："大娘忒精细了。"当下开了箱儿，把东西逐件搬出。三巧儿品评价钱，都不甚远。婆子并不争论，欢欢喜喜的道："恁地，便不枉了人。老身就少赚几贯钱，也是快活的。"三巧儿道："只是一件，目下凑不起价钱，只好现奉一半。等待我家官人回来，一并清楚，他也只在这几日回了。"婆子道："便迟几日，也不妨事。只是价钱上相让多了，银水要足纹的。"三巧儿道："这也小事。"便把心爱的几件首饰及珠子收起，唤晴云取杯见成酒来，与老人家坐坐。婆子道："造次如何好搅扰？"三巧儿道："时常清闲，难得你老人家到此作伴扳话。你老人家若不嫌怠慢，时常过来走走。"婆子道："多谢大娘错爱，老身家里当不过嘈杂，像宅上又忒清闲了。"三巧儿道："你家儿子做甚生意？"婆子道："也只是接些珠宝客人，每日的讨酒讨浆，刮的人不耐烦。老身亏杀各宅们走动，在家时少，还好。若只在六尺地上转，怕不燥死了人。"三巧儿道："我家与你相近，不耐烦时，就过来闲话。"婆子道："只不敢频频打搅。"三巧儿道："老人家说那里话。"

只见两个丫鬟轮番的走动，摆了两副杯箸，两碗腊鸡，两碗腊肉，两碗鲜鱼，连果碟素菜，共一十六个碗。婆子道："如何盛设？"三巧儿道："见成的，休怪怠慢。"说罢，斟酒递与婆子，婆子将杯回敬，两下对坐而饮。原来三巧儿酒量尽去得，那婆子又是酒壶酒瓮，吃起酒来，一发相投了，只恨会面之晚。那日直吃到傍晚，刚刚雨止，婆子作谢要回。三巧儿又取出大银钟来，劝了几钟。又陪他吃了晚饭。说道："你老人家再宽坐一时，我将这一半价钱付你去。"婆子道："天晚了，大娘请自在，不争这一夜儿，明日却来领罢。连这篓丝箱儿，老身也不拿去了，省得路上泥滑滑的不好走。"三巧儿道："明日专专望你。"婆子作别下楼，取了破伞，出门去了。正是：世间只有虔婆嘴，哄动多多少少人。

却说陈大郎在下处呆等了几日，并无音信。见这日天雨，料是婆子在家，拖泥带水的进城来问个消息，又不相值。自家在酒肆中吃了三杯，用了些点心，又到薛婆门首打听，只是未回。看看天晚，却待转身，只见婆子一脸春色，脚略斜的走入巷来。陈大郎迎着他，作了揖，问道："所言如何？"婆子摇手道："尚早。如今方下种，还没有发芽哩。再隔五六年，开花结果，才到得你口。你莫在此探头探脑，老娘不是管闲事的。"陈大郎见他醉了，只得转去。

次日，婆子买了些时新果子、鲜鸡、鱼、肉之类，唤个厨子安排停当，装做两个盒子，又买一瓮上好的醙酒，央间壁小二挑了，来到蒋家门首。三巧儿这日不见婆子到来，正教晴云开门出来探望，恰好相遇。婆子教小二挑在楼下，先打发他去了。晴云已自报知主母。三巧儿把婆子当个贵客一般，直到楼梯口边迎他上去。婆子千恩万谢的福了一回，便道："今日老身偶有一杯水酒，将来与大娘消遣。"三巧儿道："到要你老人家赔钞，不当受了。"婆子央两个丫鬟搬将上来，摆做一卓子。三巧儿道："你老人家忒迂阔了，怎般大弄起来。"婆子笑道："小户人家，备不出甚么好东西，只当一茶奉献。"晴云便去取杯箸，煖雪便吹起水火炉来。霎时酒暖，婆子道："今日是老身薄意，还请大娘转坐客位。"三巧儿道："虽然相扰，在寒舍岂有此理？"两下谦让多时，薛婆只得坐了客席。这是第三次相聚，更觉熟分了。饮酒中间，婆子问道："官人出外好多时了还不回，亏他撇得大娘下。"三巧儿道："便是，说过一年就转，不知怎地担阁了？"婆子道："依老身说，放下了恁般如花似玉的娘子，便博个堆金积玉也不为罕。"婆子又道："大凡走江湖的人，把客当家，把家当客。比如我第四个女婿朱八朝奉，有了小女，朝欢暮乐，那里想家？

或三年四年，才回一遍。住不上一两个月，又来了。家中大娘子替他担孤受寡，那晓得他外边之事？"三巧儿道："我家官人到不是这样人。"婆子道："老身只当闲话讲，怎敢将天比地？"当日两个猜谜掷色，吃得酩酊而别。第三日同小二来取家伙，就领这一半价钱。三巧儿又留他吃点心。从此以后，把那一半赊钱为由，只做问兴哥的消息，不时行走。

这婆子俐齿伶牙，能言快语，又半痴不颠的，惯与丫鬟们打诨，所以上下都欢喜他。三巧儿一日不见他来，便觉寂寞，叫老家人认了薛婆家里，早晚常去请他，所以一发来得勤了。世间有四种人惹他不得，引起了头，再不好绝他。是那四种？游方僧道、乞丐、闲汉、牙婆。上三种人犹可，只有牙婆是穿房入户的，女眷们怕冷静时，十个九个到要扳他来往。今日薛婆本是个不善之人，一般甜言软语，三巧儿遂与他成了至交，时刻少他不得。正是：画虎画皮难画骨，知人知面不知心。

陈大郎儿遍讨个消息，薛婆只回言尚早。其时五月中旬，天渐炎热。婆子在三巧儿面前，偶说起家中蜗窄，又是朝西房子，夏月最不相宜，不比这楼上高厂风凉。三巧儿道："你老人家若撇得家下，到此过夜也好。"婆子道："好是好，只怕官人回来。"三巧儿道："他就回，料道不是半夜三更。"婆子道："大娘不嫌蒿恼，老身惯是挨相知的，只今晚就取铺陈过来，与大娘作伴，何如？"三巧儿道："铺陈尽有，也不须拿得。你老人家回覆家里一声，索性在此过了一夏家去不好？"婆子真个对家里儿子媳妇说了，只带个梳匣儿过来。三巧儿道："你老人家多事，难道我家油梳子也缺了，你又带来怎地？"婆子道："老身一生怕的是同汤洗脸，合具梳头。大娘怕没有精致的梳具，老身如何敢用？其他姐儿们的，老身也怕用得，还是自家带了便当。只是大娘分付在那一门房安歇？"三巧儿指着床前一个小小藤榻儿，道："我预先排下你的卧处了，我两个亲近些，夜间睡不着好讲些闲话。"说罢，检出一顶青纱帐来，教婆子自家挂了，又同吃了一会酒，方才歇息。两个丫鬟原在床前打铺相伴，因有了婆子，打发他在间壁房里去睡。

从此为始，婆子日间出去串街做买卖，黑夜便到蒋家歇宿。时常携壶挈榼的殷勤热闹，不一而足。床榻是丁字样铺下的，虽隔着帐子，却像是一头同睡。夜间絮絮叨叨，你问我答，凡街坊秽亵之谈，无所不至。这婆子或时装醉诈风起来，到说起自家少年时偷汉的许多情事，去勾动那妇人的春心。害得那妇人娇滴滴一副嫩脸，红了又白，白了又红。婆子已知妇人心活，只是那话儿不好启齿。

光阴迅速，又到七月初七日了，正是三巧儿的生日。婆子清早备下两盘盒礼，与他做生。三巧儿称谢了，留他吃面。婆子道："老身今日有些穷忙，晚上来陪大娘，看牛郎织女做亲。"说罢自去了。下得阶头不几步，正遇着陈大郎。路上不好讲话，随到个僻静巷里。陈大郎攒着两眉，埋怨婆子道："干娘，你好慢心肠！春去夏来，如今又立过秋了。你今日也说尚早，明日也说尚早，却不知我度日如年。再延捱几日，他丈夫回来，此事便付东流，却不活活的害死我也。阴司去少不得与你索命。"婆子道："你且莫猴急，老身正要相请，来得恰好。事成不成，只在今晚，须是依我而行。如此如此，这般这般。全要轻轻悄悄，莫带累人。"陈大郎点头道："好计，好计。事成之后，定当厚报。"说罢，欣然而去。正是：排成窃玉偷香阵，费尽携云握雨心。

却说薛婆约定陈大郎这晚成事。午后细雨微茫，到晚却没有星月。婆子黑暗里引着陈大郎埋伏在左近，自己却去敲门。晴云点个纸灯儿，开门出来。婆子故意把衣袖一摸，说道："失落了一条临清汗巾儿。姐姐，劳你大家寻一寻。"哄得晴云便把灯向街上照去。这里婆子捉个空，招着陈大郎一溜溜进门来，先引他在楼梯背后空处伏着。婆子便叫道："有了，不要寻了。"晴云道："恰好火也没了，我再去点个来照你。"婆子道："走熟的路，不消用火。"两个黑暗里关了门，摸上楼来。三巧儿问道："你没了什么东西？"婆子袖里扯出个小帕儿来，道："就是这个冤家，虽然不值甚钱，是一个北京客人送我的，却不道礼轻人意重。"三巧儿取笑道："莫非是你老相交送的表记？"婆子笑道："也差不多。"当夜两个耍笑饮酒。婆子道："酒肴尽多，何不把些赏厨下男女？也教他闹轰轰，像个节夜。"三巧儿真个把四碗菜，两壶酒，分付丫鬟，拿下楼去。那两个婆娘，一个汉子，吃了一回，各去歇息不题。

再说婆子饮酒中间问道："官人如何还不回家？"三巧儿道："便是算来一年半了。"婆子道："牛郎织女，也是一年一会，你比他到多隔了半年。常言道一品官，二品客。做客的那一处没有风花雪月？只苦了家中娘子。"三巧儿叹了口气，低头不语。婆子道："是老身多嘴了。今夜牛女佳期，只该饮酒作乐，不该说伤情话儿。"说罢，便斟酒去劝那妇人。约莫半酣，婆子又把酒去劝两个丫鬟，说道："这是牛郎织女的喜酒，劝你多吃几杯，后日嫁个恩爱的老公，寸步不离。"两个丫鬟被缠不过，勉强吃了，各不胜酒力，东倒西歪。三巧儿分付关了楼门，发放他先睡。他两个自在吃酒。

婆子一头吃，口里不住的说啰说皂道："大娘几岁上嫁的？"三巧儿道："十七岁。"婆子道："破得身迟，还不吃亏。我是十三岁上就破了身。"三巧儿道："嫁得怎般早？"婆子道："论起嫁，到是十八岁了。不瞒大娘说，因是在间壁人家学针指，被他家小官人调诱，一时间贪他生得俊俏，就应承与他偷了。初时好不疼痛，两三遍后，就晓得快活。大娘你可也是这般么？"三巧儿只是笑。婆子又道："那话儿到是不晓得滋味的到好，尝过的便丢不下，心坎里时时发痒。日里还好，夜间好难过哩。"三巧儿道："想你在娘家时阅人多矣，亏你怎生充得黄花女儿嫁去？"婆子道："我的老娘也晓得些影像，生怕出丑，教我一个童女方，用石榴皮、生矾两味煎汤洗过，那东西就紧紧了。我只做张做势的叫疼，就遮过了。"三巧儿道："你做女儿时，夜间也少不得独睡？"婆子道："还记得在娘家时节，哥哥出外，我与嫂嫂一头同睡，两下轮番在肚子上学男子汉的行事。"三巧儿道："两个女人做对，有甚好处？"婆子走过三巧儿那边，挨肩坐了，说道："大娘，你不知，只要大家知音，一般有趣，也撒得火。"三巧儿举手把婆子肩胛上打一下，说道："我不信，你说谎。"婆子见他欲心已动，有心去挑拨他，又道："老身今年五十二岁了，夜间常痴性发作，打熬不过，亏得你少年老成。"三巧儿道："你老人家打熬不过，终不然还去打汉子？"婆子道："败花枯柳，如今那个要我了？不瞒大娘说，我也有个自取其乐，救急的法儿。"三巧儿道："你说谎，又是甚么法儿？"婆子道："少停到床上睡了，与你细讲。"

说罢，只见一个飞蛾在灯上旋转，婆子便把扇来一扑，故意扑灭了灯，叫声："啊呀！老身自去点个灯来。"便去开楼门。陈大郎已自走上楼梯，伏在门边多时了：都是婆子预先设下的圈套。婆子道："忘带个取灯儿去了。"又走转来，便引着陈大郎到自己榻上伏着。婆子下楼去了一回，复上来道："夜深了，厨下火种都熄了，怎么处？"三巧儿道："我点灯睡惯了，黑魆魆地，好不怕人！"婆子道："老身伴你一床睡何如？"三巧儿正要问他救急的法儿，应道："甚好。"婆子道："大娘，你先上床，我关了门就来。"三巧儿先脱了衣服，床上去了，叫道："你老人家快睡罢。"婆子应道："就来了。"却在榻上拖陈大郎上来，赤条条的拟在三巧儿床上去。三巧儿摸着身子，道："你老人家许多年纪，身上恁般光滑！"那人并不回言，钻进被里，就捧着妇人做嘴。妇人还认是婆子，双手相抱。那人蓦地腾身而上，就干起事来。那妇人一则多了杯酒，醉眼朦胧；二则被婆子挑拨，春心飘荡，到此不暇致详，凭他轻薄。一个是闺中怀春的少妇，一个是客邸慕色的才郎。一个打熬许久，如文君初遇相如；一个盼望多时，如必正初谐陈女。分明久旱逢甘雨，胜过他乡遇故知。陈大郎是走过风月场的人，颠鸾倒凤，曲尽其趣，弄得妇人魂不附体。云雨毕后，三巧儿方问道："你是谁？"陈大郎把楼下相逢，如此相慕，如此苦央薛婆用计，细细说了："今番得遂平生，便死瞑目。"婆子走到床间，说道："不是老身大胆，一来可怜大娘青春独宿，二来要救陈郎性命。你两个也是宿世姻缘，非干老身之事。"三巧儿道："事已如此，万一我丈夫知觉，怎么好？"婆子道："此事你知我知，只买定了晴云、煖雪两个丫头，不许他多嘴，再有谁人漏泄？在老身身上，管成你夜夜欢娱，一些事也没有。只是日后不要忘记了老身。"三巧儿到此，也顾不得许多，两个又狂荡起来，直到五更鼓绝，天色将明，两个兀自不舍。婆子催促陈大郎起身，送他出门去了。

自此无夜不会，或是婆子同来，或是汉子自来。两个丫鬟被婆子把甜话儿偎他，又把利害话儿吓他，又教主母赏他几件衣服，汉子到时，不时把些零碎银子赏他们买果儿吃，骗得欢欢喜喜，已自做了一路。夜来明去，一出一入，都是两个丫鬟迎送，全无阻隔。真个是你贪我爱，如胶似漆，胜如夫妇一般。陈大郎有心要结识这妇人，不时的制办好衣服、好首饰送他，又替他还了欠下婆子的一半价钱。又将一百两银子谢了婆子。往来半年有余，这汉子约有千金之费。三巧儿也有三十多两银子东西，送那婆子。婆子只为图这些不义之财，所以肯做牵头。这都不在话下。

古人云："天下无不散的筵席。"才过十五元宵夜，又是清明三月天。陈大郎思想蹉跎了多时生意，要得还乡。夜来与妇人说知，两下恩深义重，各不相舍。妇人到情愿收拾了些细软，跟随汉子逃走，去做长久夫妻。陈大郎道："使不得。我们相交始末，都在薛婆肚里。就是主人家吕公，见我每夜进城，难道没些疑惑？况客船上人多，瞒得那个？两个丫鬟又带去不得。你丈夫回来，跟究出情由，怎肯干休？娘子权且耐心，到明年此时，我到此觅个僻静下处，悄悄通个言儿与你，那时两口儿同走，神鬼不觉，却不安稳？"妇人道："万一你明年不来，如何？"陈大郎就设起誓来。妇人道："既然你有真心，奴家也决不相负。你若到了家乡，倘有便人，托他捎个书信到薛婆处，也教奴家放意。"陈大郎道："我自用心，不消分付。"又过几日，陈大郎雇下船只，装载粮食完备，又来与妇人作别。这一夜倍加眷恋，两个说一会，哭一会，又狂荡一会，整整的一夜不曾合眼。到五更起身，妇人便去开箱，取出一件宝贝，叫做"珍珠衫"，递与陈大郎道："这件衫儿，是蒋门祖传之物，暑天若穿了他，清凉透骨。此去天道渐热，正用得着。奴家把与你做个记念，穿了此衫，就如奴家贴体一般。"陈大郎哭得出声不得，软做一堆。妇人就把衫儿亲手与汉子穿下，叫丫鬟开了门户，亲自送他出门，再三珍重而别。诗曰："昔年含泪别夫郎，今日悲啼送所欢。堪恨妇人多水性，招来野鸟胜文鸾。"

话分两头。却说陈大郎有了这珍珠衫儿，每日贴体穿着，便夜间脱下，也放在被窝中同睡，寸步不离。一路遇了顺风，不两月行到苏州府枫桥地面。那枫桥是柴米牙行聚处，少不得投个主家脱货，不在话下。忽一日，赴个同乡人的酒席。席上遇个襄阳客人，生得风流标致。那人非别，正是蒋兴哥。原来兴哥在广东贩了些珍珠、玳瑁、苏木、沉香之类，搭伴起身。那伙同伴商量，都要到苏州发卖。兴哥久闻得"上说天堂，下说苏杭"，好个大马头所在，有心要去走一遍，做这一回买卖，方才回去。还是去年十月中到苏州的。因是隐姓为商，都称为罗小官人，所以陈大郎更不疑惑。他两个萍水相逢，年相若，貌相似，谈吐应对之间，彼此敬慕。即席间问了下处，互相拜望，两下遂成知己，不时会面。兴哥讨完了客帐，欲待起身，走到陈大郎寓所作别。大郎置酒相待，促膝谈心，甚是款洽。

此时五月下旬，天气炎热。两个解衣饮酒，陈大郎露出珍珠衫来。兴哥心中骇异，又不好认他的，只夸奖此衫之美。陈大郎恃了相知，便问道："贵县大市街有个蒋兴哥家，罗兄可认得否？"兴哥到也乖巧，回道："在下出外日多，里中虽晓得有这个人，并不相认，陈兄为何问他？"陈大郎道："不瞒兄长说，小弟与他有些瓜葛。"便把三巧儿相好之情，告诉了一遍。扯着衫儿看了，眼泪汪汪道："此衫是他所赠。兄长此去，小弟有封书信，奉烦一寄，明日侵早送到贵寓。"兴哥口里答应道："当得，当得。"心下沉吟："有这等异事！现在珍珠衫为证，不是个虚话了。"当下如针刺肚，推故不饮，急急起身别去。回到下处，想了又恼，恼了又想，恨不得学个缩地法儿，顷刻到家。连夜收拾，次早便上船要行。

只见岸上一个人气呼呼的赶来，却是陈大郎。亲把书信一大包，递与兴哥，叮嘱千万寄去。气得兴哥面如土色，说不得，话不得，死不得，活不得，只等陈大郎去后，把书看时，面上写道："此书烦寄大市街东巷薛妈妈家。"兴哥性起，一手扯开，却是八尺多长一条桃红绉纱汗巾。又有个纸糊长匣儿，内有羊脂玉凤头簪一根。书上写道："微物二件，烦干娘转寄心爱娘子三巧儿亲收，聊表记念。相会之期，准在来春。珍重，珍重。"兴哥大怒，把书扯得粉碎，撇在河中；提起玉簪在船板上一掼，折做两段。一念想起道："我好糊涂，何不留此做个证见也好。"便捡起簪儿和汗巾，做一包收拾，催促开船。急急的赶到家乡，望见了自家门首，不觉堕下泪来。想起："当初夫妻何等恩爱，只为我贪着蝇头微利，撇他少年守寡，弄出这场丑来，如今悔之何及！"

在路上性急，巴不得赶回。及至到了，心中又苦又恨，行一步，懒一步。进得自家门里，少不得忍住了气，勉强相见。兴哥并无言语，三巧儿自己心虚，觉得满脸惭愧，不敢殷勤上前扳话。兴哥搬完了行李，只说去看看丈人丈母，依旧到船上住了一晚。次早回家，向三巧儿说道："你的爹娘同时害病，势甚危笃。昨晚我只得住下，看了他一夜。他心中只牵挂着你，欲见一面。我已雇下轿子在门首，你可作速回去，我也随后就来。"三巧儿见丈夫一夜不回，心里正在疑虑，闻说爹娘有病，却认真了，如何不慌？慌忙把箱笼上匙钥递与丈夫，唤个婆娘跟了，上轿而去。兴哥叫住了婆娘，向袖中摸出一封书来，分付他送与王公："送过书，你便随轿回来。"

却说三巧儿回家，见爹娘双双无恙，吃了一惊。王公见女儿不接而回，也自骇然。在婆子手中接书，拆开看时，却是休书一纸。上写道："立休书人蒋德，系襄阳府枣阳县人。从幼凭媒聘定王氏为妻。岂期过门之后，本妇多有过失，正合七出之条。因念夫妻之情，不忍明言，情愿退还本宗，听凭改嫁，并无异言，休书是实。成化二年月日，手掌为记。"书中又包着一条桃红汗巾，一枝打折的羊脂玉凤头簪。王公看了大惊，叫过女儿问其缘故。三巧儿听说丈夫把他休了，一言不发，啼哭起来。王公气忿忿的一径跟到女婿家来，蒋兴哥连忙上前作揖。王公回礼，便问道："贤婿，我女儿是清清白白嫁到你家的。如今有何过失，你便把他休了？须还我个明白。"蒋兴哥道："小婿不好说得，但问令爱便知。"王公道："他只是啼哭，不肯开口，教我肚里好闷。小女从幼聪慧，料不到得犯了淫盗。若是小小过失，你可也看老汉薄面，恕了他罢。你两个是七八岁上定下的夫妻，完婚后并不曾争论一遍两遍，且是和顺。你如今做客才回，又不曾住过三朝五日，有什么破绽落在你眼里？你直如此狠毒，也被人笑话，说你无情无义。"蒋兴哥道："丈人在上，小婿也不敢多讲。家下有祖遗下珍珠衫一件，是令爱收藏，只问他如今在否。若在时，半字休题；若不在，只索休怪了。"王公忙转身回家，问女儿道："你丈夫只问你讨什么珍珠衫，你端的拿与何人去了？"那妇人听得说着了他紧要的关目，羞得满脸通红，开不得口，一发号啕大哭起来，慌得王公没做理会处。王婆劝道："你不要只管啼哭，实实的说个真情与爹妈知道，也好与你分剖。"妇人那里肯说，悲悲咽咽，哭一个不住。王公只得把休书和汗巾、簪子都付与王婆，教他慢慢的偎着女儿，问他个明白。王公心中纳闷，走到邻家闲话去了。王婆见女儿哭得两眼赤肿，生怕苦坏了他，安慰了几句言语，走往厨房下去暖酒，要与女儿消愁。

三巧儿在房中独坐，想着珍珠衫泄漏的缘故，好生难解。这汗巾簪子，又不知那里来的。沉吟了半晌，道："我晓得了。这折簪是镜破钗分之意；这条汗巾，分明教我悬梁自尽。他念夫妻之情，不忍明言，是要全我的廉耻。可怜四年恩爱，一旦决绝，是我做的不是，负了丈夫恩情。便活在人间，料没有个好日，不如缢死，到得干净。"说罢，又哭了一回，把个坐兀子填高，将汗巾兜在梁上，正欲自缢。也是寿数未绝，不曾关上房门。恰好王婆暖得一壶好酒走进房来，见女儿安排这事，急得他手忙脚乱，不放酒壶，便上前去拖拽。不期一脚踢番坐兀子，娘儿两个跌做一团，酒壶都泼翻了。王婆爬起来，扶起女儿，说道："你好短见！二十多岁的人，一朵花还没有开足，怎做这没下梢的事？莫说你丈夫还有回心转意的日子，便真个休了，恁般容貌，怕没人要你？少不得别选良姻，图个下半世受用。你且放心过日子去，休得愁闷。"王公回家，知道女儿寻死，也劝了他一番，又嘱付王婆用心提防。过了数日，三巧儿没奈何，也放下了念头。正是：夫妻本是同林鸟，大限来时各自飞。

再说蒋兴哥把两条索子，将晴云、暖雪捆缚起来，拷问情由。那丫头初时抵赖，吃打不过，只得从头至尾，细细招将出来。已知都是薛婆勾引，不干他人之事。到明朝，兴哥领了一伙人，赶到薛婆家里，打得他雪片相似，只饶他拆了房子。薛婆情知自己不是，躲过一边，并没一人敢出头说话。兴哥见他如此，也出了这口气。回去唤个牙婆，将两个丫头都卖了。楼上细软箱笼，大小共十六只，写三十二条封皮，打叉封了，更不开动。这是甚意儿？只因兴哥夫妇，本是十二分相爱的。虽则一时休了，心中好生痛切。见物思人，何忍开看？

话分两头。却说南京有个吴杰进士，除授广东潮阳县知县。水路上任，打从襄阳经过。不曾带家小，有心要择一美妾。一路看了多少女子，并不中意。闻得枣阳县王公之女，大有颜色，一县闻名。出五十金财礼，央媒议亲。王公到也乐从，只怕前婿有言，亲到蒋家，与兴哥说知。兴哥并不阻当。临嫁之夜，兴哥顾了人夫，将楼上十六个箱笼，原封不动，连匙钥送到吴知县船上，交割与三巧儿，当个陪嫁。妇人心上到过意不去。旁人晓得这事，也有夸兴哥做人忠厚的，也有笑他痴呆的，还有骂他没志气的，正是人心不同。

闲话休题。再说陈大郎在苏州脱货完了，回到新安，一心只想着三巧儿。朝暮看了这件珍珠衫，长吁短叹。老婆平氏心知这衫儿来得跷蹊，等丈夫睡着，悄悄的偷去，藏在天花板上。陈大郎早起要穿时，不见了衫儿，与老婆取讨。平氏那里肯认。急得陈大郎性发，倾箱倒箧的寻个遍，只是不见，便破口骂老婆起来。惹得老婆啼啼哭哭，与他争嚷，闹吵了两三日。陈大郎情怀撩乱，忙忙的收拾银两，带个小郎，再望襄阳旧路而进。将近枣阳，不期遇了一伙大盗，将本钱尽皆劫去，小郎也被他杀了。陈商眼快，走向船梢舵上伏着，幸免残生。思想还乡不得，且到旧寓住下，待会了三巧儿，与他借些东西，再图恢复。叹了一口气，只得离船上岸。走到枣阳城外主人吕公家，告诉其事，又道："如今要央卖珠子的薛婆，与一个相识人家借些本钱营运。"吕公道："大郎不知，那婆子为勾引蒋兴哥的浑家，做了些丑事。去年兴哥回来，问浑家讨什么珍珠衫。原来浑家赠与情人去了，无言回答。兴哥当时休了浑家回去，如今转嫁与南京吴进士做第二房夫人了。那婆子被蒋家打得个片瓦不留，婆子安身不牢，也搬到隔县去了。"

陈大郎听得这话，好似一桶冷水没头淋下。这一惊非小，当夜发寒发热，害起病来。这病又是郁症，又是相思症，也带些怯症，又有些惊症，床上卧了两个多月，翻翻覆覆只是不愈。连累主人家小厮，伏侍得不耐烦。陈大郎心上不安，打熬起精神，写成家书一封。请主人来商议，要觅个便人捎信往家中，取些盘缠，就要个亲人来看觑同回。这几句正中了主人之意。恰好有个相识的承差，奉上司公文要往徽宁一路，水陆驿递，极是快的。吕公接了陈大郎书札，又替他应出五钱银子，送与承差，央他乘便寄去。果然的"自行由得我，官差急如火"，不勾几日，到了新安县。问着陈商家里，送了家书，那承差飞马去了。正是：只为千金书信，又成一段姻缘。

话说平氏拆开家信，果是丈夫笔迹，写道："陈商再拜，贤妻平氏见字：别后襄阳遇盗，劫资杀仆。某受惊患病，见卧旧寓吕家，两月不愈。字到可央一的当亲人，多带盘缠，速来看视。伏枕草草。"平氏看了，半信半疑，想道："前番回家，亏折了千金资本。据这件珍珠衫，一定是邪路上来的。今番又推被盗，多讨盘缠，怕是假话。"又想道："他要个的当亲人，速来看视，必然病势利害。这话是真，也未可知。如今央谁人去好？"左思右想，放心不下。与父亲平老朝奉商议，收拾起细软家私，带了陈旺夫妇，就请父亲作伴，雇个船只，亲往襄阳看丈夫去。到得京口，平老朝奉痰火病发，央人送回去了。平氏引着男女，上水前进。不一日，来到枣阳城外，问着了旧主人吕家。原来十日前，陈大郎已故了。吕公赔些钱钞，将就入殓。平氏哭倒在地，良久方醒。慌忙换了孝服，再三向吕公说，欲待开棺一见，另买副好棺材，重新殓过。吕公执意不肯。平氏没奈何，只得买木做个外棺包裹，请僧做法事超度，多焚冥资。吕公已自索了他二十两银子谢仪，随他闹炒，并不言语。

过了一月有余，平氏要选个好日子，扶柩而回。吕公见这妇人年少姿色，料是守寡不终，又且囊中有物。思想儿子吕二还没有亲事，何不留住了他，完其好事，可不两便？吕公买酒请了陈旺，央他老婆委曲进言，许以厚谢。陈旺的老婆是个蠢货，那晓得什么委曲？不顾高低，一直的对主母说了。平氏大怒，把他骂了一顿，连打几个耳光子，连主人家也数落了几句。吕公一场没趣，敢怒而不敢言。正是：羊肉馒头没的吃，空教惹得一身骚。吕公便去撺掇陈旺逃走。陈旺也思量没甚好处了，与老婆商议，教他做脚，里应外合，把银两首饰，偷得罄尽，两口儿连夜走了。吕公明知其情，反埋怨平氏，道不该带这样歹人出来，幸而偷了自家主母的东西，若偷了别家的，可不连累人。又嫌这灵柩碍他生理，教他快些抬去。又道后生寡妇，在此住居不便，催促他起身。平氏被逼不过，只得别赁下一间房子住了。雇人把灵柩移来，安顿在内。这凄凉景象，自不必说。

间壁有个张七嫂，为人甚是活动。听得平氏啼哭，时常走来劝解。平氏又时常央他典卖几件衣服用度，极感其意。不勾几月，衣服都典尽了。从小学得一手好针线，思量要到个大户人家，教习女红度日，再作区处。正与张七嫂商量这话，张七嫂道："老身不好说得，这大户人家，不是你少年人走动的。死的没福自死了，活的还要做人，你后面日子正长哩。终不然做针线娘了得你下半世？况且名声不好，被人看得轻了。还有一件，这个灵柩如何处置，也是你身上一件大事。便出赁房钱，终久是不了之局。"平氏道："奴家也都虑到，只是无计可施了。"张七嫂道："老身到有一策，娘子莫怪我说。你千里离乡，一身孤寡。手中又无半钱，想要搬这灵柩回去，多是虚了。莫说你衣食不周，到底难守；便多守得几时，亦有何益？依老身愚见，莫若趁此青年美貌，寻个好对头，一夫一妇的随了他去。得些财礼，就买块土来葬了丈夫，你的终身又有所托，可不生死无憾？"平氏见他说得近理，沉吟了一会，叹口气道："罢，罢，奴家卖身葬夫，旁人也笑我不得。"张七嫂道："娘子若定了主意时，老身现有个主儿在此。年纪与娘子相近，人物齐整，又是大富之家。"平氏道："他既是富家，怕不要二婚的。"张七嫂道："他也是续弦了，原对老身说：不拘头婚二婚，只要人才出众。似娘子这般丰姿，怕不中意？"原来张七嫂曾受蒋兴哥之托，央他访一头好亲。因是前妻三巧儿出色标致，所以如今只要访个美貌的。那平氏容貌，虽不及得三巧儿，论起手脚伶俐，胸中泾渭，又胜似他。张七嫂次日进城，与蒋兴哥说了。兴哥闻得是下路人，愈加欢喜。这里平氏分文财礼不要，只要买块好地殡葬丈夫要紧。张七嫂往来回覆了几次，两相依允。

喻世明言·彩绘版

话休烦絮。却说平氏送了丈夫灵柩入土，祭奠毕了，大哭一场，免不得起灵除孝。临期，蒋家送衣饰过来，又将他典下的衣服都赎回了。成亲之夜，一般大吹大擂，洞房花烛。正是：规矩熟闲虽旧事，恩情美满胜新婚。蒋兴哥见平氏举止端庄，甚相敬重。一日，从外而来，平氏正在打叠衣箱，内有珍珠衫一件。兴哥认得了，大惊问道："此衫从何而来？"平氏道："这衫儿来得蹊跷。"便把前夫如此张致，夫妻如此争嚷，如此赌气分别，述了一遍。又道："前日艰难时，几番欲把他典卖。只愁来历不明，怕惹出是非，不敢露人眼目。连奴家至今，不知这物事那里来的。"兴哥道："你前夫陈大郎名字，可叫做陈商？可是白净面皮，没有须，左手长指甲的么？"平氏道："正是。"蒋兴哥把舌头一伸，合掌对天道："如此说来，天理昭彰，好怕人也！"平氏问其缘故，蒋兴哥道："这件珍珠衫，原是我家旧物。你丈夫奸骗了我的妻子，得此衫为表记。我在苏州相会，见了此衫，始知其情，回来把王氏休了。谁知你丈夫客死。我今续弦，但闻是徽州陈客之妻，谁知就是陈商。却不是一报还一报？"平氏听罢，毛骨竦然。从此恩情愈笃。这才是"蒋兴哥重会珍珠衫"的正话。诗曰："天理昭昭不可欺，两妻交易孰便宜？分明欠债偿他利，百岁姻缘暂换时。"

　　再说蒋兴哥有了管家娘子，一年之后，又往广东做买卖。也是合当有事。一日到合浦县贩珠，价都讲定。主人家老儿只拣一粒绝大的偷过了，再不承认。兴哥不忿，一把扯他袖子要搜。何期去得势重，将老儿拖翻在地，跌下便不做声。忙去扶时，气已断了。儿女亲邻，哭的哭，叫的叫，一阵的簇拥将来，把兴哥捉住。不由分说，痛打一顿，关在空房里。连夜写了状词，只等天明，县主早堂，连人进状。县主准了，因这日有公事，分付把凶身锁押，次日候审。

　　你道这县主是谁？姓吴名杰，南畿进士，正是三巧儿的晚老公。初选原在潮阳，上司因见他清廉，调在这合浦县采珠的所在来做官。是夜，吴杰在灯下将准过的状词细阅。三巧儿正在旁边闲看，偶见宋福所告人命一词，凶身罗德，枣阳县客人，不是蒋兴哥是谁？想起旧日恩情，不觉痛酸，哭告丈夫道："这罗德是贱妾的亲哥，出嗣在母舅罗家的。不期客边，犯此大辟。官人可看妾之面，救他一命还乡。"县主道："且看临审如何。若人命果真，教我也难宽宥。"三巧儿两眼噙泪，跪下苦苦哀求。县主道："你且莫忙，我自有道理。"明早出堂，三巧儿又扯住县主衣袖哭道："若哥哥无救，贱妾亦当自尽，不能相见了。"

　　当日县主升堂，第一就问这起。只见宋福、宋寿弟兄两个，哭啼啼的与父亲执命，禀道："因争珠怀恨，登时打闷，仆地身死。望爷爷做主。"县主问众干证口词，也有说打倒的，也有说推跌的。蒋兴哥辨道："他父亲偷了小人的珠子，小人不忿，与他争论。他因年老脚蹉，自家跌死，不干小人之事。"县主问宋福道："你父亲几岁了？"宋福道："六十七岁了。"县主道："老年人容易昏绝，未必是打。"宋福、宋寿坚执是打死的。县主道："有伤无伤，须凭检验。既说打死，将尸发在漏泽园去，俟晚堂听检。"原来宋家也是个大户，有体面的。老儿曾当过里长，儿子怎肯把父亲在尸场剔骨？两个双双叩头道："父亲死状，众目共见，只求爷爷到小人家里相验，不愿发检。"县主道："若不见贴骨伤痕，凶身怎肯伏罪？没有尸格，如何申得上司过？"弟兄两个只是求告。县主发怒道："你既不愿检，我也难问。"慌的他弟兄两个连连叩头道："但凭爷爷明断。"县主道："望七之人，死是本等。倘或不因打死，屈害了一个平人，反增死者罪过。就是你做儿子的，巴得父亲到许多年纪，又把个不得善终的恶名与他，心中何忍？但打死是假，推仆是真，若不重罚罗德，也难出你的气。我如今教他披麻戴孝，与亲儿一般行礼；一应殡殓之费，都要他支持。你可服么？"弟兄两个道："爷爷分付，小人敢不遵依。"兴哥见县主不用刑罚，断得干净，喜出望外。当下原、被告都叩头称谢。县主道："我也不写审单，着差人押出，待事完回话，把原词与你销讫便了。"正是：公堂造业真容易，要积阴功亦不难。试看今朝吴大尹，解冤释罪两家欢。

却说三巧儿自丈夫出堂之后，如坐针毡，一闻得退衙，便迎住问个消息。县主道："我如此如此断了，看你之面，一板也不曾责他。"三巧儿千恩万谢，又道："妾与哥哥久别，渴思一会，问取爹娘消息。官人如何做个方便，使妾兄妹相见，此恩不小。"县主道："这也容易。"

看官们，你道三巧儿被蒋兴哥休了，恩断义绝，如何恁地用情？他夫妇原是十分恩爱的，因三巧儿做下不是，兴哥不得已而休之，心中兀自不忍，所以改嫁之夜，把十六只箱笼，完完全全的赠他。只这一件，三巧儿的心肠，也不容不软了。今日他身处富贵，见兴哥落难，如何不救？这叫做知恩报恩。

再说蒋兴哥遵了县主所断，着实小心尽礼，再不惜费，宋家弟兄都没话了。丧葬事毕，差人押到县中回覆。县主唤进私衙赐坐，说道："尊舅这场官司，若非令妹再三哀恳，下官几乎得罪了。"兴哥不解其故，回答不出。少停茶罢，县主请入内书房，教小夫人出来相见。你道这番意外相逢，不像个梦景么？他两个也不行礼，也不讲话，紧紧的你我相抱，放声大哭。就是哭爹哭娘，从没见这般哀惨，连县主在傍，好生不忍，便道："你两人且莫悲伤，我看你不像哥妹，快说真情，下官有处。"两个哭得半休不休的，那个肯说？却被县主盘问不过，三巧儿只得跪下，说道："贱妾罪当万死，此人乃妾之前夫也。"蒋兴哥料瞒不得，也跪下来，将从前恩爱，及休妻再嫁之事，一一诉知。说罢，两人又哭做一团，连吴知县也堕泪不止，道："你两人如此相恋，下官何忍拆开。幸然在此三年，不曾生育，即刻领去完聚。"两个插烛也似拜谢。县主即忙讨个小轿，送三巧儿出衙；又唤集人夫，把原来陪嫁的十六个箱笼抬去，都教兴哥收领；又差典吏一员，护送他夫妇出境。此乃吴知县之厚德。正是：珠还合浦重生采，剑合丰城倍有神。堪羡吴公存厚道，贪财好色竟何人。此人向来艰子，后行取到吏部，在北京纳宠，连生三子，科第不绝，人都说阴德之报。这是后话。

　　再说蒋兴哥带了三巧儿回家，与平氏相见。论起初婚，王氏在前；只因休了一番，这平氏到是明媒正娶，又且平氏年长一岁，让平氏为正房，王氏反做偏房，两个姊妹相称。从此一夫二妇，团圆到老。有诗为证："恩爱夫妻虽到头，妻还作妾亦堪羞。殃祥果报无虚谬，咫尺青天莫远求。"

世事翻腾似转轮，眼前凶吉未为真。
请看久久分明应，天道何曾负善人？

　　闻得老郎们相传的说话，不记得何州甚县，单说有一人，姓金名孝，年长未娶。家中只有个老母，自家卖油为生。一日挑了油担出门，中途因里急，走上茅厕大解，拾得一个布裹肚，内有一包银子，约莫有三十两。金孝不胜欢喜，便转担回家，对老娘说道："我今日造化，拾得许多银子。"老娘看见，到吃了一惊，道："你莫非做下歹事偷来的么？"金孝道："我几曾偷惯了别人的东西？却怎般说。早是邻舍不曾听得哩。这裹肚，其实不知什么人遗失在茅坑旁边，喜得我先看见了，拾取回来。我们做穷经纪的人，容易得这主大财？明日烧个利市，把来做贩油的本钱，不强似赊别人的油卖？"老娘道："我儿，常言道：贫富皆由命。你若命该享用，不生在挑油担的人家来了。依我看来，这银子虽非是你设心谋得来的，也不是你辛苦挣来的，只怕无功受禄，反受其殃。这银子，不知是本地人的，远方客人的？又不知是自家的，或是借贷来的？一时间失脱了，抓寻不见，这一场烦恼非小，连性命都失图了，也不可知。曾闻古人裴度还带积德，你今日原到拾银之处，看有甚人来寻，便引来还他原物，也是一番阴德，皇天必不负你。"

　　金孝是个本分的人，被老娘教训了一场，连声应道："说得是，说得是。"放下银包裹肚，跑到那茅厕边去。只见闹嚷嚷的一丛人围着一个汉子，那汉子气忿忿的叫天叫地。金孝上前问其缘故。原来那汉子是他方客人，因登东，解脱了裹肚，失了银子，找寻不见，只道卸下茅坑，唤几个波皮来，正要下去淘摸。街上人都拥着闲看。金孝便问客人道："你银子有多少？"客人胡乱应道："有四五十两。"金孝老实，便道："可有个白布裹肚么？"客人一把扯住金孝道："正是，正是。是你拾着？还了我，情愿出赏钱。"众人中有快嘴的便道："依着道理，平半分也是该的。"金孝道："真个是我拾得，放在家里，你只随我去便有。"众人都想道："拾得钱财，巴不得瞒过了人，那曾见这个人到去寻主儿还他？也是异事。"金孝和客人动身时，这伙人一哄都跟了去。金孝到了家中，双手儿捧出裹肚，交还客人。客人检出银包看时，晓得原物不动。只怕金孝要他出赏钱，又怕众人乔主张他平分，反使欺心，赖着金孝，道："我的银子，原说有四五十两，如今只剩得这些，你匿过一半了，可将来还我。"金孝道："我才拾得回来，就被老娘逼我出门，寻访原主还他，何曾动你分毫？"那客人赖定短少了他的银两。金孝负屈忿恨，一个头肘子撞去，那客人力大，把金孝一把头发提起，像只小鸡一般，放翻在地，捻着拳头便要打。引得金孝七十岁的老娘，也奔出门前叫屈。众人都有些不平，似杀阵般嚷将起来。恰好县尹相公在这街上过去，听得喧嚷，歇了轿，分付做公的拿来审问。众人怕事的，四散走开去了；也有几个大胆的，站在旁边看县尹相公怎生断这公事。

却说做公的将客人和金孝母子拿到县尹面前，当街跪下，各诉其情。一边道："他拾了小人的银子，藏过一半不还。"一边道："小人听了母亲言语，好意还他，他反来图赖小人。"县尹问众人："谁做证见？"众人都上前禀道："那客人脱了银子，正在茅厕边抓寻不着，却是金孝自走来承认了，引他回去还他。这是小人们众目共睹。只银子数目多少，小人不知。"县令道："你两下不须争嚷，我自有道理。"教做公的带那一干人到县来。县尹升堂，众人跪在下面。县尹教取裹肚和银子上来，分付库吏，把银子兑准回覆。库吏复道："有三十两。"县主又问客人道："你银子是许多？"客人道："五十两。"县主道："你看见他拾取的，还是他自家承认的？"客人道："实是他亲口承认的。"县主道："他若是要赖你的银子，何不全包都拿了？却止藏一半，又自家招认出来？他不招认，你如何晓得？可见他没有赖银之情。你失的银子是五十两，他拾的是三十两，这银子不是你的，必然另是一个人失落的。"客人道："这银子实是小人的，小人情愿只领这三十两去罢。"县尹道："数目不同，如何冒认得去？这银两合断与金孝领去，奉养母亲；你的五十两，自去抓寻。"金孝得了银子，千恩万谢的扶着老娘去了。那客人已经官断，如何敢争？只得含羞噙泪而去。众人无不称快。这叫做，欲图他人，反失自己。自己羞惭，他人欢喜。

看官，今日听我说金钗钿这桩奇事。有老婆的反没了老婆，没老婆的反得了老婆。只如金孝和客人两个，图银子的反失了银子，不要银子的反得了银子。事迹虽异，天理则同。

却说江西赣州府石城县，有个鲁廉宪，一生为官清介，并不要钱，人都称为"鲁白水"。那鲁廉宪与同县顾金事累世通家，鲁家一子，双名学曾，顾家一女，小名阿秀，两下面约为婚，来往间亲家相呼，非止一日。因鲁奶奶病故，廉宪携着孩儿在于任所，一向迁延，不曾行得大礼。谁知廉宪在任，一病身亡。学曾扶柩回家，守制三年，家事愈加消乏，止存下几间破房子，连口食都不周了。顾金事见女婿穷得不像样，遂有悔亲之意，与夫人孟氏商议道："鲁家一贫如洗，眼见得六礼难备，婚娶无期。不若别求良姻，庶不误女儿终身之托。"孟夫人道："鲁家虽然穷了，从幼许下的亲事，将何辞以绝之？"顾金事道："如今只差人去说男长女大，催他行礼。两边都是宦家，各有体面，说不得'没有'两个字，也要出得他的门，入的我的户。那穷鬼自知无力，必然情愿退亲。我就要了他休书，却不一刀两断？"孟夫人道："我家阿秀性子有些古怪，只怕他到不肯。"顾金事道："在家从父，这也由不得他，你只慢慢的劝他便了。"当下孟夫人走到女儿房中，说知此情。阿秀道："妇人之义，从一而终。婚姻论财，夷虏之道。爹爹如此欺贫重富，全没人伦，决难从命。"孟夫人道："如今爹去催鲁家行礼，他若行不起礼，倒愿退亲，你只索罢休。"阿秀道："说那里话！若鲁家贫不能聘，孩儿情愿守志终身，决不改适。当初钱玉莲投江全节，留名万古。爹爹若是见逼，孩儿就拼却一命，亦有何难？"

孟夫人见女儿执性，又苦他，又怜他，心生一计：除非瞒过金事，密地唤鲁公子来，助他些东西，教他作速行聘，方成其美。忽一日，顾金事往东庄收租，有好几日耽阁。孟夫人与女儿商量停当了，唤园公老欧到来。夫人当面吩咐，教他去请鲁公子后门相会，如此如此，"不可泄漏，我自有重赏"。老园公领命，来到鲁家。但见门如败寺，屋似破窑。窗槅离披，一任风声开闭；厨房冷落，绝无烟气蒸腾。颓墙漏瓦权栖足，只怕雨来；旧椅破床便当柴，也少火力。尽说宦家门户倒，谁怜清吏子孙贫？说不尽鲁家穷处。却说鲁学曾有个姑娘，嫁在梁家，离城将有十里之地。姑夫已死，止存一子梁尚宾，新娶得一房好娘子，三口儿一处过活，家道粗足。这一日，鲁公子恰好到他家借米去了，只有个烧火的白发婆婆在家。老管家只得传了夫人之命，教他作速寄信去请公子回来："此是夫人美情，趁这几日老爷不在家中，专等专等，不可失信。"嘱罢自去了。这里老婆子想道："此事不可迟缓，也不好转托他人传话。当初奶奶存日，曾跟到姑娘家去，有些影像在肚里。"当下嘱咐邻人看门，一步一跌的问到梁家。梁妈妈正留着侄儿在房中吃饭。婆子向前相见，把老园公言语细细述了。姑娘道："此是美事！"撺掇侄儿快去。鲁公子心中不胜欢喜，只是身上蓝缕，不好见得岳母，要与表兄梁尚宾借件衣服遮丑。原来梁尚宾是个不守本分的歹人，早打下欺心草稿，便答应道："衣服自有，只是今日进城，天色已晚了。宦家门墙，不知深浅，令岳母夫人虽然有话，众人未必尽知，去时也须仔细。凭着愚见，还屈贤弟在此草榻，明日只可早往，不可晚行。"鲁公子道："哥哥说得是。"梁尚宾道："愚兄还要到东村一个人家，商量一件小事，回来再得奉陪。"又嘱咐梁妈妈道："婆子走路辛苦，一发留他过宿，明日去罢。"妈妈也只道孩儿是个好意，真个把两人都留住了。谁知他是个奸计：只怕婆子回去时，那边老园公又来相请，露出鲁公子不曾回家的消息，自己不好去打脱冒了。正是：欺天行当人难识，立地机关鬼不知。梁尚宾背却公子，换了一套新衣，悄地出门，径投城中顾金事家来。

却说孟夫人是晚教老园公开了园门伺候。看看日落西山，黑影里只见一个后生，身上穿得齐齐整整，脚儿走得慌慌张张，望着园门欲进不进的。老园公问道："郎君可是鲁公子么？"梁尚宾连忙鞠个躬应道："在下正是。因老夫人见召，特地到此，望乞通报。"老园公慌忙请到亭子中暂住，急急的进去报与夫人。孟夫人就差个管家婆出来传话："请公子到内室相见。"才下得亭子，又有两个丫鬟，提着两碗纱灯来接。弯弯曲曲行过多少房子，忽见朱楼画阁，方是内室。孟夫人揭起朱帘，秉烛而待。那梁尚宾一来是个小家出身，不曾见恁般富贵样子；二来是个村郎，不通文墨；三来自知假货，终是怀着个鬼胎，意气不甚舒展。上前相见时，跪拜应答，眼见得礼貌粗疏，语言涩滞。孟夫人心下想道："好怪！全不像宦家子弟。"一念又想道："常言人贫智短，他恁地贫困，如何怪得他失张失智？"转了第二个念头，心下愈加可怜起来。茶罢，夫人吩咐忙排夜饭，就请小姐出来相见。阿秀初时不肯，被母亲逼了两三次，想着："父亲有赖婚之意，万一如此，今宵便是永诀；若得见亲夫一面，死亦甘心。"当下离了绣阁，含羞而出。孟夫人道："我儿过来见了公子，只行小礼罢。"假公子朝上连作两个揖，阿秀也福了两福，便要回步。夫人道："既是夫妻，何妨同坐？"便教他在自己肩下坐了。假公子两眼只瞧那小姐，见他生得端丽，骨髓里都发痒起来。这里阿秀只道见了真丈夫，低头无语，满腹恓惶，只饶得哭下一场。正是：真假不同，心肠各别。少顷，饮馔已到，夫人教排做两桌，上面一桌请公子坐，打横一桌娘儿两个同坐。夫人道："今日仓卒奉邀，只欲周旋公子姻事，殊不成体，休怪休怪！"假公子刚刚谢得个"打搅"二字，面皮都急得通红了。席间，夫人把女儿守志一事，略叙一叙。假公子应了一句，缩了半句。夫人也只认他害羞，全不为怪。那假公子在席上自觉局促，本是能饮的，只推量窄，夫人也不强他。又坐了一回，夫人吩咐收拾铺陈在东厢下，留公子过夜。假公子也假意作别要行。夫人道："彼此至亲，何拘形迹？我母子还有至言相告。"假公子心中暗喜。只见丫鬟来禀："东厢内铺设已完，请公子安置。"假公子作揖谢酒，丫鬟掌灯送到东厢去了。

夫人唤女儿进房，赶去侍婢，开了箱笼，取出私房银子八十两，又银杯二对，金首饰一十六件，约值百金，一手交付女儿，说道："做娘的手中只有这些，你可亲去交与公子，助他行聘完婚之费。"阿秀道："羞答答如何好去？"夫人道："我儿，礼有经权，事有缓急。如今尴尬之际，不是你亲去嘱咐，把夫妻之情打动他，他如何肯上紧？穷孩子不知世事，倘或与外人商量，被人哄诱，把东西一时花了，不枉了做娘的一片用心？那时悔之何及！这东西也要你袖里藏去，不可露人眼目。"阿秀听了这一班道理，只得依允，便道："娘，我怎好自去？"夫人道："我教管家婆跟你去。"当下唤管家婆来到，吩咐他只等夜深，密地送小姐到东厢，与公子叙话。又附耳道："送到时，你只在门外等候，省得两下碍眼，不好交谈。"管家婆已会其意了。

再说假公子独坐在东厢，明知有个蹊跷缘故，只是不睡。果然，一更之后，管家婆捱门而进，报道："小姐自来相会。"假公子慌忙迎接，重新叙礼。有这等事：那假公子在夫人前一个字也讲不出，及至见了小姐，偏会温存絮话。这里小姐，起初害羞，遮遮掩掩，今番背却夫人，一般也老落起来。两个你问我答，叙了半晌。阿秀话出衷肠，不觉两泪交流。那假公子也装出捶胸叹气，揩眼泪缩鼻涕，许多丑态；又假意解劝小姐，抱持绰趣，尽他受用。管家婆在房门外听见两下悲泣，连累他也恓惶，堕下几点泪来。谁知一边是真，一边是假。阿秀在袖中摸出银两首饰，递与假公子，再三嘱咐，自不必说。假公子收过了，便一手抱住小姐把灯儿吹灭，苦要求欢。阿秀怕声张起来，被丫鬟们听见，坏了大事，只得勉从。有人作《如梦令》词云："可惜名花一朵，绣幕深闺藏护。不遇探花郎，抖被狂蜂残破。错误，错误。怨杀东风分付。"常言事不三思，终有后悔。孟夫人要私赠公子，玉成亲事，这是锦片的一团美意，也是天大的一桩事情，如何不教老园公亲见公子一面？及至假公子到来，只合当面嘱咐一番，把东西赠他，再教老园公送他回去，看个下落，万无一失。千不合，万不合，教女儿出来相见，又教女儿自往东厢叙话。这分明放一条方便路，如何不做出事来？莫说是假的，就是真的，也使不得，枉做了一世牵扯的话柄。这也算做姑息之爱，反害了女儿的终身。闲话休题。

且说假公子得了便宜，放松那小姐去了。五鼓时，夫人教丫鬟催促起身梳洗，用些茶汤点心之类。又嘱咐道："拙夫不久便回，贤婿早做准备，休得怠慢。"假公子别了夫人，出了后花园门，一头走一头想道："我白白里骗了一个宦家闺女，又得了许多财帛，不曾露出马脚，万分侥幸。只是今日鲁家又来，不为全美。听得说顾金事不久便回，我如今再耽阁他一日，待明日才放他去。若得顾金事回来，他便不敢去了，这事就十分干净了。"计较已定，走到个酒店上自饮三杯，吃饱了肚里，直延捱到午后，方才回家。鲁公子正等得不耐烦，只为没有衣服，转身不得。姑娘也焦燥起来，教庄家往东村寻取儿子，并无踪迹。走向媳妇田氏房前问道："儿子衣服有么？"田氏道："他自己检在箱里，不曾留得钥匙。"

原来田氏是东村田贡元的女儿，到有十分颜色，又且通书达礼。田贡元原是石城县中有名的一个豪杰，只为一个有司官与他做对头，要下手害他，却是梁尚宾的父亲与他舅子鲁廉宪说了，廉宪也素闻其名，替他极口分辩，得免其祸。因感激梁家之恩，把这女儿许他为媳。那田氏像了父亲，也带三分侠气，见丈夫是个蠢货，又且不干好事，心下每每不悦，开口只叫做"村郎"。以此夫妇两不和顺，连衣服之类，都是那"村郎"自家收拾，老婆不去管他。却说姑侄两个正在心焦，只见梁尚宾满脸春色回家。老娘便骂道："兄弟在此专等你的衣服，你却在那里嚗酒，整夜不归？又没寻你去处！"

梁尚宾不回娘语，一径到自己房中，把袖里东西都藏过了，才出来对鲁公子道："偶为小事缠住身子，耽阁了表弟一日，休怪，休怪！今日天色又晚了，明日回宅罢。"老娘骂道："你只顾把件衣服借与做兄弟的，等他自己干正务，管他今日明日！"鲁公子道："不但衣服，连鞋袜都要告借。"梁尚宾道："有一双青段子鞋在间壁皮匠家允底，今晚催来，明日早奉穿去。"

鲁公子没奈何，只得又住了一宿。到明朝，梁尚宾只推头疼，又睡了日高三丈，早饭都吃过了，方才起身，把道袍、鞋、袜慢慢的逐件搬将出来，无非要延捱时刻，误其美事。鲁公子不敢就穿，又借了包袱儿包好，付与老婆子拿了。姑娘收拾一包白米和些瓜菜之类，唤个庄客送公子回去，又嘱咐道："若亲事就绪，可来回覆我一声，省得我牵挂。"鲁公子作揖转身，梁尚宾相送一步，又说道："兄弟，你此去须是仔细，不知他意儿好歹，真假何如。依我说，不如只往前门硬挺着身子进去，怕不是他亲女婿，赶你出来？又且他家差老园公请你，有凭有据，须不是你自轻自贱。他有好意，自然相请；若是翻转脸来，你拼得与他诉落一场，也教街坊上人晓得。倘到后园旷野之地，被他暗算，你却没有个退步。"鲁公子又道："哥哥说得是。"正是：背后害他当面好，有心人对没心人。

鲁公子回到家里，将衣服鞋袜装扮起来。只有头巾分寸不对，不曾借得。

把旧的脱将下来，用清水摆净，教婆子在邻舍家借个熨斗，吹些火来熨得直直的，有些磨坏的去处，再把些饭儿粘得硬硬的，墨儿涂得黑黑的。只是这顶巾，也弄了一个多时辰，左带右带，只怕不正。教婆子看得件件停当了，方才移步径投顾金事家来。门公认是生客，回道："老爷东庄去了。"鲁公子终是宦家的子弟，不慌不忙的说道："可通报老夫人，说道鲁某在此。"门公方知是鲁公子，却不晓得来情，便道："老爷不在家，小人不敢乱传。"鲁公子道："老夫人有命，唤我到来，你去通报自知，须不连累你们。"门公传话进来，禀说："鲁公子在外要见，还是留他进来，还是辞他？"孟夫人听说，吃了一惊，想："他前日去得，如何又来？且请到正厅坐下。"先教管家婆出去，问他有何话说。管家婆出来瞧了一瞧，慌忙转身进去，对老夫人道："这公子是假的，不是前夜的脸儿。前夜是胖胖儿的，黑黑儿的；如今是白白儿的，瘦瘦儿的。"夫人不信道："有这等事！"亲到后堂，从帘内张看，果然不是了。孟夫人心上委决不下，教管家婆出去，细细把家事盘问，他答来一字无差。孟夫人初见假公子之时，心中原有些疑惑；今番的人才清秀，语言文雅，倒像真公子的样子。再问他今日为何而来，答道："前蒙老园公传语呼唤，因鲁某羁滞乡间，今早才回，特来参谒，望恕迟误之罪。"夫人道："这是真情无疑了。只不知前夜打脱冒的冤家，又是那里来的？"慌忙转身进房，与女儿说其缘故，又道："这都是做爹的不存天理，害你如此，悔之不及！幸而没人知道，往事不须提起了。如今女婿在外，是我特地请来的，无物相赠，如之奈何？"正是：只因一着错，满盘都是空。

阿秀听罢，呆了半晌。那时一肚子情怀，好难描写：说慌又不是慌，说羞又不是羞，说恼又不是恼，说苦又不是苦，分明似乱针刺体，痛痒难言。喜得他志气过人，早有了一分主意，便道："母亲且与他相见，我自有道理。"孟夫人依了女儿言语，出厅来相见公子。公子掇一把校椅朝上放下："请岳母大人上坐，待小婿鲁某拜见。"孟夫人谦让了一回，从旁站立，受了两拜，便教管家婆扶起看坐。公子道："鲁某只为家贫，有缺礼数。蒙岳母大人不弃，此恩生死不忘。"夫人自觉惶愧，无言可答。忙教管家婆把厅门掩上，请小姐出来相见。阿秀站住帘内，如何肯移步？只教管家婆传语道："公子不该耽阁乡间，负了我母子一片美意。"公子推故道："某因患病乡间，有失奔趋。今方践约，如何便说相负？"阿秀在帘内回道："三日以前，此身是公子之身；今迟了三日，不堪伏侍巾栉，有玷清门。便是金帛之类，亦不能相助了。所存金钗二股，金钿一对，聊表寸意。公子宜别选良姻，休得以妾为念。"管家婆将两般首饰递与公子，公子还疑是悔亲的说话，那里肯收。阿秀又道："公子但留下，不久自有分晓。公子请快转身，留此无益。"说罢，只听得哽哽咽咽的哭了进去。

鲁学曾愈加疑惑，向夫人发作道："小婿虽贫，非为这两件首饰而来。今日小姐似有决绝之意，老夫人如何不出一语？既如此相待，又呼唤鲁某则甚？"夫人道："我母子并无异心。只为公子来迟，不将姻事为重，所以小女心中愤怨，公子休得多疑。"鲁学曾只是不信，叙起父亲存日许多情分，如今一死一生，一贫一富，就忍得改变了？鲁某只靠得岳母一人做主，如何三日后，也生退悔之心？唠唠叨叨的说个不休。孟夫人有口难辨，倒被他缠住身子，不好动身。忽听得里面乱将起来，丫鬟气喘喘的奔来报道："奶奶，不好了！快来救小姐！"吓得孟夫人一身冷汗，巴不得再添两只脚在肚下，管家婆扶着左腋，跑到绣阁，只见女儿将罗帕一幅，缢死在床上。急急解救时，气已绝了，叫唤不醒，满房人都哭起来。鲁公子听小姐缢死，还道是做成的圈套，撺他出门，兀自在厅中嚷刮。孟夫人忍着疼痛，传话请公子进来。公子来到绣阁，只见牙床锦被上，直挺挺躺着个死小姐。夫人哭道："贤婿，你今番认一认妻子。"公子当下如万箭攒心，放声大哭。夫人道："贤婿，此处非你久停之所，怕惹出是非，贻累不小，快请回罢。"教管家婆将两般首饰，纳在公子袖中，送他出去。鲁公子无可奈何，只得抱泪出门去了。这里孟夫人一面安排入殓，一面东庄去报顾金事回来。只说女儿不愿停婚，自缢身死。顾金事懊悔不迭，哭了一场，安排成丧出殡不提。后人有诗赞阿秀云："死生一诺重千金，谁料奸谋祸阱深？三尺红罗报夫主，始知污体不污心。"

却说鲁公子回家看了金钗钿，哭一回，叹一回，疑一回，又解一回，正不知什么缘故，也只是自家命薄所致耳。过了一晚，次日把借来的衣服鞋袜，依旧包好，亲到姑娘家去送还。梁尚宾晓得公子到来，到躲了出去。公子见了姑娘，说起小姐缢死一事，梁妈妈连声感叹，留公子酒饭去了。

梁尚宾回来，问道："方才表弟到此，说曾到顾家去不曾？"梁妈妈道："昨日去的。不知什么缘故，那小姐嗔怪他来迟三日，自缢而死。"梁尚宾不觉失口叫声："呵呀，可惜好个标致小姐！"梁妈妈道："你那里见来？"梁尚宾遮掩不来，只得把自己打脱冒事，述了一遍。梁妈妈大惊，骂道："没天理的禽兽，做出这样勾当！你这房亲事还亏母舅作成你的。你今日恩将仇报，反去破坏了做兄弟的姻缘，又害了顾小姐一命，汝心何安？"千禽兽，万禽兽，骂得梁尚宾开口不得。走到自己房中，田氏闭了房门，在里面骂道："你这样不义之人，不久自有天报，休想善终！从今你自你，我自我，休得来连累人！"梁尚宾一肚气，正没出处，又被老婆诉说，一脚跌开房门，揪了老婆头发便打。又是梁妈妈走来，喝了儿子出去。田氏捶胸大哭，要死要活。梁妈妈劝他不住，唤个小轿抬回娘家去了。

梁妈妈又气又苦，又受了惊，又愁事迹败露，当晚一夜不睡。发寒发热，病了七日，呜呼哀哉。田氏闻得婆婆死了，特来奔丧带孝。梁尚宾旧愤不息，便骂道："贼泼妇，只道你住在娘家一世，如何又有回家的日子？"两下又争闹起来。田氏道："你干了亏心的事，气死了老娘，又来消遣我！我今日若不是婆死，永不见你'村郎'之面！"梁尚宾道："怕断了老婆种，要你这泼妇见我？只今日便休了你去，再莫上门。"田氏道："我宁可终身守寡，也不愿随你这样不义之徒。若是休了到得干净，回去烧个利市。"梁尚宾一向夫妻无缘，到此说了尽头话，憋一口气，真个就写了离书，手印，付与田氏。田氏拜别婆婆灵位，哭了一场，出门而去。正是：有心去调他人妇，无福难招自己妻。可惜田家贤慧女，一场相骂便分离。

话分两头。再说孟夫人追思女儿，无日不哭。想道："信是老欧寄去的，那黑胖汉子，又是老欧引来的，若不是通同作弊，也必然漏泄他人了。"等丈夫出门拜客，唤老欧到中堂，再三讯问。却说老欧传命之时，其实不曾泄漏，是鲁学曾自家不合借衣，惹出来的奸计。当夜来的是假公子，三日后来的是真公子。孟夫人肚里明明晓得有两个人，那老欧肚里还自认做一个人，随他分辨，如何得明白？夫人大怒，喝教手下把他拖翻在地，重责三十板子，打得皮开血喷。顾佥事一日偶到园中，叫老园公扫地，听说被夫人打坏，动掸不得，教人扶来，问其缘故。老欧将夫人差去约鲁公子来家，及夜间房中相会之事，一一说了。顾佥事大怒道："原来如此！"便叫打轿，亲到县中，与知县诉知其事，要将鲁学曾抵偿女儿之命。知县教补了状词，差人拿鲁学曾到来，当堂审问。鲁公子是老实人，就把实情细细说了："见有金钗钿两般，是他所赠，其后园私会之事，其实没有。"知县就唤园公老欧对证。这老人家两眼模糊，前番黑夜里认假公子的面庞不真，又且今日家主分付了说话，一口咬定鲁公子，再不松放。知县又徇了顾佥事人情，着实用刑拷打。鲁公子吃苦不过，只得招道："顾奶奶好意相唤，将金钗钿助为聘资。偶见了阿秀美貌，不合辄起淫心，强逼行奸。到第三日，不合又往，致阿秀羞愤自缢。"知县录了口词，审得鲁学曾与阿秀空言议婚，尚未行聘过门，难以夫妻而论。既因奸致死，合依威逼律问绞。一面发在死囚牢里，一面备文书申详上司。孟夫人闻知此信大惊，又访得他家只有一个老婆子，也吓得病倒，无人送饭。想起："这事与鲁公子全没相干，到是我害了他。"私下处些银两，分付管家婆央人替他牢中使用。又屡次劝丈夫保全公子性命。顾佥事愈加忿怒。石城县把这件事当做新闻沿街传说。正是：好事不出门，恶事行千里。顾佥事为这声名不好，必欲置鲁学曾于死地。

再说有个陈濂御史，湖广籍贯，父亲与顾佥事是同榜进士，以此顾佥事叫他是年侄。此人少年聪察，专好辨冤析枉。其时正奉差巡按江西。未入境时，顾佥事先去嘱托此事。陈御史口虽领命，心下不以为然。莅任三日，便发牌按临赣州，吓得那一府官吏尿流屁滚。审录日期，各县将犯人解进。陈御史审到鲁学曾一起，阅了招词，又把金钗钿看了，叫鲁学曾问道："这金钗钿是初次与你的么？"鲁学曾道："小人只去得一次，并无二次。"御史道："招上说三日后又去，是怎么说？"鲁学曾口称冤枉，诉道："小人的父亲存日，定下顾家亲事。因父亲是个清官，死后家道消乏，小人无力行聘。岳父顾佥事欲要悔亲，是岳母不肯，私下差老园公来唤小人去，许赠金帛。小人羁身在乡，三日后方去。那日只见得岳母，并不曾见小姐之面，这奸情是屈招的。"御史道："既不曾见小姐，这金钗钿何人赠你？"鲁学曾道："小姐立在帘内，只责备小人来迟误事，莫说婚姻，连金帛也不能相赠了，这金钗钿权留个纪念。小人还只认做悔亲的话，与岳母争辨。不期小姐房中缢死，小人至今不知其故。"御史道："怎般说，当夜你不曾到后园去了。"鲁学曾道："实不曾去。"御史想了一回："若特地唤去，岂止赠他钗钿二物？详阿秀抱怨口气，必然先有人冒去东西，连奸骗都是有的，以致羞愤而死。"便叫老欧问道："你到鲁家时，可曾见鲁学曾么？"老欧道："小人不曾面见。"

御史道："既不曾面见，夜间来的你如何就认得是他？"老欧道："他自称鲁公子，特来赴约，小人奉主母之命，引他进见的，怎赖得没有？"御史道："相见后，几时去的？"老欧道："闻得里面夫人留酒，又赠他许多东西，五更时去的。"鲁学曾又叫屈起来，御史喝住了。又问老欧："那鲁学曾第二遍来，可是你引进的？"老欧道："他第二遍是前门来了，小人并不知。"御史道："他第一次如何不到前门，却到后园来寻你？"老欧道："我家奶奶着小人寄信，原教他在后园来的。"御史唤鲁学曾问道："你岳母原教你到后园来，你却如何往前门去？"鲁学曾道："他虽然相唤，小人不知意儿真假，只怕园中旷野之处，被他暗算。所以径奔前门，不曾到后园去。"御史想来，鲁学曾与园公分明是两样说话，其中必有情弊。御史又指着鲁学曾问老欧道："那后园来的，可是这个嘴脸，你可认得真么？不要胡乱答应。"老欧道："昏黑中小人认得不十分真，像是这个脸儿。"御史道："鲁学曾既不在家，你的信却寄与何人的？"老欧道："他家只有个老婆婆，小人对他说的，并无闲人在旁。"鲁学曾道："毕竟还对何人说来？"老欧道："并没第二个人知觉。"御史沉吟半晌，想道："不究出根由，如何定罪？怎好回覆老年伯？"又问鲁学曾道："你说在乡，离城多少？家中几时寄到的信？"鲁学曾道："离北门外只十里，是本日得信的。"御史拍案叫道："鲁学曾，你说三日后方到顾家，是虚情了。既知此信，有恁般好事，路又不远，怎么迟延三日？理上也说不去！"鲁学曾道："爷爷息怒，小人细禀：小人因家贫，往乡间姑娘家借米。闻得此信，便欲进城。怎奈衣衫蓝缕，与表兄借件遮丑，已蒙许下。怎奈这日他有事出去，直到明晚方归。小人专等衣服，所以迟了两日。"御史道："你表兄晓得你借衣服的缘故不？"鲁学曾道："晓得的。"御史道："你表兄何等人？叫甚名字？"鲁学曾道："名唤梁尚宾，庄户人家。"御史听罢，喝散众人："明日再审。"正是：如山巨笔难轻判，似佛慈心待细参。公案见成翻者少，覆盆何处不冤含？次日，察院小开门，挂一面宪牌出来。牌上写道："本院偶染微疾，各官一应公务，俱候另示施行。　　本月　　日。"府县官朝暮问安，自不必说。

话分两头。再说梁尚宾自闻鲁公子问成死罪，心下到宽了八分。一日听得门前喧嚷，在壁缝张看时，只见一个卖布的客人，头上带一顶新孝头巾，身穿旧白布道袍，口内打江西乡谈，说是南昌府人，在此贩布买卖，闻得家中老子身故，星夜要赶回，存下几百匹布，不曾发脱，急切要投个主儿，情愿让些价钱。众人中有要买一匹的，有要两匹三匹的，客人都不肯，道："怎地零星卖时，再几时还不得动身。那个财主家一总脱去，便多让他些也罢。"梁尚宾听了多时，便走出门来问道："你那客人存下多少布？值多少本钱？"客人道："有四百余匹，本钱二百两。"梁尚宾道："一时间那得个主儿？须是肯折些，方有人贪你。"客人道："便折十来两，也说不得。只要快当，轻松了身子好走路。"梁尚宾看了布样，又到布船上去翻覆细看，口里只夸：

"好布，好布！"客人道："你又不做个要买的，只管翻乱了我的布包，担阁人的生意。"梁尚宾道："怎见得我不像个买的？"客人道："你要买时，借银子来看。"梁尚宾道："你若加二肯折，我将八十两银子，替你出脱了一半。"客人道："你也是呆话！做经纪的，那里折得起加二？况且只用一半，这一半我又去投谁？一般样担阁了。我说不像要买的。"又冷笑道："这北门外许多人家，就没个财主，四百匹布便买不起！罢，罢，摇到东门寻主儿去。"梁尚宾听说，心中不忿；又见价钱相因，有些出息，放他不下，便道："你这客人好欺负人！我偏要都买了你的，看如何？"客人道："你真个都买我的？我便让你二十两。"梁尚宾定要折四十两，客人不肯。众人道："客人，你要紧脱货；这位梁大官，又是贪便宜的。依我们说，从中酌处，一百七十两，成了交易罢。"客人初时也不肯，被众人劝不过，道："罢，这十两银子，奉承列位面上。快些把银子兑过，我还要连夜赶路。"梁尚宾道："银子凑不来许多，有几件首饰，可用得着么？"客人道："首饰也就是银子，只要公道作价。"梁尚宾邀入客坐，将银子和两对银钟，共兑准了一百两；又金首饰尽数搬来，众人公同估价，勾了七十两之数。与客收讫，交割了布匹。梁尚宾看这场交易尽有便宜，欢喜无限。正是：贪痴无底蛇吞象，祸福难明螳捕蝉。原来这贩布的客人，正是陈御史装的。他托病关门，密密吩咐中军官聂千户，安排下这些布匹，先雇下小船，在石城县伺候。他悄地带个门子私行到此，聂千户就扮做小郎跟随，门子只做看船的小厮，并无人识破，这是做官的妙用。

却说陈御史下了小船，取出见成写就的宪牌填上梁尚宾名字，就着聂千户密拿。又写书一封，请顾佥事到府中相会。比及御史回到察院，说病好开门，梁尚宾已解到了，顾佥事也来了。御史忙教摆酒后堂，留顾佥事小饭。坐间，顾佥事又提起鲁学曾一事。御史笑道："今日奉屈老年伯到此，正为这场公案，要剖个明白。"便教门子开了护书匣，取出银钟二对，及许多首饰，送与顾佥事看。顾佥事认得是家中之物，大惊问道："那里来的？"御史道："令爱小姐致死之由，只在这几件东西上。老年伯请宽坐，容小侄出堂，问这起数与老年伯看，释此不决之疑。"御史分付开门，仍唤鲁学曾一起复审。御史且教带在一边，唤梁尚宾当面。御史喝道："梁尚宾，你在顾佥事家干得好事！"梁尚宾听得这句，好似青天里闻了个霹雳，正要硬着嘴分辨。只见御史教门子把银钟、首饰与他认赃，问道："这些东西那里来的？"梁尚宾抬头一望，那御史正是卖布的客人，吓得顿口无言，只叫："小人该死。"御史道："我也不动夹棍，你只将实情写供状来。"梁尚宾料赖不过，只得招称了。你说招词怎么写来？有词名《锁南枝》二只为证："写供状，梁尚宾。只因表弟鲁学曾，岳母念他贫，约他助行聘。为借衣服知此情，不合使欺心，缓他行。乘昏黑，假学曾，园公引入内室门，见了孟夫人，把金银厚相赠。因留宿，有了奸骗情。三日后学曾来，将小姐送一命。"御史取了招词，唤园公老欧上来："你仔细认一认，那夜间园上假装公子的，可是这个人？"老欧睁开两眼看了，道："爷爷，正是他。"御史喝教皂隶，把梁尚宾重责八十；将鲁学曾枷杻打开，就套在梁尚宾身上。合依强奸论斩，发本县监候处决。布四百匹，退出，仍给铺户取价还库。其银两、首饰，给与老欧领回。金钗、金钿，断还鲁学曾。俱释放宁家。鲁学曾拜谢活命之恩。正是：奸如明镜照，恩喜覆盆开。生死俱无憾，神明御史台。

却说顾佥事在后堂听了这番审录，惊骇不已。候御史退堂，再三称谢道："若非老公祖神明烛照，小女之冤，几无所伸矣。但不知银两、首饰，老公祖何由取到？"御史附耳道："小侄如此如此。"顾佥事道："妙哉！只是一件，梁尚宾妻子，必知其情；寒家首饰，定然还有几件在彼。再望老公祖一并逮问。"御史道："容易。"便行文书，仰石城县提梁尚宾妻严审，仍追余赃回报。顾佥事别了御史自回。

却说石城县知县见了察院文书，监中取出梁尚宾问道："你妻子姓甚？这一事曾否知情？"梁尚宾正怀恨老婆，答应道："妻田氏，因贪财物，其实同谋的。"知县当时金禀差人提田氏到官。

话分两头。却说田氏父母双亡，只在哥嫂身边，针指度日。这一日，哥哥田重文正在县前，闻知此信，慌忙奔回，报与田氏知道。田氏道："哥哥休慌，妹子自有道理。"当时带了休书上轿，径抬到顾佥事家，来见孟夫人。夫人发一个眼花，分明看见女儿阿秀进来。及至近前，却是个幕生标致妇人，吃了一惊，问道："是谁？"田氏拜倒在地，说道："妾乃梁尚宾之妻田氏。因恶夫所为不义，只恐连累，预先离异了。贵宅老爷不知，求夫人救命。"说罢，就取出休书呈上。夫人正在观看，田氏忽然扯住夫人衫袖，大哭道："母亲，俺爹害得我好苦也。"夫人听得是阿秀的声音，也哭起来，便叫道："我儿，有甚话说？"只见田氏双眸紧闭，哀哀的哭道："孩儿一时错误，失身匪人，羞见公子之面，自缢身亡，以完贞性。何期爹爹不行细访，险些反害了公子性命。幸得暴白了，只是他无家无室，终是我母子耽误了他。母亲若念孩儿，替爹爹说声，周全其事，休绝了一脉姻亲。孩儿在九泉之下，亦无所恨矣。"说罢，跌倒在地。夫人也哭昏了。管家婆和丫鬟、养娘都团聚将来，一齐唤醒。那田氏还呆呆的坐地，问他时全然不省。夫人看了田氏，想起女儿，重复哭起，众丫鬟劝住了。夫人悲伤不已，问田氏："可有爹娘？"田氏回说："没有。"夫人道："我举眼无亲，见了你，如见我女儿一般，你做我的义女肯么？"田氏拜道："若得伏侍夫人，贱妾有幸。"夫人欢喜，就留在身边了。

顾佥事回家，闻说田氏先期离异，与他无干，写了一封书帖，和休书送与县官，求他免提，转回察院。又见田氏贤而有智，好生敬重，依了夫人收为义女。夫人又说起女儿阿秀负魂一事，他千叮万嘱："休绝了鲁家一脉姻亲。"如今田氏少艾，何不就招鲁公子为婿，以续前姻？顾佥事见鲁学曾无辜受害，甚是懊悔。今番夫人说话有理，如何不依？只怕鲁公子生疑，亲到其家，谢罪过了，又说续亲一事。鲁公子再三推辞不过，只得允从。就把金钗钿为聘，择日过门成亲。

原来顾佥事在鲁公子面前，只说过继的远房侄女。孟夫人在田氏面前，也只说赘个秀才，并不说真名真姓。到完婚以后，田氏方才晓得就是鲁公子，公子方才晓得就是梁尚宾的前妻田氏。自此夫妻两口和睦，且是十分孝顺。顾佥事无子，鲁公子承受了他的家私，发愤攻书。顾佥事见他三场通透，送入国子监，连科及第。所生二子，一姓鲁，一姓顾，以奉两家宗祀。梁尚宾子孙遂绝。诗曰："一夜欢娱害自身，百年姻眷属他人。世间用计行奸者，请看当时梁尚宾。"

第三卷　新桥市韩五卖春情

情宠娇多不自由，骊山举火戏诸侯。
只知一笑倾人国，不觉胡尘满玉楼。

这四句诗，是胡曾《咏史诗》。专道着昔日周幽王宠一个妃子，名曰褒姒，千方百计的媚他。因要取褒姒一笑，向骊山之上，把与诸侯为号的烽火烧起来。诸侯只道幽王有难，都举兵来救。及到幽王殿下，寂然无事。褒姒呵呵大笑。后来犬戎起兵来攻，诸侯皆不来救，犬戎遂杀幽王于骊山之下。又春秋时，有个陈灵公，私通于夏徵舒之母夏姬。与其臣孔宁、仪行父日夜往其家，饮酒作乐。徵舒心怀愧恨，射杀灵公。后来六朝时，陈后主宠爱张丽华、孔贵嫔，自制《后庭花》曲，姱美其色，沉湎淫逸，不理国事。被隋兵所追，无处躲藏，遂同二妃投入井中，为隋将韩擒虎所获，遂亡其国。诗云："欢娱夏厥忽兴戈，智井犹闻《玉树歌》。试看二陈同一律，从来亡国女戎多。"

当时，隋炀帝也宠萧妃之色。要看扬州景，用麻叔度为帅，起天下民夫百万，开汴河一千余里，役死人夫无数。造凤舰龙舟，使宫女牵之，两岸乐声闻于百里。后被宇文化及造反江都，斩炀帝于吴公台下，其国亦倾。有诗为证："千里长河一旦开，亡隋波浪九天来。锦帆未落干戈起，惆怅龙舟更不回。"至于唐明皇宠爱杨贵妃之色，春纵春游，夜专夜宠。谁想杨妃与安禄山私通，却抱禄山做孩儿。一日，云雨方罢，杨妃钗横鬓乱，被明皇撞见，支吾过了。明皇从此疑心，将禄山除出在渔阳地面做节度使。那禄山思恋杨妃，举兵反叛。正是：渔阳鼙鼓动地来，惊破《霓裳羽衣曲》。那明皇无计奈何，只得带取百官逃难。马嵬山下兵变，逼死了杨妃，明皇直走到西蜀。亏了郭令公血战数年，才恢复得两京。

且如说这几个官家，都只为贪爱女色，致于亡国捐躯。如今愚民小子，怎生不把色欲警戒？说话的，你说那戒色欲则甚？自家今日说一个青年子弟，只因不把色欲警戒，去恋着一个妇人，险些儿坏了堂堂六尺之躯，丢了泼天的家计，惊动新桥市上，变成一本风流说话。正是：好将前事错，传与后人知。

说这宋朝临安府，去城十里，地名湖墅；出城五里，地名新桥。那市上有个富户吴防御，妈妈潘氏，止生一子，名唤吴山，娶妻余氏，生得四岁一个孩儿。防御门首开个丝绵铺，家中放债积谷。果然是金银满箧，米谷成仓。去新桥五里，地名灰桥市上，新造一所房屋，令子吴山，再拨主管帮扶，也好开一个铺。家中收下的丝绵，发到铺中卖与在城机户。吴山生来聪俊，粗知礼义；干事朴实，不好花哄。因此防御不虑他在外边闲理会。

且说吴山每日早晨到铺中卖货，天晚回家。这铺中房屋，只占得门面，里头房屋都是空的。忽一日，吴山在家有事，至晌午才到铺中。走进看时，只见屋后河边泊着两只剥船，船上许多箱笼、卓、凳、家伙，四五个人尽搬入空屋里来。船上走起三个妇人：一个中年胖妇人，一个老婆子，一个小妇人，尽走入屋里来。只因这妇人入屋，有分教吴山：身如五鼓衔山月，命似三更油尽灯。吴山问主管道："甚么人不问事由，擅自搬入我屋来？"主管道："在城人家。为因里役，一时间无处寻屋，央此间邻居范老来说，暂住两三日便去。正欲报知，恰好官人自来。"吴山正欲发怒，见那小娘子敛袂向前深深的道个万福："告官人息怒。非干主管之事，是奴家大胆，一时事急，出于无奈，不及先来宅上禀知，望乞恕罪。容住三四日，寻了屋就搬去。房金依例拜纳。"吴山便放下脸来道："既如此，便多住些时也不妨，请自稳便。"妇人说罢，就去搬箱运笼。吴山看得心痒，也替他搬了几件家伙。说话的，你说吴山平生鲠直，不好花哄。因何见了这个妇人，回嗔作喜，又替他搬家伙？你不知道，吴山在家时，被父母拘管得紧，不容他闲走。他是个聪明俊俏的人，干事活动，又不是一个木头的老实。况且青春年少，正是他的时节。父母又不在面前，浮铺中见了这个美貌的妇人，如何不动心？那胖妇人与小妇人都道："不劳官人用力。"吴山道："在此间住，就是自家一般，何必见外？"彼此俱各欢喜。天晚，吴山回家，分付主管与里面新搬来的说，"写纸房契来与我"。主管答应了，不在话下。

且说吴山回到家中，并不把搬来一事说与父母知觉。当夜心心念念，想着那小妇人。次日早起，换身好衣服，打扮齐整，叫个小厮寿童跟着，摇摆到店中来。正是：没兴店中赊得酒，命衰撞着有情人。吴山来到铺中，卖了一回货。里面走动的八老来接吃茶，要纳房状。吴山心下正要进去，恰好得八老来接，便起身入去。只见那小妇人笑容可掬，接将出来万福："官人请

喻世明言·彩绘版

里面坐。"吴山到中间轩子内坐下。那老婆子和胖妇人都来相见陪坐，坐间止有三个妇人。吴山动问道："娘子高姓？怎么你家男儿汉不见一个？"胖妇人道："拙夫姓韩，与小儿在衙门跟官。早去晚回，官身不得相会。"坐了一回，吴山低着头睃那小妇人。这小妇人一双俊俏眼觑着吴山道："敢问官人青春多少？"吴山道："虚度二十四岁。拜问娘子青春？"小妇人道："与官人一缘一会，奴家也是二十四岁。城中搬下来，偶辏遇官人，又是同岁，正是有缘千里能相会。"那老妇人和胖妇人看见关目，推个事故起身去了，止有二人对坐。小妇人到把些风流话儿挑引吴山。吴山初然只道好人家，容他住，不过研光而已。谁想见面，到来刮涎，才晓得是不停当的。欲待转身出去，那小妇人又走过来挨在身边坐定，作娇作痴，说道："官人，你将头上金簪子来借我看一看。"吴山除下帽子，正欲拔时，被小妇人一手按住吴山头髻，一手拔了金簪，就便起身道："官人，我和你去楼上说句话。"一头说，径走上楼去了。吴山随后跟上楼来讨簪子。正是：由你奸似鬼，也吃洗脚水。吴山走上楼来，叫道："娘子，还我簪子。家中有事，就要回去。"妇人道："我与你是宿世姻缘，你不要妆假，愿谐枕席之欢。"吴山道："行不得！倘被人知觉，却不好看，况此间耳目较近。"待要下楼，怎奈那妇人放出那万种妖娆，搂住吴山，倒在怀中，将尖尖玉手，扯下吴山裙裤。情兴如火，擦捺不住；携手上床，成其云雨。霎时云收雨散，两个起来偎倚而坐。吴山且惊且喜，问道："姐姐，你叫做甚么名字？"妇人道："奴家排行第五，小字赛金。长大，父母顺口叫道金奴。敢问官人排行第几？宅上做甚行业？"吴山道："父母止生得我一身，家中收丝放债，新桥市上出名的财主。此间门前铺子，是我自家开的。"金奴暗喜道："今番缠得这个有钱的男儿，也不枉了。"

原来这人家是隐名的娼妓，又叫做"私窠子"，是不当官吃衣饭的。家中别无生意，只靠这一本帐。那老妇人是胖妇人的娘，金奴是胖妇人的女儿。在先，胖妇人也是好人家出来的。因为丈夫无用，阃阈不得已干这般勾当。金奴自小生得标致，又识几个字，当时已自嫁与人去了。只因在夫家不踹叠，做出来，发回娘家。事有凑巧，物有偶然，此时胖妇人年纪约近五旬，孤老来得少了，恰好得女儿来接代，也不当断这样行业，索性大做了。原在城中住，只为这样事被人告发，慌了，搬下来躲避。却恨吴山偶然撞在他手里，圈套都安排停当，漏将入来，不由你不落水。怎地男儿汉不见一个？但看有人来，父子们都回避过了，做成的规矩。这个妇人，但贪他的，便着他的手，不止陷了一个汉子。

当时金奴道："一时慌促搬来，缺少盘费。告官人，有银子乞借应五两，不可推故。"吴山应允了。起身整了衣冠，金奴依先还了金簪。两个下楼，依旧坐在轩子内。吴山自思道："我在此耽阁了半晌，虑恐邻舍们谭论。"又吃了一杯茶。金奴留吃午饭，吴山道："我耽阁长久，不吃饭了。少间就送盘缠来与你。"金奴道："午后特备一杯菜酒，官人不要见却。"说罢，吴山自出铺中。原来外边近邻见吴山进去。那房屋却是两间六椽的楼屋，金奴只占得一间做房，这边一间就是丝铺，上面却是空的。有好事哥哥，见吴山半晌不出来，伏在这间空楼壁边。入马之时，都张见明白。比及吴山出来，坐在铺中，只见几个邻人都来和哄道："吴小官人，恭喜恭喜！"吴山初时已自心疑他们知觉，次后见众人来取笑，他通红了脸皮，说道："好没来由！有甚么喜贺？"内中有原张见的，是对门开杂货铺的沈二郎，叫道："你兀自赖哩，拔了金簪子，走上楼去做甚么？"吴山被他一句说着了，顿口无言，推个事故，起身便走。众人拦住道："我们斗分银子，与你作贺。"

吴山也不顾众说，使性子往西走了。去到娘舅潘家，讨午饭吃了。踱到门前，向一个店家借过等子，将身边买丝银子称了二两，放在袖中。又闲坐了一回，捱到半晚，复到铺中来。主管道："里面住的正在此请官人吃酒。"恰好八老出来道："官人，你那里闲耍？教老子没处寻。家中特备菜酒，止请主管相陪，再无他客。"吴山就同主管走到轩子下。已安排齐整，无非鱼、肉、酒、果之类。吴山正席，金奴对坐，主管在旁。三人坐定，八老筛酒。吃过几杯，主管会意，只推要收铺中，脱身出来。吴山平日酒量浅，主管去了，开怀与金奴吃了十数杯，便觉有些醉来。将袖中银子送与金奴，便起身挽了金奴手道："我有一句话和你说，这桩事，却有些不谐当。邻舍们都知了，来打和哄。倘或传到我家去，父母知道，怎生是好？此间人眼又紧，口嘴又歹，容不得。倘有人不惬气，在此飞砖掷瓦，安身不稳。姐姐，依着我口，寻个僻静所在去住，我自常来看顾你。"金奴道："说得是。奴家就与母亲商议。"说罢，那老子又将两杯茶来。吃罢，免不得又做些干生活。吴山辞别动身，嘱付道："我此去未来哩，省得众人口舌。待你寻得所在，八老来说知，我来送你起身。"说罢，吴山出来铺中，分付主管说话，一径自回，不在话下。

且说金奴送吴山去后，天色已晚。上楼卸了浓妆，下楼来吃了晚饭，将吴山所言移屋一节，备细说与父母知道。当夜各自安歇。次早起来，胖妇人分付八老悄地打听邻舍消息。八老到门前站了一回，踅到间壁粜米张大郎门前，闲坐了一回。只听得这几家邻舍指指搠搠，只说这事。八老回家，对这胖妇人说道："街坊上嘴舌不是养人的去处。"胖妇人道："因为在城中被人打搅，无奈搬来，指望寻个好处安身，久远居住，谁想又撞这般的邻舍！"说罢叹了口气。一面教老公去寻房子，一面看邻舍动静计较。

却说吴山自那日回家，怕人嘴舌，瞒着父母，只推身子不快，一向不到店中来。主管自行卖货。金奴在家清闲不惯，八老又去招引旧时主顾，一般来走动。那几家邻舍初然只晓得吴山行踏，次后见往来不绝，方晓得是个大做的。内中有生事的道："我这里都是好人家，如何容得这等麀麚的在此住？常言道：近奸近杀。倘若争锋起来，致伤人命，也要带累邻舍。"说罢，却早那八老听得，进去说，今日邻舍们又如此如此说。胖妇人听得八老说了，没出气处，碾那老婆子道："你七老八老，怕兀谁？不出去门前叫骂这短命多嘴的鸭黄儿！"婆子听了，果然就起身走到门前叫骂道："那个多嘴贼鸭黄儿，在这里学放屁！若还敢来应我的，做这条老性命结识他。那个人家没亲眷来往？"邻舍们听得，道："这个贼做大的出精老狗，不说自家干这般没理的事，到来欺邻骂舍！"开杂货店沈二郎正要应那婆子，中间又有守本分的劝道："且由他！不要与这半死的争好歹，赶他起身便了。"婆子骂了几声，见无人来睬他，也自入去。却说众邻舍都来与主管说："是你没分晓，容这等不明不白的人在这里住。不说自家理短，反教老婆子叫骂邻舍。你耳内须听得。我们都到你主家说与防御知道，你身上也不好看。"主管道："列位高邻息怒，不必说得，早晚就着他搬去。"众人说罢，自去了。主管当时到里面对胖妇人说道："你们可快快寻个所在搬去，不要带累我。看这般模样，住也不秀气。"胖妇人道："不劳分付，拙夫已寻屋在城，只在旦晚就搬。"说罢，主管出来。

胖妇人与金奴说道："我们明早搬入城。今日可着八老悄地与吴小官说知，只莫教他父母知觉。"八老领语，走到新桥市上吴防御丝绵大铺，不敢径进。只得站在对门人家檐下蹅去，一眼只看着铺里。不多时，只见吴山踱将出来。看见八老，慌忙走过来，引那老子离了自家门首，借一个织熟绢人家坐下，问道："八老有甚话说？"八老道："家中五姐领官人尊命，明日搬入城去居住，特着老汉来与官人说知。"吴山道："如此最好，不知搬在城中何处？"八老道："搬在游弈营羊毛寨南横桥街上。"吴山就身边取出一块银子，约有二钱，送与八老道："你自将去买杯酒吃。明日晌午，我自来送你家起身。"八老收了银子，作谢了，一径自回。

且说吴山到次日巳牌时分，唤寿童跟随出门，走到归锦桥边南货店里，买了两包干果，与小厮拿着，来到灰桥市上铺里。主管相叫罢，将日逐卖丝的银子帐来算了一回。吴山起身，入到里面与金奴母子叙了寒温，将寿童手中果子，身边取出一封银子，说道："这两包粗果，送与姐姐泡茶；银子一两，权助搬屋之费。待你家过屋后，再来看你。"金奴接了果子并银两，母子两个起身谢道："重蒙见惠，何以克当！"吴山道："不必谢，日后正要往来哩。"说罢，起身看时，箱笼家伙已自都搬下船了。金奴道："官人，去后几时来看我？"吴山道："只在三五日间，便来相望。"金奴一家别了吴山，当日搬入城去了。正是：此处不留人，自有留人处。

且说吴山原有害夏的病：每过炎天时节，身体便觉疲倦，形容清减。此时正值六月初旬，因此请个针灸医人，背后灸了几穴火，在家调养，不到店内。心下常常思念金奴，争奈灸疮疼，出门不得。

却说金奴从五月十七搬移在横桥街上居住。那条街上俱是营里军家，不好此事，路又僻拗，一向没人走动。胖妇人向金奴道："那日吴小官许下我

们三五日间就来，到今一月，缘何不见来走一遍？若是他来，必然也看觑我们。"金奴道："可着八老去灰桥市上铺中探望他。"当时八老去，就出艮山门到灰桥市上丝铺里见主管。八老相见罢，主管道："阿公来，有甚事？"八老道："特来望吴小官。"主管道："官人灸火在家未痊，向不到此。"八老道："主管若是回宅，烦寄个信，说老汉到此不遇。"八老也不耽阁，辞了主管便回家中，回覆了金奴。金奴道："可知不来，原来灸火在家。"当日金奴与母亲商议，教八老买两个猪肚磨净，把糯米莲肉灌在里面，安排烂熟。次早，金奴在房中磨墨挥笔，拂开鸾笺写封简，道："贱妾赛金再拜，谨启情郎吴小官人：自别尊颜，思慕之心，未尝少息，悬悬不忘于心。向蒙期约，妾倚门凝望，不见降临。昨遣八老探拜，不遇而回。妾移居在此，甚是荒凉。听闻贵恙灸火疼痛，使妾坐卧不安。空怀思忆，不能代替。谨具猪肚二枚，少申问安之意，幸希笑纳。情照不宣。仲夏二十一日，贱妾赛金再拜。"写罢，折成简子，将纸封了；猪肚装在盒里，又用帕子包了。都交付八老，叮嘱道："你到他家，寻见吴小官，须索与他亲收。"

　　八老提了盒子，怀中揣着简帖，出门径往大街。走出武林门，直到新桥市上吴防御门首，坐在街檐石上。只见小厮寿童走出，看见叫道："阿公，你那里来，坐在这里？"八老扯寿童到人静去处说："我特来见你官人说话。我只在此等，你可与我报与官人知道。"寿童随即转身，去不多时，只见吴山踱将出来。八老慌忙作揖："官人，且喜贵体康安！"吴山道："好！阿公，你盒子里甚么东西？"八老道："五姐记挂官人灸火，没甚好物，只安排得两个猪肚，送来与官人吃。"吴山遂引那老子到个酒店楼上坐定，问道："你家搬在那里好么？"八老道："甚是消索。"怀中将柬帖子递与吴山。吴山接柬在手，拆开看毕，依先折了藏在袖中。揭开盒子拿一个肚子，教酒博士切做一盘，分付烫两壶酒来。吴山道："阿公，你自在这里吃，我家去写回字与你。"八老道："官人请稳便。"吴山来到家里卧房中，悄悄的写了回简；又秤五两白银，复到酒店楼上，又陪八老吃了几杯酒。八老道："多谢官人好酒，老汉吃不得了。"起身回去，吴山遂取银子并回柬说道："这五两银子，送与你家盘缠。多多拜覆五姐，过三两日，定来相望。"八老收了银、简，起身下楼，吴山送出酒店。

　　却说八老走到家中，天晚入门，将银、简都付与金奴收了。将简拆开灯下看时，写道："山顿首，字覆爱卿韩五娘妆次：向前会间，多蒙厚款。又且云情雨意，枕席钟情，无时少忘。所期正欲趋会，生因贱躯灸火，有失卿之盼望。又蒙遣人垂顾，兼惠可口佳肴，不胜感感。二三日间，容当面会。白金五两，权表微情，伏乞收入。吴山再拜。"看简毕，金奴母子得了五两银子，千欢万喜，不在话下。

　　且说吴山在酒店里，捱到天晚，拿了一个猪肚，悄地里到自卧房，对浑家说："难得一个识熟机户，闻我灸火，今日送两个熟肚与我。在外和朋友吃了一个，拿一个回来与你吃。"浑家道："你明日也用作谢他。"当晚吴山将肚子与妻在房吃了，全不教父母知觉。过了两日。第三日，是六月二十四日。吴山起早，告父母道："孩儿一向不到铺中，喜得今日好了，去走一遭。况在城神堂巷有几家机户赊帐要讨，入城便回。"防御道："你去不可劳碌。"吴山辞父，讨一乘兜轿抬了，小厮寿童打伞跟随。只因吴山要进城，有分教金奴险送他性命。正是：二八佳人体似酥，腰间仗剑斩愚夫。虽然不见人头落，暗里教君骨髓枯。

　　吴山上轿，不觉早到灰桥市上。下轿进铺，主管相见。吴山一心只在金奴身上，少坐，便起身分付主管："我入城收拾机户赊帐，回来算你日逐卖帐。"主管明知到此处去，只不敢阻，但劝："官人贵体新痊，不可别处闲走，空受疼痛。"吴山不听，上轿预先分付轿夫，径进艮山门，迤逦到羊毛寨南横桥，寻问湖市搬来韩家。旁人指说："药铺间壁就是。"吴山来到门首下轿，寿童敲门。里面八老出来开门，见了吴山，慌入去说知。吴山进门，金奴母子两个堆下笑来迎接，说道："贵人难见面。今日甚风吹得到此？"吴山与金奴母子相唤罢，到里面坐定吃茶。金奴道："官人认认奴家房里。"吴山同金奴到楼上房中。正所谓：合意友来情不厌，知心人至话相投。金奴与吴山在楼上，如鱼得水，似漆投胶，两个无非说些深情密意的话。少不得安排酒肴，八老搬上楼来，掇过镜架，就摆在梳妆卓上。八老下来，金奴讨酒，才敢上去。两个并坐，金奴筛酒一杯，双手敬与吴山道："官人灸火，妾心无时不念。"吴山接酒在手道："小生为因灸火，有失期约。"酒尽，也筛一杯回敬与金奴。吃过十数杯，二人情兴如火，免不得再把旧情一叙。交欢之际，无限恩情。事毕起来，洗手更酌。又饮数杯，醉眼蒙眬，余兴未尽。吴山因灸火在家，一月不曾行事。见了金奴，如何这一次便罢？吴山合当死，魂灵都被金奴引散乱了，情兴复发，又弄一火。正是：爽口物多终作疾，快心事过必为殃。吴山重复，自觉神思散乱，身体困倦，打熬不过，饭也不吃，倒身在床上睡了。金奴见吴山睡着，走下楼到外边，说与轿夫道："官人吃了几杯酒，睡在楼上。二位太保宽坐等一等，不要催促。"轿夫道："小人不敢来催。"金奴分付毕，走上楼来，也睡在吴山身边。

　　且说吴山在床上方合眼，只听得有人叫："吴小官好睡！"连叫数声。吴山醉眼看见一个胖大和尚，身披一领旧褊衫，赤脚穿双僧鞋，腰系着一条黄丝绦，对着吴山打个问讯。吴山跳起来还礼道："师父上刹何处？因甚唤我？"和尚道："贫僧是桑枣园寺水月住持，因为死了徒弟，特来劝化官人。贫僧看官人相貌，生得福薄，无缘受享荣华；只好受些清淡，弃俗出家，与我做个徒弟。"吴山道："和尚好没分晓！我父母半百之年，止生得我一人，成家接代，创立门风，如何出家？"和尚道："你只好出家，若还贪享荣华，即当命夭。依贫僧口，跟我去罢。"吴山道："乱话！此间是妇人卧房，你是出家人，到此何干？"那和尚睁着两眼，叫道："你跟我去也不？"吴山道：

"你这秃驴，好没道理，只顾来缠我做甚？"和尚大怒，扯了吴山便走，到楼梯边，吴山叫起屈来，被和尚尽力一推，望楼梯下面倒撞下来。撒然惊觉，一身冷汗。开眼时，金奴还睡未醒，原来做一场梦。觉得有些恍惚，爬起坐在床上，呆了半响。金奴也醒来，道："官人好睡。难得你来，且歇了，明早去罢。"吴山道："家中父母记挂，我要回去，别日再来望你。"金奴起身，分付安排点心。吴山道："我身子不快，不要点心。"金奴见吴山脸色不好，不敢强留。吴山整了衣冠，下楼辞了金奴母子，急急上轿。

天色已晚，吴山在轿思量：白日里做场梦，甚是作怪。又惊又忧，肚里渐觉疼起来。在轿过活不得，巴不得到家，分付轿夫快走。捱到自家门首，肚疼不可忍，跳下轿来，走入里面，径奔楼上。坐在马桶上，疼一阵，撒一阵，撒出来都是血水，半响方上床。头眩眼花，倒在床上，四肢倦怠，百骨酸疼，大底是本身元气微薄，况又色欲过度。防御见吴山面青失色，奔上楼来，吃了一惊道："孩儿因甚这般模样？"吴山应道："因在机户人家多吃了几杯酒，就在他家睡。一觉醒来热渴，又吃了一碗冷水，身体便觉拘急，如今作起泻来。"说未了，咬牙寒噤，浑身冷汗如雨，身如炭火一般。防御慌急下楼，请医来看，道："脉气将绝，此病难医。"再三哀恳太医，乞用心救取。医人道："此病非干泄泻之事，乃是色欲过度，耗散元气，为脱阳之症，多是不好。我用一帖药，与他扶助元气。若是服药后，热退脉起，则有生意。"医人撮了药自去。父母再三盘问，吴山但摇头不话。将及初更，吴山服了药，伏枕而卧。忽见日间和尚又来，立在床边，叫道："吴山，你强熬做甚？不如早随我去。"吴山道："你快去，休来缠我！"那和尚不由分说，将身上黄丝绦缚在吴山项上，扯了便走。吴山攀住床棂，大叫一声惊醒，又是一梦。开眼看时，父母、浑家皆在面前。父母问道："我儿因甚惊觉？"

吴山自觉神思散乱，料捱不过，只得将金奴之事，并梦见和尚，都说与父母知道。说罢，哽哽咽咽哭将起来。父母、浑家尽皆泪下。防御见吴山病势危笃，不敢埋怨他，但把言语来宽解。吴山与父母说罢，昏晕数次。复苏，泣谓浑家道："你可善侍公姑，好看幼子。丝行资本，尽毂盘费。"浑家哭道："且宽心调理，不要多虑。"吴山叹了气一口，唤丫鬟扶起，对父母说道："孩儿不能复生矣。爹娘空养了我这个忤逆子，也是年灾命危，逢着这个冤家。今日虽悔，噬脐何及！传与少年子弟，不要学我干这等非为的事，害了自己性命。男子六尺之躯，实是难得。要贪花恋色的，将我来做个样。孩儿死后，将身尸丢在水中，方可谢抛妻弃子、不养父母之罪。"言讫，方才合眼，和尚又在面前。吴山哀告："我师，我与你有甚冤仇，不肯放舍我？"和尚道："贫僧只因犯了色戒，死在彼处，久滞幽冥，不得脱离鬼道。向日偶见官人白昼交欢，贫僧一时心动，欲要官人做个阴魂之伴。"言罢而去。吴山醒来，将这话对父母说知。吴防御道："原来被冤魂来缠。"慌忙在门外街上，焚香点烛，摆列羹饭，望空拜告："慈悲放舍我儿生命，亲到彼处设醮追拔。"祝毕，烧化纸钱。

　　防御回到楼上，天晚，只见吴山朝着里床睡着，猛然翻身坐将起来，睁着眼道："防御，我犯如来色戒，在羊毛寨里寻了自尽。你儿子也来那里淫欲，不免把我前日的事，陡然想起，要你儿子做个替头，不然求他超度。适才承你羹饭纸钱，许我荐拔，我放舍了你的儿子，不在此作祟。我还去羊毛寨里等你超拔，若得脱生，永不来了。"说话方毕，吴山双手合掌作礼，洒然而觉，颜色复旧。浑家摸他身上，已住了热；起身下床解手，又不泻了。一家欢喜。复请原日医者来看，说道："六脉已复，有可救生路。"撮下了药，调理数日，渐渐好了。防御请了几众僧人，在金奴家做了一昼夜道场。只见金奴一家做梦，见个胖和尚拿了一条拄杖去了。

　　吴山将息半年，依旧在新桥市上生理。一日，与主管说起旧事，不觉追悔道："人生在世，切莫为昧己勾当。真个明有人非，幽有鬼责，险些儿丢了一条性命。"从此改过前非，再不在金奴家去。亲邻有知道的，无不钦敬。正是：痴心做处人人爱，冷眼观时个个嫌。觑破关头邪念息，一生出处自安恬。

第四卷　闲云庵阮三偿冤债

> 好姻缘是恶姻缘，莫怨他人莫怨天。
> 但愿向平婚嫁早，安然无事度余年。

　　这四句，奉劝做人家的，早些毕了儿女之债。常言道：男大须婚，女大须嫁；不婚不嫁，弄出丑吒。多少有女儿的人家，只管要拣门择户，扳高嫌低，担误了婚姻日子。情窦开了，谁熬得住？男子便去偷情嫖院；女儿家拿不定定盘星，也要走差了道儿。那时悔之何及！

　　则今日说个大大官府，家住西京河南府梧桐街兔演巷，姓陈名太常。自是小小出身，累官至殿前太尉之职。年将半百，娶妾无子，止生一女，叫名玉兰。那女孩儿生于贵室，长在深闺，青春二八，真有如花之容，似月之貌。况描绣针线，件件精通；琴棋书画，无所不晓。那陈太常常与夫人说："我位至大臣，家私万贯，止生得这个女儿，况有才貌，若不寻个名目相称的对头，枉居朝中大臣之位。"便唤官媒婆分付道："我家小姐年长，要选良姻，须是三般全的方可来说：一要当朝将相之子，二要才貌相当，三要名登黄甲。有此三者，立赘为婿；如少一件，枉自劳力。"因此往往选择，或有登科及第的，又是小可出身；或门当户对，又无科第；及至两事俱全，年貌又不相称了，以此蹉跎下去。光阴似箭，玉兰小姐不觉一十九岁了，尚没人家。时值正和二年上元令节，国家有旨庆赏元宵。五凤楼前架起鳌山一座，满地华灯，喧天锣鼓。自正月初五日起，至二十日止，禁城不闭，国家与民同乐。怎见得？有只词儿，名《瑞鹤仙》，单道着上元佳景："瑞烟浮禁苑，正绛阙春回，新正方半。冰轮桂华满。溢花衢歌市，芙蓉开遍。龙楼两观，见银烛星球灿烂。卷珠帘，尽日笙歌，盛集宝钗金钏。堪羡！绮罗丛里，兰麝香中，正宜游玩。风柔夜暖，花影乱，笑声喧。闹蛾儿满地，成团打块，簇着冠儿斗转。喜皇都，旧日风光，太平再见。"只为这元宵佳节，处处观灯，家家取乐，引出一段风流的事来。

话说这兔演巷内，有个年少才郎，姓阮名华，排行第三，唤做阮三郎。他哥哥阮大与父母专在两京商贩，阮二专一管家。那阮三年方二九，一貌非俗；诗词歌赋，般般皆晓。笃好吹箫。结交几个豪家子弟，每日向歌馆娼楼，留连风月。时遇上元灯夜，知会几个弟兄来家，笙箫弹唱，歌笑赏灯。这伙子弟在阮三家，吹唱到三更方散。阮三送出门，见行人稀少，静夜月明如画，向众人说道："恁般良夜，何忍便睡？再举一曲何如？"众人依允，就在阶沿石上向月而坐，取出笙、箫、象板，口吐清音，呜呜咽咽的又吹唱起来。正是：隔墙须有耳，窗外岂无人？那阮三家，正与陈太尉对衙。衙内小姐玉兰，欢要赏灯，将次要去歇息。忽听得街上乐声缥缈，响彻云际。料得夜深，众人都睡了，忙唤梅香，轻移莲步，直至大门边，听了一回，情不能已。有个心腹的梅香，名曰碧云。小姐低低分付道："你替我去街上看甚人吹唱。"梅香巴不得趋承小姐，听得使唤这事，轻轻地走到街边，认得是对邻子弟，忙转身入内，回覆小姐道："对邻阮三官与几个相识，在他门首吹唱。"那小姐半晌之间，口中不道，心下思量："数日前，我爹曾说阮三点报朝中驸马，因使用不到，退回家中。想就是此人了，才貌必然出众。"又听了一个更次，各人分头散去。小姐回转香房，一夜不曾合眼，心心念念，只想着阮三："我若嫁得恁般风流子弟，也不枉一生夫妇。怎生得会他一面也好？"正是：邻女乍萌窥玉意，文君早乱听琴心。

且说次日天晓，阮三同几个子弟到永福寺中游玩，见烧香的士女佳人，来往不绝，自觉心性荡漾。到晚回家，仍集昨夜子弟，吹唱消遣。每夜如此，迤逦至二十日。这一夜，众子弟们各有事故，不到阮三家里。阮三独坐无聊，偶在门侧临街小轩内，拿壁间紫玉鸾箫，手中按着宫商角徵羽，将时样新词曲调，清清地吹起，吹不了半只曲儿，忽见个侍女推门而入，深深地向前道个万福。阮三停箫问道："你是谁家的姐姐？"丫鬟道："贱妾碧云，是对邻陈衙小姐贴身伏侍的。小姐私慕官人，特地着奴请官人一见。"那阮三心下思量道："他是个官宦人家，守阍耳目不少，进去易，出来难。被人瞧见盘问时，将何回答？却不枉受凌辱？"当下回言道："多多上复小姐，怕出入不便，不好进来。"碧云转身回覆小姐。小姐想起夜来音韵标格，一时间春心摇动，便将手指上一个金镶宝石戒指儿，褪将下来，付与碧云，分付道："你替我将这件物事，寄与阮三郎，将带他来见我一见，万不妨事。"碧云接得在手，"一心忙似箭，两脚走如飞"，慌忙来到小轩。阮三官还在那里。碧云手儿内托出这个物来，致了小姐之意。阮三口中不道，心下思量："我有此物为证，又有梅香引路，何怕他人？"随即与碧云前后而行。到二门外，小姐先在门旁守候，觑着阮三目不转睛，阮三看得女子也十分仔细。正欲交言，门外吆喝道："太尉回衙！"小姐慌忙回避归房，阮三郎火速回家。自此把那戒指儿紧紧的戴在左手指上，想那小姐的容貌，一时难舍。只恨闺阁深沉，难通音信。或在家，或出外，但是看那戒指儿，心中十分惨切。无由再见，追忆不已。那阮三虽不比宦家子弟，亦是富室伶俐的才郎。因是相思日久，渐觉四肢羸瘦，以至废寝忘食。忽经两月有余，恹恹成病。父母再三严问，并不肯说。正是：口含黄柏味，有苦自家知。

却说有一个与阮三一般的豪家子弟，姓张名远，素与阮三交厚。闻得阮三有病月余，心中悬挂。一日早，到阮三家内询问起居。阮三在卧榻上听得堂中有似张远的声音，唤仆邀入房内。张远看着阮三面黄肌瘦，咳嗽吐痰，心中好生不忍，嗟叹不已。坐向榻床上去问道："阿哥，数日不见，怎么染着这般晦气？你害的是甚么病？"阮三只摇头不语。张远道："阿哥，借你手我看看脉息。"阮三一时失于计较，便将左手抬起，与张远察脉。张远按着寸关尺，正看脉间，一眼瞧见那阮三手指上戴着个金嵌宝石的戒指。张远口中不说，心下思量："他这等害病，还戴着这个东西，况又不是男子之物，必定是妇人的表记。料得这病根从此而起。"也不讲脉理，便道："阿哥，你手上戒指从何而来？恁般病症，不是当耍。我与你相交数年，重承不弃，日常心腹，各不相瞒。我知你心，你知我意，你可实对我说。"阮三见张远参到八九分的地步，况兼是心腹朋友，只得将来历因依，尽行说了。张远道："阿哥，他虽是个宦家的小姐，若无这个表记，便对面相逢，未知他肯与不肯。既有这物事，心下已允。待阿哥将息贵体，稍健旺时，在小弟身上，想个计策，与你成就此事。"阮三道："贱恙只为那事而起，若要我病好，只求早图良策。"枕边取出两锭银子，付与张远道："倘有使用，莫惜小费。"张远接了银子道："容小弟从容计较，有些好音，却来奉报。你可宽心保重。"

张远作别出门，到陈太尉衙前站了两个时辰。内外出入人多，并无相识，张远闷闷而回。次日，又来观望，绝无机会。心下想道："这事难以启齿，除非得他梅香碧云出来，才可通信。"看看到晚，只见一个人捧着两个磁瓮，从衙里出来，叫唤道："门上那个走差的闲在那里？奶奶着你将这两瓮小菜送与闲云庵王师父去。"张远听得了，便想道："这闲云庵王尼姑，我平昔相认的。奶奶送他小菜，一定与陈衙内往来情熟。他这般人，出入内里，极好传消递息，何不去寻他商议？"又过了一夜。到次早，取了两锭银子，径投闲云庵来。

这庵儿虽小，其实幽雅。怎见得？有诗为证："短短横墙小小亭，半檐疏玉响玲玲。尘飞不到人长静，一篆炉烟两卷经。"庵内尼姑，姓王名守长，他原是个收心的弟子。因师弃世日近，不曾接得徒弟，止有两个烧香、上灶烧火的丫头。专一向富贵人家布施。佛殿后新塑下观音、文殊、普贤三尊法像，中间观音一尊，亏了陈太尉夫人发心喜舍，妆金完了，缺那两尊未有施主。这日正出庵门，恰好遇着张远，尼姑道："张大官何往？"张远答道："特来。"尼姑回身请进，邀入庵堂中坐定。茶罢，张远问道："适间师父要往那里去？"尼姑道："多蒙陈太尉家奶奶布施，完了观音圣像，不曾去回覆他。昨日又承他差人送些小菜来看我，作意备些薄礼，来日到他府中作谢，后来那两尊，还要他大出手哩。因家中少替力的人，买几件小东西，也只得自身奔走。"张远心下想道："又好个机会。"便向尼姑道："师父，我有个心腹朋友，是个富家。这二尊圣像，就要他独造也是容易，只要烦师父干一件事。"张远在袖儿里摸出两锭银子，放在香桌上道："这银子权当开手，事若成就，盖庵盖殿，随师父的意。"那尼姑贪财，见了这两锭细丝白银，眉花眼笑道："大官人，你相识是谁？委我干甚事来？"张远道："师父，这事是件机密事，除是你干得，况是顺便。可与你到密室说知。"说罢，就把二锭银子，纳入尼姑袖里，尼姑半推不推收了。二人进一个小轩内竹榻前坐下，张远道："师父，我那心腹朋友阮三官，于今岁正月间，蒙陈太尉小姐使梅香寄个表记来与他，至今无由相会。明日师父到陈府中去见奶奶，乘这个便，倘到小姐房中，善用一言，约到庵中与他一见，便是师父用心之处。"尼姑沉吟半晌，便道："此事未敢轻许。待会见小姐，看其动静，再作计较。你且说甚么表记？"张远道："是个嵌宝金戒指。"尼姑道："借过这戒指儿来暂时，自有计较。"张远见尼姑收了银子，又不推辞，心中大喜。当时作别，便到阮三家来，要了他的金戒指，连夜送到尼姑处了。

却说尼姑在床上想了半夜，次日天晓起来，梳洗毕，将戒指戴在左手上，收拾礼盒，着女童挑了，迤逦来到陈衙，直至后堂歇了。夫人一见，便道："出家人如何烦你坏钞？"尼姑稽首道："向蒙奶奶布施，今观音圣像已完，山门有幸。贫僧正要来回覆奶奶。昨日又蒙厚赐，感谢不尽。"夫人道："我见你说没有好小菜吃粥，恰好江南一位官人，送得这几瓮瓜菜来，我分两瓮与你。这些小东西，也谢什么！"尼姑合掌道："阿弥陀佛，滴水难消。虽是我僧家口吃十方，难说是应该的。"夫人道："这圣像完了中间一尊，也就好看了。那两尊以次而来，少不得还要助些工费。"尼姑道："全仗奶奶做个大功德，今生恁般富贵，也是前世布施上修来的。如今再修去时，那一世还你荣华受用。"夫人教丫鬟收了礼盒，就分付厨下办斋，留尼姑过午。

少间，夫人与尼姑吃斋，小姐也坐在侧边相陪。斋罢，尼姑开言道："贫僧斗胆，还有句话相告：小庵圣像新完，涓选四月初八日，我佛诞辰，启建

43

道场，开佛光明。特请奶奶、小姐，光降随喜，光辉山门则个。"夫人道："老身定来拜佛，只是小姐怎么来得？"那尼姑眉头一蹙，计上心来，道："前日坏腹，至今未好，借解一解。"那小姐因为牵挂阮三，心中正闷，无处可解情怀。忽闻尼姑相请，喜不自胜。正要行动，仍听夫人有阻，巴不得与那尼姑私下计较。因见尼姑要解手，便道："奴家陪你进房。"两个直至闺室。正是：背地商量无好话，私房计较有奸情。

尼姑坐在触桶上道："小姐，你到初八日同奶奶到我小庵觑一觑，若何？"小姐道："我巴不得来，只怕爹妈不肯。"尼姑道："若是小姐坚意要去，奶奶也难固执。奶奶若肯时，不怕太尉不容。"尼姑一头说话，一头去拿粗纸，故意露出手指上那个宝石嵌的金戒指来。小姐见了大惊，便问道："这个戒指那里来的？"尼姑道："两月前，有个俊雅的小官人进庵，看妆观音圣像，手中褪下这个戒指儿来，带在菩萨手指上，祷祝道：'今生不遂来生愿，愿得来生逢这人。'半日间对着那圣像，潸然挥泪。被我再四严问，他道：'只要你替我访这戒指的对儿，我自有话说。'"小姐见说了意中之事，满面通红。停了一会，忍不住又问道："那小官人姓甚？常到你庵中么？"尼姑回道："那官人姓阮，不时来庵闲观游玩。"小姐道："奴家有个戒指，与他到是一对。"说罢，连忙开了妆盒，取出个嵌宝戒指，递与尼姑。尼姑将两个戒指比看，果然无异，笑将起来。小姐道："你笑什么？"尼姑道："我笑这个小官人，痴痴的只要寻这戒指的对儿。如今对到寻着了，不知有何话说？"小姐道："师父，我要……"说了半句，又住了口。尼姑道："我们出家人，第一口紧。小姐有话，不妨分付。"小姐道："师父，我要会那官人一面，不知可见得么？"尼姑道："那官人求神祷佛，一定也是为着小姐了。要见不难，只在四月初八这一日，管你相会。"小姐道："便是爹妈容奴去时，母亲在前，怎得方便？"尼姑附耳低言道："到那日来我庵中，倘斋罢闲坐，便可推睡，此事就谐了。"小姐点头会意，便将自己的戒指都舍与尼姑。尼姑道："这金子好把做妆佛用，保小姐百事称心。"说罢，两个走出房来。夫人接着，问道："你两个在房里多时，说甚么样话？"惊得那尼姑心头一跳，忙答道："小姐因问我浴佛的故事，以此讲说这一晌。"又道："小姐也要瞻礼佛像，奶奶对太尉老爷说声，至期专望同临。"夫人送出厅前，尼姑深深作谢而去。正是：惯使牢笼计，安排年少人。

再说尼姑出了太尉衙门，将了小姐舍的金戒指儿，一直径到张远家来。张远在门首伺候多时了，远远地望见尼姑，口中不道，心下思量："家下耳目众多，怎么言得此事？"提起脚儿，慌忙迎上一步道："烦师父回庵去，随即就到。"尼姑回身转巷，张远穿径寻庵，与尼姑相见了。邀入松轩，从头细话，将一对戒指儿度与张远。张远看见道："若非师父，其实难成，阮三官还有重重相谢。"张远转身就去回覆阮三。阮三又收了一个戒指，双手带着，欢喜自不必说。

至四月初七日，尼姑又自到陈衙邀请，说道："因夫人小姐光临，各位施主人家，贫僧都预先回了。明日更无别人，千万早降。"夫人已自被小姐朝暮聒絮的要去拜佛，只得允了。那晚，张远先去期约阮三。到黄昏人静，悄悄地用一乘女轿抬到庵里。尼姑接入，寻个窝窝凹凹的房儿，将阮三安顿了。分明正是：猪羊送屠户之家，一脚脚来寻死路。尼姑睡到五更时分，唤女童起来，佛前烧香点烛，厨下准备斋供。天明便去催那采画匠来，与圣像开了光明，早斋就打发去了。少时陈太尉女眷到来，怕不稳便，单留同辈女僧，在殿上做功德诵经。将次到巳牌时分，夫人与小姐两个轿儿来了。尼姑忙出迎接，邀入方丈。茶罢，去殿前、殿后拈香礼拜。夫人见旁无杂人，心下欢喜。尼姑请到小轩中宽坐，那伙随从的男女各有个坐处。尼姑支分完了，来陪夫人小姐前后行走，观看了一回，才回到轩中吃斋。

斋罢，夫人见小姐饭食稀少，洋洋瞑目作睡。夫人道："孩儿，你今日想是起得早了些。"尼姑慌忙道："告奶奶，我庵中绝无闲杂之辈，便是志诚老实的女娘们，也不许他进我的房内。小姐去我房中，拴上房门睡一睡，自取个稳便，等奶奶闲步一步。你们几年何月来走得一遭！"夫人道："孩儿，你这般困倦，不如在师父房内睡睡。"小姐依了母命，走进房内。刚拴上门，只见阮三从床背后走出来，看了小姐，深深的作揖道："姐姐，候之久矣。"小姐慌忙摇手，低低道："莫要则声！"阮三倒退几步，候小姐近前，两手相挽，转过床背后，开了侧门，又到一个去处：小巧漆桌藤床，隔断了外人耳目。两人搂做一团，说了几句情话，双双解带，好似渴龙见水。这场云雨，其实畅快。有《西江月》为证："一个想着吹箫风韵，一个想着戒指恩情。相思半载欠安宁，此际相逢侥幸。　　一个难辞病体，一个敢惜童身；枕边呀喘不停声，还嫌道欢如俄顷。"原来阮三是个病久的人，因为这女子，七情所伤，身子虚弱。这一时相逢，情兴酷浓，不顾了性命。那女子想起日前要会不能，今日得见，倒身奉承，尽情取乐。不料乐极悲生，为好成歉。一阳失去，片时气断丹田；七魄分飞，顷刻魂归阴府。正所谓天有不测风云，人有旦夕祸福。

小姐见阮三伏在身上寂然不动，用双手儿搂定郎腰，吐出丁香，送郎口中。只见牙关紧咬难开，摸着遍身冰冷，惊慌了云雨娇娘，顶门上不见了三魂，脚底下荡散了七魄，翻身推在里床，起来忙穿襟袄，带转了侧门，走出前房，喘息未定。怕娘来唤，战战兢兢，向妆台重整花钿，对鸾镜再匀粉黛。恰才整理完备，早听得房外夫人声唤，小姐慌忙开门。夫人道："孩儿，殿上功德也散了，你睡才醒？"小姐道："我睡了半晌，在这里整头面，正要出来和你回衙去。"夫人道："轿夫伺候多时了。"小姐与夫人谢了尼姑，上轿回衙去不题。

且说尼姑王守长送了夫人起身，回到庵中，厨房里洗了盘碗器皿，佛殿上收了香火供食，一应都收拾已毕。只见那张远同阮二哥进庵，与尼姑相见了，称谢不已，问道："我家三官今在那里？"尼姑道："还在我里头房里睡着。"尼姑便引阮二与张远开了侧房门，来卧床边叫道："三哥，你怎的好睡，还未醒。"连叫数次不应，阮二用手摇也不动，口鼻全无气息。仔细看时，呜呼哀哉了。阮二吃了一惊，便道："师父，怎地把我兄弟坏了性命？这事不得干净！"尼姑慌道："小姐吃了午斋便推要睡，就入房内，约有两个时辰。殿上功德完了，老夫人叫醒来，恰才去得不多时。我只道睡着，岂知有此事。"阮二道："说便是这般说，却是怎了？"尼姑道："阮二官，今日幸得张大官在此，向蒙张大官分付，实望你家做檀越施主，因此用心，终不成要害你兄弟性命？张大官，今日之事，却是你来寻我，非是我来寻你。告到官府，你也不好，我也不好。向日蒙施银二锭，一锭我用去了，止存一锭不敢留用，将来与三官人凑买棺木盛殓。只说在庵养病，不料死了。"说罢，将出这锭银子，放在卓上道："你二位，凭你怎么处置。"张远与阮二默默无言，呆了半晌。阮二道："且去买了棺木来再议。"张远收了银子，与阮二同出庵门，迤逦路上行着。张远道："二哥，这个事本不干尼姑事。三哥是个病弱的人，想是与女子交会，用过了力气，阳气一脱，就是死的。我也只为令弟面上情分好，况令弟前日，在床前再四叮咛，央浼不过，只得替他干这件事。"阮二回言道："我论此事，人心天理，也不干着那尼姑事，亦不干你事。只是我这小官人年命如此，神作祸作，作出这场事来。我心里也道罢了，只愁大哥与老官人回来怨畅，怎的了？"连晚与张远买了一口棺木，抬进庵里，盛殓了，就放在西廊下，只等阮员外、大哥回来定夺。正是：酒到散筵欢趣少，人逢失意叹声多。

忽一日，阮员外同大官人商贩回家，与院君相见，合家欢喜。员外动问三儿病症，阮二只得将前后事情，细细诉说了一遍。老员外听得说三郎死了，放声大哭了一场，要写起词状，与陈太尉女儿索命："你家贱人来惹我的儿子！"阮大、阮二再四劝道："爹爹，这个事想论来，都是兄弟作出来的事，以致送了性命。今日爹爹与陈家讨命，一则势力不敌，二则非干太尉之事。"勉劝老员外选个日子，就庵内修建佛事，送出郊外安厝了。

却说陈小姐自从闲云庵归后，过了月余，常常恶心气闷，心内思酸，一

连三个月经脉不举。医者用行经顺气之药，如何得应？夫人暗地问道："孩儿，你莫是与那个成这等事么？可对我实说。"小姐晓得事露了，没奈何，只得与夫人实说。夫人听得呆了，道："你爹爹只要寻个有名目的才郎，靠你养老送终。今日弄出这丑事，如何是好？只怕你爹爹得知这事，怎生奈何？"小姐道："母亲，事已如此，孩儿只是一死，别无计较。"夫人心内又恼又闷。看看天晚，陈太尉回衙，见夫人面带忧容，问道："夫人，今日何故不乐？"夫人回道："我有一件事恼心。"太尉便问："有甚么事恼心？"夫人见问不过，只得将情一一诉出。太尉不听说万事俱休，听得说了，怒从心上起，道："你做母的不能看管孩儿，要你做甚？"急得夫人阁泪汪汪，不敢回对。

太尉左思右想，一夜无寐。天晓出外理事，回衙与夫人计议："我今日用得买实做了：如官府去，我女孩儿又出丑，我府门又不好看；只得与女孩儿商量作何理会。"女儿扑簌簌吊下泪来，低头不语。半晌间，扯母亲于背静处，说道："当初原是儿的不是，坑了阮三郎的性命。欲要寻个死，又有三个月遗腹在身；若不寻死，又恐人笑。"一头哭着，一头说："莫若等待十个月满足，生得一男半女，也不绝了阮三后代，也是当日相爱情分。妇人从一而终，虽是一时苟合，亦是一日夫妻，我断然再不嫁人。若天可怜见，生得一个男子，守他长大，送还阮家，完了夫妻之情。那时寻个自尽，以赎玷辱父母之罪。"夫人将此话说与太尉知道，太尉只叹了一口气，也无奈何。暗暗着人请阮员外来家计议，说道："当初是我闺门不谨，以致小女背后做出天大事来，害了你儿子性命，如今也休题了。但我女儿已有三个月遗腹，如何出活？如今只说我女曾许嫁你儿子，后来在闲云庵相遇，为想我女，成病几死，因而彼此私情。庶他日生得一男半女，犹有许嫁情由，还好看相。"阮员外依允，从此就与太尉两家来往。

十月满足，阮员外一般遣礼催生，果然生个孩儿。到了三岁，小姐对母亲说，欲待领了孩儿，到阮家拜见公婆，就去看看阮三坟墓。夫人对太尉说知，俱依允了。拣个好日，小姐备礼过门，拜见了阮员外夫妇。次日，到阮三墓上哭奠了一回。又取出银两，请高行真僧广设水陆道场，追荐亡夫阮三郎。其夜梦见阮三到来，说道："小姐，你晓得凤因么？前世你是个扬州名妓，我是金陵人，到彼访亲，与你相处情厚，许定一年后再来，必然娶你为妻。及至归家，惧怕父亲，不敢禀知，别成姻眷。害你终朝悬望，郁郁而死。因是凤缘未断，今生乍会之时，两情牵恋。闲云庵相会，是你来索冤债；我登时身死，偿了你前生之命。多感你诚心追荐，今已得往好处托生。你前世抱志节而亡，今世合享荣华。所生孩儿，他日必大贵，烦你好好抚养教训。从今你休怀忆念。"玉兰小姐梦中一把扯住阮三，正要问他托生何处，被阮三用手一推，惊醒将来，嗟叹不已。方知生死恩情，都是前缘凤债。

从此小姐放下情怀，一心看觑孩儿。光阴似箭，不觉长成六岁，生得清奇，与阮三一般标致，又且资性聪明。陈太尉爱惜真如掌上之珠，用自己姓，取名陈宗阮，请个先生教他读书。到一十六岁，果然学富五车，书通二酉。十九岁上，连科及第，中了头甲状元，奉旨归娶。陈、阮二家争先迎接回家，宾朋满堂，轮流做庆贺筵席。当初陈家生子时，街坊上晓得些风声来历的，免不得点点搠搠，背后讥诮。到陈宗阮一举成名，翻夸奖玉兰小姐贞节贤慧，教子成名，许多好处。世情以成败论人，大率如此。后来陈宗阮做到吏部尚书留守官，将他母亲十九岁上守寡，一生不嫁，教子成名等事，表奏朝廷，启建贤节牌坊。正所谓：贫家百事百难做，富家差得鬼推磨。虽然如此，也亏陈小姐后来守志，一床锦被遮盖了，至今河南府传作佳话。有诗为证，诗曰："兔演巷中担病害，闲云庵里偿冤债。周全末路仗贞娘，一床锦被相遮盖。"

第五卷　穷马周遭际卖䭔媪

前程暗漆本难知，秋月春花各有时。
静听天公分付去，何须昏夜苦奔驰？

　　话说大唐贞观改元，太宗皇帝仁明有道，信用贤臣。文有十八学士，武有十八路总管。真个是：鹓班济济，鹭序彬彬。凡天下有才有智之人，无不举荐在位，尽其抱负。所以天下太平，万民安乐。

　　就中单表一人，姓马名周，表字宾王，博州茌平人氏。父母双亡，一贫如洗；年过三旬，尚未娶妻，单单只剩一身。自幼精通书史，广有学问；志气谋略，件件过人。只为孤贫无援，没有人荐拔他。分明是一条神龙困于泥淖之中，飞腾不得。眼见别人才学万倍不如他的，一个个出身通显，享用爵禄，偏则自家怀才不遇。每日郁郁自叹道："时也，运也，命也。"一生挣得一副好酒量，闷来时只是饮酒，尽醉方休。日常饭食，有一顿，没一顿，都不计较，单少不得杯中之物。若自己没钱买时，打听邻家有酒，便去嚯吃。却又大模大样，不谨慎，酒后又要狂言乱叫、发风骂坐。这伙三邻四舍被他咶噪的不耐烦，没一个不厌他。背后唤他做"穷马周"，又唤他是"酒鬼"。那马周晓得了，也全不在心上。正是：未逢龙虎会，一任马牛呼。

　　且说博州刺史姓达名奚，素闻马周明经有学，聘他为本州助教之职。到任之日，众秀才携酒称贺，不觉吃得大醉。次日，刺史亲到学宫请教。马周兀自中酒，爬身不起。刺史大怒而去。马周醒后，晓得刺史曾到，特往州衙谢罪，被刺史责备了许多说话。马周口中唯唯，只是不能悛改。每遇门生执经问难，便留住他同饮。支得俸钱，都付与酒家，兀自不敷，依旧在门生家噇酒。一日，吃醉了，两个门生左右扶住，一路歌咏而回。恰好遇着刺史前导，喝他回避，马周那里肯退步？瞋着双眼到骂人起来，又被刺史当街发作了一场。马周当时酒醉不知，次日醒后，门生又来劝马周，在刺史处告罪。马周叹口气道："我只为孤贫无援，欲图个进身之阶，所以屈志于人。今因酒过，屡被刺史责辱，何面目又去鞠躬取怜？古人不为五斗米折腰，这个助教官儿也不是我终身养老之事。"便把公服交付门生，教他缴还刺史，仰天大笑，出门而去。正是：此去好凭三寸舌，再来不值一文钱。

自古道：水不激不跃，人不激不奋。马周只为吃酒上受刺史责辱不过，叹口气出门，到一个去处，遇了一个人提携，直做到吏部尚书地位。此是后话。且说如今到那里去？他想着："冲州撞府，没甚大遭际，则除是长安帝都，公侯卿相中，有个能举荐的萧相国，识贤才的魏无知，讨个出头日子，方遂平生之愿。"望西迤逦而行。不一日，来到新丰。

原来那新丰城是汉高皇所筑。高皇生于丰里，后来起兵，诛秦灭项，做了大汉天子，尊其父为太上皇。太上皇在长安城中，思想故乡风景。高皇命巧匠照依故丰，建造此城，迁丰人来居住。凡街市、屋宇，与丰里制度一般无二。把张家鸡儿、李家犬儿，纵放在街上，那鸡犬也都认得自家门首，各自归家。太上皇大喜，赐名新丰。今日大唐仍建都于长安，这新丰总是关内之地，市井稠密，好不热闹。只这招商旅店，也不知多少。

马周来到新丰市上，天色已晚，只拣个大大客店踱将进去。但见红尘滚滚，车马纷纷，许多商贩客人，驮着货物，挨三顶五的进店安歇。店主王公迎接了，慌忙指派房头，堆放行旅。众客人寻行逐队，各据坐头，讨浆索酒。小二哥搬运不迭，忙得似走马灯一般。马周独自个冷清清地坐在一边，并没半个人睬他。马周心中不忿，拍案大叫道："主人家，你好欺负人！偏俺不是客，你就不来照顾，是何道理？"王公听得发作，便来收科道："客官不须发怒。那边人众，只得先安放他；你只一位，却容易答应。但是用酒用饭，只管分付老汉就是。"马周道："俺一路行来，没有洗脚，且讨些干净热水用用。"王公道："锅子不方便，要热水再等一会。"马周道："既如此，先取酒来。"王公道："用多少酒？"马周指着对面大座头上一伙客人，问主人家道："他们用多少，俺也用多少。"王公道："他们五位客人，每人用一斗好酒。"马周道："论起来还不勾俺半醉，但俺途中节饮，也只用五斗罢。有好嗄饭尽你搬来。"王公分付小二过了。一连暖五斗酒，放在桌上，摆一只大磁瓯，几碗肉菜之类。马周举瓯独酌，旁若无人。约莫吃了三斗有余，讨个洗脚盆来，把剩下的酒，都倾在里面。踹脱双靴，便伸脚下去洗濯。众客见了，无不惊怪。王公暗暗称奇，知其非常人也。同时岑文本画得有《马周濯足》图，后有烟波钓叟题赞于上，赞曰："世人尚口，吾独尊足。口易兴波，足能涉陆。处下不倾，千里可逐。劳重赏薄，无言忍辱。酬之以酒，慰尔仆仆。令尔忘忧，胜吾厌腹。吁嗟宾王，见超凡俗。"

当夜安歇无话。次日，王公早起会钞，打发行客登程。马周身无财物，想天气渐热，便脱下狐裘与王公当酒钱。王公见他是个慷慨之士，又嫌狐裘价重，再四推辞不受。马周索笔，题诗壁上。诗云："古人感一饭，千金弃如屣。匕箸安足酬？所重在知己。我饮新丰酒，狐裘不用抵。贤哉主人翁，意气倾闾里。"后写茌平人马周题。王公见他写作俱高，心中十分敬重。便问："马先生如今何往？"马周道："欲往长安求名。"王公道："曾有相熟寓所否？"马周回道："没有。"王公道："马先生大才，此去必然富贵。但长安乃米珠薪桂之地，先生资斧既空，将何存立？老夫有个外甥女，嫁在彼处万寿街卖馎赵三郎家。老夫写封书，送先生到彼作寓，比别家还省事。更有白银一两，权助路资，休嫌菲薄。"马周感其厚意，只得受了。王公写书已毕，递与马周。马周道："他日寸进，决不想忘。"作谢而别。

行至长安，果然是花天锦地，比新丰市又不相同。马周径问到万寿街赵卖馎家，将王公书信投递。原来赵家积世卖这粉食为生，前年赵三郎已故了。他老婆在家守寡，接管店面，这就是新丰店中王公的外甥女儿。年纪虽然三十有余，兀自丰艳胜人。京师人顺口都唤他做"卖馎媪"。北方的"媪"字，即如南方的"妈"字一般。这王媪初时坐店卖馎，神相袁天罡一见大惊，叹道："此媪面如满月，唇若红莲，声响神清，山根不断，乃大贵之相。

他日定为一品夫人，如何屈居此地？"偶在中郎将常何面前，谈及此事。常何深信袁天罡之语，分付苍头，只以买馎为名，每日到他店中闲话，说发王媪嫁人，欲娶为妾。王媪只是干笑，全不统口。正是：姻缘本是前生定，不是姻缘莫强求。

却说王媪隔夜得一异梦，梦见一匹白马，自东而来，到他店中，把粉馎一口吃尽。自己执棰赶逐，不觉腾上马背。那马化为火龙，冲天而去。醒来满身都热，思想此梦非常。恰好这一日，接得母舅王公之信，送个姓马的客人到来，又马周身穿白衣。

王媪心中大疑，就留住店中作寓。一日三食，殷勤供给。那马周恰似理之当然一般，绝无谦逊之意。这里王媪也始终不怠。时耐邻里中有一班浮荡子弟，平日见王媪是个俏丽孤孀，闲常时倚门靠壁，不三不四，轻嘴薄舌的狂言挑拨，王媪全不招惹，众人到也道他正气。今番见他留个远方单身客在家，未免言三语四，造出许多议论。王媪是个精细的人，早已察听在耳朵里，便对马周道："贱妾本欲相留，奈孀妇之家，人言不雅。先生前程远大，宜择高枝栖止，以图上进。若埋没大才于此，枉自可惜。"马周道："小生情愿为人馆宾，但无路可投耳。"言之未已，只见常中郎家苍头又来买馉。王媪想着常何是个武臣，必定少不得文士相帮。乃向苍头问道："有个薄亲马秀才，饱学之士，在此觅一馆舍，未知你老爷用得着否？"苍头答应道："甚好。"

原来那时正值天旱，太宗皇帝诏五品以上官员，都要悉心竭虑，直言得失，以凭采用。论常何官职，也该具奏，正欲访求饱学之士，倩他代笔，恰好王媪说起马秀才，分明是饥时饭，渴时浆，正搔着痒处。苍头回去禀知常何，常何大喜，即刻遣人备马来迎。马周别了王媪，来到常中郎家里。常何见马周一表非俗，好生钦敬。当日置酒相待，打扫书馆，留马周歇宿。次日，常何取白金二十两，彩绢十端，亲送到馆中，权为贽礼。就将圣旨求言一事，与马周商议。马周索取笔研，拂开素纸，手不停挥，草成便宜二十条。常何叹服不已。连夜缮写齐整，明日早朝进呈御览。太宗皇帝看罢，事事称善。便问常何道："此等见识议论，非卿所及，卿从何处得来？"常何拜伏在地，口称死罪："这便宜二十条，臣愚实不能建白。此乃臣家客马周所为也。"太宗皇帝道："马周何在？可速宣来见朕。"黄门官奉了圣旨，径到常中郎家宣马周。马周吃了早酒，正在鼾睡，呼唤不醒。又是一道旨意下来催促。到第三遍，常何自来了。此见太宗皇帝爱才之极也。史官有诗云："三道征书络绎催，贞观天子惜贤才。朝廷爱士皆如此，安得英雄困草莱？"常何亲到书馆中，教馆童扶起马周，用凉水喷面，马周方才苏醒。闻知圣旨，慌忙上马。常何引到金銮见驾。拜舞已毕，太宗玉音问道："卿何处人氏？曾出仕否？"马周奏道："臣乃茌平县人，曾为博州助教。因不得其志，弃官来游京都。今获觐天颜，实出万幸。"太宗大喜。即日拜为监察御史，钦赐袍笏官带。马周穿着了，谢恩而出。仍到常何家，拜谢举荐之德。

常何重开筵席，把酒称贺。至晚酒散，常何不敢屈留马周在书馆住宿。欲备轿马，送到令亲王媪家去。马周道："王媪原非亲戚，不过借宿其家而已。"常何大惊，问道："御史公有宅眷否？"马周道："惭愧，实因家贫未娶。"常何道："袁天罡先生曾相王媪有一品夫人之贵，只怕是令亲，或有妨碍；既然萍水相逢，便是天缘。御史公若不嫌弃，下官即当作伐。"马周感王媪殷勤，亦有此意，便道："若得先辈玉成，深荷大德。"是晚，马周仍在常家安歇。

次早，马周又同常何面君。那时轶虏突厥反叛，太宗皇帝正遣四大总管出兵征剿，命马周献平虏策。马周在御前，口诵如流，句句中了圣意，改为给事中之职。常何举贤有功，赐绢百匹。常何谢恩出朝，分付马上就引到卖馄店中，要请王媪相见。王媪还只道常中郎强要娶他，慌忙躲过，那里肯出来。常何坐在店中，叫苍头去寻个老年邻妪，替他传话："今日常中郎来此，非为别事，专为马给谏求亲。"王媪问其情由，方知马给谏就是马周。向时白马化龙之梦，今已验矣。此乃天付姻缘，不可违也。常何见王媪允从了，便将御赐绢匹，替马周行聘；赁下一所空宅，教马周住下。择个吉日，与王媪成亲，百官都来庆贺。正是：分明乞相寒儒，忽作朝家贵客。王媪嫁了马周，把自己一家一火，都搬到马家来了。里中无不称羡，这也不在话下。

却说马周自从遇了太宗皇帝，言无不听，谏无不从，不上三年，直做到吏部尚书，王媪封做夫人之职。那新丰店主人王公，知马周发迹荣贵，特到长安望他，就便先看看外甥女。行至万寿街，已不见了卖馄店，只道迁居去了。细问邻舍，才晓得外甥女已寡，晚嫁的就是马尚书，王公这场欢喜非通小可。问到尚书府中，与马周夫妇相见，各叙些旧话。住了月余，辞别要行。马周将千金相赠，王公那里肯受。马周道："壁上诗句犹在，一饭千金，岂可忘也？"王公方才收了，作谢而回，遂为新丰富民。此乃投瓜报玉，施恩报恩，也不在话下。

再说达奚刺史，因丁忧回籍，服满到京。闻马周为吏部尚书，自知得罪，心下忧惶，不敢补官。马周晓得此情，再三请他相见。达奚拜倒在地，口称："有眼不识泰山，望乞恕罪。"马周慌忙扶起道："刺史教训诸生，正宜取端谨之士。嗜酒狂呼，此乃马周之罪，非贤刺史之过也。"即日举荐达奚为京兆尹。京师官员见马周度量宽洪，无不敬服。马周终身富贵，与王媪偕老。后人有诗叹云："一代名臣属酒人，卖馄王媪亦奇人。时人不具波斯眼，枉使明珠混俗尘。"

第六卷　葛令公生遣弄珠儿

当时五霸说庄王，不但强梁压上邦。
多少倾城因女色，绝缨一事已无双。

话说春秋时，楚国有个庄王，姓芈名旅，是五霸中一霸。那庄王曾大宴群臣于寝殿，美人俱侍。偶然风吹烛灭，有一人从暗中牵美人之衣，美人扯断了他系冠的缨索，诉与庄王，要他查名治罪。庄王想道："酒后疏狂，人人

喻世明言·彩绘版

常态。我岂为一女子上，坐人罪过，使人笑戏？轻贤好色，岂不可耻？"于是出令曰："今日饮酒甚乐，在坐不绝缨者不欢。"比及烛至，满座的冠缨都解，竟不知调戏美人的是那一个。后来晋楚交战，庄王为晋兵所困，渐渐危急。忽有一将，杀入重围，救出庄王。庄王得脱，问："救我者为谁？"那将俯伏在地，道："臣乃昔日绝缨之人也。蒙吾王隐蔽，不加罪责，臣今愿以死报恩。"庄王大喜道："寡人若听美人之言，几丧我一员猛将矣。"后来大败晋兵，诸侯都叛晋归楚，号为一代之霸。有诗为证："美人空自绝冠缨，岂为蛾眉失虎臣？莫怪荆襄多霸气，骊山戏火是何人？"世人度量狭窄，心术刻薄，还要搜他人的隐过，显自己的精明，莫说犯出不是来，他肯轻饶了你？这般人一生有怨无恩，但有缓急，也没人与他分忧替力了。像楚庄王恁般弃人小过，成其大业，真乃英雄举动，古今罕有。

说话的，难道真个没有第二个了？看官，我再说一个与你听。你道是那一朝人物？却是唐末五代时人。那五代？梁、唐、晋、汉、周，是名五代。梁乃朱温，唐乃李存勖，晋乃石敬瑭，汉乃刘知远，周乃郭威。方才要说的，正是梁朝中一员虎将，姓葛名周，生来胸襟海阔，志量山高，力敌万夫，身经百战。他原是芒砀山中同朱温起手做事的，后来朱温受了唐禅，做了大梁皇帝，封葛周中书令兼领节度使之职，镇守兖州。这兖州与河北逼近，河北便是后唐李克用地面，所以梁太祖特着亲信的大臣镇守，弹压山东，虎视那河北。河北人仰他的威名，传出个口号来，道是："山东一条葛，无事莫撩拨。"从此人都称为"葛令公"。手下雄兵十万，战将如云，自不必说。

其中单表一人，覆姓申徒，名泰，泗水人氏，身长七尺，相貌堂堂；轮的好刀，射的好箭。先前未曾遭际，只在葛令公帐下做个亲军。后来葛令公在甑山打围，申徒泰射倒一鹿，当有三班教师前来争夺。申徒泰只身独臂，打赢了三班教师，手提死鹿，到令公面前告罪。令公见他胆勇，并不计较，到有心抬举他。次日，教场演武，夸他弓马熟闲，补他做个虞候，随身听用。一应军情大事，好生重托。他为自家贫未娶，只在府厅耳房内栖止，这伙守厅军壮都称他做"厅头"。因此上下人等，顺口也都唤做"厅头"，正是：萧何治狱为秦吏，韩信曾官执戟郎。蠖屈龙腾皆运会，男儿出处又何常？

话分两头。却说葛令公姬妾众多，嫌宅院狭窄，教人相了地形，在东南角旺地上，另创个衙门，极其宏丽，限一年内，务要完工。每日差"厅头"去点闸两次。时值清明佳节，家家士女踏青，处处游人玩景。葛令公分付设宴岳云楼上。这个楼是兖州城中最高之处，葛令公引着一班姬妾，登楼玩赏。原来令公姬妾虽多，其中只有一人出色，名曰弄珠儿。那弄珠儿生得如何？目如秋水，眉似远山。小口樱桃，细腰杨柳。妖艳不数太真，轻盈胜如飞燕。恍疑仙女临凡世，西子南威总不如。葛令公十分宠爱，日则侍侧，夜则专房。宅院中称为"珠娘"。这一日，同在岳云楼饮酒作乐。

那申徒泰在新府点闸了人工，到楼前回话。令公唤他上楼，把金莲花巨杯赏他三杯美酒。申徒泰吃了，拜谢令公赏赐，起在一边。忽然抬头，见令公身边立个美妾，明眸皓齿，光艳照人。心中暗想："世上怎有恁般好女子？莫非天上降下来的神仙么？"那申徒泰正当壮年慕色之际，况且不曾娶妻，平昔间也曾听得人说令公有个美姬，叫做珠娘，十分颜色，只恨难得见面。今番见了这出色的人物，料想是他了。不觉三魂飘荡，七魄飞扬，一对眼睛光射定在这女子身上。真个是观之不足，看之有余。不提防葛令公有话问他，叫道："'厅头'，这工程几时可完？呀，申徒泰，申徒泰，问你工程几时可完！"连连唤了几声，全不答应。自古道心无二用，原来申徒泰一心对着那女子身上出神去了，这边呼唤，都不听得，也不知分付的是甚话。葛令公看见申徒泰目不转睛，已知其意，笑了一笑，便教撤了筵席，也不叫唤他，也不说破他出来。却说伏侍的众军校看见令公叫呼不应，到替他捏两把汗。幸得令公不加嗔责，正不知甚么意思，少不得学与申徒泰知道。

申徒泰听罢大惊，想道："我这条性命，只在早晚，必然难保。"整整愁了一夜。正是：是非只为闲撩拨，烦恼皆因不老成。到次日，令公升厅理事，申徒泰远远跕着，头也不敢抬起。巴得散衙，这日就无事了。一连数日，神思恍惚，坐卧不安。葛令公晓得他心下忧惶，到把几句好言语安慰他，又差他往新府专管催督工程，遣他闸去。申徒泰离了令公左右，分明拾了性命一般。才得三分安稳，又怕令公在这场差使内寻他罪罚，到底有些疑虑，十分小心勤谨，早夜督工，不辞辛苦。忽一日，葛令公差虞候许高来替申徒泰回衙。申徒泰闻知，又是一番惊恐，战战兢兢的离了新府，到衙门内参见。禀道："承

恩相呼唤，有何差使？"葛令公道："主上在夹寨失利，唐兵分道入寇，李存璋引兵侵犯山东境界。见有本地告急文书到来，我待出师拒敌，因帐下无人，要你同去。"申徒泰道："恩相钧旨，小人敢不遵依。"令公分付甲仗库内，取熟铜盔甲一副，赏了申徒泰。申徒泰拜谢了，心中一喜一忧：喜的是跟令公出去，正好立功；忧的是怕有小小差迟，令公记其前过，一并治罪。正是：青龙白虎同行，吉凶全然未保。

却说葛令公简兵选

将，即日兴师。真个是旌旗蔽天，锣鼓震地，一行来到郯城。唐将李存璋正待攻城，闻得兖州大兵将到，先占住琅琊山高阜去处，大小下了三个寨。葛周兵到，见失了地形，倒退三十里屯扎，以防冲突。一连四五日挑战，李存璋牢守寨栅，只不招架。到第七日，葛周大军拔寨都起，直逼李家大寨搦战。李存璋早做准备，在山前结成方阵，四面迎敌。阵中埋伏着弓箭手，但去冲阵的，都被射回。葛令公亲自引兵阵前看了一回，见行列齐整，如山不动，叹道："人传李存璋柏乡大战，今观此阵，果大将之才也。"这个方阵，一名"九宫八卦阵"，昔日吴王夫差与晋公会于黄池，用此阵以取胜。须俟其倦怠，阵脚稍乱，方可乘之，不然实难攻矣。当下出令，分付严阵相持，不许妄动。看看申牌时分，葛令公见军士们又饥又渴，渐渐立脚不定。欲待退军，又怕唐兵乘胜追赶，踌躇不决。忽见申徒泰在旁，便问道："'厅头'，你有何高见？"申徒泰道："据泰愚意，彼军虽整，然以我军比度，必然一般疲困。诚得亡命勇士数人，出其不意，疾驰赴敌，倘得陷入其阵，大军继之，庶可成功耳。"令公抚其背道："我素知汝骁勇，能为我陷此阵否？"申徒泰即便提刀上马，叫一声："有志气的快跟我来破贼！"帐前并无一人答应。申徒泰也不回顾，径望敌军奔去。

　　葛周大惊，急领众将，亲出阵前接应。只见申徒泰一匹马、一把刀，马不停蹄，刀不停手。马不停蹄，疾如电闪；刀不停手，快若风轮。不管三七二十一，直杀入阵中去了。原来对阵唐兵，初时看见一人一骑，不将他为意。谁知申徒泰拼命而来，这把刀神出鬼没，遇着他的，就如砍瓜切菜一般，往来阵中，如入无人之境。恰好遇着先锋沈祥，只一合斩于马下，跳下马来，割了首级，复飞身上马，杀出阵来，无人拦挡。葛周大军已到，申徒泰大呼道："唐兵阵乱矣！要杀贼的快来！"说罢，将首级掷于葛周马前，番身复杀入对阵去了。葛周将令旗一招，大军一齐并力，长驱而进，唐兵大乱。李存璋禁押不住，只得鞭马先走。唐兵被梁家杀得七零八落，走得快的，逃了性命；略迟慢些，就为沙场之鬼。李存璋，唐朝名将，这一阵杀得大败亏输，望风而遁，弃下器械马匹，不计其数。梁家大获全胜。葛令公对申徒泰道："今日破敌，皆汝一人之功。"申徒泰叩头道："小人有何本事，皆仗令公虎威耳。"令公大喜，一面写表申奏朝廷；传令犒赏三军，休息他三日，第四日班师回兖州去。果然是喜孜孜鞭敲金镫响，笑吟吟齐唱凯歌回。

　　却说葛令公回衙，众侍妾罗拜称贺。令公笑道："为将者出师破贼，自是本分常事，何足为喜。"指着弄珠儿对众妾说道："你们众人只该贺他的喜。"众妾道："相公今日破敌，保全地方，朝廷必有恩赏。凡侍巾栉的，均受其荣，为何只是珠娘之喜？"令公道："此番出师，全亏帐下一人力战成功。无物酬赏他，欲将此姬赠与为妻。他终身有托，岂不可喜？"弄珠儿恃着平日宠爱，还不信是真，带笑的说道："相公休得取笑。"令公道："我生平不作戏言，已曾取库上六十万钱，替你具办资妆去了。只今晚便在西房独宿，不敢劳你侍酒。"弄珠儿听罢大惊，不觉泪如雨下，跪禀道："贱妾自侍巾栉，累年以来，未曾得罪。今一旦弃之他人，贱妾有死而已，决难从命。"令公大笑道："痴妮子，我非木石，岂与你无情？但前日岳云楼饮宴之时，我见此人目不转睛，晓得他钟情与汝。此人少年未娶，新立大功，非汝不足以快其意耳。"弄珠儿扯住令公衣袂，撒娇撒痴，千不肯，万不肯，只是不肯从命。令公道："今日之事，也由不得你。做人的妻，强似做人的妾。此人将来功名，不弱于我，乃汝福分当然。我又不曾误你，何须悲怨！"教众妾扶起珠娘，莫要啼哭。众妾为平时珠娘有专房之宠，满肚子恨他，巴不得撺他出去。今日闻此消息，正中其怀，一拥上前，拖拖曳曳，扶他到西房去，着实窝伴他，劝解他。弄珠儿此时也无可奈何，想着令公英雄性子，在儿女头上不十分留恋，叹了口气，只得罢了。从此日为始，令公每夜轮遣两名姬妾，陪珠娘西房宴宿，再不要他相见。有诗为证："昔日专房宠，今朝召见稀。非关情太薄，犹恐动情痴。"

再说申徒泰自郯城回后，口不言功，禀过令公，依旧在新府督工去了。这日工程报完，恰好库史也来禀道："六十万钱资妆，俱已备下，伏乞钧旨。"令公道："权且寄下，禀移府后取用。"一面分付阴阳生择个吉日，阖家迁在新府住居，独留下弄珠儿及丫鬟、养娘数十人。库史奉了钧帖，将六十万钱资妆，都搬来旧衙门内，摆设得齐齐整整，花堆锦簇。众人都疑道："令公留这旧衙门做外宅，故此重新摆设。"谁知其中就里？这日，申徒泰同着一般虞候，正在新府声喏庆贺。令公独唤申徒泰上前，说道："郯城之功，久未图报。闻汝尚未娶妻，小妾颇工颜色，特奉赠为配。薄有资妆，都在旧府。今日是上吉之日，便可就彼成亲，就把这宅院判与你夫妻居住。"申徒泰听得，到吓得面如土色，不住的磕头，只道得个"不敢"二字，那里还说得出什么说话！令公又道："大丈夫意气相许，头颅可断，何况一妾？我主张已定，休得推阻。"申徒泰兀自谦让，令公分付众虞候，替他披红插花，随班乐工奏动鼓乐。众虞候喝道："申徒泰，拜谢了令公！"申徒泰恰似梦里一般，拜了几拜，不由自身做主，众人拥他出府上马。乐人迎导而去，直到旧府。只见旧时一班直厅的军壮，预先领了钧旨，都来参谒。前厅后堂，悬花结彩。丫鬟、养娘等引出新人交拜，鼓乐喧天，做起花烛筵席。

申徒泰定睛看时，那女子正是岳云楼中所见。当时只道是天上神仙，霎时出现。因为贪看他颜色，险些儿获其大祸，丧了性命。谁知今日等闲间做了百年眷属，岂非侥幸？进到内宅，只见器用供帐，件件新，色色备，分明钻入锦绣窝中，好生过意不去。当晚就在西房安置，夫妻欢喜，自不必说。次日，双双两口儿都到新府拜谢葛令公。令公分付挂了回避牌，不消相见。刚才转身回去，不多时，门上报到令公自来了，申徒泰慌忙迎着马头下跪迎接。葛令公下马扶起，直至厅上。令公捧出告身一道，请申徒泰为参谋之职。原来那时做镇使的，都请得有空头告身，但是军中合用官员，随他填写取用，然后奏闻朝廷，无有不依。况且申徒泰已有功绩申奏去了，朝廷自然优录的。令公教取官带与申徒泰换了，以礼相接。

自此申徒泰洗落了"厅头"二字，感谢令公不尽。一日，与浑家闲话，问及令公平日恁般宠爱，如何割舍得下？弄珠儿叙起岳云楼目不转睛之语，"令公说你钟情于妾，特地割爱相赠"。申徒泰听罢，才晓得令公体悉人情，重贤轻色，真大丈夫之所为也。这一节传出，军中都知道了，没一个人不夸扬令公仁德，都愿替他出力尽死。终令公之世，人心悦服，地方安静。后人有诗赞云："重贤轻色古今稀，反怨为恩事更奇。试借兖州功簿看，黄金台上有名姬。"

第七卷　羊角哀舍命全交

一本作"羊角哀一死战荆轲"

背手为云覆手雨，纷纷轻薄何须数？
君看管鲍贫时交，此道今人弃如土。

昔时，齐国有管仲，字夷吾；鲍叔，字宣子，两个自幼时以贫贱结交。后来鲍叔先在齐桓公门下信用显达，举荐管仲为首相，位在己上。两人同心辅政，始终如一。管仲曾有几句言语道："吾尝三战三北，鲍叔不以我为怯，知我有老母也；吾尝三仕三见逐，鲍叔不以我为不肖，知我不遇时也；吾尝与鲍叔谈论，鲍叔不以我为愚，知有利不利也；吾尝与鲍叔为贾，分利多，鲍叔不以我为贪，知我贫也。生我者父母，知我者鲍叔。"所以古今说知心结交，必曰"管鲍"。今日说两个朋友，偶然相见，结为兄弟，各舍其命，留名万古。

春秋时，楚元王崇儒重道，招贤纳士。天下之人闻其风而归者，不可胜计。西羌积石山，有一贤士，姓左，双名伯桃，幼亡父母，勉力攻书，养成济世之才，学就安民之业。年近四旬，因中国诸侯互相吞并，行仁政者少，恃强霸者多，未尝出仕。后闻得楚元王慕仁好义，遍求贤士，乃携书一囊，辞别乡中邻友，径奔楚国而来。迤逦来到雍地，时值隆冬，风雨交作。有一篇《西江月》词，单道冬天雨景："习习悲风割面，蒙蒙细雨侵衣。催冰酿雪逞寒威，不比他时和气。山色不明常暗，日光偶露还微。天涯游子尽思归，路上行人应悔。"

左伯桃冒雨荡风，行了一日，衣裳都沾湿了。看看天色昏黄，走向村间，欲觅一宵宿处。远远望见竹林之中，破窗透出灯光，径奔那个去处。见矮矮篱笆，围着一间草屋，乃推开篱障，轻叩柴门。中有一人，启户而出。左伯桃立在檐下，慌忙施礼曰："小生西羌人氏，姓左，双名伯桃。欲往楚国，不期中途遇雨，无觅旅邸之处。求借一宵，来早便行，未知尊意肯容否？"那人闻言，慌忙答礼，邀入屋内。伯桃视之，止有一榻，榻上堆积书卷，别无他物。伯桃已知亦是儒人，便欲下拜。那人云："且未可讲礼，容取火烘干衣服，却当会话。"当夜烧竹为火，伯桃烘衣。那人炊办酒食，以供伯桃，意甚勤厚。伯桃乃问姓名。其人曰："小生姓羊，双名角哀，幼亡父母，独居于此。平生酷爱读书，农业尽废。今幸遇贤士远来，但恨家寒，乏物为款，伏乞恕罪。"伯桃曰："阴雨之中，得蒙遮蔽，更兼一饮一食，感佩何忘！"当夜，二人抵足而眠，共话胸中学问，终夕不寐。比及天晓，淋雨不止。角哀留伯桃在家，尽其所有相待，结为昆仲。伯桃年长角哀五岁，角哀拜伯桃为兄。

一住三日，雨止道干。伯桃曰："贤弟有王佐之才，抱经纶之志，不图竹帛，甘老林泉，深为可惜。"角哀曰："非不欲仕，奈未得其便耳。"伯桃曰："今楚王虚心求士，贤弟既有此心，何不同往？"角哀曰："愿从兄长之命。"遂收拾些小路费粮米，弃其茅屋，二人同望南方而进。行不两日，又值阴雨，羁身旅店中，盘费罄尽，止有行粮一包，二人轮换负之，冒雨而走。其雨未止，风又大作，变为一天大雪，怎见得？你看：风添雪冷，雪趁风威。纷纷柳絮狂飘，片片鹅毛乱舞。团空搅阵，不分南北西东；遮地漫天，变尽青黄赤黑。探梅诗客多清趣，路上行人欲断魂。

二人行过岐阳，道经梁山路，问及樵夫，皆说："从此去百余里，并无人烟，尽是荒山旷野，狼虎成群，只好休去。"伯桃与角哀曰："贤弟心下如何？"角哀曰："自古道死生有命。既然到此，只顾前进，休生退悔。"又行了一日，夜宿古墓中，衣服单薄，寒风透骨。次日，雪越下得紧，山中仿佛盈尺。伯桃受冻不过，曰："我思此去百余里，绝无人家；行粮不敷，衣单食缺。若一人独往，可到楚国；二人俱去，纵然不冻死，

喻世明言·彩绘版

亦必饿死于途中，与草木同朽，何益之有？我将身上衣服脱与贤弟穿了，贤弟可独赍此粮，于途强挣而去。我委的行不动了，宁可死于此地。待贤弟见了楚王，必当重用，那时却来葬我未迟。"角哀曰："焉有此理！我二人虽非一父母所生，义气过于骨肉。我安忍独去而求进身耶？"遂不许，扶伯桃而行。

　　行不十里，伯桃曰："风雪越紧，如何去得？且于道旁寻个歇处。"见一株枯桑，颇可避雪，那桑下止容得一人，角哀遂扶伯桃入去坐下。伯桃命角哀敲石取火，爇些枯枝，以御寒气。比及角哀取了柴火到来，只见伯桃脱得赤条条地，浑身衣服，都做一堆放着。角哀大惊，曰："吾兄何为如此？"伯桃曰："吾寻思无计，贤弟勿自误了，速穿此衣服，负粮前去，我只在此守死。"角哀抱持大哭曰："吾二人死生同处，安可分离？"伯桃曰："若皆饿死，白骨谁埋？"角哀曰："若如此，弟情愿解衣与兄穿了，兄可赍粮去，弟宁死于此。"伯桃曰："我平生多病，贤弟少壮，比我甚强；更兼胸中之学，我所不及。若见楚君，必登显宦。我死何足道哉！弟勿久滞，可宜速往。"角哀曰："今兄饿死桑中，弟独取功名，此大不义之人也，我不为之。"伯桃曰："我自离积石山，至弟家中，一见如故。知弟胸次不凡，以此劝弟求进。不幸风雨所阻，此吾天命当尽。若使弟亦亡于此，乃吾之罪也。"言讫，欲跳前溪觅死。角哀抱住痛哭，将衣拥护，再扶至桑中，伯桃把衣服推开，角哀再欲上前劝解时，但见伯桃神色已变，四肢厥冷，口不能言，以手挥令去。角哀寻思："我若久恋，亦冻死矣，死后谁葬吾兄？"乃于雪中再拜伯桃而哭曰："不肖弟此去，望兄阴力相助。但得微名，必当厚葬。"伯桃点头半答，角哀取了衣粮，带泣而去。伯桃死于桑中。后人有诗赞云："寒来雪三尺，人去途千里。长途苦雪寒，何况囊无米？并粮一人生，同行两人死；两死诚何益？一生尚有恃。贤哉左伯桃，陨命成人美。"

　　角哀捱着寒冷，半饥半饱，来至楚国，于旅邸中歇定。次日入城，问人曰："楚君招贤，何由而进？"人曰："宫门外设一宾馆，令上大夫裴仲接纳天下之士。"角哀径投宾馆前来，正值上大夫下车。角哀乃向前而揖，裴仲见角哀衣虽蓝缕，器宇不凡，慌忙答礼，问曰："贤士何来？"角哀曰："小生姓羊，双名角哀，雍州人也。闻上国招贤，特来归投。"裴仲邀入宾馆，具酒食以进，宿于馆中。次日，裴仲到馆中探望，将胸中疑义盘问角哀，试他学问如何。角哀百问百答，谈论如流。裴仲大喜，入奏元王，王即时召见，问富国强兵之道。角哀首陈十策，皆切当世之急务。元王大喜，设御宴以待之，拜为中大夫，赐黄金百两，彩缎百匹。角哀再拜流涕，元王大惊而问曰："卿痛哭者何也？"角哀将左伯桃脱衣并粮之事，一一奏知。元王闻其言，为之感伤。诸大臣皆为痛惜。元王曰："卿欲如何？"角哀曰："臣乞告假，到彼处安葬伯桃已毕，却回来事大王。"元王遂赠已死伯桃为中大夫，厚赐葬资，仍差人跟随角哀车骑同去。

角哀辞了元王，径奔梁山地面，寻旧日枯桑之处。果见伯桃死尸尚在，颜貌如生前一般。角哀乃再拜而哭，呼左右唤集乡中父老，卜地于浦塘之原：前临大溪，后靠高崖，左右诸峰环抱，风水甚好。遂以香汤沐浴伯桃之尸，穿戴大夫衣冠；置内棺外椁，安葬起坟；四围筑墙栽树；离坟三十步建享堂，塑伯桃仪容；立华表，柱上建牌额；墙侧盖瓦屋，令人看守。造毕，设祭于享堂，哭泣甚切。乡老从人，无不下泪。祭罢，各自散去。

角哀是夜明灯燃烛而坐，感叹不已。忽然一阵阴风飒飒，烛灭复明。角哀视之，见一人于灯影中，或进或退，隐隐有哭声。角哀叱曰："何人也？辄敢夤夜而入！"其人不言。角哀起而视之，乃伯桃也。角哀大惊，问曰："兄阴灵不远，今来见弟，必有事故。"伯桃曰："感贤弟记忆，初登仕路，奏请葬吾，更赠重爵，并棺椁衣衾之美，凡事十全。但坟地与荆轲墓相连近，此人在世时，为刺秦王不中被戮，高渐离以其尸葬于此处。神极威猛，每夜仗剑来骂吾曰：'汝是冻死饿杀之人，安敢建坟居吾上肩，夺吾风水？若不迁移他处，吾发墓取尸，掷之野外。'有此危难，特告贤弟。望改葬于他处，以免此祸。"角哀再欲问之，风起忽然不见。

角哀在享堂中，一梦惊觉，尽记其事。天明，再唤乡老，问："此处有坟相近否？"乡老曰："松阴中有荆轲墓，墓前有庙。"角哀曰："此人昔刺秦王，不中被杀，缘何有坟于此？"乡老曰："高渐离乃此间人，知荆轲被害，弃尸野外，乃盗其尸，葬于此地。每每显灵。土人建庙于此，四时享祭，以求福利。"角哀闻其言，遂信梦中之事。引从者径奔荆轲庙，指其神而骂曰："汝乃燕邦一匹夫，受燕太子奉养，名姬重宝，尽汝受用。不思良策以副重托，入秦行事，丧身误国。却来此处惊惑乡民，而求祭祀。吾兄左伯桃，当代名儒，仁义廉洁之士，汝安敢逼之？再如此，吾当毁其庙，而发其冢，永绝汝之根本！"骂讫，却来伯桃墓前祝曰："如荆轲今夜再来，兄当报我。"

归至享堂，是夜秉烛以待。果见伯桃哽咽而来，告曰："感贤弟如此，奈荆轲从人极多，皆土人所献。贤弟可束草为人，以彩为衣，手执器械，焚于墓前。吾得其助，使荆轲不能侵害。"言罢不见。角哀连夜使人束草为人，以彩为衣，各执刀枪器械，建数十于墓侧，以火焚之。祝曰："如其无事，亦望回报。"归至享堂，是夜闻风雨之声，如人战敌。角哀出户观之，见伯桃奔走而来，言曰："弟所焚之人，不得其用。荆轲又有高渐离相助，不久吾尸必出墓矣。望贤弟早与迁移他处殡葬，免受此祸。"角哀曰："此人安敢如此欺凌吾兄！弟当力助以战之。"伯桃曰："弟，阳人也，我皆阴鬼；阳人虽勇烈，尘世相隔，焉能战阴鬼也？虽刍草之人，但能助喊，不能退此强魂。"角哀曰："兄且去，弟来日自有区处。"

次日，角哀再到荆轲庙中大骂，打毁神像。方欲取火焚庙，只见乡老数人，再四哀求曰："此乃一村香火，若触犯之，恐贻祸于百姓。"须臾之间，土人聚集，都来求告。角哀拗他不过，只得罢了。回到享堂，修一道表章，上谢楚王，言："昔日伯桃并粮与臣，因此得活，以遇圣主。重蒙厚爵，平生足矣，容臣后世尽心图报。"词意甚切。表付从人，然后到伯桃墓侧，大哭一场。与从者曰："吾兄被荆轲强魂所逼，去往无门，吾所不忍。欲焚庙掘坟，又恐拂土人之意。宁死为泉下之鬼，力助吾兄，战此强魂。汝等可将吾尸葬于此墓之右，生死共处，以报吾兄并粮之义。回奏楚君，万乞听纳臣言，永保山河社稷。"言讫，掣取佩剑，自刎而死。从者急救不及，速具衣棺殡殓，埋于伯桃墓侧。

是夜二更，风雨大作，雷电交加，喊杀之声，闻数十里。清晓视之，荆轲墓上，震烈如发，白骨散于墓前。墓边松柏，和根拔起。庙中忽然起火，烧做白地。乡老大惊，都往羊、左二墓前，焚香展拜。从者回楚国，将此事上奏元王。元王感其义重，差官往墓前建庙，加封上大夫，敕赐庙额曰"忠义之祠"，就立碑以记其事。至今香火不断。荆轲之灵，自此绝矣。土人四时祭祀，所祷甚灵。有古诗云："古来仁义包天地，只在人心方寸间。二士庙前秋日净，英魂常伴月光寒。"

第八卷　吴保安弃家赎友

古人结交惟结心，今人结交惟结面。结心可以同死生，结面那堪共贫贱？九衢鞍马日纷纭，追攀送谒无晨昏。座中慷慨出妻子，酒边拜舞犹弟兄。一关微利已交恶，况复大难肯相亲？君不见，当年羊、左称死友，至今史传高其人。

这篇词名为《结交行》，是叹末世人心险薄，结交最难。平时酒杯往来，如兄若弟，一遇虮大的事，才有些利害相关，便尔我不相顾了。真个是：酒肉弟兄千个有，落难之中无一人。还有朝兄弟，暮仇敌，才放下酒杯，出门便弯弓相向的。所以陶渊明欲息交，嵇叔夜欲绝交，刘孝标又做下《广绝交论》，都是感慨世情，故为忿激之谭耳。如今我说的两个朋友，却是从无一面的。只因一点意气上相许，后来患难之中，死生相救，这才算做心交至友。正是：说来贡禹冠尘动，道破荆卿剑气寒。

话说大唐开元年间，宰相代国公郭震，字元振，河北武阳人氏。有侄儿郭仲翔，才兼文武，一生豪侠尚气，不拘绳墨，因此没人举荐。他父亲见他年长无成，写了一封书，教他到京参见伯父，求个出身之地。元振谓曰："大丈夫不能掇巍科，登上第，致身青云；亦当如班超、傅介子，立功异域，以博富贵。若但借门第为阶梯，所就岂能远大乎？"仲翔唯唯。适边报到京：南中洞蛮作乱。原来武则天娘娘革命之日，要买嘱人心归顺，只这九溪十八洞蛮夷，每年一小犒赏，三年一大犒赏。到玄宗皇帝登极，把这犒赏常规都裁革了。为此群蛮一时造反，侵扰州县。朝廷差李蒙为姚州都督，调兵进讨。李蒙领了圣旨，临行之际，特往相府辞别，因而请教。郭元振曰："昔诸葛武侯七擒孟获，但服其心，不服其力。将军宜以慎重行之，必当制胜。舍侄郭仲翔，颇有才干，今道与将军同行。俟破贼立功，庶可附骥尾以成名耳。"即呼仲翔出，与李蒙相见。李蒙见仲翔一表非俗，又且当朝宰相之侄，亲口嘱托，怎敢推委？即署仲翔为行军判官之职。

仲翔别了伯父，跟随李蒙起程。行至剑南地方，有同乡一人，姓吴名保安，字永固，见任东川遂州方义尉。虽与仲翔从未识面，然素知其为人，义气深重，肯扶持济拔人的。乃修书一封，特遣人驰送于仲翔。仲翔拆书读之，书曰："吴保安不肖，幸与足下生同乡里，虽缺展拜，而慕仰有日。以足下大才，辅李将军以平小寇，成功在旦夕耳。保安力学多年，仅官一尉；僻在剑外，乡关梦绝。况此官已满，后任难期，恐厄选曹之格限也。稔闻足下，分忧急难，有古人风。今大军征进，正在用人之际。傥垂念乡曲，录及细微，使保安得执鞭从事，树尺寸于幕府，足下丘山之恩，敢忘衔结？"仲翔玩其书意，叹曰："此人与我素昧平生，而骤以缓急相委，乃深知我者。大丈夫遇知己而不能与之出力，宁不负愧乎？"遂向李蒙夸奖吴保安之才，乞征来军中效用。

李都督听了，便行下文帖到遂州去，要取方义尉吴保安为管记。才打发差人起身，探马报：蛮贼猖獗，逼近内地。李都督传令：星夜趱行。来到姚州，正遇着蛮兵抢掳财物，不做准备，被大军一掩，都四散乱窜，不成队伍，杀得他大败全输。李都督恃勇，招引大军，乘势追逐五十里。天晚下寨，郭仲翔谏曰："蛮人贪诈无比，今兵败远遁，将军之威已立矣。宜班师回州，遣人宣播威德，招使内附；不可深入其地，恐堕诈谋之中。"李蒙大喝曰："群蛮今已丧胆，不乘此机扫清溪洞，更待何时？汝勿多言，看我破贼！"次日，拔寨都起。

行了数日，直到乌蛮界上。只见万山叠翠，兵木蒙茸，正不知那一条是去路。李蒙心中大疑，传令："暂退平衍处屯扎。"一面寻觅土人，访问路径。忽然山谷之中，金鼓之声四起，蛮兵弥山遍野而来。洞主姓蒙名细奴逻，手执木弓药矢，百发百中。驱率各洞蛮酋穿林渡岭，分明似鸟飞兽奔，全不费力。唐兵陷于伏中，又且路生力倦，如何抵敌？李都督虽然骁勇，奈英雄无用武之地。手下爪牙看看将尽，叹曰："悔不听郭判官之言，乃为犬羊所侮！"拔出靴中短刀，自刺其喉而死。全军皆没于蛮中。后人有诗云："马援铜标柱千古，诸葛旗台镇九溪。何事唐师皆覆没？将军姓李数偏奇。"又有一诗，

喻世明言·彩绘版

专咎李都督不听郭仲翔之言，以自取败。诗云："不是将军数独奇，悬军深入总堪危。当时若听还师策，总有群蛮谁敢窥？"

其时，郭仲翔也被掳去。细奴逻见他丰神不凡，叩问之，方知是郭元振之侄，遂给与本洞头目乌罗部下。原来南蛮从无大志，只贪图中国财物。掳掠得汉人，都分给与各洞头目。功多的，分得多；功少的，分得少。其分得人口，不问贤愚，只如奴仆一般，供他驱使：斫柴割草，饲马牧羊。若是人口多的，又可转相买卖。汉人到此，十个九个只愿死，不愿生。却又有蛮人看守，求死不得。有恁般苦楚！这一阵厮杀，掳得汉人甚多。其中多有有职位的，蛮酋一一审出，许他寄信到中国去，要他亲戚来赎，获其厚利。你想被掳的人，那一个不思想还乡的？一闻此事，不论富家贫家，都寄信到家乡来了。就是各人家属，十分没法处置的，只得罢了；若还有亲有眷，挪移补凑得来，那一家不想借贷去取赎？那蛮酋忍心贪利，随你孤身穷汉，也要勒取好绢三十匹，方准赎回；若上一等的，凭他索诈。乌罗闻知郭仲翔是当朝宰相之侄，高其赎价，索绢一千匹。仲翔想道："若要千绢，除非伯父处可办。只是关山迢递，怎得寄个信去？"忽然想着："吴保安是我知己，我与他从未会面，只为见他数行之字，便力荐于李都督，召为管记。我之用情，他必谅之。幸他行迟，不与此难，此际多应已到姚州。诚央他附信于长安，岂不便乎？"乃修成一书，径致保安。书中具道苦情及乌罗索价详细："倘永固不见遗弃，传语伯父，早来见赎，尚可生还。不然，生为俘囚，死为蛮鬼，永固其忍之乎？"永固者，保安之字也。书后附一诗云："箕子为奴仍异域，苏卿受困在初年。知君义气深相悯，愿脱征骖学古贤。"仲翔修书已毕，恰好有个姚州解粮官被赎放回，仲翔乘便就将此书付之。眼盼盼看着他人去了，自己不能奋飞。万箭攒心，不觉泪如雨下。正是：眼看他鸟高飞去，身在笼中怎出头？不题郭仲翔蛮中之事。

且说吴保安奉了李都督文帖，已知郭仲翔所荐。留妻房张氏和那新生下未周岁的孩儿在遂州住下，一主一仆飞身上路，赶来姚州赴任。闻知李都督阵亡消息，吃了一惊，尚未知仲翔生死下落，不免留身打探。恰好解粮官从蛮地放回，带得有仲翔书信。吴保安拆开看了，好生凄惨。便写回书一纸，书中许他取赎，留在解粮官处，嘱他觑便寄到蛮中，以慰仲翔之心。忙整行囊，便望长安进发。这姚州到长安三千余里，东川正是个顺路，保安径不回家，直到京都，求见郭元振相公。谁知一月前元振已薨，家小都扶枢而回了。

吴保安大失所望，盘缠罄尽，只得将仆、马卖去，将来使用。复身回到遂州，见了妻儿，放声大哭。张氏问其缘故，保安将郭仲翔失陷南中之事，说了一遍。"如今要去赎他，争奈自家无力，使他在穷乡悬望，我心何安？"说罢又哭。张氏劝止之，曰："常言巧媳妇煮不得没米粥，你如今力不从心，只索付之无奈了。"保安摇首曰："吾向者偶寄尺书，即蒙郭君垂情荐拔。今彼在死生之际，以性命托我，我何忍负之？不得郭回，誓不独生也！"于是倾家所有，估计来止直得绢二百匹。遂撇了妻儿，欲出外为商，又怕蛮中不时有信寄来，只在姚州左近营运。朝驰暮走，东趁西奔；身穿破衣，口吃粗粝。虽一钱一粟，不敢妄费，都积来为买绢之用。得一望十，得十望百，满了百匹，就寄放姚州府库。眠里梦里只想着"郭仲翔"三字，连妻子都忘记了。整整的在外过了十个年头，刚刚的凑得七百匹绢，还未足千匹之数。正是：离家千里逐锥刀，只为相知意气饶。十载未偿蛮洞债，不知何日慰心交？

话分两头。却说吴保安妻张氏，同那幼年孩子，孤孤恓恓的住在遂州。初时还有人看县尉面上，小意儿周济他；一连几年不通音耗，就没人理他了。家中又无积蓄，捱到十年之外，衣单食缺，万难存济，只得并迭几件破家伙，变卖盘缠，领了十一岁的孩儿，亲自问路，欲往姚州寻取丈夫吴保安。夜宿朝行，一日只走得三四十里。比到得戎州界上，盘费已尽，计无所出。欲待求乞前去，又含羞不惯；思量薄命，不如死休，看了十一岁的孩儿，又割舍不下。左思右想，看看天晚，坐在乌蒙山下，放声大哭，惊动了过往的官人。那官人姓杨，名安居，新任姚州都督，正顶着李蒙的缺。从长安驰驿到任，打从乌蒙山下经过，听得哭声哀切，又是个妇人，停了车马，召而问之。

张氏手搀着十一岁的孩儿，上前哭诉曰："妾乃遂州方义尉吴保安之妻，此孩儿即妾之子也。妾夫因友人郭仲翔陷没蛮中，欲营求千匹绢往赎，弃妾母子，久住姚州，十年不通音信。妾贫苦无依，亲往寻取，粮尽路长，是以悲泣耳。"安居暗暗叹异道："此人真义士，恨我无缘识之。"乃谓张氏曰："夫人休忧。下官添任姚州都督，一到彼郡，即差人寻访尊夫。夫人行李之费，都在下官身上。请到前途馆驿中，当与夫人设处。"张氏收泪拜谢。虽然如此，心下尚怀惶惑。杨都督车马如飞去了。张氏母子相扶，一步步捱到驿前。杨都督早已分付驿官伺候，问了来历，请到空房饭食安置。次日五鼓，杨都督起马先行。驿官传杨都督之命，将十千钱赠为路费；又备下一辆车儿，差人夫送至姚州普淜驿中居住。张氏心中感激不尽。正是：好人还遇好人救，恶人自有恶人磨。

且说杨安居一到姚州，便差人四下寻访吴保安下落。不三四日，便寻着了。安居请到都督府中，降阶迎接；亲执其手，登堂慰劳。因谓保安曰："下官常闻古人有死生之交，今亲见之足下矣。尊夫人同令嗣远来相觅，见在驿舍，足下且往，暂叙十年之别。所需绢匹若干，吾当为足下图之。"保安曰："仆为友尽心，固其分内，奈何累及明公乎？"安居曰："慕公之义，欲成公之志耳。"保安叩首曰："既蒙明公高谊，仆不敢固辞。所少尚三分之一，如数即付，仆当亲往蛮中，赎取吾友。然后与妻相见，未为晚也。"时安居初到任，乃于库中撮借官绢四百匹，赠与保安，又赠他全副鞍马。保安大喜，领了这四百匹绢，并库上七百匹，共一千一百之数，骑马直到南蛮界口，寻个熟蛮，往蛮中通话；将所余百匹绢，尽数托他使费。只要仲翔回归，心满意足。正是：应时还得见，胜是岳阳金。

喻世明言·彩绘版

却说郭仲翔在乌罗部下，乌罗指望他重价取赎，初时好生看待，饮食不缺。过了一年有余，不见中国人来讲话，乌罗心中不悦，把他饮食都裁减了。每日一餐，着他看养战象。仲翔打熬不过，思乡念切，乘乌罗出外打围，拽开脚步，望北而走。那蛮中都是险峻的山路，仲翔走了一日一夜，脚底都破了，被一般看象的蛮子，飞也似赶来，捉了回去。乌罗大怒，将他转卖与南洞主新丁蛮为奴，离乌罗部二百里之外。那新丁最恶，差使小不遂意，整百皮鞭，鞭得背都青肿，如此已非一次。仲翔熬不得痛苦，捉个空，又想逃走。争奈路径不熟，只在山凹内盘旋，又被本洞蛮子追着了，拿去献与新丁。新丁不用了，又卖到南方一洞去，一步远一步了。洞主号菩萨蛮，更是利害。晓得郭仲翔屡次逃走，乃取木板两片，各长五六尺，厚三四寸，教仲翔把两只脚立在板上，用铁钉钉其脚面，直透板内，日常带着二板行动。夜间纳土洞中，洞口用厚木板门遮盖，本洞蛮子就睡在板上看守，一毫转动不得。两脚被钉处，常流脓血，分明是地狱受罪一般。有诗为证："身卖南蛮南更南，土牢木锁苦难堪。十年不达中原信，梦想心交不敢谭。"

却说熟蛮领了吴保安言语来见乌罗，说知求赎郭仲翔之事。乌罗晓得绢足千匹，不胜之喜，便差人往南洞转赎郭仲翔回来。南洞主新丁，又引至菩萨蛮洞中，交割了身价，将仲翔两脚钉板，用铁钳取出钉来。那钉头入肉已久，脓水干后，如生成一般。今番重复取出，这疼痛比初钉时更自难忍，血流满地，仲翔登时闷绝。良久方醒，寸步难移。只得用皮袋盛了，两个蛮子扛抬着，直送到乌罗帐下。乌罗收足了绢匹，不管死活，把仲翔交付熟蛮，转送吴保安收领。吴保安接着，如见亲骨肉一般。这两个朋友，到今日方才识面。未暇叙话，各睁眼看了一看，抱头而哭，皆疑以为梦中相逢也。郭仲翔感谢吴保安，自不必说。保安见仲翔形容憔悴，半人半鬼，两脚又动掸不得，好生凄惨。让马与他骑坐，自己步行随后，同到姚州城内回覆杨都督。

原来杨安居曾在郭元振门下做个幕僚，与郭仲翔虽未厮认，却有通家之谊；又且他是个正人君子，不以存亡易心。一见仲翔，不胜之喜。教他洗沐过了，将新衣与他更换，又教随军医生医他两脚疮口，好饮好食将息。不勾一月，平复如

故。

且说吴保安从蛮界回来，方才到普溯驿中与妻儿相见。初时分别，儿子尚在襁褓，如今十一岁了。光阴迅速，未免伤感于怀。杨安居为吴保安义气上，十分敬重。他每对人夸奖，又写书与长安贵要，称他弃家赎友之事。又厚赠资粮，送他往京师补官。凡姚州一郡官府，见都督如此用情，无不厚赠。仲翔仍留为都督府判官。保安将众人所赠，分一半与仲翔留下使用。仲翔再三推辞，保安那里肯依，只得受了。吴保安谢了杨都督，同家小往长安进发。仲翔送出姚州界外，痛哭而别。保安仍留家小在遂州，单身到京，升补嘉州彭山丞之职。那嘉州仍是西蜀地方，迎接家小又方便，保安欢喜赴任去讫，不在话下。

再说郭仲翔在蛮中日久，深知款曲：蛮中妇女，尽有姿色，价反在男子之下。仲翔在任三年，陆续差人到蛮洞购求年少美女，共有十人。自己教成歌舞，鲜衣美饰，特献与杨安居伏侍，以报其德。安居笑曰："吾重生高义，故乐成其美耳。言及相报，得无以市井见待耶？"仲翔曰："荷明公仁德，微躯再造，特求此蛮口奉献，以表区区。明公若见辞，仲翔死不瞑目矣。"安居见他诚恳，乃曰："仆有幼女，最所钟爱，勉受一小口为伴，余则不敢如命。"仲翔把那九个美女，赠与杨都督帐下九个心腹将校，以显杨公之德。

时朝廷正追念代国公军功，要录用其子侄。杨安居表奏："故相郭震嫡侄仲翔，始进谏于李蒙，预知胜败；继陷身于蛮洞，备著坚贞。十年复返于故乡，三载效劳于幕府。荫既可叙，功亦宜酬。"于是郭仲翔得授蔚州录事参军。自从离家到今，共一十五年了，他父亲和妻子在家闻得仲翔陷没蛮中，杳无音信，只道身故已久。忽见亲笔家书，迎接家小临蔚州任所，举家欢喜无限。仲翔在蔚州做官两年，大有声誉，升迁代州户曹参军。又经三载，父亲一病而亡，仲翔扶柩回归河北。丧葬已毕，忽然叹曰："吾赖吴公见赎，得有余生。因老亲在堂，方谋奉养，未暇图报私恩。今亲殁服除，岂可置恩人于度外乎？"访知吴保安在宦所未回，乃亲到嘉州彭山县看之。不期保安任满，家贫无力赴京听调，就便在彭山居住。六年之前，患了疫症，夫妇双亡，藁葬在黄龙寺后隙地。儿子吴天祐从幼母亲教训，读书识字，就在本县训蒙度日。

仲翔一闻此信，悲啼不已。因制缞麻之服，腰绖执杖，步至黄龙寺内，向冢号泣，具礼祭奠。奠毕，寻吴天祐相见，即将自己衣服，脱与他穿了，呼之为弟，商议归葬一事。乃为文以告于保安之灵，发开土堆，止存枯骨二具。仲翔痛哭不已，旁观之人，莫不堕泪。仲翔预制下练囊二个，装保安夫妇骸骨。又恐失了次第，敛葬时一时难认，逐节用墨记下，装入练囊，总贮一竹笼之内，亲自背负而行。吴天祐道，是他父母的骸骨，理合他驮，来夺那竹笼。仲翔那肯放下，哭曰："永固为我奔走十年，今我暂时为之负骨，少尽我心而已。"一路且行且哭，每到旅店，必置竹笼于上坐，将酒饭浇奠过了，然后与天祐同食。夜间亦安置竹笼停当，方敢就寝。自嘉州到魏郡，凡数千里，都是步行。他两脚曾经钉板，虽然好了，终是血脉受伤。一连走了几日，脚面都紫肿起来，内中作痛。看看行走不动，又立心不要别人替力，勉强捱去。有诗为证："酬恩无地只奔丧，负骨徒行日夜忙。遥望平阳数千里，不知何日到家乡？"仲翔思想："前路正长，如何是好？"天晚就店安宿，乃设酒饭于竹笼之前，含泪再拜，虔诚哀恳："愿吴永固夫妇显灵，保佑仲翔脚患顿除，步履方便，早到武阳，经营葬事。"吴天祐也从旁再三拜祷。到次日起身，仲翔便觉两脚轻健，直到武阳县中，全不疼痛。此乃神天护佑吉人，不但吴保安之灵也。

再说仲翔到家，就留吴天祐同居。打扫中堂，设立吴保安夫妇神位，买办衣衾棺椁，重新殡敛。自己戴孝，一同吴天祐守幕受吊。雇匠造坟，凡一切葬具，照依先葬父亲一般。又立一道石碑，详纪保安弃家赎友之事，使往来读碑者，尽知其善。又同吴天祐庐墓三年。那三年中，教训天祐经书，得他学问精通，方好出仕。三年后，要到长安补官，念吴天祐无家未娶，择宗族中侄女有贤德者，替他纳聘；割东边宅院子，让他居住成亲；又将一半家财，分给天祐过活。正是：昔年为友抛妻子，今日孤儿转受恩。正是投瓜还得报，善人不负善心人。

仲翔起服，到京补岚州长史，又加朝散大夫。仲翔思念保安不已，乃上疏。其略曰："臣闻有善必劝者，固国家之典；有恩必酬者，亦匹夫之义。臣向从故姚州都督李蒙进御蛮寇，一战奏捷。臣谓深入非宜，尚当持重；主帅不听，全军覆没。臣以中华世族，为绝域穷困。蛮贼贪利，责绢还俘。谓臣宰相之侄，索至千匹。而臣家绝万里，无信可通。十年之中，备尝艰苦，肌肤毁剔，靡刻不泪。牧羊有志，射雁无期。而遂州方义尉吴保安，适至姚州，与臣虽系同乡，从无一面，徒以意气相慕，遂谋赎臣。经营百端，撇家数载，形容憔悴，妻子饥寒。拔臣于垂死之中，赐臣以再生之路。大恩未报，遽尔淹殁。臣今幸沾朱绂，而保安子天祐，食藿悬鹑，臣窃愧之。且天祐年富学深，足堪任使。愿以臣官，让之天祐。庶几国家劝善之典，与下臣酬恩之义，一举两得。臣甘就退闲，没齿无怨。谨昧死披沥以闻！"时天宝十二年也。疏入，下礼部详议。此一事哄动了举朝官员："虽然保安施恩在前，也难得郭仲翔义气，真不愧死友者矣。"礼部为此复奏，盛夸郭仲翔之品，"宜破格俯从，以励浇俗。吴天祐可试岚谷县尉，仲翔原官如故"。这岚谷县与岚州相邻，使他两个朝夕相见，以慰其情，这是礼部官的用情处。朝廷依允，仲翔领了吴天祐告身一道，谢恩出京，回到武阳县，将告身付与天祐。备下祭奠，拜告两家坟墓。择了吉日，两家宅眷，同日起程，向西京到任。

那时做一件奇事，远近传说，都道吴、郭交情，虽古之管、鲍、羊、左，不能及也。后来郭仲翔在岚州，吴天祐在岚谷县，皆有政绩，各升迁去。岚州人追慕其事，为立"双义祠"，祀吴保安、郭仲翔。里中凡有约誓，都在庙中祷告，香火至今不绝。有诗为证："频频握手未为亲，临难方知意气真。试看郭吴真义气，原非平日结交人。"

第九卷 裴晋公义还原配

官居极品富千金，享用无多白发侵。
惟有存仁并积善，千秋不朽在人心。

当初，汉文帝朝中，有个宠臣，叫做邓通。出则随辇，寝则同榻，恩幸无比。其时有神相许负，相那邓通之面，有纵理纹入口，"必当穷饿而死"。文帝闻之，怒曰："富贵由我，谁人穷得邓通？"遂将蜀道铜山赐之，使得自铸钱。当时，邓氏之钱，布满天下，其富敌国。一日，文帝偶然生下个痈疽，脓血迸流，疼痛难忍。邓通跪而吮之，文帝觉得爽快。便问道："天下至爱者，何人？"邓通答道："莫如父子。"恰好皇太子入宫问疾，文帝也教他吮那痈疽。太子推辞道："臣方食鲜脍，恐不宜近圣恙。"太子出宫去了。文帝叹道："至爱莫如父子，尚且不肯为我吮疽，邓通爱我胜如吾子。"由是恩宠俱加。皇太子闻知此语，深恨邓通吮疽之事。后来文帝驾崩，太子即位，是为景帝。遂治邓通之罪，说他吮疽献媚，坏乱钱法。籍其家产，闭于空室之中，绝其饮食，邓通果然饿死。又汉景帝时，丞相周亚夫也有纵理纹在口。景帝忌他威名，寻他罪过，下之于廷尉狱中。亚夫怨恨，不食而死。

这两个极富极贵，犯了饿死之相，果然不得善终。然虽如此，又有一说，道是面相不如心相。假如上等贵相之人，也有做下亏心事，损了阴德，反不得好结果。又有犯着恶相的，却因心地端正，肯积阴功，反祸为福。此是人定胜天，非相法之不灵也。

如今说唐朝有个裴度，少年时，贫落未遇。有人相他纵理入口，法当饿死。后游香山寺中，于井亭栏干上拾得三条宝带。裴度自思："此乃他人遗失之物，我岂可损人利己，坏了心术？"乃坐而守之。少顷间，只见有个妇人啼哭而来，说道："老父陷狱，借得三条宝带，要去赎罪。偶到寺中盥手烧香，遗失在此。如有人拾取，可怜见还，全了老父之命。"裴度将三条宝带，即时交付与妇人，妇人拜谢而去。他日，又遇了那相士。相士大惊道："足下骨法全改，非复向日饿莩之相，得非有阴德乎？"裴度辞以没有。相士云："足下试自思之，必有拯溺救焚之事。"裴度乃言还带一节。相士云："此乃大阴功，他日富贵两全，可预贺也。"后来裴度果然进身及第，位至宰相，寿登耄耋。正是：面相不如心相准，为人须是积阴功。假饶方寸难移相，饿莩焉能享万钟？

喻世明言·彩绘版

说话的，你只道裴晋公是阴德上积来的富贵，谁知他富贵以后，阴德更多。则今听我说"义还原配"这节故事，却也十分难得。

话说唐宪宗皇帝元和十三年，裴度领兵削平了淮西反贼吴元济，还朝拜为首相，进爵晋国公。又有两处积久负固的藩镇，都惧怕裴度威名，上表献地赎罪：恒冀节度使王承宗，愿献德、隶二州；淄青节度使李师道，愿献沂、密、海三州。宪宗皇帝看见外寇渐平，天下无事，乃修龙德殿，浚龙首池，起承晖殿，大兴土木。又听山人柳泌，合长生之药。裴度屡次切谏，都不听。佞臣皇甫镈判度支，程异掌盐铁，专一刻剥百姓财物，名为羡余，以供无事之费。由是投了宪宗皇帝之意，两个佞臣并同平章事。裴度羞与同列，上表求退。宪宗皇帝不许，反说裴度立朋党，渐有疑忌之心。裴度自念功名太盛，惟恐得罪。乃口不谈朝事，终日纵情酒色，以乐余年。四方郡牧，往往访觅歌儿舞女，献于相府，不一而足。论起裴晋公，那里要人来献。只是这班阿谀谄媚的，要博相国欢喜，自然重价购求；也有用强逼取的。鲜衣美饰，或假作家妓，或伪称侍儿，遣人殷殷勤勤的送来。裴晋公来者不拒，也只得纳了。

再说晋州万泉县，有一人，姓唐名璧，字国宝，曾举孝廉科，初任括州龙宗县尉，再任越州会稽丞。先在乡时，聘定同乡黄太学之女小娥为妻。因小娥尚在稚龄，待年未嫁。比及长成，唐璧两任游宦，都在南方，以此两下蹉跎，不曾婚配。那小娥年方二九，生得脸似堆花，体如琢玉；又且通于音律，凡箫管、琵琶之类，无所不工。晋州刺史奉承裴晋公，要在所属地方选取美貌歌姬一队进奉。已有了五人，还少一个出色掌班的。闻得黄小娥之名，又道太学之女，不可轻得，乃捐钱三十万，嘱托万泉县令求之。那县令又奉承刺史，遣人到黄太学家致意。黄太学回道："已经受聘，不敢从命。"县令再三强求，黄太学只是不允。时值清明，黄太学举家扫墓，独留小娥在家。县令打听的实，乃亲到黄家，搜出小娥，用肩舆抬去。着两个稳婆相伴，立刻送到晋州刺史处交割。硬将三十万钱，撇在他家，以为身价。比及黄太学回来，晓得女儿被县令劫去，急往县中，已知送去州里。再到晋州，将情哀求刺史。刺史道："你女儿才色过人，一入相府，必然擅宠，岂不胜作他人箕帚乎？况已受我聘财六十万钱，何不赠与汝婿，别图配偶？"黄太学道："县主乘某扫墓，将钱委置，某未尝面受，况止三十万，今悉持在此。某只愿领女，不愿领钱也。"刺史拍案大怒道："你得财卖女，却又瞒过三十万，强来絮聒，是何道理？汝女已送至晋国公府中矣，汝自往相府取索，在此无益。"黄太学看见刺史发怒，出言图赖，再不敢开口，两眼含泪而出。在晋州守了数日，欲得女儿一见，寂然无信。叹了口气，只得回县去了。

却说刺史将千金置买异样服饰、宝珠璎珞，妆扮那六个人如天仙相似。全副乐器，整日在衙中操演。直待晋国公生日将近，遣人送去，以作贺礼。那刺史费了许多心机，破了许多钱钞，要博相国一个大欢喜。谁知相国府中，歌舞成行；各镇所献美女，也不计其数。这六个人，只凑得闹热，相国那里便看在眼里，留在心里？从来奉承，尽有折本的，都似此类。有诗为证："割肉刺肤买上欢，千金不吝备吹弹。相公见惯浑闲事，羞杀州官与县官。"

话分两头。再说唐璧在会稽任满，该得升迁。想黄小娥今已长成，且回家毕姻，然后赴京未迟。当下收拾宦囊，望万泉县进发。到家次日，就去谒见岳丈黄太学。黄太学已知为着姻事，不等开口，便将女儿被夺情节，一五一十，备细的告诉了。唐璧听罢，呆了半晌，咬牙切齿恨道："大丈夫浮沉薄宦，至一妻之不能保，何以生为？"黄太学劝道："贤婿英年才望，自有好姻缘相凑，吾女儿自没福相从，遭此强暴，休得过伤怀抱，有误前程。"唐璧怒气不息，要到州官、县官处，与他争论。黄太学又劝道："人已去矣，争论何益？况干碍裴相国。方今一人之下，万人之上，倘失其欢心，恐于贤婿前程不便。"乃将县令所留三十万钱抬出，交付唐璧道："以此为图婚之费。当初宅上有碧玉玲珑为聘，在小女身边，不得奉还矣。贤婿须念前程为重，休为小挫以误大事。"唐璧两泪交流，答道："某年近三旬，又失此良偶，琴瑟之事，终身已矣。蜗名微利，误人之本，从此亦不复思进取也。"言讫，不觉大恸。黄太学也还痛起来。大家哭了一场方罢。唐璧那里肯收这钱去，径自空身回了。

次日，黄太学亲到唐璧家，再三解劝，撺掇他早往京师听调。得了官职，然后徐议良姻。唐璧初时不肯，被丈人一连数日强逼不过，思量："在家气闷，且到长安走遭，也好排遣。"勉强择吉，买舟起程。丈人将三十万钱暗地放在舟中，私下嘱付从人道："开船两日后，方可禀知主人，拿去京中，好做使用，讨个美缺。"唐璧见了这钱，又感伤了一场，分付苍头："此是黄家卖女之物，一文不可动用！"在路不一日，来到长安。雇人挑了行李，就装相国府中左近处，下个店房，早晚府前行走，好打探小娥信息。过了一夜，次早到吏部报名，送历任文簿，查验过了。回寓吃了饭，就到相府门前守候。一日最少也踅过十来遍。住了月余，那里通得半个字？这些官吏们一出一入，如马蚁相似，谁敢上前把这没头脑的事问他一声？正是：侯门一入深如海，

从此萧郎是路人。

一日，吏部挂榜，唐璧授湖州录事参军。这湖州，又在南方，是熟游之地，唐璧也到欢喜。等有了告敕，收拾行李，雇唤船只出京。行到潼津地方，遇了一伙强人。自古道慢藏诲盗，只为这三十万钱，带来带去，露了小人眼目，惹起贪心，就结伙做出这事来。这伙强人从京城外，直跟至潼津，背地通同了船家，等待夜静，一齐下手。也是唐璧命不该绝，正在船头上登东，看见声势不好，急忙跳水，上岸逃命。只听得这伙强人乱了一回，连船都撑去。苍头的性命也不知死活。舟中一应行李，尽被劫去，光光剩个身子。正是：屋漏更遭连夜雨，船迟又被打头风。那三十万钱和行囊，还是小事，却有历任文簿和那告敕，是赴任的执照，也失去了，连官也做不成。唐璧那一时真个是控天无路，诉地无门。思量："我直恁时乖运蹇，一事无成。欲待回乡，有何面目？欲待再往京师，向吏部衙门投诉，奈身畔并无分文盘费，怎生是好？这里又无相识借贷，难道求乞不成？"欲待投河而死，又想："堂堂一躯，终不然如此结果？"坐在路旁，想了又哭，哭了又想，左算右算，无计可施，从半夜直哭到天明。喜得绝处逢生，遇着一个老者，携杖而来，问道："官人为何哀泣？"唐璧将赴任被劫之事，告诉了一遍。老者道："原来是一位大人，失敬了。舍下不远，请挪步则个。"老者引唐璧约行一里，到于家中，重复叙礼。老者道："老汉姓苏，儿子唤做苏凤华，见做湖州武源县尉，正是大人属下。大人往京，老汉愿少助资斧。"即忙备酒饭管待，取出新衣一套，与唐璧换了；捧出白金二十两，权充路费。唐璧再三称谢，别了苏老，独自一个上路，再往京师旧店中安下。店主人听说路上吃亏，好生凄惨。

唐璧到吏部门下，将情由哀禀。那吏部官道是告敕、文簿尽空，毫无巴鼻，难辨真伪。一连求了五日，并不作准。身边银两，都在衙门使费去了。回到店中，只叫得苦，两眼泪汪汪的坐着纳闷。只见外面一人，约莫半老年纪，头带软翅纱帽，身穿紫袴衫，挺带皂靴，好似押牙官模样，踱进店来。见了唐璧，作了揖，对面而坐，问道："足下何方人氏？到此贵干？"唐璧道："官人不问犹可，问我时，教我一时诉不尽心中苦情！"说未绝声，扑簌簌掉下泪来。紫衫人道："尊意有何不美？可细话之，或者可共商量也。"唐璧道："某姓唐，名璧，晋州万泉县人氏。近除湖州录事参军。不期行至潼津，忽遇盗劫，资斧一空。历任文簿和告敕都失了，难以之任。"紫衫人道："中途被劫，非关足下之事，何不以此情诉知吏部，重给告身，有何妨碍？"唐璧道："几次哀求，不蒙怜准，教我去住两难，无门恳告。"紫衫人道："当朝裴晋公，每怀恻隐，极肯周旋落难之人。足下何不去求见他？"唐璧听说，愈加悲泣道："官人休题起'裴晋公'三字，使某心肠如割。"紫衫人大惊道："足下何故而出此言？"唐璧道："某幼年定下一房亲事，因屡任南方，未成婚配。却被知州和县尹用强夺去，凑成一班女乐，献与晋公，使某壮年无室。此事虽不由晋公，然晋公受人谄媚，以致府、县争先献纳，分明是他拆散我夫妻一般，我今日何忍复往见之？"紫衫人问道："足下所定之室，何姓何名？当初有何为聘？"唐璧道："姓黄，名小娥，聘物碧玉玲珑，见在彼处。"紫衫人道："某即晋公亲校，得出入内室，当为足下访之。"唐璧道："侯门一入，无复相见之期。但愿官人为我传一信息，使他知我心事，死亦瞑目。"紫衫人道："明日此时，定有好音奉报。"说罢，拱一拱手，蹑出门去了。

唐璧转展思想，懊悔起来："那紫衫押牙，必是晋公亲信之人，遣他出外探事的。我方才不合议论了他几句，颇有怨望之词，倘或述与晋公知道，激怒了他，降祸不小。"心下好生不安，一夜不曾合眼。巴到天明，梳洗罢，便到裴府窥望。只听说令公给假在府，不出外堂。虽然如此，仍有许多文书来往，内外奔走不绝，只不见昨日这紫衫人。等了许久，回店去吃了些午饭，又来守候，绝无动静。看看天晚，眼见得紫衫人已是谬言失信了。嗟叹了数声，凄凄凉凉的回到店中。方欲点灯，忽见外面两个人，似令史妆扮，慌慌忙忙的走入店来，问道："那一位是唐璧参军？"吓得唐璧躲在一边，不敢答应。店主人走来问道："二位何人？"那两个人答曰："我等乃裴府中堂吏，奉令公之命，来请唐参军到府讲话。"店主人指道："这位就是。"唐璧只得出来相见了，说道："某与令公素未通谒，何缘见召？且身穿亵服，岂敢唐突！"堂吏道："令公立等，参军休得推阻。"两个左右腋扶着，飞也似跑进府来。到了堂上，教"参军少坐，容某等禀过令公，却来相请"。两个堂吏进去了。不多时，只听得飞奔出来，复道："令公给假在内，请进去相见。"一路转弯抹角，都点得灯烛辉煌，照耀如白日一般。两个堂吏前后引路，到一个小小厅事中，只见两行纱灯排列，令公角巾便服，拱立而待。唐璧慌忙拜伏在地，流汗浃背，不敢仰视。令公传命扶起道："私室相延，何劳过礼？"便教看坐。唐璧谦让了一回，坐于旁侧，偷眼看着令公，正是昨日店中所遇紫衫之人，愈加惶惧，捏着两把汗，低了眉头，鼻息也不敢出来。

原来裴令公闲时常在外面私行耍子，昨日偶到店中，遇了唐璧。回府去，就查"黄小娥"名字，唤来相见，果然十分颜色。令公问其来历，与唐璧说话相同；又讨他碧玉玲珑看时，只见他紧紧的带在臂上。令公甚是怜悯，问道："你丈夫在此，愿一见乎？"小娥流泪道："红颜薄命，自分永绝。见与不见，权在令公，贱妾安敢自专。"令公点头，教他且去。密地分付堂候官，备下资装千贯；又将空头告敕一道，填写唐璧名字，差人到吏部去，查他前任履历及新授湖州参军文凭，要得重新补给。件件完备，才请唐璧到府。唐璧满肚慌张，那知令公一团美意？当日令公开谈道："昨见所话，诚心恻然。老夫不能杜绝馈遗，以致足下久旷琴瑟之乐，老夫之罪也。"唐璧离席下拜道："鄙人身遭颠沛，心神颠倒。昨日语言冒犯，自知死罪，伏惟相公海涵！"令公请起道："今日颇吉，老夫权为主婚，便与足下完婚。薄有行资千贯奉助，聊表赎罪之意。成亲之后，便可于飞赴任。"唐璧只是拜谢，也不敢再问赴任之事。

只听得宅内一派乐声嘹亮，红灯数对，女乐一队前导，几个押班老嬷和养娘辈，簇拥出如花如玉的黄小娥来。唐璧慌欲躲避。老嬷道："请二位新人，就此见礼。"养娘铺下红毡，黄小娥和唐璧做一对儿立了，朝上拜了四拜，令公在旁答揖。早有肩舆在厅事外，伺候小娥登舆，一径抬到店房中去了。令公分付唐璧："速归逆旅，勿误良期。"唐璧跑回店中，只听得人言鼎沸。举眼看时，摆列得绢帛盈箱，金钱满箧。就是起初那两个堂吏看守着，专等唐璧到来，亲自交割。又有个小小箧儿，令公亲判封的。拆开看时，乃官诰在内，复除湖州司户参军。唐璧喜不自胜，当夜与黄小娥就在店中，权作洞房花烛。这一夜欢情，比着寻常毕姻的，更自得意。正是：运去雷轰荐福碑，时来风送滕王阁。今朝婚宦两称心，不似从前情绪恶。唐璧此时有婚有宦，又有了千贯资装，分明是十八层地狱的苦鬼，直升至三十三天去了。若非裴令公仁心慷慨，怎肯周旋得人十分满足？

次日，唐璧又到裴府谒谢。令公预先分付门吏辞回："不劳再见。"唐璧回寓，重理冠带，再整行装，在京中买了几个童仆跟随，两口儿回到家乡，见了岳丈黄太学。好似枯木逢春，断弦再续，欢喜无限。过了几日，夫妇双双往湖州赴任。感激裴令公之恩，将沉香雕成小像，朝夕拜祷，愿其福寿绵延。后来裴令公寿过八旬，子孙蕃衍，人皆以为阴德所致。诗云："无室无官苦莫论，周旋好事赖洪恩。人能步步存阴德，福禄绵绵及子孙。"

第十卷　滕大尹鬼断家私

玉树庭前诸谢，紫荆花下三田。筼篔和好弟兄贤，父母心中欢忺。多少争财竞产，同根何苦自相煎。相持鹬蚌枉垂涎，落得渔人取便。

这首词名为《西江月》，是劝人家弟兄和睦的。且说如今三教经典，都是教人为善的。儒教有十三经、六经、五经，释教有诸品《大藏金经》，道教有《南华冲虚经》及诸品藏经，盈箱满案，千言万语，看来都是赘疣。依我说，要做好人，只消个两字经，是"孝弟"两个字。那两字经中，又只消理会一个字，是个"孝"字。假如孝顺父母的，见父母所爱者，亦爱之；父母所敬者亦敬之。何况兄弟行中，同气连枝，想到父母身上去，那有不和不睦之理？就是家私田产，总是父母挣来的，分什么尔我？较什么肥瘠？假如你生于穷汉之家，分文没得承受，少不得自家挽起眉毛，挣扎过活。见成有田有地，兀自争多嫌寡，动不动推说爹娘偏爱，分受不均。那爹娘在九泉之下，他心上必然不乐。此岂是孝子所为？所以古人说得好，道是：难得者兄弟，易得者田地。

怎么是难得者兄弟？且说人生在世，至亲的莫如爹娘，爹娘养下我来时节，极早已是壮年了，况且爹娘怎守得我同去？也只好半世相处。再说至爱的莫如夫妇，白头相守，极是长久的了。然未做亲以前，你张我李，各门各户，也空着幼年一段。只有兄弟们，生于一家，从幼相随到老。有事共商，有难共救，真像手足一般，何等情谊？譬如良田美产，今日弃了，明日又可挣得来的；若失了个弟兄，分明割了一手，折了一足，乃终身缺陷。说到此地，岂不是难得者兄弟，易得者田地？若是为田地上，坏了手足亲情，到不如穷汉，赤光光没得承受，反为干净，省了许多是非口舌。

如今在下说一节国朝的故事，乃是"滕县尹鬼断家私"。这节故事是劝人重义轻财，休忘了"孝弟"两字经。看官们或是有弟兄没兄弟，都不关在下之事，各人自去摸着心头，学好做人便了。正是：善人听说心中刺，恶人听说耳边风。

话说国朝永乐年间，北直顺天府香河县，有个倪太守，双名守谦，字益之。家累千金，肥田美宅。夫人陈氏，单生一子，名曰善继。长大婚娶之后，陈夫人身故。倪太守罢官鳏居，虽然年老，只落得精神健旺。凡收租、放债之事，件件关心，不肯安闲享用。其年七十九岁，倪善继对老子说道："人生七十古来稀。父亲今年七十九，明年八十齐头了，何不把家事交卸与孩儿掌管，吃些见成茶饭，岂不为美？"老子摇着头，说出几句道："在一日，管一日。替你心，替你力，挣些利钱穿共吃。直待两脚壁立直，那时不关我事得。"

每年十月间，倪太守亲往庄上收租，整月的住下。庄户人家，肥鸡美酒，尽他受用。那一年，又去住了几日。偶然一日，午后无事，绕庄闲步，观看野景。忽然见一个女子同着一个白发婆婆，向溪边石上捣衣。那女子虽然村妆打扮，颇有几分姿色：发同漆黑，眼若波明。纤纤十指似栽葱，曲曲双眉如抹黛。随常布帛，俏身躯赛着绫罗；点景野花，美丰仪不须钗钿。五短身材偏有趣，二八年纪正当时。倪太守老兴勃发，看得呆了。那女子捣衣已毕，随着老婆婆而走。那老儿留心观看，只见他走过数家，进一个小小白篱笆门内去了。倪太守连忙转身，唤管庄的来，对他说如此如此，教他访那女子跟脚，曾否许人，若是没有人家时，我要娶他为妾，未知他肯否？管庄的巴不得奉承家主，领命便走。

原来那女子姓梅，父亲也是个府学秀才。因幼年父母双亡，在外婆身边居住。年一十七岁，尚未许人。管庄的访得的实了，就与那老婆婆说："我家老爷见你女孙儿生得齐整，意欲聘为偏房。虽说是做小，老奶奶去世已久，上面并无人拘管。嫁得成时，丰衣足食，自不须说；连你老人家年常衣服、茶、米，都是我家照顾；临终还得个好断送，只怕你老人家没福。"老婆婆听得花锦似一片说话，即时依允。也是姻缘前定，一说便成。管庄的回覆了倪太守，太守大喜。讲定财礼，讨皇历看个吉日，又恐儿子阻挡，就在庄上行聘，庄上做亲。成亲之夜，一老一少，端的好看！有《西江月》为证："一个乌纱白发，一个绿鬓红妆。枯藤缠树嫩花香，好似奶公相傍。 一个心中凄楚，一个暗地惊慌。只愁那话忒郎当，双手扶持不上。"当夜倪太守抖擞精神，勾消了姻缘簿上。真个是：恩爱莫忘今夜好，风光不减少年时。

过了三朝，唤个轿子抬那梅氏回宅，与儿子、媳妇相见。阖宅男妇，都来磕头，称为"小奶奶"。倪太守把些布帛赏与众人，各各欢喜。只有那倪善继心中不美，面前虽不言语，背后夫妻两口儿议论道："这老人忒没正经，一把年纪，风灯之烛，做事也须料个前后。知道五年十年在世，却去干这样不了不当的事！讨这花枝般的女儿，自家也得精神对付他，终不然担误他在那里，有名无实。还有一件，多少人家老汉身边有了少妇，支持不过；那少妇熬不得，走了野路，出乖露丑，为家门之玷。还有一件，那少妇跟随老汉，分明似出外度荒年一般，等得年时成熟，他便去了。平时偷短偷长，做下私房，东三西四的寄开；又撒娇撒痴，要汉子制办衣饰与他。到得树倒鸟飞时节，他便颠作嫁人，一包儿收拾去受用。这是木中之蠹，米中之虫。人家有了这般人，最损元气的。"又说道："这女子娇模娇样，好像个妓女，全没有良家体段，看来是个做声分的头儿，擒老公的太岁。在咱爹身边，只该半妾半婢，叫声姨姐，后日还有个退步。可笑咱爹不明，就叫众人唤他做'小奶奶'，难道要咱们叫他娘不成？咱们只不作准他，莫要奉承透了，讨他做大起来，明日咱们颠到受他呕气。"夫妻二人，唧唧哝哝，说个不了。早有多嘴的，传话出来。倪太守知道了，虽然不乐，却也藏在肚里。幸得那梅氏秉性温良，事上接下，一团和气，众人也都相安。

过了两个月，梅氏得了身孕，瞒着众人，只有老公知道。一日三，三日九，捱到十月满生，生下一个小孩儿出来，举家大惊。这日正九月九日，乳名取做重阳儿。到十一日，就是倪太守生日。这年恰好八十岁了，贺客盈门。倪太守开筵管待，一来为寿诞，二来小孩儿三朝，就当个汤饼之会。众宾客道："老先生高年，又新添个小令郎，足见血气不衰，乃上寿之征也。"倪太守大喜。倪善继背后又说道："男子六十而精绝，况是八十岁了，那见枯树上生出花来？这孩子不知那里来的杂种，决不是咱爹嫡血，我断然不认他做兄弟。"老子又晓得了，也藏在肚里。

光阴似箭，不觉又是一年。重阳儿周岁，整备做晬盘故事。里亲外眷，又来作贺。倪善继到走了出门，不来陪客。老子已知其意，也不去寻他回来，自己陪着诸亲，吃了一日酒。虽然口中不语，心内未免有些不足之意。自古道：子孝父心宽。那倪善继平日做人，又贪又狠；一心只怕小孩子长大起来，分了他一股家私，所以不肯认做兄弟；预先把恶话谣言，日后好摆布他母子。那倪太守是读书做官的人，这个关窍怎不明白？只恨自家老了，等不及重阳儿成人长大，日后少不得要在大儿子手里讨针线；今日与他结不得冤家，只索忍耐。看了这点小孩子，好生痛他；又看了梅氏小小年纪，好生怜他。常时想一会，闷一会，恼一会，又懊悔一会。

再过四年，小孩子长成五岁。老子见他伶俐，又试会顽耍，要送他馆中上学。取个学名，哥哥叫善继，他就叫善述。拣个好日，备了果酒，领他去拜师父。那师父就是倪太守请在家里教孙儿的，小叔侄两个同馆上学，两得其便。谁知倪善继与做爹的不是一条心肠。他见那孩子取名善述，与己排行，先自不像意了。又与他儿子同学读书，到要儿子叫他叔叔，从小叫惯了，后来就被他欺压；不如唤了儿子出来，另从个师父罢。当日将儿子唤出，只推有病，连日不到馆中。倪太守初时只道是真病。过了几日，只听得师父说："大令郎另聘了个先生，分做两个学堂，不知何意？"倪太守不听犹可，听了此言，不觉大怒，就要寻大儿子问其缘故。又想道："天生恁般逆种，与他说也没干，由他罢了！"含了一口闷气，回到房中，偶然脚慢，拌着门槛一跌，梅氏慌忙扶起，搀到醉翁床上坐下，已自不省人事。急请医生来看，医生说是中风。忙取姜汤灌醒，扶他上床。虽然心下清爽，却满身麻木，动掸不得。梅氏坐在床头，煎汤煎药，殷勤伏侍，连进几服，全无功效。医生切脉道："只好延捱日子，不能全愈了。"倪善继闻知，也来看觑了几遍。见老子病势沉重，料是不起，便呼么喝六，打童骂仆，预先装出家主公的架子来。老子听得，愈加烦恼。梅氏只得啼哭，连小学生也不去上学，留在房中，相伴老子。

倪太守自知病笃，唤大儿子到面前，取出簿子一本，家中田地、屋宅及人头帐目总数，都在上面，分付道："善述年方五岁，衣服尚要人照管；梅氏又年少，也未必能管家。若分家私与他，也是枉然，如今尽数交付与你。倘或善述日后长大成人，你可看做爹的面上，替他婆房媳妇，分他小屋一所，良田五六十亩，勿令饥寒足矣。这段话，我都写绝在家私簿上，就当分家，把与你做个执照。梅氏若愿嫁人，听从其便；倘肯守着儿子度日，也莫强他。我死之后，你一一依我言语，这便是孝子，我在九泉，亦得瞑目。"倪善继把簿子揭开一看，果然开得细，写得明，满脸堆下笑来，连声应道："爹休忧虑，恁儿一一依爹分付便了。"抱了家私簿子，欣然而去。

梅氏见他走得远了，两眼垂泪，指着那孩子道："这个小冤家，难道不是你嫡血？你却和盘托出，都把与大儿子了，教我母子两口，异日把什么过活？"倪太守道："你有所不知，我看善继不是个良善之人，若将家私平分了，连这小孩子的性命也难保；不如都把与他，像了他意，再无妒忌。"梅氏又哭道："虽然如此，自古道子无嫡庶，忒杀厚薄不均，被人笑话。"倪太守道："我也顾他不得了。你年纪正小，趁我未死，将儿子嘱付善继。待我去世后，多则一年，少则半载，尽你心中，拣择个好头脑，自去图下半世受用，莫要在他们身边讨气吃。"梅氏道："说那里话！奴家也是儒门之女，妇人从一而终。况又有了这小孩儿，怎割舍得抛他？好歹要守在这孩子身边的。"倪太守道："你果然肯守志终身么？莫非日久生悔？"梅氏就发起大誓来。倪太守道：

"你若立志果坚，莫愁母子没得过活。"便向枕边摸出一件东西来，交与梅氏。梅氏初时只道又是一个家私簿子，却原来是一尺阔、三尺长的一个小轴子。梅氏道："要这小轴儿何用？"倪太守道："这是我的行乐图，其中自有奥妙。你可悄地收藏，休露人目。直待孩子年长，善继不肯看顾他，你也只含藏于心。等得个贤明有司官来，你却将此轴去诉理，述我遗命，求他细细推详，自然有个处分，尽勾你母子二人受用。"梅氏收了轴子。话休絮烦，倪太守又延了数日，一夜痰厥，叫唤不醒，呜呼哀哉死了，享年八十四岁。正是：三寸气在千般用，一日无常万事休。早知九泉将不去，作家辛苦着何由。

　　且说倪善继得了家私簿，又讨了各仓各库匙钥，每日只去查点家财杂物，那有功夫走到父亲房里问安。直等呜呼之后，梅氏差丫鬟去报知凶信，夫妻两口方才跑来，也哭了几声"老爹爹"。没一个时辰，就转身去了，到委着梅氏守尸。幸得衣衾棺椁诸事都是预办下的，不要倪善继费心。殡殓成服后，梅氏和小孩子两口，守着孝堂，早暮啼哭，寸步不离。善继只是点名应客，全无哀痛之意，七中便择日安葬。回丧之夜，就把梅氏房中，倾箱倒箧；只怕父亲存下些私房银两在内。梅氏乖巧，恐怕收去了他的行乐图，把自己原嫁来的两只箱笼，到先开了，提出几件穿旧衣裳，教他夫妻两口检看。善继见他大意，到不来看了。夫妻两口儿乱了一回，自去了。梅氏思量苦切，放声大哭。那小孩子见亲娘如此，也哀哀哭个不住。怎般光景，任是泥人应堕泪，从教铁汉也酸心。次早，倪善继又唤个做屋匠来看这房子，要行重新改造，与自家儿子做亲。将梅氏母子，搬到后园三间杂屋内栖身。只与他四脚小床一张和几件粗台粗凳，连好家伙都没一件。原在房中伏侍有两个丫鬟，只拣大些的又唤去了，止留下十一二岁的小使女。每日是他厨下取饭，有菜没菜，都不照管。梅氏见不方便，索性讨些饭米，堆个土灶，自炊来吃。早晚做些针指，买些小菜，将就度日。小学生到附在邻家上学，束修都是梅氏自出。善继又屡次教妻子劝梅氏嫁人，又寻媒妪与他说亲，见梅氏誓死不从，只得罢了。因梅氏十分忍耐，凡事不言不语，所以善继虽然凶狠，也不将他母子放在心上。

　　光阴似箭，善述不觉长成一十四岁。原来梅氏平生谨慎，从前之事，在儿子面前一字也不题。只怕娃子家口滑，引出是非，无益有损。守得一十四岁时，他胸中渐渐泾渭分明，瞒他不得了。一日，向母亲讨件新绢衣穿，梅氏回他："没钱买得。"善述道："我爹做过太守，止生我弟兄两人。见今哥哥恁般富贵，我要一件衣服，就不能勾了，是怎地？既娘没钱时，我自与哥哥索讨。"说罢就走。梅氏一把扯住道："我儿，一件绢衣，直甚大事，也去开口求人。常言道'惜福积福''小来穿线，大来穿绢'。若小时穿了绢，到大来线也没得穿了。再过两年，等你读书进步，做娘的情愿卖身来做衣服与你穿着。你那哥哥不是好惹的，缠他什么！"善述道："娘说得是。"口虽答应，心下不以为然。想着："我父亲万贯家私，少不得兄弟两个大家分受。我又不是随娘晚嫁、拖来的油瓶，怎么我哥哥全不看顾？娘又是恁般说，终不然一匹绢儿，没有我分，直待娘卖身来做与我穿着。这话好生奇怪！哥哥又不是吃人的虎，怕他怎的？"心生一计，瞒了母亲，径到大宅里去。寻见了哥哥，叫声："作揖。"善继到吃了一惊，问："来做甚么？"善述道："我是个缙绅子弟，身上蓝缕，被人耻笑。特来寻哥哥，讨匹绢去做衣服穿。"善继道："你要衣服穿，自与娘讨。"善述道："老爹爹家私，是哥哥管，不是娘管。"善继听说"家私"二字，题目来得大了，便红着脸问道："这句话，是那个教你说的？你今日来讨衣服穿，还是来争家私？"善述道："家私少不得有日分析，今日先要件衣服，装装体面。"善继道："你这般野种，要什么体面？老爹爹纵有万贯家私，自有嫡子嫡孙，干你野种屁事！你今日是听了甚人撺掇，到此讨野火吃？莫要惹着我性子，教你母子二人无安身之处！"善述道："一般是老爹爹所生，怎么我是野种？惹着你性子，便怎地？难道谋害了我娘儿两个，你就独占了家私不成？"善继大怒，骂道："小畜生，敢挺撞我！"牵住他衣袖儿，捻起拳头，一连七八个栗暴，打得头皮青肿了。善述挣脱了，一道烟走出，哀哀的哭到母亲面前来，一五一十，备细述与母亲知道。梅氏抱怨道："我教你莫去惹事，你不听教训，打得你好！"口里虽如此说，扯着青布衫，替他摩那头上肿处，不觉两泪交流。有诗为证："少年嫠妇拥遗孤，食薄衣单百事无。只为家庭缺孝友，同枝一树判荣枯。"

梅氏左思右量，恐怕善继藏怒，到遣使女进去致意，说小学生不晓世事，冲撞长兄，招个不是。善继兀自怒气不息。次日侵早，邀几个族人在家，取出父亲亲笔分关，请梅氏母子到来，公同看了，便道："尊亲长在上，不是善继不肯养他母子，要撵他出去。只因善述昨日与我争取家私，发许多说话，诚恐日后长大，说话一发多了，今日分析他母子出外居住。东庄住房一所，田五十八亩，都是遵依老爹爹遗命，毫不敢自专，伏乞尊亲长作证。"这伙亲族，平昔晓得善继做人利害，又且父亲亲笔遗嘱，那个还肯多嘴，做闲冤家？都将好看的话儿来说，那奉承善继的说道："千金难买亡人笔。照依分关，再没话了。"就是那可怜善述母子的，也只说道："男子不吃分时饭，女子不着嫁时衣。多少白手成家的！如今有屋住，有田种，不算没根基了，只要自去挣持。得粥莫嫌薄，各人自有个命在。"

梅氏料道："在园屋居住，不是了日。"只得听凭分析，同孩儿谢了众亲长，拜别了祠堂，辞了善继夫妇；教人搬了几件旧家伙和那原嫁来的两只箱笼，雇了牲口骑坐，来到东庄屋内。只见荒草满地，屋瓦稀疏，是多年不修整的。上漏下湿，怎生住得？将就打扫一两间，安顿床铺。唤庄户来问时，连这五十八亩田，都是最下不堪的：大熟之年，一半收成还不能勾；若荒年，只好赔粮。梅氏只叫得苦。到是小学生有智，对母亲道："我弟兄两个，都是老爹爹亲生，为何分关上如此偏向？其中必有缘故。莫非不是老爹爹亲笔？自古道：家私不论尊卑。母亲何不告官申理？厚薄凭官府判断，到无怨心。"梅氏被孩儿题起线索，便将十来年隐下衷情，都说出来道："我儿休疑分关之语，这正是你父亲之笔。他道你年小，恐怕被做哥的暗算，所以把家私都判与他，以安其心。临终之日，只与我行乐图一轴，再三嘱付：'其中含藏哑谜，直待贤明有司在任，送他详审，包你母子两口有得过活，不致贫苦。'"善述道："既有此事，何不早说！行乐图在那里？快取来与孩儿一看。"梅氏开了箱儿，取出一个布包来。解开包袱，里面又有一重油纸封裹着。拆了封，展开那一尺阔、三尺长的小轴儿，挂在椅上，母子一齐下拜。梅氏通陈道："村庄香烛不便，乞恕亵慢。"善述拜罢，起来仔细看时，乃是一个坐像，乌纱白发，画得丰采如生。怀中抱着婴儿，一只手指着地下。揣摩了半晌，全然不解。只得依旧收卷包藏，心下好生烦闷。

过了数日，善述到前村要访个师父讲解，偶从关王庙前经过。只见一伙村人抬着猪羊大礼，祭赛关圣。善述立住脚头看时，又见一个过路的老者，拄了一根竹杖，也来闲看，问着众人道："你们今日为甚赛神？"众人道："我们遭了屈官司，幸赖官府明白，断明了这公事。向日许下神道愿心，今日特来拜偿。"老者道："什么屈官司？怎生断的？"内中一人道："本是向奉上司明文，十家为甲。小人是甲首，叫做成大。同甲中，有个赵裁，是第一手针线。常在人家做夜作，整几日不归家的。忽一日出去了，月余不归。老婆刘氏央人四下寻觅，并无踪迹。又过了数日，河内浮出一个尸首，头都打破的，地方报与官府。有人认出衣服，正是那赵裁。赵裁出门前一日，曾与小人酒后争句闲话。一时发怒，打到他家，毁了他几件家私，这是有的。谁知他老婆把这桩人命告了小人。前任漆知县，听信一面之词，将小人问成死罪；同甲不行举首，连累他们都有了罪名。小人无处伸冤，在狱三载。幸遇新任滕爷，他虽乡科出身，甚是明白。小人因他熟审时节，哭诉其冤。他也疑惑道：'酒后争嚷，不是大仇，怎的就谋他一命？'准了小人状词，出牌拘人覆审。滕爷一眼看着赵裁的老婆，千不说，万不说，开口便问他曾否再醮。刘氏道：'家贫难守，已嫁人了。'又问：'嫁的甚人？'刘氏道：'是班辈的裁缝，叫沈八汉。'滕爷当时飞拿沈八汉来问道：'你几时娶这妇人？'八汉道：'他丈夫死了一个多月，小人方才娶回。'滕爷道：'何人为媒？用何聘礼？'八汉道：'赵裁存日曾借用过小人七八两银子，小人闻得赵裁死信，走到他家探问，就便催取这银子。那刘氏没得抵偿，情愿将身许嫁小人，准折这银两，其实不曾央媒。'滕爷又问道：'你做手艺的人，那里来这七八两银子？'八汉道：'是陆续凑与他的。'滕爷把纸笔教他细开逐次借银数目。八汉开了出来，或米或银共十三次，凑成七两八钱之数。滕爷看罢，大喝道：'赵裁是你打死的，如何妄陷平人？'便用夹棍夹起，八汉还不肯认。滕爷道：'我说出情弊，教你心服：既然放本盘利，难道再没有第二个人托得，恰好都借与赵裁？必是平昔间与他妻子有奸，赵裁贪你东西，知情故纵。以后想做长久夫妻，便谋死了赵裁。却又教导那妇人告状，攥在成大身上。今日你开帐的字，与旧时状纸笔迹相同，这人命不是你是谁？'再教把妇人拶指，要他承招。刘氏听见滕爷言语，句句合拍，分明鬼谷先师一般，魂都惊散了，怎敢抵赖。拶子套上，便承认了。八汉只得也招了。原来八汉起初与刘氏密地相好，人都不知。后来往来勤了，赵裁怕人眼目，渐有隔绝之意。八汉私与刘氏商量，要谋死赵裁，与他做夫妻。刘氏不肯。八汉乘赵裁在人家做生活回来，哄他店上吃得烂醉，行到河边，将他推倒，用石块打破脑门，沉尸河底。只等事冷，便娶那妇人回去。后因尸骸浮起，被人认出。八汉闻得小人有争嚷之隙，却去唆那妇人告状。那妇人直待嫁后，方知丈夫是八汉谋死的；既做了夫妻，便不言语。却被滕爷审出真情，将他夫妻抵罪，释放小人宁家。多承列位亲邻斗出公分，替小人赛神。老翁，你道有这般冤事么？"老者道："恁般贤明官府，真个难遇，本县百姓有幸了！"

倪善述听在肚里，便回家学与母亲知道，如此如此，这般这般："有恁地好官府，不将行乐图去告诉，更待何时？"母子商议已定。打听了放告日期，梅氏起个黑早，领着十四岁的儿子，带了轴儿，来到县中叫喊。大尹见没有状词，只有一个小小轴儿，甚是奇怪，问其缘故。梅氏将倪善继平昔所为，及老子临终遗嘱，备细说了。滕知县收了轴子，教他且去，"待我进衙细看"。正是：一幅画图藏哑谜，千金家事仗搜寻。只因孽妇孤儿苦，费尽神明大尹心。不题梅氏母子回家。

且说滕大尹放告已毕，退归私衙，取那一尺阔、三尺长的小轴看，是倪太守行乐图：一手抱个婴孩，一手指着地下。推详了半日，想道："这个婴孩就是倪善述，不消说了；那一手指地，莫非要有司官念他地下之情，替他出力么？"又想道："他既有亲笔分关，官府也难做主了。他说轴中含藏哑谜，必然还有个道理。若我断不出此事，枉自聪明一世。"每日退堂，便将画图展玩，千思万想。如此数日，只是不解。也是这事合当明白，自然生出机会来。一日午饭后，又去看那轴子。丫鬟送茶来吃，将一手去接茶瓯，偶然失挫，泼了些茶把轴子沾湿了。滕大尹放了茶瓯，走向阶前，双手扯开轴子，就日色晒干。忽然，日光中照见轴子里面有些字影，滕知县心疑，揭开看时，乃是一幅字纸，托在画上，正是倪太守遗笔。上面写道："老夫官居五马，寿逾八旬。死在旦夕，亦无所恨。但孽子善述，方年周岁，急未成立。嫡善继素缺孝友，日后恐为所戕。新置大宅二所及一切田产，悉以授继。惟左偏旧小屋，可分与述。此屋虽小，室中左壁埋银五千，作五坛；右壁埋银五千，金一千，作六坛，可以准田园之额。后有贤明有司主断者，述儿奉酬白金三百两。八十一翁倪守谦亲笔。年月日，花押。"原来这行乐图，是倪太守八十一岁上与小孩子做周岁时，预先做下的。古人云知子莫若父，信不虚也。滕大尹最有机变的人，看见开着许多金银，未免垂涎之意。眉头一皱，计上心来，差人"密拿倪善继来见我，自有话说"。

却说倪善继独霸家私，心满意足，日日在家中快乐。忽见县差奉着手批拘唤，时刻不容停留。善继推阻不得，只得相随到县。正直大尹升堂理事，差人禀道："倪善继已拿到了。"大尹唤到案前，问道："你就是倪太守的长子么？"善继应道："小人正是。"大尹道："你庶母梅氏有状告你，说你逐母逐弟，占产占房，此事真么？"倪善继道："庶弟善述，在小人身边，从幼抚养大的。近日他母子自要分居，小人并不曾逐他。其家财一节，都是父亲临终亲笔分析定的，小人并不敢有违。"大尹道："你父亲亲笔在那里？"善继道："见在家中，容小人取来呈览。"大尹道："他状词内告有家财万贯，非同小可；遗笔真伪，也未可知。念你是缙绅之后，且不难为你。明日可唤齐梅氏母子，我亲到你家查阅家私。若厚薄果然不均，自有公道，难以私情而论。"喝教皂快押出善继，就去拘集梅氏母子，明日一同听审。公差得了善继的东道，放他回家去讫，自往东庄拘人去了。

再说善继听见官府口气利害，好生惊恐。论起家私，其实全未分析，单单持着父亲分关执照，千钧之力，须要亲族见证方好。连夜将银两分送三党亲长，嘱托他次早都到家来。若官府问及遗笔一事，求他同声相助。这伙三党之亲，自从倪太守亡后，从不曾见善继一盘一盒，岁时也不曾酒杯相及。今日大块银子送来，正是闲时不烧香，急来抱佛脚，各各暗笑，落得受了买东西吃。明日见官，旁观动静，再作区处。时人有诗云："休嫌庶母妄兴词，自是为兄意太私。今日将银买三党，何如匹绢赠孤儿？"

且说梅氏见县差拘唤，已知县主与他做主。过了一夜，次日侵早，母子二人，先到县中去见滕大尹。大尹道："怜你孤儿寡妇，自然该替你说法。但闻得善继执得有亡父亲笔分关，这怎么处？"梅氏道："分关虽写得有，却是保全孩子之计，非出亡夫本心。恩相只看家私簿上数目，自然明白。"大尹道："常言道清官难断家事。我如今管你母子一生衣食充足，你也休做十分大望。"梅氏谢道："若得免于饥寒足矣，岂望与善继同作富家郎乎？"滕大尹分付梅氏母子："先到善继家伺候。"倪善继早已打扫厅堂，堂上设一把虎皮交椅，焚起一炉好香。一面催请亲族："早来守候。"梅氏和善述到来，见十亲九眷都在眼前，一一相见了，也不免说几句求情的话儿。善继虽然一肚子恼怒，此时也不好发泄。各各暗自打点见官的说话。

等不多时，只听得远远喝道之声，料是县主来了。善继整顿衣帽迎接。

亲族中，年长知事的，准备上前见官；其幼辈怕事的，都站在照壁背后张望，打探消耗。只见一对对执事两班排立，后面青罗伞下，盖着有才有智的滕大尹。到得倪家门首，执事跪下，么喝一声。梅氏和倪家兄弟，都一齐跪下来迎接。门子喝声："起去！"轿夫停了五山屏风轿子，滕大尹不慌不忙，踱下轿来。将欲进门，忽然对着空中，连连打恭；口里应对，恰像有主人相迎的一般。众人都吃惊，看他做甚模样。只见滕大尹一路揖让，直到堂中。连作数揖，口中叙许多寒温的言语。先向朝南的虎皮交椅上打个恭，恰像有人看坐的一般，连忙转身，就拖一把交椅，朝北主位排下；又向空再三谦让，方才上坐。众人看他见神见鬼的模样，不敢上前，都两旁站立呆看。只见滕大尹在上坐拱揖，开谈道："令夫人将家产事告到晚生手里，此事端的如何？"说罢，便作倾听之状。良久，乃摇首吐舌道："长公子太不良了。"静听一会，又自说道："教次公子何以存活？"停一会，又说道："右偏小屋，有何活计？"又连声道："领教，领教。"又停一时，说道："这项也交付次公子？晚生都领命了。"少停又拱揖道："晚生怎敢当此厚惠？"推逊了多时，又道："既承尊命恳切，晚生勉领，便给批照与次公子收执。"乃起身，又连作数揖，口称："晚生便去。"众人都看得呆了。

只见滕大尹立起身来，东看西看，问道："倪爷那里去了？"门子禀道："没见什么倪爷。"滕大尹道："有此怪事？"唤善继问道："方才令尊老先生，亲在门外相迎，与我对坐了，讲这半日说话，你们谅必都听见的？"善继道："小人不曾听见。"滕大尹道："方才长长的身儿，瘦瘦的脸儿，高颧骨，细眼睛，长眉大耳，朗朗的三牙须，银也似白的，纱帽皂靴，红袍金带，可是倪老先生模样么？"吓得众人一身冷汗，都跪下道："正是他生前模样。"大尹道："如何忽然不见了？他说家中有两处大厅堂，又东边旧存下一所小屋，可是有的？"善继也不敢隐瞒，只得承认道："有的。"大尹道："且到东边小屋去一看，自有话说。"众人见大尹半日自言自语，说得活龙活现，分明是倪太守模样，都信道倪太守真个出现了。人人吐舌，个个惊心。谁知都是滕大尹的巧言。他是看了行乐图，照依小像说来，何曾有半句是真话？有诗为证："圣贤自是空题目，惟有鬼神不敢触。若非大尹假装词，逆子如何肯心服？"

倪善继引路，众人随着大尹，来到东偏旧屋内。这旧屋是倪太守未得第时所居，自从造了大厅大堂，把旧屋空着，只做个仓厅，堆积些零碎米麦在内，留下一房家人。看见大尹前后走了一遍，到正屋中坐下，向善继道："你父亲果是有灵，家中事体，备细与我说了。教我主张，这所旧宅子与善述，你意下何如？"善继叩头道："但凭恩台明断。"大尹讨家私簿子细细看了，连声道："也好个大家事。"看到后面遗笔分关，大笑道："你家老先生自家写定的，方才却又在我面前，说善继许多不是，这个老先儿也是没主意的。"唤倪善继过来，"既然分关写定，这些田园帐目，一一给你，善述不许妄争。"梅氏暗暗叫苦，方欲上前哀求，只见大尹又道："这旧屋判与善述，此屋中之所有，善继也不许妄争。"善继想道："这屋内破家破火，不直甚事。便堆下些米麦，一月前都籴得七八了，存不多儿，我也勾便宜了。"便连连答应道："恩台所断极明。"大尹道："你两人一言为定，各无翻悔。众人既是亲族，都来做个证见。方才倪老先生当面嘱付说：'此屋左壁下，埋银五千两，作五坛，当与次儿。'"善继不信，禀道："若果然有此，即使万金，亦是兄弟的，小人并不敢争执。"大尹道："你就争执时，我也不准。"但教手下讨锄头、铁锹等器，梅氏母子作眼，率领民壮，往东壁下掘开墙基，果然埋下五个大坛。发起来时，坛中满满的，都是光银子。把一坛银子上秤称时，算来该是六十二斤半，刚刚一千两足数。众人看见，无不惊讶。善继益发信真了："若非父亲阴灵出现，面诉县主，这个藏银，我们尚且不知，县主那里知道？"只见滕大尹教把五坛银子一字儿摆在自家面前，又分付梅氏道："右壁还有五坛，亦是五千之数。更有一坛金子，方才倪老先生有命，送我作酬谢之意，我不敢当，他再三相强，我只得领了。"梅氏同善述叩头说道："左壁五千，已出望外；若右壁更有，敢不依先人之命。"大尹道："我何以知之？据你家老先生是恁般说，想不是虚话。"再教人发掘西壁，果然六个大坛，五坛是银，一坛是金。

善继看着许多黄白之物，眼里都放出火来，恨不得抢他一锭，只是有言在前，一字也不敢开口。滕大尹写个照帖，给与善继为照，就将这房家人，判与善述母子。梅氏同善述不胜之喜，一同叩头拜谢。善继满肚不乐，也只得磕几个头，勉强说句"多谢恩台主张"。大尹判几条封皮，将一坛金子封了，放在自己轿前，抬回衙内，落得受用。众人都认道真个倪太守许下酬谢他的，反以为理之当然，那个敢道个"不"字？这正叫做鹬蚌相持，渔人得利。若是倪善继存心忠厚，兄弟和睦，肯将家私平等分析，这千两黄金，弟兄大家该五百两，怎到得滕大尹之手？白白里作成了别人，自己还讨得气闷，又加个不孝不弟之名，千算万计，何曾算计得他人，只算计得自家而已。

闲话休题。再说梅氏母子，次日又到县拜谢滕大尹。大尹已将行乐图取去遗笔，重新裱过，给还梅氏收领。梅氏母子方悟行乐图上，一手指地，乃指地下所藏之金银也。此时有了这十坛银子，一般置买田园，遂成富室。后来善述娶妻，连生三子，读书成名。倪氏门中，只有这一枝极盛。善继两个儿子，都好游荡，家业耗废。善继死后，两所大宅子，都卖与叔叔善述管业。里中凡晓得倪家之事本末的，无不以为天报云。诗曰："从来天道有何私，堪笑倪郎心太痴。忍以嫡兄欺庶母，却教死父算生儿。轴中藏字非无意，壁下埋金属有司。何似存些公道好，不生争竞不兴词。"

第十一卷　赵伯升茶肆遇仁宗

三寸舌为安国剑，五言诗作上天梯。
青云有路终须到，金榜无名誓不归。

　　话说大宋仁宗皇帝朝间，有一个秀士，姓赵名旭，字伯升，乃是西川成都府人氏。自幼习学文章，诗、书、礼、乐一览下笔成文，乃是个饱学的秀才。喜闻东京开选，一心要去应举，特到堂中，禀知父母。其父赵伦，字文宝，母亲刘氏，都是世代诗礼之家。见子要上京应举，遂允其请。赵旭择日束装，其父赠诗一首。诗云："但见诗书频入目，莫将花酒苦迷肠。来年三月桃花浪，夺取罗袍转故乡。"其母刘氏亦叮咛道："愿孩儿早夺魁名，不负男儿之志。"赵旭拜别了二亲，遂携琴、剑、书箱，带一仆人，径望东京进发。有亲友一行人，送出南门之外。赵旭口占一词，名曰《江神子》。词云："旗亭谁唱渭城诗？两相思，怯罗衣。野渡舟横，杨柳折残枝。怕见苍山千万里，人去远。草烟迷。芙蓉秋露洗胭脂，断风凄，晓霜微。剑悬秋水，离别惨虹霓。剩有青衫千点泪，何日里，滴休时？"

　　赵旭词毕，作别亲友，起程而行。于路饥餐渴饮，夜住晓行。不则一日，来到东京。遂入城中观看景致。只见楼台锦绣，人物繁华，正是龙虎风云之地。行到状元坊，寻个客店安歇，守待试期。入场赴选，三场文字已毕，回归下处，专等黄榜。赵旭心中暗喜："我必然得中也。"次日，安排早饭已罢。店对过有座茶坊，与店中朋友同会茶之间，赵旭见案上有诗牌，遂取笔，去那粉壁上，写下词一首。词云："足蹑云梯，手攀仙桂，姓名已在登科内。马前喝道状元来，金鞍玉勒成行队。晏罢归来，醉游街市，此时方显男儿志。修书急报凤楼人，这回好个风流婿。"写毕，赵旭自心欢喜。至晚各归店中，不在话下。

　　当时仁宗皇帝早期升殿，考试官阅卷已毕，齐到朝中。仁宗皇帝问："卿所取榜首，年例三名，今不知何处人氏？"试官便将三名文卷，呈上御前。仁宗亲自观览。看了第一卷，龙颜微笑，对试官道："此卷作得极好，可惜中间有一字差错。"试官俯伏在地，拜问圣上："未审何字差写？"仁宗笑曰："乃是个'唯'字。原来'口'旁，如何却写'厶'旁？"试官再拜叩首，奏曰："此字皆可通用。"仁宗问道："此人姓甚名谁？何处人氏？"拆开弥封看时，乃是四川成都府人氏，姓赵名旭，见今在状元坊店内安歇。仁宗着快行急宣。

那时赵旭在店内蒙宣，不敢久停，随使命直到朝中。借得蓝袍槐简，引见御前，叩首拜舞。仁宗皇帝问道："卿乃何处人氏？"赵旭叩头奏道："臣是四川成都府人氏。自幼习学文艺，特赴科场，幸瞻金阙。"帝又问曰："卿得何题目？作文字多少？内有几字？"赵旭叩首，一一回奏，无有差错。仁宗见此人出语如同注水，暗喜称奇，只可惜一字差写。上曰："卿卷内有一字差错。"赵旭惊惶俯伏，叩首拜问："未审何字差写？"仁宗云："乃是个'唯'字。本是个'口'旁，卿如何却写作'厶'旁？"赵旭叩头回奏道："此字皆可通用。"仁宗不悦，就御案上取文房四宝，写下八个字，递与赵旭曰："卿家看想，写着'单单、去吉、吴矣、吕台'，卿言通用，与朕拆来。"赵旭看了半响，无言抵对。仁宗曰："卿可暂退读书。"

赵旭羞愧出朝，回归店中，闷闷不已。众朋友来问道："公必然得意！"赵旭被问，言说此事，众皆大惊。遂乃邀至茶坊，啜茶解闷。赵旭蓦然见壁上前日之辞，嗟吁不已，再把文房四宝，作词一首。词云："羽翼将成，功名欲遂，姓名已称男儿意。东君为报牡丹芳，琼林赐与他人醉。'唯'字曾差，功名落地，天公误我平生志。问归来，回首望家乡，水远山遥，三千余里。"待得出了金榜，着人看时，果然无赵旭之名。吁嗟涕泣，流落东京，羞归故里。"再待三年，必不负我"。在下处闷闷不悦，谩题四句于壁上。诗曰："宋玉徒悲，江淹是恨，韩愈投荒，苏秦守困。"赵旭写罢，在店中闷倦无聊，又作词一首，名《浣溪沙》，道："秋气天寒万叶飘，蛩声唧唧夜无聊，夕阳人影卧平桥。菊近秋来都烂缦，从他霜后更萧条，夜来风雨似今朝。"思忆家乡，功名不就，展转不寐，起来独坐，又作《小重山》词一首，道："独坐清灯夜不眠，寸肠千万缕，两相牵。鸳鸯秋雨傍池莲。分飞苦，红泪晚风前。回首雁翩翩，写来思寄去，远如天。安排心事待明年。愁难待，泪滴满青毡。"自此流落东京。

至秋深，仆人不肯守待，私奔回家去。赵旭孤身旅邸，又无盘缠，每日上街与人作文写字。争奈身上衣衫蓝缕，着一领黄草布衫，被西风一吹，赵旭心中苦闷，作词一首，词名《鹧鸪天》，道："黄草遮寒最不宜，况兼久敝色如灰。肩穿袖破花成缕，可奈金风早晚吹。才挂体，泪沾衣，出门羞见旧相知。邻家女子低声问：'觅与奴糊隔帛儿？'"时值秋雨纷纷，赵旭坐在店中。店小二道："秀才，你今如此穷窘，何不去街市上茶坊酒店中吹笛？觅讨些钱物，也可度日。"赵旭听了，心中焦躁，作诗一首。诗曰："旅店萧萧形影孤，时挑野菜作羹蔬。村夫不识调羹手，问道能吹笛也无？"

光阴荏苒，不觉一载有余。忽一日，仁宗皇帝在宫中，夜至三更时分，梦一金甲神人，坐驾太平车一辆，上载着九轮红日，直至内廷。猛然惊觉，乃是南柯一梦。至来日，早朝升殿，臣僚拜舞已毕，文武散班。仁宗宣问司天台苗太监曰："寡人夜来得一梦，梦见一金甲神人，坐驾太平车一辆，上载九轮红日，此梦主何吉凶？"苗太监奏曰："此九日者，乃是个'旭'字，或是人名，或是州郡。"仁宗曰："若是人名，朕今要见此人，如何得见？卿与寡人占一课。"原来苗太监曾遇异人，传授诸葛马前课，占问最灵。当下奉课，奏道："陛下要见此人，只在今日。陛下须与臣扮作白衣秀士，私行街市，方可遇之。"

仁宗依奏，卸龙衣，解玉带，扮作白衣秀才，与苗太监一般打扮。出了朝门之外，径往御街并各处巷陌游行。将及半晌，见座酒楼，好不高峻！乃是有名的樊楼。有《鹧鸪天》词为证："城中酒楼高入天，烹龙煮凤味肥鲜。公孙下马闻香醉，一饮不惜费万钱。招贵客，引高贤，楼上笙歌列管弦。百般美物珍羞味，四面栏杆彩画檐。"仁宗皇帝与苗太监上楼饮酒，君臣二人，各分尊卑而坐。壬正盛夏，天道炎热。仁宗手执一把月样白梨玉柄扇，倚着栏杆看街。将扇柄敲楹，不觉失手，堕扇楼下。急下去寻时，无有。仁宗教苗太监更占一课。苗太监领旨，发课罢，详道："此扇也只在今日重见。"二人饮酒毕，算还酒钱下楼出街。

行到状元坊，有座茶肆。仁宗道："可吃杯茶去。"二人入茶肆坐下，忽见白壁之上，有词二只，句语清佳，字画精壮，后写："锦里秀才赵旭作。"仁宗失惊道："莫非此人便是？"苗太监便唤茶博士问道："壁上之词是何人写的？"茶博士答道："告官人，这个作词的，他是一个不得第的秀才，羞归故里，流落在此。"苗太监又问道："他是何处人氏？今在何处安歇？"茶博士道："他是西川成都府人氏，见在对过状元坊店内安歇。专与人作文度日，等候下科开选。"仁宗想起前因，私对苗太监说道："此人原是上科试官取中的榜首，文才尽好，只因一字差误，朕怪他不肯认错，遂黜而不用，不期流落于此。"便教茶博士："去寻他来，我要求他文章，你若寻得他来，我自赏你。"茶博士走了一回，寻他不着，叹道："这个秀才，真个没福，不知何处去了。"茶博士回覆道："二位官人，寻他不见。"仁宗道："且再坐一会，再点茶来。"一边吃茶，又教茶博士去寻这个秀才来。茶博士又去店中并各处酒店寻问，不见，道："真乃穷秀才！若遇着这二位官人，也得他些资助，好无福分！"茶博士又回覆道："寻他不见。"二人还了茶钱，正欲起身，只见茶博士指道："兀那赵秀才来了！"苗太监道："在那里？"茶博士指街上："穿破蓝衫的来者便是。"苗太监教请他来。茶博士出街接着道："赵秀才，我茶肆中有二位官人等着你，教我寻你，两次不见。"

赵旭慌忙走入茶坊，相见礼毕，坐于苗太监肩下，三人吃茶。问道："壁上文词，可是秀才所作？"赵旭答道："学生不才，信口胡诌，甚是笑话。"仁宗问道："秀才是成都人，却缘何在此？"赵旭答道："因命薄下第，羞归故里。"正说之间，赵旭于袖中捞摸。苗太监道："秀才袖中有何物？"赵旭不答，即时袖中取出，乃是月样玉柄白梨扇子，双手捧与苗太监看时，上有新诗一首。诗道："屈曲交枝翠色苍，困龙未际土中藏。他时若得风云会，必作擎天白玉梁。"苗太监道："此扇从何而得？"赵旭答道："学生从樊楼下走过，不知楼上何人坠下此扇，偶然插于学生破蓝衫袖上，就去王丞相家作松诗，起笔因书于扇上。"苗太监道："此扇乃是此位赵大官人的，因饮酒坠于楼下。"赵旭道："既是大官人的，即当奉还。"仁宗皇帝大喜。又问："秀才，上科为何不第？"赵旭答言："学生三场文字俱成，不想圣天子御览，看得一字差写，因此不第，流落在此。"仁宗曰："此是今上不明。"赵旭答曰："今上至明。"仁宗曰："何字差写？"赵旭曰："是'唯'字。学生写为'厶'旁，天子高明，说是'口'旁。学生奏说：'皆可通用'。今上御书八字：'单单、去吉、吴矣、吕台。卿言通用，与朕拆来。'学生无言抵对，因此黜落，至今淹滞。此乃学生考究不精，自取其咎，非圣天子之过也。"

仁宗问道："秀才家居锦里，是西川了。可认得王制置么？"赵旭答道："学生认得王制置，王制置不认得学生。"仁宗道："他是我外甥，我修封书，着人送你同去投他，讨了名分，教你发迹，如何？"赵旭倒身便拜："若得二位官人提携，不敢忘恩。"苗太监道："秀才，你有缘遇着大官人抬举，你何不作诗谢之？"赵旭应诺，作诗一首。诗曰："白玉隐于顽石里，黄金埋入污泥中。今朝遇贵相提掇，如立天梯上九重。"仁宗皇帝见诗，大喜道："何作此诗？也未见我荐得你不。我也回诗一首。"诗曰："一字争差因失第，京师流落误佳期。与君一束投西蜀，胜似山呼拜凤墀。"赵旭得大官人诗，感恩不已。又有苗太监道："秀才，大官人有诗与你，我岂可无一言乎？"乃赠诗一首。诗曰："旭临帝阙应天文，本得名魁一字浑。今日一束投王制置，锦衣光耀赵家门。"苗太监道："秀才，你回下处去，待来日早辰，我自催促大官人，着人将书并路费，一同送你起程。"赵旭问道："大官人第宅何处？学生好来拜谢。"苗太监道："第宅离此甚远，秀才不劳访问。"赵旭就在茶坊中拜谢了，三人一同出门，作别而去。

到来日，赵旭早起等待。果然昨日那没须的白衣秀士，引着一个虞候，担着个衣箱包袱，只不见赵大官人来。赵旭出店来迎接，相见礼毕。苗太监道："夜来赵大官人依着我，委此人送你起程。付一锭白银五十两，与你文书，赍到成都府去。文书都在此人处，着你路上小心径往。"赵旭再三称谢，问道："官人高姓大名？"苗太监道："在下姓苗名秀，就在赵大官人门下做个馆宾。秀士见了王制置时，自然晓得。"赵旭道："学生此去，倘然得意，决不忘犬马之报。"遂吟诗一首，写于素笺，以寓谢别之意。诗曰："旧年曾作登科客，今日还期暗点头。有意去寻承相府，无心偶会酒家楼。空中扇坠蓝衫插，袖里诗成黄阁留。多谢贵人脩尺一，西川制置径相投。"苗太监领了诗笺，作别自回。

赵旭遂将此银凿碎，算还了房钱，整理衣服齐备，三日后起程。于路饥餐渴饮，夜住晓行，不则一日，约莫到成都府地面百余里之外，听得人说："差人远接新制置，军民喧闹。"赵旭闻信大惊，自想："我特地来寻王制置，又离任去了，我直如此命薄！怎生是好？"遂吟诗一首，诗曰："尺书手捧到川中，千里投人一旦空。辜负高人相汲引，家乡虽近转忧冲。"虞候道："不须愁烦，且前进，打听的实如何。"赵旭行一步，懒一步，再行二十五里，到了成都地面。接官亭上，官员人等喧哄，都说："伺候新制置到任，接了三日，并无消息。"虞候道："秀才，我与你到接官亭上看一看。"赵旭道："不可去，我是个无倚的人。"

虞候不管他说，一直将着袱包，挑着衣箱，径到接官亭上歇下。虞候道："众官在此等甚？何不接新制置？"众官失惊，问道："不见新制置来？"虞候打开袱包，拆开文书，道："这秀才便是新制置。"赵旭也吃了一惊。虞候又开了衣箱，取出紫袍金带、象简乌靴，戴上舒角幞头，宣读了圣旨。赵旭谢恩，叩首拜敕授西川五十四州都制置。众官相见，行礼已毕。赵旭着人去寻个好寺院去处暂歇，选日上任。自思前事："我状元到手，只为一字黜落。谁知命中该发迹，在茶肆遭遇赵大官人，原来正是仁宗皇帝。"此乃是：着意种花花不活，无心栽柳柳成阴。赵旭问虞候道："前者，白衣人送我起程的，是何官宰？"虞候道："此是司天台苗太监，旨意分付，着我同来。"赵旭自道："我有眼不识太山也。"择日上任，骏马雕鞍，张三檐伞盖，前面队伍摆列，后面官吏跟随，威仪整肃，气象轩昂。

上任已毕，归家拜见父母。父母蓦然惊惧，合家迎接，门前车马喧天。赵旭下马入堂，紫袍金带，象简乌靴，上堂参拜父母。垢母问道："你科举不第，流落京师，如何便得此职？又如何除授本处为官？"赵旭具言前事，父母闻知，拱手加额，感日月之光，愿孩儿忠心补报皇恩。赵旭作诗一首，诗曰："功名着意本抡魁，一字争差不得归。自恨禹门风浪急，谁知平地一声雷。"父母心中，不胜之喜。合家欢悦，亲友齐来庆贺，做了好几日筵席。旧时逃回之仆，不念旧恶，依还收用。思量仁宗天子恩德，自修表章一道，进谢皇恩。从此西川做官，兼管军民。父母俱迎在衙门中奉养。所谓一子受皇恩，全家食天禄。有诗为证："相如持节仍归蜀，季子怀金又过周。衣锦还乡从古有，何如茶肆遇宸游？"

第十二卷　众名姬春风吊柳七

北阙休上诗，南山归敝庐。

不才明主弃，多病故人疏。

白发催年老，青阳逼岁除。

永怀愁不寐，松月下窗虚。

这首诗，乃唐朝孟浩然所作。他是襄阳第一个有名的诗人，流寓东京，宰相张说甚重其才，与之交厚。一日，张说在中书省入直，草应制诗，苦思不就。道堂吏密请孟浩然到来，商量一联诗句。正尔烹茶细论，忽然唐明皇驾到。孟浩然无处躲避，伏于床后。明皇早已瞧见，问张说道："适才避朕者，何人也？"张说奏道："此襄阳诗人孟浩然，臣之故友。偶然来此，因布衣，不敢唐突圣驾。"明皇道："朕亦素闻此人之名，愿一见之。"孟浩然只得出来，拜伏于地，口称死罪。明皇道："闻卿善诗，可将生平得意一首，诵与朕听。"孟浩然就诵了《北阙休上诗》这一首。明皇道："卿非不才之流，朕亦未为明主；然卿自不来见朕，朕未尝弃卿也。"当下龙颜不悦，起驾去了。次日，张说入朝，见帝谢罪，因力荐浩然之才，可充馆职。明皇道："前朕闻孟浩然有'流星澹河汉，疏雨滴梧桐'之句，何其清新！又闻有'气蒸云梦泽，波撼岳阳楼'之句，何其雄壮！昨在朕前，偏述枯槁之辞，又且中怀怨望，非用世之器也。宜听归南山，以成其志！"由是终身不用，至今人称为孟山人。后人有诗叹云："新诗一首献当朝，欲望荣华转寂寥。不是不才明主弃，从来贵贱命中招。"古人中，有因一言拜相的，又有一篇赋上遇主的，那孟浩然只为错念了八句诗，失了君王之意，岂非命乎？

如今我又说一桩故事，也是个有名才子，只为一首词上误了功名，终身坎壈，后来颠倒成了风流佳话。那人是谁？说起来，是宋神宗时人，姓柳名永，字耆卿，原是建宁府崇安县人氏，因随父亲作宦，流落东京。排行第七，人都称为柳七官人。年二十五岁，丰姿洒落，人才出众；琴、棋、书、画，无所不通；至于吟诗作赋，尤其本等。还有一件，最其所长，乃是填词。怎么叫做填词？假如李太白有《忆秦娥》《菩萨蛮》，王维有《郁轮袍》，这都是词名，又谓之诗余，唐时名妓多歌之。至宋时，大晟府乐官，博采词名，填腔进御。这个词，比切声调，分配十二律，其某律某调，句长句短，合用平、上、去、入四声字眼，有个一定不移之格。作词作者，按格填入，务要字与音协，一些杜撰不得，所以谓之填词。那柳七官人于音律里面，第一精通，将大晟府乐词，加添至二百余调，真个是词家独步。他也自恃其才，没有一个人看得入眼，所以缙绅之门，绝不去走；文字之交，也没有人。终日只是穿花街，走柳巷，东京多少名妓，无不敬慕他，以得见为荣。若有不认得柳七者，众人都笑他为下品，不列姊妹之数。所以妓家传出几句口号，道是："不愿穿绫罗，愿依柳七哥；不愿君王召，愿得柳七叫；不愿千黄金，愿中柳七心；不愿神仙见，愿识柳七面。"

那柳七官人，真个是朝朝楚馆，夜夜秦楼。内中有三个出名上等的行首，往来尤密。一个唤做陈师师，一个唤做赵香香，一个唤做徐冬冬。这三个行首，赔着自己钱财，争养柳七官人。怎见得？有戏题一词，名《西江月》为证："调笑师师最惯，香香暗地情多，冬冬与我煞脾和，独自窝盘三个。'管'字下边无分，'闭'字加点如何？权将'好'字自停那，'姦'字中间着我。"这柳七官人，诗词文采，压于朝士。因此近侍官员，虽闻他恃才高傲，却也多少敬慕他的。那时天下太平，凡一才一艺之士，无不录用。有司荐柳永才名，朝中又有人保奏，除授浙江管下余杭县宰。这县宰官儿，虽不满柳耆卿之意，把做个进身之阶，却也罢了。只是舍不得那三个行首。时值春暮，将欲起程，乃制《西江月》为词，以寓惜别之意："凤额绣帘高卷，兽檐朱户频摇。两竿红日上花梢，春睡厌厌难觉。好梦枉随飞絮，闲愁浓胜香醪。不成雨暮与云朝，又是韶光过了。"三个行首闻得柳七官人浙江赴任，都来饯别。众妓至者如云，耆卿口占《如梦令》云："郊外绿阴千里，掩映红裙十队。惜别语方长，车马催人速去。偷泪，偷泪，那得分身应你。"

柳七官人别了众名姬，携着琴、剑、书箱，扮作游学秀士，迤逦上路，一路观看风景。行至江州，访问本处名妓。有人说道："此处只有谢玉英，才色第一。"耆卿问了住处，径来相访。玉英迎接了，见耆卿人物文雅，便邀入个小小书房。耆卿举目看时，果然摆设得精致。但见：明窗净几，竹榻茶炉。床间挂一张名琴，壁上悬一幅古画。香风不散，宝炉中常爇沉檀；清风逼人，花瓶内频添新水。万卷图书供玩览，一枰棋局佐欢娱。耆卿看他卓上摆着一册书，题云"柳七新词"。检开看时，都是耆卿平日的乐府，蝇头细字，写得齐整。耆卿问道："此词何处得来？"玉英道："此乃东京才子柳七官人所作，妾平昔甚爱其词，每听人传诵，辄手录成帙。"耆卿又问道："天下词人甚多，卿何以独爱此作？"玉英道："他描情写景，字字逼真。如《秋思》一篇末云：'黯相望，断鸿声里，立尽斜阳。'《秋别》一篇云：'今宵酒醒何处？杨柳岸、晓风残月。'此等语，人不能道。妾每诵其词，不忍释手，恨不得见其人耳。"

耆卿道："卿要识柳七官人否？只小生就是。"玉英大惊，问其来历。耆卿将余杭赴任之事，说了一遍。玉英拜倒在地，道："贱妾凡胎，不识神仙，望乞恕罪。"置酒款待，殷勤留宿。耆卿深感其意，一连住了三五日；恐怕误了凭限，只得告别。玉英十分眷恋，设下山盟海誓，一心要相随柳七官人，侍奉箕帚。耆卿道："赴任不便。若果有此心，候任满回日，同到长安。"玉英道："既蒙官人不弃贱妾，从今为始，即当杜门绝客以待。切勿遗弃，使妾有白头之叹。"耆卿索纸，写下一词，名《玉女摇仙佩》。词云："飞琼伴侣，偶到珠宫，未返神仙行缀。取次梳妆，寻常言语，有得几多妹丽？拟把名花比，恐旁人笑我，谈何容易。细思算，奇葩艳卉，惟是深红浅白而已。争如这多情，占得人间千娇百媚。须信画堂绣阁，皓月清风，忍把光阴轻弃？自古及今，佳人才子，少得当年双美。且怎相偎倚，未消得怜我多才多艺。愿奶奶兰心蕙性，枕前言下，表余深意。为盟誓，今生断不辜鸳被。"耆卿吟词罢，别了玉英上路。

不一日，来到姑苏地方，看见山明水秀，到个路旁酒楼上，沽饮三杯。忽听得鼓声齐响，临窗而望，乃是一群儿童，棹了小船，在湖上戏水采莲。口中唱着吴歌云："采莲阿姐斗梳妆，好似红莲搭个白莲争。红莲自道颜色好，白莲自道粉花香。粉花香，粉花香，贪花人一见便来抢。红个也忒贵，白个也弗强。当面下手弗得，和你私下商量。好像荷叶遮身无人见，下头成藕带丝长。"柳七官人听罢，取出笔来，也做一只吴歌，题于壁上。歌云："十里荷花九里红，中间一朵白松松。白莲则好摸藕吃，红莲则好结莲蓬。　结莲蓬，结莲蓬，莲蓬生得忒玲珑。肚里一团清趣，外头包裹重重。有人吃着滋味，一时劈破难容。只图口甜，那得知我心里苦？开花结子一场空。"这首吴歌，流传吴下，至今有人唱之。

却说柳七官人过了姑苏，来到余杭县上任，端的为官清正，讼简词稀。听政之暇，便在大涤、天柱、由拳诸山，登临游玩，赋诗饮酒。这余杭县中，也有几家官妓，轮番承直。但是讼牒中犯着妓者名字，便不准行。妓中有个周月仙，颇有姿色，更通文墨。一日，在县衙唱曲侑酒，柳县宰见他似有不乐之色，问其缘故。月仙低头不语，两泪交流。县宰再三盘问，月仙只得告诉。

原来月仙与本地一个黄秀才，情意甚密。月仙一心只要嫁那秀才，奈秀才家贫，不能备办财礼。月仙守那秀才之节，誓不接客。老鸨再三逼迫，只是不从；因是亲生之女，无可奈何。黄秀才书馆与月仙只隔一条大河，每夜月仙渡船而去，与秀才相聚，至晓又回。同县有个刘二员外，爱月仙丰姿，欲与欢会。月仙执意不肯，吟诗四句道："不学路旁柳，甘同幽谷兰；游蜂若相询，莫作野花看。"刘二员外心生一计，嘱付舟人，教他乘月仙夜渡，移至无人之处，强奸了他，取个执证回话，自有重赏。舟人贪了赏赐，果然乘月仙下船，远远撑去。月仙见不是路，喝他住舡。那舟人那里肯依？直摇到芦花深处，僻静所在，将船泊了。走入船舱，把月仙抱住，逼着定要云雨。月仙自料难以脱身，不得已而从之。云收雨散，月仙惆怅，吟诗一首："自恨身为妓，遭污不敢言。羞归明月渡，懒上载花船。"是夜，月仙仍到黄秀才馆中住宿，却不敢声告诉，至晓回家。其舟人记了这四句诗，回覆刘二员外；员外将一锭银子，赏了舟人去了。便差人邀请月仙家中侑酒，酒到半酣，又去调戏月仙，月仙仍旧推阻。刘二员外取出一把扇子来，扇上有诗四句，教月仙诵之。月仙大惊，原来却是舟中所吟四句，当下顿口无言。刘二员外道："此处牙床锦被，强似芦花明月，小娘子勿再推托。"月仙满面羞渐，安身无地，只得从了刘二员外之命。以后刘二员外日逐在他家占住，不容黄秀才相处。

自古道：小娘爱俏，鸨儿爱钞。黄秀才虽然儒雅，怎比得刘二员外有钱有钞？虽然中了鸨儿之意，月仙心下只想着黄秀才，以此闷闷不乐。今番被县宰盘问不过，只得将情诉与。柳耆卿是风流首领，听得此语，好生怜悯。当日就唤老鸨过来，将钱八十千付作身价，替月仙除了乐籍。一面请黄秀才相见，亲领月仙回去，成其夫妇。黄秀才与周月仙拜谢不尽。正是：风月客怜风月客，有情人遇有情人。

柳耆卿在余杭三年，任满还京。想起谢玉英之约，便道再到江州。原来谢玉英初别耆卿，果然杜门绝客。过了一年之后，不见耆卿通问，未免风愁月恨；更兼日用之需，无从进益。日逐车马填门，回他不脱。想着五夜夫妻，未知所言真假；又有闲汉从中撺掇，不免又随风倒舵，依前接客。有个新安大贾孙员外，颇有文雅，与他相处年余，费过千金。耆卿到玉英家询问，正值孙员外邀玉英同往湖口看船去了。耆卿到不遇。知玉英负约，怏怏不乐，乃取花笺一幅，制词名《击梧桐》。词云："香靥深深，姿姿媚媚，雅格奇容天与。自识伊来便好看你，会得妖娆心素。临岐再约同欢，定是都把平生相许。又恐恩情易破难成，未免千般思虑。近日重来，空房而已，苦杀叨叨言语。便认得听人教当，拟把前言轻负。见说兰台宋玉，多才多艺善词赋。试与问，朝朝暮暮，行云何处去？"后写："东京柳永，访玉卿不遇，漫题。"耆卿写毕，念了一遍，将词笺粘于壁上，拂袖而出。回到东京，屡有人举荐，升为屯田员外郎之职。东京这班名姬，依旧来往。耆卿所支俸钱，及一应求诗求词馈送下来的东西，都在妓家销化。

一日，正在徐冬冬家积翠楼戏耍。宰相吕夷简差堂吏传命，直寻将来。说道："吕相公六十诞辰，家妓无新歌上寿，特求员外一阕，幸即挥毫，以便演习。蜀锦二端，吴绫四端，聊充润笔之敬，伏乞俯纳。"耆卿允了，留堂吏在楼下酒饭。问徐冬冬有好纸否，徐冬冬在篋中，取出两幅芙蓉笺纸，放于案上。耆卿磨得墨浓，蘸得笔饱，拂开一幅笺纸，不打草儿，写下《千秋岁》一阕云："泰阶平了，又见三台耀。烽火静，挽枪归。朝堂耆硕辅，樽俎英雄表。福无艾，山河带砺人难老。渭水当年钓，晚应飞熊兆。同一吕，今偏早。乌纱头未白，笑把金樽倒。人争羡，二十四遍中书考。"耆卿一笔写完，还剩下芙蓉笺一纸，余兴未尽，后写《西江月》一调云："腹内胎生异锦，笔端舌喷长江。纵教匹绢字难偿，不屑与人称量。我不求人富贵，人须求我文章。风流才子占词场，真是白衣卿相。"

耆卿写毕，放在桌上。恰好陈师师家差个侍儿来请，说道："有下路新到一个美人，不言姓名，自述特慕员外，不远千里而来，今在寒家奉候，乞即降临。"耆卿忙把诗词装入封套，打发堂吏动身去了，自己随后往陈师师家来。一见了那美人，吃了一惊。那美人是谁？正是：着意寻不见，有时还自来。那美人正是江州谢玉英。他从湖口看船回来，见了壁上这只《击梧桐》词，再三讽咏，想着："耆卿果是有情之人，不负前约。"自觉惭愧，瞒了孙员外，收拾家私，雇了船只，一径到东京来问柳七官人。闻知他在陈师师家往来极厚，特拜望师师，求其引见耆卿。当时分明是断花再接，缺月重圆，不胜之喜。陈师师问其详细，便留谢玉英同住。玉英怕不稳便，商量割东边院子另住。自到东京，从不见客，只与耆卿相处，如夫妇一般。耆卿若往别妓家去，也不阻挡，甚有贤达之称。

话分两头。再说耆卿匆忙中，将所作寿词封付堂吏，谁知忙中多有错，一时失于点检，两幅词笺都封了去。吕丞相拆开封套，先读了《千秋岁》调，到也欢喜。又见《西江月》调，少不得也念一遍。念到"纵教匹绢字难偿，不屑与人称量"，笑道："当初裴晋公修福光寺，求文于皇甫湜，湜每字索绢三匹。此子嫌吾酬仪太薄耳。"又念到"我不求人富贵，人须求我文章"，大怒道："小子轻薄，我何求汝耶？"从此衔恨在心。柳耆卿却是疏散的人，写过词，丢在一边了，那里还放心上。又过了数日，正值翰林员缺，吏部开荐柳永名字。仁宗曾见他增定大晟乐府，亦慕其才，问宰相吕夷简道："朕欲用柳永为翰林，卿可识此人否？"吕夷简奏道："此人虽有词华，然恃才高傲，全不以功名为念。见任屯田员外，日夜留连妓馆，大失官箴。若重用之，恐士习由此而变。"遂把耆卿所作《西江月》词诵了一遍。仁宗皇帝点头。早有知谏院官，打听得吕丞相衔恨柳永，欲得逢迎其意，连章参劾。仁宗御笔批着四句道："柳永不求富贵，谁将富贵求之？任作白衣卿相，风前月下填词。"

柳耆卿见罢了官职，大笑道："当今做官的，都是不识字之辈，怎容得我才子出头？"因改名柳三变，人都不会其意，柳七官人自解说道："我少年读书，无所不窥，本求一举成名，与朝家出力；因屡次不第，牢骚失意，变为词人。以文采自见，使名留后世足矣；何期被荐，顶冠束带，变为官人。然浮沉下僚，终非所好；今奉旨放落，行且逍遥自在，变为仙人。"从此益放旷不检，以妓为家。将一个手板上写道："奉圣旨填词柳三变。"欲到某妓家，先将此手板送去，这一家便整备酒肴，伺候过宿。次日，再要到某家，亦复如此。凡所作小词，落款书名处，亦写"奉圣旨填词"五字，人无有不笑之者。如此数年。

一日，在赵香香家偶然昼寝，梦见一黄衣吏从天而下，说道："奉玉帝敕旨，《霓裳羽衣曲》已旧，欲易新声，特借重仙笔，即刻便往。"柳七官人醒来，便讨香汤沐浴，对赵香香道："适蒙上帝见召，我将去矣。各家姊妹可寄一信，不能候之相见也。"言毕，瞑目而坐。香香视之，已死矣。慌忙报知谢玉英，玉英一步一跌的哭将来。陈师师、徐冬冬两个行首，一时都到。又有几家曾往来的，闻知此信，也都来赵家。

原来柳七官人，虽做两任官职，毫无家计。谢玉英虽说跟随他终身，到带着一家一火前来，并不费他分毫之事。今日送终时节，谢玉英便是他亲妻一般；这几个行首，便是他亲人一般。当时陈师师为首，敛取众妓家财帛，制买衣衾棺椁，就在赵家殡殓。谢玉英缞绖做个主丧，其他三个的行首，都聚在一处，戴孝守幕。一面在乐游原上，买一块隙地起坟，择日安葬。坟上竖个小碑，照依他手板上写的增添两字，刻云："奉圣旨填词柳三变之墓。"出殡之日，官僚中也有相识的，前来送葬。只见一片缟素，满城妓家，无一人不到，哀声震地。那送葬的官僚，自觉惭愧，掩面而返。

不逾两月，谢玉英过哀，得病亦死，附葬于柳墓之旁。亦见玉英贞节，妓家难得，不在话下。

自葬后，每年清明左右，春风骀荡，诸名姬不约而同，各备祭礼，往柳七官人坟上，挂纸钱拜扫，唤做"吊柳七"，又唤做"上风流冢"。未曾"吊柳七""上风流冢"者，不敢到乐游原上踏青。后来成了个风俗，直到高宗南渡之后，此风方止。后人有诗题柳墓云："乐游原上妓如云，尽上风流柳七坟。可笑纷纷缙绅辈，怜才不及众红裙。"

第十三卷　张道陵七试赵升

第十三卷　张道陵七试赵升

但闻白日升天去，不见青天走下来。
有朝一日天破了，人家都叫阿瘗瘗。

这四句诗乃国朝唐解元所作，是讥诮神仙之说，不足为信。此乃戏谑之语。从来混沌剖判，便立下了三教：太上老君立了道教，释迦祖师立了佛教，孔夫子立了儒教。儒教中出圣贤，佛教中出佛菩萨，道教中出神仙。那三教中，儒教忒平常，佛教忒清苦，只有道教，学成长生不死，变化无端，最为洒落。看官，我今日说一节故事，乃是《张道陵七试赵升》。那张道陵，便是龙虎山中历代住持道教的正一天师第一代始祖，赵升乃其徒弟。有诗为证："剖开顽石方知玉，淘尽泥沙始见金。不是世人仙气少，仙人不似世人心。"

话说张天师的始祖，讳道陵，字辅汉，沛国人氏，乃是张子房第八世孙。汉光武皇帝建武十年降生。其母梦见北斗第七星从天坠下，化为一人，身长丈余，手中托一丸仙药，如鸡卵大，香气袭人。其母取而吞之，醒来便觉满腹火热，异香满室，经月不散，从此怀孕。到十月满足，忽然夜半屋中光明如昼，遂生道陵。七岁时，便能解说《道德经》，及河图谶纬之书，无不通晓。年十六，博通五经。身长九尺二寸；庞眉广颡，朱项绿睛，隆准方颐，伏犀贯顶；垂手过膝，龙蹲虎步，望之使人可畏。举贤良方正，入太学。一旦，喟然叹曰："流光如电，百年瞬息耳。纵位极人臣，何益于年命之数乎？"遂专心修炼，欲求长生不死之术。同学有一人，姓王名长，闻道陵之言，深以为然，即拜道陵为师，愿相随名山访道。行至豫章郡，遇一绣衣童子。问曰："日暮道远，二公将何之？"道陵大惊，知其非常人，乃自述访道之意。童子曰："世人论道，皆如捕风捉影，必得'黄帝九鼎丹法'，修炼成就，方可升天。"于是师徒二人，拜求指示。童子口授二语，道是：左龙并右虎，其中有天府。说罢，忽然不见。道陵记此二语，但未解其意。一日，行至龙虎山中，不觉心动，谓王长曰："左龙右虎，莫非此地乎？'府'者，藏也，或有秘书藏于此地。"乃登其绝顶，见一石洞，名曰壁鲁洞。洞中或明或暗，委曲异常。走到尽处，有生成石门两扇。道陵想道："此必神仙之府。"乃与弟子王长端坐石门之外。凡七日，忽然石门洞开，其中石桌、石凳俱备；卓上无物，只有文书一卷。取而观之，题曰"黄帝九鼎太清丹经"。道陵举手加额，叫声"惭愧"。

师徒二人，欢喜无限。取出丹经，昼夜观览，具知其法。但修炼合用药物、炉火之费甚广，无从措办。道陵先年曾学得有治病符水，闻得蜀中风俗醇厚，乃同王长入蜀，结庐于鹤鸣山中；自称真人，专用符水救人疾病。投之辄验，来者渐广。又多有人拜于门下，求为弟子，学他符水之法。真人见人心信服，乃立为条例：所居门前有水池，凡有疾病者，皆疏记生身以来所为不善之事，不许隐瞒；真人自书忏文，投池水中，与神明共盟约，不得再犯，若复犯，身当即死。设誓毕，方以符水饮之。病愈后，出米五斗为谢。弟子辈分路行法，所得米绢数目，悉开报于神明，一毫不敢私用。由是百姓有小疾病，便以为神明谴责，自来首过。病愈后，皆羞惭改行，不敢为非。如此数年，多得钱财。乃广市药物，与王长居密室中，共炼"龙虎大丹"。三年丹成，服之。真人年六十余，自服丹药，容颜转少，如三十岁后生模样。从此能分形散影，常乘小舟，在东西二溪往来游戏；堂上又有一真人，诵经不辍。若宾客来访，迎送应对，或酒杯、棋局，各各有一真人，不分真假，方知是仙家妙用。

　　一日，有道士来言："西城有白虎神，好饮人血，每岁，其乡必杀人祭之。"真人心中不忍。将到祭祀之期，真人亲往西城，果见乡中百姓绑缚一人，用鼓乐导引，送于白虎神庙。真人问其缘故，所言与道士相合。若一年缺祭，必然大兴风雨，毁苗杀稼，殃及六畜，所以一方惧怕。每年用重价购求一人，赤身绑缚，送至庙中。夜半，凭神吮血享用。以此为常，官府亦不能禁。真人曰："汝放此人去，将我代之，何如？"众乡民道："此人因家贫无倚，情愿舍身充祭。得我们五十千钱，葬父嫁妹，花费已尽。今日之死，乃其分内，你何苦自伤性命？"真人曰："我不信有神道吃人之事，若果有此事，我自愿承当，死而无怨。"众人商量道："他自不信，不干我事，左右是一条性命。"便依了真人言语，把绑缚那人解放了。那人得了命，拜谢而去。众人便要来绑缚真人，真人曰："我自情愿，决不逃走，何用绑缚？"众人依允。真人入得庙来，只见庙中香烟缭绕，灯烛炜煌，供养着土偶神像，狰狞可畏；案卓上摆列着许多祭品。众人叩头、宣疏已毕，将真人闭于殿门之内，随将封锁。

　　真人瞑目静坐以待。约莫更深，忽听得一阵狂风，白虎神早到。一见真人，便来攫取。只见真人口、耳、眼、鼻中，都放出红光，罩定了白虎神。此乃是仙丹之力。白虎神大惊，忙问："汝何人也？"真人曰："吾奉上帝之命，管摄四海五岳诸神，命我分形查勘。汝何方孽畜，敢在此虐害生灵？罪业深重，天诛难免！"白虎神方欲抗辨，只见前后左右都是一般真人，红光遍体，吓得白虎神眼缝也开不得，叩头求哀。原来白虎神是金神，自从五丁开道，凿破蜀山，金气发泄，变为白虎；每每出现，生灾作耗。土人立庙，许以岁时祭享，方得安息。真人炼过金丹，养就真火，金怕火克，自然制伏。当下真人与他立誓，不许生事害民。白虎神受戒而去。次日侵晨，众乡民到庙，看见真人端然不动，骇问其由。真人备言如此如此，今后更不妄害民命，有损无益。众乡人拜求名姓，真人曰："我乃鹤鸣山张道陵也。"说罢，飘然而去。众乡民在白虎庙前，另创前殿三间，供养张真人像，从此革了人祭之事。有诗为证："积功累行始成仙，岂止区区服食缘。白虎神藏人祭革，活人阴德在年年。"

那时广汉青石山中，有大蛇为害。昼吐毒雾，行人中毒便死。真人又去剿除了那毒蛇。山中之人，方敢昼行。

顺帝汉安元年，正月十五夜，真人在鹤鸣山精舍独坐，忽闻隐隐天乐之声，从东而来，銮佩珊珊渐近。真人出中庭瞻望，忽见东方一片紫云，云中有素车一乘，冉冉而下。车中端坐一神人，容若冰玉，神光照人，不可正视。车前站立一人，就是前番在豫章郡所遇的绣衣童子。童子谓真人曰："汝休惊怖，此乃太上老君也。"真人慌忙礼拜。老君曰："近蜀中有众鬼魔王，枉暴生民，深可痛惜。子其为我治之，以福生灵，则子之功德无量，而名录丹台矣。"乃授以《正一盟威秘录》，三清众经九百三十卷；符录丹灶秘诀七十二卷；雌雄剑二口；都功印一枚。又嘱道："与子刻期，千日之后，会于阆苑。"真人叩头领讫，老君升云而去。

真人从此日味秘文，按法遵修。闻知益州有八部鬼帅，各领鬼兵，动亿万数，周行人间，暴杀万民，枉夭无数。真人奉老君诰命，佩《盟威秘录》，往青城山，置琉璃高座。左供大道元始天尊，右置三十六部真经；立十绝灵幡，周匝法席，鸣钟叩磬；布下龙虎神兵，欲擒鬼帅。鬼帅乃驱率众鬼，挟兵刃矢石，来害真人。真人将左手竖起一指，那指头变成一大朵莲花，千叶扶疏，兵矢皆不能入。众鬼又持火千余炬来，欲行烧害。真人把袖一拂，其火即返烧众鬼。众鬼乃遥谓真人曰："吾师自住鹤鸣山中，何为来侵夺我居处？"真人曰："汝等残害众生，罪通于天。吾奉太上老君之命，是以来伐汝。汝若知罪，速避西方不毛之地，勿复行病人间，可保无事。如仍前作业，即行诛戮，不留余种。"

鬼帅不服。次日，复会六大魔王，率鬼兵百万，安营下寨，来攻真人。真人欲服其心，乃谓曰："试与尔各尽法力，观其胜负。"六魔应诺。真人乃命王长积薪放火，火势正猛，真人投身入火，火中忽生青莲花，托真人两足而出。六魔笑曰："有何难哉！"把手分开火头，扠身便跳。两个魔王，先跳下火的，须眉皆烧坏了，负痛奔回。那四个魔王，更不敢动掸。真人又投身入水，即乘黄龙而出，衣服毫不濡湿。六魔又笑道："火其实利害，这水打甚紧？"扑通的一声，六魔齐跳入水，在水中连番几个筋斗，忙忙爬起，已自吃了一肚子淡水。真人复以身投石，石忽开裂，真人从后而出。六魔又笑道："论我等气力，便是山也穿得过，况于石乎？"硬挺着肩胛，捱进石去。真人诵咒一遍，六个魔王半身陷于石中，展动不得，哀号欲绝。其时八部鬼帅大怒，化为八只吊睛老虎，张牙舞爪，来攫真人。真人摇身一变，变成狮子逐之。鬼帅再变八条大龙，欲擒狮子。真人又变成大鹏金翅鸟，张开巨喙，欲啄龙

晴。鬼帅再变五色云雾，昏天暗地。真人变化一轮红日，升于九霄，光辉照耀，云雾即时流散。鬼帅变化已穷。真人乃拈取片石，望空撒去，须臾化为巨石，如一座小山相似。空中一线系住，如藕丝之细，悬罩于鬼营之上；石上又有二鼠，争啮那一线，岌岌欲堕。

魔王和鬼帅在高处看见，恐怕灭绝了营中鬼子鬼孙，乃同声哀告饶命，愿往西方娑罗国居住，再不敢侵扰中土。

真人遂判令六大魔王归于北酆，八部鬼帅窜于西域。其时魔王身离石中，和鬼帅合成一党，兀自踌躇不去。

真人知众鬼不可善遣，乃口敕神符一道，飞上层霄。须臾之间，只见风伯招风，雨师降雨，雷公兴雷，电母闪电，天将神兵，各持刃兵，一时齐集，杀得群鬼形消影绝，真人方才收了法力。谓王长曰："蜀人今始得安寝矣。"有《西江月》为证："鬼帅空施伎俩，魔王枉逞英雄。谁知大道有神通，一片精神运动。水火不加寒热，腾身陷石如空。一场风雨众妖空，才识仙家妙用。"

真人复谓王长曰："吾上升之期已近，壁鲁洞乃吾得道之地，不可忘本。"于是再至豫章，结庐于龙虎山中，师徒二人，潜修九还七返之功。忽一日，复聆銮佩天乐之音，与鹤鸣山所闻无二。真人急忙整身，叩伏阶前。见千乘万骑，簇拥着老君，在云端徘徊不下。真人再拜，老君乃命使者告曰："子之功业，合得九真上仙。吾昔使子入蜀，但区别人鬼，以布清净之化。子杀鬼过多，又擅兴风雨，役使鬼神，阴景翳昼，杀气秽空，殊非大道好生之意。上帝正责子过，所以吾今日不得近子也。子且退居，勤行修道。同时飞举者，数合三人。俟数到之日，吾待子于上清八景宫中。"言讫，圣驾复去。真人乃精心忏悔，再与王长回鹤鸣山去。

山中诸弟子晓得真人法力广大，只有王长一人，私得其传。纷纷议论，尽疑真人偏向，有吝法之心。真人曰："尔辈俗气未除，安能遗世？止可得吾导引房中之术，或服食草木以延寿命耳。明年正月七日午时，有一人从东方来，方面短身，貂裘锦袄，此乃真正道中之人，不弱于王长也。"诸弟子闻言，半疑不信。

到来年正月初七日，当正午，真人乃谓王长曰："汝师弟至矣，可使人如此如此。"王长领了法旨，步出山门，望东而看，果见一人来至。衣服状貌，一如真人所言，诸弟子暗暗称奇。王长私谓诸弟子曰："吾师将传法于此人，若来时，切莫与通信，更加辱骂，不容入门，彼必去矣。"诸弟子相顾，以为得计。那人到门，自称姓赵名升，吴郡人氏，慕真人道法高妙，特来拜谒。诸弟子回言："吾师出游去了，不敢擅留。"赵升拱立伺候，众人四散走开了。到晚，径自闭门不纳。赵升乃露宿于门外。次日，诸弟子开门看时，赵升依前拱立，求见师长。诸弟子曰："吾师甚是私刻，我等伏侍数十年，尚无丝毫秘诀传授，想你来之何益？"赵升曰："传与不传，惟凭师长。但某远涉而来，只愿一见，以慰平生仰慕耳。"诸弟子又曰："要见亦由你，只吾师实不在此。知他何日还山？足下休得痴等，有误前程。"赵升曰："某之此来，出于积诚。若真人十日不归，愿等十日；百日不来，愿等百日。"众人见赵升连住数日，并不转身，愈加厌恶。渐渐出言侮慢，以后竟把作乞儿看待，恶言辱骂。赵升愈加和悦，全然不较。每日，只于午前往村中买一餐，吃罢，便来门前伺候。晚间，众人不容进门，只就阶前露宿，如此四十余日。诸弟子私相议论道："虽然辞他不去，且喜得瞒过师父，许久尚不知觉。"只见真人在法堂鸣钟集众，曰："赵家弟子到此四十余日，受辱已足了，今日可召入相见。"众弟子大惊，才晓得师父有前知之灵也。王长受师命，去唤赵升进见。

赵升一见真人，涕泣交下，叩头求为弟子。真人已知他真心求道，再欲试之。过了数日，差往田舍中，看守黍苗。赵升奉命来到田边，只有小小茅屋一间，四围无倚，野兽往来极多。赵升朝暮伺候赶逐，全不懈怠。忽一夜，月明如昼。赵升独坐茅屋中，只见一女子，美貌非常，走进屋来，深深道个万福，说道："妾乃西村农家之女，随伴出来玩月。因往田中小解，失了伴侣，追寻不着，迷路至此。两足走得疼痛，寸步难移，乞善士可怜，容妾一宿，感恩非浅。"赵升正待推阻，那女子径往他床铺上倒身睡下，口内娇啼宛转，只称脚痛。赵升认是真情，没奈何，只得容他睡了。自己另铺些乱草，和衣倒地，睡了一夜。次日，那女子又推脚痛，故意不肯行走，撒娇撒痴的要茶要饭。赵升只得管顾他。那女子到说些风话，引诱赵升。到晚来，先自脱衣上铺，央赵升与他扯被加衣。赵升心如铁石，见女子着邪，连茅屋也不进了，只在田塍边露坐到晓。至第四日，那女子已不见了，只见土墙上，题诗四句，道是："美色人皆好，如君铁石心。少年不作乐，辜负好光阴。"字画柔媚，墨迹如新。赵升看罢，大笑道："少年作乐，能有几时？"便脱下鞋底，将字迹挞没了。正是：落花有意随流水，流水无情恋落花。

光阴荏苒，不觉春去秋来。赵升奉真人之命，担了樵斧，走山后砍柴。偶然砍倒一株枯松，去得力大，唿喇一声，松根迸起。赵升将双手拔起松根，看时，下面显出黄灿灿的一窨金子。忽听得空中有人云："天赐赵升。"赵升想道："我出家之人，要这黄金何用？况且无功，岂可贪天之赐？"便将山土掩覆。收拾了柴担，觉得身子困倦，靠石而坐，少憩片时。忽然狂风大作，山凹里跳出三只黄斑老虎。赵升安坐不动，那三只虎攒着赵升，咬他的衣服，只不伤身。赵升全然不惧，颜色不变，谓虎曰："我赵升生平不作昧心之事，今弃家入道，不远千里，来寻明师，求长生不死之路。若前世欠你宿债，今生合供你啖嚼，不敢畏避；如其不然，便可速去，休在此蒿恼人。"三虎闻言，皆弭耳低头而去。赵升曰："此必山神遣来试我者。死生有命，吾何惧哉！"当日荷柴而归，也不对同辈说知见金、逢虎之事。

又一日，真人分付赵升往市上买绢十匹。赵升还值已毕，取绢而归。行至中途，忽闻背后有人叫喊云："劫绢贼慢走！"赵升回头看时，乃是卖绢主人，飞奔而来，一把扯住赵升，说道："绢价一些未还，如何将我绢去？好好还我，万事全休！"赵升也不争辩，但念："此绢乃吾师欲用之物，若还了他，如何回覆师父？"便脱了貂裘与绢主，准其绢价。绢主尚嫌其少，又脱锦袄与之，绢主方去。赵升持绢献上真人。真人问道："你身上衣服，何处去了？"赵升道："偶然病热，不曾穿得。"真人叹曰："不吝己财，不谈人过，真难及也。"乃将布袍一件，赐与赵升，赵升欣然穿之。

又一日，赵升和同辈在田间收谷，忽见路旁一人，叩头乞食，衣裳破弊，面目尘垢；身体疮脓，臭秽可憎；两脚皆烂，不能行走。同辈人人掩鼻，叱喝他去。赵升心中独怀不忍，乃扶他坐于茅屋之内，问其疾苦。将自己饭食，省与他吃。又烧下一桶热汤，替他洗涤臭秽。那人又说身上寒冷，欲求一衣。赵升解开布袍，卸下里衣一件，与之遮寒。夜间念他无倚，亲自作伴。到夜半，那人又叫呼要解。赵升闻呼，慌忙起身，扶他解手，又扶进来。日间省饭食养他，常自半饥的过了，夜间用心照管。如此十余日，全无倦怠。那人疮患将息渐好，忽然不辞而去。赵升也无怨心。后人有诗赞云："逢人患难要施仁，望报之时亦小人。不吝施仁不望报，分明天地布阳春。"

时值初夏，真人一日会集诸弟子，同登天柱峰绝顶。那天柱峰，在鹤鸣山之左，三面悬绝，其状如城。真人引弟子于峰头下视，有一桃树，傍生石壁，如人舒出一臂相似，下临不测深渊。那桃树上结下许多桃子，红得可爱。真人谓诸弟子曰："有人能得此桃实，当告以至道之要。"那时诸弟子除了王长、赵升外，共二百三十四人，皆临崖窥瞰，莫不股战流汗，连脚头也站不定。略看一看，慌忙退步，惟恐坠下。只有一人，挺然而出，乃赵升也。对众人曰："吾师命我取桃，必此桃有可得之理；且圣师在此，鬼神呵护，必不使我死于深谷之中。"乃看准了桃树之处，拟身望下便跳。有这等异事，那一跳不歪不斜，不上不下，两脚分开，刚刚的跨于桃树之上，将桃实恣意采摘。遥望石壁上面，悬绝二三丈，四旁又无攀缘，无从爬上，乃以所摘桃子，向上掷去。真人用手一一接之。掷了又摘，摘了又掷；下边掷，上边接，把一树桃子，摘个干净。真人接完桃子，自吃了一颗，王长吃了一颗，把一颗留与赵升，恰好余下二百三十四颗。分派诸弟子，每人一颗，不多不少。

真人问："诸弟子中那个有本事，引得赵升上来？"诸弟子面面相觑，谁敢答应？真人自临岩上，舒出一臂，接引赵升。那臂膊忽长二三丈，直到赵升身边。赵升随臂而上，众弟子莫不大惊。真人将所留桃实一颗，与赵升食毕。真人笑而言曰："赵升心正，能投树上，足不蹉跌。吾今欲自试投下，若心正时，当得大桃。"众弟子皆谏曰："吾师虽然广有道法，岂可自试于不测之崖乎？方才赵升幸赖吾师接引。若吾师坠下，更有何人接引吾师者？万万不可也。"有数人牵住衣裾，苦劝。惟王长、赵升，默然无言。真人不从众人之劝，遂向空自掷。众人急觑桃树上，不见真人踪迹；看着下面，茫茫无底，又无道路可通。眼见得真人坠于深谷，不知死活存亡。诸弟子人人惊叹，个个悲啼。赵升对王长说道："师，犹父也，吾师自投不测之崖，吾何以自安？不若同投下去，看其下落。"于是升、长二人，各奋身投下，刚落在真人之前。只见真人端坐于磐石之上，见升、长坠下，大笑曰："吾料定汝二人必来也。"

　　这几桩故事，小说家唤做"七试赵升"。那见得七试？第一试，辱骂不去；第二试，美色不动心；第三试，见金不取；第四试，见虎不惧；第五试，偿绢不吝，被诬不辩；第六试，存心济物；第七试，舍命从师。原来这七试，都是真人的主意。那黄金、美女、大虫、乞丐，都是他役使精灵变化来的。卖绢主人，也是假的。这叫做将假试真。凡入道之人，先要断除七情。那七情？喜、怒、忧、惧、爱、恶、欲。真人先前对诸弟子说过的："汝等俗气未除，安能遗世？"正谓此也。且说如今世俗之人，骄心傲气，见在的师长，说话略重了些，兀自气愤愤地。况肯为求师上，受人辱骂，着甚要紧加添四十余日露宿之苦？只这一件，谁人肯做？至于"色"之一字，人都在这里头生，在这里头死，那个不着迷的？列位看官们，假如你在闲居独宿之际，偶遇个妇人，不消一分半分颜色，管请你失魂落意，求之不得；况且十分美貌，颠倒捱身就你，你却不动心？古人中，除却柳下惠，只怕没有第二个人了。又如今人为着几贯钱钞上，兄弟分颜，朋友破口。在路上拾得一文钱，却也叫声吉利，眉花眼笑。眼见这一窖黄金，无主之物，那个不起贪心？这件又不是难得的？今人见一只恶犬走来，心头也吓一跳；况三个大虫，全不怖畏，便是吕纯阳祖师，舍得喂虎，也只好是这般了。再说买绢这一节，你看如今做买做卖的，讨得一分便宜，兀自欢喜。平日间，冤枉他一言半字，便要赌神罚咒，那个肯重叠还价？随他天大冤枉加来，付之不理；脱去衣裳，绝无吝色；不是眼孔十二分大，怎容得人如此？又如父母生了恶疾，子孙在床前服事，若不是足色孝顺的，口中虽不说，心下未免憎嫌。何况路旁乞食之人，那解衣推食，又算做小事了？结末来，两遍投崖，是信得师父十分真切，虽死不悔。这七件都试过，才见得赵升七情上，一毫不曾粘带，俗气尽除，方可入道。正是：道意坚时尘趣少，俗情断处法缘生。

　　闲话休题。真人见升、长二人，道心坚固，乃将生平所得秘诀，细细指授。如此三日三夜，二人尽得其妙。真人乃飞身上崖，二人从之，重归旧舍。诸弟子相见，惊悼不已。真人一日闭目昼坐，既觉，谓王长、赵升曰："巴东有妖，当同往除之。"师弟三人，行至巴东，忽见十二神女笑迎于山前。真人问曰："此地有咸泉，今在何处？"神女答曰："前面大湫便是。近为毒龙所占，水已浊矣。"真人遂书符一道，向空掷去。那道符从空盘旋，忽化为大鹏金翅鸟，在湫上往来飞舞。毒龙大惊，舍湫而去，湫水遂清。十二神女各于怀中探出一玉环来献，曰："妾等仰慕仙真，愿操箕帚。"真人受其环，将手绾之，十二环合而为一。真人将环投于井中，谓神女曰："能得此环者，应吾凤命，吾即纳之。"十二神女要取神环，争先解衣入井。真人遂书符，投于井中，约曰："千秋万世，永作井神。"即时唤集居民，汲水煎煮，皆成食盐。嘱付："今后煮盐者，必祭十二神女。"那十二神女都是妖精，在一方迷惑男子，降灾降祸。被真人将神符镇压，又安享祭祀，再不出现了。从此巴东居民，无神女之害，而有咸井之利。

真人除妖已毕，复归鹤鸣山中。一日午时，忽见一人，黑帻，绢衣，佩剑，捧一玉函，进曰："奉上清真符，召真人游阆苑。"须臾，有黑龙驾一紫舆，玉女二人，引真人登车，直至金阙。群仙毕集，谓真人曰："今日可朝太上元始天尊也。"俄有二青童，朱衣绛节，前行引导。至一殿，金阶玉砌，真人整衣趋进，拜舞已毕。殿上敕青童持玉册，授真人"正一天师"之号，使以"正一盟威"之法，世世宣布，为人间天师，劝度未悟之人。又密谕以飞升之期。真人受命回山，将"盟威"、"都功"等诸品秘录，及斩邪二剑、玉册、玉印等物，封置一函。谓诸弟子曰："吾冲举有日，弟子中有能举此函者，便为嗣法。"弟子争先来举，如万斤之重，休想移动得分毫。真人乃曰："吾去后三日，自有嫡嗣至此，世为汝师也。"

至期，真人独召王长、赵升二人谓曰："汝二人道力已深，数合冲举；尚有余丹，可分饵之。今日当随吾上升矣。"亭午，群仙仪从毕至，天乐拥导，真人与王长、赵升在鹤鸣山中，白日升天。诸弟子仰视云中，良久而没。时桓帝永寿元年九月九日事，计真人年已一百二十三岁矣。

真人升天后三日，长子张衡从龙虎山适至。诸弟子方悟"嫡嗣"之语，指示封函，备述真人遗命。张衡轻轻举起，揭封开看，遂向空拜受玉册、玉印。于是将诸品秘录，尽心参讨，斩妖缚邪，其应如响。至今子孙嗣法，世世为天师。后人论"七试赵升"之事，有诗为证："世人开口说神仙，眼见何人上九天？不是仙家尽虚妄，从来难得道心坚。"

第十四卷　陈希夷四辞朝命

人人尽说清闲好，谁肯逢闲闲此身？
不是逢闲闲不得，清闲岂是等闲人？

则今且说个"閒"字，是"门"字中着个"月"字。你看那一轮明月，只见他忙忙的穿窗入户；那天上清光不动，却是冷淡无心。人学得他，便是闹中取静，才算做真闲。有的说："人生在世，忙一半，闲一半。"假如日里做事是忙，夜间睡去便是闲了。却不知日里忙忙做事的，精神散乱；昼之所思，夜之所梦，连睡去的魂魄，都是忙的，那得清闲自在？古时有个仙长，姓庄，名周，睡去梦中化为蝴蝶，栩栩而飞，其意甚乐。醒将转来，还只认做蝴蝶化身。只为他胸中无事，逍遥洒落，故有此梦。世上多少渴睡汉，怎不见第二个人梦为蝴蝶？可见梦睡中也分个闲忙在。且莫论闲忙，一入了名利关，连睡也讨不得个足意。所以古诗云："朝臣待漏五更寒，铁甲将军夜度关。山寺日高僧未起，笑来名利不如闲。"《心相篇》有云："上床便睡，定是高人；支枕无眠，必非闲客。"如今人名利关心，上了床，千思万想，那得便睡？比及睡去，忽然又惊醒将来。尽有一般昏昏沉沉，以昼为夜，睡个没了歇的，多因酒色过度，四肢困倦；或因愁绪牵缠，心神浊乱所致。总来不得睡趣，不是睡的乐境。

则今且说第一个睡中得趣的，无过陈抟先生。怎见得？有诗为证："昏昏黑黑睡中天，无暑无寒也没年。彭祖寿经八百岁，不比陈抟一觉眠。"俗说陈抟一觉，睡了八百年。按陈抟寿止一百十八岁，虽说是尸解为仙去了，也没有一睡八百年之理。此是浑话。只是说他睡时多，醒时少。他曾两隐名山，四辞朝命，终身不近女色，不亲人事，所以步步清闲。则他这睡，也是仙家伏气之法，非他人所能学也。说话的，你道他隐在那两处的名山？辞那四朝的君命？有诗为证："纷纷五代战尘嚣，转眼唐周又宋朝。多少彩禽投笼罩，云中仙鹤不能招。"

话说陈抟先生，表字图南，别号扶摇子，亳州真源人氏。生长五六岁，还不会说话，人都叫他"哑孩儿"。一日，在水边游戏，遇一妇人，身穿青色之衣，自称毛女。将陈抟抱去山中，饮以琼浆，陈抟便会说话，自觉心窍开爽。毛女将书一册，投他怀内，又赠以诗云："药苗不满笥，又更上危巅。回指归去路，相将入翠烟。"陈抟回到家中，忽然念这四句诗出来，父母大惊，问道："这四句诗，谁教你的？"陈抟说其缘故，就怀中取出书来看时，乃是一本《周易》。陈抟便能成诵，就晓得八卦的大意。自此无书不览，只这本《周易》，坐卧不离。又爱读《黄庭》《老子》诸书，洒然有出世之志。十八岁上，父母双亡。便把家财抛散，分赠亲族乡党。自只携一石铛，往本县隐山居住。梦见毛女授以炼形归气、炼气归神、炼神归虚之法，遂奉而行之，足迹不入城市。梁唐士大夫慕陈先生之名，如活神仙，求一见而不可得。有造谒者，先生辄侧卧，不与交接。人见他鼾睡不起，叹息而去。

后唐明宗皇帝长兴年间，闻其高尚之名，御笔亲书丹诏，遣官招之。使者络绎不绝，先生违不得圣旨，只得随使者取路到洛阳帝都，谒见天子，长揖不拜，满朝文武失色，明宗全不嗔怪。御手相挽，锦墩赐坐，说道："劳苦先生远来，朕今得睹清光，三生之幸。"陈抟答道："山野鄙夫，自比朽木，无用于世。过蒙陛下采录，有负圣意，乞赐放归，以全野性。"明宗道："既荷先生不弃而来，朕正欲侍教，岂可轻去？"陈抟不应，闭目睡去了。明宗叹道："此高士也，朕不可以常礼待之。"乃送至礼贤宾馆，饮食供帐甚设。先生一无所用，早晚只在个蒲团上打坐。明宗屡次驾幸礼贤馆，有时值他睡卧，不敢惊醒而去。明宗心知其为异人，愈加敬重，欲授以大官，陈抟那里肯就。有丞相冯道奏道："臣闻：七情莫甚于爱欲，六欲莫甚于男女。方今冬天雨雪之际，陈抟独坐蒲团，必然寒冷。陛下差一使命，将嘉酝一樽赐之；妙选美妇三人，前去与他侑酒暖足。他若饮其酒，留其女，何愁他不受官爵矣。"明宗从其言，于宫中选二八女子三人，美丽无比；装束华整，更自动人。又将尚方美酝一樽，遣内侍宣赐。内侍口传皇命道："官家见天气奇冷，特赐美酝消遣；又赐美女与先生暖足，先生万勿推辞。"只见陈抟欣然对使开樽，一饮而尽；送来美人，也不推辞。内侍入宫复命，明宗龙颜大悦。次日，早朝已毕，明宗即差冯丞相亲诣礼贤馆，请陈抟入朝见驾。只等来时，加官授爵。冯丞相领了圣旨，上马前去。你道请得来，请不来？正是：神龙不贪香饵，彩凤不入雕笼。冯丞相到礼贤宾馆看时，只见三个美女，闭在一间空室之中，已不见了陈抟。问那美女道："那先生那里去了？"美女答道："陈先生自饮了御酒，便向蒲团睡去。妾等候至五更方醒。他说：'劳你们辛苦一夜，无物相赠。'乃题诗一首，教妾收留，回覆天子。遂闭妾等于此室，飘然出门而去，不知何往。"冯丞相引着三个美人，回朝见驾。明宗取诗看之，诗曰："雪为肌体玉为腮，多谢君王送得来。处士不兴巫峡梦，空烦神女下阳台。"明宗读罢书，叹息不已。差人四下寻访陈抟踪迹，直到隐山旧居，并无影响。不在话下。

却说陈抟这一去，直走到均州武当山。原来这山初名太岳，又唤做太和山，有二十七峰，三十六岩，二十四涧。是真武修道、白日升天之处。后人谓："此山非真武，不足以当之。"更名武当山。陈抟至武当山，隐于九石岩。忽一日，有五个白须老叟来问《周易》八卦之义。陈抟与之剖晰微理，因见其颜如红玉，亦问以导养之方。五老告之以蛰法。怎唤做蛰法？凡寒冬时令，天气伏藏，龟蛇之类，皆蛰而不食。当初，有一人因床脚损坏，偶取一龟支之。后十年移床，其龟尚活，此乃服气所致。陈抟得此蛰法，遂能辟谷。或一睡数月不起。若没有这蛰法，睡梦中腹中饥饿，肠鸣起来也要醒了。

陈抟在武当山住了二十余年，寿已七十余岁。忽一日，五老又来对陈抟说道："吾等五人，乃日月池中五龙也。此地非先生所栖，吾等受先生讲诲之益，当送先生到一个好所在去。"令陈抟："闭目休开！"五老翼之而行。觉两足腾空，耳边惟闻风雨之声。顷刻间，脚跟着地，开眼看时，不见了五老，但见空中五条龙夭矫而逝。陈抟看那去处，乃西岳太华山石上，已不知来了多少路，此乃神龙变化之妙。陈抟遂留居于此。太华山道士见其所居没有锅灶，心中甚异，悄地察之。更无他事，惟鼾睡而已。一日，陈抟下九石岩，数月不归。道士疑他往别处去了。后于柴房中，忽见一物，近前看之，乃先生也。正不知几时睡在那里的，搬柴的堆积在上，直待烧柴将尽，方才看见。又一日，有个樵夫在山下割草，见山凹里一个尸骸，尘埃起寸。樵夫心中怜悯，欲取而埋之。提起来看时，却认得是陈抟先生。樵夫道："好个陈抟先生，不知如何死在这里？"只见先生把腰一伸，睁开双眼，说道："正睡得快活，何人搅醒我来？"樵夫大笑。

华阴令王睦，亲到华山求见先生。至九石岩，见光光一片石头，绝无半间茅舍。乃问道："先生寝止在于何所？"陈抟大笑，吟诗一首答之，诗曰："蓬山高处是吾宫，出即凌风跨晓风。台榭不将金锁闭，来时自有白云封。"王睦要与他伐木建庵，先生固辞不要。此周世宗显德年间事也。这四句诗直达帝听，世宗知其高士，召而见之，问以国祚长短。陈抟说出四句，道是："好块木头，茂盛无赛。若要长久，添重宝盖。"世宗皇帝本姓柴，名荣，木头茂盛，正合姓名。又有"长久"二字，只道是佳兆，却不知赵太祖代周为帝，国号宋，"木"字添盖乃

是"宋"字。宋朝享国长久，先生已预知矣。且说世宗要加陈抟以极品之爵，陈抟不愿，坚请还山。世宗采其"来时自有白云封"之句，赐号"白云先生"。后因陈桥兵变，赵太祖披了黄袍，即了帝位。先生适乘驴到华阴县，闻知此事，在驴背上拍掌大笑。有人问道："先生笑甚么？"先生道："你们众百姓造化，造化！天下是今日定了。"

原来后唐末年间，契丹兵起，百姓纷纷避乱。先生在路上闲步，看见一妇人，挑着一个竹篮而走，篮内两头坐两个孩子。先生口吟二句，道是："莫言皇帝少，皇帝上担挑。"你道那两个孩子是谁？那大的便是宋太祖赵匡胤，那小的便是宋太宗赵匡义，这妇人便是杜太后。先生二十五六年前，便识透宋朝的真命天子了。

又一日，先生游长安市上，遇赵匡胤兄弟和赵普，共是三人，在酒肆饮酒。先生亦入肆沽饮，看见赵普坐于二赵之右，先生将赵普推下去道："你不过是紫微垣边一个小小星儿，如何敢占在上位？"赵匡胤奇其言。有认得的，指道："这是白云先生陈抟。"匡胤就问前程之事。陈抟道："你弟兄两个的星，比他大得多哩！"匡胤自此自负。后来定了天下，屡次差官迎取陈抟入朝，陈抟不肯。后来赵太祖手诏促之，陈抟向使者说道："创业之君，必须尊崇体貌，以示天下。我等以山野废人，入见天子，若下拜，则违吾性；若不下拜，则褻其体。是以不敢奉诏。"乃于诏书之尾，写四句附奏，云："九重天诏，休教丹凤衔来；一片野心，已被白云留住。"使者复命，太祖笑而置之。

后太祖晏驾，太宗皇帝即位，念酒肆中之旧，召与相见，说过待以不臣之礼。又赐御诗云："曾向前朝号'白云'，后来消息杳无闻。如今若肯随征召，总把三峰乞与君。"先生见诗，乃服华阳巾，布袍、草履，来到东京。见太宗于便殿，只是长揖道："山野废人，与世隔绝，不习跪拜，望陛下优容之。"太宗赐坐，问以修养之道。陈抟对道："天子以天下为一身，假令白日升天，竟何益于百姓？今君明臣良，兴化勤政，功德被乎八荒，荣名流于万世。修炼之道，无出于此。"太宗点头称善，愈加敬重。问道："先生心中，有何所欲？可为朕言之。"陈抟答道："臣无所欲，只愿求一静室。"乃赐居于建隆道观。

其时太宗正用兵征伐河东，遣人问先生胜负消息。先生在使者掌中，写一"休"字，太宗见之不乐。因军马已发，不曾停止。再遣人问先生时，但见他闭目而睡，鼾齁之声，直达户外。明日去看，仍复如此。一连睡了三个月，不曾起身。河东军将，果然无功而返。太宗正当嗟叹，忽见陈抟道冠野服，逍遥而来，直上金銮宝殿。太宗见其不召自来，甚以为异。陈抟道："老夫今日还山，特来辞驾。"太宗闻言，如有所失，欲加抟以帝师之号，筑宫奉事，时时请教。陈抟固辞求去，呈诗一首。诗云："草泽吾皇诏，图南抟姓陈。三峰千载客，四海一闲人。世态从来薄，诗情自得真。乞全獐鹿性，何处不称臣？"又道："二十年之后，老夫再来候见圣颜。"太宗知不可留，特赐御宴于都堂，使宰相、两禁官员俱侍坐，每人制送行诗一首，以宠其归。又将太华全山，御笔判与陈抟为修真之所，他人不得侵渔。赐号为"白云洞主希夷先生"，听其还山。此太平兴国元年事也。

到端拱五年，太宗皇帝管二十年的乾坤，尚不曾立得太子。长子楚王元佐，因九月九日不曾预得御宴，纵火烧宫。太宗大怒，废为庶人。心爱第三子襄王元侃，未知他福分如何，口中不言，心下思想："惟有希夷先生陈抟，最善相人。当初在酒肆中，就相定我兄弟二人，当为皇帝，赵普为宰相。如今得他一来，决断其事便好。"转念犹未了，内侍报道："有太华处士陈抟，叩宫门求见。"太宗大惊，即时宣进，问道："先生此来何意？"陈抟答道："老夫知陛下胸中有疑，特来决之。"太宗大笑道："朕固疑先生有前知之术，今果然也。朕东宫未定，有襄王元侃，宽仁慈爱，有帝王之度；但不知福分如何，烦先生到襄府一看。"陈抟领命，才到襄府门首便回。太宗问道："朕烦先生到襄府看襄王之相，如何不去而回？"陈抟道："老夫已看过了。襄府门前，奉役奔走之人，都有将相之福，何必见襄王哉？"太宗之意遂决。即日宣诏，立襄王为太子，后来真宗皇帝就是。陈抟在京师，又住了一月。忽然辞去，仍归九石岩。

其时，有门人穆伯长、种放等百余人，皆筑室于华山之下，朝夕听讲。惟有五龙蛰法，先生未尝授人。忽一日，遣门人辈于张超谷口，高岩之上，凿一石室。门人不敢违命。室既凿成，先生同门人往观之。其岩最高，望下云烟如翠。先生指道："此毛女所谓'相将入翠烟'也，吾其归于此乎？"言未毕，屈膝而坐，挥门人使去。右手支颐，闭目而逝，年一百一十八岁。门人环守其尸，至七日，容色如生，肢体温软，异香扑鼻。乃制为石匣盛之，仍用石盖；束以铁锁数丈，置于石室。门人方去，其岩自崩，遂成陡绝之势。有五色云，封住谷口，弥月不散。后人因名其处为希夷峡。

到徽宗宣和年间，有闽中道士徐知常，来游华山。见峡上有铁锁垂下，知常攀缘而上，至于石室。见匣盖欹侧，启而观之，惟有仙骨一具，其色红润，香气逼人。知常再拜毕，为整其盖，复攀缘而下。其时徐知常得幸于徽宗，官拜左术道录，将此事奏知天子。天子差知常赍御香一注，重到希夷峡，要取仙骨供养在大内。来到峡边，已不见有铁锁，但见云雾重重，危岩壁立，叹息而返。至今希夷先生蜕骨在张超谷，无复有人见之者矣。有诗为证："从来处士窃名浮，谁似希夷闲到头？两隐名山供笑傲，四辞朝命肯淹留。五龙蛰法前人少，八卦神机后学求。片片白云迷峡锁，石床高卧足千秋。"

第十五卷　史弘肇龙虎君臣会

倦压鳌头请左符，笑寻頧尾为西湖。
二三贤守去非远，六一清风今不孤。
四海共知霜鬓满，重阳曾插菊花无？
聚星堂上谁先到？欲傍金尊倒玉壶。

　　这一首诗，乃宋朝士大夫刘季孙《寄苏子瞻自翰苑出守杭州》诗。元来东坡先生苏学士凡两次到杭州：先一次，神宗皇帝熙宁二年，通判杭州；第二次，元祐年中，知杭州军州事。所以临安府多有东坡古迹诗句。后来南渡过江，文章之士极多。惟有洪内翰才名，可继东坡之作。洪内翰曾编了《夷坚》三十二志，有一代之史才。在孝宗朝，圣眷甚隆。因在禁林，乞守外郡；累次上章，圣上方允，得知越州绍兴府。是时，淳熙年上到任。时遇春天，有首回文诗，做得极好，乃诗人熊元素所作。诗云："融融日暖乍晴天，骏马雕鞍绣辔联。风细落花红衬地，雨微垂柳绿拖烟。茸铺草色春江曲，雪剪花梢玉砌前。同恨此时良会罕，空飞巧燕舞翩翩。"若倒转念时，又是一首好诗："翩翩舞燕巧飞空，罕会良时此恨同。前砌玉梢花剪雪，曲江春色草铺茸。烟拖绿柳垂微雨，地衬红花落细风。联辔绣鞍雕马骏，天晴乍暖日融融。"

　　这洪内翰遂安排筵席于镇越堂上，请众官宴会。那四司六局祗应供过的人都在堂下，甚次第！当日果献时新，食烹异味。酒至三杯，众妓中有一妓，姓王，名英。这王英以纤纤春笋柔荑，捧着一管缠金丝龙笛，当筵品弄一曲。吹得清音嘹亮，美韵悠扬，众官听之大喜。这洪内翰令左右取文房四宝来，诸妓女供侍于面前，对众官乘兴，一时文不加点，扫一只词，唤做《虞美人》。词云："忽闻碧玉楼头笛，声透晴空碧。宫商角羽任西东，映我奇观惊起碧潭龙。数声呜咽青霄去，不舍《梁州序》。穿云裂石响无踪，惊动梅花初谢玉玲珑。"洪内翰珠玑满腹，锦绣盈肠，一只曲儿，有甚难处？做了呈众官，众官看罢，皆喜道："语意清新，果是佳作。"

　　方才夸羡不已，只见一个官员，在众中呵呵大笑，言曰："学士作此龙笛词，虽然奇妙，此词八句，偷了古人作的杂诗词中各一句也。"洪内翰看那官人，乃孔通判讳德明。洪内翰大惊道："孔丈既知如此，可望见教否？"孔通判乃就筵上，从头一一解之。

　　第一句道："忽闻碧玉楼头笛。"偷了张紫微作《道隐》诗中第四句。

诗道："试问清轩可煞青，霜天孤月照蓬瀛。广寒宫里琴三弄，碧玉楼头笛一声。金井辘轳秋水冷，石床茅舍暮云清。夜来忽作瑶池梦，十二阑干独步行。"第二句道："声透晴空碧。"偷了骆解元作《王娇姿唱词》中第三句。诗道："谢氏筵中闻雅唱，何人隔幕在帘帏？一声点破晴空碧，遏住行云不敢飞。"第三句道："宫商角羽任西东。"偷了曹仙姑作《风响》诗中第二句。诗道："碾玉悬丝挂碧空，宫商角羽任西东。依稀似曲才堪听，又被风吹别调中。"第四句道："映我奇观惊起碧潭龙。"偷了东坡作《橹》诗中第三、第四句。诗道："伊轧江心激箭冲，天涯无际去无踪。遥遥映我奇观处，料应惊起碧潭龙。"过处第五句道："数声呜咽青霄去。"偷了朱淑真作《雁》诗中第四句。诗道："伤怀遣我肠千缕，征雁南来无定据。嘹嘹呖呖自孤飞，数声呜咽青霄去。"第六句道："不舍《梁州序》。"偷了秦少游作《歌舞》诗中第四句。诗道："纤腰如舞态，歌韵如莺语。似锦罩厅前，不舍《梁州序》。"第七句道："穿云裂石响无踪。"偷了刘两府作《水底火炮》诗中第三句。诗道："一激轰然如霹雳，万波鼓动鱼龙息。穿云裂石响无踪，却房驱邪归正直。"临了第八句道："惊动梅花初谢玉玲珑。"偷了士人刘改之来谒见婺州陈侍郎作《元宵望江南》词中第四句。词道："元宵景，天气正融融。柳线正垂金落索，梅花初谢玉玲珑。明月映高空。贤太守，欢乐与民同。箫鼓聒残灯火市，轮蹄踏破广寒宫。良夜莫匆匆。"

孔通判从头解说罢，洪内翰大喜，众官称叹道："奇哉！奇哉！"洪内翰教左右别办一劝。劝罢，与孔通判道："适间门下解说得甚妙，甚妙！欲求公作《龙笛》词一首，永为珍赐。"孔通判相谢罢，遂作一词，唤做《水调歌头》。词云："玉人揎皓腕，纤手映朱唇。龙吟越调孤喷，清浊最堪听。欲度宁王一曲，莫学桓伊三弄，听答兀中丁。忆昔知音客，鉴别在柯亭。至更深，宜月朗，称疏星。天高气爽，霜重水绿与山青。幸遇良宵佳景，轰起一声蕲州，耳畔觉泠泠。裂石穿云去，万鬼尽潜形。"兀的正是：高才得见高才客，不枉留传纪好音。

说话的，你因甚的头回说这"八难龙笛词"？自家今日不说别的，说两个客人，将一对龙笛薪材，来东峰东岱岳烧献。只因烧这薪材，却教郑州奉宁军一个上厅行首，有分做两国夫人，嫁一个好汉，后来为当朝四镇令公，名标青史。直到如今，做几回花锦似话说。这未发迹的好汉，却姓甚名谁？怎地发迹变泰？直教纵横宇宙三千里，威镇华夷四百州。有一诗，单道五代兴亡，诗云："自从唐季坠朝纲，天下生灵被扰攘。社稷安危悬卒伍，朝廷轻重系藩方。深冬寒木固不脱，未旦小星犹有光。五十三年更五姓，始知迅扫待真王。"

却说是五代唐朝里，有两个客人：王一太，王二太，乃兄弟两人。获得一对蕲州出的龙笛材，不曾开成笛。天生奇异，根似龙头之状，世所无者。特地将来兖州奉符县东峰东岱岳殿下火池内烧献。烧罢，圣帝赐与炳灵公。

炳灵公遂令康、张二圣前去郑州奉宁军，唤开笛阎招亮来。康、张二圣领命，即时到郑州，变做两个凡人，径来见阎招亮。这阎招亮正在门前开笛，只见两个人来相揖。作揖罢，道：“一个官员，有两管龙笛薪材，欲请待诏便去开则个。这官员急性，开毕重重酬谢，便等同去。”阎招亮即时收拾了作仗，厮赶二人来。顷刻间，到一个所在。阎招亮抬头看时，只见牌上写道“东峰东岱岳”。但见：群山之祖，五岳为尊。上有三十八盘，中有七十二司。水帘映日，天柱插空。九间大殿，瑞光罩碧瓦凝烟；四面高峰，偃仰见金龙吐雾。竹林寺有影无形，看日出藏真隐圣。阎招亮理会不下。康、张二圣相引去，参拜了炳灵公。将至一阁子内，已安薪材在卓上，教阎招亮就此开笛。分付道：“此乃阴间，汝不可远去。倘行远失路，难以回归。”分付毕，二圣自去。招亮片时开成龙笛。吹其声，清幽可爱。

等半晌，不见康、张二圣来。招亮默思量起：“既到此间，不去看些所在，也须可惜。”遂出阁子来。行不甚远，见一座殿宇，招亮走至廊下，听得静鞭声急，遂去窗缝里偷眼看时，只见：虾须帘卷，雉尾扇开。冕旒升殿，一人端拱坐中间；簪笏随朝，众圣趋跄分左右。金钟响动，玉磬声频。悠扬天乐五云间，引领百神朝圣帝。圣帝降辇升殿，众神起居毕。传圣旨：“押过公事来。”只见一个汉，项戴长枷，臂连双杻，推将来。阎招亮肚里道：“这个汉，好面熟！”一时间，急省不起他是兀谁。再传圣旨，令押去换铜胆铁心；却令回阳世，为四镇令公，告戒：“切勿妄杀人命。”招亮听得，大惊。忽然一鬼吏喝道：“凡夫怎得在此偷看公事？”当时，阎招亮听得鬼吏叫，急慌走回，来开笛处阁子里坐地。良久之间，康、张二圣来那阁子里来。见开笛了，同招亮将龙笛来呈。吹其笛，声清韵长。炳灵公大喜道：“教汝福上加福，寿上加寿。”招亮告曰：“不愿加其福寿。招亮有一亲妹阎越英，见为娼妓。但求越英脱离风尘，早得从良，实所愿也。”炳灵公道：“汝有此心，乃凡夫中贤人也，当令汝妹嫁一四镇令公。”

招亮拜谢毕，康、张二圣送归。行至山半路高险之处，指招亮看一去处。正看里，被康、张二圣用手打一推，颠将下峭壁岩崖里去。阎待诏吃一惊，猛闪开眼，却在屋里床上，浑家和儿女都在身边。问那浑家道：“做甚的你们都守着我眼泪出？”浑家道：“你前日在门前正做生活里，蓦然倒地，便死去。摸你心头时，有些温，扛你在床上两日。你去下世做甚的来？”招亮从康、张二圣来叫他去许多事，一一都说。屋里人见说，尽皆骇然。自后过了几时，没话说。

时遇冬间，雪降长空，石信道有一首《雪》诗，道得好：“六出飞花夜不收，朝来佳景有宸州。重重玉宇三千界，一一琼台十二楼。庾岭寒梅何处放？章台飞絮几时休？还思碧海银蟾畔，谁驾丹山碧凤游？”其雪转大。阎待诏见雪下，当日手冷，不做生活，在门前闲坐地。只见街上一个大汉过去。阎待诏见了，大惊道：“这个人，便是在东岳换铜胆铁心未发迹的四镇令公，却打门前过去，今日不结识，更待何时？"不顾大雪，撩衣大步赶将来。不多几步，赶上这大汉。进一步，叫道："官人拜揖。"那大汉却认得阎招亮，是开笛的，还个喏，道："待诏没甚事？"阎待诏道："今日雪下，天色寒冷。见你过去，特赶来相请，同饮数杯。"便拉入一个酒店里去。

这个大汉，姓史，双名弘肇，表字化元，小字憨儿。开道营长行军兵。按《五代史》本传上载道："郑州荥泽人也。为人骄勇，走及奔马。"酒罢，各自归家。明日，阎待诏到妹子阎越英家，说道："我昨日见一个人来，今日特地来和你说。我多时曾死去两日，东岳开龙笛。见这个人换了铜胆铁心，当为四镇令公，道令你嫁这四镇令公。我日多时，只省不起这个人。昨日忽然见他，我请他吃酒来。"阎越英问道："是兀谁？"阎招亮接口道："是那开道营有情的史大汉。"阎越英听得说是他，好场恶气："我元来合当嫁这般人？我不信！"自后阎待诏见史弘肇，须买酒请他。

史大汉数次吃阎待诏酒食。一日，路上相撞见，史弘肇遂请阎招亮去酒店里，也吃了几多酒共食。阎待诏要还钱，史弘肇那里肯："相扰待诏多番，今日特地还席。"阎待诏相别了，先出酒店自去。史弘肇看着量酒道："我不曾带钱来，你厮赶我去营里讨还你。"量酒只得随他去。到营门前，遂分付道："我今日没一文，你且去。我明日自送来，还你主人。"量酒厮缠道："归去吃骂，主人定是不肯。"史大汉道："主人不肯后要如何？你会事时，便去；你若不去，教你吃顿恶拳。"量酒没奈何，只得且回。这史弘肇却走去营门前卖糕糜王公处，说道："大伯，我欠了店上酒钱，没得还。你今夜留门，我来偷你锅子。"王公只当做耍话，归去和那大姆子说："世界上不曾见这般好笑，史憨儿今夜要来偷我锅子，先来说，教我留门。"大姆子见说，也笑。当夜二更三点前后，史弘肇真个来推大门。力气大，推折了门闩。走入来，两口老的听得。大姆子道："且看他怎地？"史弘肇大惊小怪，走出灶前，掇那锅子在地上，道："若还破后，难折还他酒钱。"拿条棒敲得当当响。掇将起来，翻转覆在头上。不知那锅底里有些水，浇了一头一脸，和身上都湿了。史弘肇那里顾得干湿，戴着锅儿便走。王公大叫："有贼！"披了衣服赶将来。地方听得，也赶将来。

史弘肇吃赶得慌，撇下了锅子，走入一条巷去躲避。谁知筑底巷，却走了死路。鬼慌盘上去人家萧墙，吃一滑，颠将下去。地方也赶入巷来，见他颠将下去，地方叫道："阎妈妈，你后门有贼，跳入萧墙来。"阎行首听得，教奶子点蜡烛去来看时，却不见那贼，只见一个雪白异兽：光闪烁浑疑素练，貌狰狞恍似堆银。遍身毛抖擞九秋霜，一条尾摇动三尺雪。流星眼争闪电，巨海口露血盆。阎行首见了，吃一惊。定睛再看时，却是史大汉弯跧蹲在东司边。见了阎行首，失张失志，走起来唱个喏。这阎行首先时见他异相，又曾听得哥哥阎招亮说道他有分发迹，又道我合当嫁他，当时不叫地方捉将去，倒教他入里面藏躲。地方等了一饷，不听得阎行首家里动静。想是不在了，各散去讫。阎行首开了前门，放史弘肇出去。

当夜过了。明日饭后，阎行首教人去请哥哥阎待诏来。阎行首道："哥哥，你前番说史大汉有分发迹，做四镇令公，道我合当嫁他，我当时不信你说。昨夜后门叫有贼，跳入萧墙来。我和妳子点蜡烛去照，只见一只白大虫蹲在地上。我定睛再看时，却是史大汉。我看见他这异相，必竟是个发迹的人。我如今情愿嫁他。哥哥，你怎地做个道理，与我说则个？"阎招亮道："不妨，我只就今日，便要说成这头亲。"阎待诏知道史弘肇是个发迹变泰底人，又见妹子又嫁他，肚里好欢喜，一径来营里寻他。史弘肇昨夜不合去偷王公锅子，日里先少了酒钱，不敢出门，阎待诏寻了恰好。遂请他出来，和他说道："有头好亲，我特来与你说。"史弘肇道："说甚么亲？"阎待诏道："不是别人，是我妹子阎行首。他随身有若干房财，你意下如何？"史弘肇道："好便好，只有三件事，未敢成这头亲。"阎招亮道："有那三件事？但说不妨。"史弘肇道："第一，他家财由吾使；第二，我入门后，不许再着人客；第三，我有一个结拜的哥哥，并南来北往的好汉，若来寻我，由我留他饮食宿卧。如依得这三件事，可以成亲。"阎招亮道："既是我妹子嫁你了，是事都由你。"当日说成这头亲，回覆了妹子，两相情愿了。料没甚下财纳礼，拣个吉日良时，到做一身新衣服，与史弘肇穿着了，招他归来成亲。

约过了两个月，忽上司指挥差往孝义店，转递军期文字。史弘肇到那孝义店，过未得一个月，自押铺已下，皆被他无礼过。只得他身边有这钱肯使，舍得买酒请人，因此人都让他。忽一日，史弘肇去铺屋里睡。押铺道："我没兴添这厮来蒿恼人。"正埋冤哩，只见一个人面东背西而来，向前与押铺唱个喏，问道："有个史弘肇可在这里？"押铺指着道："见在那里睡。"只因这个人来寻他，有分教史弘肇发迹变泰。这来底人姓甚名谁？正是：两脚无凭寰海内，故人何处不相逢。

这个来寻史弘肇的人，姓郭名威，表字仲文，邢州尧山县人。排行第一，唤做郭大郎。怎生模样？抬左脚，龙盘浅水；抬右脚，凤舞丹墀。红光罩顶，紫雾遮身。尧眉舜目，禹背汤肩。除非天子可安排，以下诸侯压不得。这郭大郎因在东京不如意，曾扑了潘八娘子钗子，潘八娘子看见他异相，认做兄弟；不教解去官司，倒养在家中，自好了。因去瓦里看，杀了构栏里的弟子，连夜逃走。走到郑州，来投奔他结拜兄弟史弘肇。到那开道营前，问人时，教来孝义店相寻。当日，史弘肇正在铺屋下睡着，押铺遂叫觉他来道："有人寻你，等多时。"史弘肇焦躁，走将起来，问："兀谁来寻我？"郭大郎便向前道："吾弟久别，且喜安乐。"史弘肇认得是他结拜的哥哥，扑翻身便拜。拜毕，相问动静了。史弘肇道："哥哥，你莫向别处去，只在我这铺屋下，权且宿卧。要钱盘缠，我家里自讨来使。"众人不敢道他甚的，由他留这郭大郎在铺屋里宿卧。郭大郎那里住得几日，□□史弘肇无礼上下。兄弟两人在孝义店上，日逐趁赌，偷鸡盗狗，一味干颡不美，蒿恼得一村疃人过活不得。

没一个人不嫌，没一个人不骂。

话分两头。却说后唐明宗归天，闵帝登位。应有内人，尽令出外嫁人。数中有掌印柴夫人，理会得些个风云气候，看见旺气在郑州界上，遂将带房奁，望旺气而来。来到孝义店王婆家安歇了，要寻个贵人。柴夫人住了几日，看街上往来之人，皆不入眼。看着王婆道："街上如何直恁地冷静？"王婆道："覆夫人，要热闹容易。夫人放买市，这经纪人都来赶趁，街上便热闹。"夫人道："婆婆也说得是。"便教王婆四下说教人知："来日柴夫人买市。"

郭大郎兄弟两人听得说，商量道："我们何自撰几钱买酒吃？明朝卖甚的好？"史弘肇道："只是卖狗肉。问人借个盘子和架子、砧刀，那里去偷只狗子，把来打杀了，煮熟去卖，却不须去上行。"郭大郎道："只是坊佐人家，没这狗子；寻常被我们偷去煮吃尽了，近来都不养狗了。"史弘肇道："村东王保正家有只好大狗子，我们便去对付。"两个径来王保正门首，一个引那狗子；一个把条棒，等他出来，要一棒捽杀打将去。王保正看见了，便把三百钱出来道："且饶我这狗子，二位自去买碗酒吃。"史弘肇道："王保正，你好不近道理，偌大一只狗子，怎地只把三百钱出来？须亏我。"郭大郎道："看老人家面上，胡乱拿去罢。"两个连夜又去别处偷得一只狗子，捋剥干净了，煮得稀烂。明日，史弘肇顶着盘子，郭大郎驮着架子，走来柴夫人幕次前，叫声："卖肉。"放下架子，阁那盘子在上。夫人在帘子里看见郭大郎，肚里道："何处不觅？甚处不寻？这贵人却在这里。"使人从把出盘子来，教簇一盘。郭大郎接了盘子，切那狗肉。王婆正在夫人身边，道："覆夫人，这个是狗肉，贵人如何吃得？"夫人道："买市为名，不成要吃？"教管钱的支一两银子与他。郭大郎兄弟二人接了银子，唱喏谢了自去。

少间，买市罢。柴夫人看着王婆道："问婆婆，央你一件事。"王婆道："甚的事？"夫人道："先时卖狗肉的两个汉子，姓甚的？在那里住？"王婆道："这两个最不近道理。切肉的姓郭，顶盘子姓史，都在孝义坊铺屋下睡卧。不知夫人问他两个，做甚么？"夫人说："奴要嫁这一个切肉姓郭的人，就央婆婆做媒，说这头亲则个。"王婆道："夫人偌大个贵人，怕没好亲得说，如何要嫁这般人？"夫人道："婆婆莫管，自看见他是个发迹变泰的贵人，

婆婆便去说则个。"王婆既见夫人恁地说，即时便来孝义铺屋里，寻郭大郎，寻不见。押铺道："在对门酒店里吃酒。"王婆径过来酒店门口，揭那青布帘，入来见了他弟兄两个，道："大郎，你却吃得酒下！有场天来大喜事来投奔你，划地坐得牢里！"郭大郎道："你那婆子，你见我撰得些个银子，你便来要讨钱。我钱却没与你，要便请你吃碗酒。"王婆便道："老媳妇不来讨酒吃。"郭大郎道："你不来讨酒吃，要我一文钱也没。你会事时，吃碗了去。"史弘肇道："你那婆子，忒不近道理！你知我们性也不好，好意请你吃碗酒，你却不吃。一似你先时破我的肉是狗肉，几乎教我不撰一文；早是夫人教买了。你好羞人，兀自有那面颜来讨钱！你信道我和酒也没，索性请你吃一顿拳踢去了。"王婆道："老媳妇不是来讨酒和钱。适来夫人问了大郎，直是欢喜，要嫁大郎，教老媳妇来说。"郭大郎听得说，心中大怒，用手打王婆一个漏掌风。王婆倒在地上道："苦也！我好意来说亲，你却打我。"郭大郎道："兀谁调发你来厮取笑！且饶你这婆子，你好好地便去，不打你。他偌大个贵人，却来嫁我？"

王婆鬼慌，走起来，离了酒店，一径来见柴夫人。夫人道："婆婆说亲不易。"王婆道："教夫人知，因去说亲，吃他打来。道老媳妇去取笑他。"夫人道："带累婆婆吃亏了。没奈何，再去走一遭。先与婆婆一只金钗子，事成了，重重谢你。"王婆道："老媳妇不敢去。再去时，吃他打杀了，也没人劝。"夫人道："我理会得。你空手去说亲，只道你去取笑他；我教你把这件物事将去为定，他不道得不肯。"王婆问道："却是把甚么物事去？"夫人取出来，教那王婆看了一看，吓杀那王婆。这件物，却是甚的物？君不见张负有女妻陈平，家居陋巷席为门。门外多逢长者辙，丰姿不是寻常人。又不见单父吕公善择婿，一事樊侯一刘季。风云际会十年间，樊作诸侯刘作帝。从此英名传万古，自然光采生门户。君看如今嫁女家，只择高楼与豪富。夫人取出定物来，教王婆看，乃是一条二十五两金带。教王婆把去，定这郭大郎。王婆虽然适间吃了郭大郎的亏，凡事只得利动人心，得了夫人金钗子，又有金带为定，便忍脚不住。即时提了金带，再来酒店里来。

王婆路上思量道："我先时不合空手去，吃他打来。如今须有这条金带，他不成又打我？"来到酒店门前，揭起青布帘，他兄弟两个，兀自吃酒未了。走向前，看着郭大郎道："夫人教传语，恐怕大郎不信，先教老媳妇把这条二十五两金带来定大郎，却问大郎讨回定。"郭大郎肚里道："我又没一文，你自要来说，是与不是，我且落得拿了这条金带，却又理会。"当时叫王婆且坐地，叫酒保添只盏来，一道吃酒。吃了三盏酒，郭大郎觑着王婆道："我那里来讨物事做回定？"王婆道："大郎身边胡乱有甚物，老媳妇将去，与夫人做回定。"郭大郎取下头巾，除下一条麤糟臭油边子来，教王婆把去做回定。王婆接了边子，忍笑不住，道："你的好省事！"王婆转身回来，把这边子递与夫人。夫人也笑了一笑，收过了。

自当日定亲以后，免不得拣个吉日良时，就王婆家成这亲。遂请叔叔史弘肇，又教人去郑州请婶婶阎行首来相见了。柴夫人就孝义店嫁了郭大郎，却卷帐回到家中，住了几时。夫人忽一日看着丈夫郭大郎道："我夫若只在此相守，何时会得发迹？不若写一书，教我夫往西京河南府，去见我母舅符令公，可求立身进步之计，若何？"郭大郎道："深感吾妻之意。"遂依其言。柴夫人修了书，安排行装，择日教这贵人上路。行时红光罩体，坐后紫雾随身。朝登紫陌，一条捍棒作朋俦；暮宿邮亭，壁上孤灯为伴侣。他时变豹贵非常，今日权为途路客。这贵人，路上离不得饥餐渴饮，夜住晓行。不则一日，到西京河南府，讨了个下处。这郭大郎当初来西京，指望投奔符令公，发迹变泰。怎知道却惹一场横祸，变得人命交加。正是：未酬奋翼冲霄志，翻作连天大地囚。

郭大郎到西京河南府看时，但见：州名豫郡，府号河南。人烟聚百万之多，形势尽一时之胜。城池广阔，六街内士女骈阗；井邑繁华，九陌上轮蹄来往。风传丝竹，谁家别院奏清音？香散绮罗，到处名园开丽景。东连巩县，西接渑池，南通洛口之饶，北控黄河之险。金城缭绕，依稀似偃月之形；雉堞巍峨，仿佛有参天之状。虎符龙节王侯镇，朱户红楼将相家。休言昔日皇都，端的今时胜地。正是：春如红锦堆中过，夏若青罗帐里行。郭大郎在安歇处过了一夜，明早，却待来将这书去见符令公。猛自思量道："大丈夫倚着一身本事，当自立功名。岂可用妇人女子之书，以图进身乎？"依旧收了书，空手径来衙门前招人牌下，等着部署李霸遇，来投见他。李霸遇问道："你曾带得来么？"贵人道："带得来。"李部署问："是甚的？"郭大郎言："是十八般武艺。"李霸遇所说，本是见面钱。见说十八般武艺，不是头了，口里答应道："候令公出厅，教你参谒。"比及令公出厅，却不教他进去。自从当日起，日逐去俟候，担阁了两个来月，不曾得见令公。店都知见贵人许多日不曾见得符令公，多口道："官人，你枉了日逐去俟候。李部署要钱，官人若不把与他，如何得见符令公？"

贵人听得说，怒从心上起，恶向胆边生："元来这贼，却是如此！"当日不去衙前俟候，闷闷不已，在客店前闲坐。只见一个扑鱼的在门前叫扑鱼，郭大郎遂叫住扑。只一扑，扑过了鱼。扑鱼的告那贵人道："昨夜迫划得几文钱，买这鱼来扑，指望赢几个钱去养老娘。今日出来，不曾扑得一文，被官人一扑扑过了，如今没这钱归去养老娘。官人可以借这鱼去前面扑，赢得几个钱时，便把来还官人。"贵人见他说得孝顺，便借与他鱼去扑。分付他道："如有人扑过，却来说与我知。"扑鱼的借得那鱼去扑，行到酒店门前，只见一个人叫："扑鱼的在那里？"因是这个人在酒店里叫扑鱼，有分郭大郎拳手相交，就酒店门前变做一个小小战场。

这叫扑鱼的是甚么人？从前积恶欺天，今日上苍报应。酒店里叫住扑鱼的，是西京河南府部署李霸遇。在酒店里吃酒，见扑鱼的，遂叫入酒店里去扑。扑不过，输了几文钱，径硬拿了鱼。扑鱼的不敢和他争，走回来说向郭大郎道："前面酒店里，被人拿了鱼，却赢得他几文钱，男女纳钱还官人。"贵人听得说，道："是甚么人？好不谙事，既扑不过，如何拿了鱼？鱼是我的，我自去问他讨。"这贵人不去讨，万事俱休。到酒店里看那人时，仇人厮见，分外眼睁。不是别人，却是部署李霸遇。贵人一分焦躁变做十分焦躁，在酒店门前，看着李霸遇道："你如何拿了我的鱼？"李霸遇道："我自问扑鱼的要这鱼，如何却是你的？"贵人拍着手道："我西京投事，你要我钱，担阁我在这里两个来月，不教我见令公。你今日对我，有何理说？"李霸遇道："你明日来衙门，我周全你。"贵人大骂道："你这砍头贼，闭塞贤路，我不算你，我和你就这里比个大哥二哥！"郭大郎先脱膊，众人喊一声。原来贵人幼时曾遇一道士，那道士是个异人，替他右项上刺着几个雀儿，左项上刺几根稻谷，说道："若要富贵足，直待雀衔谷。"从此人都唤他是郭雀儿。到登极之日，雀与谷果然凑在一处。此是后话。这日郭大郎脱膊，露出花项，众人喝采。正是：近觑四川十样锦，远观洛浦一团花。李霸遇道："你真个要厮打？你只不要走！"贵人道："你莫胡言乱语，要厮打快来！"李霸遇脱膊，露出一身乾乾瘪瘪的横肉，众人也喊一声。好似：生铁铸在火池边，怪石镌来坟墓畔。二人拳手厮打，四下人都观看。一肘二拳，三翻四合，打到分际，众人齐喊一声，一个汉子在血泊里卧地。当下却是输了兀谁？作恶欺天在世间，人人背后把眉攒。只知自有安身术，岂畏灾来在目前？郭大郎正打那李霸遇，直打到血流满地。听得前面头踏指约，喝道："令公来。"

符令公在马上，见这贵人红光罩定，紫雾遮身，和李霸遇厮打。李霸遇那里奈何得这贵人？符令公教手下人："不要惊动，为我召来。"手下人得了钩旨，便来好好地道："两人且莫厮打，令公钧旨，教来府内相见。"二人同至厅下。符令公看这人时，生得：尧眉舜目，禹背汤肩。令公钧旨，便问郭大郎道："那里人氏？因甚行打李霸遇？"贵人复道："告令公，郭威是邢州尧山县人氏，远来贵府投事。李霸遇要郭威钱，不令郭威参见令公钧颜，担阁在旅店两月有余。今日撞见，因此行打，有犯台颜。小人死罪死罪。"符令公问道："你既然远来投奔，会甚本事？"郭大郎复道："郭威十八般武艺尽都通晓。"令公钧旨：教李霸遇与郭威就当厅使棒。李霸遇先时已被这贵人打了一顿，奈何不得这贵人。复令公道："李霸遇使棒不得。适间被郭威暗算，打损身上。"令公钧旨定要使棒。郭威看着李霸遇道："你道我暗算你？这里比个大哥二哥！"二人把棒在手，唱了喏，部者喝教二人放对。山东大擂，河北夹枪。山东大擂，鳌鱼口内喷来；河北夹枪，昆仑山头泻出。三转身，两颠脚。旋风响，卧乌鸣。遮拦架隔，有如素练眼前飞；打𢴀支撑，不若耳边风雨过。两人就厅前使那棒，一上一下，一来一往，斗不得数合，令公符彦卿在厅上看见，喝采不迭。羊祜病中推杜预，叔牙囚里荐夷吾。堪嗟四海英雄辈，若个男儿识丈夫？两人就厅下使棒，李霸遇那里奈何得这贵人？被郭大郎一棒打番。符令公大喜，即时收在帐前，遂差这贵人做大部署，倒在李霸遇之上。郭大郎拜谢了令公，在河南府当职役。过了几时，没话说。

忽一日，郭部署出衙门闲干事。行至市中，只见食店前一个官人，坐在店前大惊小怪，呼左右教打碎这食店。贵人一见，遂问过卖："这官人因甚的在此喧哄寻闹？"过卖扯着部署在背后去告诉道："这官人乃是地方中有名的尚衙内，半月前见主人有个女儿，十八岁，大有颜色。这官人见了一面，归去教人来传语道：'太夫人教请小娘子过来，说话则个。若是你家缺少钱物，但请见谕。'主人道：'我家岂肯卖女儿？只割舍得死！'尚衙内见主人不肯，今日来此掀打。"贵人见说，怒从心上起，恶向胆边生。雄威动，凤眼圆睁；烈性发，龙眉倒竖。两条忿气，从脚底板贯到顶门。心头一把无明火，高三千丈，按捺不下。郭部署向前与尚衙内道："凡人要存仁义，暗室欺心，神目如电。尊官不可以女色而失正道。郭威言轻，请尊官上马若何？"衙内焦躁道："你是何人？"贵人道："姓郭，名威，乃是河南府符令公手下大部署。"衙内说："各无所辖，焉能管我？左右，为我殴打这厮！"贵人大怒道："我好意劝你，却教左右打我，你不识我性！"用左手揪住尚衙内，右手就身边拔出压衣刀在手，手起刀落，尚衙内性命如何？欲除天下不平事，方显人间大丈夫。郭部署路见不平，杀了尚衙内，一行人从都走。

贵人径来河南府内自首。符令公出厅，贵人复道："告令公，郭威杀了欺压良善之贼，特来请罪。"符令公问了起末，喝左右取长枷枷了，押下司理院问罪。怎见得司理院的利害？古名"廷尉"，亦号"推官"。果然是事不通风，端的底令人丧胆。庞眉节级，执黄荆俨似牛头；努目押牢，持铁索浑如罗刹。枷分三等，取勘情重情轻；牢眼四方，分别当生当死。风声紧急，乌鸦鸣噪勘官厅；日影参差，绿柳遮笼萧相庙。转头逢五道，开眼见阎王。当日，那承史王琇承了这件公事。罪人入狱，教狱子绑在廊上，一面勘问。不多时，符令公钧旨，叫王琇来偏厅上。令公见王琇，遂分付几句，又把笔去那卓子面上写四字。王琇看时，乃是："宽容郭威。"王琇道："律有明条，领钧旨。"令公焦躁，遂转屏风入府堂去。

王琇急慌唱了喏，闷闷不已，径回来司房，伏案而睡。见一条小赤蛇儿，戏于案上。王琇道："作怪！"遂赶这蛇。急赶急走，慢赶慢走；赶至东乙牢，这蛇入牢眼去，走上贵人枷上，入鼻内从七窍中穿过。王琇看这个贵人时，红光罩定，紫雾遮身。理会未下，就司房里，飒然睡觉。元来人困后，多是肚中不好了，有那与决不下的事；或是手头窘迫，忧愁思虑。故"困"着个"贫"字，谓之"贫困"；"愁"字，谓之"愁困"；"忧"字，谓之"忧困"；不成"喜困""欢困"。王琇得了这一梦，肚里道："可知符令公教我宽容他，果然好人识好人。"王琇思量半晌，只是未有个由头出脱他。不知这贵人直有许多颠扑：自幼便没了亲爹，随母嫁潞州常家；后来因事离了河北，筑筑磕磕，受了万千不易；甫能得符令公周全，做大部署，又去闲管事，惹这场横祸。至夜，居民遗漏。王瑫眉头一纵，计从心上来。只就当夜，教这贵人出牢狱。当时王瑫思量出甚计来？正是：袖中伸出拿云手，提起天罗地网人。当夜黄昏后，忽居民遗漏。王瑫急去禀令公，要就热乱里放了这贵人，只做因火狱中走了。令公大喜。元来令公日间已写下书，只要做道理放他，遂付书与王瑫。

王瑫接了书，来狱中疏了贵人戴的枷；拿顶头巾，教贵人裹了；把符令公的书与贵人。分付道："令公教你去汴京见刘太尉，可便去，不宜迟。"贵人得放出，火尚未灭。趁那撩乱之际，急走去部署房里，收拾些钱物，当夜迤逦奔那汴京开封府路上来。不则一日，到开封府，讨了安歇处。明日早，径往殿司衙门俟候下书。等候良久，刘太尉朝殿而回。只见：青凉伞招飐如云，马额下珠缨拂火。乃是侍卫亲军、左金吾卫、上将军、殿前都指挥使刘知远。贵人走向前，应声喏，覆道："西京符令公有书拜呈，乞赐台览。"刘太尉教人接了书，随入衙。刘太尉拆开书看了，教下书人来厅前参拜了。刘太尉见郭威生得清秀，是个发迹的人，留在帐前作牙将使唤，郭威拜谢讫。

自后过来得数日，刘太尉因操军回衙，打从桑维翰丞相府前过。是日，桑维翰与夫人在看街里，观着往来军民。刘知远头踏，约有三百余人，真是威严可畏。夫人看着桑维翰道："相公见否？"桑维翰道："此是刘太尉。"夫人说："此人威严若此，想官大似相公。"桑维翰笑曰："此一武夫耳，何足道哉？看我呼至帘前，使此人鞠躬听命。"夫人道："果如是，妾当奉劝；如不应其言，相公当劝妾一杯酒。"桑维翰即时令左右呼召刘太尉，又令人安靴在帘里，传钧旨赶上刘太尉，取覆道："相公呼召太尉。"刘知远随即到府前下马，至堂下躬身应喏。正是：直饶百万将军贵，也须堂下拜靴尖。刘太尉在堂下俟候，担阁了半日，不闻钧旨。桑维翰与夫人饮酒，忘了发付，又没人敢去禀覆。至晚，刘太尉只得且归，到衙内焦躁道："大丈夫功名，自以弓马得之，今反被腐儒相侮。"到明日五更，至朝见处，见桑维翰下马，入阁子里去。刘知远心中大怒："昨日侮我，教我看靴尖唱喏，今日有何面目相见？"因此怀怨，在朝见处，有犯桑维翰，晋帝遂令刘知远出镇太原府。那里是刘知远出镇太原府？则是那史弘肇合当出来，发迹变泰！正是：特意种花栽不活，等闲携酒却成欢。

刘知远出镇太原府为节度使，日下朝辞出国门。择了日，进发赴任。刘太尉先同帐下官属，带行亲随起发，前往太原府。留郭牙将在后，管押钧眷。行李担仗，当日起发。朱旗飐飐，彩帜飘飘。带行军卒，人人腰挎剑和刀；将佐亲随，个个腕悬鞭与简。晨鸡啼后，束装晓别孤村；红日斜时，策马暮登高岭。经野市，过溪桥；歇邮亭，宿旅驿。早起看浮云陪晓翠，晚些见落日伴残霞。指那万水千山，迤逦前进。刘知远方行得一程，见一所大林：干耸千寻，根盘百里。掩映绿阴似障，搓牙怪木如龙。下长灵芝，上巢彩凤。柔条微动，生四野寒风；嫩叶初开，铺半天云影。阔遮十里地，高拂九霄云。

刘太尉方欲待过，只见前面走出一队人马，拦住路。刘太尉吃一惊，将为道是强人，却待教手下将佐安排去抵敌。只见众人摆列在前，齐唱一声喏。为首一人禀覆道："侍卫司差军校史弘肇，带领军兵，接太尉节使上太原府。"刘知远见史弘肇生得英雄，遂留在手下为牙将。史弘肇不则一日，随太尉到太原府。后面钧眷到，史弘肇见了郭牙将，扑翻身体便拜。兄弟两人再厮见，又都遭际刘太尉，两人为左右牙将。后因契丹灭了石晋，刘太尉起兵入汴，史、郭二人为先锋，驱除契丹，代晋家做了皇帝，国号后汉。史弘肇自此直发迹，做到单、滑、宋、汴四镇令公。富贵荣华，不可尽述。碧油幢拥，皂纛旗开。壮士携鞭，佳人捧扇。冬眠红锦帐，夏卧碧纱厨。两行红袖引，一对美人扶。

这话本是京师老郎流传。若按欧阳文忠公所编的《五代史》正传上载道：梁末调民，七户出一兵。弘肇为兵，隶开道指挥，选为禁军，汉高祖典禁军为军校。其后汉高祖镇太原，使将武节左右指挥。领雷州刺史。以功拜忠武军节度使，侍卫步军都指挥使。再迁侍卫亲军马步军都指挥使，领归德军节度使，同中书门下平章事。后拜中书令。周太祖郭威即位之日，弘肇已死，追封郑王。诗曰："结交须结英与豪，劝君莫结儿女曹。英豪际会皆有用，儿女柔脆空烦劳。"

第十六卷　范巨卿鸡黍死生交

种树莫种垂杨枝，结交莫结轻薄儿。杨枝不耐秋风吹，轻薄易结还易离。君不见，昨日书来两相忆，今日相逢不相识。不如杨枝犹可久，一度春风一回首。

这篇言语是《结交行》，言结交最难。

今日说一个秀才，乃汉明帝时人，姓张名劭，字元伯，是汝州南城人氏。家本农业，苦志读书。年三十五岁，不曾婚娶。其老母年近六旬，并弟张勤努力耕种，以供二膳。时汉帝求贤，劭辞老母，别兄弟，自负书囊，来到东都洛阳应举。在路非只一日。到洛阳不远，当日天晚，投店宿歇。是夜，常闻邻房有人声唤。劭至晚问店小二："间壁声唤的是谁？"小二答道："是一个秀才，害时症，在此将死。"劭曰："既是斯文，当以看视。"小二曰："温病过人，我们尚自不去看他，秀才，你休去！"劭曰："死生有命，安有病能过人之理？吾须视之。"小二劝不住。劭乃推门而入，见一人仰面卧于土榻上，面黄肌瘦，口内只叫救人。劭见房中书囊、衣冠，都是应举的行动，遂扣头边而言曰："君子勿忧，张劭亦是赴选之人。今见汝病至笃，吾竭力救之。药饵粥食，吾自供奉，且自宽心。"其人曰："若君子救得我病，容当厚报。"劭随即挽人请医用药调治。早晚汤水粥食，劭自供给。数日之后，汗出病减，渐渐将息，能起行立。劭问之，乃是楚州山阳人氏，姓范名式，字巨卿，年四十岁。世本商贾，幼亡父母，有妻小。近弃商贾，来洛阳应举。比及范巨卿将息得无事了，误了试期。范曰："今因式病，有误足下功名，甚不自安。"劭曰："大丈夫以义气为重，功名富贵，乃微末耳，已有分定。何误之有？"

范式自此与张劭情如骨肉，结为兄弟。式年长五岁，张劭拜范式为兄。结义后，朝暮相随，不觉半年。范式思归，张与计算房钱，还了店家。二人同行数日，到分路之处，张劭欲送范式。范式曰："若如此，某又送回。不如就此一别，约再相会。"二人酒肆共饮，见黄花红叶，妆点秋光，以助别离之兴。酒座间杯泛茱萸，问酒家，方知是重阳佳节。范式曰："吾幼亡父母，屈在商贾。经书虽则留心，奈为妻子所累。幸贤弟有老母在堂，汝母即吾母也。来年今日，必到贤弟家中，登堂拜母，以表通家之谊。"张劭曰："但村落无可为款，倘蒙兄长不弃，当设鸡黍以待，幸勿失信。"范式曰："焉肯失信于贤弟耶？"二人饮了数杯，不忍相舍。张劭拜别范式。范式去后，劭凝望堕泪；

式亦回顾泪下，两各怏怏而去。有诗为证："手采黄花泛酒卮，殷勤先订隔年期。临歧不忍轻分别，执手依依各泪垂。"

且说张元伯到家，参见老母。母曰："吾儿一去，音信不闻，令我悬望，如饥似渴。"张劭曰："不孝男于途中遇山阳范巨卿，结为兄弟，以此逗留多时。"母曰："巨卿何人也？"张劭备述详细。母曰："功名事，皆分定。既逢信义之人结交，甚快我心。"少刻，弟归，亦以此事从头说知，各各欢喜。

自此张劭在家，再攻书史，以度岁月。光阴迅速，渐近重阳。劭乃预先畜养肥鸡一只，杜酝浊酒。是日早起，洒扫草堂；中设母座，傍列范巨卿位; 遍插菊花于瓶中, 焚信香于座上。呼弟宰鸡炊饭, 以待巨卿。母曰: "山阳至此, 迢递千里, 恐巨卿未必应期而至。待其来, 杀鸡未迟。" 劭曰: "巨卿, 信士也, 必然今日至矣, 安肯误鸡黍之约? 入门便见所许之物, 足见我之待久。如候巨卿来, 而后宰之, 不见我惓惓之意。" 母曰: "吾儿之友, 必是端士。" 遂烹煮以待。是日, 天晴日朗, 万里无云。劭整其衣冠, 独立庄门而望。看看近午, 不见到来。母恐误了农桑, 令张勤自去田头收割。张劭听得前村犬吠, 又往望之, 如此六七遭。因看红日西沉, 现出半轮新月, 母出户令弟唤劭曰: "儿久立倦矣。今日莫非巨卿不来? 且自晚膳。" 劭谓弟曰: "汝岂知巨卿不至耶? 若范兄不至, 吾誓不归。汝农劳矣, 可自歇息。" 母弟再三劝归, 劭终不许。候至更深, 各自歇息。

劭倚门如醉如痴, 风吹草木之声, 莫是范来, 皆自惊讶。看见银河耿耿, 玉宇澄澄, 渐至三更时分, 月光都没了。隐隐见黑影中, 一人随风而至。劭视之, 乃巨卿也。再拜踊跃而大喜曰: "小弟自早直候至今, 知兄非爽信也, 兄果至矣。旧岁所约鸡黍之物, 备之已久。路远风尘, 别不曾有人同来?" 便请至草堂, 与老母相见。范式并不答话, 径入草堂。张劭指座榻曰: "特设此位, 专待兄来, 兄当高座。" 张劭笑容满面, 再拜于地曰: "兄既远来, 路途劳困, 且未可与老母相见。杜酿鸡黍, 聊且充饥。" 言讫又拜, 范式僵立不语, 但以衫袖反掩其面。劭乃自奔入厨下, 取鸡黍并酒, 列于面前, 再拜以进。曰: "酒肴虽微, 劭之心也, 幸兄勿责。" 但见范于影中, 以手绰其气而不食。劭曰: "兄意莫不怪老母并弟不曾远接, 不肯食之? 容请母出与同伏罪。" 范摇手止之。劭曰: "唤舍弟拜兄, 若何?" 范亦摇手而止之。劭曰: "兄食鸡黍后进酒, 若何?" 范蹙其眉, 似教张退后之意。劭曰: "鸡黍不足以奉长者, 乃劭当日之约, 幸勿见嫌。" 范曰: "弟稍退后, 吾当尽情诉之。吾非阳世之人, 乃阴魂也。" 劭大惊曰: "兄何故出此言?" 范曰: "自与兄弟相别之后, 回家为妻子口腹之累, 溺身商贾中。尘世滚滚, 岁月匆匆, 不觉又是一年。向日鸡黍之约, 非不挂心; 近被蝇利所牵, 忘其日期。今早邻右送茱萸酒至, 方知是重阳。忽记贤弟之约, 此心如醉。山阳至此, 千里之隔, 非一日可到。若不如期, 贤弟以我为何物? 鸡黍之约, 尚自爽信, 何况大事乎? 寻思无计。常闻古人有云: 人不能行千里, 魂能日行千里。遂嘱咐妻子曰: '吾死之后, 且勿下葬, 待吾弟张元伯至, 方可入土。' 嘱罢, 自刎而死。魂驾阴风, 特来赴鸡黍之约。万望贤弟怜悯愚兄, 恕其轻忽之过, 鉴其凶暴之诚; 不以千里之程, 肯为辞亲, 到山阳一见吾尸, 死亦瞑目无憾矣。" 言讫, 泪如迸泉, 急离坐榻, 下阶砌。劭乃趋步逐之, 不觉忽踏了苍苔, 颠倒于地。阴风拂面, 不知巨卿所在。有诗为证: "风吹落月夜三更, 千里幽魂叙旧盟。只恨世人多负约, 故将一死见平生。"

张劭如梦如醉, 放声大哭。那哭声, 惊动母亲并弟, 急起视之, 见堂上陈列鸡黍酒果, 张元伯昏倒于地。用水救醒, 扶到堂上, 半晌不能言, 又哭至死。

母问曰："汝兄巨卿不来，有甚利害？何苦自哭如此？"劭曰："巨卿以鸡黍之约，已死于非命矣。"母曰："何以知之？"劭曰："适间亲见巨卿到来，邀迎入坐，具鸡黍以迎。但见其不食，再三恳之。巨卿曰：为商贾用心，失忘了日期。今早方醒，恐负所约，遂自刎而死。阴魂千里，特来一见。母可容儿亲到山阳葬兄之尸，儿明早收拾行李便行。"母哭曰："古人有云囚人梦赦，渴人梦浆。此是吾儿念念在心，故有此梦警耳。"劭曰："非梦也，儿亲见来，酒食见在；逐之不得，忽然颠倒，岂是梦乎？巨卿乃诚信之士，岂妄报耶？"弟曰："此未可信。如有人到山阳去，当问其虚实。"劭曰："人禀天地而生，天地有五行，金、木、水、火、土，人则有五常，仁、义、礼、智、信以配之，惟信非同小可。义所以配金，取其刚断也；礼所以配水，取其谦下也；智所以配火，取其明达也；仁所以配木，取其生意也；信所以配土，取其重厚也。圣人云：'大车无輗，小车无軏，其何以行之哉？'又云：'自古皆有死，民无信不立。'巨卿既已为信而死，吾安可不信而不去哉？弟专务农业，足可以奉老母。吾去之后，倍加恭敬；晨昏甘旨，勿使有失。"遂拜辞其母曰："不孝男张劭，今为义兄范巨卿为信义而亡，须当往吊。已再三叮咛张勤，令侍养老母。母须早晚勉强饮食，勿以忧愁，自当善保尊体。劭于国不能尽忠，于家不能尽孝，徒生于天地之间耳。今当辞去，以全大信。"母曰："吾儿去山阳，千里之遥，月余便回，何故出不利之语？"劭曰："生如浮沤，死生之事，且夕难保。"恸哭而拜。弟曰："勤与兄同去，若何？"元伯曰："母亲无人侍奉，汝当尽力事母，勿令吾忧。"洒泪别弟，背一个小书囊，来早便行。有诗为证："辞亲别弟到山阳，千里迢迢客梦长。岂为友朋轻骨肉？只因信义迫中肠。"

沿路上饥不择食，寒不思衣。夜宿店舍，虽梦中亦哭。每日早起赶程，恨不得身生两翼。行了数日，到了山阳。问巨卿何处住，径奔至其家门首。见门户锁着，问及邻人。邻人曰："巨卿已过二七，其妻扶灵柩，往郭外去下葬。送葬之人，尚自未回。"劭问了去处，奔至郭外，望见山林前新筑一所土墙，墙外有数十人，面面相觑，各有惊异之状。劭汗流如雨，走往观之。见一妇人，身披重孝；一子约有十七八岁，伏棺而哭。元伯大叫曰："此处莫非范巨卿灵柩乎？"其妇曰："来者莫非张元伯乎？"张曰："张劭自来不曾到此，何以知名姓耶？"妇泣曰："此夫主再三之遗言也。夫主范巨卿，自洛阳回，常谈贤叔盛德。前者重阳日，夫主忽举止失措。对妾曰：'我失却元伯之大信，徒生何益！常闻人不能行千里，吾宁死，不敢有误鸡黍之约。死后且不可葬，待元伯来见我尸，方可入土。'今日已及二七，人劝云：'元伯不知何日得来，先葬讫，后报知未晚。'因此扶柩到此。众人拽棺入金井，并不能动，因此停住坟前，众都惊怪。见叔叔远来如此慌速，必然是也。"元伯乃哭倒于地。妇亦大恸，送殡之人，无不下泪。

元伯于囊中取钱，令买祭物，香烛纸帛，陈列于前。取出祭文，酹酒再拜，号泣而读。文曰："维某年月日，契弟张劭，谨以炙鸡絮酒，致祭于仁兄巨卿范君之灵曰：于维巨卿，气贯虹霓，义高云汉。幸倾盖于穷途，缔盍簪于荒店。黄花九日，肝膈相盟；青剑三秋，头颅可断。堪怜月下凄凉，恍似日间眷恋。弟今辞母，来寻碧水青松；兄亦嘱妻，伫望素车白练。故友那堪死别，谁将金石盟寒？丈夫自是生轻，欲把昆吾锷按。历千古而不磨，期一言之必践。倘灵爽之犹存，料冥途之长伴。呜呼哀哉！尚飨。"元伯发棺视之，哭声恸地。回顾嫂曰："兄为弟亡，岂能独生耶？囊中已具棺椁之费，愿嫂垂怜，不弃鄙贱，将劭葬于兄侧，平生之大幸也。"嫂曰："叔何故出此言也？"劭曰："吾志已决，请勿惊疑。"言讫，掣佩刀自刎而死。众皆惊愕，为之设祭，具衣棺营葬于巨卿墓中。

本州太守闻知，将此事表奏。明帝怜其信义深重，两生虽不登第，亦可褒赠，以励后人。范巨卿赠山阳伯，张元伯赠汝南伯。墓前建庙，号"信义之祠"，墓号"信义之墓"。旌表门闾。官给衣粮，以赡其子。巨卿子范纯绶，及第进士，官鸿胪寺卿。至今山阳古迹犹存，题咏极多。惟有无名氏《踏莎行》一词最好。词云："千里途遥，隔年期远，片言相许心无变。宁将信义托游魂，堂中鸡黍空劳劝。月暗灯昏，泪痕如线，死生虽隔情何限。灵辀若候故人来，黄泉一笑重相见。"

第十七卷　单符郎全州佳偶

郏鄏门开城倚天，周公捔构尚依然。
休言道德无关锁，一闭乾坤八百年。

这首诗，单说西京是帝王之都，左成皋，右渑池，前伊阙，后大河。真个形势无双，繁华第一，宋朝九代建都于此。

今日说一桩故事，乃是西京人氏，一个是邢知县，一个是单推官。他两个都在孝感坊下，并门而居。两家宅眷，又是嫡亲姊妹，姨丈相称，所以往来甚密。虽为各姓，无异一家。先前，两家未做官时节，姊妹同时怀孕，私下相约道："若生下一男一女，当为婚姻。"后来单家生男，小名符郎；邢家生女，小名春娘。姊妹各对丈夫说通了，从此亲家往来，非止一日。符郎和春娘幼时常在一处游戏，两家都称他为小夫妇。以后渐渐长成，符郎改名飞英，字腾实，进馆读书；春娘深居绣阁。各不相见。其时宋徽宗宣和七年春三月，邢公选了邓州顺阳县知县，单公选了扬州府推官，各要挈家上任。

相约任满之日，归家成亲。单推官带了夫人和儿子符郎，自往扬州去做官，不题。

却说邢知县到了邓州顺阳县，未及半载，值金鞑子分道入寇。金将斡离不攻破了顺阳，邢知县一门遇害。春娘年十二岁，为乱兵所掠，转卖在全州乐户杨家，得钱十七千而去。春娘从小读过经书及唐诗千首，颇通文墨，尤善应对。鸨母爱之如宝，改名杨玉，教以乐器及歌舞，无不精绝。正是：三千粉黛输颜色，十二朱楼让舞歌。只是一件，他终是宦家出身，举止端详。每诣公庭侍宴，呈艺毕，诸妓调笑谑浪，无所不至。杨玉嘿然独立，不妄言笑，有良人风度。为这个上，前后官府，莫不爱之重之。

话分两头。却说单推官在任三年，时金虏陷了汴京，徽宗、钦宗两朝天子，都被他掳去。亏杀吕好问说下了伪帝张邦昌，迎康王嗣统。康王渡江而南，即位于应天府，是为高宗。高宗惧怕金虏，不敢还西京，乃驾幸扬州。单推官率民兵护驾有功，累迁郎官之职，又随驾至杭州。高宗爱杭州风景，驻跸建都，改为临安府。有诗为证："山外青山楼外楼，西湖歌舞几时休？暖风熏得游人醉，却把杭州作汴州。"

话说西北一路地方，被金虏残害，百姓从高宗南渡者，不计其数，皆散处吴下。闻临安建都，多有搬到杭州入籍安插。单公时在户部，阅看户籍册子，见有一"邢祥"名字，乃西京人。自思："邢知县名桢，此人名祥，敢是同行兄弟？自从游宦以后，邢家全无音耗相通，正在悬念。"乃遣人密访之，果邢知县之弟，号为"四承务"者。急忙请来相见，问其消息。四承务答道："自邓州破后，传闻家兄举家受祸，未知的否。"因流泪不止，单公亦愀然不乐。念儿子年齿已长，意欲别图亲事；犹恐传言未的，媳妇尚在，且待干戈宁息，再行探听。从此单公与四承务仍认做亲戚，往来不绝。

再说高宗皇帝初即位，改元建炎；过了四年，又改元绍兴。此时绍兴元年，朝廷追叙南渡之功，单飞英受父荫，得授全州司户。谢恩过了，择日拜别父母起程，往全州到任。时年十八岁，一州官属，只有单司户年少，且是仪容俊秀，见者无不称羡。上任之日，州守设公堂酒会饮，大集声妓。原来宋朝有这个规矩：凡在籍娼户，谓之官妓；官府有公私筵宴，听凭点名，唤来祗应。这一日，杨玉也在数内。单司户于众妓中，只看得他上眼，大有眷爱之意。诗曰："曾绾红绳到处随，佳人才子两相宜。风流的是张京兆，何日临窗试画眉？"司理姓郑名安，荥阳旧族，也是个少年才子。一见单司户，便意气相投。看他顾盼杨玉，已知其意。一日，郑司理去拜单司户，问道："足下清年名族，为何单车赴任，不携宅眷？"单司户答道："实不相瞒，幼时曾定下妻室，因遭虏乱，存亡未卜，至今中馈尚虚。"司理笑道："离索之感，人孰无之？此间歌妓杨玉，颇饶雅致，且作望梅止渴，何如？"司户初时逊谢不敢，被司理言之再三，说到相知的分际，司户隐瞒不得，只得吐露心腹。司理道："既才子有意佳人，仆当为曲成之耳。"

自此每遇宴会，司户见了杨玉，反觉有些避嫌，不敢注目；然心中思慕愈甚。司理有心要玉成其事，但惧怕太守严毅，做不得手脚。如此二年，旧太守任满升去，新太守姓陈，为人忠厚至诚，且与郑司理是同乡故旧。所以郑司理屡次在太守面前，称荐单司户之才品，太守十分敬重。一日，郑司理置酒，专请单司户到私衙清话，只点杨玉一名祇候。这一日，比公堂筵宴不同，只有宾主二人，单司户才得饱看杨玉，果然美丽。有词名《意秦娥》，词云："香馥馥，樽前有个人如玉。人如玉，翠翘金凤，内家妆束。娇羞惯把眉儿蹙，逢人只唱伤心曲。伤心曲，一声声是怨红愁绿。"郑司理开言道："今日之会，并无他客，勿拘礼法。当开怀畅饮，务取尽欢。"遂斟巨觥来劝单司户，杨玉清歌侑酒。酒至半酣，单司户看着杨玉，神魂飘荡，不能自持；假装醉态不饮。郑司理已知其意，便道："且请到书斋散步，再容奉劝。"那书斋是司理自家看书的所在，摆设着书、画、琴、棋，也有些古玩之类。单司户那有心情去看，向竹榻上倒身便睡。郑司理道："既然仁兄困酒，暂请安息片时。"忙转身而出，却教杨玉斟下香茶一瓯送去。单司户素知司理有玉成之美，今番见杨玉独自一个送茶，情知是放松了。忙起身把门掩上，双手抱住杨玉求欢。杨玉佯推不允，单司户道："相慕小娘子，已非一日，难得今番机会。司理公平昔见爱，就使知觉，必不嗔怪。"杨玉也识破三分关窍，不敢固却，只得顺情。两个遂在榻上，草草的云雨一场。有诗为证："相慕相怜二载余，今朝且喜两情舒。虽然未得通宵乐，犹胜阳台梦是虚。"

单司户私问杨玉道："你虽然才艺出色，偏觉雅致，不似青楼习气，必是一个名公苗裔。今日休要瞒我，可从实说与我知道，果是何人？"杨玉满面羞惭，答道："实不相瞒，妾本宦族，流落在此，非杨妪所生也。"司户大惊，问道："既系宦族，汝父何官何姓？"杨玉不觉双泪交流，答道："妾本姓邢，在东京孝感坊居住，幼年曾许与母姨之子结婚。妾之父授邓州顺阳县知县，不幸胡寇猖獗，父母皆遭兵刃，妾被人掠买至此。"司户又问道："汝夫家姓甚？作何官职？所许嫁之子，又是何名？"杨玉道："夫家姓单，那时为扬州推官。其子小名符郎，今亦不知存亡如何。"说罢，哭泣不止。司户心中已知其为春娘，且不说破，只安慰道："汝今日鲜衣美食，花朝月夕，勾你受用。官府都另眼看觑，谁人轻贱你？况宗族远离，夫家存亡未卜，随缘快活，亦足了一生矣。何乃自生悲泣耶？"杨玉蹙额答道："妾闻女子生而愿为之有家，虽不幸风尘，实出无奈。夫家宦族，即使无恙，妾亦不作团圆之望。若得嫁一小民，荆钗布裙，啜菽饮水，亦是良人家媳妇，比在此中迎新送旧，胜却千万倍矣。"司户点头道："你所见亦是。果有此心，我当与汝作主。"杨玉叩头道："恩官若能拔妾于苦海之中，真乃万代阴德也。"说未毕，只见司理推门进来道："阳台梦醒也未？如今无事，可饮酒矣。"司户道："酒已过醉，不能复饮。"司理道："一分酒醉，十分心醉。"司户道："一分醉酒，十分醉德。"大家都笑起来，重来筵上，是日尽欢而散。

过了数日，单司户置酒，专请郑司理答席，也唤杨玉一名答应。杨玉先到，单司户不复与狎昵，遂正色问曰："汝前日有言，为小民妇，亦所甘心。我今丧偶，未有正室，汝肯相随我乎？"杨玉含泪答道："枳棘岂堪凤凰所栖，若恩官可怜，得蒙收录，使得备巾栉之列，丰衣足食，不用送往迎来，固妾所愿也。但恐他日新孺人性严，不能相容，然妾自当含忍，万一征色发声，妾情愿持斋佞佛，终身独宿，以报恩官之德耳。"司户闻言，不觉惨然，方知其厌恶风尘，出于至诚，非诳语也。少停，郑司理到来，见杨玉泪痕未干，戏道："古人云乐极生悲，信有之乎？"杨玉敛容答道："忧从中来，不可断绝耳。"单司户将杨玉立志从良说话，向郑司理说了。郑司理道："足下若有此心，下官亦愿效一臂。"这一日，饮酒无话。

　　席散后，单司户在灯下修成家书一封，书中备言岳丈邢知县全家受祸，春娘流落为娼，厌恶风尘，志向可悯。男情愿复联旧约，不以良贱为嫌。单公拆书观看，大惊，随即请邢四承务到来，商议此事，两家各伤感不已。四承务要亲往全州，主张亲事；教单公致书于太守，求为春娘脱籍。单公写书，付与四承务收讫，四承务作别而行。不一日，来到全州，径入司户衙中相见，道其来历。单司户先与郑司理说知其事，司理一力撺掇，道："谚云：贵易交，富易妻。今足下甘娶风尘之女，不以存亡易心，虽古人高义，不是过也。"遂同司户到太守处，将情节告诉；单司户把父亲书札呈上。太守看了，道："此美事也，敢不奉命？"次日，四承务具状告府，求为释贱归良，以续旧婚事，太守当面批准了。

　　候至日中，还不见发下文牒。单司户疑有他变，密使人打探消息。见厨司正在忙乱，安排筵席。司户猜道："此酒为何而设？岂欲与杨玉举离别觞耶？事已至此，只索听之。"少顷，果召杨玉祗候，席间只请通判一人。酒至三巡，食供两套。太守唤杨玉近前，将司户愿续旧婚，及邢祥所告脱籍之事，一一说了。杨玉拜谢道："妾一身生死荣辱，全赖恩官提拔。"太守道："汝今日尚在乐籍，明日即为县君，将何以报我之德？"杨玉答道："恩官拔人于火宅之中，阴德如山，妾惟有日夕吁天，愿恩官子孙富贵而已。"太守叹道："丽色佳音，不可复得。"不觉前起抱持杨玉说道："汝必有以报我。"那通判是个正直之人，见太守发狂，便离席起立，正色发作道："既司户有宿约，便是孺人，我等俱有同僚叔嫂之谊。君子进退当以礼，不可苟且，以伤雅道。"太守跼蹐谢道："老夫不能忘情，非判府之言，不知其为过也。今得罪于司户，当谢过以质耳。"乃令杨玉入内宅，与自己女眷相见。却教人召司理、司户二人到后堂同席，直吃到天明方散。

　　太守也不进衙，径坐早堂，便下文书与杨家翁、媪，教除去杨玉名字。杨翁、杨媪出其不意，号哭而来，拜着太守诉道："养女十余年，费尽心力。今既蒙明判，不敢抗拒。但愿一见而别，亦所甘心。"太守遣人传语杨玉。杨玉立在后堂，隔屏对翁、媪说道："我夫妻重会，也是好事。我虽承汝十

喻世明言·彩绘版

年抚养之恩，然所得金帛已多，亦足为汝养老之计。从此永诀，休得相念。"姬兀自号哭不止，太守喝退了杨翁、杨姬。当时差州司人从，自宅堂中抬出杨玉，径送至司户衙中；取出私财十万钱，权佐资奁之费。司户再三推辞，太守定教受了。是日，郑司理为媒，四承务为主婚，如法成亲，做起洞房花烛。有诗为证："风流司户心如渴，文雅娇娘意似狂。今夜官衙寻旧约，不教人话负心郎。"次日，太守同一府官员，都来庆贺，司户置酒相待。四承务自归临安，回覆单公去讫。司户夫妻相爱，自不必说。

　　光阴似箭，不觉三年任满。春娘对司户说道："妾失身风尘，亦荷翁姬爱育；其他姊妹中相处，也有情分契厚的。今将远去，终身不复相见。欲具少酒食，与之话别，不识官人肯容否？"司户道："汝之事，合州莫不闻之，何可隐讳？便治酒话别，何碍大体？"春娘乃设筵于会胜寺中，教人请杨翁、杨姬，及旧时同行姊妹相厚者十余人，都来会饮。至期，司户先差人在会胜寺等候众人到齐，方才来禀。杨翁、杨姬先到，以后众妓陆续而来。从人点客已齐，方敢禀知司户，请孺人登舆。仆从如云，前呼后拥。到会胜寺中，与众人相见。略叙寒暄，便上了筵席。饮至数巡，春娘自出席送酒。内中一妓，姓李名英，原与杨姬家连居。其音乐技艺，皆是春娘教导。常呼春娘为姊，情似同胞，极相敬爱。自从春娘脱籍，李英好生思想，常有郁郁之意。是日，春娘送酒到他面前，李英忽然执春娘之手，说道："姊今超脱污泥之中，高翔青云之上，似妹子沉沦粪土，无有出期，相去不啻天堂、地狱之隔，姊今何以救我？"说罢，遂放声大哭。春娘不胜凄惨，流泪不止。原来李英有一件出色的本事：

第一手好针线，能于暗中缝纫，分际不差。正是：织发夫人昔擅奇，神针娘子古来稀。谁人乞得天孙巧？十二楼中一李姬。春娘道："我司户正少一针线人，吾妹肯来与我作伴否？"李英道："若得阿姊为我方便，得脱此门路，是一段大阴德事。若司户左右要觅针线人，得我为之，素知阿姊心性，强似寻生分人也。"春娘道："虽然如此，但吾妹平日与我同行同辈，今日岂能居我之下乎？"李英道："我在风尘中，每自退姊一步，况今日云泥迥隔，又有嫡庶之异；即使朝夕奉侍阿姊，比于侍婢，亦所甘心。况敢与阿姊比肩耶？"春娘道："妹既有此心，奴当与司户商之。"

当晚席散。春娘回衙，将李英之事对司户说了。司户笑道："一之为甚，岂可再乎！"春娘再三撺掇，司户只是不允，春娘闷闷不悦。一连几日，李英遣人以问安奶奶为名，就催促那事。春娘对司户说道："李家妹情性温雅，针线又是第一，内助得如此人，诚所罕有。且官人能终身不纳姬侍则已，若纳他人，不如纳李家妹，与我少小相处，两不见笑。官人何不向守公求之？万一不从，不过拼一没趣而已，妾亦有词以回绝李氏。倘侥幸相从，岂非全美！"司户被孺人强逼数次，不得已，先去与郑司理说知了，捉了他同去见太守，委曲道其缘故。太守笑道："君欲一箭射双雕乎？敬当奉命，以赎前此通判所责之罪。"当下太守再下文牒，与李英脱籍，送归司户。司户将太守所赠十万钱，一半给与李姬，以为赎身之费；一半给与杨姬，以酬其养育之劳。自此春娘与李英姊妹相称，极其和睦。当初单飞英只身上任，今日一妻一妾，又都是才色双全，意外良缘，欢喜无限。后人有诗云："官舍孤居思黯然，今朝彩线喜双牵。符郎不念当时旧，邢氏徒怀再世缘。空手忽擎双块玉，污泥挺出并头莲。姻缘不论良和贱，婚牒书来五百年。"

单司户选吉起程，别了一府官僚，挈带妻妾，还归临安宅院。单飞英率春娘拜见舅姑，彼此不觉伤感，痛哭了一场。哭罢，飞英又率李英拜见。单公问是何人，飞英述其来历。单公大怒，说道："吾至亲骨肉，流落失所，理当收拾，此乃万不得已之事，又旁及外人，是何道理？"飞英惶恐谢罪，单公怒气不息，老夫人从中劝解，遂引去李英于自己房中，要将改嫁。李英那里肯依允，只是苦苦哀求。老夫人见其至诚，且留作伴。过了数日，看见李氏小心婉顺，又爱他一手针线，遂劝单公收留与儿子为妾。

单飞英迁授令丞。上司官每闻飞英娶娼之事，皆以为有义气，互相传说，无不加意钦敬，累荐至太常卿。春娘无子，李英生一子，春娘抱之，爱如己出。后读书登第，遂为临安名族。至今青楼传为佳话。有诗为证："山盟海誓忽更迁，谁向青楼认旧缘？仁义还收仁义报，宦途无梗子孙贤。"

第十八卷　杨八老越国奇逢

君不见平阳公主马前奴，一朝富贵嫁为夫。又不见咸阳东门种瓜者，昔日封侯何在也？荣枯贵贱如转丸，风云变幻诚多端。达人知命总度外，傀儡场中一例看。

这篇古风，是说人穷通有命，或先富后贫，先贱后贵，如云踪无定，瞬

喻世明言·彩绘版

息改观，不由人意想测度。且如宋朝吕蒙正秀才，未遇之时，家道艰难。三日不曾饱餐，天津桥上赊得一瓜，在桥柱上磕之，失手落于桥下。那瓜顺水流去，不得到口。后来状元及第，做到宰相地位，起造落瓜亭，以识穷时失意之事。你说做状元、宰相的人，命运未至，一瓜也无福消受。假如落瓜之时，向人说道："此人后来荣贵。"被人做一万个鬼脸，唾干了一千担吐沫，也不为过。那个信他？所以说：前程如黑漆，暗中摸不出。又如宋朝军卒杨仁杲，为丞相丁晋公治第。夏天负土运石，汗流不止。怨叹道："同是一般父母所生，那住房子的，何等安乐？我们替他做工的，何等吃苦？正是：有福之人，人伏侍；无福之人，伏侍人。"这里杨仁杲口出怨声，却被管工官听得了，一顿皮鞭，打得负痛吞声。不隔数年，丁丞相得罪，贬做崖州司户。那杨仁杲从外戚起家，官至太尉，号为皇亲。朝廷就将丁丞相府第，赐与杨仁杲居住。丁丞相起夫治第，分明是替杨仁杲做个工头。正是：桑田变沧海，沧海变桑田。穷通无定准，变换总由天。

闲话休题。则今说一节故事，叫做"杨八老越国奇逢"。那故事，远不出汉、唐，近不出二宋，乃出自胡元之世，陕西西安府地方。这西安府，乃《禹贡》雍州之域。周曰王畿，秦曰关中，汉曰渭南，唐曰关内，宋曰永兴，元曰安西。

话说元朝至大年间，一人姓杨名复，八月中秋节生日，小名八老，乃西安府盩厔县人氏。妻李氏。生子才七岁，头角秀异，天资聪敏，取名世道。夫妻两口儿爱惜，自不必说。一日，杨八老对李氏商议道："我年近三旬，读书不就，家事日渐消乏。祖上原在闽、广为商，我欲凑些资本，买办货物。往漳州商贩，图几分利息，以为赡家之资。不知娘子意下如何？"李氏道："妾闻治家以勤俭为本，守株待兔，岂是良图？乘此壮年，正堪跋涉；速整行李，不必迟疑也。"八老道："虽然如此，只是子幼妻娇，放心不下。"李氏道："孩儿幸喜长成，妾自能教训，但愿你早去早回。"当日商量已定。择个吉日出行，与妻子分别；带个小厮，叫做随童。出门搭了船只，往东南一路进发。昔人有古风一篇，单道为商的苦处："人生最苦为行商，抛妻弃子离家乡。餐风宿水多劳役，披星戴月时奔忙。水路风波殊未稳，陆程鸡犬惊安寝。平生豪气顿消磨，歌不发声酒不饮。少资利薄多资累，匹夫怀璧将为罪。偶然小恙卧床帏，乡关万里书谁寄？一年三载不回程，梦魂颠倒妻孥惊。灯花忽报行人至，阖门相庆如更生。男儿远游虽得意，不如骨肉长相聚。请看江上信天翁，拙守何曾阙生计？"

话说杨八老行至漳浦，下在檗妈妈家，专待收买番禺货物。原来檗妈妈无子，只有一女，年二十三岁。曾赘个女婿，相帮过活，那女婿也死了已经周年之外，女儿守寡在家。檗妈妈看见杨八老本钱丰厚，且是志诚老实，待人一团和气，十分欢喜。意欲将寡女招赘，以靠终身。八老初时不肯，被檗妈妈再三劝道："杨官人，你千乡万里，出外为客，若没有切己的亲戚，那个知疼着热？如今我女儿年纪又小，正好相配。官人做个'两头大'：你归家去，有娘子在家；在漳州来时，有我女儿。两边来往，都不寂寞；做生意，也是方便顺溜的。老身又不费你大钱大钞：只是单生一女，要他嫁个好人，日后生男育女，连老身门户都有依靠。就是你家中娘子知道时，料也不嗔怪。多少做客的，娼楼妓馆，使钱撒漫。这还是本分之事。官人须从长计较，休得推阻。"八老见他说得近理，只得允了。择日成亲，入赘于檗家。夫妻和顺，自此无话。不上二月，檗氏怀孕。期年之后，生下一个孩儿，合家欢喜。三朝满月，亲戚庆贺，不在话下。

却说杨八老思想故乡妻娇子幼。初意成亲后，一年半载，便要回乡看觑。因是怀了身孕，放心不下；以后生下孩儿，檗氏又不放他动身。光阴似箭，不觉住了三年。孩儿也两周岁了，取名世德。虽然与世道排行，却冒了檗氏的姓，叫做檗世德。杨八老一日对檗氏说："暂回关中，看看妻子便来。"檗氏苦留不住，只得听从。八老收拾货物，打点起身。也有放下人头帐目，与随童分头并日催讨。八老为讨欠帐，行至州前，只见挂上榜文，上写道"近奉上司明文：倭寇生发，沿海抢劫。各州、县地方，须用心巡警，以防冲犯。一应出入，俱要盘诘。城门晚开早闭"等语。八老读罢，吃了一惊，想道："我方欲动身，不想有此寇警。倘或倭寇早晚来时，闭了城门，知道何日平静？不如趁早走路为上。"也不去讨帐，径回身转来。只说拖欠帐目，急切难取，待再来催讨未迟。闻得路上贼寇生发，货物且不带去；只收拾些细软行装，来日便要起程。檗氏不忍割舍，抱着三岁的孩儿，对丈夫说道："我母亲只为终身无靠，将奴家嫁你。幸喜有这点骨血，你不看奴家面上，须牵挂着小孩子。千万早去早回，勿使我母子悬望。"言讫，不觉双眼流泪。杨八老也凄惨道："娘子不须挂怀，三载夫妻，恩情不浅，此去也是万不得已。一年半载，便得相逢也。"当晚檗妈妈治杯送行。

次日清晨，杨八老起身梳洗，别了岳母和浑家，带了随童上路。未及两日，在路吃了一惊。但见：舟车挤压，男女奔忙。人人胆丧，尽愁海寇恁猖狂；个个心惊，只恨官兵无备御。扶幼携老，难禁两脚奔波；弃子抛妻，单为一身逃命。不辨贫穷富贵，急难中总则一般；那管城市山林，藏身处只求片地。正是：宁为太平犬，莫作乱离人。杨八老看见乡村百姓，纷纷攘攘，都来城中逃难。传说倭寇一路放火杀人，官军不能禁御。声息至近，吓得八老魂不附体，进退两难。思量无计，只得随众奔走。且到汀州城里，再作区处。

又走了两个时辰，约离城三里之地，忽听得喊声震地。后面百姓们都号哭起来，却是倭寇杀来了。众人先唬得脚软，奔跑不动。杨八老望见旁边一座林子，向刺斜里便走，也有许多人随他去林丛中躲避。谁知倭寇有智，惯是四散埋伏。林子内先是一个倭子跳将出来，众人欺他单身，正待一齐奋勇敌他。只见那倭子把海叵罗吹了一声，吹得呜呜的响。四围许多倭贼，一个个舞着长刀，跳跃而来，正不知那里来的。有几个粗莽汉子，平昔间有些手脚的，拼着性命，将手中器械，上前迎敌。犹如火中投雪，风里扬尘，被倭贼一刀一个，分明砍瓜切菜一般。吓得众人一齐下跪，口中只叫饶命。

原来倭寇逢着中国之人，也不尽数杀戮。掳得妇女，恣意奸淫；弄得不耐烦了，活活的放了他去。也有有情的倭子，一般私有所赠。只是这妇女虽得了性命，一世被人笑话了。其男子但是老弱，便加杀害；若是强壮的，就把来剃了头发，抹上油漆，假充倭子。每遇厮杀，便推他去当头阵。官军只要杀得一颗首级，便好领赏。平昔百姓中秃发癞痢，尚然被他割头请功；况且见在战阵上拿住，那管真假，定然不饶的。这些剃头的假倭子，自知左右是死，索性靠着倭势，还有捱过几日之理，所以一般行凶出力。那些真倭子，只等假倭挡过头阵，自己都尾其后而出。所以官军屡堕其计，不能取胜。昔人有诗，单道着倭寇行兵之法，诗云："倭阵不喧哗，纷纷正带斜。螺声飞蛱蝶，鱼贯走长蛇。扇散全无影，刀来一片花。更兼真伪混，驾祸扰中华。"杨八老和一群百姓们，都被倭奴擒了。好似瓮中之鳖，釜中之鱼，没处躲闪，只得随顺以图苟活。随童已不见了，正不知他生死如何。到此地位，自身管不得，何暇顾他人？

莫说八老心中愁闷。且说众倭奴在乡村劫掠得许多金宝，心满意足。闻得元朝大军将到，抢了许多船只，驱了所掳人口下船，一齐开洋，欢欢喜喜，径回日本国去了。原来倭奴入寇，国王多有不知者。乃是各岛穷民，合伙泛海，如中国贼盗之类，彼处只如做买卖一般。其出掠亦各分部统，自称大王之号。到回去，仍复隐讳了。劫掠得金帛，均分受用；亦有将十分中一二分，献与本岛头目，互相容隐。如被中国人杀了，只作做买卖折本一般。所掳得壮健男子，留作奴仆使唤。剃了头，赤了两脚，与本国一般模样；给与刀仗，教他跳战之法。中国人惧怕，不敢不从。过了一年半载，水土习服，学起倭话来，竟与真倭无异了。

光阴似箭，这杨八老在日本国，不觉住了一十九年。每夜私自对天拜祷："愿神明护佑我杨复，再转家乡，重会妻子。"如此寒暑无间。有诗为证："异国飘零十九年，乡关魂梦已茫然。苏卿困虏旄俱脱，洪皓留金雪满颠。彼为中朝甘守节，我成俘虏获何愆？首丘无计伤心切，夜夜虔诚祷上天。"

话说元泰定年间，日本国年岁荒歉。众倭纠伙，又来入寇，也带杨八老同行。八老心中一则以喜，一则以忧。所喜者，乘此机会，到得中国，陕西、福建二处，俱有亲属。皇天护佑，万一有骨肉重逢之日，再得团圆，也未可知。所忧者，此身全是倭奴形像，便是自家照着镜子，也吃一惊，他人如何认得？况且刀枪无情，此去多凶少吉，枉送了性命。只是一说，宁作故乡之鬼，不愿为夷国之人。天天可怜，这番飘洋，只愿在陕、闽两处便好；若在他方，也是枉然。原来倭寇飘洋，也有个天数，听凭风势：若是北风，便犯广东一路；若是东风，便犯福建一路；若是东北风，便犯温州一路；若是东南风，便犯淮扬一路。此时二月天气，众倭登船离岸，正值东北风大盛。一连数日，吹个不住，径飘向温州一路而来。那时元朝承平日久，沿海备御俱疏。就有几只船，几百老弱军士，都不堪拒战，望风逃走。众倭公然登岸，少不得放火杀人。杨八老虽然心中不愿，也不免随行逐队。这一番，自二月至八月，官军连败了数阵，抢了几个市镇。转掠宁绍，又到余杭，其凶暴不可尽述。各府、州、县写了告急表章，申奏朝廷。旨下兵部，差平江路普花元帅领兵征剿。这普花元帅足智多谋，又手下多有精兵良将。奉命克日兴师，大刀阔斧，杀奔浙江路上来。前哨打探：倭寇占住清水闸为穴。普花元帅约会浙中兵马，水陆并进。那倭寇平素轻视官军，不以为意。谁知普花元帅手下，有十个统军，都有万夫不当之勇。军中多带火器，四面埋伏。一等倭贼战酣之际，埋伏都起，火器一齐发作，杀得他走头没路，大败亏输。斩首千余级，活捉二百余人。其抢船逃命者，又被水路官兵截杀，也多有落水死者。普花元帅得胜，赏了三军。犹恐余倭未尽，遣兵四下搜获。真个是：饶伊凶暴如狼虎，恶贯盈时定受殃。

话分两头。却说清水闸上，有顺济庙，其神姓冯，名俊，钱塘人氏。年十六岁时，梦见玉帝遣天神传命，割开其腹，换去五脏六腑，醒来犹觉腹痛。从幼失学，未曾知书。自此忽然开悟，无书不晓，下笔成文；又能预知将来祸福之事。忽一日，卧于家中，叫唤不起，良久方醒。自言适在东海龙王处赴宴，被他劝酒过醉。家人不信，及呕吐出来都是海错异味，目所未睹，方知真实。到三十六岁，忽对人说："玉帝命我为江涛之神，三日后，必当赴任。"至期，无疾而终。是日，江中波涛大作，行舟将覆。忽见朱幡皂盖，白马红缨，簇拥一神，现形云端间，口中叱咤之声。俄顷，波恬浪息。问之土人，其形貌乃冯俊也。于是就其所居，立庙祠之，赐名顺济庙。绍定年间，累封英烈王之号。其神大有灵应。倭寇占住清水闸时，杨八老私向庙中祈祷，问答得个大吉之兆，心中暗喜。与先年一般向被掳去的，共十三人约会：大兵到时，出首投降；又怕官军不分真假，拿去请功，狐疑不决。

到这八月二十八日，倭寇大败。杨八老与十二个人，俱潜躲在顺济庙中，不敢出头。正在两难，急听得庙外喊声大举，乃是老王千户，名唤王国雄，引着官军入来搜庙。一十三人尽被活捉，捆缚做一团儿，吊在廊下。众人口称冤枉，都说不是真倭，那里睬他。此时天色已晚，老王千户权就庙中歇宿，打点明早解官请功。事有凑巧，老王千户带个贴身伏侍的家人，叫做王兴。夜间起来出恭，闻得廊下哀号之声，其中有一个像关中声音，好生奇异。悄地点个灯去，打一看，看到杨八老面貌，有些疑惑。问道："你们既说不是真倭，是那里人氏？如何入了倭贼伙内，又是一般形貌？"杨八老诉道："众人都是闽中百姓，只我是安西府盩厔县人。十九年前在漳浦做客，被倭寇掳去，髡头跣足，受了万般辛苦。众人是同时被难的，今番来到此地，便想要自行出首，其奈形状怪异，不遇个相识之人，恐不相信，因此狐疑不决。幸天兵得胜，倭贼败亡，我等指望重见天日。不期老将军不行细审，一概捆吊；明日解到军门，性命不保。"说罢，众人都哭起来。王兴忙摇手道："不可高声啼哭，恐惊醒了老将军，反为不美。则你这安西府汉子，姓甚名谁？"杨八老道："我姓杨名复，小名八老。长官也带些关中语音，莫非同郡人么？"王兴听说，吃了一惊："原来你就是我旧主人。可记得随童么？小人就是。"杨八老道："怎不记得？只是须眉非旧，端的对面不相认了。自当初在闽中分散，如何却在此处？"王兴道："且莫细谈。明早老将军起身发解时，我站在旁边，你只看着我，唤我名字起来，小人自来与你分解。"说罢，提了灯自去了。众人都向八老问其缘故，八老略说一二，莫不欢喜。正是：死中得活因灾退，绝处逢生遇救来。

原来随童跟着杨八老之时，才一十九岁，如今又加十九年，是三十八岁人了，急切如何认得？当先与主人分散，躲在茅厕中，侥幸不曾被倭贼所掠。那时老王千户还是百户之职，在彼领兵，偶然遇见。见他伶俐，问其来历，收在身边伏侍，就便许他访问主人消息，谁知杳无音信。后来老王百户有功，升了千户，改调浙中地方做官。随童改名王兴，做了身边一个得力的家人。也是杨八老命不当尽，禄不当终，否极泰来，天教他主仆相逢。

闲话休题。却说老王千户次早点齐人众，解下一十三名倭犯，要解往军门请功。正待起身，忽见倭犯中一人，看定王兴，高声叫道："随童，我是你旧主人，可来救我！"王兴假意认了一认，两下抱头而哭。因事体年远，老王千户也忘其所以了。忙唤王兴，问其缘故。王兴一一诉说："此乃小人十九年前失散之主人也。彼时寻觅不见，不意被倭贼掳去。小人看他面貌有些相似，正在疑惑，谁想他到认得小人，唤起小人的旧名。望恩主辨其冤情，释放我旧主人；小人便死在阶前，瞑目无怨。"说罢，放声大哭。众倭犯都一齐声冤起来，各道家乡姓氏，情节相似。老王千户道："既有此冤情，我也不敢自专，解在帅府，教他自行分辨。"王兴道："求恩主将小人一齐解去，好做对证。"老王千户起初不允，被王兴

133

哀求不过，只得允了。当日，将一十三名倭犯，连王兴解到帅府。普花元帅道："既是倭犯，便行斩首。"那一十三名倭犯，一个个高声叫冤起来，内中王兴也叫冤枉。王国雄便跪下去，将王兴所言事情，禀了一遍。普花元帅准信，就教王国雄押着一干倭犯，并王兴发到绍兴郡丞杨世道处，审明回报。

故元时节，郡丞即如今通判之职，却只下太守一肩，与太守同理府事，最有权柄。那日，郡丞杨公升厅理事，甚是齐整。怎见得？有诗为证："吏书站立如泥塑，军卒分开似木雕。随你凶人奸似鬼，公庭刑法不相饶。"老王千户奉帅府之命，亲押一十三名倭犯，到杨郡丞厅前。相见已毕，备言来历。杨公送出厅门，复归公座。先是王兴开口诉冤，那一班倭犯哀声动地。杨公问了王兴口词，先唤杨八老来审。杨八老将姓名、家乡备细说了。杨郡丞问道："既是鬶屋县人，你妻族何姓？有子无子？"杨八老道："妻族东村李氏，止生一子，取名世道。小人到漳浦为商之时，孩儿年方七岁。在漳浦住了三年，就陷身倭国，经今又十九年。自从离家之后，音耗不通，妻子不知死亡。若是孩儿抚养得长大，算来该二十九岁了。老爷不信时，移文到鬶屋县中，将三党亲族姓名，一一对验，小人之冤可白矣。"再问王兴，所言皆同。众人又齐声叫冤。杨公一一细审，都是闽中百姓，同时被掳的。杨公沉吟半晌，喝道："权且收监，待行文本处，查明来历，方好释放。"

当下散堂，回衙见了母亲杨老夫人，口称怪事不绝。老夫人问道："孩儿，今日问何公事？口称怪异，何也？"杨公道："有王千户解到倭犯一十三名，说起来，都是我中国百姓，被倭奴掳去的。是个假倭，不是真倭。内中一人，姓杨名复，乃关中鬶屋县人氏。他说二十一年前，别妻李氏，往漳浦经商。三年之后，遭倭寇作乱，掳他到倭国去了。与妻临别之时，有儿年方七岁，到今算该二十九岁了。母亲常说孩儿七岁时，父亲往漳州为商，一去不回。他家乡、姓名正与父亲相同，其妻、子姓名，又分毫不异，孩儿今年正二十九岁，世上不信有此相合之事。况且王千户有个家人王兴，一口认定是他旧主。那王兴说旧名'随童'，在漳浦乱军分散，又与我爷旧仆同名。所以称怪。"老夫人也不觉称道："怪事，怪事！世上相同的事也颇有，不信件件皆合，事有可疑。你明日再行吊审，我在屏后窃听，是非顷刻可决。"

杨世道领命，次日重唤取一十三名倭犯，再行细鞫，其言与昨无二。老夫人在屏后大叫道："杨世道我儿，不须再问，则这个鬶屋县人，正是你父亲。那王兴端的是随童了。"惊得郡丞杨世道手脚不迭，一跌跌下公座来，抱了杨八老，放声大哭。请归后堂，王兴也随进来。当下母子夫妻三口，抱头而哭，分明是梦里相逢一般，则这随童也哭做一堆。哭了一个不耐烦，方才拜见父亲。随童也来磕头，认旧时主人、主母。杨八老对儿子道："我在倭国，夜夜对天祷告，只愿再转家乡，重会妻子。今日皇天可怜，果遂所愿。且喜孩儿荣贵，万千之喜。只是那一十二人，都是闽中百姓，与我同时被掳的，实出无奈。吾儿速与昭雪，不可偏枯，使他怨望。"杨世道领了父亲言语，便把一十二人尽行开放；又各赠回乡路费三两，众人谢恩不尽。一面分付书吏写下文书，申覆帅府；一面安排做庆贺筵席。衙内整备香汤，伏侍八老沐浴过了。通身换了新衣，顶冠束带。杨世道娶得夫人张氏，出来拜见公公。一门骨肉团圆，欢喜无限。

这一事，闹遍了绍兴府前。本府檗太守，听说杨郡丞认了父亲，备下羊酒，特往称贺。定要请杨太公相见。杨复只得出来，见了檗公，叙礼已毕，分宾而坐。檗太守欣羡不已。杨郡丞置酒留款，饮酒中间，檗太守问杨太公："何由久客闽中，以致此祸？"杨八老答道："初意一年半载，便欲还乡。何期下在檗家，他家适有寡女，年二十三岁，正欲招夫，帮家过活。老夫入赘彼家，以此淹留三载。"檗公问道："在彼三年，曾有生育否？"八老答道："因是檗家怀孕，生下一儿，两不相舍。不然，也回去久矣。"檗公又问道："所生令郎可曾取名？"八老不知太守姓名，便随口应道："因是本县小儿取名世道，那檗氏所生，就取名檗世德，要见两姓兄弟之意。算来檗氏所生之子，今年也该二十二岁了，不知他母子存亡下落。"说罢，下泪如雨，檗太守也不尽欢。又饮了数杯，作别回去，与母亲檗老夫人说知如此如此："他说在漳浦所娶檗家，与母亲同姓，年庚不差。莫非此人就是我父亲？"檗老夫人道："你明日备下筵席，请他赴宴。待我屏后窥之，便见端的。"

次日，杨八老具个通家名帖，来答拜檗公，檗公也置酒留款。檗老夫人在屏后偷看。那时八老衣冠济楚，又不似先前倭贼样子，一发容易认了。檗老夫人听不多几句言语，便大叫道："我儿檗世德，快请你父亲进衙相见！"杨八老出自意外，倒吃了一惊。檗太守慌忙跪下道："孩儿不识亲颜，乞恕不孝之罪。"请到私衙，与檗老夫人相见。抱头而哭，与杨郡丞衙中无异。

正叙话间，杨郡丞遣随童到太守衙中，迎接父亲，听说太守也认了父亲，随童大惊，撞入私衙，见了檗老夫人，磕头相见。檗老夫人问起，方知就是随童。此时随童才叙出失散之后，遇了王百户始末根由，阖门欢喜无限。檗太守娶妻蒋氏，也来拜见公公。檗公命重整筵席，请杨郡丞到来，备细说明。一守一丞，到此方认做的亲兄弟。当日连杨衙小夫人张氏都请过来，做个"合家欢"筵席。这一场欢喜非小，分明是：苦尽生甘，否极遇泰。丰城之剑再合，合浦之珠复回。高年学究，忽然及第连科；乞食贫儿，蓦地发财掘藏。寡妇得夫花发蕊，孤儿遇父草行根。喜胜他乡遇故知，欢如久旱逢甘雨。两叶浮萍归大海，人生何处不相逢？

杨八老在日本国，受了一十九年辛苦，谁知前妻李氏所生孩儿杨世道，后妻檗氏所生孩儿檗世德，长大成人，中同年进士，又同选在绍兴一郡为官。今日天遣相逢，在枷锁中脱出性命，就认了两位夫人，两个贵子，真是古今罕有。第三日，阖郡官员尽知奇事，都来贺喜。老王千户也来称贺，已知王兴是杨家旧仆，不相争执。王兴已娶有老婆，在老王千户家。老王千户奉承檗太守、杨郡丞，疾忙差人送王兴妻子到于府中完聚。檗太守和杨郡丞一齐备个文书，到普花元帅处，述其认父始末。普花元帅奏表朝廷，一门封赠。檗世德复姓归宗，仍叫杨世德。八老在任上安享荣华，寿登耆耋而终。此乃是死生有命，富贵在天；荣枯得失，尽是八字安排，不可强求。有诗为证：

"才离地狱忽登天，二子双妻富贵全。命里有时终自有，人生何必苦埋怨？"

第十九卷　杨谦之客舫遇侠僧

宝剑长琴四海游，浩歌自是恣风流。
丈夫莫道无知己，明月豪僧遇客舟。

杨益，字谦之，浙江永嘉人也。自幼倜傥有大节，不拘细行，博学雄文，授贵州安庄县令。安庄县，地接岭表，南通巴蜀，蛮獠错杂。人好蛊毒战斗，不知礼义文字；事鬼信神，俗尚妖法。产多金银、珠翠、珍宝。原来宋朝制度：外官辞朝，皇帝临轩亲问，臣工各献诗章，以此卜为政能否。建炎二年丁卯三月，杨益承旨辞朝。高宗皇帝问杨益曰："卿为何官？"杨益奏曰："臣授贵州安庄县知县。"帝曰："卿亦询访安庄风景乎？"杨益有诗一首献上。诗云："蛮烟寥落在东风，万里天涯迢递中。人语殊方相识少，鸟声睍睆听来同。桄榔连碧迷征路，象郡南天绝便鸿。自愧年来无寸补，还将礼乐俟元功。"高宗听奏是诗，首肯久之，恻然心动，曰："卿处殊方，诚为可悯；暂去摄理，不久取卿回用也。"杨益挥泪拜辞。

出到朝外，遇见镇抚使郭仲威。二人揖毕，仲威曰："闻君荣任安庄，如何是好？"杨益道："蛮烟瘴疫，九死一生。欲待不去，奈日暮途穷。去时必陷死地，烦乞赐教。"仲威答道："要知端的，除是与你去问恩主周镇抚，方知备细。恩主见谪连州，即今也要起身。"二人同来见镇抚周望。杨益叩首再拜曰："杨某近任安庄边县，烦望指示。"周望慌忙答礼，说道："安庄蛮獠出没之处，家户都有妖法，蛊毒魅人。若能降伏得他，财宝尽你得了；若不能处置得他，须要仔细。尊正夫人，亦不可带去，恐土官无礼。"杨益见说了，双泪交流，道言："怎生是好？"周望怜杨益苦切，说道："我见谪遣连州，与公同路，直到广东界上，与你分别。一路盘缠，足下不须计念。"杨益二人拜辞出来，等了半月有余，跟着周望一同起身。郭仲威治酒送别过，自去了。

二人来到镇江，雇只大船。周望、杨益用了中间几个大舱口，其余舱口，俱是水手搭人觅钱，搭有三四十人。内有一个游方僧人，上湖广武当去烧香的，也搭在众人舱里。这僧人说是伏牛山来的，且是粗鲁，不肯小心。共舱有十二三个人，都不喜他，他倒要人煮茶做饭与他吃。这共舱的人说道："出家人慈悲小心，不贪欲，那里反倒要讨我们的便宜？"这和尚听得说，回话道："你这一起是小人，我要你伏侍，不嫌你，也就够了。"口里千小人，万小人，骂众人。众人都气起来，也有骂这和尚的，也有打这和尚的。这僧人不慌不忙，随手指着骂他的说道："不要骂！"那骂的人，就出声不得，闭了口。又指着打他的说道："不要打！"那打的人，就动手不得，瘫了手。这几个木呆了，一堆儿坐在舱里，只白着眼看。有一辈不曾打骂和尚的人，看见如此模样，都惊张起来，叫道："不好了，有妖怪在这里！"喊天叫地，各舱人听得，都走来看，也惊动了官舱里周、杨二公。

两个走到舱口来看，果见此事，也吃惊起来。正要问和尚，这和尚见周、杨二人是个官府，便起身朝着两个打个问讯，说道："小僧是伏牛山来的僧人，要去武当随喜的。偶然搭在宝舟上，被众人欺负，望二位大人做主。"周镇抚说道："打骂你，虽是他们不是；你如此，也不是出家人慈悲的道理。"和尚见说，回话道："既是二位大人替他讨饶，我并不计较了。"把手去摸这哑的嘴道："你自说！"这哑的人，便说得话起来。又把手去扯这瘫的手道："你自动！"这瘫的人，便抬得手起来，就如耍场戏子一般，满船人都一齐笑起来。周镇抚悄悄的与杨益说道："这和尚必是有法的。我们正要寻这样人，何不留他去你舱里问他？"杨益道："说得是。我舱里没家眷，可以住得。"就与和尚说道："你既与众人打伙不便，就到我舱里权住罢。随茶粥饭，不要计较。"和尚说道："取扰不该！"和尚就到杨益舱里住下。

一住过了三四日，早晚说些经典，或世务话，和尚都晓得。杨益时常说些路上切要话，打动和尚。又与他说道："要去安庄县做知县。"和尚说道："去安庄做官，要打点停当，方才可去。"杨益把贫难之事，备说与和尚。和尚说道："小僧姓李，原籍是四川雅州人，有几房移在威清县住。我家也有弟兄姊妹。我回去，替你寻个有法术手段得的人，相伴你去，才无事。若寻不得人，不可轻易去。我且不上武当去了，陪你去广里去。"杨益再三致谢，把心腹事，备细与和尚说知。这和尚见杨益开心见诚，为人平易本分，和尚愈加敬重杨公。又知道杨公甚贫，去自己搭连内，取十来两好赤金子，五六十两碎银子，送与杨公做盘缠。杨公再三推辞不肯受，和尚定要送，杨公方才受了。不觉在船中半个月余，来到广东琼州地方。周镇抚与杨公说："我往东去是连州。本该在这里相陪足下，如今有这个好善心的长老在这里，可托付他，不须得我了。我只就此作别，后日天幸再会。"又再三嘱付长老说道："凡事全仗。"长老说："不须分付，小僧自理会得。"周镇抚又安排些酒食，与杨公、和尚作别；饮了半日酒，周望另讨个小船自去了。

且说杨公与长老在船中，又行了几日，来到偏桥县地方。长老来对杨公说道："这是我家的地方了，把船泊在马头去处。我先上去寻人，端的就来下船，只在此等。"和尚自驼上搭连、禅杖，别了自去。一连去了七八日，并无信息，等得杨公肚里好焦。虽然如此，却也谅得过这和尚是个有信行的好汉，决无诳言之事，每日只悬悬而望。到第九日上，只见这长老领着七八个人，挑着两担箱笼，若干吃食东西；又抬着一乘有人的轿子，来到船边。掀起轿帘儿，看着船舱口，扶出一个美貌佳人，年近二十四五岁的模样。看这妇人生得如何？诗云："独占阳台万点春，石榴裙染碧湘云。眼前秋水浑无底，绝胜襄王紫玉君。"又诗云："海棠枝上月三更，醉里杨妃自出群。马上琵琶催去急，阿蛮空恨艳阳春。"说这长老与这妇人，与杨公相见已毕，又叫过有媳妇的一房老小，一个义女，两个小厮，都来叩头。长老指着这妇人说道："他是我的嫡堂侄女儿，因寡居在家里，我特地把他来伏事大人。他自幼学得些法术，大人前路，凡百事都依着他，自然无事。"就把箱笼东西，叫人着落停当。天色已晚，长老一行人，权在船上歇了。这媳妇、丫鬟去火舱里安排些茶饭，与各人吃了。李氏又自赏了五钱银子与船家。杨公见不费一文东西，白得了一个佳人并若干箱笼人口，拜谢长老，说道："荷蒙大恩，犬马难报。"长老道："都是缘法，谅非人为。"饮酒罢，长老与众人自去别舱里歇了。杨公自与李氏到官舱里同寝。一夜绸缪，言不能尽。次日，长老起来，与众人吃了早饭，就与杨公、李氏作别。又分付李氏道："我前日已分付了，你务要小心在意，不可托大。荣迁之日再会。"长老直看得开船去了，方才转身。

且说这李氏，非但生得妖娆美貌，又兼禀性温柔，百能百俐，也是天生的聪明。与杨公彼此相爱，就如结发一般。又行过十数日，来到牂牁江了。

说这个牂牁江，东通巴蜀川江，西通滇池夜郎。诸江会合，水最湍急利害。无风亦浪，舟楫难济。船到江口，水手待要吃饭饱了，才好开船过江。开了船时，风水大，住手不得；况兼江中都是尖锋石插，要随着河道放去，若遇着时，这船就罢了。船上人打点端正，才要发号开船，只见李氏慌对杨公说："不可开船。还要躲风三日，才好放过去。"杨公说道："如今没风，怎的倒不要开船？"李氏说道："这

大风只在顷刻间来了。依我说，把船快放入浦里去，躲这大风。"杨公正要试李氏的本事，就叫水手问道："这里有个浦子么？"水手禀道："前面有个石圯浦，浦西北角上有个罗市，人家也多，诸般皆有，正好歇船。"杨公说："恁的把船快放入去。"水手一齐把船撑动。刚刚才要撑入浦子口，只见那风从西北角上吹将来。初时扬尘，次后拔木，一江绿水，都乌黑了。那浪掀天括地，鬼哭神号，惊怕杀人。这阵大风不知坏了多少船只，直颠狂到日落时方息。李氏叫过丫鬟、媳妇，做茶饭吃了，收拾宿了。

次日，仍又发起风来。到午后，风定了。有几只小船儿，载着市上土物来卖。杨公见李氏非但晓得法术，又晓得天文，心中欢喜。就叫船上人买些新鲜果品土物，奉承李氏。又有一只船上叫卖蒟酱，这蒟酱滋味如何？有诗为证："白玉盘中簇绛茵，光明金鼎露丰神。椹精八月枝头熟，酿就人间琥珀新。"杨公说道："我只闻得说，蒟酱是滇蜀美味，也不曾得吃。何不买些与奶奶吃？"叫水手去问那卖蒟酱的："这一罐子要卖多少钱？"卖蒟酱的说要五百贯足钱。杨公说："恁的，叫小厮进舱里，问奶奶讨钱数与他。"小厮进到舱里，问奶奶取钱买酱。李氏说："这酱不要买他的，买了有口舌。"小厮出来回覆杨公。杨公说："买一罐酱值得甚的，便有口舌？奶奶只是见贵了，不舍得钱，故如此说。"自把些银子与这蛮人，买了这罐酱，拿进舱里去。揭开罐子看时，这酱端的香气就喷出来，颜色就如红玛瑙一般可爱；吃些在口里，且是甜美得好。李氏慌忙讨这罐子酱盖了，说道："老爹不可吃他的，口舌就来了。这蒟酱我这里没有的，出在南越国。其木似谷树，其叶如桑椹，长二三寸，又不肯多生。九月后，霜里方熟。土人采之，酿酝成酱；先进王家，诚为珍味。这个是盗出来卖的，事已露了。"原来这蒟酱，是都堂着县官差富户去南越国，用重价购求来的，都堂也不敢自用，要进朝廷的奇味。富户吃了千辛万苦，费了若干财物，破了家，才设法得一罐子。正要换个银罐子盛了，送县官转送都堂，被这蛮子盗出来。

富户因失了酱，举家慌张，四散缉获，就如死了人的一般。有人知风，报与富户。富户押着正牌，驾起一只快船，二三十人，各执刀枪，鸣锣击鼓，杀奔杨知县船上来，要取这酱。那兵船离不远，只有半箭之地。杨知县听得这风色慌了，躲在舱里，说道："奶奶，如何是好？"李氏说道："我教老爹不要买他的，如今惹出这场大事来。蛮子去处，动不动便杀起来，那顾礼法！"李氏又道："老爹不要慌。"连忙叫小厮拿一盆水进舱来，念个咒，望着水里一画，只见那只兵船，就如钉钉在水里的一般，随他撑也撑不动。上前也上前不得，落后也落后不得，只钉住在水中间。兵船上人都慌起来，说道："官船上必然有妖法，快去请人来斗法。"这里李氏已叫水手过去，打着乡谈说道："列位不要发恼，官船偶然在贵地躲风，歇船在此。因有人拿蒟酱来卖，不知就里，一时间买了这酱，并不曾动。送还原物便罢，这价钱也不要了。"兵船上人见说得好，又知道酱不曾吃他的，说道："只要还了原物，这原银也送还。"水手回来复杨知县，拿这罐酱送过去。兵船上还了原银，两边都不动刀兵。李氏把手在水盆里连画几画，那兵船便轻轻撑了去，把这偷酱的贼送去县里问罪。杨知县说道："亏杀奶奶，救得这场祸。"李氏说道："今后只依着我，管你没事。"次日，风也不发了。正是：金波不动鱼龙寂，玉树无声鸟雀栖。众人吃了早饭，便把船放过江。

一路上，要行便行，要止便止，渐渐近安庄地方。本县吏书、门皂人役接着，都来参拜。原来安庄县只有一知一典，有个徐典史，也来迎接。相见了，先回县里去。到得本次，人夫接着，把行李扛抬起来，把乘四人轿抬了奶奶；又有二乘小轿，几匹马，与从人使女，各乘骑了，先送到县里去。杨知县随后起身，路上打着些蛮中鼓乐。远近人听得新知县到任，都来看。杨知县到得县里，径进后堂衙里，安稳了奶奶家小，才出到后堂与典史拜见。礼毕，就吃公堂酒席。

饮酒之间，杨知县与徐典史说："我初到这里，不知土俗民情，烦乞指教。"徐典史回话道："不才还要长官扶持，怎敢当此？"因说道："这里地方与马龙连接，马龙有个薛宣尉司，他是唐朝薛仁贵之后，其富敌国。獠蛮犵狫，只服薛尉司约束。本县虽与宣尉司表里，衙门常规：长官行香后，先去看望他，他才答礼，彼此酒礼往来。烦望长官在意。"杨知县说道："我都知得。"又问道："这里与马龙多远？"徐典史回话道："离本县四十余里。"又说些县里事务。饮酒已毕，彼此都散入衙去。

杨知县对奶奶说这宣尉司的缘故，李氏说："薛宣尉年纪小，极是作聪的。若是小心与他相好，钱财也得了他的，我们回去，还在他手里，不可托大，说他是土官。不可怠慢他。"又说道："这三日内，有一个穿红的妖人无礼。来见你时，切不可被他哄起身来，不要采他。"杨知县都记在心里了。

等待三日，城隍庙行香到任，就坐堂，所属都来参见。发放已毕，只见阶下有个穿红布员领、戴顶方头巾的土人，走到杨知县面前，也不下跪，口里说道："请起来，老人作揖。"知县相公问道："你是那县的老人？与我这衙门有相干也无相干？"老人也不回报甚么，口里又说道："请起来，老人作揖。"知县相公虽不采他，被他三番两次在面前如此侮弄，又见两边看的人多了，亵威损重，又恐人耻笑。只记得奶奶说不要立起身来，那时气发了，那里顾得甚么？就叫皂隶："拿这老人下去，与我着实打！"只见跑过两个皂隶来，要拿下去打时，那老人硬着腰，两个人那里拿得倒？口里又说道："打不得！"知县相公定要打。众皂隶们一齐上，把这老人拿下，打了十板。众吏典都来讨饶，杨公叱道："赶出去！"这老人一头走，一头说道："不要慌！"

知县相公坐堂是个好日子，止望发头顺利。撞出这个歹人来，恼这一场，只得勉强发落些事，投文画卯了，闷闷的就散了堂。退入衙里来，李奶奶接着，说道："我分付老爹不要采这个穿红的人，你又与他计较。"杨公说道：

"依奶奶言语，并不曾起身，端端的坐着，只打得他十板。"奶奶又说道："他正是来斗法的人，你若起身时，他便夜来变妖作怪，百般惊吓你；你却怕死讨饶，这县官只当是他做了。那门皂吏书，都是他一路，那里有你我做主？如今被打了，他却不来弄神通惊你，只等夜里来害你性命。"杨公道："怎生是好？"奶奶说道："不妨事！老爹且宽心，晚间自有道理。"杨公又说道："全仗奶奶。"

待到晚，吃了饭，收拾停当。李奶奶先把白粉灰按着四方，画四个符；中间空处，也画个符。就教老爹坐在中间符上，分付道："夜里有怪物来惊吓你，你切不可动身，只端端坐在符上，也不要怕他。"李奶奶也结束，箱里取出一个三四寸长的大金针来，把香烛砵符，供养在神前，贴贴的坐在白粉圈子外等候。约莫着到二更时分，耳边听得风雨之声，渐渐响近；来到房檐口，就如裂帛一声响，飞到房里来。这个恶物，如茶盘大，看不甚明白，望着杨公扑将来。扑到白圈子外，就做住，绕着白圈子飞，只扑不进来。杨公惊得捉身不住。李奶奶念动咒，把这道符望空烧了。却也有灵，这恶物就不似发头飞得急捷了。说时迟，那时快，李奶奶打起精神，双眼定睛，看着这恶物，喝声："住！"疾忙拿起右手来，一把去抢这恶物，那恶物就望着地扑将下来。这李奶奶随着势，就低身把手按住在地上，双手拿这恶物起来看时，就如一个大蝙蝠模样，浑身黑白花纹，一个鲜红长嘴，看了怕杀人。杨公惊得呆了，半晌才起得身来。李氏对老爹说："这恶物是老人化身来的，若把这恶物打死在这里，那老人也就死了，恐不好解手，他的子孙也多了，必来报仇。我且留着他。"把两片翼翅双叠做一处，拿过金针钉在白圈子里符上，这恶物动也动不得。拿个篮儿盖好了，恐猫鼠之类害他。李氏与老爹自来房里睡了。

次日，起来升堂。只见有二十来个老人，衣服齐整，都来跪在知县相公面前，说道："小人都是庞老人的亲邻，庞某不知高低，夜来冲激老爹，被老爹拿了；烦望开恩，只饶恕这一遭，小人与他自来孝顺老爹。"知县相公说道："你们既然晓得，我若没本事，也不敢来这里做官。我也不杀他，看他怎生脱身！"众老人们说道："实不敢瞒老爹，这县里自来是他与几个把持，不由官府做主。如今晓得老爹的法了，再也不敢冒犯老爹。饶放庞老人一个，满县人自然归顺。"知县相公又说道："你众人且起来，我自有处。"众人喏喏连声而退。知县散了堂，来衙里见李奶奶，备说讨饶一事。李氏道："待明日这干人再来讨饶，才可放他。"又过了一夜。次日，知县相公坐堂，众老人又来跪着讨饶，此时哀告苦切。知县说："看你众人面上，且姑恕他这一次。下次再无礼，决不饶了。"众老人拜谢而去。知县退入衙里来，李氏说："如今可放他了。"到夜来，李氏走进白圈子里，拔起金针，那个恶物就飞去了。这恶物飞到家里，那庞老人就在床上爬起来，作谢众老人，说道："几乎不得与列位见了。这知县相公犹可，这奶奶利害。他的法术，不知那里学来的，比我们的不同。过日同列位备礼去叩头，再不要去惹他了。"

请众老人吃些酒食，各人相别，说道："改日约齐了，同去参拜。"

且说杨公退入衙里来，向李氏称谢。李氏道："老爹，今日就可去看薛宣尉了。"杨公道："容备礼方好去得。"李氏道："礼已备下了：金花金缎，两匹文葛，一个名人手卷，一个古砚。"预备的，取出来就是，不要杨公费一些心。杨公出来，拨些人夫轿马，连夜去。天明时分，到马龙地方。这宣尉司，偌大一个衙门，周围都是高砖城裹着；城里又筑个圃子，方圆二十余里；圃子里厅、堂、池、榭，就如王者。知县相公到得宣尉司府门首，着人通报入去。一会间，有人出来请入去。薛宣尉自也来接，到大门上，二人相见，各逊揖同进。到堂上行礼毕，就请杨知县去后堂坐下吃茶。彼此通道寒温已毕，请到花园里厅上赴宴。

薛宣尉见杨知县人品虽是瘦小，却有学问；又善谈吐，能诗能饮。饮酒间，薛宣尉要试杨知县才思，叫人拿出一面紫金古镜来。薛宣尉说道："这镜是紫金铸的，冲莹光洁，悉照秋毫。镜背有四卦，按卦扣之，各应四位之声；中则应黄钟之声。汉成帝尝持镜为飞燕画眉，因用不断胶，临镜呢呢而崩。"杨公持看古镜，果然奇古，就作一铭。铭云："猗与兹器，肇制轩辕。大冶范金，炎帝秉度；凿开混沌，大明中天。伏氏画卦，四象乃全。因时制律，师旷审焉。高下清浊，宫徵周旋。形色既具，效用不愆。君子视则，冠裳俨然；淑婉临之，朗然而天。妍媸毕见，不为少迁；喜怒在彼，我何与焉？"杨公写毕，文不加点，送与薛宣尉看。薛宣尉把这文章番复细看，又见写得好，不住口称赞。说是汉文晋字，天下奇才，王、杨、卢、骆之流。又取出一面小古镜来，比前更加奇古，再要求一铭。杨公又作一铭，铭云："察见渊鱼，实惟不祥；靡聪靡明，顺帝之光。全神返照，内外两忘。"薛宣尉看了这铭，说道："辞旨精拔，愈出愈奇。"更加敬服杨公。

一连留住五日，每日好筵席款洽杨公。薛宣尉问起庞老人之事，杨公备说这来历，二人都笑起来。杨公苦死告辞，要回县来；薛宣尉再三不忍抛别，问杨公道："足下尊庚？"杨公道："不才虚度三十六岁。"薛宣尉道："在下今年二十六岁，公长弟十岁。"就拜杨公为兄。二人结义了，彼此欢喜。又摆酒席送行，赠杨公二千余两金银酒器。杨公再三推辞，薛宣尉说道："我与公既为兄弟，不须计较。弟颇得过，兄乃初任，又在不足中。时常要送东西与兄，以后再不必推却。"

杨公拜谢，别了薛宣尉，回到县里来。只见庞老人与一干老人，备羊酒缎匹，每人一百两银子，共有二千余两，送入县里来。杨知县看见许多东西，说道："生受你们，恐不好受么？"众老人都说道："小人们些须薄意，老爹不比往常来的知县相公。这地方虽是夷人难治，人最老实一性的；小人们归顺，概县人谁敢梗化？时常还有孝顺老爹。"杨公见如此殷勤，就留这一干人在吏舍里，吃些酒饭。众老人拜谢去了。

旧例：夷人告一纸状子，不管准不准，先纳三钱纸价。每限状子多，自有若干银子。如遇人命，若愿讲和，里邻干证估凶身家事厚薄，请知县相公把家私分作三股。一股送与知县，一股给与苦主，留一股与凶身。如此就说好官府。蛮夷中另是一种风俗，如遇时节，远近人都来馈送。杨知县在安庄三年有余，得了好些财物。凡有所得，就送到薛宣尉寄顿。这知县相公宦囊也颇盛了。一日，对薛宣尉说道："知足不辱。杨益在此，蒙兄顾爱，尝叨厚赐；况俸资也可过得日子了，杨益已告致仕。只是有这些俸资，如何得到家里？烦望兄长救济。"薛宣尉说道："兄既告致仕，我也留你不得了。这里积下的财物，我自着人送去下船，不须兄费心。"杨公就此相别，薛宣尉又摆酒席送行，又送千金赆礼，俱预先送在船里。杨公回到县里来，叫众老人们都到县里来，说道："我在此三年，生受你们多了。我已致仕，今日与你们相别，我也分些东西与你众人，这是我的意思。我来时只这几个箱笼，如今去也只是这几个箱笼，当堂上你们自看。"众老人又禀道："没甚孝顺老爹，怎敢倒要老爹的东西？"各人些小受了些，都欢喜拜谢了自去。起身之日，百姓都摆列香花灯烛送行。县里人只见杨公没甚行李，那晓得都是薛宣尉预先送在船里停当，杨公只像个没东西的一般。杨公与李氏下了船，照依旧路回来，一路平安。

行了一月有余，来到旧日泊船之处，近着李氏家。泊到岸边，只见那个长老并几个人伴，都在那里等。都上船来与杨公相见，彼此欢天喜地。李氏也来拜见长老。杨公就教摆酒来，聊叙久别之情。杨公把在县的事，都说与长老。长老回话道："我都晓得了，不必说。今日小僧来此，别无甚话，专为舍侄女一事。他原有丈夫，我因见足下去不得，以此不顾廉耻，使侄女相伴足下到那里里。谢天地，无事故回来，十分好了。侄女其实不得去了，还要送归前夫。财物凭凭你处。"杨公听得说，两泪交流，大哭起来，拜倒在奶奶、长老面前，说道："丢得我好苦，我只是死了罢。"拔出一把小解手刀来，望着咽喉便刎。李氏慌忙抱住，夺了刀，也就啼哭起来。长老来劝，说道："不要苦了，终须一别。我原许还他丈夫，出家人不说谎。"杨知县带着眼泪说道："财物凭凭长老、奶奶取去，只是痛苦不得过。"长老见这杨公如此情真，说道："我自有处。且在船里宿了，明日作别。"

杨公与李氏一夜不曾合眼，泪不曾干，说了一夜。到明日早起来，梳洗饭毕。长老主张把宦资作十分，说："杨大人取了六分，侄女取了三分，我也取了一分。"各人都无话说。李氏与杨公两个抱住，那里肯舍？真个是生离死别。李氏只得自上岸去了，杨公也开了船。那个长老又说道："这条水路最是难走，我直送你到临安才回来。我们不打劫别人的东西也好了，终不成倒被别人打劫了去？"这和尚直送杨知县到临安。杨知县苦死留这僧人在家，住了两月。杨公又厚赠这长老，又修书致意李氏。自此信使不绝。有诗为证："蛮邦薄宦一孤身，全赖高僧觅好音。随地相逢休傲慢，世间何处没奇人？"

第二十卷　陈从善梅岭失浑家

君骑白马连云栈，我驾孤舟乱石滩。
扬鞭举棹休相笑，烟波名利大家难。

话说大宋徽宗宣和三年上春间，黄榜招贤，大开选场。去这东京汴梁城内虎异营中，一秀才姓陈名辛，字从善，年二十岁，故父是殿前太尉。这官人不幸父母早亡，只单身独自。自小好学，学得文武双全。正是：文欺孔孟，武赛孙吴；五经三史，六韬三略，无所不晓。新娶得一个浑家，乃东京金梁桥下张待诏之女，小字如春；年方二八，生得如花似玉。比花花解语，比玉玉生香。夫妻二人，如鱼似水，且是说得着，不愿同日生，只愿同日死。这陈辛一心向善，常好斋供僧道。

一日，与妻言说："今黄榜招贤，我欲赴选，求得一官半职，改换门闾，多少是好。"如春答曰："只恐你命运不通，不得中举。"陈辛曰："我正是学成文武艺，货与帝王家。"不数日，去赴选场，偕人伺候挂榜。旬日之间，金榜题名，已登三甲进士。琼林宴罢，谢恩，御笔除授广东南雄沙角镇巡检司巡检。回家说与妻如春道："今我蒙圣恩，除做南雄巡检之职，就要走马上任。我闻广东一路，千层峻岭，万叠高山，路途难行，盗贼烟瘴极多。如今便要收拾前去，如之奈何？"如春曰："奴一身嫁与官人，只得同受甘苦。如今去做官，便是路途险难，只得前去，何必忧心？"陈辛见妻如此说，心下稍宽。正是：青龙与白虎同行，吉凶事全然未保。当日，陈巡检唤当直王吉分付曰："我今得授广东南雄巡检之职，争奈路途险峻，好生艰难，你与我寻一个使唤的，一同前去。"王吉领命，往街市寻觅，不在话下。

却说陈巡检分付厨下使唤的："明日是四月初三日，设斋多备斋供。不问云游全真道人，都要斋他，不得有缺。"不说这里斋主备办。且说大罗仙界有一真人，号曰紫阳真君，于仙界观见陈辛奉真斋道，好生志诚。今投南雄巡检，争奈他妻有千日之灾，分付大慧真人化作道童："听吾法旨：你可假名罗童，权与陈辛作伴当，护送夫妻二人。他妻若遇妖精，你可护送。"道童听旨，同真君到陈辛宅中，与陈巡检相见礼毕。斋罢，真君问陈辛曰："何故往日设斋欢喜，今日如何烦恼？"陈辛叉手告曰："听小生诉禀：今蒙圣恩，除南雄巡检。争奈路远难行，又无兄弟，因此忧闷也。"真人曰："我有这个道童，唤做罗童，年纪虽小，有些能处。今日权借与斋官，送到南雄沙角镇，

喻世明言·彩绘版

便着他回来。"夫妻二人拜谢曰:"感蒙尊师降临,又赐道童相伴,此恩难报。"真君曰:"贫道物外之人,不思荣辱,岂图报恩?"拂袖而去了。陈辛曰:"且喜添得罗童做伴。"收拾琴、剑、书箱,辞了亲戚邻里,封锁门户,离了东京。十里长亭,五里短亭,迤逦而进。一路上,但见:村前茅舍,庄后竹篱。村醪香透磁缸,浊酒满盛瓦瓮。架上麻衣,昨日芒郎留下当;酒帘大字,乡中学究醉时书。沽酒客暂解担囊,趱路人不停车马。

陈巡检骑着马,如春乘着轿,王吉、罗童挑着书箱行李,在路少不得饥餐渴饮,夜住晓行。罗童心中自忖:"我是大罗仙中大慧真人,今奉紫阳真君法旨,教我跟陈巡检往南雄沙角镇去。吾故意妆风做痴,教他不识咱真相。"遂乃行走不动,上前退后。如春见罗童如此嫌迟,好生心恼,再三要赶回去,陈巡检不肯,恐背了真人重恩。罗童正行在路,打火造饭,哭哭啼啼不肯吃,连陈巡检也厌烦了。如春孺人执性,定要赶罗童回去。罗童越耍风,叫:"走不动!"王吉搀扶着行,不五里叫腰疼,大哭不止。如春说与陈巡检:"当初指望得罗童用,今日不曾得他半分之力,不如教他回去。"陈巡检不合听了孺人言语,打发罗童回去。有分教如春争些个做了失乡之鬼。正是:鹿迷郑相应难辨,蝶梦周公未可知。当日打发罗童回去,且得耳根清净。陈巡检夫妻和王吉三人前行。

且说梅岭之北有一洞,名曰申阳洞。洞中有一怪,号曰申阳公,乃猢狲精也。弟兄三人:一个是通天大圣,一个是弥天大圣,一个是齐天大圣。小妹便是泗州圣母。这齐天大圣神通广大,变化多端;能降各洞山魈,管领诸山猛兽;兴妖作法,摄偷可意佳人;啸月吟风,醉饮非凡美酒。与天地齐休,日月同长。这齐天大圣在洞中,观见岭下轿中,抬着一个佳人,娇嫩如花似玉。意欲取他,乃唤山神分付:"听吾号令,便化客店,你做小二哥,我做店主人。他必到此店投宿。更深夜静,摄此妇人入洞中。"山神听令,化作一店。申阳公变作店主,坐在店中。却好至黄昏时分,陈巡检与孺人如春并王吉至梅岭下,见天色黄昏,路逢一店,唤招商客店。王吉向前去敲门。店小二问曰:"客长有何勾当?"王吉答道:"我主人乃南雄沙角巡检之任,到此赶不着馆驿,欲借店中一宿,来早便行。"申阳公迎接陈巡检夫妻二人入店,头房安下。申阳公说与陈巡检曰:"老夫今年八十余岁,今晚多口,劝官人一句:前面梅岭,好生僻静,虎狼、劫盗极多。不如就老夫这里,安下孺人。官人自先去到任,多差弓兵人等来取,却好?"陈巡检答曰:"小官三代将门之子,通晓武艺;常怀报国之心,岂怕虎狼盗贼?"申公情知难劝,便不敢言,自退去了。

且说陈巡检夫妻二人到店房中,吃了些晚饭,却好一更。看看二更,陈巡检先上床,脱衣而卧。只见就中起一阵风,正是:吹折地狱门前树,刮起酆都顶上尘。那阵风过处,吹得灯半灭而复明。陈巡检大惊,急穿衣起来看时,就房中不见了孺人。开房门叫得王吉。那王吉睡中叫将起来,不知头由,慌张失势。陈巡检说与王吉："房中起一阵狂风，不见了孺人。"主仆二人急叫店主人时，叫不应了。仔细看时，和店房都不见了，连王吉也吃一惊。看时，二人立在荒郊野地上，止有书箱行李并马在面前，并无灯火。客店、店主人皆无踪迹。只因此夜，直教陈巡检三年不见孺人之面。未知久后如何？正是：雨里烟村雾里都，不分南北路程途。多疑看罢僧繇画，收起丹青一轴图。陈巡检与王吉听谯楼更鼓，正打四更。当夜月明星光之下，主仆二人，前无客店，后无人家，惊得魂飞天外，魄散九霄。只得教王吉挑了行李，自跳上马，月光之下，依路径而行。在路，陈巡检寻思："不知是何妖法，化作客店，摄了我妻去？从古到今，不见闻此异事！"巡检一头行，一头哭："我妻不知着落。"迤逦而行，却好天明。王吉劝官人："且休烦恼，理会正事。前面梅岭，望着好生险峻崎岖，凹凸难行。只得捱过此岭，且去沙角镇上了任，却来打听寻取孺人不迟。"陈巡检听了王吉之言，只得勉强而行。

　　且说申阳公摄了张如春，归于洞中，惊得魂飞魄散，半晌醒来，泪如雨下。元来洞中先有一娘子，名唤牡丹，亦被摄在洞中日久，向前来劝如春不要烦恼。申公说与如春："娘子，小圣与娘子前生有缘。今日得到洞中，别有一个世界。你吃了我仙桃、仙酒、胡麻饭，便是长生不死之人。你看我这洞中仙女，尽是凡间摄将来的。娘子休闷，且共你兰房同床云雨。"如春见说，哀哀痛哭，告申公曰："奴奴不愿洞中快乐，长生不死，只求早死。若说云雨，实然不愿。"申公见说如此，自思："我为他春心荡漾，他如今烦恼，未可归顺。其妇人性执，若逼令他，必定寻死，却不可惜了这等端妍少貌之人。"乃唤一妇人，名唤金莲洞主，也是日前摄来的，在洞中多年矣。申公分付："好好劝如春，早晚好待他，将好言语诱他，等他回心。"

　　金莲引如春到房中，将酒食管待。如春酒也不吃，食也不吃，只是烦恼。金莲、牡丹二妇人再三劝他："你既被摄到此间，只得无奈何。自古道在他矮檐下，怎敢不低头？"如春告金莲云："姐姐，你岂知我今生夫妻分离？被这老妖半夜摄将到此，强要奴家云雨，决不依随。只求快死，以表我贞洁。古云烈女不更二夫，奴今宁死而不受辱。"金莲说："要知山下事，请问过来人。这事我也曾经来。我家在南雄府住，丈夫富贵，也被申公摄来洞中五年。你见他貌恶，当初我亦如此；后来惯熟，方才好过。你既到此，只得没奈何，随顺了他罢。"如春大怒，骂云："我不似你这等淫贱，贪生受辱，枉为人在世，泼贱之女。"金莲云："好言不听，祸必临身。"遂自回报申公说："新来佳人，不肯随顺，恶言诽谤，劝他不从。"申公大怒而言："这个贱人，如此无礼！本待将铜锤打死，为他花容无比，不忍下手。可奈他执意不从。"交付牡丹娘子："你管押着他。将这贱人剪发齐眉，蓬头赤脚，罚去山头挑水，浇灌花木。一日与他三顿淡饭。"牡丹依言，将张如春剪发齐眉，赤了双脚，把一副水桶与他，如春自思："欲投岩洞中而死，万一天可怜见，苦尽甘来，还有再见丈夫之日。"不免含泪而挑水。正是：宁为困苦全贞妇，不作贪淫下贱人。

　　不说张氏如春在洞中受苦。且说陈巡检与同王吉自离东京，在路两月余，至梅岭之北，被申阳公摄了孺人去，千方无计寻觅。王吉劝官人且去上任，巡检只得弃舍而行。乃望面前一村酒店，巡检到店门前下马，与王吉入店买酒饭吃了，算还酒饭钱，再上马而去。见一个草舍，乃是卖卦的，在梅岭下。招牌上写：“杨殿干请仙下笔，吉凶有准，祸福无差。”陈巡检到门前，下马离鞍，入门与杨殿干相见已毕。殿干问：“尊官何来？”陈巡检将昨夜失妻之事，从头至尾，说了一遍。杨殿干焚香请圣，陈巡检跪拜祷祝。只见杨殿干请仙至，降笔判断四句，诗曰：“千日逢灾厄，佳人意自坚。紫阳来到日，镜破再团圆。”杨殿干断曰：“官人且省烦恼。孺人有千日灾，三年之后，再遇紫阳，夫妇团圆。”陈巡检自思：“东京曾遇紫阳真人，借罗童为伴。因罗童呕气，打发他回去。此间相隔数千里路，如何得紫阳到此？”遂乃心中少宽。还了卦钱，谢了杨殿干，上马同王吉并众人上梅岭来。陈巡检看那岭时，真个险峻：欲问世间烟障路，大庾梅岭苦心酸。磨牙猛虎成群走，吐气巴蛇满地攒。陈巡检并一行人过了梅岭。

　　岭南二十里，有一小亭，名唤做接官亭。巡检下马，入亭中暂歇。忽见王吉报说：“有南雄沙角镇巡检衙门弓兵人等，远来迎接。”陈巡检唤入，参拜毕。过了一夜，次日同弓兵、吏卒走马上任，至于衙中升厅，众人参贺已毕。陈巡检在沙角镇做官，且是清正严谨。光阴似箭，正是：窗外日光弹

指过，席前花影坐间移。倏忽在任，不觉一载有余。差人打听孺人消息，并无踪迹。端的好似石沉东海底，犹如线断纸风筝。

陈巡检为因孺人无有消息，心中好闷；思忆浑家，终日下泪。正思念张如春之际，忽弓兵上报："相公，祸事。今有南雄府府尹札付来报军情：有一强人，姓杨，名广，绰号'镇山虎'，聚集五七百小喽啰，占据南林村，打家劫舍，杀人放火，百姓遭殃。札付巡检，'火速带领所管一千人马，关领军器，前去收捕，毋得迟误。'"陈巡检听知，火速收拾军器鞍马。披挂已了，引着一千人马，径奔南林村来。

却说那南林村镇山虎正在寨中饮酒，小喽啰报说："官军到来。"急上马持刀，一声锣响，引了五百小喽啰，前来迎敌。陈巡检与镇山虎并不打话，两马相交，那草寇怎敌得陈巡检过？斗无十合，一矛刺镇山虎于马下，枭其首级，杀散小喽啰。将首级回南雄府，当厅呈献。府尹大喜，重赏了当。自回巡检衙，办酒庆贺已毕。只因斩了镇山虎，真个是：威名大振南雄府，武艺高强众所钦。

这陈巡检在任，倏忽却早三年官满。新官交替，陈巡检收拾行装，与王吉离了沙角镇，两程并作一程行，相望庾岭之下，红日西沉，天色已晚。陈巡检一行人，望见远远松林间有一座寺，王吉告官人："前面有一座寺，我们去投宿则个。"陈巡检勒马向前，看那寺时，额上有"红莲寺"三个大金字。巡检下马，同一行人入寺。元来这寺中长老，名号称大惠禅师，佛法广大，德行清高，是个古佛出世。当时行者报与长老："有一过往官人投宿。"长老教行者相请。巡检入方丈，参见长老。礼毕，长老问："官人何来？"陈巡检备说前事，"万望长老慈悲，指点陈辛，寻得孺人回乡，不忘重恩"。长老曰："官人听禀：此怪是白猿精，千年成器，变化难测。你孺人性贞烈，不肯依随，被他剪发赤脚，挑水浇花，受其苦楚。此人号曰申阳公，常到寺中听说禅机，讲其佛法。官人若要见孺人，可在我寺中住几时，等申阳公来时，我劝化他回心，放还你妻，如何？"陈巡检见长老如此说，心中喜欢，且在寺中歇下。正是：五里亭亭一小峰，上分南北与西东。世间多少迷途客，一指还归大道中。

陈巡检在红莲寺中，一住十余日。忽一日，行者报与长老："申阳公到寺来也。"巡检闻之，躲于方丈中屏风后面。只见长老相迎，申阳公入方丈。叙礼毕，分位而坐，行者献茶。茶罢，申阳公告长老曰："小圣无能断除爱欲，只为色心迷恋本性，谁能虎项解金铃？"长老答曰："尊圣要解虎项金铃，可解色心本性。色即是空，空即是色。一尘不染，万法皆明。莫怪老僧多言相劝，闻知你洞中有一如春娘子，在洞三年。他是贞节之妇，可放他一命还乡，此便是断却欲心也。"申阳公听罢，回言："长老，小圣心中正恨此人。罚他挑水三年，不肯回心。这等愚顽，决不轻放！"陈巡检在屏风后听得说，正是提起心头火，咬碎口中牙。陈巡检大怒，拔出所佩宝剑，劈头便砍。申阳公用手一指，其剑反着自身。申阳公曰："吾不看长老之面，将你粉骨碎身，此冤必报。"道罢，申阳公别了长老，回去了。自洞中叫张如春在面前，欲要剖腹取心，害其性命。得牡丹、金莲二人救解，依旧挑水浇花，不在话下。

且说陈巡检不知妻子下落，到也罢了。既晓得在申阳洞中，心下倍加烦恼。在红莲寺方丈中拜告长老："怎生得见我妻之面？"长老曰："要见不难。老僧指一条径路，上山去寻。"长老叫行者引巡检去山间寻访，行者自回寺。只说陈辛去寻妻，未知寻得见寻不见？正是：风定始知蝉在树，灯残方见月临窗。当日，陈巡检带了王吉，一同行者到梅岭山头，不顾崎岖峻险，走到山岩潭畔，见个赤脚挑水妇人。慌忙向前看时，正是如春。夫妻二人，抱头而哭，各诉前情，莫非梦中相见？一一告诉。如春说："昨日申公回洞，几乎一命不存。"巡检乃言："谢红莲寺长老，指路来寻，不想却好遇你，不如共你逃走了罢。"如春道："走不得。申公妖法广大，神通莫测。他若知我走，赶上时，和官人性命不留。我闻申公平日只怕紫阳真君，除非求得他来，方解其难。官人可急回寺去，莫待申公知之，其祸不小。"陈巡检只得弃了如春，归寺中拜谢长老，说已见娇妻。言："申公只怕紫阳真君，他在东京曾与陈辛相会。今此间窎远，如何得他来救？"长老见他如此哀告，乃言："等我与你入定去看，便见分晓。"长老教行者焚香，入定去了一响。出定回来，说与陈巡检曰："当初紫阳真人与你一个道童，你到半路赶了他回去。你如今便可往，急走三日，必有报应。"陈巡检见说，依其言，急急步行出寺。迤逦行了两日，并无踪迹。

且说紫阳真人在大罗仙境与罗童曰："吾三年前，那陈巡检去上任时，他妻合有千日之灾，今已将满。吾怜他养道修真，好生虔心。吾今与汝同下凡间，去梅岭救取其妻回乡。"罗童听旨，一同下凡，往广东路上行来。这日，却好陈巡检撞见真君同罗童远远而来，乃急急向前跪拜，哀告曰："真君，望救度！弟子妻张如春被申阳公妖法摄在洞中三年，受其苦楚，望真君救难则个。"真君笑曰："陈辛，你可先去红莲寺中等，我便到也。"陈辛拜别，先回寺中；备办香案，迎接真君救难。正是：法箓持身不等闲，立身起业有多般。千年铁树开花易，一日酆都出世难。

陈巡检在寺中等了一日，只见紫阳真君行至寺中，端的道貌非凡。长老直出寺门迎接，入方丈叙礼毕，分宾主坐定。长老看紫阳真君，端的有神仪八极之表，道貌堂堂，威仪凛凛。陈巡检拜在真君面前，告曰："望真君慈悲，早救陈辛妻张如春性命还乡，自当重重拜答深恩。"真君乃于香案前，口中不知说了几句言语，只见就方丈里起一阵风。但见：无形无影透人怀，二月桃花被绰开。就地撮将黄叶去，入山推出白云来。那风过处，只见两个红巾天将出现，甚是勇猛。这两员神将朝着真君声喏道："吾师有何法旨？"紫阳真君曰："快与我去申阳洞中，擒拿齐天大圣前来，不可有失。"两员天将去不多时，将申公一条铁索锁着，押到真君面前。申公跪下，紫阳真君判断，喝令天将将申公押入酆都天牢问罪。教罗童入申阳洞中，将众多妇女各各救出洞来，各令发付回家去讫。张如春与陈辛夫妻再得团圆，向前拜谢紫阳真人。真人别了长老、陈辛，与罗童冉冉腾空而去了。这陈巡检将礼物拜谢了长老，与一寺僧行别了。收拾行李轿马，王吉并一行从人离了红莲寺，迤逦在路，不则一日，回到东京故乡。夫妻团圆尽老，百年而终，有诗为证："三年辛苦在申阳，恩爱夫妻痛断肠。终是妖邪难胜正，贞名落得至今扬。"

第二十一卷　临安里钱婆留发迹

贵逼身来不自由，几年辛苦踏山丘。
满堂花醉三千客，一剑霜寒十四州。
莱子衣裳宫锦窄，谢公篇咏绮霞羞。
他年名上凌云阁，岂羡当时万户侯？

　　这八句诗，乃是晚唐时贯休所作。那贯休是个有名的诗僧，因避黄巢之乱，来于越地，将此诗献与钱王求见。钱王一见此诗，大加叹赏。但嫌其"一剑霜寒十四州"之句，殊无恢廓之意，遣人对他说，教和尚改"十四州"为"四十州"，方许相见。贯休应声吟诗四句。诗曰："不羡荣华不惧威，添州改字总难依。闲云野鹤无常住，何处江天不可飞？"吟罢，飘然而入蜀。钱王懊悔，追之不及。真高僧也。后人有诗讥诮钱王云："文人自古傲王侯，沧海何曾择细流？一个诗僧容不得，如何安□望添州？"此诗是说钱王度量窄狭，所以不能恢廓霸图，止于一十四州之主。虽如此说，像钱王生于乱世，独霸一方，做了一十四州之王，称孤道寡，非通小可！你道钱王是谁？他怎生样出身？有诗为证："项氏宗衰刘氏穷，一朝龙战定关中。纷纷肉眼看成败，谁向尘埃识骏雄？"

　　话说钱王，名镠，表字具美，小名婆留，乃杭州府临安县人氏。其母怀孕之时，家中时常火发；及至救之，又复不见，举家怪异。忽一日，黄昏时候，钱公自外而来，遥见一条大蜥蜴，在自家屋上蜿蜒而下。头垂及地，约长丈余，两目熠熠有光。钱公大惊，正欲声张，忽然不见。只见前后火光亘天，钱公以为失火，急呼邻里求救。众人也有已睡的，未睡的，听说钱家伙起，都爬起来。收拾挠钩、水桶来救火时，那里有什么火！但闻房中呱呱之声，钱妈妈已产下一个孩儿。钱公因自己错呼救火，蒿恼了邻里，十分惭愧，正不过意；又见了这条大蜥蜴，都是怪事。想所产孩儿，必然是妖物，留之无益，

150

不如溺死，以绝后患。也是这小孩儿命不该绝。东邻有个王婆，平生念佛好善，与钱妈妈往来最厚。这一晚，因钱公呼唤救火，也跑来看。闻说钱妈妈生产，进房帮助；见养下孩儿，欢天喜地，抱去盆中洗浴。被钱公劈手夺过孩儿，按在浴盆里面，要将溺死。慌得王婆叫起屈来，倒身护住，定不容他下手。连声道："罪过，罪过！这孩子一难一度，投得个男身。作何罪业，要将他溺死？自古道：虎狼也有父子之情。你老人家是何意故？"钱妈妈也在床褥上嚷将起来。钱公道："这孩子临产时，家中有许多怪异，只恐不是好物，留之为害！"王婆道："一点点血块，那里便定得好歹。况且贵人生产，多有奇异之兆。反为祥瑞，也未可知。你老人家若不肯留这孩子时，待老身领去，过继与没孩儿的人家养育，也是一条性命。与你老人家也免了些罪业。"钱公被王婆苦劝不过，只得留了。取个小名，就唤做婆留。有诗为证："五月佳儿说孟尝，又因光怪误钱王。试看斗文并后稷，君相从来岂夭亡。"

古时，姜嫄感巨人迹而生子，惧而弃之于野。百鸟皆舒翼覆之，三日不死。重复收养，因名曰弃。比及长大，天生圣德，能播种五谷。帝尧任为后稷之官，使主稼穑，是为周朝始祖。到武王之世，开了周家八百年基业。又春秋时，楚国大夫斗伯比与邓子之女偷情，生下一儿。其母邓夫人以为不雅，私弃于梦泽之中。邓子出猎，到于梦泽，见一虎跪下，将乳喂一小儿，心中怪异。那虎乳罢孩儿，自去了。邓子教人抱此儿回来，对夫人夸奖此儿："必是异人。"夫人认得己女所生，遂将实情说出，邓子就将女配与斗伯比为妻，教他抚养此儿。楚国土语唤"乳"做"谷"，唤"虎"做"於菟"。因有虎乳之异，取名曰谷於菟。后来长大为楚国令尹，则今传说的楚令尹子文就是。所以说：贵人无死法。又说：大难不死，必有后禄。今日说钱公满意要溺死孩儿，又被王婆留住，岂非天命？

话休絮烦。再说钱婆留长成五六岁，便头角渐异，相貌雄伟，膂力非常。与里中众小儿游戏厮打，随你十多岁的孩儿，也弄他不过，只索让他为尊。这临安里中有座山，名石镜山。山有圆石，其光如镜，照见人形。钱婆留每日同众小儿在山边游戏，石镜中照见钱婆留头带冕旒，身穿蟒衣玉带，众小儿都吃一惊，齐说"神道出现"。偏是婆留全不骇惧，对小儿说道："这镜中神道，就是我。你们见我，都该下拜。"众小儿罗拜于前，婆留安然受之，以此为常。一日回去，向父亲钱公说知其事。钱公不信，同他到石镜边照验，果然如此。钱公吃了一惊，对镜暗暗祷告道："我儿婆留果有富贵之日，昌大钱宗，愿神灵隐蔽镜中之形，莫被人见，恐惹大祸。"祷告方毕，教婆留再照时，只见小孩儿的模样，并无王者衣冠。钱公故意骂道："孩子家眼花说谎，下次不可如此！"次日，婆留再到石镜边游戏。众小儿不见了神道，不肯下拜了。婆留心生一计。那石镜旁边，有一株大树，其大百围，枝叶扶疏，可荫数亩。树下有大石一块，有七八尺之高。婆留道："这大树权做个宝殿，这大石权做个龙案。那个先爬上龙案坐下的，便是登宝殿了，众人都要拜贺他。"众小儿齐声道："好！"一齐来爬时，那石高又高，峭又峭，滑又滑，怎生爬得上？天生婆留身材矫捷，又且有智。他想着："大树本子上，有几个乾䠐，好借脚力。"相在肚里了，跳上树根，一步步攀缘而上。约莫离地丈许，看得这块大石亲切，放手望下只一跳，端端正正坐于石上。众小儿发一声喊，都拜倒在地。婆留道："今日你们服也不服？"众小儿都应道："服了。"婆留道："既然服我，便要听我号令。"当下折些树枝，假做旗幡，双双成对，摆个队伍，不许混乱。自此为始，每早排衙行礼；或剪纸为青红旗，分作两军交战，婆留坐石上指挥。一进一退，都有法度。如违了，他便打。众小儿打他不过，只得依他，无不惧怕。正是：天挺英豪志量开，休教轻觑小儿孩。未施济世安民手，先见惊天动地才。

　　再说婆留到十七八岁时，顶冠束发，长成一表人材；生得身长力大，腰阔膀开，十八般武艺，不学自高。虽曾进学堂读书，粗晓文义便抛开了，不肯专心，又不肯做农商经纪。在里中不干好事，惯一偷鸡打狗，吃酒赌钱。家中也有些小家私，都被他赌博，消费得七八了。爹娘若说他不是，他就别着气，三两日出去不归。因是管辖他不下，只得由他。此时，里中都唤他做钱大郎，不敢叫他小名了。一日，婆留因没钱使用，忽然想起："顾三郎一伙，尝来打合我去贩卖私盐。我今日身闲无事，何不去寻他？"行到释迦院前，打从戚汉老门首经过。那戚汉老是钱塘县第一个开赌场的，家中养下几个娼妓，招引赌客。婆留闲时，也常在他家赌钱、住宿。这一日，忽见戚汉老左手上横着一把行秤，右手提了一只大公鸡、一个猪头回来。看了婆留便道："大郎，连日少会。"婆留问道："有甚好赌客在家？"汉老道："不瞒大郎说，本县录事老爷有两位郎君，好的是赌博，也肯使花酒钱。有多嘴的，对他说了，引到我家坐地，要寻人赌双陆。人听说是见在官府的儿，没人敢来上桩。大郎有采时，进去赌对一局。他们都是见采，分文不欠的。"婆留口中不语，心下思量道："两日正没生意，且去淘摸几贯钱钞使用。"便向戚汉老道："别人弱他官府，我却不弱他。便对一局，打甚紧？只怕采头短少，须吃他财主笑话。少停赌对时，我只说有在你处，你与我招架一声，得采时平分便了。若还输去，我自赔你。"汉老素知婆留平日赌性最直，便应道："使得。"当下汉老同婆留进门，与二钟相见。这二钟一个叫做钟明，一个叫做钟亮，他父亲是钟起，见为本县录事之职。汉老开口道："此间钱大郎，年纪虽少，最好拳棒，兼善博戏。闻知二位公子在小人家里，特来进见。"原来二钟也喜拳棒，正投其机；又见婆留一表人材，不胜欢喜。当下叙礼毕，闲讲了几路拳法。钟明就讨双陆盘摆下，身边取出十两重一锭大银，放在卓上，说道："今日与钱兄初次相识，且只赌这锭银子。"婆留假意向袖中一摸，说道："在下偶然出来拜一个朋友，遇戚老说公子在此，特来相会，不曾带得什么采来。"回头看着汉老道："左右有在你处，你替我答应则个。"汉老一时应承了，只得也取出十两银子，做一堆儿放着。便道："小人今日不方便，在此只有这十两银子，做两局赌么？"自古道：稍粗胆壮。婆留自己没一分钱钞，却教汉老应出银子，胆已自不壮了。着了急，一连两局都输。钟明收起银子，便道："得罪，得罪。"教小厮另取一两银子，送与汉老，作为头钱。汉老虽然还有银子在家，只怕钱大郎又输去了，只得认着晦气，收了一两银子。将双陆盘拨过一边，摆出酒肴留款。婆留那里有心饮酒，便道："公子宽坐，容在下回家去，再取稍来决赌。何如？"钟明道："最好。"钟亮道："既钱兄有兴，明日早些到此，竟日取乐；今日知己相逢，且共饮酒。"婆留只得坐了。两个妓女唱曲侑酒。正是：赌场逢妓女，银子当砖块。牡丹花下死，还却风流债。

当日正在欢饮之际，忽闻叩门声。开看时，却是录事衙中当直的，说道："老爷请公子议事。教小的们那处不寻到，却在这里！"钟明、钟亮便起身道："老父呼唤，不得不去。钱兄，晚日须早来顽耍。"嘱罢，向汉老说声"相扰"，同当直的一齐去了。婆留也要出门，被汉老双手拉住道："我应的十两银子，几时还我？"婆留一手劈开便走，口里答道："来日送还。"出得门来，自言自语的道："今日手里无钱，却赌得不爽利。还去寻顾三郎，借几贯钞，明日来翻本。"带着三分酒兴，径往南门街上而来。向一个僻静巷口撒溺，背后一人将他脑后一拍，叫道："大郎，甚风吹到此？"婆留回头看时，正是贩卖私盐的头儿顾三郎。婆留道："三郎，今日相访，有句话说。"顾三郎道："甚话？"婆留道："不瞒你说，两日赌得没兴，与你告借百十贯钱去翻本。"顾三郎道："百十贯钱却易，只今夜随我去，便有。"婆留道："那里去？"顾三郎道："莫问，莫问，同到城外便知。"

两个步出城门，恰好日落西山，天色渐暝。约行二里之程，到个水港口，黑影里见缆个小船，离岸数尺。船上芦席满满冒住，密不通风，并无一人。顾三郎捻起泥块，向芦席上一撒，撒得声响。忽然芦席开处，船舱里钻出两个人来，咳嗽一声。顾三郎也咳嗽相应。那边两个人，即便撑船拢来。顾三郎同婆留下了船舱，船舱还藏得有四个人。这里两个人下舱，便问道："三郎，你与谁人同来？"顾三郎道："请得主将在此，休得多言，快些开船去。"说罢，众人拿橹动篙，把这船儿弄得梭子般去了。婆留道："你们今夜又走什么道路？"顾三郎道："不瞒你说，两日不曾做得生意，手头艰难。闻知有个王节使的家小船，今夜泊在天目山下，明早要进香。此人巨富，船中必然广有金帛，弟兄们欲待借他些使用。只是他手下有两个苍头，叫做张龙、赵虎，大有本事，没人对付得他。正思想大郎了得，天幸适才相遇，此乃天使其便，大胆相邀至此。"婆留道："做官的贪赃枉法得来的钱钞，此乃不义之财，取之无碍！"

正说话间，听得船头前荡桨响，又有一个小划船来到。船上共有五条好汉在上，两船上一般咳嗽相应。婆留已知是同伙，更不问他。只见两船帮近，顾三郎悄悄问道："那话儿歇在那里？"划船上人应道："只在前面一里之地，我们已是着眼了。"当下，众人将船摇入芦苇中歇下，敲石取火。众好汉都来与婆留相见，船中已备得有酒肉，各人大碗酒、大块肉吃了一顿。分拨了器械，两只船，十三筹好汉，一齐上前进发。遥见大船上灯光未灭，众人摇船拢去，发声喊，都跳上船头。婆留手执铁棱棒打头，正遇着张龙，早被婆留一棒打落水去。赵虎望后艄便跑。满船人都吓得魂飞魄散，那个再敢挺敌？一个个跪倒船舱，连声饶命。婆留道："众兄弟听我分付：只许收拾金帛，休杀害他性命。"众人依言，将舟中辎重，恣意搬取。嗯哨一声，众人仍分作两队，下了小船，飞也是摇去了。原来王节使另是一个座船，他家小先到一日。次日，王节使方到，已知家小船被盗。细开失单，往杭州府告状。杭州刺史董昌准了，行文各县：访拿真赃真盗。文书行到临安县来，知县差县尉协同缉捕使臣，限时限日的擒拿，不在话下。

再说顾三郎一伙，重泊船于芦苇丛中，将所得利物，众人十三分均分。因婆留出力，议定多分一分与他。婆留共得了三大锭元宝，百来两碎银，及金银酒器、首饰又十余件。此时天色渐明，城门已开。婆留怀了许多东西，跳上船头，对顾三郎道："多谢作成，下次再当效力。"说罢，进城径到戚汉老家。汉老兀自床上翻身，被婆留叫唤起来，双手将两眼揩抹，问道："大郎何事来得恁早？"婆留道："钟家兄弟如何还不来？我寻他翻本则个。"便将元宝、碎银及酒器、首饰，一顿交付与戚汉老。说道："恐怕又烦累你应采，这些东西都留你处，慢慢的支销。昨日借你的十两头，你就在里头除了罢。今日二钟来，你替我将几两碎银做个东道，就算我请他一席。"戚汉老见了许多财物，心中欢喜，连声应道："这小事，但凭大郎分付。"婆留道："今日起早些，既二钟未来，我要寻个静办处，打个盹。"戚汉老引他到一个小小阁儿中，白木床上，叫道："大郎任意安乐，小人去梳洗则个。"

却说钟明、钟亮在衙中早饭过了，袖了几锭银子，再到戚汉老家中。汉老正在门首买东买西，见了二钟，便道："钱大郎今日做东道相请。在此专候久了，在小阁中打盹。二位先请进去，小人就来陪奉。"钟明、钟亮两个私下称赞道："难得这般有信义之人。"走进堂中，只听得打鼾之声，如霹雳一般的响。二钟吃一惊，寻到小阁中，猛见个丈余长一条大蜥蜴，据于床上，头生两角，五色云雾罩定。钟明、钟亮一齐叫道："作怪！"只这声"作怪"，便把云雾冲散，不见了蜥蜴。定睛看时，乃是钱大郎直挺挺的睡着。弟兄两个心下想道："常闻说异人多有变相。明明是个蜥蜴，如何却是钱大郎？此人后来必然有些好处。我们趁此未遇之先，与他结交，有何不美？"两下商量定，等待婆留醒来，二人更不言其故，只说："我弟兄相慕信义，情愿结桃园之义，不知大郎允否？"婆留也爱二钟为人爽慨，当下就在小阁内，八拜定交。因婆留年最小，做了三弟。这日也不赌钱，大家畅饮而别，临别时，钟明把昨日赌赢的十两银子，送还婆留。婆留那里肯收，便道："戚汉老处，小弟自己还过了。这银，大哥权且留下。且待小弟手中乏时，相借未迟。"

钟明只得收去了。

自此日为始，三个人时常相聚。因是吃酒打人，饮博场中，出了个大名，号为"钱塘三虎"。这句话，吹在钟起耳朵里来，好生不乐。将两个儿子禁约在衙中，不许他出外游荡。婆留连日不见二钟，在录事衙前探听，已知了这个消息，害了一怕，好几日不敢去寻二钟相会。正是：取友必须端，休将戏谑看。家严儿学好，子孝父心宽。

再说钱婆留与二钟疏了，少不得又与顾三郎这伙亲密，时常同去贩盐为盗。此等不法之事，也不知做下几十遭。原来走私商道路的，第一次胆小，第二次胆大，第三第四次浑身都是胆了。他不犯本钱，大锭银、大贯钞的使用。侥幸其事不发，落得快活受用。且到事发再处，他也拼得做得。自古道：若要不知，除非莫为。只因顾三郎伙内陈小乙，将一对赤金莲花杯在银匠家倒唤银子，被银匠认出是李十九员外库中之物，对做公的说了。做公的报知县尉，访着了这一伙姓名，尚未挨拿。忽一日，县尉请钟录事父子在衙中饮酒。因钟明写得一手好字，县尉邀至书房，求他写一幅单条。钟明写了李太白《少年行》一篇，县尉展看称美。钟明偶然一眼，觑见大端石砚下，露出些纸脚。推开看时，写得有多人姓名。钟明有心，捉个冷眼，取来藏于袖中。背地偷看，却是所访盐盗的单儿。内中有钱婆留名字，钟明吃了一惊，上席后，不多几杯酒，便推腹痛先回。县尉只道真病，由他去了，谁知却是钟明的诡计。

当下钟明也不回去，急急跑到戚汉老家，教他转寻婆留说话。恰好婆留正在他场中铸牌赌色。钟明见了，也无暇作揖，一只臂膊牵出门外。到个僻静处，说道如此如此，"幸我看见，偷得访单在此。兄弟快些藏躲，恐怕不久要来缉捕，我须救你不得。一面我自着人替你在县尉处上下使钱，若三个月内不发作时，方可出头。兄弟千万珍重。"婆留道："单上许多人，都是我心腹至友。哥哥若营为时，须一例与他解宽。若放一人到官，众人都是不干净的。"钟明道："我自有道理。"说罢，钟明自去了。这一个信息，急得婆留脚也不停，径跑到南门寻见顾三郎，说知其事，也教他一伙作速移开，休得招风揽火。顾三郎道："我们只下了盐船，各镇、市四散撑开，没人知觉，只你守着爹娘，没处去得，怎么好？"婆留道："我自不妨事，珍重，珍重。"说罢，别去。从此婆留装病在家，准准住了三个月。早晚只演习枪棒，并不敢出门。连自己爹娘也道是个异事，却不知其中缘故。有诗为证："钟明欲救婆留难，又见婆留转报人。同乐同忧真义气，英雄必不负交亲。"

却说县尉次日正要勾摄公事，寻砚底下这幅访单，已不见了，一时乱将起来。将书房中小厮吊打，再不肯招承。一连乱了三日，没些影响，县尉没做道理处。此时钟明、钟亮拼却私财，上下使用，缉捕、使臣都得了贿赂，又将白银二百两，央使臣转送县尉，教他阁起这宗公事。幸得县尉性贪，又听得使臣说道，录事衙里替他打点。只疑道："那边先到了录事之手，我也落得放松，做个人情。"收受了银子，假意立限与使臣缉访。过了一月两月，把这事都放慢了。正是官无三日紧，又道是有钱使得鬼推磨。不在话下。

话分两头。再表江西洪州，有个术士。此人善识天文，精通相术。白虹贯日，便知易水奸谋；宝气腾空，预辨丰城神物。决班超封侯之贵，刻邓通饿死之期。殃祥有准半神仙，占候无差高术士。这术士唤做廖生，预知唐季将乱，隐于松门山中。忽一日夜坐，望见斗、牛之墟，隐隐有龙文五采，知是王气。算来该是钱塘分野，特地收拾行囊，来游钱塘。再占云气，却又在临安地面。乃装做相士，隐于临安市上。每日市中人求相者甚多，都是等闲之辈，并无异人在外。忽然想起："录事钟起，是我故友，何不去见他？"即忙到录事衙中通名。钟起知是故人廖生到此，倒屣而迎。相见礼毕，各叙寒温。钟起叩其来意，廖生屏去从人，私向钟起耳边说道："不肖夜来望气，知有异人在于贵县。求之市中数日，查不可得。看足下尊相，虽然贵显，未足以当此也。"钟起乃召明、亮二子，求他一看。廖生道："骨法皆贵，然不过人臣之位。所谓异人，上应着斗、牛间王气，惟天子足以当之，最下亦得五霸、诸侯，方应其兆耳。"钟起乃留廖生在衙中过宿。

次日，钟起只说县中有疑难事，欲共商议。备下酒席在吴山寺中，悉召本县有名目的豪杰来会，令廖生背地里一个个看过。其中贵贱不一，皆不足以当大贵之兆。当日席散，钟起再邀廖生到衙。欲待来日，更搜寻乡村豪杰，教他饱看。此时天色将晚，二人并马而回。

却说钱婆留在家，已守过三个月无事，喜欢无限。想起二钟救命之恩，大着胆，来到县前。闻得钟起在吴山寺宴会，悄地到他衙中，要寻二钟兄弟拜谢。钟明、钟亮知是婆留相访，乘着父亲不在，慌忙出来相迎聚话。忽听得马铃声响，钟起回来。婆留望见了钟起，吓得心头乱跳，低着头，望外只顾跑。钟起问："是甚人？"喝教拿下。廖生急忙向钟起说道："奇哉，怪哉！所言异人，乃应在此人身上，不可慢之。"钟起素信廖生之术，便改口教人："好好请来相见。"婆留只得转来。钟起问其姓名，婆留好像泥塑木雕的，那里敢说？钟起焦燥，乃唤两个儿子问："此人何姓何名？住居何处？缘何你与他相识？"钟明料瞒不过，只得说道："此人姓钱，小名婆留，乃临安里人。"钟起大笑一声，扯着廖生背地说道："先生错矣！此乃里中无赖子，目下幸逃法网，安望富贵乎？"廖生道："我已决定不差。足下父子之贵，皆因此人而得。"乃向婆留说道："你骨法非常，必当大贵，光前耀后！愿好生自爱。"又向钟起说道："我所以访求异人者，非贪图日后挈带富贵，正欲验我术法之神耳。从此更十年，吾言必验，足下识之。只今日相别，后会未可知也。"说罢，飘然而去。钟起才信道婆留是个异人，钟明、钟亮又将戚汉老家所见蜥蜴生角之事，对父亲述之，愈加骇然。当晚，钟起便教儿子留款婆留。劝他："勤学枪棒，不可务外为非，致损声名。家中乏钱使用，我当相助。"由此钟明、钟亮仍旧与婆留往来不绝，比前更加亲密。有诗为证："堪嗟豪杰混风尘，谁向贫穷识异人？只为廖生能具眼，顿令录事款嘉宾。"

话说唐僖宗乾符二年，黄巢兵起，攻掠浙东地方。杭州刺史董昌，出下募兵榜文。钟起闻知此信，对儿子说道：“即今黄寇猖獗，兵锋至近，刺史募乡勇杀贼。此乃壮士立功之秋，何不劝钱婆留一去？”钟明、钟亮道：“儿辈皆愿同他立功。”钟起欢喜。当下请到婆留，将此情对他说了。婆留磨拳擦掌，踊跃愿行。一应衣甲、器仗，都是钟起支持；又将银二十两，助婆留为安家之费。改名钱镠，表字具美，取“留”“镠”二音相同故也。三人辞家上路，直到杭州，见了刺史董昌。董昌见他器岸魁梧，试其武艺，果然熟闲，不胜之喜。皆署为裨将，军前听用。

　　不一日，探子报道：“黄巢兵数万，将犯临安，望相公策应。”董昌就假钱镠以兵马使之职，使领兵往救。问道：“此行用兵几何？”钱镠答道：“将在谋不在勇，兵贵精不贵多。愿得二钟为助，兵三百人足矣。”董昌即命钱镠于本州军伍，自行挑选三百人，同钟明、钟亮率领，望临安进发。

　　到石鉴镇，探听贼兵离镇止十五里。钱镠与二钟商议道：“我兵少，贼兵多。只可智取，不可力敌，宜出奇兵应之。”乃选弓弩手二十名，自家率领；多带良箭，伏山谷险要之处。先差炮手二人，伏于贼兵来路。一等贼兵过险，放炮为号，二十张强弓，一齐射之。钟明、钟亮各引一百人左右埋伏，准备策应。余兵散布山谷，扬旗呐喊，以助兵势。

　　分拨已定，黄巢兵早到。原来石鉴镇山路险隘，止容一人一骑。贼先锋率前队兵度险，皆单骑鱼贯而过。忽听得一声炮响，二十张劲弩齐发。贼人

大惊，正不知多少人马。贼先锋身穿红锦袍，手执方天画戟，领插令字旗，跨一匹瓜黄战马，正扬威耀武而来，却被弩箭中了颈项，倒身颠下马来，贼兵大乱。钟明、钟亮引着二百人，呼风喝势，两头杀出。贼兵着忙，又听得四围呐喊不绝，正不知多少军马，自相蹂躏。斩首五百余级，余贼溃散。

钱镠全胜了一阵，想道："此乃侥幸之计，可一用不可再也。若贼兵大至，三百人皆为齑粉矣。此去三十里外，有一村，名八百里。引兵屯于彼处。"乃对道旁一老媪说道："若有人问你临安兵的消息，但言屯八百里就是。"

却说黄巢听得前队在石鉴镇失利，统领大军，弥山蔽野而来。到得镇上，不见一个官军，遣人四下搜寻居民问信。少停，拿得老媪到来。问道："临安军在那里？"老媪答道："屯八百里。"再三问时，只是说"屯八百里"。黄巢不知"八百里"是地名，只道官军四集，屯了八百里路之远。乃叹道："向者二十弓弩手，尚然敌他不过，况八百里屯兵乎？杭州不可得也！"于是贼兵不敢停石鉴镇上，径望越州一路而去。临安赖以保全。有诗为证："能将少卒胜多人，良将机谋妙若神。三百兵屯八百里，贼军骇散息烽尘。"

再说越州观察使刘汉宏，听得黄巢兵到，一时不曾做得准备。乃遣人打话，情愿多将金帛犒军，求免攻掠。黄巢受其金帛，亦径过越州而去。原来刘汉宏先为杭州刺史，董昌在他手下做裨将，充募兵使。因平了叛贼王郢之乱，董昌有功，就升做杭州刺史，刘汉宏却升做越州观察使。汉宏因董昌在他手下出身，屡屡欺侮；董昌不能堪，渐生嫌隙。今日巢贼经过越州，虽然不曾杀掠，却费了许多金帛；访知杭州到被董昌得胜报功，心中愈加不平。有门下宾客沈苟献计道："临安退贼之功，皆赖兵马使钱镠用谋取胜。闻得钱镠智勇足备，明公若驰咫尺之书，厚具礼币，只说越州贼寇未平，向董昌借钱镠来此征剿。哄得钱镠到此，或优待以结其心，或寻事以斩其首。董昌割去右臂，无能为矣。方今朝政颠倒，宦官弄权，官家威令不行。天下英雄，皆有割据一方之意。若吞并董昌，奄有杭、越，此霸王之业也。"刘汉宏为人，志广才疏，这一席话，正投其机。以手抚沈苟之背，连声赞道："吾心腹人所见极明。妙哉，妙哉！"即忙修书一封："汉宏再拜，奉书于故人董公麾下：顷者巢贼猖獗，越州兵微将寡，难以备御。闻麾下有兵马使钱镠，谋能料敌，勇称冠军。今贵州已平，乞念唇齿之义，遣镠前来，协力拒贼。事定之后，功归麾下。聊具金甲一副，名马二匹，权表微忱，伏乞笑纳。"

原来董昌也有心疑忌刘汉宏，先期差人打听越州事情，已知黄巢兵退。如今书上反说巢寇猖獗，其中必有缘故。即请钱镠来商议。钱镠道："明公与刘观察隙嫌已构，此不两立之势也。闻刘观察自托帝王之胄，欲图非望。巢贼在境，不发兵相拒，乃以金帛买和，其意不测。明公若假精兵二千付镠，声言相助。汉宏无谋，必欣然见纳。乘便图之，越州可一举而定。于是表奏朝廷，坐汉宏以和贼谋叛之罪。朝廷方事姑息，必重奖明公之功。明公勋垂于竹帛，身安于泰山，岂非万全之策乎？"董昌欣然从之。即打发回书，着来使先去。随后发精兵二千，付与钱镠。临行嘱道："此去见几而作，小心在意。"

却说刘汉宏接了回书，知道董昌已遣钱镠到来，不胜之喜，便与宾客沈苟商议。沈苟道："钱镠所领二千人，皆胜兵也。若纵之入城，实为难制。今俟其未来，预令人迎之，使屯兵于城外，独召钱镠相见。彼既无羽翼，惟吾所制。然后遣将代领其兵，厚加恩劳，使倒戈以袭杭州。疾雷不及掩耳，董昌可克矣。"刘汉宏又赞道："吾心腹人所见极明。妙哉，妙哉！"即命沈苟出城，迎候钱镠。不在话下。

再说钱镠领了二千军马，来到越州城外，沈苟迎住。相见礼毕，沈苟道："奉观察之命：城中狭小，不能容客兵，权于城外屯札。单请将军入城相会。"钱镠已知刘汉宏掇赚之计，便将计就计，假意发怒道："钱某本一介匹夫，荷察使不嫌愚贱，厚币相招。某感察使知己之恩，愿以肝脑相报。董刺史与察使外亲内忌，不欲某去；又只肯发兵五百人。某再三勉强，方许二千之数。某挑选精壮，一可当百，特来辅助察使，成百世之功业。察使不念某勤劳，亲行犒劳；乃安坐城中，呼某相见，如呼下隶，此非敬贤之道！某便引兵而回，不愿见察使矣。"说罢，仰面叹云："钱某一片壮心，可惜，可惜！"沈苟只认是真心，慌忙收科道："将军休要错怪，观察实不知将军心事。容某进城对观察说知，必当亲自劳军，与将军相见。"说罢，飞马入城去了。钱镠分付手下心腹将校：如此如此。各人暗做准备。

且说刘汉宏听沈苟回话，信以为然。乃杀牛宰马，大发刍粮，为犒军之礼。旌旗鼓乐前导，直到北门外馆驿中坐下，等待钱镠入见，指望他行偏裨见主将之礼。谁知钱镠领着心腹二十余人，昂然而入。对着刘汉宏拱手道："小将甲胄在身，恕不下拜了。"气得刘汉宏面如土色。沈苟自觉失信，满脸通红，上前发怒道："将军差矣！常言军有头，将有主。尊卑上下，古之常礼。董刺史命将军来与观察助力，将军便是观察麾下之人；况董刺史出身观察门下，尚然不敢与观察敌体。将军如此倨傲，岂小觑我越州无军马乎？"说声未绝，只见钱镠大喝道："无名小子，敢来饶舌。"将头巾望上一掀，二十余人，一齐发作。说时迟，那时快，钱镠拔出佩剑，沈苟不曾防备，一刀剁下头来。刘汉宏望馆驿后便跑。手下跟随的，约有百余人，一齐上前，来拿钱镠。怎当钱镠神威雄猛，如砍瓜切菜，杀散众人，径往馆驿后园来寻刘汉宏，并无踪迹。只见土墙上缺了一角，已知爬墙去了。钱镠懊悔不迭，率领二千军众，便想攻打越州。看见城中已有准备，自己后军无继，孤掌难鸣；只得拨转旗头，重回旧路。城中刘汉宏闻知钱镠回军，即忙点精兵五千，差骁将陆萃为先锋，自引大军，随后追袭。

却说钱镠也料定越州军马必来追赶，昼夜兼行，来到白龙山下。忽听得一棒锣声，山中拥出二百余人，一字儿拨开。为头一个好汉，生得如何？怎生打扮？头裹金线唐巾，身穿绿锦衲袄。腰拴搭膊，脚套皮靴。挂一副弓箭袋，拿一柄泼风刀。生得浓眉大眼，紫面拳须。私商船上有名人，厮杀场中无敌手。钱镠出马，上前观看。那好汉见了钱镠，撇下刀，纳头便拜。钱镠认得是贩盐为盗的顾三郎，名唤顾全武，乃滚鞍下马，扶起道："三郎久别，如何却在此处？"顾全武道："自蒙大郎活命之恩，无门可补报。闻得黄巢兵到，欲待倡率义兵，保护地方，就便与大郎相会。后闻大郎破贼成功，为朝廷命官；又闻得往越州刘观察处效用。不才聚起盐徒二百余人，正要到彼相寻帮助，何期此地相会？不知大郎回兵，为何如此之速？"钱镠把刘汉宏事情，备细说了一遍。便道："今日天幸得遇三郎，正有相烦之处。小弟算定刘汉宏必来追赶，因此连夜而行。他自恃先达，不以董刺史为意。又杭州是他旧治，追赶不着，必然直趋杭州，与董家索斗。三郎率领二百人，暂住白龙山下，待他兵过，可行诈降之计。若兵临杭州，只看小弟出兵迎敌，三郎从中而起，汉宏可斩也。若斩了汉宏，便是你进身之阶。小弟在董刺史前一力保荐，前程万里！不可有误。"顾全武道："大郎分付，无有不依。"两人相别，各自去了。正是：太平处处皆生意，衰乱时时尽杀机。我正算人人算我，战场能得几人归？

却说刘汉宏引兵追到越州界口，先锋陆萃探知钱镠星夜走回，来禀汉宏回军。汉宏大怒道："钱镠小卒，吾为所侮，有何面目回见本州百姓！杭州吾旧时管辖之地，董昌吾所荐拔；吾今亲自引兵到彼，务要董昌杀了钱镠，输情服罪，方可恕饶。不然，誓不为人！"当下喝退陆萃，传令起程，向杭州进发。行至富阳白龙山下，忽然一棒锣声，涌出二百余人，一字儿摆开。为头一个好汉，手执大刀，甚是凶勇。汉宏吃了一惊，正欲迎敌。只见那汉约住刀头，厉声问道："来将可是越州刘察使么？"汉宏回言："正是。"那好汉慌忙撇刀在地，拜伏马前，道："小人等候久矣。"刘汉宏问其来意。那汉道："小人姓顾，名全武，乃临安县人氏。因贩卖私盐，被州县访名擒捉，小人一向在江湖上逃命。近闻同伙兄弟钱镠出头做官，小人特往投奔。何期他妒贤嫉能，贵而忘贱，不相容纳，只得借白龙山权住落草。昨日钱镠到此经过，小人便欲杀之。争奈手下众寡不敌，怕不了事。闻此人得罪于察使，小人愿为前部，少效犬马之劳。"刘汉宏大喜，便教顾全武代了陆萃之职，分兵一千前行。陆萃改作后哨。

不一日，来到杭州城下。此时钱镠已见过董昌，预作准备。闻越州兵已到，董昌亲到城楼上，叫道："下官与察使同为朝廷命官，各守一方。下官并不敢得罪察使，不知到此何事？"刘汉宏大骂道："你这背恩忘义之贼！若早识时务，斩了钱镠，献出首级，免动干戈。"董昌道："察使休怒，钱镠自来告罪了。"只见城门开处，一军飞奔出来，来将正是钱镠。左有钟明，右有钟亮，径冲入敌阵，要拿刘汉宏。汉宏着了忙，急叫："先锋何在？"旁边一将应声道："先锋在此！"手起刀落，斩汉宏于马下。把马一招，钱镠直杀入阵来，大呼："降者免死！"五千人不战而降，陆萃自刎而亡。斩汉宏者，乃顾全武也。正是：有谋无勇堪资画，有勇无谋易丧生。必竟有谋兼有勇，仾看百战百成功。

董昌看见斩了刘汉宏，大开城门收军。钱镠引顾全武见了董昌，董昌大喜。即将汉宏罪状申奏朝廷，并列钱镠以下诸将功次。那时朝廷多事，不暇究问，乃升董昌为越州观察使，就代刘汉宏之位；钱镠为杭州刺史，就代董昌之位；钟明、钟亮及顾全武俱有官爵。钟起将亲女嫁与钱镠为夫人。董昌移镇越州，将杭州让与钱镠。钱公、钱母都来杭州居住，一门荣贵，自不必说。

却说临安县有个农民，在天目山下锄田，锄起一片小小石碑，镌得有字几行。农民不识，把与村中学究罗平看之。罗学究拭土辨认，乃是四句谶语。道是："天目山垂两乳长，龙飞凤舞到钱塘。海门一点巽峰起，五百年间出帝王。"后面又镌"晋郭璞记"四字。罗学究以为奇货，留在家中。次日，怀了石碑，走到杭州府，献与钱镠刺史，密陈天命。钱镠看了，大怒道："匹夫造言欺我？合当斩首！"罗学究再三苦求，方免。喝教乱棒打出，其碑就庭中毁碎。原来钱镠已知此是吉谶，合应在自己身上。只恐声扬于外，故意不信。乃见他心机周密处。

再说罗学究被打，深恨刺史无礼，"好意反成恶意"。心生一计，"不若将此碑献与越州董观察，定有好处"。想："此碑虽然毁碎，尚可凑看。"乃私赂守门吏卒，在庭中拾将出来，原来只破作三块。将字迹凑合，一毫不损，罗平心中大喜。依旧包裹石碑，取路到越州去。行了二日，路上忽逢一簇人，攒拥着一个十二三岁的孩儿。那孩子手中提着一个竹笼，笼外覆着布幕，内中养着一只小小翠鸟。罗平挨身上前，问其缘故。众人道："这小鸟儿，又非鹦哥，又非鹁鸪，却会说话。我们要问这孩子买他玩耍，还了他一贯足钱，还不肯。"话声未绝，只见那小鸟儿，将头颠两颠，连声道："皇帝董！皇帝董！"罗平问道："这小鸟儿还是天生会话？还是教成的？"孩子道："我爹在乡里砍柴，听得树上说话，却是这畜生。将栖竿栖得来，是天生会话的。"罗平道："我与你两贯足钱，卖与我罢。"孩子得了两贯钱，欢欢喜喜的去了。罗平捉了鸟笼，急急赶路。

不一日，来到越州，口称有机密事，要见察使。董昌唤进，屏开从人，正要问时，那小鸟儿又在笼中叫道："皇帝董！皇帝董！"董昌大惊，问道："此何鸟也？"罗平道："此鸟不知名色，天生会话，宜呼曰'灵鸟'。"因于怀中取出石碑，备陈来历："自晋初至今，正合五百之数。方今天子微弱，唐运将终。梁、晋二王，互相争杀。天下英雄，皆有割据一方之意。钱塘原是察使创业之地，灵碑之出，非无因也。况灵鸟吉祥，明示天命。察使先破黄巢，再斩汉宏，威名方盛，远近震悚。若乘此机会，用越、杭之众，兼并两浙。上可以窥中原，下亦不失为孙仲谋矣。"原来董昌见天下纷乱，久有图霸之意。听了这一席话，大喜道："足下远来，殆天赐我立功也。事成之日，即以本州观察相酬。"于是拜罗平为军师，招集兵马；又于民间科敛，以充粮饷。命巧匠制就金丝笼子，安放"灵鸟"，外用蜀锦为衣罩之。又写密书一封，差人送到杭州钱镠，教他募兵听用。

钱镠见书，大惊道："董昌反矣。"乃密表奏朝廷。朝廷即拜钱镠为苏、杭等州观察。于是钱镠更造杭城，自秦望山至于范浦，周围七十里。再奉表闻，加镇海军节度使，封开国公。董昌闻知朝廷累加钱镠官爵，心中大怒，骂道："贼狗奴，敢卖吾得官耶？吾先取杭州，以泄吾恨。"罗平谏道："钱镠异志未彰，且新膺宠命，讨之无名。不若诈称朝命，先正王位。然后以尊临卑，平定睦州，广其兵势。假道于杭，以临湖州。待钱镠不从，乘间图之；若出兵相助是明公不战而得杭州矣。又何求乎？"董昌依其言，乃假装朝廷诏命，封董昌为越王之职，使专制两浙诸路军马，旗帜上都换了越王字号。又将灵碑及灵鸟宣示州中百姓，使知天意。民间三丁抽一，得兵五万，号称十万，浩浩荡荡，杀奔睦州来。睦州无备，被董昌攻破了。停兵月余，改换官吏。又选得精兵三万人，军威甚盛。自谓天下无敌，谋称越帝。征兵杭州，欲攻湖州。钱镠道："越兵正锐，不可当也，不如迎之。待其兵顿湖州，遂乘其弊，无不胜矣。"于是先遣钟明卑词犒师，续后亲领五千军马，愿为前部自效。董昌大喜，行了数日，钱镠伪称有疾，暂留途中养病。董昌更不疑惑，催兵先进。有诗为证："勾践当年欲豢吴，卑辞厚礼破姑苏。董昌不识钱镠意，犹恃兵威下太湖。"

却说钱镠打听越州兵去远，乃引兵而归。挑选精兵千人，假做越州军旗号，遣顾全武为先锋，来袭越州。又分付钟明、钟亮，各引精兵五百，潜屯余杭之境。分付："不可妄动。直待董昌还救越州时节，兵从此过，然后自后掩袭。他无心恋战，必获全胜。"分拨已定，乃对宾客钟起道："守城之事，专以相委。越州乃董贼巢穴，吾当亲往观变。若巢穴既破，董昌必然授首无疑矣。"乃自引精兵二千，接应顾全武军马。

却说顾全武打了越州兵旗号，一路并无阻碍，直到越州城下。只说催趱攻城火器，赚开城门。顾全武大喝道："董昌僭号，背叛朝廷。钱节使奉诏来讨，大军十万已在城外矣。"越州城中军将，都被董昌带去，留的都是老弱，谁敢拒敌？顾全武径入府中，将伪世子董荣及一门老幼三百余人，拘于一室，分兵守之。恰好杭州大军已到，闻知顾全武得了城池，整军而入，秋毫无犯。顾全武迎钱镠入府。出榜安民已定，写书一封，遣人往董昌军中投递。书曰："镠闻：天无二日，土无二王。今唐运虽衰，天命未改。而足下妄自矜大，僭号称兵。凡为唐臣，谁不愤疾？镠迫于公义，辄遣副将顾全武率兵讨逆。兵声所至，越人倒戈。足下全家，尽已就缚。若能见机伏罪，尚可全活。乞早自裁，以救一家之命。"

却说董昌攻打湖州不下，正在帐中纳闷。又听得灵鸟叫声："皇帝董，皇帝董！"董昌抱起锦罩看时，一个眼花，不见灵鸟，只见一个血淋淋的人头，在金丝笼内挂着。认得是刘汉宏的面庞，吓得魂不附体，大叫一声，蓦然倒地。众将急来救醒，定睛半晌，再看笼子内，都是点点血迹，果然没了灵鸟。

董昌心中大恶，急召罗军师商议，告知其事。问道："主何吉凶？"罗平心知不祥之兆，不敢直言，乃说道："大越帝业，因斩刘汉宏而起。今汉宏头现，此乃克敌之征也。"说犹未了，报道："杭州差人下书。"董昌拆开看时，知道越州已破，这一惊非小。罗平道："兵家虚虚实实，未可尽信。钱镠托病回兵，必有异谋，故造言以煽惑军心，明公休得自失主张。"董昌道："虽则真伪未定，亦当回军，还顾根本。"罗平叫将来使斩讫，恐泄漏消息。再教传令并力攻城，使城中不疑，夜间好办走路。是日，攻打湖州，至晚方歇。捱到二更时分，拔寨都起。骁将薛明、徐福各引一万人马先行，董昌中军随后进发，却将睦州带来的三万军马，与罗平断后。湖州城中见军马已退，恐有诡计，不敢追袭。

且说徐、薛二将，引兵昼夜兼行，早到余杭山下。正欲埋锅造饭，忽听得山凹里连珠炮响，鼓角齐鸣，钟明、钟亮两枝人马，左右杀将出来。薛明接住钟明厮杀，徐福接住钟亮厮杀。徐、薛二将，虽然英勇，争奈军心惶惑，都无心恋战；且昼夜奔走，俱已疲倦，怎当虎狼般这两枝生力军？自古道兵离将败。薛明看见军伍散乱，心中着忙，措手不迭，被钟明斩于马下。拍马来夹攻徐福，徐福敌不得二将，亦被钟亮斩之。众军都弃甲投降。二钟商议道："越兵前部虽败，董昌大军随后即至，众寡不敌。不若分兵埋伏，待其兵已过去，从后击之。彼知前部有失，必然心忙思审，然后可获全胜矣。"当下商量已定，将投降军众纵去，使报董昌消息。

却说董昌大军正行之际，只见败军纷纷而至。报道："徐、薛二将，俱已阵亡。"董昌心胆俱裂，只得抖擞精神，麾兵而进。过了余杭山下，不见敌军，正在疑虑。只听后面连珠炮响，两路伏兵齐起，正不知多少人马！越州兵争先逃命，自相蹂踏，死者不计其数。直奔了五十余里，方才得脱。收拾败军，三停又折一停，只等罗平后军消息。谁知睦州兵虽然跟随董昌，心中不顺。今日见他回军，几个裨将商议，杀了罗平，将首级向二钟处纳降，并力来追董昌。董昌闻了此信，不敢走杭州大路，打宽转打从临安、桐庐一路而行。

这里钱镠早已算定，预先取钟起来守越州，自起兵回杭州，等候董昌。却教顾全武领一千人马，在临安山险处埋伏，以防窜逸。董昌行到临安，军无队伍。正当爬山过险，却不提防顾全武一枝军冲出。当先顾全武一骑马，一把刀，横行直撞，逢人便杀。大喝："降者免死！"军士都拜伏于地，那个不要性命的，敢来交锋？董昌见时势不好，脱去金盔、金甲，逃往村农家逃难，被村中绑缚献出。顾全武想道："越兵虽降，其势甚众，怕有不测。"一刀割了董昌首级，以绝越兵之意。重赏村农。正欲下寨歇息，忽听得山凹中鼓角震天。尘头起处，军马无数而来。顾全武道："此必越州军后队也。"绰刀上马，准备迎敌。马头近处，那边拥出二员大将，不是别人，正是钟明、钟亮，为追赶董昌到此。三人下马相见，各叙功勋。是晚，同下寨于临安地方。次日，拔寨都起。行了二日，正迎着钱镠军马。原来钱镠哨探得董昌打从临安远转，怕顾全武不能了事，自起大军来接应。已知两路人马，都已成功，合兵回杭州城来。真个是：喜孜孜鞭敲金镫响，笑吟吟齐唱凯歌回。顾全武献董昌首级，二钟献薛明、徐福、罗平首级。钱镠传令：向越州监中取董昌家属三百口，尽行诛戮，写表报捷，此乃唐昭宗皇帝乾宁四年也。

那时中原多事，吴越地远，朝廷力不能及。闻钱镠讨叛成功，上表申奏，大加叹赏。锡以铁券、诰命，封为上柱国、彭城郡王，加中书令。未几，进封越王。又改封吴王。润、越等十四州，得专封拜。此时钱镠志得意满，在杭州起造王府宫殿，极其壮丽。父亲钱公已故，钱母尚存，奉养宫中；锦衣玉食，自不必说。钟氏册封王妃；钟起为国相，同理政事；钟明、钟亮及顾全武俱为各州观察使之职。

其年大水，江潮涨溢，城垣都被冲击。乃大起人夫，筑捍海塘，累月不就。钱镠亲往督工，见江涛汹涌，难以施功，钱镠大怒，喝道："何物江神？敢逆吾意！"命强弩数百，一齐对潮头射去，波浪顿然敛息。不勾数日，捍海塘筑完，命其门曰候潮门。

钱镠叹道："闻古人有云：富贵不归故乡，如衣锦夜行耳。"乃择日往临安，展拜祖父坟茔，用太牢祭享。旌旗鼓吹，振耀山谷。改临安县为衣锦军，石鉴山名为衣锦山。用锦绣为被，蒙覆石镜；设兵看守，不许人私看。初时所坐大石，封为衣锦石；大树封为衣锦将军，亦用锦绣遮缠。风雨毁坏，更换新锦。旧时所居之地，号为衣锦里，建造牌坊。贩盐的担儿，也裁个锦囊韬之，供养在旧居堂屋之内，以示不忘本之意。杀牛宰马，大排筵席，遍召里中故旧。不拘男妇，都来宴会。其时，有一邻姬，年九十余岁，手提一壶白酒，一盘角黍，迎着钱镠，呵呵大笑，说道："钱婆留今日直恁长进，可喜，可喜！"左右正欲吆喝，钱镠道："休得惊动了他。"慌忙拜倒在地，谢道："当初若非王婆相救，留此一命，怎有今日？"王婆扶起钱镠，将白酒满斟一瓯送到，钱镠一饮而尽；又将角黍供去，镠亦啖之。说道："钱婆留今日有得吃，不劳王婆费心，老人家好去自在。"命县令拨里中肥田百亩，为王婆养终之资。王婆称谢而去。

只见里中男妇毕集，见了钱镠蟒衣玉带，天人般妆束，一齐下跪。钱镠扶起，都教坐了，亲自执觞送酒。八十岁以上者，饮金杯；百岁者，饮玉杯。那时饮玉杯者，也有十余人。钱镠送酒毕，自起歌曰："三节还乡挂锦衣，吴越一王驷马归。天明明兮爱日挥，百岁荏兮会时稀。"父老皆是村民，不解其意；面面相觑，都不做声。钱镠觉他意不欢畅，乃改为吴音再歌。歌曰："你辈见侬底欢喜，别是一般滋味子。长在我侬心子里，我侬断不忘记你。"歌罢，举座欢笑，都拍手齐和。是日，尽欢而罢。明日又会，如此三日，各各有绢帛赏赐。开赌场的戚汉老已故，召其家，厚赐之。仍归杭州。

后唐王禅位于梁，梁王朱全忠改元开平，封钱镠为吴越王，寻授天下兵马都元帅。钱镠虽受王封，其实与皇帝行动不殊：一般出警入跸，山呼万岁。

据欧阳公《五代史·叙》说，吴越亦曾称帝改元。至今杭州各寺院有天宝、宝大、宝正等年号，皆吴越所称也。自钱镠王吴越，终身无邻国侵扰，享年八十有一而终，谥曰武肃。传子元瓘，元瓘传子佐，佐传弟俶。宋太祖陈桥受禅之后，钱俶来朝。到宋太宗嗣位，钱俶纳土归朝，改封邓王。钱氏独霸吴越凡九十八年，天目山石碑之谶，应于此矣。后人有诗赞云："将相本无种，帝王自有真。昔年盐盗辈，今日锦衣人。石鉴呈形异，廖生决相神。笑他'皇帝董'，碑谶枉残身。"

第二十二卷　木绵庵郑虎臣报冤

荷花桂子不胜悲，江介年华忆昔时。
天目山来孤凤歇，海门潮去六龙移。
贾充误世终无策，庾信哀时尚有词。
莫向中原夸绝景，西湖遗恨是西施。

这一首诗是张志远所作。只为宋朝南渡以后，绍兴、淳熙年间息兵罢战，君相自谓太平，纵情佚乐，士大夫赏玩湖山，无复恢复中原之志。所以末一联诗说道："莫向中原夸绝景，西湖遗恨是西施。"那时，西湖有三秋桂子，十里荷香，青山四围，中涵绿水，金碧楼台相间，说不尽许多景致。苏东坡学士有诗云："欲把西湖比西子，淡妆浓抹两相宜。"因此君臣耽山水之乐，忘社稷之忧，恰如吴宫被西施迷惑一般。当初吴王夫差宠幸一个妃子，名曰西施，日逐在百花洲、锦帆泾、姑苏台，流连玩赏。其时有个佞臣伯嚭，逢君之恶，劝他穷奢极欲，诛戮忠臣。以致越兵来袭，国破身亡。今日宋朝南渡之后，虽然夷势猖獗，中原人心不忘赵氏，尚可乘机恢复。也只为听用了几个奸臣，盘荒懈惰，以致于亡。那几个奸臣？秦桧、韩侂胄、史弥远、贾似道。秦桧居相位一十九年，力主和议，杀害岳飞，解散张、韩、刘诸将兵柄。韩侂胄居相位一十四年，陷害了赵汝愚丞相，罢黜道学诸臣，轻开边衅，辱国殃民。史弥远在相位二十六年，谋害了济王竑，专任憸壬以居台谏，一时正人君子，贬斥殆尽。那时蒙古盛强，天变屡见，宋朝事势已去了七八了。也是天数当尽，又生出个贾似道来。他在相位一十五年，专一蒙蔽朝廷，偷安肆乐；后来虽贬官黜爵，死于木绵庵，不救亡国之祸。有诗为证："奸邪自古误人多，无奈君王轻信何？朝论若分'忠''佞'字，太平玉烛永调和。"

话说南宋宁宗皇帝嘉定年间，浙江台州一个官人，姓贾名涉。因往临安府听选，一主一仆，行至钱塘，地名叫做凤口里。行路饥渴，偶来一个村家歇脚，打个中火。那人家竹篱茅舍，甚是荒凉。贾涉叫声："有人么？"只见芦帘开处，走个妇人出来。那妇人生得何如？面如满月，发若乌云。薄施脂粉，尽有容颜。不学妖娆，自然丰韵。鲜眸玉腕，生成福相端严；裙布钗荆，任是村妆希罕。分明美玉藏顽石，一似明珠坠堑渊。随他呆子也消魂，况是客边情易动？那妇人见了贾涉，不慌不忙，深深道个万福。贾涉看那妇人是个福相，心下踌躇道："吾今壮年无子，若得此妇为妾，心满意足矣。"便对妇人说道："下官往京候选，顺路过此；欲求一饭，未审小娘子肯为炊爨否？自当奉谢。"那妇人笑道："奴家职在中馈，炊爨当然；况是尊官荣顾，敢不遵命？但丈夫不在，休嫌怠慢。"贾涉见他应对敏捷，愈加欢喜。

那妇人进去不多时，捧两碗熟豆汤出来，说道："村中乏茶，将就救渴。"少停，又摆出主仆两个的饭来。贾涉自带得有牛脯、干菜之类，取出嗄饭。那妇人又将大磁壶盛着滚汤，放在卓上，道："尊官净口。"贾涉见他殷勤，便问道："小娘子尊姓？为何独居在此？"那妇人道："奴家胡氏，丈夫叫做王小四。因连年种田折本，家贫无奈，要同奴家去投靠一个财主过活。奴家立誓不从，丈夫拗奴不过，只得在左近人家趁工度日，奴家独自守屋。"贾涉道："下官有句不识进退的言语，未知可否？"那妇人道："但说不妨。"贾涉道："下官颇通相术，似小娘子这般才貌，决不是下贱之妇。你今屈身随着个村农，岂不担误终身？况你丈夫家道艰难，顾不得小娘子体面。下官壮年无子，正欲觅一侧室，小娘子若肯相从，情愿多将金帛，赠与贤夫，别谋婚娶，可不两便？"那妇人道："丈夫也曾几番要卖妾身，是妾不肯。既尊官有意见怜，待丈夫归时，尊官自与他说，妾不敢擅许。"说犹未了，只见那妇人指着门外道："丈夫回也。"

只见王小四戴一顶破头巾，披一件旧白布衫，吃得半醉，闯进门来。贾涉便起身道："下官是往京听选的，偶借此中火，甚是搅扰。"王小四答道："不妨事！"便对胡氏说道："主人家少个针线娘，我见你平日好手针线，对他说了。他要你去教导他女娘生活，先送我两贯足钱。这遍要你依我去去。"胡氏半倚着芦帘内外，答道："后生家脸皮，羞答答地，怎到人家趁饭？不去，不去。"王小四发个喉急，便道："你不去时，我没处寻饭养你。"贾涉见他说话凑巧，便诈推解手，却分付家童将言语勾搭他道："大伯，你花枝般娘子，怎舍得他往别人家去？"王小四道："小哥，你不晓得我穷汉家事体。一日不识羞，三日不忍饿，却比不得大户人家，吃安闲茶饭。似此乔模乔样，委的我家住不了。"家童道："假如有个大户人家，肯出钱钞，讨你这位小娘子去，你舍得么？"王小四道："有甚舍不得！"家童道："只我家相公，要讨一房侧室。你若情愿时，我撺掇多把几贯钱钞与你。"王小四应允。家童将言语回覆了贾涉，贾涉便教家童与王小四讲就四十两银子身价。王小四在村中央个教授来，写了卖妻文契，落了十字花押。一面将银子兑过，王小四收了银子，贾涉收了契书。王小四还只怕婆娘不肯，甜言劝谕。谁知那妇人与贾涉先有意了？也是天配姻缘，自然情投意合。

当晚，贾涉主仆二人，就在王小四家歇了。王小四也打铺在外间相伴。妇人自在里面铺上独宿。明早贾涉起身，催妇人梳洗完了，吃了早饭，央王小四在村中另雇小生口驮那妇人，一路往临安去。有诗为证："夫妻配偶是前缘，千里红绳暗自牵。况是荣华封两国，村农岂得伴终年？"

贾涉领了胡氏，住在临安寓所。约有半年，谒选得九江万年县丞。迎接了孺人唐氏，一同到任。原来唐氏为人妒悍，贾涉平昔有个惧内的毛病；今日唐氏见丈夫娶了小老婆，不胜之怒，日逐在家淘气。又闻胡氏有了三个月身孕，思想道："丈夫向来无子，若小贱人生子，必然宠用，那时我就争他不过了；我就是养得出孩儿，也让他做哥哥，日后要被他欺侮。不如及早除了祸根方妙。"乃寻个事故，将胡氏毒打一顿，剥去衣衫，贬他在使婢队里，一般烧茶煮饭，扫地揩台，铺床叠被。又禁住丈夫，不许与他睡。每日寻事打骂，要想堕落他的身孕。贾涉满肚子恶气，无可奈何。

一日，县宰陈履常请贾涉饮酒。贾涉与陈履常是同府人，平素通家往来，相处得极好的。陈履常请得贾涉到衙，饮酒中间，见他容颜不悦，叩其缘故。贾涉抵讳不得，将家中妻子妒妾事情，细细告诉了一遍。又道："贾门宗嗣，全赖此妇。不知堂尊有何妙策，可以保全此妾？倘日后育得一男，实为万幸。贾氏祖宗也当衔恩于地下。"陈履常想了一会，便道："要保全却也容易，只怕足下舍不得他离身。"贾涉道："左右如今也不容相近，咫尺天涯一般，有甚舍不得处？"陈履常附耳低言："若要保全身孕，只除如此如此。"乃取红帛花一朵，悄悄递与贾涉，教他把与胡氏为暗记。这个计策，就在这朵花上，后来便见。有诗为证："吃醋捻酸从古有，覆宗绝嗣甘出丑。红花定计有堂尊，巧妇怎出男子手？"

忽一日，陈县宰打听得丞厅请医，云是唐孺人有微恙。待其病痊，乃备了四盒茶果之类，教奶奶到丞厅问安。唐孺人留之宽坐，整备小饭相款，诸婢罗侍在侧。说话中间，奶奶道："贵厅有许多女使伏侍，且是伶俐。寒舍苦于无人，要一个会答应的也没有，甚不方便。急切没寻得，若借得一个小娘子，与寒舍相帮几时，等讨得个替力的来，即便送还，何如？"唐氏道："通家怎说个'借'字？只怕粗婢不中用。奶奶看得如意，但凭选择，即当奉赠。"奶奶称谢了。看那诸婢中间，有一个生得齐整，鬓边正插着这朵红帛花，心知是胡氏，便指定了他，说道："借得此位小娘子，甚好。"唐氏正在吃醋，巴不得送他远远离身。却得此句言语，正合其意；加添县宰之势，丞厅怎敢不从？料道丈夫也难埋怨。连声答应道："这小婢姓胡，在我家也不多时。奶奶既中意时，即今便教他跟随奶奶去。"当时席散，奶奶告别。胡氏拜了唐氏四拜，收拾随身衣服，跟了奶奶轿子，到县衙去讫。唐氏方才对贾涉说知，贾涉故意叹惜。正是：算得通时做得凶，将他瞒在鼓当中。县衙此去方安稳，绝胜存孤赵氏宫。胡氏到了县衙，奶奶将情节细说，另打扫个房铺与他安息。

光阴似箭，不觉十月满足。到八月初八日，胡氏腹痛，产下一个孩儿。奶奶只说他婢所生，不使丞厅知道。那时贾涉适在他郡去检校一件公事，到九月方归。与县宰陈履常相见，陈公悄悄的报个喜信与他。贾涉感激不尽，对陈公说："要见新生的孩儿一面。"陈公教丫鬟去请胡氏立于帘内，丫鬟抱出小孩子，递与贾涉。贾涉抱了孩儿，心中虽然欢喜，觑着帘内，不觉堕下泪来。两下隔帘说了几句心腹话儿，胡氏教丫鬟接孩子进去，贾涉自回。自此，背地里不时送些钱钞与胡氏买东买西。阖家通知，只瞒过唐氏一人。

光阴荏苒，不觉二载有余，那县宰任满升迁，要赴临安。贾涉只得将情告知唐氏，要领他母子回家。唐氏听说，一时乱将起来，咶噪个不住，连县宰的奶奶，也被他"奉承"了几句。乱到后面，定要丈夫将胡氏嫁出，方许把小孩子领回。贾涉听说嫁出胡氏一件，到也罢了；单只怕领回儿子，被唐氏故意谋害，或是绝其乳食，心下怀疑不决。正在两难之际，忽然门上报道："台州有人相访。"贾涉忙去迎时，原来是亲兄贾濡。他为朝廷妙择良家女子，养育宫中，以备东宫嫔嫱之选。女儿贾氏玉华，已选入数内。贾濡思量要打刘八太尉的关节，扶持女儿上去，因此特到兄弟任所，与他商议。贾涉在临安听选时，赁的正是刘八太尉的房子，所以有旧。贾涉见了哥哥，心下想道："此来十分凑巧。"便将娶妾生子，并唐氏嫉妒事情，细细与贾濡说了。"如今陈公将次离任，把这小孩子没送一头处。哥哥若念贾门宗嗣，领他去养育成人，感恩非浅！"贾濡道："我今尚无子息。同气连枝，不是我领去，教谁看管？"贾涉大喜，私下雇了奶娘，问宰衙要了孩子，交付奶娘。嘱付哥哥："好生抚养。"就写了刘八太尉书信一封，赍发些路费，送哥哥贾濡起身。胡氏托与陈公领去，任从改嫁。那贾涉、胡氏虽然两不相舍，也是无可奈何。唐孺人听见丈夫说子母都发开，十分象意了。只是苦了胡氏：又去了小孩子，又离了丈夫。跟随陈县宰上路，好生凄惨！一路只是悲哭。奶奶也劝解他不住，陈履常也厌烦起来。行至维扬，分付水手："就地方唤个媒婆，教他寻个主儿，把胡氏嫁去。只要对头老实忠厚，一分财礼也不要。"你说白送人老婆，那一个不肯上桩？不多时，媒婆领一个汉子到来，说是个细工石匠，夸他许多志诚老实。你说偌大一个维扬，难道寻不出个好对头？偏只有这石匠？是有个缘故。常言道：三姑六婆，嫌少争多。那媒婆最是爱钱的，多许了他几贯谢礼，就玉成其事了。石匠见了陈县宰，磕了四个头，站在一边。陈履常看他衣衫齐楚，年力少壮，又是从不曾婚娶的；且有手艺，养得老婆过活，便将胡氏许他。石匠真个不费一钱，白白里领了胡氏去，成其夫妇。不在话下。

再说贾涉自从胡氏母子两头分散，终日闷闷不乐。忽一日，唐孺人染病上床，服药不痊，呜呼哀哉，死了。贾涉买棺入殓已毕，弃官扶柩而回。到了故乡，一喜一悲：喜者是见那小孩子比前长大，悲者是胡氏嫁与他人，不得一见。正是：花开遭雨打，雨止又花残。世间无全美，看花几个欢？

却说贾家小孩子，长成七岁，聪明过人，读书过目成诵。父亲取名似道，表字师宪。贾似道到十五岁，无书不读，下笔成文。不幸父亲贾涉，伯伯贾濡，相继得病而亡。殡葬已过，自此无人拘管，恣意旷荡，呼卢六博，斗鸡走马，饮酒宿娼，无所不至。不匀四五年，把两分家私荡尽。初时听得家中说道："嫡母胡氏嫁在维扬，为石匠之妻。姐姐贾玉华，选入宫中。"思量："维扬路远，又且石匠手艺，没甚出产。闻得姐姐选入沂王府中，今沂王做了皇帝，宠一个妃子姓贾，不知是姐姐不是？且到京师，观其动静。"此时理宗端平初年，也是贾似道时运将至，合当发迹。将家中剩下家伙，变卖几贯钱钞，收拾行李，径往临安。

那临安是天子建都之地，人山人海；况贾似道初到，并无半个相识，没处讨个消息，镇日只在湖上游荡。闲时，未免又在赌博场中顽耍，也不免平康巷中走走。不匀几日，行囊一空，衣衫蓝缕，只在西湖帮闲趁食。一日醉倦，小憩于栖霞岭下，遇一个道人，布袍羽扇，从岭下经过。见了贾似道，站定脚头，瞪目看了半晌，说道："官人可自爱重，将来功名不在韩魏公之下。"那个韩魏公是韩蕲王讳世忠的，他位兼将相，夷夏钦仰，是何等样功名，古今有几个人及得他？贾似道闻此言，只道是戏侮之谈，全不准信。那道人自去了。过了数日，贾似道在平康巷赵二妈家，酒后与人赌博相争，失足跌于阶下，磕损其额，血流满面。虽然没事，额上结下一个瘢痕。一日，在酒肆中又遇了前日的道人，顿足而叹，说道："可惜，可惜，天堂破损。虽然功名盖世，不得善终矣。"贾似道扯住道人衣服，问道："我果有功名之分？若得一日称心满意，就死何恨？但目今流落无依，怎得个遭际？富贵从何而来？"道人又看了气色，便道："滞色已开，只在三日内自有奇遇，平步登天。但官人得意之日，休与秀才作对。切记，切记！"说罢，道人自去了。贾似道半信不信。看看捱到第三日，只见赌博场中的陈二郎来寻贾似道，对他说道："朝廷近日册立了贾贵妃，十分宠爱，言无不从。贾贵妃自言家在台州，特差刘八太尉往台州访问亲族。你时常说有个姐姐在宫中，莫非正是贵妃？特此报知。果有瓜葛，可去投刘八太尉，定有好处。"贾似道闻言，如梦初觉，想道："我父亲存日，常说曾在刘八太尉家作寓，往来甚厚；姐姐入宫近御，也亏刘八太尉扶持。一到临安，就该投奔他才是，却闲荡过许多日子，岂不好笑。虽然如此，我身上蓝缕，怎好去见刘八太尉？"心生一计：在典铺里赁件新鲜衣服穿了，折一顶新头巾，大模大样，摇摆在刘八太尉府中去。自称故人之子台州姓贾的，有话求见。

刘八太尉正待打点动身，往台州访问贾贵妃亲族。闻知此言，又只怕是冒名而来的，唤个心腹亲随，先叩来历分明，方准相见。不一时，亲随回话道："是贾涉之子贾似道。"刘八太尉道："快请进。"原来内相衙门，规矩最大，寻常只是呼唤而已；那个"请"字，也不容易说的，此乃是贵妃面上。当时贾似道见了刘八太尉，慌忙下拜。太尉虽然答礼，心下尚然怀疑。细细盘问，方知是实。留了茶饭，送在书馆中安宿。次早入宫，报与贾贵妃知道。贵妃向理宗皇帝说了，宣似道入宫，与贵妃相见。说起家常，姐弟二人抱头而哭。贵妃引贾似道就在宫中见驾，哭道："妾只有这个兄弟，无家无室，伏乞圣恩，重瞳看觑。"理宗御笔，除授籍田令。即命刘八太尉在临安城中，拨置甲第一区；又选宫中美女十人，赐为妻妾；黄金三千两，白金十万两，以备家资。似道谢恩已毕，同刘八太尉出宫去了。似道叮嘱刘八太尉道："蒙圣恩赐我住宅，必须近西湖一带，方称下怀。"此时刘八太尉在贵妃面上，巴不得奉承贾似道。只拣湖上大宅院，自赔钱钞，倍价买来，与他做第宅。奴仆器用，色色皆备。次日，宫中发出美女十名，贵妃又私赠金银宝玩器皿，共十余车。似道一朝富贵，将百金赏了陈二郎，谢了报信之故；又将百金赏赐典铺中，偿其赁衣。典铺中那里敢受？反备盛礼来贺喜。

自此贾贵妃不时宣召似道入宫相会；圣驾游湖，也时常幸其私第。或同饮博游戏，相待如家人一般，恩幸无比。似道恃着椒房之宠，全然不惜体面，每日或轿或马，出入诸名妓家。遇着中意时，不拘一五一十，总拉到西湖上与宾客乘舟游玩。若宾客众多，分船并进，另有小艇往来载酒肴不绝。你说贾似道起自寒微，有甚宾客？有句古诗说得好，道是："贫贱亲戚离，富贵他人合。"贾似道做了国戚，朝廷恩宠日隆，那一个不趋奉他？只要一人进身，转相荐引，自然其门如市了。文人如廖莹中、翁应龙、赵分如等，武臣如夏贵、孙虎臣等，这都是门客中出色有名的，其余不可尽述也。一日，理宗皇帝游苑，登凤皇山。至夜，望见西湖内灯火辉煌，一片光明，向左右说道："此必贾似道也。"命飞骑探听，果然是似道游湖。天子对贵妃说了，又将金帛一车，赠为酒资。以此似道愈加肆恣，全无忌惮。诗曰："天子偷安无远猷，纵容贵戚恣遨游。问他无赛西湖景，可是安边第一筹？"

那时宋朝仗蒙古兵力，灭了金人。又听了赵范、赵葵之计，与蒙古构难，要守河据关，收复三京。蒙古引兵入寇，责我败盟，淮汉骚动，天子忧惶。贾似道自思："无功受宠，怎能勾超官进爵？"又恐被人弹议，"要立个盖世功名，以取大位，除非是安边荡寇，方是目前第一个大题目"。乃自荐素谙韬略，愿往淮扬招兵破贼，为天子保障东南。理宗大喜，遂封为两淮制置大使，建节淮扬。贾似道谢恩辞朝，携了妻妾宾客，来淮扬赴任。

三日后，密差门下心腹访问生母胡氏。果然跟个石匠，在广陵驿东首住居。访得亲切，回覆了似道。似道即差轿马人夫摆着仪从去迎接。本衙门听事官率领人夫，向胡氏磕头，到把胡氏险些吓倒。听事官致了制使之命，方才心下安稳。胡氏道："身既从夫，不可自专。"急教人去寻石匠回家，对他说了。石匠也要跟去，胡氏不能阻当，只得同行。胡氏乘轿在前，石匠骑马在后，前呼后拥，来到制使府。似道请母亲进私衙相见，抱头而哭。算来母子分散时，似道止三岁，胡氏二十余岁，到今又三十多年了，方才会面相识，岂不伤感？似道闻得石匠也跟随到来，不好相见，即将白金三百两，差个心腹人伴他往江上兴贩。暗地授计，半途中将石匠灌醉，推坠江中，只将病死回报。胡氏也感伤了一场。自此母子团圆，永无牵带。

似道镇守淮扬六年，侥幸东南无事。天子因贵妃思想兄弟，乃钦取似道还朝，加同枢密院事。此时，丁大全罢相，吴潜代之。那吴潜号履斋，为人豪隽自喜，引进兄弟俱为显职。贾似道忌他位居己上，乃造成飞谣，教宫中小内侍于天子面前歌之。谣云："大蜈公，小蜈公，尽是人间业毒虫。夤缘攀附百虫丛，若使飞天便食龙。"天子闻得，乃问似道云："闻街坊小儿尽歌此谣，主何凶吉？"似道奏道："谣言皆荧惑星化为小儿，教人间童子歌之，此乃天意，不可不察。'蜈'与'吴'同，以臣愚见推之，'大蜈公，小蜈公'，乃指吴潜兄弟，专权乱国。若使养成其志，必为朝廷之害。陛下飞龙在天，故天意以食龙示警。为今之计，不若罢其相位，另择贤者居之，可以免咎。"天子听信了，即命翰林草制，贬吴潜循州安置，弟兄都削去官职。似道即代吴潜为右丞相，又差心腹人命循州知州刘宗申，日夜拾摭其短。吴潜被逼不过，服毒而死。此乃似道狠毒处。

却说蒙古主蒙哥屯合州城下，遣太弟忽必烈，分兵围鄂州、襄阳一带，人情汹惧。枢密院一日间连接了三道告急文书，朝廷大惊，乃以贾似道兼枢密使、京湖宣抚大使，进师汉阳，以救鄂州之围。似道不敢推辞，只得拜命。闻得大学生郑隆文武兼全，遣人招致于门下。郑隆素知似道奸邪，怕他难与共事，乃具名刺，先献一诗云："收拾乾坤一担担，上肩容易下肩难。劝君高着擎天手，多少旁人冷眼看。"这首诗，明说似道位高望重，要他虚己下贤，小心做事。他若见了诗，欣然听纳，不枉在他门下走动一番。谁知似道见诗中有规谏之意，骂为狂生，把诗扯得粉碎。不在话下。

再说贾似道同了门下宾客，文有廖莹中、赵分如等，武有夏贵、孙虎臣等，精选羽林军二十万，器仗铠甲，任意取办，择日辞朝出师。真个是威风凛凛，杀气腾腾。不一日，来到汉阳驻扎。此时蒙古攻城甚急，鄂州将破。似道心胆俱裂，那敢上前？乃与廖莹中诸人商议，修书一封，密遣心腹人宋京诣蒙古营中，求其退师，情愿称臣纳币，忽必烈不许。似道遣人往复三四次。适值蒙古主蒙哥死于合州钓鱼山下，太弟忽必烈一心要篡大位，无心恋战，遂从似道请和，每年纳币、称臣、奉贡。两下约誓已定，遂拔寨北去，奔丧即位。贾似道打听得蒙古有事北归，鄂州围解，遂将议和、称臣、纳币之事，瞒过不题。上表夸张己功，只说蒙古惧己威名，闻风远遁。使廖莹中撰为露布，又撰《福华编》，以记鄂州之功。蒙古差使人来议岁币，似道怕他破坏己事，命软监于真州地方。只要蒙蔽朝廷，那顾失信夷虏？理宗皇帝谓似道有再造之功，下诏褒美，加似道少师，赐予金帛无算；又赐葛岭周围田地，以广其居；母胡氏封两国夫人。

似道偃然以中兴功臣自任，居之不疑。日夕引歌姬舞姿，于湖上取乐。四方贡献，络绎不绝。凡门客都布置显要，或为大郡，掌握兵权。真个是一人之下，万人之上。每年八月八日，似道生辰，作词颂美者，以数千计。似道一一亲览，第其高下。一时传诵誊写，为之纸贵。时陆景思《八声甘州》一词，称为绝唱。词云："满清平世界，庆秋成，看斗米三钱。论从来，活国抡功第一，无过丰年。办得民间安饱，余事笑谈间。若问平戎策，微妙难传。　　玉帝要留公住，把西湖一曲，分入林园。有茶炉丹灶，更有钓鱼船。觉秋风未曾吹着，但砌兰长倚北堂萱。千千岁，上天将相，平地神仙。"其他谀谀之词，不可尽述。

一日，似道同诸姬在湖上倚楼闲玩，见有二书生，鲜衣羽扇，丰致翩翩，乘小舟游湖登岸。傍一姬低声赞道："美哉，二少年！"似道听得了，便道："汝愿嫁彼二人，当使彼聘汝。"此姬惶恐谢罪。不多时，似道唤集诸姬，令一婢捧盒至前。似道说道："适间某姬爱湖上书生，我已为彼受聘矣。"众姬不信，启盒视之，乃某姬之首也，众姬无不股栗。其待姬妾惨毒，悉如此类。又常差人贩盐百般，至临安发卖。太学生有诗云："昨夜江头长碧波，满船都载相公醝。虽然要作调羹用，未必调羹用许多。"

似道又欲行富国强兵之策，御史陈尧道献计，要措办军饷，便国便民，无如限田之法。怎叫做限田之法？如今大户田连阡陌，小民无立锥之地，有田者不耕，欲耕者无田。宜以官品大小，限其田数。某等官户止该田若干，其民户止该田若干。余在限外者，或回买，或派买，或官买。回买者，原系其人所卖，不拘年远，许其回赎。派买者，拣殷实人户，不满限者派去，要他用价买之。官买者，官出价买之，名为"公田"，雇人耕种，收租以为军饷之费。先行之浙右，候有端绪，然后各路照式举行。大率回买、派买的都是下等之田，又要照价抽税入官；其上等好田，官府自买，又未免亏损原价。浙中大扰，无不破家者，其时怨声载道。太学生又诗云："胡尘暗日鼓鼙鸣，高卧湖山不出征。不识咽喉形势地，公田枉自害苍生。"

贾似道恐其法不行，先将自己浙田万余亩入官为公田。朝中官员要奉承宰相，人人闻风献产。翰林院学士徐经孙条具公田之害，似道讽御史舒有开劾奏罢官。又有著作郎陈著，亦上疏论似道欺君瘠民之罪，似道亦寻事黜之于外。公田官陈茂濂目击其非，弃官而去。又有钱塘人叶李者，字太白，素与似道相知，上书切谏。似道大怒，黥其面，流之于漳州。彼此满朝钳口，谁敢道个"不"字！

似道又立推排打量之法。何为推排打量之法？假如一人有田若干，要他契书，查勘买卖来历，及质对四址明白。若对不来时，即系欺诳，没入其田，这便是推排。又去丈量尺寸，若是有余，即名隐匿田数，也要没入，这便是打量。行了这法，白白的没入人产，不知其数。太学生又有诗云："三分天下二分亡，犹把山河寸寸量。纵使一丘添一亩，也应不似旧封疆。"又有人作《沁园春》词云："道过江南，泥墙粉壁，右具在前。述何县何乡里，住何人地，佃何人田，气象萧条。生灵憔悴，经界从来未必然。惟何甚？为官为己，不把人怜。思量几许山川，况土地分张又百年。西蜀巉岩，云迷鸟道；两淮清野，日警狼烟。宰相弄权，奸人罔上，谁念干戈未息肩？掌大地，何须经理，万取千焉。"

似道屡闻太学生讥讪，心中大怒，与御史陈伯大商议，奏立士籍：凡科场应举，及免举人，州县给历一道，亲收年貌世系，及所肄业于历首，执以赴举。过省参对笔迹异同，以防伪滥。乃密令人四下查访，凡有词华文采，能诗善词者，便疑心他造言生谤，就于参对时寻其过误，故意黜罢。由是谄谀进身，文人丧气。时人有诗云："戎马掀天动地来，荆襄一路哭声哀。平章束手全无策，却把科场恼秀才。"又有人作《沁园春》词云："士籍令行，条件分明，逐一排连。问子孙何习，父兄何业，明经词赋，右具如前。最是中间，娶妻某氏，试问于妻何与焉？乡保举，那堪着押，开口论钱。祖宗立法于前，又何必更张万万千？算行关改会，限田放籴；生民凋瘁，膏血俱腌。只有士心，仅存一脉，今又艰难最可怜。谁作俑？陈伯大附势专权。"陈伯大收得此词，献与似道。似道密访其人不得，知是秀才辈所为，乘理宗皇帝晏驾，奏停是年科举。自此太学、武学、宗学三处秀才，恨入骨髓。其中又有一班无耻的，倡率众人，称功颂德。似道欲结好学校，一一厚酬。一般也有感激贾平章之恩，愿为之用的。此见秀才中人心不一，所以公论不伸。也不在话下。

却说理宗皇帝传位度宗，改元咸淳。那度宗在东宫时，似道曾为讲官，兼有援立之恩。及即位，加似道太师，封魏国公。每朝见，天子必答拜，称为师相而不名。又诏他十日一朝，赴都堂议事；其余听从自便，大小朝政，皆就私第取决。当时传下两句口号，道是：朝中无宰相，湖上有平章。一日，似道招右丞相马廷鸾、枢密使叶梦鼎，于湖中饮酒。似道行令，要举一物，送与一个古人，那人还诗一联。似道首令云："我有一局棋，送与古人弈秋。弈秋得之，予我一联诗：'自出洞来无敌手，得饶人处且饶人。'"马廷鸾云："我有一竿竹，送与古人吕望。吕望得之，予我一联诗：'夜静水寒鱼不食，满船空载月明归。'"叶梦鼎云："我有一张犁，送与古人伊尹。伊尹得之，予我一联诗：'但存方寸地，留与子孙耕。'"似道见二人所言，俱有讥讽之意，明日寻事，奏知天子，将二人罢官而去。

那时蒙古强盛，改国号曰元，遣兵围襄阳、樊城，已三年了。满朝尽知，只瞒着天子一人而已。似道心知国势将危，乃汲汲为行乐之计。尝于清明日游湖，作绝句云："寒食家家插柳枝，留春春亦不多时。人生有酒须当醉，青冢儿孙几个悲？"于葛岭起建楼台亭榭，穷工极巧；凡民间美色，不拘娼尼，都取来充实其中。闻得宫人叶氏色美，勾通了穿宫太监，径取出为妾，昼夜淫乐无度。又造多宝阁，凡珍奇宝玩，百方购求，充积如山。每日登阁一遍，任意取玩，以此为常。有人言及边事者，即加罪责。忽一日，度宗天子问道："闻得襄阳久困，奈何？"似道对云："北兵久已退去，陛下安得此语？"天子道："适有女嫔言及，料师相必知其实。"似道奏云："此讹言，陛下不必信之。万一有事，臣当亲率大军，为陛下诛尽此虏耳。"说罢退朝。似道乃令穿宫太监，密查女嫔名姓，将他事诬陷他，赐死宫中。正是：是非只为多开口，烦恼皆因强出头。堪笑当时众台谏，不如女嫔肯分忧。自宫嫔死后，内外相戒，无言及边事者。养成虏患，非一朝一夕之故也。

似道又造半闲堂，命巧匠塑己像于其中。旁室数百间，招致方术之士及云水道人，在内停宿。似道暇日，到中堂打坐，与术士、道人谈讲。门客中献词，颂那半闲堂的极多，只有一篇名《糖多令》，最为似道所称赏。词云："天上摘星班，青牛度关。幻出蓬莱新院宇，花外竹，竹边山。轩冕傥来间，人生闲最难，算真闲不到人间。一半神仙先占取，留一半，与公闲。"

有一术士，号富春子，善风角鸟占。贾似道招之，欲试其术，问以来日之事。富春子乃密写一纸，封固，嘱道："至晚方开。"次日，似道宴客湖山，晚间于船头送客，偶见明月当头，口中歌曹孟德"月明星稀，乌鹊南飞"二句。时廖莹中在旁说道："此际可拆书观之矣。"纸中更无他事，惟写"月明星稀，乌鹊南飞"八个字。似道大惊，方知其术神验，遂叩以终身祸福。富春子道："师相富贵，古今莫及，但与姓郑人不相宜，当远避之。"原来似道少时，曾梦自己乘龙上天，却被一勇士打落，堕于坑堑之中，那勇士背心上绣成"荥阳"二字。"荥阳"却是姓郑的郡名，与富春子所言相合，怎敢不信？似道自此检阅朝籍，凡姓郑之人，极力挤排，不容他在位，宦籍中竟无一姓郑者。有门客揣摩似道之意，说道："太学生郑隆惯作诗词，讥讪朝政，此人不可不除。"似道想起昔日献诗规谏之恨，分付太学博士，寻他没影的罪过，将他黥配恩州。郑隆在路上呕气而死。又有一人善能拆字，决断如神。似道富贵已极，渐蓄不臣之志；又恐虏信渐迫，瞒不到头，朝廷必须见责。于是欲行董卓、曹操之事。召拆字者，以杖画地，作"奇"字，使决休咎。拆字的相了一回，说道："相公之事不谐矣。道是'立'，又不'可'；道是'可'，又不'立'。"似道默然无语，厚赠金帛而遣之；恐他泄漏机关，使人于中途谋害。自此反谋遂沮。富春子见似道举动非常，惧祸而逃。可谓见机而作者矣。

却说两国夫人胡氏，受似道奉养，将四十年，直到咸淳十年三月某日，寿八十余方死。衣衾棺椁，穷极华侈，斋醮追荐，自不必说。过了七七四十九日，扶柩到台州，与贾涉合葬。举襄之日，朝廷以卤簿送之。自皇太后以下，凡贵戚朝臣，一路摆设祭馔，争高竞胜。有累高至数丈者，装祭之次，至颠死数人。百官俱戴孝，追送百里之外，天子为之罢朝。那时天降大雨，平地水深三尺。送丧者，都冒雨踏水而行，水没及腰膝，泥淖满面，无一人敢退后者。葬毕，又饭僧三万口，以资冥福。有一僧，饭罢，将钵盂覆地而去。众人揭不起来，报与似道。似道不信，亲自来看，将手轻轻揭起。见钵盂内覆着两行细字，乃白土写成，字画端楷。似道大惊，看时，却是两句诗。道是："得好休时便好休，开花结子在绵州。"正惊讶间，字迹忽然灭没不见。似道遍召门客，问其诗意，都不能解。直到后来，死于木绵庵，方应其语。大凡大富贵的人，前世来历必奇，非比等闲之辈；今日圣僧来点化似道，要他回头免祸，谁知他富贵薰心，迷而不悟。从来有权有势的，多不得善终，都是如此。闲话休题。

再说似道葬母事毕，写表谢恩。天子下诏，起复似道入朝。似道假意乞许终丧，却又讽御史们上疏，虚相位以待己。诏书连连下来，催促起程。七月初，似道应命，入朝面君，复居旧职。其月下旬，度宗晏驾，皇太子显即位，是为恭宗。此时元左丞相史天泽、右丞相伯颜，分兵南下，襄、邓、淮、扬，处处告急。贾似道料定恭宗年少胆怯，故意将元兵消息，张皇其事，奏闻天子，自请统军行边。却又私下分付御史们上疏留己，说道："今日所恃，只师臣一人。若统军行边，顾了襄汉一路，顾不得淮扬；若顾了淮扬一路，顾不得襄汉。不如居中以运天下，运筹帷幄之中，方能决胜于千里之外。倘师臣出外，陛下有事商量，与何人议之？"恭宗准奏道："师相岂可一日离吾左右耶？"不隔几月，樊城陷了，鄂州破了。吕文焕死守襄阳五年，声援不通，城中粮尽，力不能支，只得以城降元。元师乘胜南下，贾似道遮瞒不过，只得奏闻。恭宗闻报，大惊，对似道道："元兵如此逼近，非师相亲行不可。"似道奏道："臣始初便请行边，陛下不许；若早听臣言，岂容胡人得志若此？"恭宗于是下诏，以贾似道都督诸路军马。似道荐吕师夔参赞都督府军事。其明年为恭宗皇帝德佑元年，似道上表出师。旌旗蔽天，舳舻千里，水陆并进。领着两个儿子，并妻妾辎重，凡百余舟；门客俱带家小而行。参赞吕师夔先到江州，以城降元，元兵乘势破了池州。似道闻此信，不敢进前，遂次于鲁港。步军招讨使孙虎臣，水军招讨使夏贵，都是贾似道门客，平昔间谈天说地，似道倚之为重，其实原没有张、韩、刘、岳的本事；今日遇了大战阵，如何侥幸得去？

却说孙虎臣屯兵于丁家洲，元将阿术来攻，孙虎臣抵敌不过，先自跨马逃命，步军都四散奔溃。阿术遣人绕宋舟大呼道："宋家步军已败，你水军不降，更待何时？"水军见说，人人丧胆，个个心惊，不想厮杀，只想逃命，一时乱将起来。舳舻簸荡，乍分乍合，溺死者不可胜数。似道禁押不住，急召夏贵议事。夏贵道："诸军已溃，战守俱难。为师相计，宜入扬州，招溃兵，迎驾海上。贵不才，当为师相死守淮西一路。"说罢自去。少顷，孙虎臣下船，抚膺恸哭道："吾非不欲血战，奈手下无一人用命者，奈何？"似道尚未及对，哨船来报道："夏招讨舟，已解缆先行，不知去向。"时军中更鼓正打四更，似道茫然无策。又见哨船报道："元兵四围杀将来也。"急得似道面如土色，慌忙击锣退师，诸军大溃。孙虎臣扶着似道，乘单舸奔扬州。堂吏翁应龙抢得都督府印信，奔还临安。到次日，溃兵蔽江而下。似道使孙虎臣登岸，扬旗招之，无人肯应者。只听得骂声嘈杂，都道："贾似道奸贼，欺蔽朝廷，养成贼势，误国蠹民，害得我们今日好苦！"又听得说道："今日先杀了那伙奸贼，与万民出气。"说声未绝，船上乱箭射来，孙虎臣中箭而倒。似道看见人心已变，急催船躲避，走入扬州城中，托病不出。

话分两头。却说右丞相陈宜中，平昔谄事似道，无所不至，似道扶持他做到相位。宜中见翁应龙奔还，问道："师相何在？"应龙回言不知。宜中只道已死于乱军之中，首上疏论似道丧师误国之罪，乞族诛以谢天下。于是御史们又趋奉宜中，交章劾奏。恭宗天子方悟似道奸邪误国，乃下诏暴其罪，略云："大臣具四海之瞻，罪莫大于误国；都督专阃外之寄，律尤重于丧师。具官贾似道，小才无取，大道未闻，历相两朝，曾无一善。变田制以伤国本，立士籍以阻人才。匿边信而不闻，旷战功而不举。至于寇逼，方议师征。谓当缨冠而疾趋，何为抱头而鼠窜？遂致三军解体，百将离心。社稷之势缀旒，臣民之言切齿。姑示薄罚，俾尔奉祠。呜呼！膺狄惩荆，无复周公之望；放兜殛鲧，尚宽《虞典》之诛。可罢平章军马重事，及都督诸路军马。"

廖莹中举家亦在扬州，闻似道褫职，特造府中问慰。相见时，一言不能发，但索酒与似道相对痛饮，悲歌雨泣，直到五鼓方罢。莹中回至寓所，遂不复寝。命爱姬煎茶，茶到，又遣爱姬取酒去，私服冰脑一握。那冰脑是最毒之物，服之无不死者。药力未行，莹中只怕不死，急催热酒到来，袖中取出冰脑，连进数握。爱姬方知吃的是毒药，向前夺救，已不及了，乃抱莹中而哭。莹中含着双泪，说道："休哭，休哭！我从丞相二十年，安享富贵。今日事败，得死于家中，也算做善终了。"说犹未毕，九窍流血而死。可怜廖莹中聪明才学，诗字皆精，做了权门犬马，今日死于非命。诗云："不作无求蚓，甘为逐臭蝇。试看风树倒，谁复有荣藤？"

再说贾似道罢相，朝中议论纷纷，谓其罪不止此。台臣复交章劾奏，请加斧钺之诛。天子念他是三朝元老，不忍加刑，谪为高州团练副使，仍命于循州安置。其田产园宅，尽数籍没，以充军饷。谪命下日，正是八月初八日，值似道生辰建醮，乃自撰青词祈祐，略云："老臣无罪，何众议之不容？上帝好生，奈死期之已迫。适当悬弧之旦，预陈易箦之词：窃念臣似道际遇三朝，始终一节；为国任怨，遭世多艰。属丑虏之不恭，驱屏兵而往御。士不用命，功竟无成。众口皆诋其非，百喙难明此谤。四十年劳悴，悔不效留侯之保身；三千里流离，犹恐置霍光于赤族。仰惭覆载，俯愧劬劳。伏望皇天后土之鉴临，理考度宗之昭格。三宫霁怒，收瘴骨于江边；九庙阐灵，扫妖氛于境外。"

故宋时立法：凡大臣安置远州，定有个监押官，名为护送，实则看守，如押送犯人相似。今日似道安置循州，朝议斟酌个监押官，须得有力量的，有手段的；又要平日有怨隙的，方才用得。只因循州路远，人人怕去。独有一位官员，慨然请行。那官员是谁？姓郑，名虎臣，官为会稽尉，任满到京。此人乃是太学生郑隆之子。郑隆被似道黥配而死，虎臣衔恨在心，无门可报，所以今日愿去。朝中察知其情，遂用为监押官。似道虽然不知虎臣是郑隆之子，却记得幼年之梦，和那富春子的说话；今日正遇了姓郑的人，如何不慌？临行时，备下盛筵，款待虎臣。虎臣巍然上坐。似道称他是天使，自称为罪人，将上等宝玩，约值数万金献上，为进见之礼；含着两眼珠泪，凄凄惶惶的哀诉，述其幼时所梦，"愿天使大发菩萨之心，保全蝼蚁之命，生生世世，不敢忘报"。说罢，屈膝跪下。郑虎臣微微冷笑，答应道："团练且起。这宝玩是殃身之物，下官如何好受？有话途中再讲。"似道再三哀求，虎臣只是微笑，似道心中愈加恐惧。

次日，虎臣催促似道起程。金银财宝，尚十余车；婢妾童仆，约近百人。虎臣初时，并不阻当。行了数日，嫌他行李太重，担误行期，将他童仆辈日渐赶逐；其金宝之类，一路遇着寺院，逼他布施。似道不敢不依。约行半月，止剩下三个车子，老年童仆数人，又被虎臣终日打骂，不敢亲近。似道所坐车子，插个竹竿，扯帛为旗，上写着十五个大字，道是"奉旨监押安置循州误国奸臣贾似道"。似道羞愧，每日以袖掩面而行。一路受郑虎臣凌辱，不可尽言。又行了多日，到泉州洛阳桥上，只见对面一个客官，匆匆而至。见了旗上题字，大呼："平章，久违了。一别二十余年，何期在此相会？"似道只道是个相厚的故人，放下衣袖看时，却是谁来？那客官姓叶，名李，字太白，钱唐人氏，因为上书切谏似道，被他黥面流于漳州。似道事败，凡被其贬窜者，都赦回原籍。叶李得赦还乡，路从泉州经过，正与似道相遇，故意叫他。似道羞惭满面，下车施礼，口称得罪。叶李问郑虎臣讨纸笔来，作词一首相赠。词云："君来路，吾归路，来来去去何曾住？公田关子竟何如，国事当时谁与误？雷州户，崖州户，人生会有相逢处。客中颇恨乏蒸羊，聊赠一篇长短句。"

当初北宋仁宗皇帝时节，宰相寇准有澶渊退虏之功，却被奸臣丁谓所谮，贬为雷州司户。未几，丁谓奸谋败露，亦贬于厓州，路从雷州经过。寇准遣人送蒸羊一只，聊表地主之礼。丁谓惭愧，连夜偷行过去，不敢停留。今日叶李词中，正用这个故事，以见天道反复，冤家不可做尽也。似道得词，惭愧无地，手捧金珠一包，赠与叶李，聊助路资。叶李不受而去。郑虎臣喝道："这不义之财，犬豕不顾，谁人要你的！"就似道手中夺来，抛散于地，喝教车仗快走，口内骂声不绝。似道流泪不止。郑虎臣的主意，只教贾似道受辱不过，自寻死路，其如似道贪恋余生，比及到得漳州，童仆逃走俱尽，单单似道父子三人。真个是身无鲜衣，口无甘味，贱如奴隶，穷比乞儿，苦楚不可尽说。漳州太守赵分如，正是贾似道旧时门客。闻得似道到来，出城迎接。看见光景凄凉，好生伤感。又见郑虎臣颜色不善，不敢十分殷勤。是日，赵分如设宴馆驿，管待郑虎臣，意欲请似道同坐。虎臣不许。似道也谦让道："天使在此，罪人安敢与席？"到教赵分如过意不去，只得另设一席于别室，使通判陪侍似道，自己陪虎臣。饮酒中间，分如察虎臣口气，衔恨颇深，乃假意问道："天使今日押团练至此，想无生理，何不教他速死，免受蒿恼，却不干净？"虎臣笑道："便是这恶物事，偏受得许多苦恼，要他好死却不肯死。"赵分如不敢再言。次日五鼓，不等太守来送，便催趱起程。

离城五里，天尚未大明。到个庵院，虎臣教歇脚，且进庵梳洗早膳。似道看这庵中扁额写着"木绵庵"三字，大惊道："二年前，神僧钵盂中赠诗，有'开花结子在绵州'句，莫非应在今日？我死必矣。"进庵，急呼二子分付说话，已被虎臣拘囚于别室。似道自分必死，身边藏有冰脑一包，因洗脸，就掬水吞之。觉腹中痛极，讨个虎子坐下，看看命绝。虎臣料他服毒，乃骂道："奸贼，奸贼，百万生灵死于汝手，汝延捱许多路程，却要自死，到今日，老爷偏不容你！"将大槌连头连脑打下二三十，打得希烂，呜呼死了。却教人报他两个儿子说道："你父亲中恶，快来看视。"儿子见老子身死，放声大哭。虎臣奋怒，一槌一个，都打死了，却教手下人拖去一边，只说逃走去了。虎臣投槌于地，叹道："吾今日上报父仇，下为万民除害，虽死不恨矣。"就用随身衣服，将草荐卷之，埋于木绵庵之侧。埋得定当，方将病状关白太守赵分如。

赵分如明知是虎臣手脚，见他凶狠，那敢盘问？只得依他开病状，申报各司去讫。直待虎臣动身去后，方才备下棺木，掘起似道尸骸，重新殡殓，埋葬成坟，为文祭之。辞曰："呜呼！履斋死蜀，死于宗申；先生死闽，死于虎臣。哀哉，尚飨！"那履斋是谁？姓吴，名潜，是理宗朝的丞相。因贾似道谋代其位，造下谣言，诬之以罪，害他循州安置；却教循州知州刘宗申，逼他服毒而死。今日似道下贬循州，未及到彼，先死于木绵庵，比吴潜之祸更惨。这四句祭文，隐隐说天理报应。赵分如虽然出于似道门下，也见他良心不泯处。

闲话休题。再说似道既贬之后，家私田产，虽说入官，那葛岭大宅，谁人管业？高台曲池，日就荒落，墙颓壁倒。游人来观者，无不感叹。多有人题诗于门壁。今录得二首，诗云："深院无人草已荒，漆屏金字尚辉煌。底知事去身宜去？岂料人亡国亦亡？理考发身端有自，郑人应梦果何样？卧龙不肯留渠住，空使晴光满画墙。"又诗云："事到空时计亦空，此行难倚鄂州功。木绵庵里千年恨，秋壑亭中一梦空。石砌苔稠猿步月，松亭叶落鸟呼风。客来不用多惆怅，试向吴山望故宫。"

第二十三卷　张舜美灯宵得丽女

太平时节元宵夜，千里灯球映月轮。
多少王孙并士女，绮罗丛里尽怀春。

话说东京汴梁，宋天子徽宗放灯买市，十分富盛。且说在京一个贵官公子，姓张名生，年方十八，生得十分聪俊，未娶妻室。因元宵到乾明寺看灯，忽于殿上拾得一红绡帕子，帕角系一个香囊。细看帕上，有诗一首云："囊里真香心事封，鲛绡一幅泪流红。殷勤聊作江妃佩，赠与多情置袖中。"诗尾后又有细字一行云："有情者，拾得此帕，不可相忘。请待来年正月十五夜，于相篮后门一会，车前有鸳鸯灯是也。"张生吟讽数次，叹赏久之，乃和其诗曰："浓麝因知玉手封，轻绡料比杏腮红。虽然未近来春约，已胜襄王魂梦中。"

自此之后，张生以时挨日，以日挨月，以月挨年。候忽间，乌飞电走，又换新正。将近元宵，思赴去年之约，乃于十四日晚，候于相篮后门。果见车一辆，灯挂双鸳鸯，呵卫甚众。张生惊喜无措，无因问答，乃诵诗一首，或先或后，近车吟咏云："何人遗下一红绡？暗遣吟怀意气饶。料想佳人初失去，几回纤手摸裙腰。"车中女子闻生吟讽，默念："昔日遗香囊之事谐矣。"遂启帘窥生。见生容貌皎洁，仪度闲雅，愈觉动情。遂令侍女金花者，通达情款，生亦会意。须臾，香车远去，已失所在。

次夜，生复伺于旧处。俄有青盖旧车，迤逦而来，更无人从，车前挂双鸳鸯灯。生睹车中非昨夜相遇之女，乃一尼耳。车夫连称："送师归院去。"生迟疑间，见尼转手而招生，生潜随之。至乾明寺，老尼迎门谓曰："何归迟也？"尼入院，生随入小轩，轩中已张灯列宴。尼乃卸去道装，忽见绿鬓堆云，红裳映月。生女联坐，老尼侍傍。酒行之后，女曰："愿见去年相约之媒。"生取香囊、红绡，付女视之，女方笑曰："京都往来人众，偏落君手，

179

岂非天赐尔我姻缘耶？"生曰："当时得之，亦曾奉和。"因举其诗。女喜曰："真我夫也。"于是与生就枕，极尽欢娱。顷而鸡声四起，谓生曰："妾乃霍员外家第八房之妾。员外老病，经年不到妾房。妾每夜焚香祝天：愿遇一良人，成其夫妇。幸得见君子，足慰平生。妾今用计脱身，不可复入，此身已属之君，情愿生死相随。不然，将置妾于何地也？"生曰："我非木石，岂忍分离？但寻思无计，若事发相连，不若与你悬梁同死，双双做风流之鬼耳。"说罢，相抱悲泣。

老尼从外来，曰："你等要成夫妇，但恨无心耳，何必做没下梢事？"生女双双跪拜求计。老尼曰："汝能远涉江湖，变更姓名于千里之外，可得尽终世之情也。"女与生俯首受计。老尼遂取出黄白一包付生曰："此乃小娘子平日所寄，今送还官人，以为路资。"生亦回家收拾细软，打做一包。是夜，拜别了老尼，双双出门，走到通津邸中借宿。次早雇舟，自汴涉淮，直至苏州平江，创第而居。两情好合，谐老百年。正是：意似鸳鸯飞比翼，情同鸾凤舞和鸣。

今日为甚说这段话？却有个波俏的女子，也因灯夜游玩，撞着个狂荡的小秀才，惹出一场奇奇怪怪的事来。未知久后成得夫妇也不？且听下回分解。正是：灯初放夜人初会，梅正开时月正圆。

且道那女子遇着甚人？那人是越州人氏，姓张，双名舜美，年方弱冠，是一个轻俊标致的秀士，风流未遇的才人。偶因乡试来杭，不能中选，遂淹留邸舍中，半年有余。正逢着上元佳节，舜美不免关闭房门，游玩则个。况杭州是个热闹去处。怎见得杭州好景？柳耆卿有首《望海潮》词，单道杭州好处。词云："东南形胜，三吴都会，钱塘自古繁华。烟柳画桥，风帘翠幕，参差十万人家。云树绕堤沙。怒涛卷霜雪，天堑无涯。市列珠玑，户盈罗绮，竞奢华。重湖叠巘清佳，有三秋桂子，十里荷花。弦管弄晴，菱歌泛夜，嬉嬉钓叟莲娃。千骑拥高牙，乘时听箫鼓，吟赏烟霞。异日图将好景，归到凤池赊。"

舜美观看之际，勃然兴发，遂口占《如梦令》一词以解怀云："明月娟娟筛柳，春色溶溶如酒。今夕试华灯，约伴六桥行走。回首，回首，楼上玉人知否？"且诵且行之次，遥见灯影中，一个丫鬟，肩上斜挑一盏彩鸾灯，后面一女子，冉冉而来。那女子生得凤髻铺云，蛾眉扫月，生成媚态，出色娇姿。舜美一见了那女子，沉醉顿醒。辣然整冠，汤瓶样摇摆过来。为甚的做如此模样？元来调光的人，只在初见之时，就便使个手段。凡萍水相逢，有几般讨探之法。做子弟的，听我把调光经表白几句："雅容卖俏，鲜服夸豪。远觑近观，只在双眸传递；捱肩擦背，全凭健足跟随。我既有意，自当送情；他肯留心，必然答笑。点头须会，咳嗽便知。紧处不可放迟，闲中偏宜着闹。讪语时，口要紧；刮涎处，脸须皮。冷面撤清，还察其中真假；回头揽事，定知就里应承。说不尽百计讨探，凑成来十分机巧。假饶心似铁，弄得意如糖。"

　　说那女子被舜美撩弄，禁持不住，眼也花了，心也乱了，腿也苏了，脚也麻了，痴呆了半晌。四目相眹，面面有情。那女子走得紧，舜美也跟得紧；走得慢，也跟得慢；但不能交接一语。不觉又到众安桥，桥上做卖做买，东来西去的，挨挤不过。过得众安桥，失却了女子所在，只得闷闷而回。开了房门，风儿又吹，灯儿又暗，枕儿又寒，被儿又冷，怎生睡得，心里丢不下那个女子，思量再得与他一会也好。你看世间有这等的痴心汉子，实是好笑。正是：半窗花影模糊月，一段春愁着摸人。

　　舜美甫能够捱到天明，起来梳裹了。三餐已毕，只见街市上人，又早收拾看灯。舜美身心按捺不下，急忙关闭房门，径往夜来相遇之处。立了一会，转了一会，寻了一会，靠了一会，呆了一会，只是等不见那女子来。遂调《如梦令》一词消遣，云："燕赏良宵无寐，笑倚东风残醉。未审那人儿，今夕玩游何地？留意，留意，几度欲归还滞。"吟毕，又等了多时。正尔要回，忽见小鬟挑着彩鸾灯，同那女子从人丛中挨将出来。那女子瞥见舜美，笑容可掬，况舜美也约莫着有五六分上手。那女子径往盐桥，进广福庙中拈香。礼拜已毕，转入后殿。舜美随于后，那女子偶尔回头，不觉失笑一声；舜美呆着老脸，陪笑起来。他两个挨挨擦擦，前前后后，不复顾忌。那女子回身捽袖中，遗下一个同心方胜儿。

　　舜美会意，俯而拾之，方就灯下拆开一看，乃是一幅花笺纸。不看万事全休，只因看了，直教一个秀才害了一二年鬼病相思，险些送了一条性命。你道花笺上写的甚么文字？原来也是个《如梦令》，词云："邂逅相逢如故，引起春心追慕。高挂彩鸾灯，正是儿家庭户。那步，那步，千万来宵垂顾。"词后复书云："女之敝居，十官子巷中，朝南第八家。明日父母兄嫂赶江干舅家灯会，十七日方归，止妾与侍儿小英在家。敢邀仙郎惠然枉驾，少慰鄙怀，妾当焚香扫门，迎候翘望。妾刘素香拜柬。"舜美看了多时，喜出望外。那女子已去了，舜美步归邸舍，一夜

无眠。

次早又是十五日。舜美捱至天晚，便至其处。不敢造次突入，乃成《如梦令》一词，来往歌云："漏滴铜壶声咽，风送金猊香烈。一见彩鸾灯，顿使狂心烦热。应说，应说，昨夜相逢时节。"女子听得歌声，掀帘而出，果是灯前相见可意人儿。遂迎迓到于房中，吹灭银灯，解衣就枕。他两个正是旷夫怨女相见，如饿虎逢羊，苍蝇见血，那有工夫问名叙礼？且做一班半点儿事。有《南乡子》一首，单题着交欢趣向。道是："粉汗湿罗衫，为雨为云底事忙？两只脚儿肩上阁，难当。颤蹙春山入醉乡。忒杀太颠狂，口口声声叫我郎。舌送丁香娇欲滴，初尝。非蜜非糖滋味长。"

两个讲欢已罢，舜美曰："仆乃途路之人，荷承垂盼，以凡遇仙。自思白面书生，愧无纤毫奉报。"素香抚舜美背曰："我因爱子胸中锦绣，非图你囊里金珠。"舜美称谢不已。素香忽然长叹，流泪而言曰："今日已过，明日父母回家，不能复相聚矣。如之奈何？"两个沉吟半晌，计上心来。素香曰："你我莫若私奔他所，免使两地永抱相思之苦，未知郎意何如？"舜美大喜曰："我有远族，见在镇江五条街，开个招商客店，可往依焉。"素香应允。

是夜，素香收拾了一包金珠，也妆做一个男儿打扮，与舜美携手迤逦而行。将及二鼓，方才行到北关门下。你道因何三四里路，走了许多时光？只为那女子小小一双脚儿，只好在屧廊缓步，芳径轻移，擎抬绣阁之中，出没湘裙之下。脚又穿着一双大靴，教他跋长途，登远道，心中又慌，怎地的拖得动？且又城中人要出城，城外人要入城，两下不免撒手，前后随行。出得第二重门，被人一涌，各不相顾。那女子径出城门，从半塘横去了。舜美虑他是妇人，身体柔弱，挨挤不出去，还在城里，也不见得，急回身寻问把门军士。军士说道："适间有个少年秀才，寻问同辈，回未半里多地。"舜美自思："一条路往钱塘门，一条路往师姑桥，一条路往褚家堂，三四条叉路，往那一条好？"踌躇半晌，只得依旧路赶去。至十官子巷，那女子家中，门已闭了，悄无人声。急急回至北关门，门又闭了。整整寻了一夜。

巴到天明，挨门而出。至新马头，见一伙人围得紧紧的，看一只绣鞋儿。舜美认得是女子脱下之鞋，不敢开声。众人说："不知何人家女孩儿，为何事来，溺水而死，遗鞋在此。"舜美听罢，惊得浑身冷汗。复到城中探信，满城人喧嚷，皆说十官子巷内刘家女儿，被人拐去，又说投水死了，随处做公的缉访。这舜美自因受了一昼夜辛苦，不曾吃些饭食；况又痛伤那女子死于非命，回至店中，一卧不起，寒热交作，病势沉重将危。正是：相思相见知何日，多病多愁损少年。且不说舜美卧病在床。

却说刘素香自北关门失散了舜美，从二更直走到五更，方至新马头。自念："舜美寻我不见，必然先往镇江一路去了。"遂暗暗地脱下一只绣花鞋在地。为甚的？他惟恐家中有人追赶，故托此相示，以绝父母之念。素香乘天未明，赁舟沿流而去。数日之间，虽水火之事，亦自谨慎，梢人亦不知其为女人也。比至镇江，打发舟钱登岸，随路物色，访张舜美亲族。又忘其姓名、居止，问来问去，看看日落山腰，又无宿处。偶至江亭，少憩之次。此时乃是正月二十二日，况是月出较迟。是夜，夜色苍然，渔灯隐映，不能辨认咫尺。素香自思："为他抛离乡井，父母兄弟又无消息，不若从浣纱女游于江中。"哭了多时，只恨那人不知妾之死所。不觉半夜光景，亭隙中射下月光来。遂移步凭栏，四顾澄江，渺茫千里。正是：一江流水三更月，两岸青山六代都。

素香呜呜咽咽，自言自语，自悲自叹，不觉亭角暗中，走出一个尼师，向前问曰："人耶？鬼耶？何自苦如此？"素香听罢，答曰："荷承垂问，敢不实告？妾乃浙江人也，因随良人之任，前往新丰。却不思慢藏诲盗，梢子因瞰良人囊金、贱妾容貌，辄起不仁之心。良人、婢仆皆被杀害，独留妾一身。梢子欲淫污妾，妾誓死不从。次日梢子饮酒大醉，妾遂着先夫衣冠，脱身奔逃，偶然至此。"素香难以私奔相告，假托此一段说话。尼师闻之，愀然曰："老身在施主家，渡江归迟，天遣到此亭中与娘子相遇，真是前缘。娘子肯从我否？"素香曰："妾身回视家乡，千山万水；得蒙提挈，乃再生之赐。"尼师曰："出家人以慈悲方便为本，此分内事，不必虑也。"素香拜谢。天明，随至大慈庵。屏去俗衣，束发簪冠，独处一室。诸品经咒，目过辄能成诵。旦夕参礼神佛，拜告白衣大士，并持大士经文哀求再会。尼师见其贞顺，自谓得人。不在话下。

再说舜美在那店中，延医调治，日渐平复。不肯回乡，只在邸舍中温习经史。光阴荏苒，又逢着上元灯夕。舜美追思去年之事，仍往十官子巷中一看，可怜景物依然，只是少个人在目前，闷闷归房，因诵秦少游学士所作《生查子》，词云："去年元夜时，花市灯如昼。月在柳梢头，人约黄昏后。今年元夜时，月与灯依旧。不见去年人，泪湿春衫袖。"舜美无情无绪，洒泪而归。惭愧物是人非，怅然绝望，立誓终身不娶，以答素香之情。在杭州倏忽三年，又逢大比，舜美得中首选解元，赴鹿鸣宴罢，驰书归报父母，亲友贺者填门。数日后，将带琴、剑、书箱，上京会试。一路风行露宿。舟次镇江江口，将欲渡江，忽狂风大作，移舟傍岸，少待风息。其风数日不止，只得停泊在彼。

且说刘素香在大慈庵中，荏苒首尾三载。是夜，忽梦白衣大士报云："尔夫明日来也。"恍然惊觉，汗流如雨。自思："平素未尝如此，真是奇怪。"不言与师知道。舜美等了一日又是一日，心中好生不快，遂散步独行，沿江闲看。行至一松竹林中，中有小庵，题曰"大慈之庵"，清雅可爱。趋身入内，庵主出迎，拉至中堂供茶。也是天使其然，刘素香向窗楞中一看，吓得目睁口呆，宛如酒醒梦觉。尼师忽入换茶，素香乃具道其由。尼师出问曰："相公莫非越州张秀才乎？"舜美骇然曰："仆与吾师素昧平生，何缘垂识？"

尼师又问曰："曾娶妻否？"舜美簌簌泪下，乃应曰："曾有妻刘氏素香，因三载前元宵夜观灯失去，未知存亡下落。今仆虽不才，得中解元，便到京得进士，终身亦誓不再娶也。"师遂呼女子出见。两个抱头恸哭多时，收泪而言曰："不意今生再得相见。"悲喜交集，拜谢老尼。乃沐浴更衣，诣大士前焚香百拜。次以白金百两，段绢二端，奉尼师为寿。两下相别，双双下舟。真个似缺月重圆，断弦再续，大喜不胜。

一路至京，连科进士，除授福建兴化府莆田县尹。谢恩回乡，路经镇江，二人复访大慈庵，赠尼师金一笏。回至杭州，径到十官子巷投帖拜望。刘公看见车马临门，大红帖子上写着"小婿张舜美"，只道误投了。正待推辞，只见少年夫妇，都穿着朝廷命服，双双拜于庭下。父母兄嫂见之，大惊，悲喜交集。丈母道："因元宵失却我儿，闻知投水身死，我们苦得死而复生。不意今日再得相会，况得此佳婿，刘门之幸。"乃大排筵会，作贺数日，令小英随去。二人别了丈人、丈母，到家见了父母。舜美告知前事，令妻出拜公姑。张公、张母大喜过望，作宴庆贺。不数日，同妻别父母，上任去讫。久后，舜美官至天官侍郎，子孙贵盛。有诗为证："间别三年死复生，润州城下念多情。今宵然烛频频照，笑眼相看分外明。"

第二十四卷　杨思温燕山逢故人

> 一夜东风，不见柳梢残雪。御楼烟暖，对鳌山彩结。箫鼓向晚，凤辇初回宫阙。千门灯火，九衢风月。　　绣阁人人，乍嬉游、困又歇。艳妆初试，把珠帘半揭。娇羞向人，手捻玉梅低说。相逢长是，上元时节。

这一首词，名《传言玉女》，乃胡浩然先生所作。道君皇帝朝宣和年间，元宵最盛。每年上元正月十四日，车驾幸五岳观凝祥池。每当驾出，有红纱帖金烛笼二百对；元夕，加以琉璃玉柱掌扇，快行客各执红纱珠珞灯笼。至晚还内，驾入灯山，御辇院人员辇前唱《随竿媚》来。御辇旋转一遭，倒行观灯山，谓之"鹁鸽旋"，又谓"踏五花儿"，则辇官有赏赐矣。驾登宣德楼，游人奔赴露台下。十五日，驾幸上清宫，至晚还内。上元后一日，进早膳讫，车驾登门卷帘，御座临轩，宣百姓；先到门下者，得瞻天表：小帽红袍独坐，左右侍近帘外金扇执事之人。须臾下帘，则乐作，纵万姓游赏。华灯宝烛，月色光辉，霏霏融融，照耀远迩。至三鼓，楼上以小红纱灯缘索而至半，都人皆知车驾还内。当时御制《夹钟宫·小重山》词道："罗绮生香娇艳呈。

金莲开陆海，绕都城。宝舆四望翠峰青。东风急，吹下半天星。万井贺升平。行歌花满路，月随人。纱笼一点御灯明。箫韶远，高宴在蓬瀛。"

　　今日说一个官人，从来只在东京看这元宵，谁知时移事变，流寓在燕山看元宵。那燕山元宵却如何？虽居北地，也重元宵。未闻鼓乐喧天，只听胡笳聒耳。家家点起，应无陆地金莲；处处安排，那得玉梅雪柳。小番鬓边挑大蒜，岐婆头上带生葱。汉儿谁负一张琴？女们尽敲三棒鼓。每年燕山市井，如东京制造，到己酉岁，方成次第。当年那燕山装那鳌山，也赏元宵，士大夫、百姓皆得观看。这个官人，本身是肃王府使臣，在贵妃位掌笺奏；姓杨，双名思温，排行第五，呼为杨五官人。因靖康年间，流寓在燕山。犹幸相逢姨夫张二官人，在燕山开客店，遂寓居焉。杨思温无可活计，每日肆前与人写文字，得些胡乱度日。忽值元宵，见街上的人皆去看灯，姨夫也来邀思温看灯，同去消遣旅况。思温情绪索然，辞姨夫道："看了东京的元宵，如何看得此间元宵？姨夫自稳便先去，思温少刻追陪。"张二官人先去了。

　　杨思温挨到黄昏，听得街上喧闹，静坐不过，只得也出门来看燕山元宵。但见：莲灯灿烂，只疑吹下半天星；士女骈阗，便是列成王母队。一轮明月婵娟照，半是京华流寓人。见街上往来游人无数。思温行至昊天寺前，只见真金身铸五十三参，铜打成幡竿十丈，上有金书"敕赐昊天悯忠禅寺"。思温入寺看时，佛殿两廊，尽皆点照。信步行到罗汉堂，乃浑金铸成五百尊阿罗汉。入这罗汉堂，有一行者，立在佛座前化香油钱，道："诸位看灯檀越，布施灯油之资，祝延福寿。"思温听其语音类东京人，问行者道："参头，仙乡何处？"行者答言："某乃大相国寺河沙院行者，今在此间复为行者，请官人坐于凳上，闲话则个。"

　　思温坐凳上，正看来往游人。睹一簇妇人，前遮后拥，入罗汉堂来。内中一个妇人，与思温四目相盼。思温睹这妇人打扮，好似东京人。但见：轻盈体态，秋水精神。四珠环胜内家妆，一字冠成宫里样。未改宣和妆束，犹存帝里风流。思温认得是故乡之人，感慨情怀，闷闷不已，因而困倦，假寐片时。那行者叫得醒来，开眼看时，不见那妇人。杨思温嗟呀道："我却待等他出来，恐有亲戚在其间，相认则个，又挫过了。"对行者道："适来入院妇女何在？"行者道："妇女们施些钱去了。临行道：'今夜且归，明日再来做些功德，追荐亲戚则个。'官人莫闷，明日却来相候不妨。"思温见说，也施些油钱与行者。相辞了，离罗汉院。绕寺寻遍，忽见僧堂壁上，留题小词一首，名《浪淘沙》："尽日倚危栏，触目凄然，乘高望处是居延。忍听楼头吹画角，雪满长川。荏苒又经年，暗想南园，与民同乐午门前。僧院犹存宣政字，不见鳌山。"杨思温看罢留题，情绪不乐。归来店中，一夜睡不着。巴到天明起来，当日无话得说。

　　至晚，分付姨夫，欲往昊天寺，寻昨夜的妇人。走到大街上，人稠物攘，正是热闹。正行之间，忽然起一阵雷声。思温恐下雨，惊而欲回，抬头看时，只见银汉现一轮明月，天街点万盏华灯。宝烛烧空，香风拂地，仔细看时，却见四围人从，拥着一轮大车，从西而来，车声动地。跟随番官有数十人，但见呵殿喧天，仪仗塞路。前面列十五对红纱照道，烛焰争辉；两下摆二十柄画杆金枪，宝光交际。香车似箭，侍从如云。车后有侍女数人。其中有一妇女穿紫者，腰佩银鱼，手持净巾，以帛拥项。思温于月光之下，仔细看时，好似哥哥国信所掌仪韩思厚妻，嫂嫂郑夫人意娘。这郑夫人，原是乔贵妃养女，嫁得韩掌仪。与思温都是同里人，遂结拜为表兄弟，思温呼意娘为嫂嫂。自后睽离，不复相问。着紫的妇人见思温，四目相睹，不敢公然招呼。思温随从车子，到燕市秦楼住下，车尽入其中。贵人上楼去，番官人从楼下坐。原来秦楼最广大，便似东京白樊楼一般：楼上有六十个阁儿，下面散铺七八十副卓凳。当夜卖酒，合堂热闹。

杨思温等那贵家人酒肆，去秦楼里面坐地，叫过卖至前。那人见了思温便拜。思温扶起道："休拜。"打一认时，却是东京白樊楼过卖陈三儿。思温甚喜，就教三儿坐，三儿再三不敢。思温道："彼此都是京师人，就是他乡遇故知，同坐不妨。"唱喏了，方坐。思温取出五两银子与过卖，分付："收了银子，好好供奉数品荤素酒菜上来。"与三儿一面吃酒说话。三儿道："自丁未年至此，拘在金吾宅作奴仆。后来鼎建秦楼，为思旧日樊楼过卖，乃日纳买工钱八十，故在此做过卖。幸与官人会面。"

正说话间，忽听得一派乐声。思温道："何处动乐？"三儿道："便是适来贵人，上楼饮酒的韩国夫人宅眷。"思温问韩国夫人事体，三儿道："这夫人极是照顾人，常常夜间将带宅眷来此饮酒，和养娘各坐。三儿常上楼供过伏事，常得夫人赏赐钱钞使用。"思温又问三儿："适间路边遇韩国夫人，车后宅眷丛里，有一妇人，似我嫂嫂郑夫人，不知是否？"三儿道："即要覆官人。三儿每上楼供过众宅眷时，常见夫人；又恐不是，不敢厮认。"思温遂告三儿道："我有件事相烦你：你如今上楼供过韩国夫人宅眷时，就寻郑夫人。做我传语道：'我在楼下专候夫人下来，问哥哥详细。'"三儿应命上楼去，思温就座上等。一时只见三儿下楼，以指住下唇。思温晓得京师人市语，怎地，乃了事也。思温问："事如何？"三儿道："上楼得见郑夫人，说道：'五官人在下面等夫人下来，问哥哥消息。'夫人听得，便垂泪道：'叔叔原来也在这里。传与五官人，少刻便下楼，自与叔叔说话。'"

思温谢了三儿，打发酒钱，乃出秦楼门前，伫立悬望。不多时，只见祇候人从入去。少刻，番官人从簇拥一辆车子出来。思温候车子过，后面宅眷也出来，见紫衣佩银鱼、项缠罗帕妇女，便是嫂嫂。思温进前，共嫂嫂叙礼毕。遂问道："嫂嫂，因何与哥哥相别在此？"郑夫人揾泪道："妾自靖康之冬，与兄赁舟下淮楚。将至盱眙，不幸箭穿驾手，刀中梢公。妾有乐昌破镜之忧，汝兄被缧绁缠身之苦，为虏所掠。其酋撒八太尉相逼，我义不受辱，为其执房至燕山。撒八太尉恨妾不从，见妾骨瘦如柴，遂鬻妾身于祖氏之家，后知是娼户。自思是品官妻，命官女，生如苏小卿何荣？死如孟姜女何辱？暗抽裙带，自缢梁间。被人得知，将妾救了。撤八太尉妻韩夫人闻而怜我，叱令救命，留我随侍。项上疮痕，至今未愈，是故项缠罗帕。仓皇别良人，不知安往。新得良人音耗，当时更衣遁走。今在金陵，复还旧职。至今四载，未忍重婚。妾燃香炼顶，问卜求神，望金陵之有路，脱生计以无门。今从韩国夫人至此游宴，既为奴仆之躯，不敢久语。叔叔叮咛，蓦遇江南人，倩教传个音信。"

杨思温欲待再问其详，俄有番官，手持八棱抽攮，向思温道："我家奴婢，更夜之间，怎敢引诱？"拿起抽攮，迎脸便打。思温一见来打，连忙急走。那番官脚跛行迟，赶不上。走得脱，一身冷汗，慌忙归到姨夫客店。张二官见思温走回喘吁吁地，问道："做甚么直恁慌张？"思温将前事一一告诉。张二官见说，嗟呀不已。安排三杯与思温嚾索，思温想起哥哥韩忠翊、嫂嫂郑夫人，那里吃得酒下？

愁闷中过了元宵，又是三月。张二官向思温道："我出去两三日即归，你与我照管店里则个。"思温问："出去何干？"张二官人道："今两国通和，奉使至维扬，买些货物便回。"杨思温见姨夫张二官出去，独自无聊，昼长春困，散步大街至秦楼，入楼闲望一晌。乃见一过卖至前唱喏，便叫："杨五官。"思温看时，好生面熟，却又不是陈三。是谁？过卖道："男女东京寓仙酒楼过卖小王。前时陈三儿被左金吾叫去，不令出来。"思温不见三儿在秦楼，心下越闷，胡乱买些点心吃。便问小王道："前次上元夜韩国夫人来此饮酒，不知你识韩国夫人住处么？"小王道："男女也曾问他府中来，道是天王寺后。"

说犹未了，思温抬头一看，壁上留题，墨迹未干。仔细读之，题道："昌黎韩思厚舟发金陵，过黄天荡。因感亡妻郑氏，船中作相吊之词，名《御阶行》：合和朱粉千余两，捻一个，观音样。大都却似两三分，少付玲珑五脏。等待黄昏，寻好梦底，终夜空劳攘。香魂媚魄知何往？料只在，船儿上。无言倚定小门儿，独对滔滔雪浪。若将愁泪，还做水算，几个黄天荡？"杨思温读罢，骇然魂不附体。"题笔正是哥哥韩思厚，怎地，是嫂嫂没了。我正月十五日，秦楼亲见，共我说话，道在韩国夫人宅为侍妾。今却没了，这事难明。"惊疑未决，遂问小王道："墨迹未干，题笔人何在？"小王道："不知。如今两国通和，奉使至此，在本道馆驿安歇。适来四五人来此饮酒，遂写于此。"说话的，错说了，使命入国，岂有出来闲走买酒吃之理？按《夷坚志》载：那时法禁未立，奉使官听从与外人往来。

当日是三月十五日，杨思温问："本道馆在何处？"小王道："在城南。"思温还了酒钱，下楼，急去本道馆，寻韩思厚。到得馆道，只见苏、许二掌仪在馆门前闲看。二人都是旧日相识，认得思温，近前唱喏，还礼毕，问道："杨兄何来？"思温道："特来寻哥哥韩掌仪。"二人道："在里面会文字，

第二十四卷　杨思温燕山逢故人

容入去唤他出来。"二人遂入去，叫韩掌仪出到馆前。思温一见韩掌仪，连忙下拜，一悲一喜，便是他乡遇契友，燕山逢故人。思温问思厚："嫂嫂安乐？"思温听得说，两行泪下，告诉道："自靖康之冬，与汝嫂雇船，将下淮楚。路至盱眙，不幸箭穿篙手，刀中梢公。尔嫂嫂有乐昌破镜之忧，兄被缧绁缠身之苦。我被虏执于野寨，夜至三鼓，以苦告得脱。然亦不知尔嫂嫂存亡。后有仆人周义，伏在草中，见尔嫂被虏撒八太尉所逼，尔嫂义不受辱，以刀自刎而死。我后奔走行在，复还旧职。"思温问道："此事还是哥哥目击否？"思厚道："此事周义亲自报我。"思温道："只恐不死。今岁元宵，我亲见嫂嫂同韩国夫人出游，宴于秦楼。思温使陈三儿上楼寄信，下楼与思温相见。所说事体，前面与哥哥一同。也说道哥哥复还旧职，到今四载，未忍重婚。"思厚听得说，理会不下。思温道："容易决其死生。何不同往天王寺后，韩国夫人宅前打听，问个明白？"思厚道："也说得是。"乃入馆中，分付同事，带当直随后，二人同行。

　　候忽之间，走至天王寺后。一路上悄无人迹，只见一所空宅，门生蛛网，户积尘埃，荒草盈阶，绿苔满地，锁着大门。杨思温道："多是后门。"沿墙且行数十步，墙边只有一家。见一个老儿在里面打丝线，向前唱喏道："老丈，借问韩国夫人宅那里进去？"老儿禀性躁暴，举止粗疏，全不采人。二人再四问他，只推不知。项间，忽有一老妪提着饭篮，口中喃喃埋冤，怨畅那大伯。二人遂与婆婆唱喏，婆子还个万福，语音类东京人。二人问："韩国夫人宅在那里？"婆子正待说，大伯又埋怨多口。婆子不管大伯，向二人道："媳妇是东京人，大伯是山东拗蛮，老媳妇没兴，嫁得此畜生，全不晓事。逐日送些茶饭，嫌好道歹，且是得人憎。便做到官人问句话，就说何妨。"那大伯口中又晓晓的不住。婆子不管他，向二人道："韩国夫人宅，前面锁着空宅便是。"二人吃一惊，问："韩夫人何在？"婆子道："韩夫人前年化去了。他家搬移别处，韩夫人

埋在花园内。官人不信时，媳妇同去看一看，好么？"大伯又说："莫得入去，官府知道，引惹事端，带累我。"

婆子不采，同二人便行。路上就问："韩国夫人宅内有郑义娘，今在否？"婆子便道："官人不是国信所韩掌仪，名思厚？这官人不是杨五官，名思温么？"二人大惊，问："婆婆如何得知？"婆子道："媳妇见郑夫人说。"思厚又问："婆婆如何认得拙妻？今在甚处？"婆婆道："二年前时，有撒八太尉，曾于此宅安下。其妻韩国夫人崔氏，仁慈恤物，极不可得。常唤媳妇入宅，见夫人说，撒八太尉自盱眙掠得一妇人，姓郑，小字义娘，甚为太尉所喜。义娘誓不受辱，自刎而死。夫人悯其贞节，与火化，收骨盛匣。以后韩夫人死，因随葬在此园内。虽死者，与活人无异。媳妇入园内去，常见郑夫人出来。初时也有些怕，夫人道：'婆婆莫怕，不来损害婆婆，有些衷曲间告诉则个。'夫人说道是京师人，姓郑名义娘，幼年进入乔贵妃位做养女，后出嫁忠翊郎韩思厚。有结义叔叔杨五官，名思温。——与老媳妇说。又说盱眙事迹，'丈夫见在金陵为官，我为他守节而亡'。寻常阴雨时，我多入园中，与夫人相见闲话。官人要问仔细，见了自知。"

三人走到适来锁着的大宅，婆婆逾墙而入，二人随后也入里面去。只见打鬼净净的一座败落花园，三人行步间，满地残英芒草。寻访妇人，全没踪迹。正面三间大堂，堂上有个屏风。上面山水，乃郭熙所作。思厚正看之间，忽然见壁上有数行字。思厚细看字体柔弱，全似郑义娘夫人所作。看了大喜道："五弟，嫂嫂只在此间。"思温问："如何见得？"思厚打一看，看其笔迹，乃一词，词名《好事近》："往事与谁论？无语暗弹泪血。何处最堪怜？肠断黄昏时节。倚楼凝望又徘徊，谁解此情切？何计可同归？雁趁江南春色。"后写道："季春望后一日作。"二人读罢道："嫂嫂只今日写来，可煞惊人。"行至侧首，有一座楼，二人共婆婆扶着栏杆登楼。至楼上，又有巨屏一座，字体如前，写着《忆良人》一篇，歌曰："孤云落日春云低，良人杳杳羁天涯。东风蝴蝶相交飞，对景令人益惨凄。尽日望郎郎不至，素质香肌转憔悴。满眼韶华似酒浓，花落庭前鸟声碎。孤帏悄悄夜迢迢，漏尽灯残香已销。秋千院落久停戏，双悬彩索空摇摇。眉兮眉兮春黛蹙，泪兮泪兮常满掬。无言独步上危楼，倚遍栏杆十二曲。荏苒流光疾似梭，滔滔逝水无回波。良人一去不复返，红颜欲老将如何？"韩思厚读罢，以手拊壁而言："我妻不幸为人驱虏。"正看之间，忽听杨思温急道："嫂嫂来也！"思厚回头看时，见一妇人，项拥香罗而来。思温仔细认时，正是秦楼见的嫂嫂。那婆婆也道："夫人来了！"三人大惊，急走下楼来寻。早转身入后堂左廊下，趁入一阁子内去。二人惊惧。婆婆道："既已到此，可同去阁子里看一看。"

婆子引二人到阁前，只见关着阁子门，门上有牌面写道："韩国夫人影堂。"婆子推开槅子，三人入阁子中看时，却是安排供养着一个牌位，上写着："亡室韩国夫人之位。"侧边有一轴画，是义娘也。牌位上写着："侍妾郑义娘之位。"面前供卓，尘埃尺满。韩思厚看见影神上衣服容貌，与思温元夜所见的无二，韩思厚泪下如雨。婆子道："夫人骨匣，只在卓下。夫人常提起教媳妇看，是个黑漆匣，有两个输石环儿。每遍提起，夫人须哭一番，和我道：'我与丈夫守节丧身，死而无怨。'"思厚听得说，乃恳婆子同揭起砖，取骨匣归葬金陵，当得厚谢。婆婆道："不妨。"三人同掇起供卓，揭起花砖，去掇匣子。用力掇之，不能得起，越掇越牢。思温急止二人："莫掇，莫掇。哥哥，须晓得嫂嫂通灵。今既取去，也要成礼。且出此间，备些祭仪，作文以白嫂嫂，取之方可。"韩思厚道："也说得是。"三人再逾墙而去。到打线婆婆家，令仆人张谨买下酒脯、香烛之物，就婆婆家做祭文。等至天明，一同婆婆、仆人搬挈祭物，逾墙而入。在韩国夫人影堂内，铺排供养讫。

等至三更前后，香残烛尽，杯盘零落，星宿渡河汉之候，酌酒奠馔。三奠已毕，思厚当灵筵下披读祭文。读罢，流泪如倾，把祭文同纸钱烧化。忽然起一阵狂风，这风吹得烛有光似无光，灯欲灭而不灭，三人浑身汗颤。风过处，听得一阵哭声。风定烛明，三人看时，烛光之下，见一妇女，媚脸如花，香肌似玉，项缠罗帕，步蹙金莲，敛袂向前，道声："叔叔万福。"二人大惊叙礼。韩思厚执手向前，哽咽流泪。哭罢，郑夫人向着思厚道："昨者盱眙之事，我夫今已明矣。只今元夜秦楼，与叔叔相逢，不得尽诉衷曲。当时妾若贪生，必须玷辱我夫。幸而全君清德若瑾瑜，弃妾性命如土芥。致有今日生死之隔，终天之恨。"说罢，又哭一次。婆婆劝道："休哭，且理会迁骨之事。"郑夫人收哭而坐，三人进些饮馔，夫人略飨些气味。

思温问："元夜秦楼下相逢，嫂嫂为韩国夫人宅眷，车后许多人，是人是鬼？"郑夫人道："太平之世，人鬼相分；今日之世，人鬼相杂。当时随车，皆非人也。"思厚道："贤妻为吾守节而亡，我当终身不娶，以报贤妻之德。今愿迁贤妻之香骨，共归金陵可乎？"夫人不从道："婆婆与叔叔在此，听奴说：今蒙贤夫念妾孤魂在此，岂不愿归从夫？然须得常常看我，庶几此情不隔冥漠。倘若再娶，必不我顾，则不如不去为强。"三人再三力劝，夫人只是不肯，向思温道："叔叔岂不知你哥哥心性？我在生之时，他风流性格，难以拘管；今妾已做故人，若随他去，怜新弃旧，必然之理。"思温再劝道："嫂嫂听思温说，哥哥今来不比往日，感嫂嫂贞节而亡，决不再娶。今哥哥来取，安忍不随回去？愿从思温之言。"夫人向二人道："谢叔叔如此苦苦相劝。若我夫果不昧心，愿以一言为誓，即当从命。"说罢，思厚以酒沥地为誓："若负前言，在路盗贼杀戮，在水巨浪覆舟。"夫人急止思厚："且住，且住，不必如此发誓。我夫既不重娶，愿叔叔为证见。"道罢，忽地又起一阵香风，香过，遂不见了夫人。

三人大惊讶，复添上灯烛，去供卓底下揭起花砖，款款掇起匣子，全不费力。收拾逾墙而出，至打绦婆婆家。次晚，以白银三两，谢了婆婆；又以黄金十两，赠与思温，思温再辞方受。思厚别了思温，同仆人张谨，带骨匣归本驿。俟月余，方得回书，令奉使归。思温将酒饯别，再三叮咛："哥哥无忘嫂嫂之言。"

思厚同一行人从，负夫人骨匣，出燕山丰宜门，取路而归，月余，方抵盱眙。思厚到驿中歇泊，忽一人唱喏便拜。思厚看时，乃是旧仆人周义，今来谢天地，在此做个驿子。遂引思厚入房，只见挂一幅影神，画着个妇人；又有牌位儿上写着："亡主母郑夫人之位。"思厚怪而问之，周义道："夫人贞节，为官人而死。周义亲见，怎的不供奉夫人？"思厚因把燕山韩夫人宅中事，从头说与周义；取出匣子，教周义看了。周义展拜啼哭。思厚是夜与周义抵足而卧。至次日天晓，周义与思厚道："旧日二十余口，今则惟影是伴，情愿伏事官人去金陵。"思厚从其请，将带周义归金陵。思厚至本所，将回文呈纳。周义随着思厚，卜地于燕山之侧，备礼埋葬夫人骨匣毕。思厚不胜悲感，三日一诣坟所飨祭，至暮方归，遂令周义守坟茔。

忽一日，苏掌仪、许掌仪说："金陵土星观观主刘金坛，虽是个女道士，德行清高。何不同往观中，做些功德，追荐令政？"思厚依从。选日同苏、许二人到土星观，来访刘金坛时，你说怎生打扮？但见：顶天青巾，执象牙简。穿白罗袍，著翡翠履。不施朱粉，分明是梅萼凝霜；淡伫精神，仿佛如莲花出水。仪容绝世，标致非凡。思厚一见，神魂散乱，目睁口呆。叙礼毕，金坛分付一面安排做九幽醮，且请众官到里面看灵芝。三人同入去，过二清殿、翠华轩，从八卦坛房内，转入绛绡馆，原来灵芝在绛绡馆。众人去看灵芝，惟思厚独入金坛房内闲看。但见明窗净几，铺陈玩物。书案上文房四宝，压纸界方下露出些纸。信手取看时，是一幅词，上写着《浣溪沙》："标致清高不染尘，星冠云氅紫霞裙。门掩斜阳无一事，抚瑶琴。虚馆幽花偏惹恨，小窗闲月最消魂。此际得教还俗去，谢天尊。"韩思厚初观金坛之貌，已动私情；后观纸上之词，尤增爱念。乃作一词，名《西江月》。词道："玉貌何劳朱粉，江梅岂类群花？终朝隐几论黄芽，不顾花前月下。冠上星簪北斗，杖头经挂《南华》。不知何日到仙家，曾许彩鸾同跨？"拍手高唱此词。金坛变色焦躁说："是何道理？欺我孤弱，乱我观宇。"命人取轿来，"我自去见恩官，与你理会。"苏、许二人再四劝住，金坛不允。韩思厚就怀中取出金坛所作之词，教众人看，说："观主不必焦躁，这个词儿，是谁做的？"吓得金坛安身无地，把怒色都变做笑容，安排筵席，请众官共坐，饮酒作乐。都不管做功德追荐之事。酒阑，二人各有其情，甚相爱慕，尽醉而散。

这刘金坛原是东京人，丈夫是枢密院冯六承旨。因靖康年间同妻刘氏雇舟避难来金陵，去淮水上，冯六承旨被冷箭落水身亡。其妻刘氏发愿，就土星观出家，追荐丈夫。朝野知名，差做观主。此后韩思厚时常往来刘金坛处。忽一日，苏、许二掌仪酿金备礼，在观中请刘金坛、韩思厚。酒至数巡，苏、许二人把盏，劝思厚与金坛道："哥哥既与金坛相爱，乃是宿世因缘。今外议藉藉，不当稳便。何不还了俗，用礼通媒，娶为嫂嫂，岂不美哉？"思厚、金坛从其言。金坛以钱买人告还俗；思厚选日下定，娶归成亲。一个也不追荐丈夫，一个也不看顾坟墓。倚窗携手，惆怅论心。

成亲数日，看坟周义不见韩官人来上坟，自诣宅前探听消息。见当直在门前，问道："官人因甚这几日不来上坟？"当直道："官人娶了土星观刘金坛做了孺人，无工夫上坟。"周义是北人，性直，听说，气忿忿地。恰好撞见思厚出来，周义唱喏毕，便着言语道："官人，你好负义！郑夫人为你守节丧身，你怎下得别娶孺人？"一头骂，一头哭夫人。韩思厚与刘金坛新婚，恐不好看，喝教当直们打出周义。周义闷闷不已，先归坟所。当日是清明，周义去夫人坟前哭着告诉许多。是夜，睡至三更，郑夫人叫周义道："你韩掌仪在那里住？"周义把思厚辜恩负义，娶刘氏事，一一告诉他一番："如今在三十六丈街住，夫人自去寻他理会。"夫人道："我去寻他。"周义梦中惊觉，一身冷汗。

且说那思厚共刘氏新婚欢爱，月下置酒赏玩。正饮酒间，只见刘氏柳眉剔竖，星眼圆睁，以手揪住思厚不放，道："你忒煞亏我，还我命来！"身是刘氏，语音是郑夫人的声气。吓得思厚无计可施，道："告贤妻饶恕。"那里肯放。正摆拨不下，忽报苏、许二掌仪步月而来望思厚。见刘氏揪住思厚不放，二人解脱得手，思厚急走出，与苏、许二人商议。请笪桥铁索观朱法官来救治，即时遣张谨请到朱法官。法官见了刘氏道："此冤抑，不可治之，只好劝谕。"刘氏自用手打掴其口与脸上，哭着告诉法官以燕山踪迹。又道："望法官慈悲做主。"朱法官再三劝道："当做功德追荐超生。如坚执不听，冒犯天条。"刘氏见说，哭谢法官："奴奴且退。"少刻，刘氏方苏。法官书符与刘氏吃，又贴符房门上。法官辞去，当夜无事。次日，思厚赍香纸诣笪桥谢法官。方坐下，家中人来报说："孺人又中恶。"思厚再告法官，同往家中救治。法官云："若要除根好时，须将燕山坟发掘，取其骨匣，弃于长江，方可无事。"思厚只得依从所说，募土工人等，同往掘开坟墓，取出郑夫人骨匣，到扬子江边，抛放水中。自此，刘氏安然。恁地时，负心的无天理报应，岂有此理？

思厚负了郑义娘，刘金坛负了冯六承旨。至绍兴十一年，车驾幸钱塘，官民百姓皆从。思厚亦挈家离金陵，到于镇江。思厚因想金山胜景，乃赁舟同妻刘氏江岸下船。行到江心，忽听得舟人唱《好事近》词，道是："往事与谁论？无语暗弹泪血。何处最堪怜？肠断黄昏时节。　　倚门凝望又徘徊，谁解此情切？何计可同归？雁趁江南春色。"思厚审听所歌之词，乃燕山韩国夫人郑氏义娘题屏风者，大惊，遂问梢公："此曲得自何人？"梢公答曰："近有使命入国至燕山，满城皆唱此词。乃一打线婆婆，自韩国夫人宅中屏上录出来的。说是江南一官人浑家，姓郑名义娘，因贞节而死，后来郑夫人丈夫私挈其骨归江南。此词传播中外。"思厚听得说，如万刃攒心，眼中泪下。须臾之间，忽见江中风浪俱生，烟涛并起，异鱼出没，怪兽掀波。见水上一人，波心涌出，顶万字巾，把手揪刘氏云鬟，掷入水中。侍妾高声叫喊："孺人落水！"急唤思厚教救，那里救得？俄顷，又见一妇人，项缠罗帕，双眼圆睁，以手捽思厚，拽入波心而死。舟人欲救不能，遂惆怅而归。叹古今负义人皆如此，乃传之于人。诗曰："一负冯君罹水厄，一亏郑氏丧深渊。宛如孝女寻尸死，不若三闾为主愆。"

第二十五卷　晏平仲二桃杀三士

大禹涂山御座开，诸侯玉帛走如雷。
防风谩有专车骨，何事兹辰最后来？

此篇言语，乃胡曾诗。昔三皇禅位，五帝相传。舜之时，洪水滔天，民不聊生。舜使鲧治水，鲧无能，其水横流，舜怒，将鲧殛于羽山，后使其子禹治水。禹疏通九河，皆流入海，三过其门而不入。会天下诸侯于会稽涂山，迟到误期者，斩。惟有防风氏后至，禹怒而斩之，弃其尸于原野。后至春秋时，越国于野外掘得一骨专车，言一车只载得一骨节。诸人不识，问于孔子，孔子曰："此防风氏骨也。被禹王斩之，其骨尚存。"有如此之大人也。当时防风氏正不知长大多少？古人长者最多，其性极淳，丑陋如兽者亦多，神农氏顶生肉角。岂不闻昔人有云：古人形似兽，却有大圣德；今人形似人，兽心不可测。

今日说三个好汉，被一个身不满三尺之人，聊用微物，都断送了性命。昔春秋列国时，齐景公朝有三个大汉：一人姓田，名开疆，身长一丈五尺。其人生得面如喷血，目若朗星，雕嘴鱼腮，板牙无缝。比时曾随景公猎于桐山。忽然于西山之中，赶起一只猛虎来。其虎奔走，径扑景公之马。马见虎来，惊倒景公在地。田开疆在侧，不用刀枪，双拳直取猛虎。左手揪住项毛，右手挥拳而打，用脚望面门上踢，一顿打死那只猛虎，救了景公。文武百官，无不畏惧。景公回朝，封为寿宁君，是齐国第一个行霸道的。却说第二个，姓顾，名冶于，身长一丈三尺，面如泼墨，腮吐黄须，手似铜钩，牙如锯齿。此人曾随景公渡黄河。忽大雨骤至，波浪汹涌，舟船将覆。景公大惊。见云雾中火块闪烁，戏于水面。顾冶于在侧，言曰："此必是黄河之蛟也。"景公曰："如之奈何？"顾冶于曰："主公勿虑，容臣斩之。"拔剑裸衣下水。少刻，风波俱息。见顾冶于手提蛟头，跃水而出。景公大骇，封为武安君，这是齐国第二个行霸道的。第三个姓公孙，名捷，身长一丈二尺，头如累塔，眼生三角，板肋猿背，力举千斤。一日，秦兵犯界，景公引军马出迎，被秦兵杀败，引军赶来，围住在凤鸣山。公孙捷用铁阕一条，约至一百五十斤，杀入秦兵之内，秦兵十万，措手不及，救出景公，封为威远君，这是齐国第三个行霸道的。这三个结为兄弟，誓说生死相托。三个不知文墨礼让，在朝廷横行，视君臣如同草木。景公见三人上殿，如芒刺在背。

一日，楚国使中大夫靳尚前来本国求和。原来齐、楚二邦乃是邻国，二国交兵二十余年，不曾解和。楚王乃命靳尚为使入见景公，奏曰："齐楚不和，交兵岁久，民有倒悬之患。今特命臣入国讲和，永息刀兵。俺楚国襟三江而带五湖，地方千里，粟支数年，足食足兵，可为上国。王可裁之，得名获利。"却说田、顾、公孙三人大怒，叱靳尚曰："量汝楚国何足道哉！吾三人亲提雄兵，将楚国践为平地，人人皆死，个个不留。"喝靳尚下殿，教金瓜武士斩讫报来。阶下转过一人，身长三尺八寸，眉浓目秀，齿白唇红，乃齐国丞相，姓晏名婴，字平仲，前来喝住武士，备问其详。靳尚说了，晏子便教放了靳尚，先回本国，"吾当亲至讲和"。乃上殿奏知景公。三人大怒曰："吾欲斩之，汝何故放还本国？"晏子曰："岂不闻'两国战争，不斩来使'？他独自到这里，擒住斩之，邻国知道，万世笑端。晏婴不才，凭三寸舌，亲到楚国，令彼君臣，皆顿首谢罪于阶下，尊齐为上国。并不用刀兵士马，此计若何？"三士怒发冲冠，皆叱曰："汝乃黄口侏儒小儿，国人无眼，命汝为相，擅敢乱开大口！吾三人有诛龙斩虎之威，力敌万夫之勇，亲提精兵，平吞楚国。要汝何用？"

景公曰："丞相既出大言，必有广学。且待入楚之后，若果获利，胜似典兵。"三士曰："且看侏儒小儿这回为使，若折了我国家气概，回来时砍为肉泥。"三士出朝。景公曰："丞相此行，不可轻忽。"晏子曰："主上放心。至楚邦，视彼君臣如土壤耳。"遂辞而行，从者十余人跟随。

车马已至郢都，楚国臣宰奏知。君臣商议曰："齐晏子乃舌辩之士，可定下计策，先塞其口，令不敢来下说词。"君臣定计了，宣晏子入朝。晏子到朝门，见金门不开，下面闸板止留半段，意欲令晏子低头钻入，以显他矮小辱之。晏子望见下面便钻，从人急止之曰："彼见丞相矮小，故以辱之，何中其计？"晏子大笑曰："汝等岂知之耶？吾闻人有人门，狗有狗窦。使于人，即当进人门；使于狗，即当进狗窦。有何疑焉？"楚臣听之，火急开金门而接。晏子旁若无人，昂然而入。至殿下，礼毕，楚王问曰："汝齐国地狭人稀乎？"晏子曰："臣齐国东连海岛，西跨魏秦，北拒赵燕，南吞吴楚。鸡鸣犬吠相闻，数千里不绝，安得为地狭耶？"楚王曰："地土虽阔，人物却少。"晏子曰："臣国中人呵气如云，沸汗如雨，行者摩肩，立者并迹；金银珠玉，堆积如山，安得人物稀少耶？"楚王曰："既然地广人稠，何故使一小儿来吾国中为使耶？"晏子答曰："使于大国者，则用大人；使于小国者，则当用小儿。因此特命晏婴到此。"楚王视臣下，无言可答。请晏婴上殿，命座。侍臣进酒，晏子欣然畅饮，不以为意。

少刻，金瓜簇拥一人至筵前，其人口称冤屈。晏子视之，乃齐国带来从者，问："得何罪？"楚臣对曰："来筵前作贼，盗酒器而出。被户尉所获，乃真赃正犯也。"其人曰："实不曾盗，乃户尉图赖。"晏子曰："真赃正犯，尚敢抵赖！速与吾牵出市曹斩之。"楚臣曰："丞相远来，何不带诚实之人？令从者作贼，其主岂不羞颜？"晏子曰："此人自幼跟随，极知心腹。今日为盗，有何难见？昔在齐国是个君子，今到楚国却为小人，乃风俗之所变也。吾闻江南洞庭有一树，生一等果，其名曰橘。其色黄而香，其味甜而美。若将此树移于北方，结成果木，乃名枳实。其色青而臭，其味酸而苦。名谓南橘北枳，便分两等，乃风俗之不等也。以此推之，在齐不为盗，在楚为盗，更复何疑？"

楚王大惭，急离御座，拱手于晏子曰："真乃贤士也！吾国中大小公卿，万不及一。愿赐见教，一听严命。"晏子曰："王上安坐，听臣一言。齐国中有三士，皆万夫不当之勇，久欲起兵来吞楚国，吾力言不可，齐、楚不睦，苍生受害，心何忍焉？今臣特来讲和，王上可亲诣齐国和亲，结为唇齿之邦，歃血为盟。若邻国加兵，互相救应，永无侵扰，可保万年之基业。若不听臣，祸不远矣。非臣相吓，愿王裁之。"王曰："闻公之才，寡人情愿和亲。但所患者，齐三士皆无仁义之人，吾不敢去。"晏子曰："王上放心，臣愿保驾。聊施小计，教三士死于大王之前，以绝两国之患。"楚王曰："若三士俱亡，吾宁为小邦，年朝岁贡而无怨。"晏子许之。楚王乃大设筵席，送令先去，随后收拾进献礼物而至。

晏子先使人归报，齐景公闻之大喜，令大小公卿："尽随吾出郭迎接丞相。"三士闻之转怒。晏子至，景公下车而迎。慰劳已毕，同载而回。齐国之人看者塞途。晏子辞景公回府。次日入宫，见三士在阁下博戏，晏子进前施礼。三士亦不回顾，傲忽之气，旁若无人。晏子侍立久之，方自退。入见景公，说三士如此无礼。景公曰："此三人如常带剑上殿，视吾如小儿，久必篡位矣。素欲除之，恨力不及耳。"晏子曰："主上宽心，来朝楚国君臣皆至，可大张御宴。待臣于筵间略施小计，令三士皆自杀，何如？"景公曰："计将安出？"晏子曰："此三人者皆一勇匹夫，并无谋略，若如此如此，祸必除矣。"景公喜。

次日，楚王引文武官僚百余员，车载金珠玩好之物，亲至朝门。景公请入，楚王先下拜，景公忙答礼罢，二君分宾主而坐。楚王令群臣罗拜阶下，楚王拱手伏罪曰："二十年间，多有凶犯。今因丞相之言，特来请罪。薄礼上贡，望乞恕纳。"齐景公谢讫，大设筵宴，二国君臣相庆。三士带剑立于殿下，昂昂自若。晏子进退揖让，并不诣于三士。

酒至半酣，景公曰："御园金桃已熟，可采来筵间食之。"须臾，一宫监金盘内捧出五枚。齐王曰："园中桃树，今岁止收五枚，味甜气香，与他树不同。丞相捧杯进酒，以庆此桃。"上古之时，桃树难得；今园中有此五枚，为希罕之物。晏子捧玉爵行酒，先进楚王。饮毕，食其一桃。又进齐王，饮毕，食其一桃。齐王曰："此桃非易得之物，丞相合二国和好，如此大功，可食一桃。"晏子跪而食之，赐酒一爵。齐王曰："齐、楚二国公卿之中，言其功勋大者，当食此桃。"田开疆挺身而出，立于筵上而言曰："昔从主公猎于桐山，力诛猛虎，其功若何？"齐王曰："擎王保驾，功莫大焉。"晏子慌忙进酒一爵，食桃一枚，归于班部。顾冶于奋然便出，曰："诛虎者未为奇，吾曾斩长蛟于黄河，救主上回故国，觑洪波巨浪，如登平地，此功若何"？王曰："此概世之功也，进酒赐桃，又何疑哉？"晏子慌忙进酒赐桃。公孙捷撩衣破步而出，曰："吾曾于十万军中，手挥铁锏，救主公出，军中无敢近者，此功若何？"齐王曰："据卿之功，极天际地，无可比者。争奈无桃可赐，赐酒一杯，以待来年。"晏子曰："将军之功最大，可惜言之太迟！以此无桃，掩其大功。"公孙捷按剑而言曰："诛龙斩虎，小可事耳。吾纵横于十万军中，如入无人之境，力救主上，建立大功，反不能食桃；受辱于两国君臣之前，为万代之耻笑，安有面目立于朝廷耶？"言讫，遂拔剑自刎而死。田开疆大惊，亦拔剑而言曰："我等微功而食桃，兄弟功大反不得食，吾之羞耻，何日可脱？"言讫，自刎而死。顾冶于奋气大呼曰："吾三人义同骨肉，誓同生死。二人既亡，吾安能自活？"言讫，亦自刎而亡。晏子笑曰："非二桃不能杀三士，今已绝虑，吾计若何？"楚王下坐，拜伏而叹曰："丞相神机妙策，安敢不伏耶？自今以后，永尊上国，誓无侵犯。"齐王将三士敕葬于东门外。

自此齐、楚连和，绝其士马，齐为霸国。晏子名扬万世，宣圣亦称其善。后来诸葛孔明曾为《梁父吟》，单道此事。吟曰："步出齐城门，遥望汤阴里；里中有三坟，累累正相似。问是谁家冢？田疆顾冶氏。力能排南山，文能绝地理；一朝被谗言，二桃杀三士。谁能为此谋？相国齐晏子。"又《满江红》词一篇，古人单道此事。词云："齐景雄风，因习战、海滨畋猎。正驱驰、忽逢猛兽，众皆惊绝。壮士开疆能奋勇，双拳杀虎身流血。救君危，拜爵宠恩荣，真豪杰。顾冶于，除妖孽；强秦战，公孙捷。笑三人恃勇，在齐猖獗。只被晏婴施小巧，二桃中计皆身灭。齐东门，累累有三坟，荒郊月。"

第二十六卷　沈小官一鸟害七命

飞禽惹起祸根芽，七命相残事可嗟。
奉劝世人须鉴戒，莫教儿女不当家。

话说大宋徽宗朝，宣和三年，海宁郡武林门外北新桥下，有一机户，姓沈名昱，字必显，家中颇为丰足。娶妻严氏，夫妇恩爱。单生一子，取名沈秀，年长一十八岁，未曾婚娶。其父专靠织造段匹为活。不想这沈秀不务本分生理，专好风流闲耍，养画眉过日。父母因惜他一子，以此教训他不下。街坊邻里取他一个浑名，叫做"沈鸟儿"。每日五更，提了画眉，奔入城中柳林里来拖画眉，不只一日。忽至春末夏初，天气不暖不寒，花红柳绿之时。当日，沈秀侵晨起来，梳洗罢，吃了些点心，打点笼儿，盛着个无比赛的画眉。这畜生：只除天上有，果系世间无。将他各处去斗，俱斗他不过，成百十贯赢得。因此十分爱惜他，如性命一般。做一个金漆笼儿：黄铜钩子，哥窑的水食罐儿，绿纱罩儿。提了在手，摇摇摆摆，径奔入城，往柳林里去拖画眉。不想这沈秀一去，死于非命。好似：猪羊进入宰生家，一步步来寻死路。

当时沈秀提了画眉，径到柳林里来。不意来得迟了些，众拖画眉的俱已散了，净荡荡、黑阴阴，没一个人往来。沈秀独自一个，把画眉挂在柳树上，叫了一回。沈秀自觉没情没绪，除了笼儿，正要回去。不想小肚子一阵疼，滚将上来，一块儿蹲到地上。原来沈秀有一件病在身上，叫做"主心馄饨"，一名"小肠疝气"，每常一发一个小死。其日想必起得早些，况又来迟，众人散了，没些情绪，闷上心来。这一次甚是发得凶，一跷倒在柳树边，有两个时辰不醒人事。

你道事有辏巧，物有偶然。这日有个箍桶的，叫做张公，挑着担儿，径往柳林里穿过，褚家堂做生活。远远看见一个人，倒在树边，三步那做两步，近前歇下担儿。看那沈秀，脸色腊查黄的，昏迷不醒；身边并无财物，止有一个画眉笼儿，这畜生此时越叫得好听。所以一时见财起意，穷极计生，心中想道："终日括得这两分银子，怎地得快活？"只是这沈秀当死，这画眉见了张公，分外叫得好。张公道："别的不打紧，只这个画眉，少也值二三两银子。"便提在手,却待要走。不意沈秀正苏醒,开眼见张公提着笼儿,要阁身子不起,只口里骂道:"老忘八,将我画眉那里去?"张公听骂:"这小狗入的,忒也嘴尖!我便拿去,他倘爬起赶来,我倒反吃他亏。一不做,二不休,左右是歹了。"却去那桶里,取出一把削桶的刀来,把沈秀按住一勒。那弯刀又快,力又使得猛,那头早滚在一边。张公也慌张了,东观西望,恐怕有人撞见。却抬头见一株空心杨柳树,连忙将头提起,丢在树中。将刀放在桶内,笼儿挂在担上,也不去褚家堂做生活,一道烟径走。穿街过巷,投一个去处。你道只因这个画眉,生生的害了几条性命?正是:人间私语,天闻若雷;暗室亏心,神目如电。

当时张公一头走,一头心里想道:"我见湖州墅里客店内,有个客人,时常要买虫蚁,何不将去卖与他?"一径望武林门外来。也是前生注定的劫数,却好见三个客人,两个后生跟着,共是五人,正要收拾货物回去,却从门外进来,客人俱是东京汴梁人,内中有个姓李,名吉,贩卖生药。此人平昔也好养画眉,见这箍桶担上好个画眉,便叫:"张公,借看一看。"张公歇下担子,那客人看那画眉,毛衣并眼,生得极好,声音又叫得好,心里爱它。便问张公:"你肯卖么?"此时张公巴不得脱祸,便道:"客官,你出多少钱?"李吉转看转好,便道:"与你一两银子。"张公自道着手了,便道:"本不当计较,只是爱者如宝,添些便罢。"那李吉取出三块银子,秤秤看,到有一两二钱,道:"也罢。"递与张公。张公接过银子,看一看,将来放在荷包里,将画眉与了客人,别了便走。口里道:"发脱得这祸根,也是好事了。"不上街做生理,一直奔回家去,心中也自有些不爽利。正是:作恶恐遭天地责,欺心犹怕鬼神知。

原来张公正在涌金门城脚下住,止婆老两口儿,又无儿子。婆儿见张公回来,便道:"箍子一条也不动,缘何又回来得早?有甚事干?"张公只不答应,挑着担子,径入门歇下,转身关上大门,道:"阿婆,你来,我与你说话。恰才如此如此,谋得这一两二钱银子,与你权且快活使用。"两口儿欢天喜地。不在话下。

却说柳林里无人来往,直至巳牌时分,两个挑粪庄家,打从那里过。见了这没头尸首挡在地上,吃了一惊,声张起来。当坊里甲邻佑,一时嚷动。本坊申呈本县,本县申府。次日,差官吏、仵作人等,前来柳阴里,检验得浑身无些伤痕,只是无头,又无苦主。官吏回覆本府,本府差应捕挨获凶身。城里城外,纷纷乱嚷。

却说沈秀家到晚不见他回来,使人去各处寻不见。天明,央人入城寻时,只见湖州墅嚷道:"柳林里杀死无头尸首。"沈秀的娘听得说,想道:"我的儿子昨日入城拖画眉,至今无寻他处,莫不得是他?"连叫:"丈夫,你必然自进城打听。"沈昱听了一惊,慌忙自奔到柳林里。看了无头尸首,仔细定睛,上下看了衣服,却认得是儿子,大哭起来。本坊里甲道:"苦主有了，只无凶身。"其时，沈昱径到临安府告说："是我的儿子。昨日五更入城拖画眉，不知怎的被人杀了。望老父做主！"本府发放各处应捕及巡捕官，限十日内要捕凶身着。沈昱具棺木盛了尸首，放在柳林里。一径回家，对妻说道："是我儿子，被人杀了，只不知将头何处去了。我已告过本府，本府着捕人各处捉获凶身。我且自买棺木盛了，此事如何是好？"严氏听说，大哭起来，一交跌倒。不知五脏何如，先见四肢不举。正是：身如五鼓衔山月，气似三更油尽灯。当时众人灌汤，救得苏醒。哭道："我儿日常不听好人之言，今日死无葬身之地。我的少年的儿，死得好苦！谁想我老来无靠！"说了又哭，哭了又说，茶饭不吃。丈夫再三苦劝，只得勉强。过了半月，并无消息。沈昱夫妻二人商议："儿子平昔不依教训，致有今日祸事，吃人杀了，没捉获处，也只得没奈何，但得全尸也好。不若写个帖子，告禀四方之人，倘得见头，全了尸首，待后又作计较。"二人商议已定，连忙便写了几张帖子，满城去贴。上写："告知四方君子：如有寻获得沈秀头者，情愿赏钱一千贯；捉得凶身者，愿赏钱二千贯。"将此情告知本府，本府亦限捕人寻获，亦出告示道："如有人寻得沈秀头者，官给赏钱五百贯；如捉获凶身者，赏钱一千贯。"告示一出，满城哄动。不题。

　　且说南高峰脚下，有一个极贫老儿，姓黄，浑名叫做黄老狗。一生为人鲁拙，抬轿营生。老来双目不明，止靠两个儿子度日。大的叫做大保，小的叫做小保。父子三人，正是衣不遮身，食不充口，巴巴急急，口食不敷。一

日，黄老狗叫大保、小保到来："我听得人说，甚么财主沈秀吃人杀了，没寻头处。今出赏钱，说有人寻得头者，本家赏钱一千贯，本府又给赏五百贯。我今叫你两个，别无话说。我今左右老了，又无用处，又不看见，又没剩钱。做我着，教你两个发迹快活。你两个今夜将我的头割了，埋在西湖水边。过了数日，待没了认色，却将去本府告赏，共得一千五百贯钱，却强似今日在此受苦。此计大妙，不宜迟，倘被别人先做了，空折了性命。"只因这老

狗失志，说了这几句言语，况兼两个儿子，又是愚蠢之人，不省法度的。正是：口是祸之门，舌是斩身刀；闭口深藏舌，安身处处牢。当时两个出到外面商议。小保道："我爷设这一计，大妙，便是做主将元帅，也没这计策。好便好了，只是可惜没了一个爷。"大保做人又狠又呆，道："看他左右只在早晚要死，不若趁这机会杀了，去山下掘个坑埋了，又无踪迹，那里查考？这个叫做'趁汤推'，又唤做'一抹光'。天理人心，又不是我们逼他，他自叫我们如此如此。"小保道："好倒好，只除等睡熟了，方可动手。"二人计较已定，却去东奔西走，赊得两瓶酒来。父子三人，吃得大醉，东倒西歪。一觉直到三更，两人爬将起来，看那老子正觩觩睡着，大保去灶前摸了一把厨刀，去爷的项上一勒，早把这颗头割下了。连忙将破衣包了，放在床边。便去山脚下掘个深坑，扛去埋了。也不等天明，将头去南屏山藕花居湖边浅水处埋了。

　　过半月入城，看了告示，先走到沈昱家报说道："我二人昨日因捉虾鱼，在藕花居边，看见一个人头，想必是你儿子头。"沈昱见说道："若果是，便赏你一千贯钱，一分不少。"便去安排酒饭吃了，同他两个径到南屏山藕花居湖边。浅土隐隐盖着一头，提起看时，水浸多日，澎涨了，也难辨别，想必是了。若不是时，那里又有这个人头在此？沈昱便把手帕包了，一同两个，径到府厅告说："沈秀的头有了。"知府再三审问，二人答道："因捉虾鱼，故此看见，并不晓别项情由。"本府准信，给赏五百贯。二人领了，便同沈昱将头到柳林里，打开棺木，将头凑在项上，依旧钉了，就同二人回家。严氏见说儿子头有了，心中欢喜，随即安排酒饭，管待二人。与了一千贯赏钱，二人收了，作别回家。便造房屋，买农具家生。二人道："如今不要似前抬轿。我们勤力耕种，挑卖山柴，也可度日。"不在话下。正是光阴似箭，日月如梭。不觉过了数月，官府也懈了，日远日疏，俱不题了。

　　却说沈昱是东京机户，轮该解段匹到京。待各机户段匹完日，到府领了解批，回家分付了家中事务起身。此一去，只因沈昱看见了自家虫蚁，又屈害了一条性命。正是非理之财莫取，非理之事莫为；明有刑法相系，暗有鬼神相随。却说沈昱在路，饥餐渴饮，夜住晓行，不只一日，来到东京。把段匹一一交纳过了，取了批回，心下思量："我闻京师景致，比别处不同，何不闲看一遭？也是难逢难遇之事。"其名山胜概，庵观寺院，出名的所在，都走了一遭。偶然打从御用监禽鸟房门前经过，那沈昱心中是爱虫蚁的，意欲进去一看。因门上用了十数个钱，得放进去闲看。只听得一个画眉，十分叫得巧好，仔细看时，正是儿子不见的画眉。那画眉见了沈昱眼熟，越发叫得好听，又叫又跳，将头颠沈昱数次。沈昱见了，想起儿子，千行泪下，心中痛苦，不觉失声叫起屈来，口中只叫得："有这等事？"那掌管禽鸟的校尉喝道："这厮好不知法度！这是什么所在，如此大惊小怪起来？"沈昱痛苦难伸，越叫得响了。

那校尉恐怕连累自己，只得把沈昱拿了，送到大理寺。大理寺官便喝道："你是那里人，敢进内御用之处，大惊小怪？有何冤屈之事？好好直说，便饶你罢。"沈昱就把儿子拖画眉被杀情由，从头诉说了一遍。大理寺官听说，呆了半晌，想："这禽鸟是京民李吉进贡在此，缘何有如此一节隐情？"便差人火速捉拿李吉到官，审问道："你为何在海宁郡将他儿子谋杀了，却将他的画眉来此进贡？一一明白供招，免受刑罚。"李吉道："先因往杭州买卖，行至武林门里，撞见一个箍桶的，担上挂着这个画眉。是吉见他叫得巧，又生得好，用价一两二钱，买将回来。因他好巧，不敢自用，以此进贡上用，并不知人命情由。"勘官问道："你却赖与何人！这画眉就是实迹了，实招了罢。"李吉再三哀告道："委的是问个箍桶的老儿买的，并不知杀人情由，难以屈招。"勘官又问："你既是问老儿买的，那老儿姓甚名谁？那里人氏？供得明白，我这里行文拿来，问理得实，即便放你。"李吉道："小人是路上逢着买的，实不知姓名，那里人氏。"勘官骂道："这便是含糊了，将此人命推与谁偿？据这画眉，便是实迹，这厮不打不招！"再三拷打，打得皮开肉绽。李吉痛苦不过，只得招做"因见画眉生得好巧，一时杀了沈秀，将头抛弃"情由。遂将李吉送下大牢监候。大理寺官具本奏上朝廷，圣旨道："李吉委的杀死沈秀，画眉见存，依律处斩。"将画眉给还沈昱，又给了批回，放还原籍，将李吉押发市曹斩首。正是老龟煮不烂，移祸于枯桑。

当时恰有两个同与李吉到海宁郡来做买卖的客人，蹀躞不下："有这等冤屈事！明明是买的画眉，我欲待替他申诉，争奈卖画眉的人虽认得，我亦不知其姓名，况且又在杭州。冤倒不辩得，和我连累了，如何出豁？只因一个畜生，明明屈杀了一条性命。除我们不到杭州，若到，定要与他讨个明白。"也不在话下。

却说沈昱收拾了行李，带了画眉，星夜奔回。到得家中，对妻说道："我在东京替儿讨了命了。"严氏问道："怎生得来？"沈昱把在内监见画眉一节，从头至尾，说了一遍。严氏见了画眉，大哭了一场，睹物伤情，不在话下。次日，沈昱提了画眉，本府来销批。将前项事情，告诉了一遍。知府大喜道："有这等巧事。"正是：劝君莫作亏心事，古往今来放过谁？休说人命关天，岂同儿戏！知府发放道："既是凶身获着斩首，可将棺木烧化。"沈昱叫人将棺木烧了，就撒了骨殖。不在话下。

却说当时同李吉来杭州卖生药的两个客人，一姓贺，一姓朱，有些药材，径到杭州湖墅客店内歇下，将药材一一发卖讫。当为心下不平，二人径入城来，探听这个箍桶的人。寻了一日，不见消耗。二人闷闷不已，回归店中歇了。次日，又进城来，却好遇见一个箍桶的担儿。二人便叫住道："大哥，请问你，这里有一个箍桶的老儿，这般这般模样，不知他姓甚名谁，大哥你可认得么？"那人便道："客官，我这箍桶行里，止有两个老儿：一个姓李，住在石榴园巷内；一个姓张，住在西城脚下。不知那一个是？"二人谢下，径到石榴园来寻。只见李公正在那里劈篾，二人看了，却不是他。又寻他到西城脚下，二人来到门首，便问："张公在么？"张婆道："不在，出去做生活去了。"二人也不打话，一径且回。

正是未牌时分，二人走不上半里之地，远远望见一个箍桶担儿来。有分直教此人偿了沈秀的命，明白了李吉的事。正是恩义广施，人生何处不相逢？冤仇莫结，路逢狭处难回避。其时，张公望南回来，二人朝北而去，却好劈面撞见。张公不认得二人，二人却认得张公，便拦住问道："阿公高姓？"张公道："小人姓张。"又问道："莫非是在西城脚下住的？"张公道："便是，问小人有何事干？"二人便道："我店中有许多生活要箍，要寻个老成的做，因此问你。你如今那里去？"张公道："回去。"三人一头走，一头说，直走到张公门首。张公道："二位请坐吃茶。"二人道："今日晚了，明日再来。"张公道："明日我不出去了，专等，专等。"

二人作别，不回店去，径投本府首告。正是本府晚堂，直入堂前跪下，把沈昱认画眉一节，李吉被杀一节，撞见张公买画眉一节，一一诉明。"小人两个不平，特与李吉讨命，望老爷细审张公，不知怎地得画眉？"府官道："沈秀的事，俱已明白了，凶身已斩了，再有何事？"二人告道："大理寺官不明，只以画眉为实；更不推详来历，将李吉明白屈杀了。小人路见不平，特与李吉讨命。如不是实，怎敢告扰？望乞怜悯做主。"知府见二人告得苦切，随即差捕人连夜去捉张公。好似数只皂雕追紫燕，一群猛虎唊羊羔。

其夜，众公人奔到西城脚下，把张公背剪绑了，解上府去，送大牢内监了。次日，知府升堂，公人于牢中取出张公跪下。知府道："你缘何杀了沈秀，反将李吉偿命？今日事露，天理不容！"喝令："好生打着。"直落打了三十下，打得皮开肉绽，鲜血淋漓。再三拷打，不肯招承。两个客人并两个伴当齐说："李吉便死了，我四人见在，眼同将一两二钱银子，买你的画眉，你今推却何人？你若说不是你，你便说这画眉从何来？实的虚不得，支吾有何用处？"张公犹自抵赖。知府大喝道："画眉是真赃物，这四人是真证见，若再不招，取夹棍来夹起。"张公惊慌了，只得将前项盗取画眉，勒死沈秀一节，一一供招了。知府道："那头彼时放在那里？"张公道："小人一时心慌，见侧边一株空心柳树，将头丢在中间，随提了画眉，径出武林门来。偶撞见三个客人，两个伴当，问小人买了画眉，得银一两二钱，归家用度。所供是实。"知府令张公画了供。又差人去拘沈昱，一同押着张公，到于柳林里寻头。哄动街市上之人无数，一齐都到柳林里来看寻头。只见果有一株空心柳树，众人将锯放倒，众人发一声喊，果有一个人头在内。提起看时，端然不动。沈昱见了这头，定睛一看，认得是儿子的头，大哭起来，昏迷倒地，半响方醒，遂将帕子包了。押着张公，径上府去。知府道："既有了头，情真罪当。取具大枷枷了，脚镣手杻钉了，押送死囚牢里，牢固监候。"

知府又问沈昱道："当时那两个黄大保、小保，又那里得这人头来请赏？

喻世明言·彩绘版

事有可疑。今沈秀头又有了，那头却是谁人的？"随即差捕人去拿黄大保兄弟二人，前来审问来历。沈昱眼同公人，径到南山黄家，捉了弟兄两个，押到府厅，当厅跪下。知府道："杀了沈秀的凶身，已自捉了；沈秀的头，见已追出。你弟兄二人谋死何人，将头请赏？——承招，免得吃苦。"大保、小保被问，口隔心慌，答应不出。知府大怒，喝令吊起拷打半日，不肯招承。又将烧红烙铁烫他，二人熬不过死去。将水喷醒，只得口吐真情。说道："因见父亲年老，有病伶仃，一时不合将酒灌醉，割下头来，埋在西湖藕花居水边，含糊请赏。"知府道："你父亲尸骸埋在何处？"两个道："就埋在南高峰脚下。"当时押发二人到彼，掘开看时，果有没头尸骸一副，埋藏在彼。依先押二人到于府厅，回话道："南山脚下，浅土之中，果有没头尸骸一副。"知府道："有这等事，真乃逆天之事！世间有这等恶人，口不欲说，耳不欲闻，笔不欲书，就一顿打死他倒干净，此恨怎的消得？"喝令手下不要计数，先打一会，打得二人死而复醒者数次。讨两面大枷枷了，送入死囚牢里，牢固监候。沈昱并原告人，宁家听候。

随即具表申奏，将李吉屈死情由奏闻。奉圣旨："着刑部及都察院，将原问李吉大理寺官，好生勘问，随贬为庶人，发岭南安置。李吉平人屈死，情实可矜，着官给赏钱一千贯，除子孙差役。张公谋财故杀，屈害平人，依律处斩，加罪凌迟，剐割二百四十刀，分尸五段。黄大保、小保，贪财杀父，不分首从，俱各凌迟处死，剐二百四十刀，分尸五段，枭首示众。"正是：湛湛青天不可欺，未曾举意早先知。劝君莫作亏心事，古往今来放过谁？一日，文书到府，差官吏、仵作人等，将三人押赴木驴上，满城号令三日，律例凌迟分尸，枭首示众。其时张婆听得老儿要剐，来到市曹上，指望见一面。谁想仵作见了行刑牌，各人动手碎剐，其实凶险。惊得婆儿魂不附体，折身便走。不想被一绊，跌得重了，伤了五脏，回家身死。正是：积善逢善，积恶逢恶；仔细思量，天地不错。

第二十七卷　金玉奴棒打薄情郎

枝在墙东花在西，自从落地任风吹。
枝无花时还再发，花若离枝难上枝。

这四句，乃昔人所作《弃妇词》。言妇人之随夫，如花之附于枝。枝若无花，逢春再发；花若离枝，不可复合。劝世上妇人，事夫尽道，同甘同苦，从一而终；

休得慕富嫌贫，两意三心，自贻后悔。且说汉朝一个名臣，当初未遇时节，其妻有眼不识泰山，弃之而去；到后来，悔之无及。

你说那名臣何方人氏？姓甚名谁？那名臣姓朱，名买臣，表字翁子，会稽郡人氏。家贫未遇，夫妻二口，住于陋巷蓬门。每日，买臣向山中砍柴，挑至市中，卖钱度日。性好读书，手不释卷。肩上虽挑却柴担，手里兀自擒着书本，朗诵咀嚼，且歌且行。市人听惯了，但闻读书之声，便知买臣挑柴担来了；可怜他是个儒生，都与他买。更兼买臣不争价钱，凭人估值，所以他的柴比别人容易出脱。一般也有轻薄少年及儿童之辈，见他又挑柴，又读书，三五成群，把他嘲笑戏侮，买臣全不为意。一日，其妻出门汲水，见群儿随着买臣柴担，拍手共笑，深以为耻。

买臣卖柴回来，其妻劝道："你要读书，便休卖柴；要卖柴，便休读书。许大年纪，不痴不颠，却做出恁般行径，被儿童笑话，岂不羞死！"买臣答道："我卖柴以救贫贱，读书以取富贵，各不相妨，由他笑话便了。"其妻笑道："你若取得富贵时，不去卖柴了。自古及今，那见卖柴的人做了官？却说这没把鼻的话！"买臣道："富贵贫贱，各有其时。有人算我八字，到五十岁上，必然发迹。常言海水不可斗量，你休料我。"其妻道："那算命先生，见你痴颠模样，故意耍笑你，你休听信。到五十岁时，连柴担也挑不动，饿死是有分的，还想做官？除是阎罗王殿上，少个判官，等你去做！"买臣道："姜太公八十岁，尚在渭水钓鱼。遇了周文王，以后车载之，拜为尚父。本朝公孙弘丞相，五十九岁上还在东海牧豕。整整六十岁，方才际遇今上，拜将封侯。我五十岁上发迹，比甘罗虽迟，比那两个还早，你须耐心等去。"其妻道："你休得攀今吊古。那钓鱼、牧豕的，胸中都有才学；你如今读这几句死书，便读到一百岁，只是这个嘴脸，有甚出息？悔气做了你老婆。你被儿童耻笑，连累我也没脸皮。你不听我言，抛却书本，我决不跟你终身。各人自去走路，休得两相担误了。"买臣道："我今年四十三岁了，再七年，便是五十。前长后短，你就等耐，也不多时。直恁薄情，舍我而去，后来须要懊悔！"其妻道："世上少甚挑柴担的汉子，懊悔甚么来？我若再守你七年，连我这骨头不知饿死于何地了。你倒放我出门，做个方便，活了我这条性命。"

买臣见其妻决意要去，留他不住，叹口气道："罢，罢！只愿你嫁得丈夫，强似朱买臣的便好。"其妻道："好歹强似一分儿。"说罢，拜了两拜，欣然出门而去，头也不回。买臣感慨不已，题诗四句于壁上云：嫁犬逐犬，嫁鸡逐鸡；妻自弃我，我不弃妻。买臣到五十岁时，值汉武帝下诏求贤。买臣到西京上书，待诏公车。同邑人严助荐买臣之才。天子知买臣是会稽人，必知本土民情利弊，即拜为会稽太守，驰驿赴任。

会稽长吏闻新太守将到，大发人夫，修治道路。买臣妻的后夫亦在役中，其妻蓬头跣足，随伴送饭。见太守前呼后拥而来，从旁窥之，乃故夫朱买臣也。买臣在车中，一眼瞧见，还认得是故妻，遂使人招之，载于后车。到府第中，故妻羞惭无地，叩头谢罪。买臣教请他后夫相见。不多时，后夫唤到，拜伏于地，不敢仰视。买臣大笑，对其妻道："似此人，未见得强似我朱买臣也。"其妻再三叩谢，自悔有眼无珠，愿降为婢妾，伏事终身。买臣命取水一桶，泼于阶下，向其妻说道："若泼水可复收，则汝亦可复合。念你少年结发之情，判后园隙地，与汝夫妇耕种自食。"其妻随后夫走出府第，路人都指着说道："此即新太守夫人也。"于是羞极无颜，到于后园，遂投河而死。有诗为证："漂母尚知怜饿士，亲妻忍得弃贫儒。早知覆水难收取，悔不当初任读书。"又有一诗，说欺贫重富，世情皆然，不止一买臣之妻也。诗曰："尽看成败说高低，谁识蛟龙在污泥？莫怪妇人无法眼，普天几个负羁妻？"

这个故事，是妻弃夫的。如今再说一个夫弃妻的，一般是欺贫重富，背义忘恩，后来徒落得个薄幸之名，被人讲论。

话说故宋绍兴年间，临安虽然是个建都之地，富庶之乡，其中乞丐的，依然不少。那丐户中有个为头的，名曰"团头"，管着众丐。众丐叫化得东西来时，团头要收他日头钱。若是雨雪时，没处叫化，团头却熬些稀粥，养活这伙丐户；破衣破袄，也是团头照管。所以这伙丐户，小心低气，服着团头，如奴一般，不敢触犯。那团头见成收些常例钱，一般在众丐户中放债盘利。若不嫖不赌，依然做起大家事来。他靠此为生，一时也不想改业。只是一件，"团头"的名儿不好。随你挣得有田有地，几代发迹，终是个叫化头儿，比不得平等百姓人家。出外没人恭敬，只好闭着门，自屋里做大。虽然如此，若数着"良贱"二字，只说娼、优、隶、卒四般为贱流，到数不着那乞丐。看来乞丐只是没钱，身上却无疤癣。假如春秋时伍子胥逃难，也曾吹箫于吴市中乞食；唐时郑元和做歌郎，唱《莲花落》，后来富贵发达，一床锦被遮盖，这都是叫化中出色的。可见此辈虽然被人轻贱，到不比娼、优、隶、卒。

闲话休题。如今且说杭州城中一个团头，姓金，名老大，祖上到他，做了七代团头了。挣得个完完全全的家事，住的有好房子，种的有好田园，穿的有好衣，吃的有好食；真个廒多积粟，囊有余钱，放债使婢；虽不是顶富，也是数得着的富家了。那金老大有志气，把这团头让与族人金癞子做了，自己见成受用，不与这伙丐户歪缠。然虽如此，里中口顺，还只叫他是团头家，其名不改。金老大年五十余，丧妻无子，止存一女，名唤玉奴。那玉奴生得十分美貌，怎见得？有诗为证："无瑕堪比玉，有态欲羞花。只少宫妆扮，分明张丽华。"金老大爱此女如同珍宝，从小教他读书识字。到十五六岁时，诗赋俱通，一写一作，信手而成。更兼女工精巧，亦能调筝弄管，事事伶俐。金老大倚着女儿才貌，立心要将他嫁个士人。论来就名门旧族中，急切要这一个女子，也是少的；可恨生于团头之家，没人相求。若是平常经纪人家，没前程的，金老大又不肯扳他了。因此高低不就，把女儿直捱到一十八岁，尚未许人。

偶然有个邻翁来说："太平桥下有个书生，姓莫名稽，年二十岁，一表人才，读书饱学。只为父母双亡，家贫未娶。近日考中，补上太学生，情愿入赘人家。此人正与令爱相宜，何不招之为婿？"金老大道："就烦老翁作伐，何如？"邻翁领命，径到太平桥下，寻那莫秀才，对他说了："实不相瞒，祖宗曾做个团头的，如今久不做了。只贪他好个女儿，又且家道富足，秀才若不弃嫌，老汉即当玉成其事。"莫稽口虽不语，心下想道："我今衣食不周，无力婚娶，何不俯就他家，一举两得？也顾不得耻笑。"乃对邻翁说道："大伯所言虽妙，但我家贫乏聘，如何是好？"邻翁道："秀才但是允从，纸也不费一张，都在老汉身上。"邻翁回覆了金老大。择个吉日，金家到送一套新衣穿着，莫秀才过门成亲。莫稽见玉奴才貌，喜出望外，不费一钱，白白的得了个美妻；又且丰衣足食，事事称怀。就是朋友辈中，晓得莫稽贫苦，无不相谅，到也没人去笑他。

到了满月，金老大备下盛席，教女婿请他同学会友饮酒，荣耀自家门户。一连吃了六七日酒，何期恼了族人金癞子。那癞子也是一班正理。他道："你也是团头，我也是团头，只你多做了几代，挣得钱钞在手。论起祖宗一脉，彼此无二。侄女玉奴招婿，也该请我吃杯喜酒。如今请人做满月，开宴六七日，并无三寸长、一寸阔的请帖儿到我。你女婿做秀才，难道就做尚书、宰相？

我就不是亲叔公？坐不起凳头？直恁不觑人在眼里！我且去蒿恼他一场，教他大家没趣。"叫起五六十个丐户，一齐奔到金老大家里来。但见：开花帽子，打结衫儿。旧席片对着破毡条，短竹根配着缺糙碗。叫爹叫娘叫财主，门前只见喧哗；弄蛇弄狗弄猢狲，口内各呈伎俩。敲板唱杨花，恶声聒耳；打砖搽粉脸，丑态逼人。一班泼鬼聚成群，便是钟馗收不得。金老大听得闹吵，开门看时，那金癞子领着众丐户，一拥而入，嚷做一堂。癞子径奔席上，拣好酒好食只顾吃，口里叫道：

喻世明言·彩绘版

"快教侄婿夫妻来拜见叔公。"吓得众秀才站脚不住，都逃席去了；连莫稽也随着众朋友躲避。金老大无可奈何，只得再三央告道："今日是我女婿请客，不干我事。改日专治一杯，与你陪话。"又将许多钱钞分赏众丐户，又抬出两瓮好酒和些活鸡、活鹅之类，教众丐户送去癫子家，当个折席。直乱到黑夜，方才散去。玉奴在房中气得两泪交流。这一夜，莫稽在朋友家借宿，次早方回。金老大见了女婿，自觉出丑，满面含羞。莫稽心中未免也有三分不乐，只是大家不说出来。正是：哑子尝黄柏，苦味自家知。

却说金玉奴只恨自己门风不好，要挣个出头，乃劝丈夫刻苦读书。凡古今书籍，不惜价钱，买来与丈夫看；又不吝供给之费，请人会文会讲；又出资财，教丈夫结交延誉。莫稽由此才学日进，名誉日起。二十三岁发解，连科及第。这日，琼林宴罢，乌帽宫袍，马上迎归。将到丈人家里，只见街坊上一群小儿争先来看，指道："金团头家女婿做了官也。"莫稽在马上听得此言，又不好揽事，只得忍耐。见了丈人，虽然外面尽礼，却包着一肚子忿气，想道："早知有今日富贵，怕没王侯贵戚招赘成婚？却拜个团头做岳丈，可不是终身之玷。养出儿女来，还是团头的外孙，被人传作话柄。如今事已如此，妻又贤慧，不犯七出之条，不好决绝得。正是事不三思，终有后悔。"为此心中怏怏，只是不乐。玉奴几遍问而不答，正不知甚么意故。好笑那莫稽，只想着今日富贵，却忘了贫贱的时节，把老婆资助成名一段功劳，化为春水，这是他心术不端处。

不一日，莫稽谒选，得授无为军司户。丈人治酒送行，此时众丐户，料也不敢登门闹吵了。喜得临安到无为军，是一水之地。莫稽领了妻子，登舟起任。行了数日，到了采石江边，维舟北岸。其夜月明如昼，莫稽睡不能寐，穿衣而起，坐于船头玩月。四顾无人，又想起团头之事，闷闷不悦。忽然动一个恶念："除非此妇身死，另娶一人，方免得终身之耻。"心生一计，走进船舱，哄玉奴起来看月华。玉奴已睡了，莫稽再三逼他起身。玉奴难逆丈夫之意，只得披衣，走至马门口，舒头望月。被莫稽出其不意，牵出船头，推堕江中。悄悄唤起舟人，分付："快开船前去，重重有赏，不可迟慢。"舟子不知明白，慌忙撑篙荡浆，移舟于十里之外。住泊停当，方才说："适间奶奶因玩月堕水，捞救不及了。"却将三两银子，赏与舟人为酒钱。舟人会意，谁敢开口？船中虽跟得有几个蠢婢子，只道主母真个堕水，悲泣了一场，丢开了手。不在话下。有诗为证："只为团头号不香，忍因得意弃糟糠。天缘结发终难解，赢得人呼薄幸郎。"

你说事有凑巧，莫稽移船去后，刚刚有个淮西转运使许德厚，也是新上任的，泊舟于采石北岸，正是莫稽先前推妻坠水处。许德厚和夫人推窗看月，开怀饮酒，尚未曾睡。忽闻岸上啼哭，乃是妇人声音，其声哀怨，好生不忍。忙呼水手打看，果然是个单身妇人，坐于江岸。便教唤上船来，审其来历。原来此妇正是无为军司户之妻金玉奴。初坠水时，魂飞魄荡，已拼着必死。

忽觉水中有物，托起两足，随波而行，近于江岸。玉奴挣扎上岸，举目看时，江水茫茫，已不见司户之船，才悟道丈夫贵而忘贱，故意欲溺死故妻，别图良配。如今虽得了性命，无处依栖，转思苦楚，以此痛哭。见许公盘问，不免从头至尾，细说一遍。说罢，哭之不已。连许公夫妇都感伤堕泪，劝道："汝休得悲啼，肯为我义女，再作道理。"玉奴拜谢。许公分付夫人取干衣替他通身换了，安排他后舱独宿。教手下男女都称他小姐，又分付舟人，不许泄漏其事。

不一日，到淮西上任。那无为军正是他所属地方，许公是莫司户的上司，未免随班参谒。许公见了莫司户，心中想道："可惜一表人才，干恁般薄幸之事。"约过数月，许公对僚属说道："下官有一女，颇有才貌，年已及笄，欲择一佳婿赘之。诸君意中，有其人否？"众僚属都闻得莫司户青年丧偶，齐声荐他才品非凡，堪作东床之选。许公道："此子吾亦属意久矣，但少年登第，心高望厚，未必肯赘吾家。"众僚属道："彼出身寒门，得公收拔，如蒹葭倚玉树，何幸如之！岂以入赘为嫌乎？许公道："诸君既酌量可行，可与莫司户言之。但云出自诸君之意，以探其情，莫说下官，恐有妨碍。"众人领命，遂与莫稽说知此事，要替他做媒。莫稽正要攀高，况且联姻上司，求之不得，便欣然应道："此事全仗玉成，当效衔结之报。"众人道："当得，当得。"随即将言回覆许公。许公道："虽承司户不弃，但下官夫妇，钟爱此女，娇养成性，所以不舍得出嫁。只怕司户少年气概，不相饶让。或致小有嫌隙，有伤下官夫妇之心。须是预先讲过，凡事容耐些，方敢赘入。"众人领命，又到司户处传话，司户无不依允。此时司户不比做秀才时节，一般用金花彩币为纳聘之仪。选了吉期，皮松骨痒，整备做转运使的女婿。

却说许公先教夫人与玉奴说："老相公怜你寡居，欲重赘一少年进士，你不可推阻。"玉奴答道："奴家虽出寒门，颇知礼数。既与莫郎结发，从一而终。虽然莫郎嫌贫弃贱，忍心害理，奴家各尽其道，岂肯改嫁，以伤妇节？"言毕，泪如雨下。夫人察他志诚，乃实说道："老相公所说少年进士，就是莫郎。老相公恨其薄幸，务要你夫妻再合。只说有个亲生女儿，要招赘一婿，却教众僚属与莫郎议亲，莫郎欣然听命，只今晚入赘吾家。等他进房之时，须是如此如此，与你出这口呕气。"玉奴方才收泪，重匀粉面，再整新妆，打点结亲之事。到晚，莫司户冠带齐整，帽插金花，身披红锦，跨着雕鞍骏马，两班鼓乐前导，众僚属都来送亲。一路行来，谁不喝采！正是：
鼓乐喧阗白马来，风流佳婿实奇哉。团头喜换高门眷，采石江边未足哀。

是夜，转运司铺毡结彩，大吹大擂，等候新女婿上门。莫司户到门下马，许公冠带出迎，众官僚都别去。莫司户直入私宅，新人用红帕覆首，两个养娘扶将出来。掌礼人在槛外喝礼，双双拜了天地，又拜了丈人、丈母，然后交拜。礼毕，送归洞房，做花烛筵席。莫司户此时心中，如登九霄云里，欢喜不可形容。仰着脸，昂然而入。才跨进房门，忽然两边门侧里，走出七八个老妪、丫鬟，一个个手执篱竹细棒，劈头劈脑打将下来。把纱帽都打脱了，肩背上棒如雨下，打得叫喊不叠，正没想一头处。莫司户被打，慌做一堆蹲倒，只得叫声："丈人，丈母，救命！"只听房中娇声宛转，分付道："休打杀薄情郎，且唤来相见。"众人方才住手。七八个老妪、丫鬟，扯耳朵，拽胳膊，好似六贼戏弥陀一般，脚不点地，拥到新人面前。司户口中还说道："下官何罪？"开眼看时，画烛辉煌，照见上边端端正正坐着个新人，不是别人，正是故妻金玉奴。莫稽此时魂不附体，乱嚷道："有鬼！有鬼！"众人都笑起来。只见许公自外而入，叫道："贤婿休疑。此乃吾采石江头所认之义女，非鬼也。"莫稽心头方才住了跳，慌忙跪下，拱手道："我莫稽知罪了，望大人包容之。"许公道："此事与下官无干，只吾女没说话就罢了。"玉奴唾其面，骂道："薄幸贼，你不记宋弘有言：贫贱之交不可忘，糟糠之妻不下堂。当初你空手赘入吾门，亏得我家资财，读书延誉，以致成名，侥幸今日。奴家亦望夫荣妻贵。何期你忘恩负本，就不念结发之情，恩将仇报，将奴推堕江心。幸然天天可怜，得遇恩爹提救，收为义女。倘然葬江鱼之腹，你别娶新人，于心何忍？今日有何颜面，再与你完聚？"说罢，放声而哭，千薄幸，万薄幸，骂不住口。莫稽满面羞惭，闭口无言，只顾磕头求恕。

许公见骂得够了，方才把莫稽扶起，劝玉奴道："我儿息怒。如今贤婿悔罪，料然不敢轻慢你了。你两个虽然旧日夫妻，在我家只算新婚花烛。凡事看我之面，闲言闲语，一笔都勾罢。"又对莫稽说道："贤婿，你自家不是，休怪别人。今宵只索忍耐，我教你丈母来解劝。"说罢，出房去。少刻夫人来到，又调停了许多说话，两个方才和睦。

次日，许公设宴，管待新女婿，将前日所下金花彩币，依旧送还道："一女不受二聘。贤婿前番在金家已费过了，今番下官不敢重叠收受。"莫稽低头无语。许公又道："贤婿常恨令岳翁卑贱，以致夫妇失爱，几乎不终。今下官备员如何？只怕爵位不高，尚未满贤婿之意。"莫稽涨得面皮红紫，只得离席谢罪。有诗为证："痴心指望缔高姻，谁料新人是旧人？打骂一场羞满面，问他何取岳翁新？"

自此莫稽与玉奴夫妇和好，比前加倍。许公共夫人待玉奴如真女，待莫稽如真婿；玉奴待许公夫妇，亦与真爹娘无异。连莫稽都感动了，迎接团头金老大在任所，奉养送终。后来许公夫妇之死，金玉奴皆制重服，以报其恩。莫氏与许氏，世世为通家兄弟，往来不绝。诗云："宋弘守义称高节，黄允休妻骂薄情。试看莫生婚再合，姻缘前定枉劳争。"

第二十八卷　李秀卿义结黄贞女

暇日攀今吊古，从来几个男儿，履危临难有神机，不被他人算计？
男子尽多慌错，妇人反有权奇。若还智量胜蛾眉，便带头巾何愧？

常言有智妇人，赛过男子。古来妇人赛男子的，也尽多。除着吕太后、武则天这一班大手段的歹人不论，再除却卫庄姜、曹令女这一班大贤德、大贞烈的好人也不论，再除却曹大家、班婕妤、苏若兰、沈满愿、李易安、朱淑真这一班大学问、大才华的文人也不论，再除却锦车夫人冯氏、浣花夫人任氏、锦伞夫人洗氏和那军中娘子、绣旗女将这一班大智谋、大勇略的奇人也不论，如今单说那一种奇奇怪怪、蹊蹊跷跷、没阳道的假男子，带头巾的真女人，可钦可爱，可笑可歌。正是：说处裙钗添喜色，话时男子减精神。

据唐人小说，有个木兰女子，是河南睢阳人氏。因父亲被有司点做边庭戍卒，木兰可怜父亲多病，扮女为男，代替其役。头顶兜鍪，身披铁铠，手执戈矛，腰悬弓矢，击柝提铃，餐风宿草，受了百般辛苦。如此十年，役满而归，依旧是个童身。边廷上万千军士，没一人看得出她是女子。后人有诗赞云："缇萦救父古今稀，代父从戎事更奇。全孝全忠又全节，男儿几个不亏移？"

又有个女子，叫做祝英台，常州义兴人氏，自小通书好学。闻余杭文风最盛，欲往游学。其哥嫂止之曰："古者男女七岁不同席，不共食。你今一十六岁，却出外游学，男女不分，岂不笑话！"英台道："奴家自有良策。"乃裹巾束带，扮作男子模样，走到哥嫂面前，哥嫂亦不能辨认。英台临行时，正是夏初天气，榴花盛开。乃手摘一枝，插于花台之上，对天祷告道："奴家祝英台出外游学，若完名全节，此枝生根长叶，年年花发；若有不肖之事，玷辱门风，此枝枯萎。"祷毕出门，自称祝九舍人。遇个朋友，是个苏州人氏，叫做梁山伯，与他同馆读书，甚相爱重，结为兄弟。日则同食，夜则同卧，如此三年。英台衣不解带，山伯屡次疑惑盘问，都被英台将言语支吾过了。读了三年书，学问成就，相别回家，约梁山伯："二个月内，可来见访。"英台归时，仍是初夏，那花台上所插榴枝，花叶并茂，哥嫂方信了。同乡三十里外，有个安乐村，那村中有个马氏，大富之家。闻得祝九娘贤慧，寻媒与他哥哥议亲。哥哥一口许下，纳彩问名都过了，约定来年二月娶亲。原来英台有心于山伯，要等他来访时，露其机括。谁知山伯有事，稽迟在家。英台只恐哥嫂疑心，不敢推阻。山伯直到十月，方才动身，过了六个月了。到得祝家庄，问祝九舍人时，庄客说道："本庄只有祝九娘，并没有祝九舍人。"山伯心疑，传了名刺进去。只见丫鬟出来，"请梁兄到中堂相见"。山伯走进中堂，那祝英台红妆翠袖，别是一般妆束了。山伯大惊，方知假扮男子，自愧愚鲁，不能辨识。寒温已罢，便谈及婚姻之事。英台将哥嫂做主，已许马氏为辞。山伯自恨来迟，懊悔不迭。分别回去，遂成相思之病。奄奄不起，至岁底身亡。嘱付父母："可葬我于安乐村路口。"父母依言葬之。明年，英台出嫁马家，行至安乐村路口，忽然狂风四起，天昏地暗，舆人都不能行。英台举眼观看，但见梁山伯飘然而来，说道："吾为思贤妹，一病而亡，今葬于此地。贤妹不忘旧谊，可出轿一顾。"英台果然走出轿来。忽然一声响亮，地下裂开丈余，英台从裂中跳下。众人扯其衣服，如蝉脱一般，其衣片片而飞。顷刻天清地明，那地裂处，只如一线之细。歇轿处，正是梁山伯坟墓。乃知生为兄弟，死作夫妻。再看那飞的衣服碎片，变成两般花蝴蝶，传说是二人精灵所化。红者为梁山伯，黑者为祝英台。其种到处有之，至今犹呼其名为梁山伯、祝英台也。后人有诗赞云："三载书帏共起眠，活姻缘作死姻缘。非关山伯无分晓，还是英台志节坚。"

又有一个女子，姓黄，名崇嘏，是西蜀临邛人氏，生成聪明俊雅，诗赋俱通。父母双亡，亦无亲族。时宰相周庠镇蜀，崇嘏假扮做秀才，将平日所作诗卷呈上。周庠一见，篇篇道好，字字称奇，乃荐为郡掾。吏事精敏，地方凡有疑狱，累年不决者，一经崇嘏剖断，无不洞然。屡摄府县之事，到处便有声名，胥徒畏服，士民感仰。周庠首荐于朝，言其才可大用；欲妻之以女，央太守作媒，崇嘏只微笑不答。周庠乘他进见，自述其意。崇嘏索纸笔，作诗一首献上。诗曰："一辞拾翠碧江湄，贫守蓬茅但赋诗。自服蓝袍居郡掾，永抛鸾镜画蛾眉。立身卓尔青松操，挺志坚然白璧姿。幕府若教为坦腹，愿天速变作男儿。"庠见诗，大惊，叩其本末，方知果然是女子。因将女作男，事关风化，不好声张其事，教他辞去郡掾，隐于郭外。乃于郡中择士人嫁之。后来士人亦举进士及第，位致通显，崇嘏累封夫人。据如今搬演《春桃记》传奇，说黄崇嘏中过女状元，此是增藻之词。后人亦有诗赞云："珠玑满腹彩生毫，更服烹鲜手段高。若使生时逢武后，君臣一对女中豪。"

那几个女子，都是前朝人。如今再说个近代的，是大明朝弘治年间的故事。南京应天府上元县有个黄公，以贩线香为业，兼带卖些杂货，惯走江北一带地方。江北人见他买卖公道，都唤他做"黄老实"。家中止一妻二女，长女名道聪，幼女名善聪。道聪年长，嫁与本京青溪桥张二哥为妻去了；止有幼女善聪在家，方年一十二岁。母亲一病而亡。殡葬已毕，黄老实又要往江北卖香生理。思想女儿在家，孤身无伴；况且年幼，未曾许人，怎生放心得下？待寄在姐夫家里，又不是个道理。若不做买卖，撇了这走熟的道路，又那里寻几贯钱钞养家度日？左思右想，去住两难。香货俱已定下，只有这女儿没安顿处。一连想了数日,忽然想着道:"有计了!我在客边没人作伴,何不将女假充男子,带将出去?且待年长,再作区处。只是一件,江北主顾人家,都晓得我没儿,今番带着孩子去,倘然被他盘问,露出破绽,却不是个笑话?我如今只说是张家外甥,带出来学做生理,使人不疑。"计较已定,与女儿说通了,制副道袍净袜,教女儿穿着;头上裹个包巾,妆扮起来,好一个清秀孩子!正是:眉目生成清气,资性那更伶俐。若还伯道相逢,十个九个过继。

　　黄老实爹女两人,贩着香货,趁船来到江北庐州府,下了主人家。主人家见善聪生得清秀,无不夸奖,问黄老实道:"这个孩子,是你什么人?"黄老实答道:"是我家外甥,叫做张胜。老汉没有儿子,带他出来走走,认了这起主顾人家,后来好接管老汉的生意。"众人听说,并不疑惑。黄老实下个单身客房,每日出去发货,讨帐,留下善聪看房。善聪目不妄视,足不乱移。众人都道:这张小官比外公愈加老实,个个欢喜。

　　自古道:天有不测风云,人有旦夕祸福。黄老实在庐州,不上两年,害个病症,医药不痊,呜呼哀哉。善聪哭了一场,买棺盛殓,权寄于城外古寺之中。思想年幼孤女,往来江湖不便。间壁客房中下着的,也是个贩香客人,又同是应天府人氏,平昔间看他少年诚实,问其姓名来历。那客人答道:"小生姓李名英,字秀卿,从幼跟随父亲出外经纪。今父亲年老,受不得风霜辛苦,因此把本钱与小生,在此行贩。"善聪道:"我张胜跟随外祖在此,不幸外祖身故,孤寡无依。足下若不弃,愿结为异姓兄弟,合伙生理,彼此有靠。"

李英道：“如此最好。”李英年十八岁，长张胜四年，张胜因拜李英为兄，甚相友爱。

过了几日，弟兄两个商议：轮流一人往南京贩货，一人住在庐州发货，讨帐。一来一去，不致担误了生理，甚为两便。善聪道：“兄弟年幼，况外祖灵柩无力奔回，何颜归于故乡？让哥哥去贩货罢。”于是收拾资本，都交付与李英；李英剩下的货物，和那帐目，也交付与张胜。但是两边买卖，毫厘不欺。从此李英、张胜两家行李，并在一房。李英到庐州时，只在张胜房住，日则同食，夜则同眠。但每夜张胜只是和衣而睡，不脱衫裤，亦不去鞋袜，李英以为怪。张胜答道：“兄弟自幼得了个寒疾，才解动里衣，这病就发作，所以如此睡惯了。”李英又问道：“你耳朵子上，怎的有个环眼？”张胜道：“幼年间爹娘与我算命，说有关煞难养，为此穿破两耳。”李英是个诚实君子，这句话，便被他瞒过，更不疑惑。张胜也十分小心在意，虽溲溺亦必等到黑晚，私自去方便，不令人瞧见。以此客居虽久，并不露一些些马脚。有诗为证：“女相男形虽不同，全凭心细谨包笼。只憎一件难遮掩，行步蹊跷三寸弓。”

黄善聪假称张胜，在庐州府做生理，初到时止十二岁。光阴似箭，不觉一住九年，如今二十岁了。这几年勤苦营运，手中颇颇活动，比前不同。思想父亲灵柩暴露他乡，亲姐姐数年不会，况且自己终身，也不是个了当。乃与李英哥哥商议，只说要搬外公灵柩，回家安葬。李英道：“此乃孝顺之事。只灵柩不比他件，你一人如何担带？做哥的相帮你同走，心中放得下。待你安葬事毕，再同来就是。”张胜道：“多谢哥哥厚意。”当晚定议，择个吉日，雇下船只，唤几个僧人，做个起灵功德，抬了黄老实的灵柩下船。一路上，风顺则行，风逆则止，不一日，到了南京。在朝阳门个觅个空闲房子，将柩寄顿，俟吉下葬。

闲话休叙。再说李英同张胜进了城门，东西分路。李英问道：“兄弟高居何处？做哥的好来拜望。”张胜道：“家下傍着秦淮河清溪桥居住，来日专候哥哥降临茶话。”两下分别。张胜本是黄家女子，那认得途径？喜得秦淮河是个有名的所在，不是个僻地，还好寻问。张胜行至清溪桥下，问着了张家，敲门而入。其日，姐夫不在家，望着内里便走。姐姐道聪骂将起来，道：“是人家各有内外，甚么花子，一些体面不存，直入内室，是何道理？男子汉在家时，瞧见了，好歹一百孤拐奉承你。还不快走！”张胜不慌不忙，笑嘻嘻的作一个揖下去，口中叫道：“姐姐，你自家嫡亲兄弟，如何不认得了？”姐姐骂道：“油嘴光棍！我从来那有兄弟？”张胜道：“姐姐，九年前之事，你可思量得出？”姐姐道：“思量什么！前九年我还记得。我爹爹并没儿子，止生下我姊妹二人。我妹子小名善聪，九年前爹爹带往江北贩香，一去不回。至今音问不通，未审死活存亡。你是何处光棍，却来冒认别人做姐姐！”张胜道：“你要问善聪妹子，我即是也。”说罢，放声大哭。姐姐还不信是真，问道："你既是善聪妹子，缘何如此妆扮？"张胜道："父亲临行时，将我改扮为男，只说是外甥张胜，带出来学做生理。不期两年上，父亲一病而亡，你妹子虽然殡殓，却恨孤贫，不能扶柩而归。有个同乡人李秀卿，志诚君子，你妹子万不得已，只得与他八拜为交，合伙营生。淹留江北，不觉又六七年，今岁始办归计。适才到此，便来拜见姐姐，别无他故。"

姐姐道："原来如此。你同个男子合伙营生，男女相处许多年，一定配为夫妇了。自古明人不做暗事，何不带顶髻儿，还好看相。恁般乔打扮回来，不雌不雄，好不羞耻人！"张胜道："不欺姐姐，奴家至今，还是童身，岂敢行苟且之事，玷辱门风。"道聪不信，引入密室验之。你说怎么验法？用细细干灰铺放余桶之内，却教女子解了下衣，坐于桶上。用绵纸条栖入鼻中，要他打喷嚏。若是破身的，上气泄，下气亦泄，干灰必然吹动；若是童身，其灰如旧。朝廷选妃，都用此法。道聪生长京师，岂有不知？当时试那妹子，果是未破的童身。于是姊妹两人，抱头而哭。道聪慌忙开箱，取出自家裙袄，安排妹子香汤沐浴，教他更换衣服。妹子道："不欺姐姐，我自从出去，未曾解衣露体；今日见了姐姐，方才放心耳。"那一晚，张二哥回家，老婆打发在外厢安歇。姊妹两人，同被而卧，各诉衷肠，整整的叙了一夜说话，眼也不曾合缝。

次日起身，黄善聪梳妆打扮起来，别自一个模样，与姐夫、姐姐重新叙礼。道聪在丈夫面前，夸奖妹子贞节，连李秀卿也称赞了几句："若不是个真诚君子，怎与他相处得许多时？"话犹未绝，只听得门外咳嗽一声，问道："里面有人么？"黄善聪认得是李秀卿声音，对姐姐说："教姐夫出去迎他，我今番不好相见了。"道聪道："你既与他结义过来，又且是个好人，就相见，也不妨。"善聪颠倒怕羞起来，不肯出去。道聪只得先教丈夫出去迎接，看他口气，觉也不觉。张二哥连忙趋出，见了李秀卿，叙礼已毕，分宾而坐。秀卿开言道："小生是李英，特到此访张胜兄弟，不知阁下是他何人？"张二哥笑道："是在下至亲。只怕他今日不肯与足下相会，枉劳尊驾。"李秀卿道："说那里话！我与他是异姓骨肉，最相爱契，约定我今日到此。特特而来，那有不会之理？"张二哥道："其中有个缘故，容从容奉告。"秀卿性急，连连的催促，迟一刻，只待发作出来。慌得张二哥便往内跑，教老婆苦劝姨姐，与李秀卿相见。善聪只是不肯出房。他夫妻两口躲过一边，倒教人将李秀卿请进内宅。秀卿一见了黄善聪，看不仔细，倒退下七八步。善聪叫道："哥哥，不须疑虑，请来叙话。"秀卿听得声音，方才晓得就是张胜，重走上前作揖道："兄弟，如何恁般打扮？"善聪道："一言难尽。请哥哥坐了，容妹子从容告诉。"两人对坐了，善聪将十二岁随父出门始末根由，细细述了一遍。又道："一向承哥哥带挈提携，感谢不尽。但在先有兄弟之好，今后有男女之嫌，相见只此一次，不复能再聚矣。"

秀卿听说，呆了半晌。自思："五六年和他同行同卧，竟不晓得他是女子，

喻世明言·彩绘版

好生懵懂！"便道："妹子，听我一言。我与你相契许久，你知我知，往事不必说了。如今你既青年无主，我亦壮而未娶，何不推八拜之情，合二姓之好？百年谐老，永远团圆，岂不美哉？"善聪羞得满面通红，便起身道："妾以兄长高义，今日不避形迹，厚颜请见。兄乃言及于乱，非妾所以待兄之意也。"说罢，一头走进去，一头说道："兄宜速出，勿得停滞，以招物议。"

秀卿被发作一场，好生没趣，回到家中，如痴如醉，颠倒割舍不下起来。乃央媒妪去张家求亲说合，张二哥夫妇，到也欣然。无奈善聪立意不肯，道："嫌疑之际，不可不谨。今日若与配合，无私有私，把七年贞节，一旦付之东流，岂不惹人嘲笑！"媒妪与姐姐两口交劝，只是不允。那边李秀卿，执意定要娶善聪为妻，每日缠着媒妪，要他奔走传话。三回五转，徒惹得善聪焦燥，并不见松了半分口气。似恁般说，难道这头亲事，就不成了？且看下回分解。正是：七年兄弟意殷勤，今日重逢局面新。欲表从前清白操，故甘薄幸拒姻亲。

天下只有三般口嘴，极是利害：秀才口，骂遍四方；和尚口，吃遍四方；媒婆口，传遍四方。且说媒婆口，怎地传遍四方？那做媒的有几句口号："东家走，西家走，两脚奔波气常吼；牵三带四有商量，走进人家不怕狗。前街某，后街某，家家户户皆朋友，相逢先把笑颜开，惯报新闻不待叩。说也有，话也有，指长话短舒开手；一家有事百家知，何曾留下隔宿口？要骗茶，要吃酒，脸皮三寸三分厚；若还羡他说作高，拌干涎沫七八斗。"那黄善聪女扮男妆，千古奇事；又且恁地贞节，世世罕有。这些媒妪，走一遍，说一遍，一传十，十传百，霎时间，满京城通知道了。人人夸美，个个称奇。虽缙绅之中，谈及此事，都道："难得，难得！"

有守备太监李公，不信其事，差人缉访，果然不谬。乃唤李秀卿来盘问，一一符合。因问秀卿："天下美妇人尽多，何必黄家之女？"秀卿道："七年契爱，意不能舍，除却此女，皆非所愿。"李公意甚悯之，乃藏秀卿于衙门中。次日，唤前媒妪来，分付道："闻知黄家女贞节可敬，我有个侄儿，欲求他为妇，汝去说合，成则有赏。"那时守备太监，正有权势，谁敢不依？媒妪回覆："亲事已谐了。"李公自出己财，替秀卿行聘；又赁下一所空房，密地先送秀卿住下。李公亲身到彼，主张花烛，笙箫鼓乐，取那黄善聪进门成亲。交拜之后，夫妻相见，一场好笑！善聪明知落了李公圈套，事到其间，推阻不得。李公就认秀卿为侄，大出资财，替善聪备办妆奁。又对合城官府说了，五府、六部及府尹、县官，各有所助。一来看李公面上，二来都道是一桩奇事，人人要玉成其美。秀卿自此遂为京城中富室，夫妻相爱，连育二子，后来读书显达。有好事者，将此事编成唱本说唱，其名曰《贩香记》。有诗为证，诗曰："七载男妆不露针，归来独守岁寒心。编成小说垂闺训，一洗桑间濮上音。"又有一首诗，单道太监李公的好处，诗曰："节操恩情两得全，宦官谁似李公贤？虽然没有风流分，种得来生一段缘。"

第二十九卷　月明和尚度柳翠

万里新坟尽少年，修行莫待鬓毛斑。
前程黑暗路头险，十二时中自著研。

这四句诗，单道著禅和子打坐参禅，得成正果，非同容易。有多少先作后修、先修后作的和尚。

自家今日说这南渡宋高宗皇帝在位，绍兴年间，有个官人，姓柳，双名宣教，祖贯温州府永嘉县崇阳镇人氏。年方二十五岁，胸藏千古史，腹蕴五车书。自幼父母双亡，早年孤苦，宗族又无所依，只身笃学。赘于高判使家。后一举及第，御笔授得宁海军临安府府尹。恭人高氏，年方二十岁，生得聪明智慧，容貌端严，新赘柳府尹在家。未及一年，欲去上任。遂带一仆，名赛儿，一日辞别了丈人、丈母，前往临安府上任。饥飡渴饮，夜住晓行，不则一日，已到临安府接官亭。早有所属官吏师生，粮里耆老，住持僧道，行首人等，弓兵隶卒，轿马人夫，俱在彼处，迎接入城。到府中，搬移行李什物，安顿已完。这柳府尹出厅到任，厅下一应人等，参拜已毕。柳府尹遂将参见人员花名手本，逐一点过不缺，止有城南水月寺竹林峰住持玉通禅师，乃四川人氏，点不到。府尹大怒道："此秃无礼！"遂问五山十刹禅师："何故此僧不来参接？拿来问罪！"当有各寺住持禀覆相公："此僧乃古佛出世，在竹林峰修行已五十二年，不曾出来。每遇迎送，自有徒弟。望相公方便。"柳府尹虽依僧言不拿，心中不忿。各人自散。

当日府堂公宴。承应歌妓，年方二八，花容娇媚，唱韵悠扬。府尹听罢，大喜，问妓者何名，答言："贱人姓吴，小字红莲，专一在上厅祇应。"当日酒筵将散，柳府尹唤吴红莲，低声分付："你明日用心去水月寺内，哄那玉通和尚云雨之事。如了事，就将所用之物，前来照证，我这里重赏，判你从良；如不了事，定当记罪。"红莲答言："领相公钧旨。"出府一路自思，如何是好？眉头一蹙，计上心来。回家将柳府尹之事，一一说与娘知，娘儿两个商议一夜。

至次日午时，天阴无雨，正是十二月冬尽天气。吴红莲一身重孝，手提羹饭，出清波门。走了数里，将及近寺，已是申牌时分，风雨大作。吴红莲到水月寺山门下，倚门而立。进寺，又无人出，直等到天晚。只见个老道人出来关山门，红莲向前道个万福。那老道人回礼道："天色晚了，娘子请回，我要关山门。"红莲双眼泪下，拜那老道人："望公公可怜，妾在城住，夫死百日，家中无人，自将羹饭祭奠。哭了一回，不觉天晚雨下，关了城门。回家不得，只得投宿寺中，望公公慈悲，告知长老，容妾寺中过夜，明早入城，免虎伤命。"言罢，两泪交流，拜倒于山门地下，不肯走起。那老道人乃言："娘子请起，我与你裁处。"红莲见他如此说，便立起来。那老道人关了山门，领着红莲到僧房侧首一间小屋，乃是老道人卧房，教红莲坐在房内。那老道人连忙走去长老禅房里法座下，禀覆长老道："山门下有个年少妇人，一身重孝，说道丈夫死了，今日到坟上做羹饭。风雨大作，关了城门，进城不得。要在寺中权歇，明早入城。特来禀知长老。"长老见说，乃言："此是方便之事。天色已晚，你可教他在你房中过夜，明日五更打发他去。"道人领了言语，来说与红莲知道。红莲又拜："谢公公救命之恩，生死不忘大德。"言罢，坐在老道人房中板凳上。那老道人自去收拾关门闭户已了，来房中土榻上和衣而睡。这老道人日间辛苦，一觉便睡着。

　　原来水月寺在桑菜园里，四边又无人家。寺里有两个小和尚，都去化缘。因此寺中冷静，无人走动。这红莲听得更鼓已是二更，心中想道："如何事了？"心乱如麻。遂乃轻移莲步，走至长老房边。那间禅房关着门，一派是大槅窗子，房中挂着一碗琉璃灯，明明亮亮。长老在禅椅之上打坐，也看见红莲在门外。红莲看着长老，遂乃低声叫道："长老慈悲为念，救度妾身则个。"长老道："你可去道人房中权宿，来早入城，不可在此搅扰我禅房。快去，快去！"红莲在窗外深深拜了十数拜道："长老，慈悲为本，方便为门。妾身衣服单薄，夜寒难熬，望长老开门，借与一两件衣服，遮盖身体。救得性命，自当拜谢。"道罢，哽哽咽咽哭将起来。这长老是个慈悲善人，心中思忖道："倘若寒禁，身死在我禅房门首，不当稳便。自古道，救人一命，胜造七级浮屠。"从禅床上走下来，开了槅子门，放红莲进去。长老取一领破旧禅衣把与他，自己依旧上禅床上坐了。红莲走到禅床边深深拜了十数拜，哭哭啼啼道："肚疼死也。"这长老并不采他，自己瞑目而坐。怎当红莲哽咽悲哀，将身靠在长老身边，哀声叫疼叫痛，就睡倒在长老身上，或坐在身边，或立起，叫唤不止。

　　约莫也是三更，长老忍口不住，乃问红莲曰："小娘子，你如何只顾哭泣？那里疼痛？"红莲告长老道："妾丈夫在日，有此肚疼之病，我夫脱衣将妾搂于怀内，将热肚皮贴着妾冷肚皮，便不疼了。不想今夜疼起来，又值寒冷，妾死必矣。怎地得长老肯救妾命，将热肚皮贴在妾身上，便得痊可。若救得妾命，实乃再生之恩。"长老见他苦告不过，只得解开衲衣，抱那红莲在怀内。这红莲赚得长老肯时，便慌忙解了自的衣服，赤了下截身体，倒在怀内道："望长老一发去了小衣，将热肚皮贴一贴，救妾性命。"长老初时不肯，次后三回五次，被红莲用尖尖玉手，解了裙裤，一把撮那长老玉茎在手捻动，弄得硬了，将自己阴户相辏。此时不由长老禅心不动。这长老看了红莲如花似玉的身体，春心荡漾起来，两个就在禅床上两相欢洽。正是：岂顾如来教法，难遵佛祖遗言。一个色眼横斜，气喘声嘶，好似莺穿柳影；一个淫心荡漾，言娇语涩，浑如蝶戏花阴。和尚枕边，诉云情雨意；红莲枕上，说海誓山盟。玉通房内，番为快活道场；水月寺中，变作极乐世界。

长老搂着红莲问道："娘子高姓何名，那里居住？因何到此？"红莲曰："不敢隐讳。妾乃上厅行首，姓吴，小字红莲，在于城中南新桥居住。"长老此时被魔障缠害，心欢意喜，分付道："此事只可你知我知，不可泄于外人。"少刻，云收雨散。被红莲将口扯下白布衫袖一只，抹了长老精污，收入袖中。这长老困倦不知。长老虽然如此，心中疑惑，乃问红莲曰："姐姐此来，必有缘故，你可实说。"再三逼迫，要问明白。红莲被长老催逼不过，只得实说："临安府新任柳府尹，怪长老不出寺迎接，心中大恼，因此使妾来与长老成其云雨之事。"长老听罢大惊，悔之不及，道："我的魔障到了。吾被你赚骗，使我破了色戒，堕于地狱。"此时东方已白，长老教道人开了寺门。红莲别了长老，急急出寺回去了。

却说这玉通禅师教老道人烧汤："我要洗浴。"老道人自去厨下烧汤。长老磨墨捻笔，便写下八句《辞世颂》，曰："自入禅门无挂碍，五十二年心自在。只因一点念头差，犯了如来淫色戒。你使红莲破我戒，我欠红莲一宿债。我身德行被你亏，你家门风还我坏。"写毕摺了，放在香炉足下压着。道人将汤入房中，伏侍长老洗浴罢，换了一身新禅衣，叫道人分付道："临安府柳府尹差人来请我时，你可将香炉下简帖把与来人，教他回覆，不可有误。"道罢，老道人自去殿上烧香扫地，不知玉通禅师已在禅椅上圆寂了。

话分两头。却说红莲回到家中，吃了早饭，换了色衣，将着布衫袖，径来临安府见柳府尹。府尹正坐厅，见了红莲，连忙退入书院中，唤红莲至面前问："和尚事了得否？"红莲将夜来事，备细说了一遍，袖中取出衫袖，递与看了。柳府尹大喜，教人去堂中取小小墨漆盒儿一个，将白布衫袖子放在盒内，上面用封皮封了。捻起笔来，写一简子，乃诗四句。其诗云："水月禅师号玉通，多时不下竹林峰。可怜数点菩提水，倾入红莲两瓣中。"写罢，封了简子，差一个承局，送与水月寺玉通和尚，"要讨回字，不可迟误"。承局去了。柳府尹赏红莲钱五百贯，免他一年官唱。红莲拜谢，将了钱自回去了。不在话下。

却说承局赍着小盒儿并简子，来到水月寺中，只见老道人在殿上烧香。承局问："长老在何处？"老道人遂领了承局，径到禅房中时，只见长老已在禅椅上圆寂去了。老道人言："长老曾分付道：'若柳相公差人来请我，将香炉下简子去回覆。'"承局大惊道："真是古佛，预先已知此事。"当下承局将了回简并小盒儿，再回府堂，呈上回简并原简，说长老圆寂一事。柳宣教打开回简一看，乃是八句《辞世颂》。看罢，吃了一惊道："此和尚乃真僧也，是我坏了他德行。"懊悔不及。差人去叫匠人合一个龛子，将玉通和尚盛了；教南山净慈寺长老法空禅师与玉通和尚下火。

却说法空径到柳府尹厅上，取覆相公，要问备细。柳府尹将红莲事情说了一遍。法空禅师道："可惜，可惜！此僧差了念头，堕落恶道矣。此事相公坏了他德行。贫僧去与他下火，指点教他归于正道，不堕畜生之中。"言罢，别了府尹，径到水月寺，分付抬龛子出寺后空地。法空长老手捻火把，打个圆相，口中道："自到川中数十年，曾在毗卢顶上眠。欲透赵州关捩子，好姻缘做恶姻缘。桃红柳绿还依旧，石边统水冷湲湲。今朝指引菩提路，再休错意念红莲。恭惟圆寂玉通大和尚之觉灵曰：惟灵五十年来古拙，心中皎如明月，有时照耀当空，大地乾坤清白。可惜法名玉通，今朝作事不通；不去灵山参佛祖，却向红莲贪淫欲。本是色即是空，谁想空即是色。无福向狮子光中，享天上之逍遥；有分去驹儿隙内，受人间之劳碌。虽然路径不迷，争奈去之太速。大众莫要笑他，山僧指引不俗。咦！一点灵光透碧霄，兰堂画阁添澡浴。"法空长老道罢，掷下火把，焚龛将尽。当日，看的人不知其数，只见火焰之中，一道金光冲天而去了。法空长老与他拾骨入塔，各自散去。

却说柳宣教夫人高氏，于当夜得一梦，梦见一个和尚，面如满月，身材肥壮，走入卧房。夫人吃了一惊，一身香汗惊醒。自此，不觉身怀六甲。光阴似箭，看看十月满足。夫人临盆分娩，生下一个女儿。当时侍妾报与柳宣教："且喜夫人生得一个小姐。"三朝满月，取名唤做翠翠。百日周岁，做了多少筵席。正是：窗外日光弹指过，席前花影座间移。这柳翠翠长成八岁，柳宣教官满将及，收拾还乡。端的是：世间好物不坚牢，彩云易散琉璃脆。柳宣教感天行时疫，病无旬日而故。这柳府尹做官，清如水，明似镜，不贪贿赂，囊箧淡薄。夫人具棺木盛贮，挂孝看经，将灵柩寄在柳州寺内。夫人与仆赛儿并女翠翠欲回温州去，路途遥远，又无亲族投奔；身边些小钱财，难供路费。乃于在城白马庙前，赁一间房屋，三口儿搬来住下。又无生理，一住八年，囊箧消疏，那仆人逃走。这柳翠翠长成，年纪一十六岁，生得十分容貌。这柳妈妈家中娘儿两个，日不料生，口食不敷，乃央间壁王妈妈，问人借钱。借得羊坝头杨孔目课钱，借了三千贯钱。过了半年，债主索取要紧，这柳妈妈被讨不过，出于无奈，只得央王妈妈做媒，情愿把女儿与杨孔目为妾，言过我要他养老。不数日，杨孔目入赘在柳妈妈家，说："我养你母子二人，丰衣足食，做个外宅。"

不觉过了两月，这杨孔目因早晚不便，又两边家伙，忽一日回家，与妻商议，欲搬回家。其妻之父，告女婿停妻娶妾，临安府差人捉柳妈妈并女儿一干人到官，要追原聘财礼。柳妈妈诉说贫乏无措，因此将柳翠翠官卖。却说有个工部邹主事，闻知柳翠翠丰姿貌美，聪明秀丽，去问本府讨了。另买一间房子，在抱剑营街，搬那柳妈妈并女儿去住下，养做外宅。又讨个奶子并小厮，伏事走动。这柳翠翠改名柳翠。

原来南渡时，临安府最盛。只这通和坊这条街，金波桥下，有座花月楼；

又东去为熙春楼、南瓦子；又南去为抱剑营、漆器墙、沙皮巷、融和坊；其西为太平坊、巾子巷、狮子巷，这几个去处都是瓦子。这柳翠是玉通和尚转世，天生聪明，识字知书。诗词歌赋，无所不通；女工针指，无有不会。这邹主事十日半月，来得一遭。千不合，万不合，住在抱剑营，是个行首窟里。这柳翠每日清闲自在，学不出好样儿。见邻妓家有孤老来往，他心中欢喜，也去门首卖俏，引惹子弟们来观看。眉来眼去，渐渐来家宿歇。柳妈妈说他不下，只得随女儿做了行首。多有豪门子弟爱慕他，饮酒作乐，殆无虚日。邹主事看见这般行径，好不雅相，索性与他个决绝，再不往来。这边柳翠落得无人管束，公然大做起来。只因柳宣教不行阴骘，折了女儿，此乃一报还一报，天理昭然。后人观此，不可不戒。有诗为证，诗曰："用巧计时伤巧计，爱便宜处落便宜。莫道自身侥幸免，子孙必定受人欺。"后来直使得一尊古佛，来度柳翠，归依正道，返本还原，成佛作祖。

你道这尊古佛是谁？正是月明和尚。他从小出家，真个是五戒具足，一尘不染，在皋亭山显孝寺住持。当先与玉通禅师，俱是法门契友。闻知玉通圆寂之事，呵呵大笑道："阿婆立脚跟不牢，不免又去做媳妇也。"后来闻柳翠在抱剑营，色艺擅名，心知是玉通禅师转世，意甚怜之。一日，净慈寺法空长老到显孝寺来看月明和尚，坐谈之次，月明和尚谓法空曰："老通堕落风尘已久，恐积渐沉迷，遂失本性。可以相机度他出世，不可迟矣。"

原来柳翠虽堕娼流，却也有一种好处：从小好的是佛法。所得缠头金帛之资，尽情布施，毫不吝惜。况兼柳妈妈亲生之女，谁敢阻挡？在万松岭下，造石桥一座，名曰柳翠桥；凿一井于抱剑营中，名曰柳翠井。其他方便济人之事，不可尽说。又制下布衣一袭，每逢月朔月望，卸下铅华，穿著布素，闭门念佛；虽宾客如云，此日断不接见，以此为常。那月明和尚只为这节上，识透他根器不坏，所以立心要度他。正是悭贪二字能除却，终是西方路上人。

却说法空长老，当日领了月明和尚言语，到次日，假以化缘为因，直到抱剑营柳行首门前，敲着木鱼，高

声念道："欲海轮回，沉迷万劫。眼底荣华，空花易灭。一旦无常，四大消歇。及早回头，出家念佛。"这日正椎柳翠西湖上游耍刚回，听得化缘和尚声口不俗，便教丫鬟唤入中堂，问道："师父，你有何本事，来此化缘？"法空长老道："贫僧没甚本事，只会说些因果。"柳翠问道："何为因果？"法空长老道："前为因，后为果；作者为因，受者为果。假如种瓜得瓜，种豆得豆，种是因，得是果，不因种下，怎得收成？好因得好果，恶因得恶果。所以说，要知前世因，今生受者是；要知后世因，今生作者是。"柳翠见说得明白，心中欢喜，留他吃了斋饭。又问道："自来佛门广大，也有我辈风尘中人成佛作祖否？"法空长老道："当初观音大士，见尘世欲根深重，化为美色之女，投身妓馆，一般接客。凡王孙公子，见其容貌，无不倾倒。一与之交接，欲心顿淡。因彼有大法力故，自然能破除邪网。后来无疾而死，里人买棺埋葬。有胡僧见其冢墓，合掌作礼，口称：'善哉，善哉！'里人说道：'此乃娼妓之墓，师父错认了。'胡僧说道：'此非娼妓，乃观世音菩萨化身。来度世上淫欲之辈，归于正道。如若不信，破土观之，其形骸必有奇异。'里人果然不信，忙劚土破棺，见骨节联络，交锁不断，色如黄金，方始惊异。因就冢立庙，名为黄金锁子骨菩萨。这叫做清净莲花，污泥不染。小娘子今日混于风尘之中，也因前生种了欲根，所以今生堕落。若今日仍复执迷不悔，把倚门献笑认作本等生涯，将生生世世，浮沉欲海，永无超脱轮回之日矣。"

这席话，说得柳翠心中变喜为愁，翻热作冷，顿然起追前悔后之意。便道："奴家闻师父因果之说，心中如触。倘师父不弃贱流，情愿供养在寒家，朝夕听讲，不知允否？"法空长老道："贫僧道微德薄，不堪为师。此间皋亭山显孝寺，有个月明禅师，是活佛度世，能知人过去、未来之事。小娘子若坚心求道，贫僧当引拜月明禅师。小娘子听其讲解，必能洞了凤因，立地明心见性。"柳翠道："奴家素闻月明禅师之名，明日便当专访，有烦师父引进。"法空长老道："贫僧当得。明日侵晨在显孝寺前相候，小娘子休得失言。"柳翠舒出尖尖玉手，向乌云鬓边拔下一对赤金凤头钗，递与长老道："些须小物，权表微忱，乞师父笑纳。"法空长老道："贫僧虽则募化，一饱之外，别无所需，出家人要此首饰何用？"柳翠道："虽然师父用不着，留作山门修理之费，也见奴家一点诚心。"法空长老那里肯受，合掌辞谢而去。有诗为证："追欢卖笑作生涯，抱剑营中第一家。终是法缘前世在，立谈因果倍嗟呀。"

再说柳翠自和尚去后，转展寻思，一夜不睡。次早起身，梳洗已毕，浑身上下换了一套新衣。只说要往天竺进香，妈妈谁敢阻当？教丫鬟唤个小轿，一径抬到皋亭山显孝寺来。那法空长老早在寺前相候，见柳翠下轿，引入山门，到大雄宝殿，拜了如来，便同到方丈，参谒月明和尚。正值和尚在禅床上打坐，柳翠一见，不觉拜倒在地，口称："弟子柳翠参谒。"月明和尚也不回礼，大喝道："你二十八年烟花债，还偿不够，待要怎么？"吓得柳翠一身冷汗，心中恍惚，如有所悟。再要开言问时，月明和尚又大喝道："恩爱无多，冤仇有尽；只有佛性，常明不灭。你与柳府尹打了平火，该收拾自己本钱回去了。"说得柳翠肚里恍恍惚惚，连忙磕头道："闻知吾师大智慧、大光明，能知三生因果。弟子至愚无识，望吾师明言指示则个。"月明和尚又大喝道："你要识本来面目，可去水月寺中寻玉通禅师，与你证明。快走，快走！走迟时，老僧禅杖无情，打破你这粉骷髅。"这一回话，唤做"显孝寺堂头三喝"。正是：欲知因果三生事，只在高僧棒喝中。柳翠被月明师父连喝三遍，再不敢开言。慌忙起身，依先出了寺门，上了小轿，分付轿夫，径抬到水月寺中，要寻玉通禅师证明。

却说水月寺中行者，见一乘女轿远远而来，内中坐个妇人。看看抬入山门，急忙唤集火工道人，不容他下轿。柳翠问其缘故，行者道："当初被一个妇人，断送了我寺中老师父性命，至今师父们分付，不容妇人入寺。"柳翠又问道："甚么妇人？如何有恁样做作？"行者道："二十八年前，有个妇人，夜来寺中投宿，十分哀求，老师父发起慈心，容他过夜。原来这妇人不是良家，是个娼妓，叫做吴红莲，奉柳府尹钧旨，特地前来，哄诱俺老师父。当夜假装肚疼，要老师父替他偎贴，因而破其色戒。老师父惭愧，题了八句偈语，就圆寂去了。"柳翠又问道："你可记得他偈语么？"行者道："还记得。"遂将偈语八句，念了一遍。柳翠听得念到："我身德行被你亏，你家门风还我坏。"心中豁然明白，恰像自家平日做下的一般。又问道："那位老师父唤甚么法名？"行者道："是玉通禅师。"

柳翠点头会意，急唤轿夫抬回抱剑营家里，分付丫鬟："烧起香汤，我要洗澡。"当时丫鬟伏侍，沐浴已毕。柳翠挽就乌云，取出布衣穿了，掩上房门。卓上见列著文房四宝，拂开素纸，题下偈语二首。偈云："本因色戒翻招色，红裙生把缁衣革。今朝脱得赤条条，柳叶莲花总无迹。"又云："坏你门风我亦羞，冤冤相报甚时休？今朝卸却恩仇担，廿八年前水月游。"后面又写道："我去后，随身衣服入殓，送到皋亭山下，求月明师父，一把无情火烧却。"写毕，掷笔而逝。

丫鬟推门进去，不见声息，向前看时，见柳翠盘膝坐于椅上，叫呼不应，已坐化去了。慌忙报知柳妈妈，柳妈妈吃了一惊，呼儿叫肉，啼哭将来，乱了一回。念了二首偈词，看了后面写的遗嘱，细问丫鬟天竺进香之事，方晓得在显孝寺参师，及水月寺行者一段说话，分明是丈夫柳宣教不行好事，破坏了玉通禅师法体，以致玉通投胎柳家，败其门风。冤冤相报，理之自然。今日被月明和尚指点破了，他就脱然而去。他要送皋亭山下，不可违之，但遗言火厝，心中不忍。所遗衣饰尽多，可为造坟之费。当下买棺盛殓，果然只用随身衣服，不用锦绣金帛之用。

入殓已毕，合城公子王孙平昔往来之辈，都来探丧吊孝。闻知坐化之事，无不嗟叹。柳妈妈先遣人到显孝寺，报与月明和尚知道，就与他商量埋骨一事。

月明和尚将皋亭山下隙地一块，助与柳妈妈，择日安葬。合城百姓，闻得柳翠死得奇异，都道活佛显化，尽来送葬。造坟已毕，月明和尚向坟合掌作礼，说偈四句。偈云："二十八年花柳债，一朝脱卸无拘碍。红莲柳翠总虚空，从此老通长自在。"至今皋亭山下，有个柳翠墓古迹。有诗为证："柳宣教害人自害，通和尚因色堕色。显孝寺三喝机锋，皋亭山青天白日。"

第三十卷　明悟禅师赶五戒

昔为东土寰中客，今作菩提会上人。
手把杨枝临净土，寻思往事是前身。

　　话说昔日唐太祖姓李名渊，承隋天下，建都陕西长安，法令一新。仗着次子世民，扫清七十二处狼烟，收伏一十八处蛮洞。改号武德。建文学馆以延一十八学士，造凌烟阁以绘二十三功臣。相魏徵、杜如晦、房玄龄等辈，以治天下。贞观、治平、开元，这几个年号，都是治世。只因玄宗末年，宠任奸臣李林甫、卢杞、杨国忠等，以召安禄山之乱。后来虽然平定，外有藩镇专制，内有宦官弄权，君子退，小人进，终唐之世，不得太平。

　　且说洛阳有一人，姓李名源，字子澄，乃饱学之士，腹中记诵五车书，胸内包藏千古史。因见朝政颠倒，退居不仕，与本处慧林寺首僧圆泽为友，交游甚密。泽亦诗名遍洛，德行满野，乃宿世古佛，一时豪杰，皆敬慕之。每与源游山玩水，吊古寻幽，赏月吟风，怡情遣兴，诗赋文词，山川殆遍。忽一日，相约同舟往瞿塘三峡，游天开图画寺。源带一仆人，泽携一弟子，共四人发舟。不半月间，至三峡，舟泊于岸，振衣而起。忽见一妇人，年约三旬，外服旧衣，内穿锦裆，身怀六甲，背负瓦罂而汲清泉。圆泽一见，愀然不悦，指谓李源曰："此孕妇乃某托身之所也，明早吾即西行矣。"源愕然曰："吾师此言，是何所主也？"圆泽曰："吾今圆寂，自有相别言语。"四人乃入寺，寺僧接入。茶毕，圆泽备道所由，众皆惊异。

　　泽乃香汤沐浴，分付弟子已毕，乃与源决别，说道："泽今幸生四旬，与君交游甚密。今大限到来，只得分别。后三日，乞到伊家相访，乃某托身之所。三日浴儿，以一笑为验，此晚吾亦卒矣。再后十二年，到杭州天竺寺相见。"乃取纸笔，作《辞世颂》曰："四十年来体性空，多于诗酒乐心胸。今朝别却故人去，日后相逢下竺峰。咦！幻身复入红尘内，赢得君家再与逢。"偈毕，跏趺而化。本寺僧众具衣衾，送入后山岩中，请本寺月峰长老下火。

僧众诵经已毕，月峰坐在轿上，手执火把，打个问讯，念云："三教从来本一宗，吾师全具得灵通。今朝觉化归西去，且听山僧道本风。恭惟圆寂圆泽禅师堂头大和尚之觉灵曰：惟灵生于河南，长在洛阳。自入空门，心无挂碍。酒吞江海，诗泣鬼神。惟思玩水寻山，不厌粗衣藜食。交至契之李源，游瞿塘之三峡。因见孕妇而负罂，乃思托身而更出。再世杭州相见，重会今日交契。如今送入离宫，听取山僧指秘。咄！三生共会下竺峰，葛洪井畔寻踪迹。"颂毕。荼毗之次，见火中一道青烟，直透云端，烟中显出圆泽全身本相，合掌向空而去。少焉，舍利如雨。众僧收骨入塔，李源不胜悲怆。首僧留源在寺，闲住数日。至第三日，源乃至寺前，访于居民。去寺不半里，有一人家，姓张，已于三日前生一子，今正三朝，在家浴儿。源乃恳求一见，其人不许，源告以始末，贿以金帛，乃令源至中堂。妇人抱子正浴，小儿见源，果然一笑，源大喜而返。是晚，小儿果卒。源乃别长老回家。不题。

日往月来，星移斗换，不觉又十载有余。时唐十六帝僖宗乾符三年，黄巢作乱，天下骚动，万姓流离。君王幸蜀，民舍宫室悉遭兵火，一无所存。亏着晋王李克用兴兵灭巢，僖宗龙归旧都，天下稍定，道路始通。源因货殖，来至江浙路杭州地方。时当清明，正是良辰美景，西湖北山游人如蚁。源思十二年前圆泽所言：下天竺相会。乃信步随众而行。见两山夹川，清流可爱，赏心不倦。不觉行入下竺寺西廊，看葛洪炼丹井。转入寺后，见一大石临溪，泉流其畔。源心大喜，少坐片时。忽闻隔川歌声。源见一牧童，年约十二三岁，身骑牛背，隔水高歌。源心异之，侧耳听其歌云："三生石上旧精魂，赏月吟风不要论。惭愧情人远相访，此身虽异性常存。"又云："身前身后事茫茫，欲话当时恐断肠。吴越山川游已遍，却寻烟棹上瞿塘。"歌毕，只见小童远远的看着李源，拍手大笑。源惊异之，急欲过川相问，而不可得。遥望牧童，渡柳穿林，不知去向。李源不胜惆怅，坐于石上久之，问于僧人，答道："此乃葛稚川石也。"源深详其诗，乃十二年圆泽之语，并月峰下火文记，至此在下竺相会，恰好正是三生。访问小儿住处，并言无有，源心快快而返。后人因呼源所坐葛稚川之石为"三生石"，至今古迹犹存。后来瞿宗吉有诗云："清波下映紫裆鲜，邂逅相逢峡口船。身后身前多少事？三生石上说姻缘。"王元瀚又有诗云："处世分明一梦魂，身前身后孰能论？夕阳山下三生石，遗得荒唐迹尚存。"

这段话文，叫做"三生相会"。如今再说个两世相逢的故事，乃是"明悟禅师赶五戒"，又说是"佛印长老度东坡"。

话说大宋英宗治平年间，去那浙江路宁海军钱塘门外，南山净慈孝光禅寺，乃名山古刹。本寺有两个得道高僧，是师兄师弟，一个唤做五戒禅师，一个唤作明悟禅师。这五戒禅师，年三十一岁，形容古怪，左边瞎一目，身不满五尺，本贯西京洛阳人。自幼聪明，举笔成文，琴棋书画，无所不通。长成出家，禅宗释教，如法了得，参禅访道。俗姓金，法名五戒。且问何谓之"五戒"？第一戒者，不杀生命；第二戒者，不偷盗财物；第三戒者，不听淫声美色；第四戒者，不饮酒茹荤；第五戒者，不妄言造语。此谓之"五戒"。忽日云游至本寺，访大行禅师。禅师见五戒佛法晓得，留在寺中，做了上色徒弟。不数年，大行禅师圆寂，本寺僧众立他做住持，每日打坐参禅。那第二个唤做明悟禅师，年二十九岁，生得头圆耳大，面阔口方，眉清目秀，丰彩精神，身长七尺，貌类罗汉，本贯河南太原府人氏。俗姓王，自幼聪明，笔走龙蛇；参禅访道，出家在本处沙陀寺，法名明悟。后亦云游至宁海军，到净慈寺来访五戒禅师。禅师见他聪明了得，就留于本寺做师弟。二人如一母所生，且是好。但遇着说法，二人同升法座，讲说佛教。不在话下。

　　忽一日，冬尽春初，天道严寒，阴云作雪，下了两日。第三日，雪霁天晴，五戒禅师清早在方丈禅椅上坐，耳内远远的听得小孩儿啼哭声。当时便叫身边一个知心腹的道人，唤做清一，分付道："你可去山门外各处看有甚事，来与我说。"清一道："长老，落了两日雪，今日方晴，料无甚事。"长老道："你可快去看了来回话。"清一推托不过，只得走到山门边。那时天未明，山门也不曾开。叫门公开了山门，清一打一看时，吃了一惊，道："善哉，善哉！"正所谓：日日行方便，时时发道心。但行平等事，不用问前程。当时清一见山门外松树根雪地上，一块破席，放一个小孩儿在那里。口里道："苦哉，苦哉。甚人家将这个孩儿丢在此间？不是冻死，便是饿死。"走向前仔细一看，却是五六个月一个女儿，将一个破衲头包着，怀内揣着个纸条儿，上写生年月日时辰。清一口里不说，心下思量："古人有云：救人一命，胜造七级浮屠。"连忙走回方丈，禀覆长老道："不知甚人家，将个五七个月女孩儿，破衣包着，撇在山门外松树根头。这等寒天，又无人来往，怎的做个方便，救他则个。"长老道："善哉，善哉！清一，难得你善心。你如今抱了回房，早晚把些粥饭与他，喂养长大，把与人家。救他性命，胜做出家人。"当时清一急急出门去，抱了女儿到方丈中，回覆长老。长老看道："清一，你将那纸条儿我看。"清一递与长老。长老看时，却写道："今年六月十五日午时生，小名红莲。"长老分付清一："好生抱去房里，养到五七岁，把与人家去，也是好事。"

　　清一依言，抱到千佛殿后，一带三间四椽平屋房中，放些火，在火囤内烘他，取些粥喂了。似此日往月来，藏在空房中，无人知觉，一向长老也忘了。不觉红莲已经十岁。清一见他生得清秀，诸事见便，藏匿在房里，出门锁了，入门关了，且是谨慎。光阴似箭，日月如梭。倏忽这红莲女长成一十六岁，这清一如自生的女儿一般看待。虽然女子，却只打扮如男子，衣服鞋袜，头上头发，前齐眉，后齐项，一似个小头陀，且是生得清楚，在房内茶饭针线。清一指望寻个女婿，要他养老送终。

　　一日，时遇六月炎天，五戒禅师忽想十数年前之事。洗了浴，吃了晚粥，径走到千佛阁后来。清一道："长老希行。"长老道："我问你，那年抱的红莲，如今在那里？"清一不敢隐匿，引长老到房中一见，吃了一惊，却似分开八块顶阳骨，倾下半桶冰雪来。长老一见红莲，一时差讹了念头，邪心遂起，嘻嘻笑道："清一，你今晚可送红莲到我卧房中来，不可有误。你若依我，我自抬举你。此事切不可泄漏，只教他做个小头陀，不要使人识破他是女子。"清一口中应允，心内想道："欲待不依，长老又难；依了长老，今夜去到房中，必坏了女身。千难万难。"长老见清一应不爽利，便道："清一，你锁了房门，跟我到房里去。"清一跟了长老，径到房中。长老去衣箱里，取出十两银子，把与清一，道："你且将这些去用，我明日与你讨道度牒，剃你做徒弟，你心下如何？"清一道："多谢长老抬举。"只得收了银子，别了长老。回到房中，低低说与红莲道："我儿，却才来的是本寺长老。他见你，心中喜爱你。今等夜静，我送你去伏事长老。你可小心仔细，不可有误。"红莲见父亲如此说，便应允了。到晚，两个吃了晚饭。约莫二更天气，清一领了红莲，径到长老房中，门窗无些阻当。原来长老有两个行者在身边伏事，当晚分付："我要出外闲走乘凉，门窗且未要关。"因此无阻。长老自在房中等清一送红莲来，候至二更，只见清一送小头陀来房中。长老接入房内，分付清一："你到明日此时，来领他回房去。"清一自回房中去了。

且说长老关了房门，灭了琉璃灯，携住红莲手，一将将到床前。教红莲脱了衣服，长老向前一搂，搂在怀中，抱上床去。却便似：戏水鸳鸯，穿花鸾凤。喜孜孜枝生连理，美甘甘带绾同心。恰恰莺声，不离耳畔；津津甜唾，笑吐舌尖。杨柳腰，脉脉春浓；樱桃口，微微气喘。星眼朦胧，细细汗流香玉体；酥胸荡漾，涓涓露滴牡丹心。一个初侵女色，犹如饿虎吞羊；一个乍遇男儿，好似渴龙得水。可惜菩提甘露水，倾入红莲两瓣中。当日长老与红莲云收雨散，却好五更，天色将明。长老思量一计，怎生藏他在房中？房中有口大衣厨，长老开了锁，将厨内物件都收拾了，却教红莲坐在厨中，分付道："饭食我自将来与你吃，可放心宁耐则个。"红莲是个女孩儿家，初被长老淫勾，心中也喜，躲在衣厨内，把锁锁了。少间，长老上殿诵经毕，入房，闭了房门，将厨开了锁，放出红莲，把饮食与他吃了，又放些果子在厨内，依先锁了。至晚，清一来房中，领红莲回房去了。

却说明悟禅师，当夜在禅椅上入定回来，慧眼已知五戒禅师差了念头，犯了色戒，淫了红莲；把多年清行，付之东流。"我今劝省他不可如此。"也不说出。至次日，正是六月尽，门外撒骨池内，红白莲花盛开。明悟长老令行者采一朵白莲花，将回自己房中，取一花瓶插了，教道人备杯清茶在房中。却教行者去请五戒禅师："我与他赏莲花，吟诗谈话则个。"不多时，行者请到五戒禅师。两个长老坐下，明悟道："师兄，我今日见莲花盛开，对此美景，折一朵在瓶中，特请师兄吟诗清话。"五戒道："多蒙清爱。"行者捧茶至，茶罢，明悟禅师道："行者，取文房四宝来。"行者取至面前，五戒道："将何物为题？"明悟道："便将莲花为题。"五戒捻起笔来，便写四句诗道："一枝菡萏瓣初张，相伴葵榴花正芳。似火石榴虽可爱，争如翠盖芰荷香？"五戒诗罢，明悟道："师兄有诗，小僧岂得无语乎？"落笔便写四句诗曰："春来桃杏尽舒张，万蕊千花斗艳芳。夏赏芰荷真可爱，红莲争似白莲香？"明悟长老依韵诗罢，呵呵大笑。

五戒听了此言，心中一时解悟，面皮红一回，青一回，便转身辞回卧房。对行者道："快与我烧桶汤来洗浴。"行者连忙烧汤，与长老洗浴罢。换了一身新衣服，取张禅椅到房中，将笔在手，拂开一张素纸，便写八句《辞世颂》曰："吾年四十七，万法本归一。只为念头差，今朝去得急。传与悟和尚，何劳苦相逼？幻身如雷电，依旧苍天碧。"写罢《辞世颂》，教焚一炉香在面前。长老上禅椅上，左脚压右脚，右脚压左脚，合掌坐化。

行者忙去报与明悟禅师。禅师听得大惊，走到房中看时，见五戒师兄已自坐化去了。看了面前《辞世颂》，道："你好却好了，只可惜差了这一着。你如今虽得了男子身，长成不信佛、法、僧三宝，必然灭佛谤僧，后世却堕落苦海，不得皈依佛道，深可痛哉！真可惜哉！你道你走得快，我赶你不着不信！"当时也教道人烧汤洗浴，换了衣服，到方丈中，上禅椅跏趺而坐。分付徒众道："我今去赶五戒和尚，汝等可将两个龛子盛了，放三日一同焚化。"嘱罢，圆寂而去。众僧皆惊，有如此异事！城内城外听得本寺两个禅师同日坐化，各皆惊讶，来烧香礼拜布施者，人山人海，男子妇人，不计其数。嚷了三日，抬去金牛寺焚化，拾骨撒了。

这清一遂浼人说议亲事，将红莲女嫁与一个做扇子的刘待诏为妻，养了清一在家，过了下半世。不在话下。

且说明悟一灵真性，直赶至四川眉州眉山县城中，五戒已自托生在一个人家。这个人家，姓苏名洵，字明允，号老泉居士，诗礼之人。院君王氏，夜梦一瞽目和尚，走入房中，吃了一惊。明旦分娩一子，生得眉清目秀，父母皆喜。三朝满月，百日一周，不

在话下。

　　却说明悟一灵，也托生在本处，姓谢名原，字道清。妻章氏，亦梦一罗汉，手持一印，来家抄化。因惊醒，遂生一子。年长，取名谢瑞卿。自幼不吃荤酒，一心只爱出家。父母是世宦之家，怎么肯？勉强送他学堂攻书。资性聪明，过目不忘，吟诗作赋，无不出人头地。喜看的是诸经内典，一览辄能解会。随你高僧讲论，都不如他。可惜一肚子学问，不屑应举求官；但说着功名之事，笑而不答。这也不在话下。

　　却说苏老泉的孩儿，年长七岁，教他读书写字，十分聪明，目视五行书。后至十岁来，五经三史，无所不通。取名苏轼，字子瞻。此人文章冠世，举笔珠玑，从幼与谢瑞卿同窗相厚，只是志趣不同。那东坡志在功名，偏不信佛法，最恼的是和尚，常言：“不秃不毒，不毒不秃；转毒转秃，转秃转毒。我若一朝管了军民，定要灭了这和尚们，方遂吾愿。”见谢瑞卿不用荤酒，便大笑道：“酒肉乃养生之物，依你不杀生，不吃肉，羊、豕、鸡、鹅，填街塞巷，人也没处安身了。况酒是米做的，又不害性命，吃些何伤？”每常二人相会，瑞卿便劝子瞻学佛，子瞻便劝瑞卿做官。瑞卿道：“你那做官，是不了之事；不如学佛，三生结果。”子瞻道：“你那学佛，是无影之谈；不如做官，实在事业。”终日议论，各不相胜。

　　仁宗天子嘉祐改元，子瞻往东京应举，要拉谢瑞卿同去，瑞卿不从。子瞻一举成名，御笔除翰林学士；锦衣玉食，前呼后拥，富贵非常。思念窗友谢瑞卿不肯出仕，“吾今接他到东京，他见我如此富贵，必然动了功名之念。”于是修书一封，差人到眉山县接谢瑞卿到来。谢瑞卿也恐怕子瞻一旦富贵，果然谤佛灭僧，也要劝化他回心改念，遂随着差人到东京，与子瞻相见。两人终日谈论，依旧各执己见，不相上下。

　　你说事有凑巧，物有偶然。适值东京大旱，赤地千里。仁宗天子降旨，特于内庭修建七日黄罗大醮，为万民祈雨。仁宗一日亲自行香二次，百官皆素服奔走执事。翰林官专管撰青词，子瞻奉旨修撰，要拉瑞卿同去，共观胜会。瑞卿心中却不愿行，子瞻道：“你平昔最喜佛事，今日朝廷请下三十六处名僧，建下祈场，诵经设醮，你不去随喜，却不挫过？”瑞卿道：“朝廷设醮，虽然仪文好看，都是套数，那有什么高僧谈经说法，使人倾听？”看起来也是子瞻法缘该到，自然生出机会来。当日子瞻定要瑞卿作伴同往，瑞卿拗他不过，只得从命。二人到了佛场，子瞻随班效劳；瑞卿打扮个道人模样，往来观看法事。忽然仁宗天子驾到，众官迎入，在佛前拈香下拜。瑞卿上前一步，偷看圣容，被仁宗龙目观见瑞卿生得面方耳大，丰仪出众，仁宗金口玉言，问道：“这汉子何人？”苏轼一时着了忙，使个急智，跪下奏道：“此乃大相国寺新来一个道人，为他深通经典，在此供香火之役。”仁宗道：“好个相貌！既然深通经典，赐你度牒一道，钦度为僧。”谢瑞卿自小便要出家做和尚，恰好圣旨分付，正中其意。当下谢恩已毕，奏道：“既蒙圣恩剃度，愿求御定法名。"仁宗天子问礼部取一道度牒，御笔判定"佛印"二字，瑞卿领了度牒，重又叩谢。候圣驾退了，瑞卿就于醮坛佛前祝发，自此只叫佛印，不叫谢瑞卿了。那大相国寺众僧，见佛印参透佛法，又且圣旨剃度，苏学士的乡亲好友，谁敢怠慢？都称他做"禅师"。不在话下。

且说苏子瞻特地接谢瑞卿来东京，指望劝他出仕，谁知带他到醮坛行走，累他落发改名为僧，心上好不过意。谢瑞卿向来劝子瞻信心学佛，子瞻不从；今日到是子瞻作成他落发，岂非天数，前缘注定？那佛印虽然心爱出家，故意埋怨子瞻许多言语，子瞻惶恐无任，只是谢罪，再不敢说做和尚的半个字儿不好。任凭佛印谈经说法，只得悉心听受；若不听受时，佛印就发恼起来。听了多遍，渐渐相习，也觉佛经讲得有理，不似向来水火不投的光景了。朔望日，佛印定要子瞻到相国寺中礼佛奉斋，子瞻只得依他。又子瞻素爱佛印谈论，日常无事，便到寺中与佛印闲讲，或分韵吟诗。佛印不动荤酒，子瞻也随着吃素，把个毁僧谤佛的苏学士，变做了护法敬僧的苏子瞻了。佛印乘机又劝子瞻弃官修行，子瞻道："待我宦成名就，筑室寺东，与师同隐。"因此别号东坡居士，人都称为苏东坡。

那苏东坡在翰林数年，到神宗皇帝熙宁改元，差他知贡举，出策题内讥诮了当朝宰相王安石。安石在天子面前潜他恃才轻薄，不宜在史馆，遂出为杭州通判。与佛印相别，自去杭州赴任。一日，在府中闲坐，忽见门吏报说："有一和尚，说是本处灵隐寺住持，要见学士相公。"东坡教门吏出问："何事要见相公？"佛印见问，于门吏处借纸笔墨来，便写四字送入府去。东坡看其四字："诗僧谒见。"东坡取笔来批一笔云："诗僧焉敢谒王侯？"教门吏把与和尚。和尚又写四句诗道："大海尚容蛟龙隐，高山也许凤凰游。笑却小人无度量，'诗僧焉敢谒王侯？'"东坡见此诗，方才认出字迹，惊讶道："他为何也到此处？快请相见。"你道那和尚是谁？正是佛印禅师。因为苏学士谪官杭州，他辞下大相国寺，行脚到杭州灵隐寺住持，又与东坡朝夕往来。后来东坡自杭州迁任徐州，又自徐州迁任湖州，佛印到处相随。

神宗天子元丰二年，东坡在湖州做知府，偶感触时事，做了几首诗，诗中未免含着讥讽之意。御史李定、王珪等交章劾奏苏轼诽谤朝政。天子震怒，遣校尉拿苏轼来京，下御史台狱，就命李定勘问。李定是王安石门生，正是苏家对头，坐他大逆不道，问成死罪。东坡在狱中，思想着甚来由，读书做官，今日为几句诗上，便丧了性命？乃吟诗一首自叹，诗曰："人家生子愿聪明，我为聪明丧了生。但愿养儿皆愚鲁，无灾无祸到公卿。"吟罢，凄然泪下，想道："我今日所处之地，分明似鸡鸭到了庖人手里，有死无活。想鸡鸭得何罪，时常烹宰他来吃？只为他不会说话，有屈莫伸。今日我苏轼枉了能言快语，又向那处伸冤？岂不苦哉！记得佛印时常劝我戒杀持斋，又劝我弃官修行，今日看来，他的说话，句句都是，悔不从其言也！"

叹声未绝，忽听得数珠索落一声，念句"阿弥陀佛"。东坡大惊，睁眼看时，乃是佛印禅师。东坡忘其身在狱中，急起身迎接，问道："师兄何来？"佛印道："南山净慈孝光禅寺，红莲花盛开，同学士去玩赏。"东坡不觉相随而行，到于孝光禅寺。进了山门，一路僧房曲折，分明是熟游之地。法堂中摆设钟磬经典之类，件件认得。好似自家家里一般，心下好生惊怪。寺前寺后，走了一回，并不见有莲花。乃问佛印禅师道："红莲在那里？"佛印向后一指道："这不是红莲来也？"东坡回头看时，只见一个少年女子，从千佛殿后，冉冉而来。走到面前，深深道个万福。东坡看那女子，如旧日相识。那女子向袖中摸出花笺一幅，求学士题诗。佛印早取到笔砚，东坡遂信手写出四句。道是："四十七年一念错，贪却红莲甘堕却。孝光禅寺晓钟鸣，这回抱定如来脚。"那女子看了诗，扯得粉碎，一把抱定东坡，说道："学士休得忘恩负义！"东坡正没奈何，却得佛印劈手拍开，惊出一身冷汗。醒将转来，乃是南柯一梦。狱中更鼓正打五更。东坡寻思："此梦非常。四句诗一字不忘。"正不知甚么缘故，忽听得远远晓钟声响，心中顿然开悟："分明前世在孝光寺出家，为色欲堕落，今生受此苦楚。若得佛力覆庇，重见天日，当一心护法，学佛修行。"

少顷天明，只见狱官进来称贺，说："圣旨赦学士之罪，贬为黄州团练副使。"东坡得赦，才出狱门，只见佛印禅师在于门首，上前问讯道："学士无恙？贫僧相候久矣。"原来被逮之日，佛印也离了湖州，重来东京大相国寺住持，看取东坡下落。闻他问成死罪，各处与他分诉求救，却得吴充、王安礼两个正人，在天子面前竭力保奏。太皇太后曹氏，自仁宗朝便闻苏轼才名，今日也在宫中劝解。天子回心转意，方有这道赦书。东坡见了佛印，分明是再世相逢，倍加欢喜。东坡到五凤楼下，谢恩过了，便来大相国寺，寻佛印说其夜来之梦。说到中间，佛印道："住了，贫僧昨夜亦梦如此。"也将所梦说出，后一段与东坡梦中无二，二人互相叹异。

次日，圣旨下，苏轼谪守黄州。东坡与佛印相约：且不上任，迂路先到宁海军钱塘门外来访孝光禅寺。比及到时，路径门户，一如梦中熟识。访问僧众，备言五戒私污红莲之事。那五戒临化去时，所写《辞世颂》，寺僧兀自藏着。东坡索来看了，与自己梦中所题四句诗相合，方知佛法轮回，并非诳语，佛印乃明悟转生无疑。此时东坡便要削发披缁，跟随佛印出家。佛印到不允从，说道："学士宦缘未断，二十年后，方能脱离尘俗。但愿坚持道心，休得改变。"东坡听了佛印言语，复来黄州上任。自此不杀生，不多饮酒，浑身内外，皆穿布衣，每日看经礼佛。在黄州三年，佛印仍朝夕相随，无日不会。

哲宗皇帝元祐改元，取东坡回京，升做翰林学士，经筵讲官。不数年，升做礼部尚书，端明殿大学士。佛印又在大相国寺相依，往来不绝。

到绍圣年间，章惇做了宰相，复行王安石之政，将东坡贬出定州安置。

东坡到相国寺相辞佛印，佛印道："学士宿业未除，合有几番劳苦。"东坡问道："何时得脱？"佛印说出八个字来，道是：逢永而返，逢玉而终。又道："学士牢记此八字者。学士今番跋涉忒大，贫僧不得相随，只在东京等候。"东坡怏怏而别。到定州未及半年，再贬英州；不多时，又贬惠州安置；在惠州年余，又徙儋州；又自儋州移廉州；自廉州移永州。踪迹无定，方悟佛印"跋涉忒大"之语。

在永州不多时，敕书又到，召还提举玉局观。想着："'逢永而返'，此句已应了；'逢玉而终'，此乃我终身结局矣。"乃急急登程，重到东京，再与佛印禅师相会。佛印道："贫僧久欲回家，只等学士同行。"东坡此时大通佛理，便晓得了。当夜两个在相国寺，一同沐浴了毕，讲论到五更，分别而去。这里佛印在相国寺圆寂，东坡回到寓中，亦无疾而逝。

至道君皇帝时，有方士道："东坡已作大罗仙。亏了佛印相随一生，所以不致堕落。佛印是古佛出世。"这两世相逢，古今罕有，至今流传做话本。有诗为证："禅宗法教岂非凡？佛祖流传在世间。铁树开花千载易，坠落阿鼻要出难。"

第三十一卷　闹阴司司马貌断狱

> 扰扰劳生，待足何时是足？据见定：随家丰俭，便堪龟缩。得意浓时休进步，须防世事多番覆。枉教人、白了少年头，空碌碌。　谁不愿，黄金屋？谁不愿，千钟粟？算五行，不是这般题目。枉使心机闲计较，儿孙自有儿孙福。又何须、采药访蓬莱？但寡欲。

这篇词，名《满江红》，是晦庵和尚所作，劝人乐天知命之意。凡人万事莫逃乎命，假如命中所有，自然不求而至；若命里没有，枉自劳神，只索罢休。你又不是司马重湘秀才，难道与阎罗王寻闹不成？说话的，就是司马重湘怎地与阎罗王寻闹？毕竟那个理长，那个理短？请看下回便见。诗曰："世间屈事万千千，欲觅长梯问老天。休怪老天公道少，生生世世宿因缘。"

话说东汉灵帝时，蜀郡益州，有一秀才，复姓司马，名貌，表字重湘，资性聪明，一目十行俱下。八岁纵笔成文，本郡举他应神童，起送至京。因出言不逊，冲突了试官，打落下去。及年长，深悔轻薄之非，更修端谨之行。闭户读书，不问外事。双亲死，庐墓六年，人称其孝。乡里中屡次举他孝廉、有道及博学宏词，都为有势力者夺去，悒悒不得志。自光和元年，灵帝始开西邸，卖官鬻爵。视官职尊卑，入钱多少，各有定价：欲为三公者，价千万；欲为卿者，价五百万。崔烈讨了傅母的人情，入钱五百万，得为司徒。后受职谢恩之日，灵帝顿足懊悔道："好个官，可惜贱卖了。若小小作难，千万必可得也。"又置鸿都门学，敕州、郡、三公，举用富家郎为诸生。若入得钱多者，出为刺史，入为尚书，士君子耻与其列。

司马重湘家贫，因此无人提挈，淹滞至五十岁。空负一腔才学，不得出身，屈埋于众人之中，心中快快不平。乃因酒醉，取文房四宝，且吟且写，遂成《怨词》一篇。词曰："天生我才兮，岂无用之？豪杰自期兮，奈此数奇。五十不遇兮，困迹蓬蒿。纷纷金紫兮，彼何人斯？胸无一物兮，囊有余资。富者乘云兮，贫者堕泥；贤愚颠倒兮，题雄为雌。世运沦夷兮，俾我钦崎。天道何知兮，将无有私？欲叩末曲兮，悲涕淋漓。"写毕，讽咏再四。余情不尽，又题八句："得失与穷通，前生都注定。问彼注定时，何不判忠佞？善士叹沉埋，凶人得暴横。我若作阎罗，世事皆更正。"不觉天晚，点上灯来，重湘于灯下，将前诗吟哦了数遍，猛然怒起，把诗稿向灯焚了，叫道："老天，老天，你若还有知，将何言抵对？我司马貌一生鲠直，并无奸佞，便提我到阎罗殿前，我也理直气壮，不怕甚的！"说罢，自觉身子困倦，倚卓而卧。只见七八个鬼卒，青面獠牙，一般的三尺多长，从卓底下钻出，向重湘戏侮了回，说道："你这秀才，有何才学？辄敢怨天尤地，毁谤阴司！如今我们来拿你去见阎罗王，只教你有口难开。"重湘道："你阎罗王自不公正，反怪他人谤毁，是何道理？"众鬼不由分说，一齐上前，或扯手，或扯脚，把重湘拖下坐来，便将黑索子望他颈上套去。重湘大叫一声，醒将转来，满身冷汗。但见短灯一盏，半明半灭，好生凄惨。重湘连打几个寒噤，自觉身子不快，叫妻房汪氏："点盏热茶来吃。"汪氏点茶来，重湘吃了，转觉神昏体倦，头重脚轻。汪氏扶他上床。次日，昏迷不醒，叫唤也不答应，正不知什么病症。捱至黄昏，口中无气，直挺挺的死了。汪氏大哭一场，见他手脚尚软，心头还有些微热，不敢移动他，只守在他头边，哭天哭地。

话分两头。原来重湘写了《怨词》，焚于灯下，被夜游神体察，奏知玉帝。玉帝见了，大怒道："世人爵禄深沉，关系气运。依你说，贤者居上，不肖者居下；有才显荣，无才者黜落；天下世世太平，江山也永不更变了？岂有此理！小儒见识不广，反说天道有私。速宜治罪，以儆妄言之辈。"时有太白金星启奏道："司马貌虽然出言无忌，但此人因才高运塞，抑郁不平，致有此论。若据福善祸淫的常理，他所言未为无当，可谅情而恕之。"玉帝道："他欲作阎罗，把世事更正，甚是狂妄！阎罗岂凡夫可做？阴司案牍如山，十殿阎君，食不暇给。偏他有甚本事，一一更正来？"金星又奏道："司马貌口出大言，必有大才。若论阴司，果有不平之事。几百年滞狱，未经判断的，往往地狱中怨气上冲天庭。以臣愚见，不若押司马貌到阴司，权替阎罗王半日之位，凡阴司有冤枉事情，着他剖断。若断得公明，将功恕罪；倘若不公不明，即时行罚，他心始服也。"玉帝准奏，即差金星奉旨，到阴司森罗殿，命阎君即勾司马貌到来，权借王位与坐。只限一晚，六个时辰，容他放告理狱。若断得公明，来生注他极富极贵，以酬其今生抑郁之苦；倘无才判问，把他打落酆都地狱，永不得转人身。

阎君得旨，便差无常小鬼，将重湘勾到地府。重湘见了小鬼，全然无惧，随之而行。到森罗殿前，小鬼喝教下跪，重湘问道："上面坐者何人？我去跪他？"小鬼道："此乃阎罗天子。"重湘闻说，心中大喜，叫道："阎君，阎君，我司马貌久欲见你，吐露胸中不平之气，今日幸得相遇。你贵居王位，有左右判官，又有千万鬼卒，牛头、马面，帮扶者甚众。我司马貌只是个穷秀才，孑然一身，生死出你之手。你休得把势力相压，须是平心论理，理胜者为强。"阎君道："寡人忝为阴司之主，凡事皆依天道而行。你有何德能，便要代我之位？所更正者何事？"重湘道："阎君，你说奉天行道，天道以爱人为心，以劝善惩恶为公。如今世人有等悭吝的，偏教他财积如山；有等肯做好事的，偏教他手中空乏。有等刻薄害人的，偏教他处富贵之位，得肆其恶；有等忠厚肯扶持人的，偏教他吃亏受辱，不遂其愿。作善者，常被作恶者欺瞒；有才者，反为无才者凌压。有冤无诉，有屈无伸，皆由你阎君判断不公之故，即如我司马貌，一生苦志读书，力行孝弟，有甚不合天心处？却教我终身蹭蹬，屈于庸流之下。似此颠倒贤愚，要你阎君何用？若让我司马貌坐于森罗殿上，怎得有此不平之事？"

阎君笑道："天道报应，或迟或早，若明若暗：或食报于前生，或留报于后代。假如富人悭吝，其富乃前生行苦所致；今生悭吝，不种福田，来生必受饿鬼之报矣。贫人亦由前生作业，或横用非财，受享太过，以致今生穷苦；若随缘作善，来生依然丰衣足食。由此而推，刻薄者虽今生富贵，难免堕落；忠厚者虽暂时亏辱，定注显达。此乃一定之理，又何疑焉？人见目前，天见久远。人每不能测天，致汝纷纭议论，皆由浅见薄识之故也。"重湘道："既说阴司报应不爽，阴间岂无冤鬼？你敢取从前案卷，与我一一稽查么？若果事事公平，人人心服，我司马貌甘服妄言之罪。"阎君道："上帝有旨，将阎罗王位，权借你六个时辰，容放告理狱。若断得公明，还你来生之富贵；倘无才判问，永堕酆都地狱，不得人身。"重湘道："玉帝果有此旨，是吾之愿也。"

当下阎君在御座起身，唤重湘入后殿，戴平天冠，穿蟒衣，束玉带，装扮出阎罗天子气象。鬼卒打起升堂鼓，报道："新阎君升殿！"善恶诸司，六曹法吏，判官小鬼，齐齐整整，分立两边。重湘手执玉简，昂然而出，升于法座。诸司吏卒，参拜已毕，禀问要抬出放告牌？重湘想道："五岳四海，多少生灵，上帝只限我六个时辰管事，倘然判问不结，只道我无才了，取罪不便。"心生一计，便教判官分付："寡人奉帝旨管事，只六个时辰，不及放告。你可取从前案卷来查，若有天大疑难事情，累百年不决者，寡人判断几件，与你阴司问事的，做个榜样。"判官禀道："只有汉初四宗文卷，至今三百五十余年，未曾断结，乞我王拘审。"重湘道："取卷上来看。"判官捧卷呈上，重湘揭开看时，一宗屈杀忠臣事，原告：韩信、彭越、英布；被告：刘邦、吕氏。一宗恩将仇报事，原告：丁公；被告：刘邦。一宗专权夺位事，原告：戚氏；被告：吕氏。一宗乘危逼命事，原告：项羽；被告：王翳、杨喜、夏广、吕马童、吕胜、杨武。重湘览毕，呵呵大笑道："恁样大事，如何反不问决？你们六曹吏司，都该究罪。这都是向来阎君因循担阁之故。寡人今夜都与你判断明白。"随叫直日鬼吏，照单开四宗文卷原、被告姓名，一齐唤到，挨次听审。那时振动了地府，闹遍了阴司。有诗为证："每逢疑狱便因循，地府阳间事体均。今日重湘新气象，千年怨气一朝伸。"

鬼吏禀道："人犯已拘齐了，请爷发落。"重湘道："带第一起上来。"判官高声叫道："第一起犯人听点！"原、被共五名，逐一点过，答应。原告：韩信，有，彭越，有，英布，有；被告：刘邦，有，吕氏，有。

重湘先唤韩信上来，问道："你先事项羽，位不过郎中，言不听，计不从；一遇汉祖，筑坛拜将，捧毂推轮，后封王爵以酬其功。如何又起谋叛之心，自取罪戮，今日反告其主？"韩信道："阎君在上，容信一一告诉。某受汉王筑坛拜将之恩，使尽心机，明修栈道，暗度陈仓，与汉王定了三秦；又救汉皇于荥阳，虏魏王豹，破代兵，禽赵王歇；北定燕，东定齐，下七十余城；南败楚兵二十万，杀了名将龙且；九里山排下十面埋伏，杀尽楚兵；又遣六将，逼死项王于乌江渡口。造下十大功劳，指望子子孙孙，世享富贵。谁知汉祖得了天下，不念前功，将某贬爵。吕后又与萧何定计，哄某长乐宫，不由分说，叫武士缚某斩之；诬以反叛，夷某三族。某自思无罪，受此惨祸，今三百五十余年，衔冤未报，伏乞阎君明断。"重湘道："你既为元帅，有勇无谋，岂无商量帮助之人？被人哄诱，如缚小儿，今日却怨谁来？"韩信道："曾有一个军师，姓蒯，名通。奈何有始无终，半途而去。"

重湘叫鬼吏："快拘蒯通来审。"霎时间，蒯通唤到。重湘道："韩信说你有始无终，半途而逃，不尽军师之职，是何道理？"蒯通道："非我有始无终，是韩信不听忠言，以致于此。当初韩信破走了齐王田广，是我进表洛阳，与他讨个假王名号，以镇齐人之心。汉王骂道：'胯下夫，楚尚未灭，便想王位？'其时张子房在背后，轻轻蹑汉皇之足，附耳低言：'用人之际，休得为小失大。'汉皇便改口道：'大丈夫要便为真王，何用假也？'乃命某赍印，封信为三齐王。某察汉王，终有疑信之心，后来必定负信。劝他反汉，与楚连和，三分天下，以观其变。韩信道：'筑坛拜将之时，曾设下大誓：汉不负信，信不负汉。今日我岂失信于汉皇？'某反覆陈说利害，只是不从，反怪某教唆谋叛。某那时惧罪，假装风魔，逃回田里。后来助汉灭楚，果有长乐宫之祸，悔之晚矣。"重湘问韩信道："你当初不听蒯通之言，是何主意？"韩信道："有一算命先生许复，算我有七十二岁之寿，功名善终，所以不忍背汉。

谁知夭亡，只有三十二岁！"

重湘叫鬼吏："再拘许复来审。"问道："韩信只有三十二岁，你如何许他七十二岁？你做术士的，妄言祸福，只图哄人钱钞，不顾误人终身。可恨，可恨！"许复道："阎君听禀：常言人有可延之寿，亦有可折之寿。所以星家偏有，寿命难定。韩信应该七十二岁，是据理推算。何期他杀机太深，亏损阴骘，以致短折，非某推算无准也。"重湘问道："他那几处阴骘亏损？可一一说来。"许复道："当初韩信弃楚归汉时，迷踪失路。亏遇两个樵夫，指引他一条径路，往南郑而走。韩信恐楚王遣人来追，被樵夫走漏消息，拔剑回步，将两个樵夫都杀了。虽然樵夫不打紧，却是有恩之人。天条负恩忘义，其罚最重。诗曰：亡命心如箭离弦，迷津指引始能前。有恩不报翻加害，折堕青春一十年。"重湘道："还有三十年呢？"许复道："萧何丞相三荐韩信，汉皇欲重其权，筑了三丈高坛，教韩信上坐，汉皇手捧金印，拜为大将，韩信安然受之。诗曰：大将登坛阃外专，一声军令赛皇宣。微臣受却君皇拜，又折青春一十年。"重湘道："臣受君拜，果然折福。还有二十年呢？"许复道："辩士郦生，说齐王田广降汉，田广听了，日日与郦生饮酒为乐。韩信乘其无备，袭击破之。田广只道郦生卖己，烹杀郦生。韩信得了大功劳，辜负了齐王降汉之意，掩夺了郦生下齐之功。诗曰：说下三齐功在先，乘机掩击势无前。夺他功绩伤他命，又折青春一十年。"重湘道："这也说得有理，还有十年？"许复道："又有折寿之处。汉兵追项王于固陵，其时楚兵多，汉兵少；又项王有拔山举鼎之力，寡不敌众，弱不敌强。韩信九里山排下绝机阵，十里埋伏，杀尽楚兵百万，战将千员；逼得项王匹马单枪，逃至乌江口，自刎而亡。诗曰：九里山前怨气缠，雄兵百万命难延。阴谋多杀伤天理，共折青春四十年。"

韩信听罢许复之言，无言可答。重湘问道："韩信，你还有辩么？"韩信道："当初是萧何荐某为将，后来又是萧何设计，哄某入长乐宫害命。成也萧何，败也萧何，某心上至今不平。"重湘道："也罢，一发唤萧何来，与你审个明白。"少顷，萧何

当面。重湘问道："萧何，你如何反覆无常，又荐他，又害他？"萧何答道："有个缘故：当初韩信怀才未遇，汉皇缺少大将，两得其便。谁知汉皇心变，忌韩信了得。后因陈豨造反，御驾亲征，临行时，嘱付娘娘，用心防范。汉皇行后，娘娘有旨，宣某商议。说韩信谋反，欲行诛戮。某奏道：'韩信是第一个功臣，谋反未露，臣不敢奉命。'娘娘大怒道：'卿与韩信，敢是同谋么？卿若没诛韩信之计，待圣驾回时，一同治罪！'其时某惧怕娘娘威令，只得画下计策：假说陈豨已破灭了，赚韩信入宫称贺，喝教武士拿下斩讫。某并无害信之心。"重湘道："韩信之死，看来都是刘邦之过。"分付判官，将众人口词录出。"审得汉家天下，大半皆韩信之力；功高不赏，千古无此冤苦，转世报冤明矣。"立案，且退一边。

再唤大梁王彭越听审："你有何罪，吕氏杀你？"彭越道："某有功无罪。只为高祖征边去了，吕后素性淫乱，问太监道：'汉家臣子，谁人美貌？'太监奏道：'只有陈平美貌。'娘娘道：'陈平在那里？'太监道：'随驾出征。'吕后道：'还有谁来？'太监道：'大梁王彭越，英雄美貌。'吕后听说，即发密旨：'宣大梁王入朝。'某到金銮殿前，不见娘娘。太监道：'娘娘有旨，宣入长信宫议机密事。'某进得宫时，宫门落锁。只见吕后降阶相迎，邀某入宫赐宴。三杯酒罢，吕后淫心顿起，要与某讲枕席之欢。某惧怕礼法，执意不从。吕后大怒，喝教铜锤乱下打死，煮肉作酱，枭首悬街，不许收葬。汉皇归来，只说某谋反，好不冤枉！"吕后在傍听得，叫起屈来，哭告道："阎君，休听彭越一面之词。世间只有男戏女，那有女戏男？那时妾唤彭越入宫议事，彭越见妾宫中富贵，辄起调戏之心。臣戏君妻，理该处斩。"彭越道："吕后在楚军中，惯与审食其私通。我彭越一生刚直，那有淫邪之念！"重湘道："彭越所言是真，吕氏是假饰之词，不必多言。审得彭越，乃大功臣。正直不淫，忠节无比，来生仍作忠正之士，与韩信一同报仇。"存案。

再唤九江王英布听审。英布上前诉道："某与韩信、彭越三人，同功一体。汉家江山，都是我三人挣下的，并无半点叛心。一日，某在江边玩赏，忽传天使到来：吕娘娘懿旨，赐某肉酱一瓶。某谢恩已毕，正席尝之，觉其味美。偶吃出人指一个，心中疑惑，盘问来使，只推不知。某当时发怒，将来使拷打，说出真情，乃大梁王彭越之肉也。某闻言凄惨，便把手指插入喉中，向江中吐出肉来，变成小小螃蟹。至今江中有此一种，名为'蟛蜞'，乃怨气所化。某其时无处泄怒，即将使臣斩讫。吕后知道，差人将三般朝典：宝剑、药酒、红罗三尺，取某首级回朝。某屈死无申，伏望阎君明断。"重湘道："三贤果是死得可怜，寡人做主，把汉家天下三分与你三人，各掌一国，报你生前汗马功劳，不许再言。"画招而去。

第一起人犯，权时退下，唤第二起听审。第二起恩将仇报事，原告：丁公，有；被告：刘邦，有。丁公诉道："某在战场上围住汉皇，汉皇许我平分天下，因此开放。何期立帝之后，反加杀害。某心中不甘，求阎爷作主。"

重湘道："刘邦怎么说？"汉皇道："丁公为项羽爱将，见仇不取，有背主之心。朕故诛之，为后人为臣不忠者之戒，非枉杀无辜也。"丁公辩道："你说我不忠，那纪信在荥阳替死，是忠臣了，你却无一爵之赠，可见你忘恩无义。那项伯是项羽亲族，鸿门宴上，通同樊哙，拔剑救你，是第一个不忠于项氏，如何不加杀戮，反得赐姓封侯？还有个雍齿，也是项家爱将，你平日最怒者。后封为什方侯。偏与我做冤家，是何意故？"汉皇顿口无言。重湘道："此事我已有处分了，可唤项伯、雍齿与丁公做一起，听候发落。暂且退下。"

再带第三起上来。第三起专权夺位事，原告：戚氏，有；被告：吕氏，有。重湘道："戚氏，那吕氏是正宫，你不过是宠妃，天下应该归于吕氏之子，你如何告他专权夺位，此何背理？"戚氏诉道："昔日汉皇在睢水大战，被丁公、雍齿赶得无路可逃，单骑走到我戚家庄，吾父藏之。其时妾在房鼓瑟，汉皇闻而求见，悦妾之貌，要妾衾枕。妾意不从，汉皇道：'若如我意时，后来得了天下，将你所生之子立为太子。'扯下战袍一幅，与妾为记，奴家方才依允。后生一子，因名如意。汉皇原许万岁之后，传位如意为君。因满朝大臣，都惧怕吕后，其事不行。未几，汉皇驾崩，吕后自立己子，封如意为赵王。妾母子不敢争。谁知吕后心犹不足，哄妾母子入宫饮宴，将鸩酒赐与如意，如意九窍流血，登时身死。吕后假推酒醉，只做不知。妾心怀怨恨，又不敢啼哭，斜看了他一看。他说我一双凤眼，迷了汉皇，即叫宫娥，将金针刺瞎双眼。又将红铜熔水，灌入喉中；断妾四肢，抛于坑厕。妾母子何罪，枉受非刑？至今含冤未报，乞阎爷做主。"说罢，哀哀大哭。重湘道："你不须伤情，寡人还你个公道，教你母子来生为后为君，团圞到老。"画招而去。

再唤第四起乘危逼命事。人犯到齐，唱名已毕。重湘问项羽道："灭项兴刘，都是韩信，你如何不告他，反告六将？"项羽道："是我空有重瞳之目，不识英雄，以致韩信弃我而去，实难怪他。我兵败垓下，溃围逃命，遇了个田夫，问他：'左右两条路，那一条是大路？'田夫回言：'左边是大路。'某信其言，望左路而走，不期走了死路，被汉兵追及。那田夫乃汉将夏广，装成计策。某那时仗生平本事，杀透重围，来到乌江渡口，遇了故人吕马童，指望他念故旧之情，放我一路。他同着四将，逼我自刎，分裂支体，各去请功。以此心中不服。"重湘点头道是："审得六将原无斗战之功，止乘项羽兵败力竭，逼之自刎，袭取封侯，侥幸甚矣。来生当发六将，仍使项羽斩首，以报其怨。"立案讫，且退一边。

唤判官将册过来，一一与他判断明白：恩将恩报，仇将仇报，分毫不错。重湘口里发落，判官在傍用笔填注：何州何县何乡，姓甚名谁，几时生，几时死，细细开载。将人犯逐一唤过，发去投胎出世："韩信，你尽忠报国，替汉家夺下大半江山，可惜衔冤而死。发你在樵乡曹嵩家托生，姓曹，名操，表字孟德。先为汉相，后为魏王，坐镇许都，享有汉家山河之半。那时威权盖世，任从你谋报前世之仇。当身不得称帝，明你无叛汉之心；子受汉禅，追尊你为武帝，偿十大功劳也。"又唤过汉祖刘邦发落："你来生仍投入汉家，立为献帝，一生被曹操欺侮，胆战魂惊，坐卧不安，度日如年。因前世君负其臣，来生臣欺其君以相报。"唤吕后发落："你在伏家投胎，后日仍做献帝之后，被曹操千磨百难，将红罗勒死宫中，以报长乐宫杀信之仇。"

韩信问道："萧何发落何处？"重湘道："萧何有恩于你，又有怨于你。"叫萧何发落："你在杨家投胎，姓杨，名修，表字德祖。当初沛公入关之时，诸将争取金帛，偏你只取图籍；许你来生聪明盖世，悟性绝人，官为曹操主簿，大俸大禄，以报三荐之恩。不合参破曹操兵机，为操所杀；前生你哄韩信入长乐宫，来生偿其命也。"判官写得明白。

又唤九江王英布上来："发你在江东孙坚家投胎，姓孙，名权，表字仲谋。先为吴王，后为吴帝，坐镇江东，享一国之富贵。"又唤彭越上来："你是个正直之人，发你在涿郡楼桑村刘弘家为男，姓刘，名备，字玄德。千人称仁，万人称义。后为蜀帝，抚有蜀中之地，与曹操、孙权三分鼎足。曹氏灭汉，你续汉家之后，乃表汝之忠心也。"

彭越道："三分天下，是大乱之时，西蜀一隅之地，怎能敌得吴、魏？"重湘道："我判几个人扶助你就是。"乃唤蒯通上来："你足智多谋，发你在南阳托生，覆姓诸葛，名亮，表字孔明，号为卧龙。为刘备军师，共立江山。"又唤许复上来："你算韩信七十二岁之寿，只有三十二岁；虽然阴骘折堕，也是命中该载的。如今发你在襄阳投胎，姓庞，名统，表字士元，号为凤雏，帮刘备取西川。注定三十二岁，死于落凤坡之下，与韩信同寿，以为算命不准之报。今后算命之人，胡言哄人，如此折寿，必然警醒了。"

彭越道："军师虽有，必须良将帮扶。"重湘道："有了。"唤过樊哙："发你范阳涿州张家投胎，名飞，字翼德。"又唤项羽上来："发你在蒲州解良关家投胎，只改姓不改名，姓关，名羽，字云长。你二人都有万夫不当之勇，与刘备桃园结义，共立基业。樊哙不合纵妻吕须帮助吕后为虐，妻罪坐夫。项羽不合杀害秦王子婴，火烧咸阳，二人都注定凶死。但樊哙生前忠勇，并无谄媚；项羽不杀太公，不亏吕后，不于酒席上暗算人，有此三德，注定来生俱义勇刚直，死而为神。"再唤纪信过来："你前生尽忠刘家，未得享受一日富贵，发你来生在常山赵家出世，名云，表字子龙，为西蜀名将。当阳长坂百万军中救主，大显威名。寿年八十二，无病而终。"又唤戚氏夫人："发你在甘家出世，配刘备为正宫。吕氏当初慕彭王美貌，求淫不遂，又妒忌汉皇爱你，今断你与彭越为夫妇，使他妒不得也。赵王如意，仍与你为子，改名刘禅，小字阿斗，嗣位为后主，安享四十二年之富贵，以偿前世之苦。"

又唤丁公上来："你去周家投胎，名瑜，字公瑾。发你孙权手下为将，被孔明气死，寿止三十五而卒；原你事项羽不了，来生事孙权亦不了也。"

再唤项伯、雍齿过来："项伯背亲向疏，贪图富贵，雍齿受仇人之封爵，你两个皆项羽之罪人；发你来生一个改名颜良，一个改名文丑，皆为关羽所斩，以泄前世之恨。"项羽问道："六将如何发落？"重湘发六将于曹操部下，守把关隘。杨喜改名卞喜，王翳改名王植，夏广改名孔秀，吕胜改名韩福，杨武改名秦琪，吕马童改名蔡阳。关羽过五关，斩六将，以泄前生乌江逼命之恨。重湘判断明白已毕，众人无不心服。

重湘又问："楚、汉争天下之时，有兵将屈死不甘者，怀才未尽者，有恩欲报、有怨欲伸者，一齐许他自诉，都发在三国时投胎出世。其刻薄害人、阴谋惨毒、负恩不报者，变作战马，与将帅骑坐。"如此之类，不可细述。判官一一细注明白，不觉五更鸡叫。

重湘退殿，卸了冠服，依旧是个秀才。将所断簿籍，送与阎罗王看了，阎罗王叹服，替他转呈上界，取旨定夺。玉帝见了，赞道："三百余年久滞之狱，亏他六个时辰断明，方见天地无私，果报不爽，真乃天下之奇才也。众人报冤之事，一一依拟。司马貌有经天纬地之才，今生屈抑不遇，来生宜赐王侯之位。改名不改姓，仍托生司马之家，名懿，表字仲达。一生出将入相，传位子孙，并吞三国，国号曰晋。曹操虽系韩信报冤，所断欺君弑后等事，不可为训。只怕后人不悟前因，学了歹样，就教司马懿欺凌曹氏子孙，一如曹操欺凌献帝故事，显其花报，以警后人，劝他为善不为恶。"玉帝颁下御旨。阎王开读罢，备下筵席，与重湘送行。重湘启告阎王："荆妻汪氏，自幼跟随穷儒，受了一世辛苦。有烦转乞天恩，来生仍判为夫妻，同享荣华。"阎王依允。

那重湘在阴司，与阎王作别；这边床上，忽然翻身。挣开双眼，见其妻汪氏，兀自坐在头边啼哭。司马貌连叫："怪事！"便将大闹阴司之事，细说一遍。"我今已奉帝旨，不敢久延，喜得来生复得与你完聚。"说罢，瞑目而逝。汪氏已知去向，心上到也不苦了，急忙收拾后事。殡殓方毕，汪氏亦死。到三国时，司马懿夫妻，即重湘夫妇转生。至今这段奇闻，传留世间。后人有诗为证："半日阎罗判断明，冤冤相报气皆平。劝人莫作亏心事，祸福昭然人自迎。"

第三十二卷　游酆都胡母迪吟诗

自古机深祸亦深，休贪富贵昧良心。
檐前滴水毫无错，报应昭昭自古今。

话说宋朝第一个奸臣，姓秦名桧，字会之，江宁人氏。生来有一异相，脚面连指，长一尺四寸。在太学时，都唤他做"长脚秀才"。后来登科及第。靖康年间，累官至御史中丞。其时金兵陷汴，徽、钦二帝北迁。秦桧亦陷在虏中，与金酋挞懒郎君相善，对挞懒说道："若放我南归，愿为金邦细作。倘幸一朝得志，必当主持和议，使南朝割地称臣，以报大金之恩。"挞懒奏知金主，金主教四太子兀术与他私立了约誓，然后纵之南还。

秦桧同妻王氏，航海奔至临安行在，只说道："杀了金家监守之人，私逃归宋。"高宗皇帝信以为真，因而访问他北朝之事。秦桧盛称金家兵强将勇，非南朝所能抵敌。高宗果然惧怯，求其良策。秦桧奏道："自石晋臣事夷敌，中原至今丧气，一时不能振作。靖康之变，宗社几绝，此殆天意，非独人力也。今行在草创，人心惶惶，而诸将皆握重兵在外，倘一人有变，陛下大事去矣。为今之计，莫若息兵讲和，以南北分界，各不侵犯；罢诸将之兵权，陛下高枕而享富贵，生民不致涂炭，岂不美哉！"高宗道："朕欲讲和，只恐金人不肯。"秦桧道："臣在虏中，颇为金酋所信服。陛下若以此事专委之臣，臣自有道理，保为陛下成此和议，可必万全不失。"高宗大喜，即拜秦桧为尚书仆射，未几，遂为左丞相。桧乃专主和议，用勾龙如渊为御史中丞，凡朝臣谏沮和议者，上疏击去之。赵鼎、张浚、胡铨、晏敦复、刘大中、尹焞、王居正、吴师古、张九成、喻樗等，皆被贬逐。

其时岳飞累败金兵，杀得兀术四太子奔走无路。兀术情急了，遣心腹王进，蜡丸内藏着书信，送与秦桧。书中写道："既要讲和，如何边将却又用兵？此乃丞相之不信也。必须杀了岳飞，和议可成。"秦桧写了回书，许以杀飞为信，打发王进去讫。一日发十二道金牌，召岳飞班师。军中皆愤怒，河南父老百姓，无不痛哭。飞既还，罢为万寿观使。秦桧必欲置飞于死地，与心腹张俊商议，访得飞部下统制王俊与副都统制张宪有隙。将厚赏诱致王俊，教他妄告张宪谋据襄阳，还飞兵权。王俊依言出首，桧将张宪执付大理狱，矫诏遣使召岳飞父子，与张宪对理。御史中丞何铸，鞫审无实，将冤情白知秦桧。桧大怒，罢去何铸不用，改命万俟卨。那万俟卨素与岳飞有隙，遂将无作有，构成其狱，说岳飞、岳云父子，与部将张宪、王贵通谋造反。大理寺卿薛仁辅等讼飞之冤；判宗正寺士㒟，请以家属百口，保飞不反；枢密使韩世忠愤不平，亲诣桧府争论，俱各罢斥。

狱既成，秦桧独坐于东窗之下，踌躇此事："欲待不杀岳飞，恐他阻挠和议，失信金邦，后来朝廷觉悟，罪归于我；欲待杀之，奈众人公论有碍。"心中委决不下。其妻长舌夫人王氏适至，问道："相公有何事迟疑？"秦桧将此事与之商议。王氏向袖中，摸出黄柑一只，双手劈开，将一半奉与丈夫，说道："此柑一劈两开，有何难决？岂不闻古语云擒虎易，纵虎难乎？"只因这句话，提醒了秦桧，其意遂决。将片纸写几个密字封固，送大理寺狱官。是晚，就狱中缢死了岳飞。其子岳云与张宪、王贵，皆押赴市曹处斩。

金人闻飞之死，无不置酒相贺。从此和议遂定。以淮水中流，及唐、邓二州为界：北朝为大邦，称伯父；南朝为小邦，称侄。秦桧加封太师魏国公，又改封益国公，赐第于望仙桥，壮丽比于皇居。其子秦熺，十六岁上状元及第，除授翰林学士，专领史馆，熺生子名埙，襁褓中便注下翰林之职；熺女方生，即封崇国夫人。一时权势，古今无比。

且说崇国夫人六七岁时，爱弄一个狮猫。一日偶然走失，责令临安府府尹立限挨访。府尹曹泳差人遍访，数日间，拿到狮猫数百，带累猫主吃苦使钱，不可尽述。押送到相府，检验都非。乃图形千百幅，张挂茶坊酒肆，官给赏钱一千贯。此时闹动了临安府，乱了一月有余，那猫儿竟无踪影。相府遣官督责，曹泳心慌，乃将黄金铸成金猫，重赂奶娘，送与崇国夫人，方才罢手。只这一节，桧贼之威权，大概可知。

晚年，谋篡大位，为朝中诸旧臣未尽，心怀疑忌。欲兴大狱，诬陷赵鼎、张浚、胡铨等五十三家，谋反大逆。吏写奏牍已成，只待秦桧署名进御。是日，桧适游西湖，正饮酒间，忽见一人披发而至，视之，乃岳飞也。厉声说道："汝残害忠良，殃民误国，吾已诉闻上帝，来取汝命。"桧大惊，问左右，都说不见。桧因此得病归府。次日，吏将奏牍送览。众人扶桧坐于格天阁下，桧索笔署名，手颤不止，落墨污坏了奏牍。立刻教重换来，又复污坏，究竟写不得一字。长舌妻王夫人在屏后摇手道："勿劳太师。"须臾，桧仆于几上，扶进内室，已昏愦了，一语不能发，遂死。此乃五十三家不该遭在桧贼手中，亦见天理昭然也。有诗为证："忠简流亡武穆诛，又将善类肆阴图。格天阁下名难署，始信忠良有嘿扶。"

桧死不多时，秦熺亦死。长舌王夫人设醮追荐，方士伏坛奏章，见秦熺在阴府荷铁枷而立。方士问："太师何在？"秦熺答道："在酆都。"方士径至酆都，见秦桧、万俟卨、王俊披发垢面，各荷铁枷，众鬼卒持巨梃，驱之而行，其状甚苦。桧向方士说道："烦君传语夫人，东窗事发矣。"方士不知何语，述与王氏知道。王氏心下明白，吃了一惊。果然是人间私语，天闻若雷；暗室亏心，神目如电。因这一惊，王氏亦得病而死。未几，秦埙亦死。

不勾数年，秦氏遂衰。后因朝廷开浚运河，畚土堆积府门。有人从望仙桥行走，看见丞相府前，纵横堆着乱土，题诗一首于墙上，诗曰："格天阁在人何在？偃月堂深恨亦深。不向洛阳图白发，却于郿坞贮黄金。笑谈便解兴罗织，咫尺那知有照临？寂寞九原今已矣，空余泥泞积墙阴。"

宋朝自秦桧主和，误了大计，反面事仇，君臣贪于佚乐。元太祖铁木真起自沙漠，传至世祖忽必烈，灭金及宋。宋丞相文天祥，号文山，天性忠义，召兵勤王。有志不遂，为元将张弘范所执，百计说他投降不得。至元十九年，斩于燕京之柴市。子道生、佛生、环生，皆先丞相而死。其弟名璧，号文溪，以其子升嗣天祥之后，璧、升父子俱附元贵显。当时有诗云："江南见说好溪山，兄也难时弟也难。可惜梅花各心事，南枝向暖北枝寒。元仁宗皇帝皇庆年间，文升仕至集贤阁大学士。"

话分两头。且说元顺宗至元初年间，锦城有一秀才，复姓胡母，名迪。为人刚直无私，常说："我若一朝际会风云，定要扶持善类，驱尽奸邪，使朝政清明，方遂其愿。"何期时运未利，一气走了十科不中，乃隐居威凤山中，读书治圃，为养生计。然感愤不平之意，时时发露，不能自禁于怀也。一日，独酌小轩之中。饮至半酣，启囊探书而读。偶得《秦桧东窗传》，读未毕，不觉赫然大怒，气涌如山，大骂奸臣不绝。再抽一书观看，乃《文文山丞相遗藁》，朗诵了一遍，心上愈加不平，拍案大叫道："如此忠义之人，偏教他杀身绝嗣，皇天，皇天，好没分晓！"闷上心来，再取酒痛饮，至于大醉。磨起墨来，取笔题诗四句于《东窗传》上。诗云："长脚邪臣长舌妻，忍将忠孝苦诛夷。愚生若得阎罗做，剥此奸雄万劫皮。"吟了数遍，撇开一边。再将文丞相集上，也题四句："只手擎天志已违，带间遗赞日争辉。独怜血胤同时尽，飘泊忠魂何处归？"吟罢，余兴未尽，再题四句于后："桧贼奸邪得善终，羡他孙子显荣同。文山酷死兼无后，天道何曾识佞忠？"写罢掷笔，再吟数过，觉得酒力涌上，和衣就寝。

俄见皂衣二吏，至前揖道："阎君命仆等相邀，君宜速往。"胡母迪正在醉中，不知阎君为谁，答道："吾与阎君素昧平生，今见召，何也？"皂衣吏笑道："君到彼自知，不劳详问。"胡母迪方欲再拒，被二吏挟之而行。离城约行数里，乃荒郊之地，烟雨霏微，如深秋景象。再行数里，望见城郭，居人亦稠密，往来贸易不绝，如市廛之状。行到城门，见榜额乃"酆都"二字，迪才省得是阴府。业已至此，无可奈何。既入城，则有殿宇峥嵘，朱门高敞，题曰"曜灵之府"，门外守者甚严。

皂衣吏令一人为伴，一人先入。少顷复出，招迪曰："阎君召子。"迪乃随吏入门，行至殿前，榜曰"森罗殿"。殿上王者，衮衣冕旒，类人间神庙中绘塑神像。左右列神吏六人：绿袍皂履，高幞广带，各执文簿。阶下侍立百余人，有牛头马面，长喙朱发，狰狞可畏。胡母迪稽颡于阶下，冥王问道："子即胡母迪耶？"迪应道："然也。"冥王大怒道："子为儒流，读书习礼，何为怨天怒地，谤鬼侮神乎？"胡母迪答道："迪乃后进之流，早习先圣先贤之道，安贫守分，循理修身，并无怨天尤人之事。"冥王喝道："你说'天道何曾识佞忠'，岂非怨谤之谈乎？"迪方悟醉中题诗之事，再拜谢罪道："贱子酒酣，罔能持性。偶读忠奸之传，致吟忿懑之辞。颙望神君特垂宽宥。"冥王道："子试自述其意，怎见得天道不辨忠佞？"

胡母迪道："秦桧卖国和番，杀害忠良，一生富贵善终。其子秦熺，状元及第；孙秦埙，翰林学士，三代俱在史馆。岳飞精忠报国，父子就戮；文天祥，宋末第一个忠臣，三子俱死于流离，遂至绝嗣。其弟降虏，父子贵显。福善祸淫，天道何在？贱子所以扪心致疑，愿神君开示其故。"冥王呵呵大笑："子乃下土腐儒，天意微渺，岂能知之？那宋高宗原系钱镠王第三子转生。当初钱镠独霸吴越，传世百年，并无失德。后因钱俶入朝，被宋太宗留住，逼之献土。到徽宗时，显仁皇后有孕，梦见一金甲贵人，怒目言曰：'我吴越王也。汝家无故夺我之国，吾今遣第三子托生，要还我疆土。'醒后，遂生皇子构，是为高宗。他原索取旧疆，所以偏安南渡，无志中原。秦桧会逢其适，力主和议，亦天数当然也；但不该诬陷忠良，故上帝斩其血胤。秦熺非桧所出，乃其妻兄王焕之子，长舌妻冒认为儿，虽子孙贵显，秦氏魂魄，岂得享异姓之祭哉？岳飞系三国张飞转生，忠心正气，千古不磨。一次托生为张巡，改名不改姓；二次托生为岳飞，改姓不改名。虽然父子屈死，子孙世代贵盛，血食万年。文天祥父子夫妻，一门忠孝节义，传扬千古。文升嫡侄为嗣，延其宗祀，居官清正，不替家风，岂得为无后耶？夫天道报应，或在生前，或在死后；或福之而反祸，或祸之而反福。须合幽明古今而观之，方知毫厘不爽。子但据目前，譬如以管窥天，多见其不知量矣。"

胡母迪顿首道："承神君指教，开示愚蒙，如拨云见日，不胜快幸。但愚民但据生前之苦乐，安知身后之果报哉？以此冥冥不可见之事，欲人趋善而避恶，如风声水月，无所忌惮。宜乎恶人之多，而善人之少也。贱子不才，愿得遍游地狱，尽观恶报，传语人间，

使知儆惧自修，未审允否？"冥王点头道是。即呼绿衣吏，以一白简书云："右，仰普掠狱官，即启狴牢，引此儒生，遍观泉扃报应，毋得违错。"

吏领命，引胡母迪从西廊而进。过殿后三里许，有石垣高数仞，以生铁为门，题曰"普掠之狱"。吏将门镮叩三下，俄顷门开，夜叉数辈突出，将欲擒迪。吏叱道："此儒生也，无罪。"便将阎君所书白简，教他看了。夜叉道："吾辈只道罪鬼入狱，不知公是书生，幸勿见怪。"乃揖迪而入。其中广袤五十余里，日光惨淡，风气萧然。四围门牌，皆榜名额：东曰"风雷之狱"，南曰"火车之狱"，西曰"金刚之狱"，北曰"溟冷之狱"，男女荷铁枷者千余人。又至一小门，则见男子二十余人，皆被发裸体，以巨钉钉其手足于铁床之上，项荷铁枷，举身皆刀杖痕，脓血腥秽不可近。旁一妇人，裳而无衣，罩于铁笼中。一夜叉以沸汤浇之，皮肉溃烂，号呼之声不绝。

绿衣吏指铁床上三人，对胡母迪说道："此即秦桧、万俟卨、王俊。这铁笼中妇人，即桧妻长舌王氏也。其他数人，乃章惇、蔡京父子、王黼、朱勔、耿南仲、丁大全、韩侂胄、史弥远、贾似道，皆其同奸党恶之徒。王遣施刑，令君观之。"即驱桧等至风雷之狱，缚于铜柱。一卒以鞭扣其环，即有风刀乱至，绕刺其身，桧等体如筛底。良久，震雷一声，击其身如虀粉，血流凝地。少顷，恶风盘旋，吹其骨肉，复聚为人形。吏向迪道："此震击者，阴雷也；吹者，业风也。"又呼卒驱至金刚、火车、溟冷等狱，将桧等受刑尤甚，饥则食以铁丸，渴则饮以铜汁。吏说道："此曹凡三日，则遍历诸狱，受诸苦楚。三年之后，变为牛、羊、犬、豕，生于世间，为人宰杀，剥皮食肉。其妻亦为牝豕，食人不洁，临终亦不免刀烹之苦。今此众已为畜类于世五十余次了。"迪问道："其罪何时可脱？"吏答道："除是天地重复混沌，方得开除耳。"

复引迪到西垣一小门，题曰"奸回之狱"。荷桎梏者百余人，举手插刀，浑类猬形。迪问："此辈皆何等人？"吏答道："是皆历代将相，奸回党恶，欺君罔上，蠹国害民，如梁冀、董卓、卢杞、李林甫之流，皆在其中。每三日，亦与秦桧等同受其刑。三年后，变为畜类，皆同桧也。"

复至南垣一小门，题曰"不忠内臣之狱"。内有牝牛数百，皆以铁索贯鼻，系于铁柱，四围以火炙之。迪问道："牛，畜类也，何罪而致是耶？"吏摇手道："君勿言，姑俟观之。"即呼狱卒，以巨扇拂火。须臾，烈焰亘天，皆不胜其苦，哮吼踯躅，皮肉焦烂。良久，大震一声，皮忽绽裂，其中突出个人来。视之，俱无须髯，寺人也。吏呼夜叉掷于镬汤中烹之，但见皮肉消融，止存白骨。少顷，复以冷水沃之，白骨相聚，仍复人形。吏指道："此皆历代宦官，秦之赵高，汉之十常侍，唐之李辅国、仇士良、王守澄、田令孜，宋童贯之徒，从小长养禁中，锦衣玉食，欺诱人主，妒害忠良，浊乱海内。今受此报，累劫无已。"

复至东壁，男女数千人，皆裸体跣足，或烹剥剐心，或剉烧舂磨，哀呼之声，彻闻数里。吏指道："此皆在生时为官为吏，贪财枉法，刻薄害人；及不孝不友，悖负师长，不仁不义，故受此报。"迪见之大喜，叹曰："今日方知天地无私，鬼神明察，吾一生不平之气始出矣。"吏指北面云："此去一狱，皆僧尼哄骗人财，奸淫作恶者。又一狱，皆淫妇、妒妇、逆妇、狠妇等辈。"迪答道："果报之事，吾已悉知，不消去看了。"吏笑携迪手偕出，仍入森罗殿。迪再拜，叩首称谢，呈诗四句。诗曰："权奸当道任恣睢，果报原来总不虚。冥狱试看刑法惨，应知今日悔当初。"

迪又道："奸回受报，仆已目击，信不诬矣。其他忠臣义士，在于何所？愿希一见，以适鄙怀，不胜欣幸。"冥王俯首而思，良久，乃曰："诸公皆生人道，为王公大人，享受天禄。寿满天年，仍还原所，以俟缘会，又复托生。子既求见，吾躬导之。"于是登舆而前，分付从者，引迪后随。行五里许，但见琼楼玉殿，碧瓦参横，朱牌金字，题曰"天爵之府"。既入，有仙童数百，皆衣紫绡之衣，悬丹霞玉佩，执彩幢绛节，持羽葆花旌。云气缤纷，天花飞舞；龙吟凤吹，仙乐铿锵；异香馥郁，袭人不散。殿上坐者百余人，头带通天之冠，身穿云锦之衣，足蹑朱霓之履，玉珂琼佩，光彩射人。绛绡玉女五百余人，或执五明之扇，或捧八宝之盂，环侍左右。见冥王来，各各降阶迎迓。宾主礼毕，分东西而坐。仙童献茶已毕，冥王述胡母迪来意，命迪致拜。诸公皆答之尽礼，同声赞道："先生可谓'仁者，能好人，能恶人矣'。"乃别具席于下，命迪坐。迪谦让再三不敢。王曰："诸公以子斯文，能持正论，故加优礼，何用苦辞！"迪乃揖谢而坐。冥王拱手道："座上皆历代忠良之臣，节义之士，在阳则流芳史册，在阴则享受天乐。每遇明君治世，则生为王侯将相，扶持江山，功施社稷。今天运将转，不过数十年，真人当出，拨乱反正。诸公行且先后出世，为创功立业之名臣矣。"迪即席又呈诗四句。诗曰："时从窗下阅遗编，每恨忠良福不全。目击冥司天爵贵，皇天端不负名贤。"诸公皆举手称谢。冥王道："子观善恶报应，忠佞分别不爽。假令子为阎罗，恐不能复有所加耳。"迪离席，下拜谢罪。诸公齐声道："此生好善嫉恶，出于至性，不觉见之吟咏，不足深怪。"冥王大笑道："诸公之言是也。"

迪又拜问道："仆尚有所疑，求神君剖示。仆自小苦志读书，并无大过，何一生无科第之分？岂非前生有罪业乎？"冥王道："方今胡元世界，天地反覆。子秉性刚直，命中无夷狄之缘，不应为其臣子。某冥任将满，想子善善恶恶，正堪此职。某当奏知天廷，荐子以自代。子暂回阳世，以享余龄。更十余年后，尚当奉迎耳。"言毕，即命朱衣二吏送迪还家。迪大悦，再拜称谢，及辞诸公而出。约行十余里，只见天色渐明，朱衣吏指向迪道："日出之处，即君家也。"迪挽住二吏之衣，欲延归谢之，二吏坚却不允。迪再三挽留，不觉失手，二吏已不见了。迪即展臂而寤。残灯未灭，日光已射窗纸矣。

迪自此绝意干进，修身乐道。再二十三年，寿六十六。一日午后，忽见冥吏持牒来，迎迪赴任，车马仪从，俨若王者。是夜，迪遂卒。又十年，元祚遂倾，天下仍归于中国。天爵府诸公已知出世为卿相矣。后人有诗云："王法昭昭犹有漏，冥司隐隐更无私。不须亲见酆都景，但请时吟胡母诗。"

第三十三卷　张古老种瓜娶文女

长空万里彤云作，迤逦祥光遍斋阁。
未教柳絮舞千球，先使梅花开数萼。
入帘有韵自飕飕，点水无声空漠漠。
夜来阁向古松梢，向晓朔风吹不落。

这八句诗题雪。那雪下，相似三件物事：似盐，似柳絮，似梨花。雪怎地似盐？谢灵运曾有一句诗咏雪道："撒盐空中差可拟。"苏东坡先生有一词，名《江神子》："黄昏犹自雨纤纤，晓开帘，玉平檐。江阔天低，无处认青帘。独坐闲吟谁伴我？呵冻手，捻衰髯。使君留客醉恹恹，水晶盐，为谁甜？手把梅花，东望忆陶潜。雪似古人人似雪，虽可爱，有人嫌。"这雪又怎似柳絮？谢道韫曾有一句咏雪道："未若柳絮因风起。"黄鲁直有一词，名《踏莎行》："堆积琼花，铺陈柳絮，晓来已没行人路。长空尤未绽彤云，飘飘尚逐回风舞。对景衔杯，迎风索句，回头却笑无言语。为何终日未成吟？前山尚有青青处。"又怎见得雪似梨花？李易安夫人曾道："行人舞袖拂梨花。"晁叔用有一词，名《临江仙》："万里彤云密布，长空琼色交加，飞如柳絮落泥沙。前村归去路，舞袖拂梨花。此际堪描何处景？江湖小艇渔家，旋斟香酝过年华。披蓑乘远兴，顶笠过溪沙。"

雪似三件物事，又有三个神人掌管。那三个神人？姑射真人、周琼姬、董双成。周琼姬掌管芙蓉城；董双成掌管贮雪琉璃净瓶，瓶内盛着数片雪。每遇彤云密布，姑射真人用黄金箸敲出一片雪来，下一尺瑞雪。当日紫府真人安排筵会，请姑射真人、董双成，饮得都醉。把金箸敲着琉璃净瓶，待要唱只曲儿，错敲破了琉璃净瓶，倾出雪来，当年便好大雪。曾有只曲儿，名做《忆瑶姬》："姑射真人宴紫府，双成击破琼苞。零珠碎玉，被蕊宫仙子，撒向空抛。乾坤皓彩中宵，海月流光色共交。向晓来，银压琅玕，数枝斜坠玉鞭梢。荆山隈，碧水曲，际晚飞禽，冒寒归去无巢。檐前为爱成簪箸，不许儿童使杖敲。待效他当日袁安、谢女，才词咏嘲。"姑射真人是掌雪之神。

喻世明言·彩绘版

又有雪之精，是一匹白骡子，身上抖下一根毛，下一丈雪。却有个神仙是洪崖先生管着，用葫芦儿盛着白骡子。赴罢紫府真人会，饮得酒醉，把葫芦塞得不牢，走了白骡子，却在番人界里退毛。洪崖先生因走了白骡子，下了一阵大雪。且说一个官人，因雪中走了一匹白马，变成一件蹊跷神仙的事，举家白日上升，至今古迹尚存。

萧梁武帝普通六年冬十二月，有个谏议大夫姓韦名恕，因谏萧梁武帝奉持释教得罪，贬在滋生驷马监做判院。这官人中心正直，秉气刚强。有回天转日之言，怀逐佞去邪之见。这韦官人受得滋生驷马监判院，这座监，在真州六合县界上。萧梁武帝有一匹白马，名作"照殿玉狮子"：蹄如玉削，体若琼妆。荡胸一片粉铺成，摆尾万条银缕散。能驰能载，走得千里程途；不喘不嘶，跳过三重阔涧。浑似狻猊生世上，恰如白泽下人间。这匹白马，因为萧梁武帝追赶达摩禅师，到今时长芦界上有失，罚下在滋生驷马监教牧养。

当日大雪下，早晨起来，只见押槽来禀覆韦谏议道："有件祸事！昨夜就槽头不见了那照殿玉狮子。"吓得韦谏议慌忙叫将一监养马人来，却是如何计结？就中一个押槽出来道："这匹马容易寻。只看他雪中脚迹，便知着落。"韦谏议道："说得是。"即时差人随着押槽，寻马脚迹。迤逦间行了数里田地，雪中见一座花园，但见：粉妆台榭，琼锁亭轩。两边斜压玉栏杆，一径平钩银绶带。太湖石陷，恍疑盐虎深埋；松柏枝盘，好似玉龙高耸。径里草枯难辨色，亭前梅绽只闻香。却是一座篱园。押槽看着众人道："这匹马在这庄里。"即时敲庄门。见一个老儿出来，押槽相揖道："借问则个。昨夜雪中，滋生驷马监里走了一匹白马。这匹白马是梁皇帝骑的御马，名唤做'照殿玉狮子'。看这脚迹时，却正跳入篱园内来。老丈若还收得之时，却教谏议自备钱酒相谢。"老儿听得，道："不妨，马在家里。众人且坐，老夫请你们食件物事了去。"众人坐定，只见大伯子去到篱园根中，去那雪里面，用手取出一个甜瓜来。看这瓜时，真个是：绿叶和根嫩，黄花向顶开。香从辛里得，甜向苦中来。那甜瓜藤蔓枝叶都在上面。众人心中道："莫是大伯子收下的？"看那瓜，颜色又新鲜。大伯取一把刀儿，削了瓜皮，打开瓜顶，一阵异气喷人。请众人吃了一个瓜，又再去雪中取出三个瓜来道："你们做老拙传话谏议，道张公教送这瓜来。"众人接了甜瓜。大伯从篱园后地，牵出这匹白马来，还了押槽。押槽拢了马儿，谢了公公，众人都回滋生驷马监。见韦谏议，道："可煞作怪！大雪中如何种得这甜瓜？"即时请出恭人来，和这十八岁的小娘子都出来，打开这瓜，合家大小都食了。恭人道："却罪过这老儿，与我收得马，又送瓜来，着个甚道理谢他？"

捻指过了两月，至次年春半，景色清明。恭人道："今日天色晴和，好去谢那送瓜的张公，谢他收得马。"谏议即时教安排酒樽食垒，暖荡撩锅，办几件食次。叫出十八岁女儿来，道："我今日去谢张公，一就带你母子去游玩闲走则个。"谏议乘着马，随两乘轿子，来到张公门前，使人请出张公来。大伯连忙出来唱喏。恭人道："前日相劳你收下马，今日谏议置酒，特来相谢。"就草堂上铺陈酒器，摆列杯盘，请张公同坐。大伯再三推辞，掇条凳子，横头坐地。酒至三杯，恭人问张公道："公公贵寿？"大伯言："老拙年已八十岁。"恭人又问："公公几口？"大伯道："孑然一身。"恭人说："公公，也少不得个婆婆相伴。"大伯应道："便是没怎么巧头脑。"恭人道："也是。说个七十来岁的婆婆？"大伯道："年纪须老。道不得个百岁光阴如捻指，人生七十古来稀。"恭人道："也是。说一个六十来岁的？"大伯道："老也。月过十五光明少，人到中年万事休。"恭人道："也是。说一个五十来岁的？"大伯又道："老也。三十不荣，四十不富，五十看看寻死路。"恭人忍不得，自道："看我取笑他，""公公，说个三十来岁的？"大伯道："老也。"恭人说："公公，如今要说几岁的？"大伯抬起身来，指定十八岁小娘子道："若得此女以为匹配，足矣。"韦谏议当时听得说，怒从心上起，恶向胆边生，却不听他说话，叫那当直的都来，要打那大伯。恭人道："使不得。特地来谢他，却如何打他？这大伯年纪老，说话颠狂，只莫管他。"收拾了酒器自归去。

话里却说张公，一并三日不开门。六合县里有两个扑花的，一个唤做王

三，一个唤做赵四，各把着大蒲篓来，寻张公打花。见他不开门，敲门叫他，见大伯一行说话，一行咳嗽，一似害痨病相思，气丝丝地。怎见得？曾有一《夜游宫》词："四百四病人皆有，只有相思难受。不疼不痛在心头。魆魆地教人瘦。愁逢花前月下，最怕黄昏时候。心头一阵痒将来，一两声咳嗽、咳嗽。"看那大伯时，喉咙哑飒飒地出来道："罪过你们来，这两日不欢。要花时，打些个去，不要你钱。有件事相烦你两个：与我去寻两个媒人婆子。若寻得来时，相赠二百足钱，自买一角酒吃。"二人打花了自去。一时之间，寻得两个媒人来。这两个媒人：开言成匹配，举口合和谐。掌人间风只鸾孤，管宇宙孤眠独宿。折莫三重门户，选甚十二楼中？男儿下惠也生心，女子麻姑须动意。传言玉女，用机关把手拖来；侍香金童，下说辞拦腰抱住。引得巫山偷汉子，唆教织女害相思。叫得两个媒婆来，和公公厮叫。张公道："有头亲，相烦说则个。这头亲，曾相见，则是难说。先各与你三两银子，若讨得回报，各人又与你五两银子；说得成时，教你两人撰个小小富贵。"张媒、李媒便问："公公，要说谁家小娘子？"张公道："滋生驷马监里韦谏议有个女儿，年纪一十八岁，相烦你们去与我说则个。"两个媒婆含着笑，笑接了三两银子出去。行半里田地，到一个土坡上，张媒看着李媒道："怎地去韦谏议宅里说？"张媒道："容易！我两人先买一角酒吃，教脸上红拂拂地，走去韦谏议门前旋一遭，回去说与大伯，只道说了，还未有回报。"道犹未了，则听得叫道："且不得去。"回头看时，却是那张公赶来。说道："我猜你两个买一角酒，吃得脸上红拂拂地，韦谏议门前旋一遭回来，说与我道：未有回报。还是恁地么？你如今要得好，急速便去，千万讨回报。"两个媒人见张公恁地说道，做着只得去。

两人同到滋生驷马监，请人传报与韦谏议。谏议道："教入来。"张媒、李媒见了。谏议道："你两人莫是来说亲么？"两个媒人笑嘻嘻的，怕得开口。韦谏议道："我有个大的儿子，二十二岁，见随王僧辩征北，不在家中；有个女儿，一十八岁，清官家贫，无钱嫁人。"两个媒人则在阶下拜，不敢说。韦谏议道："不须多拜，有事但说。"张媒道："有件事，欲待不说，为他六两银；欲待说，恐激恼谏议，又有些个好笑。"韦谏议问："如何？"张媒道："种瓜的张老，没来历，今日使人来叫老媳妇两人，要说谏议的小娘子。得他六两银子，见在这里。"怀中取出那银子，教谏议看，道："谏议周全时，得这银；若不周全，只得还他。"谏议道："大伯子莫是风？我女儿才十八岁，不曾要说亲。如今要我如何周全你这六两银子？"张媒道："他说来，只问谏议觅得回报，便是六两银子。"谏议听得说，用指头指着媒人婆道："做我传话那没见识的老子：要得成亲，来日办十万贯见钱为定礼，并要一色小钱，不要金钱准折。"教讨酒来劝了媒人，发付他去。两个媒人拜谢了出来，到张公家，见大伯伸着脖项，一似望风宿鹅，等得两个媒人回来。道："且坐。生受不易。"且取出十两银子来，安在卓上，道："起动你们，亲事圆备！"张媒问道："如何了？"大伯道："我丈人说，要我十万贯钱为定礼，并要小钱，方可成亲。"两个媒人道:"猜着了,果是谏议恁地说。公公,你却如何对副?"那大伯取出一掇酒来开了,安在卓子上,请两个媒人各吃了四盏。将这媒人转屋山头边来,指着道:"你看!"两个媒人用五轮八光左右两点瞳人,打一看时,只见屋山头堆垛着一便价十万贯小钱儿。道:"你们看,先准备在此了。"只就当日,教那两个媒人先去回报谏议,然后发这钱来。媒人自去了。

这里安排车仗,从里面叫出几个人来,都着紫衫,尽戴花红银撲子,推数辆太平车:平川如雷吼,旷野似潮奔。猜疑地震天摇,仿佛星移日转。初观形象,似秦皇塞海鬼驱山;乍见威仪,若夏禹行舟临陆地。满川寒雁叫,一队锦鸡鸣。车子上旗儿插着,写道:"张公纳韦谏议宅财礼。"众人推着车子,来到谏议宅前,喝起三声喏来,排着两行车子,使人入去,报与韦谏议。谏议出来看了车子,开着口则合不得。使人入去说与恭人:"却怎地对副?"恭人道:"你不合勒他讨十万贯见钱。不知这大伯如今那里擘划将来?待不成亲,是言而无信;待与他成亲,岂有衣冠女子,嫁一园叟乎?"夫妻二人倒断不下。恭人道:"且叫将十八岁女儿前来,问这事却是如何。"女孩儿怀中取出一个锦囊来。原来这女子七岁时,不会说话。一日,忽然间道出四句言语来:"天意岂人知?应于南楚畿。寒灰热如火,枯杨再生梯。"自此后便会行文。改名文女。当时着锦囊盛了这首诗,收十二年。今日将来教爹爹看道:"虽然张公年纪老,恐是天意,却也不见得。"恭人见女儿肯,又见他果有十万贯钱,"此必是奇异之人"。无计奈何,只得成亲。拣吉日良辰,做起亲来,张公喜欢。正是:旱莲得雨重生藕,枯木无芽再遇春。做成了亲事,卷帐回,带那儿女归去了。韦谏议戒约家人:不许一人去张公家去。

普通七年夏六月间,谏议的儿子,姓韦名义方,文武双全。因随王僧辩北征回归,到六合县。当日天气热,怎见得?万里无云驾六龙,千林不放鸟飞空。地燃石裂江湖沸,不见南来一点风。相次到家中,只见路旁篱园里,有个妇女,头发蓬松,腰系青布裙儿,脚下拖双靸鞋,在门前卖瓜。这瓜:西园摘处香和露,洗尽南轩暑。莫嫌坐上适无蝇,只恐怕寒难近玉壶冰。井花浮翠金盆小,午梦初回了。诗翁自是不归来,不是青门无地可移栽。韦义方觉走得渴,向前要买个瓜吃。抬头一觑,猛叫一声道:"文女,你如何在这里?"文女叫:"哥哥,我爹爹嫁我在这里。"韦义方道:"我路上听得人说道,爹爹得十万贯钱,把你卖与卖瓜人张公,却是为何?"那文女把那前面的来历,对着韦义方从头说一遍。韦义方道:"我如今要与他相见,如何?"文女道:"哥哥,要见张公,你且少待。我先去说一声,却相见。"文女移身,已挺脚步入去房里,说与张公。复身出来道:"张公道你性如烈火,意若飘风,不肯教你相见。哥哥,如今要相见不妨,只是勿生恶意。"说罢,文女引义方入去相见。大伯即时抹着腰出来。韦义方见了,道:"却不回耐!恁么模样,却有十万贯钱娶我妹子,必是妖人。"一会子掣出太阿宝剑,觑着张公,劈头便剁将下去。只见剑靶搭在手里,剑却折做数段。张公道："可惜，又减了一个神仙。"文女推那哥哥出来，道："教你勿生恶意，如何把剑剁他？"韦义方归到家中，参拜了爹爹、妈妈，便问："如何将文女嫁与张公？"韦谏议道："这大伯是个作怪人。"韦义方道："我也疑他。把剑剁他不着，到坏了我一把剑。"

次日早，韦义方起来，洗漱罢，系裹停当，向爹爹、妈妈道："我今日定要取这妹子归来；若取不得这妹子，定不归来见爹爹、妈妈。"相辞了，带着两个当直，行到张公住处，但见平原旷口，踪迹荒凉。问那当方住的人，道："是有个张公，在这里种瓜，住二十来年。昨夜一阵乌风猛雨，今日不知所在。"韦义方大惊，抬头只见树上削起树皮，写着四句诗道："两枚箧袋世间无，盛尽瓜园及草庐。要识老夫居止处，桃花庄上乐天居。"韦义方读罢了书，教当直四下搜寻。当直回来报道："张公骑着匹蹇驴，小娘子也骑着匹蹇驴儿，带着两枚箧袋，取真州路上而去。"韦义方和当直三人，一路赶上，则见路上人都道："见大伯骑着蹇驴，女孩儿也骑驴儿。那小娘子不肯去，哭告大伯道：'教我归去相辞爹妈。'那大伯把一条杖儿在手中，一路上打将这女孩儿去。好恓惶人，令人不忍见。"韦义方听得说，两条忿气，从脚板灌到顶门，心上一把无明火，高三千丈，按捺不下。带着当直，迤逦去赶。约莫去不得数十里，则是赶不上。直赶到瓜州渡口，人道见他方过江去。韦义方教讨船渡江，直赶到茅山脚下。问人时，道他两个上茅山去。韦义方分付了当直，寄下行李，放客店中了，自赶上山去。行了半日，那里得见桃花庄？正行之次，见一条大溪拦路，但见：寒溪湛湛，流水泠泠。照人清影澈冰壶，极目浪花番瑞雪。垂杨掩映长堤岸，世俗行人绝往来。韦义方到溪边，自思量道："赶了许多路，取不得妹子归去，怎地见得爹爹、妈妈？不如跳在溪水里死休。"迟疑之间，着眼看时，则见溪边石壁上，一道瀑布泉流将下来，有数片桃花浮在水面上。韦义方道："如今是六月，怎得桃花片来？上面莫是桃花庄，我那妹夫张公住处？"

则听得溪对岸一声哨笛儿响，看时，见一个牧童骑着蹇驴，在那里吹这哨笛儿。但见：浓绿成阴古渡头，牧童横笛倒骑牛。笛中一曲《升平乐》，唤起离人万种愁。牧童近溪边来，叫一声："来者莫是韦义方？"义方应道："某便是。"牧童说："奉张真人法旨，教请舅舅过来。"牧童教蹇驴渡水，令韦官人坐在驴背上渡过溪去。牧童引路，到一所庄院。怎见得？有《临江仙》为证："快活无过庄家好，竹篱茅舍清幽。春耕夏种及秋收，冬间观瑞雪，醉倒被蒙头。门外多栽榆柳树，杨花落满溪头。绝无闲闷与闲愁。笑他名利客，役役市廛游。"到得庄前，小童入去。从篱园里走出两个朱衣吏人来，接见这韦义方，道："张真人方治公事，未暇相待，令某等相款。"遂引到一个大四望亭子上，看这牌上写着"翠竹亭"，但见：茂林郁郁，修竹森森。翠阴遮断屏山，密叶深藏轩槛。烟锁幽亭仙鹤唳，云迷深谷野猿啼。亭子上铺陈酒器，四下里都种夭桃艳杏，异卉奇葩，簇着这座亭子。朱衣吏人与义方就席饮宴。义方欲待问张公是何等人，被朱衣吏人连劝数杯，则问不得。及至筵散，朱衣相辞自去，独留韦义方在翠竹轩，只教少待。

　　韦义方等待多时无信，移步下亭子来。正行之间，在花木之外，见一座殿屋，里面有人说话声。韦义方把舌头舔开朱红球路亭隔看时，但见朱栏玉砌，峻宇雕墙。云屏与珠箔齐开，宝殿共琼楼对峙。灵芝丛畔，青鸾彩凤交飞；琪树阴中，白鹿玄猿并立。玉女金童排左右，祥烟瑞气散氤氲。见这张公顶冠穿履，佩剑执圭，如王者之服，坐于殿上。殿下列两行朱衣吏人，或神或鬼。两面铁枷，上手枷着一个紫袍金带的人，称是某州城隍，因境内虎狼伤人，有失检举；下手枷着一个顶盔贯甲，称是某州某县山神，虎狼损害平人，部辖不前。看这张公书断，各有罪名。韦义方就窗眼内望见，失声叫道："怪哉！怪哉！"殿上官吏听得，即时差两个黄巾力士，捉将韦义方来，驱至阶下。官吏称韦义方不合漏泄天机，合当有罪。急得韦义方叩头告罪。真人正怎么说，只见屏风后一个妇人，凤冠雾帔，珠履长裙，转屏风背后出来，正是义方妹子文女，跪告张公道："告真人，念是妾弟兄之面，可饶恕他。"张公道："韦义方本合为仙，不合以剑剌吾，吾以亲戚之故，不见罪；今又窥觑吾之殿宇，欲泄天机，看你妹妹面，饶你性命。我与你十万钱，把件物事与你为照去支讨。"张公移身，已挺脚步入殿里。去不多时，取出一个旧席帽儿付与韦义方，教往扬州开明桥下，寻开生药铺申公，凭此为照，取钱十万贯。张公道："仙凡异路，不可久留。"令吹哨笛的小童："送韦舅乘蹇驴，出这桃花庄去。"到溪边，小童就驴背上把韦义方一推，头掉脚掀，颠将下去。

　　义方如醉醒梦觉，却在溪岸上坐地。看那怀中，有个帽儿。似梦非梦，迟疑未决。且只得携着席帽儿，取路下山来。回到昨所寄行李店中，寻两个当直不见。只见店二哥出来说道："二十年前有个韦官，寄下行李，上茅山去担阁。两个当直等不得，自归去了。如今恰好二十年，是隋炀帝大业二年。"韦义方道："昨日才过一日，却是二十年。我且归去六合县滋生驷马监，寻我二亲。"便别了店主人。来到六合县，问人时，都道："二十年前，滋生驷马监里有个韦谏议，一十三口，白日上升，至今升仙台古迹尚存。"道是有个直阁，去了不归。韦义方听得说，仰面大哭：二十年则一日过了，父母俱不见，一身无所归。如今没计奈何，且去寻申公讨这十万贯钱。当时从六合县取路，迤逦直到扬州，问人寻到开明桥下，果然有个申公，开生药铺。

　　韦义方来到生药铺前，见一个老儿生得形容古怪，装束清奇。颔边银剪苍髯，头上雪堆白发，鸢肩龟背，有如天降明星；鹤骨松形，好似化胡老子。多疑商岭逃秦客，料是磻溪执钓人。在生药铺里坐。韦义方道："老丈拜揖！这里莫是申公生药铺？"公公道："便是。"韦义方着眼看生药铺厨里：四个荟苇三个空，一个盛着西北风。韦义方肚里思量道："却那里讨十万贯钱支与我？""且问大伯，买三文薄荷。"公公道："好薄荷！《本草》上说凉头明目，要买几文？"韦义方道："回三钱。"公公道："恰恨缺。"韦义方道："回些个百药煎。"公公道："百药煎能消酒面，善润咽喉，要买几文？"韦义方道："回三钱。"公公道："恰恨卖尽。"韦义方道："回些甘草。"公公道："好甘草！性平无毒，能随诸药之性，解金石草木之毒，市语叫做'国老'，要买几文？"韦义方道："问公公回五钱。"公公道："好教官人知，恰恨也缺。"韦义方对着公公道："我不来买生药，一个人传语，是种瓜的张公。"申公道："张公却没事，传语我做甚么？"韦义方道："教我来讨十万贯钱。"申公道："钱却有，何以为照？"韦义方去怀里摸索一和，把出席帽儿来。申公看着青布帘里，叫浑家出来看。青布帘起处，见个十七八岁的女孩儿出来，道："丈夫叫则甚？"韦义方心中道："却和那张公一般，爱娶后生老婆。"申公教浑家看这席帽儿，是也不是？女孩儿道："前日张公骑着蹇驴儿，打门前过，席帽儿绽了，教我缝。当时没皂线，我把红线缝着顶上。"翻过来看时，果然红线缝着顶。申公即时引韦义方入去家里，交还十万贯钱。韦义方得这项钱，把来修桥作路，散与贫人。

忽一日，打一个酒店前过，见个小童，骑只驴儿。韦义方认得是当日载他过溪的，问小童道："张公在那里？"小童道："见在酒店楼上，共申公饮酒。"韦义方上酒店楼上来，见申公与张公对坐，义方便拜。张公道："我本上仙长兴张古老。文女乃上天玉女，只因思凡，上帝恐被凡人点污，故令吾托此态取归上天。韦义方本合为仙，不合杀心太重，止可受扬州城隍都土地。"道罢，用手一招，叫两只仙鹤。申公与张古老各乘白鹤，腾空而去。则见半空遗下一幅纸来，拂开看时，只见纸上题着八句儿诗，道是："一别长兴二十年，锄瓜隐迹暂居廛。因嗟世上凡夫眼，谁识尘中未遇仙？授职义方封土地，乘鸾文女得升天。从今跨鹤楼前景，壮观维扬尚俨然。"

第三十四卷　李公子救蛇获称心

> 劝人休诵经，念甚消灾咒。
> 经咒总慈悲，冤业如何救？
> 种麻还得麻，种豆还得豆；
> 报应本无私，作了还自受。

这八句言语，乃徐神翁所作。言人在世，积善逢善，积恶逢恶。古人有云：积金以遗子孙，子孙未必能守；积书以遗子孙，子孙未必能读；不如积阴德于冥冥之中，以为子孙长久之计。昔日孙叔敖晓出，见两头蛇一条，横截其路。

孙叔敖用砖打死而埋之。归家告其母曰："儿必死矣。"母曰："何以知之？"
敖曰："尝闻：人见两头蛇者必死，儿今日见之。"母曰："何不杀乎？"
叔敖曰："儿已杀而埋之，免使后人再见，以伤其命。儿宁一身受死。"母曰："儿
有救人之心，此乃阴骘，必然不死。"后来叔敖官拜楚相。今日说一个秀才，
救一条蛇，亦得后报。

南宋神宗朝熙宁年间，汴梁有个官人，姓李名懿，由杞县知县，除金杭
州判官。本官世本陈州人氏，有妻韩氏。子李元，字伯元，学习儒业。李懿
到家收拾行李，不将妻子，只带两个仆人到杭州赴任。在任倏忽一年，猛思：
"子李元在家攻书，不知近日学业如何？"写封家书，使王安往陈州取孩儿
李元来杭州，早晚作伴，就买书籍。王安辞了本官，不一日，至陈州。参见恭人，
呈上家书。书院中唤出李元，令读了父亲家书，收拾行李。李元在前曾应举不第，
近日琴书意懒，止游山玩水，以自娱乐。闻父命呼召，收拾琴、剑、书箱，
拜辞母亲，与王安登程。沿路觅船，不一日，到扬子江。李元看了江山景物，
观之不足，乃赋诗曰："西出昆仑东到海，惊涛拍岸浪掀天。月明满耳风雷吼，

喻世明言·彩绘版

一派江声送客船。"渡江至润州，迤逦到常州，过苏州，至吴江。

是日申牌时分，李元舟中看见吴江风景，不减潇湘图画，心中大喜，令梢公泊舟近长桥之侧。元登岸上桥，来垂虹亭上，凭栏而坐，望太湖晚景。李元观之不足，忽见桥东一带粉墙中有殿堂，不知何所。却值渔翁卷网而来，揖而问之："桥东粉墙，乃是何家？"渔人曰："此三高士祠。"李元问曰："三高何人也？"渔人曰："乃范蠡、张翰、陆龟蒙三个高士。"元喜，寻路渡一横桥，至三高士祠。入侧门，观石碑。上堂，见三人列坐：中范蠡，左张翰、右陆龟蒙。李元寻思间，一老人策杖而来。问之，乃看祠堂之人。李元曰："此祠堂几年矣？"老人曰："近千余年矣。"元曰："吾闻张翰在朝，曾为显官。因思鲈鱼、莼菜之美，弃官归乡，彻老不仕，乃是急流中勇退之人，世之高士也。陆龟蒙绝代诗人，隐居吴淞江上，惟以养鸭为乐，亦世之高士。此二人立祠，正当其理。范蠡乃越国之上卿，因献西施于吴王夫差，就中取事，破了吴国。后见越王义薄，扁舟遨游五湖，自号鸱夷子。此人虽贤，乃吴国之仇人，如何于此受人享祭？"老人曰："前人所建，不知何意。"李元于老人处借笔砚，题诗一绝于壁间，以明鸱夷子不可于此受享。诗曰："地灵人杰夸张陆，共预清祠事可宜。千载难消亡国恨，不应此地着鸱夷。"题罢，还了老人笔砚，相辞出门。见数个小孩儿，用竹杖于深草中戏打小蛇。李元近前视之，见小蛇生得奇异：金眼黄口，赭身锦鳞，体如珊瑚之状；腮下有绿毛，可长寸余。其蛇长尺余，如瘦竹之形。元见尚有游气，慌忙止住小童："休打，我与你铜钱百文，可将小蛇放了，卖与我。"小童簇定要钱。李元将朱蛇用衫袖包裹，引小童到船边，与了铜钱自去。唤王安开书箱，取艾叶煎汤，少等温，贮于盘中，将小蛇洗去污血。命梢公开船，远望岸上草木茂盛之处，急无人到，就那里将朱蛇放了。蛇乃回头数次，看着李元。元曰："李元今日放了你，可于僻静去处躲避，休再教人见。"朱蛇游入水中，穿波底而去。

李元令移舟望杭州而行。三日已到。拜见父亲，言讫家中之事。父问其学业，李元一一对答，父心甚喜。在衙中住了数日，李元告父曰："母亲在家，早晚无人侍奉；儿欲归家，就赴春选。"父乃收拾俸余之资，买些土物，令元回乡，又令王安送归。行李已搬下船，拜辞父亲，与王安二人离了杭州。出东新桥官塘大路，过长安坝，至嘉禾，近吴江。从旧岁所观山色湖光，意中不舍。到长桥时，日已平西。李元教："暂住行舟，且观景物，宿一宵，来早去。"就桥下湾住船，上岸，独步上桥，登垂虹亭，凭阑亿目。遥望湖光潋滟，山色空濛，风定渔歌聚，波摇雁影分。正观玩间，忽见一青衣小童，进前作揖，手执名榜一纸，曰："东人有名榜在此，欲见解元，未敢擅便。"李元曰："汝东人何在？"青衣曰："在此桥左，拱听呼唤。"李元看名榜纸上一行书云："学生朱伟谨谒。"元曰："汝东人莫非误认我乎？"青衣曰："正欲见解元，安得误耶？"李元曰："我自来江左，并无相识，亦无姓朱者来往为友，多敢同姓者乎？"青衣曰："正欲见通判相公李衙内李伯元，岂有误耶？"李元曰："既然如此，必是斯文，请来相见何碍！"青衣去不多时，引一秀才至，眉清目秀，齿白唇红，飘飘然有凌云之气。那秀才见李元，先拜，元慌忙答礼。朱秀才曰："家尊与令祖相识甚厚，闻先生自杭而回，特命学生伺候已久。倘蒙不弃，少屈文旆至舍下，与家尊略叙旧谊，可乎？"李元曰："元年幼，不知先祖与君家有旧，失于拜望，幸乞恕察。"朱秀才曰："蜗居只在咫尺，幸勿见却。"

　　李元见朱秀才坚意叩请，乃随秀才出垂虹亭。至长桥尽处，柳阴之中，泊一画舫，上有数人，容貌魁梧，衣装鲜丽。邀元下船，见船内五彩装画，裀褥铺设皆极富贵。元早惊异。朱秀才教开船，从者荡桨，舟去如飞，两边搅起浪花，如雪飞舞。须臾之间，船已到岸，朱秀才请李元上岸。元见一带松柏，亭亭如盖，沙草滩头，摆列着紫衫银带，约二十余人，两乘紫藤兜轿。李元问曰："此公吏何府第之使也？"朱秀才曰："此家尊之所使也。请上轿，咫尺便是。"李元惊惑之甚，不得已上轿，左右呵喝入松林。行不一里，见一所宫殿，背靠青山，面朝绿水。水上一桥，桥上列花石栏干。宫殿上盖琉璃瓦，两廊下皆捣红泥墙壁。朱门三座，上有金字牌，题曰"玉华之宫"。轿至宫门，请下轿。李元不敢挪步，战栗不已。宫门内有两人出迎，皆头顶貂蝉冠，身披紫罗襕，腰系黄金带，手执花纹简，进前施礼，请曰："王上有命，谨请解元。"李元半晌不能对答。朱秀才在侧曰："吾父有请，慎勿惊疑。"李元曰："此何处也？"秀才曰："先生到殿上便知也。"李元勉强随二臣宰行，从东廊历阶而进。上月台，见数十个人皆锦衣，簇拥一老者出殿上。其人蝉冠大袖，朱履长裾，手执玉圭，进前迎迓。李元慌忙下拜，王者命左右扶起。王曰："坐邀文旆，甚非所宜，幸沐来临，万乞情恕。"李元但只唯唯答应而已。左右迎引入殿，王升御座，左手下设一绣墩，请解元登席。元再拜于地曰："布衣寒生，王上御前，安敢恃坐？"王曰："解元于吾家有大恩，今令长男邀请至此，坐之何碍？"二臣宰请曰："王上敬礼，先生勿辞。"李元再三推却，不得已，低首躬身，坐于绣墩。王乃唤："小儿，来拜恩人。"少顷，屏风后宫女数人，拥一郎君至。头戴小冠，身穿绛衣，腰系玉带，足蹑花靴，面如傅粉，唇似涂脂，立于王侧。王曰："小儿外日游于水际，不幸为顽童所获；若非解元一力救之，则身为齑粉矣。众族感戴，未尝忘报。今既至此，吾儿可拜谢之。"小郎君近前，下拜。李元慌忙答礼。王曰："君是吾儿之大恩人也，可受礼。"命左右扶定，令儿拜讫。

　　李元仰视王者，满面虬髯，目有神光；左右之人，形容皆异；方悟此处是水府龙宫。所见者，龙君也；傍立年少郎君，即向日三高士祠后所救之小蛇也。元慌忙稽颡，拜于阶下。王起身曰："此非待恩人处，请入宫殿后，少进杯酌之礼。"李元随王转玉屏，花砖之上，皆铺绣褥，两傍皆绷锦步障，出殿后，转行廊，至一偏殿。但见金碧交辉，内列龙灯凤烛，玉炉喷沉麝之香，绣幕飘流苏之带。中设二座，皆是蛟绡拥护。李元惊怕而不敢坐，王命左右扶李元上座。两边仙音缭绕，数十美女，各执乐器，依次而入。前面执宝杯盘进酒献果者，皆绝色美女。但闻异香馥郁，瑞气氤氲，李元不知手足所措，如醉如痴。王命二子进酒，二子皆捧觞再拜。台上果卓，贮目观之，器皿皆是玻璃、水晶、琥珀、玛瑙为之，曲尽巧妙，非人间所有。王自起身与李元劝酒，其味甚佳，肴馔极多，不知何物。王令诸宰臣轮次举杯相劝，李元不觉大醉，起身拜王曰："臣实不胜酒矣。"俯伏在地而不能起。王命侍从扶出殿外，送至客馆安歇。

李元酒醒，红日已透窗前。惊起视之，房内床榻帐幔，皆是蛟绡围绕。从人安排洗漱已毕，见夜来朱秀才来房内相邀。并不穿世之儒服，裹球头帽，穿绛绡袍，玉带皂靴；从者各执斧钺。李元曰："夜来大醉，甚失礼仪。"朱伟曰："无可相款，幸乞情恕。父王久等，请恩人到偏殿进膳。"引李元见王。曰："解元且宽心怀，住数日去亦不迟。"李元再拜曰："荷王上厚意。家尊令李元归乡侍母，就赴春选，日已逼近。更兼仆人久等不见，必忧；倘回杭报父得知，必生远虑。因此不敢久留，只此告退。"王曰："既解元要去，不敢久留。虽有纤粟之物，不足以报大恩，但欲者当一一奉纳。"李元曰："安敢过望？平生但得称心足矣。"王笑曰："解元既欲吾女为妻，敢不奉命？但三载后，须当复回。"王乃传言，唤出称心女子来。须臾，众侍女簇拥一美女至前。元乃偷眼视之，雾鬓云鬟，柳眉星眼，有倾国倾城之貌，沉鱼落雁之容。王指此女曰："此是吾女称心也。君既求之，愿奉箕帚。"李元拜于地曰："臣所欲称心者，但得一举登科，以称此心，岂敢望天女为配偶耶？"王曰："此女小名称心，既以许君，不可悔矣。若欲登科，只问此女，亦可办也。"王乃唤朱伟："送此妹与解元同去。"李元再拜谢。

朱伟引李元出宫，同到船边，见女子已改素妆，先在船内。朱伟曰："尘世阻隔，不及亲送，万乞保重。"李元曰："君父王何贤圣也？愿乞姓名。"朱伟曰："吾父乃西海群龙之长，多立功德。奉玉帝敕命，令守此处。幸得水洁波澄，足可荣吾子孙。君此去，切不可泄漏天机，恐遭大祸；吾妹处亦不可问，仔细。"元拱手听罢，作别上船，朱伟又将金珠一包相送。但耳畔闻风雨之声，不觉到长桥边。从人送女子并李元登岸，与了金珠，火急开船，两桨如飞，倏忽不见。

李元似梦中方觉，回观女子在侧，惊喜。元语女子曰："汝父令汝与我为夫妇，你还随我去否？"女子曰："妾奉王命，令吾侍奉箕帚，但不可以告家中人。若泄漏，则妾不能久住矣。"李元引女子同至船边，仆人王安惊疑，接入舟中曰："东人一夜不回，小人何处不寻？竟不知所在。"李元曰："吾见一友人，邀于湖上饮酒，就以此女与我为妇。"王安不敢细问情由。请女子下船，将金珠藏于囊中，收拾行船。

一路涉河渡坝，看看来到陈州。升堂参见老母，说罢父亲之事，跪而告曰："儿在途中娶得一妇，不曾得父母之命，不敢参见。"母曰："男婚女聘，古之礼也。你既娶妇，何不领归？"母命引称心女子拜见老母，合家大喜。自搬回家，不过数日，已近试期。李元见称心女子聪明智慧，无有不通，乃问曰："前者汝父曾言，若欲登科，必问于汝。来朝吾入试院，你有何见识教我？"女子曰："今晚吾先取试题，汝在家中先做了文章，来日依本去写。"李元曰："如此甚妙。此题目从何而得？"女子曰："吾闭目作用，慎勿窥戏。"李元未信。女子归房，坚闭其门。但闻一阵风起，帘幕皆卷。约有更余，女子开户而出，手执试题与元。元大喜，恣意检本，做就文章。来日入院，果是此题，一挥而出。后日亦如此，连三场皆是女子飞身入院，盗其题目。待至开榜，李元果中高科。初任江州金判，闾里作贺，走马上任。一年，改除奏院。三年任满，除江南吴江县令。引称心女子，并仆从五人，辞父母来本处之任。

到任上不数日，称心女子忽一日辞李元曰："三载之前，为因小弟蒙君救命之恩，父母教奉箕帚。今已过期，即当辞去，君宜保重。"李元不舍，欲向前拥抱，被一阵狂风，女子已飞于门外，足底生云，冉冉腾空而去。李元仰面大哭。女子曰："君勿误青春，别寻佳配。官至尚书，可宜退步。妾若不回，必遭重责。聊有小诗，永为表记。"空中飞下花笺一幅，有诗云："三载酬恩已称心，妾身归去莫沉吟。玉华宫内浪埋雪，明月满天何处寻？"李元终日悒怏。后三年官满，回到陈州。除秘书，王丞相招为婿，累官至吏部尚书。直至如今，吴江西门外有龙王庙尚存，乃李元旧日所立。有诗云："昔时柳毅传书信，今日李元逢称心。恻隐仁慈行善事，自然天降福星临。"

第三十五卷　简帖僧巧骗皇甫妻

白苎轻衫入嫩凉，春蚕食叶响长廊。禹门已准桃花浪，月殿先收桂子香。　鹏北海，凤朝阳，又携书剑路茫茫。明知此日登云去，却笑人间举子忙。

长安京北有一座县，唤做咸阳县，离长安四十五里。一个官人，覆姓宇文，名绶，离了咸阳县，来长安赶试，一连三番试不遇。有个浑家王氏，见丈夫试不中归来，把覆姓为题，做一个词儿嘲笑丈夫，名唤做《望江南》词，道是："公孙恨，端木笔俱收。枉念西门分手处，闻人寄信约深秋，拓拔泪交流。宇文弃，闷驾独孤舟。不望手勾龙虎榜，慕容颜好一齐休，甘分守闾丘。"

那王氏意不尽，看着丈夫，又做四句诗儿："良人得意负奇才，何事年年被放回？君面从今羞妾面，此番归后夜间来。"

宇文解元从此发愤道："试不中，定是不回。"到得来年，一举成名了，只在长安住，不肯归去。浑家王氏见丈夫不归，理会得道："我曾作诗嘲他，可知道不归。"修一封书，叫当直王吉来，"你与我将这书去，四十五里，把与官人。"书中前面略叙寒暄，后面做只词儿，名唤《南柯子》。词道："鹊喜噪晨树，灯开半夜花。果然音信到天涯，报道玉郎登第出京华。旧恨消眉黛，新欢上脸霞。从前都是误疑他，将谓经年狂荡不归家。"这词后面，又写四句诗道："长安此去无多地，郁郁葱葱佳气浮。良人得意正年少，今夜醉眠何处楼？"

宇文绶接得书，展开看，读了词，看罢诗，道："你前回做诗，教我从今归后夜间来；我今试遇了，却要我回。"就旅邸中取出文房四宝，做了只曲儿，唤做《踏莎行》："足蹑云梯，手攀仙桂，姓名高挂登科记。马前喝道状元来，金鞍玉勒成行缀。宴罢归来，恣游花市，此时方显平生志。修书速报凤楼人，这回好个风流婿。"做毕这词，取张花笺，折叠成书，待要写了，付与浑家。正研墨，觉得手重，惹翻砚，水滴儿打湿了纸。再把一张纸折叠了，写成一封家书，付与当直王吉，教分付家中孺人："我今在长安试遇了，到夜归来。急去传与孺人，不到夜，我不归来。"王吉接得书，唱了喏，四十五里田地，直到家中。

话里且说宇文绶发了这封家书，当日天晚，客店中无甚的事，便去睡。方才朦胧睡着，梦见归去到咸阳县家中，见当直王吉在门前一壁脱下草鞋洗脚。宇文绶问道："王吉，你早归了？"再四问他不应。宇文绶焦躁，抬起头来看时，见浑家王氏，把着蜡烛入去房里。宇文绶赶上来，叫："孺人，我归了。"浑家不采他。又说一声，浑家又不采。宇文绶不知身是梦里，随浑家入房去。看这王氏放烛在卓子上，取早间这一封书，头上取下金篦儿，一剔剔开封皮。看时，却是一幅白纸。浑家含笑，就烛下把起笔来，于白纸上写了四句："碧纱窗下启缄封，一纸从头彻底空。知汝欲归情意切，相思尽在不言中。"写毕，换个封皮，再来封了。那浑家把金篦儿去剔那烛烬，一剔剔在宇文绶脸上，吃了一惊，撇然睡觉。却在客店里床上睡，烛犹未灭。卓子上看时，果然错封了一幅白纸归去。取一幅纸，写这四句诗。到得明日早饭后，王吉把那封回书来，拆开看时，里面写着四句诗，便是夜来梦里见那浑家做的一般。当便安排行李，即时回家去。这便唤做"错封书"，下来说的便是"错下书"。

有个官人，夫妻两口儿正在家坐地，一个人送封简帖儿来与他浑家。只因这封简帖儿，变出一本跷蹊作怪的小说来。正是：尘随马足何年尽？事系人心早晚休。有《鹧鸪词》一首，单道着佳人："淡画眉儿斜插梳，不欢拈弄绣工夫。云窗雾阁深深处，静拂云笺学草书。多艳丽，更清姝，神仙标格

259

世间无。当时只说梅花似，细看梅花却不如。"

东京汴州开封府枣槊巷里，有个官人，覆姓皇甫，单名松，本身是左班殿直，年二十六岁。有个妻子杨氏，年二十四岁。一个十三岁的丫鬟，名唤迎儿。只这三口，别无亲戚。当时皇甫殿直官差去押衣袄上边，回来是年节了。这枣槊巷口一个小小的茶坊，开茶坊的唤做王二。当日茶市已罢，已是日中，只见一个官人入来。那官人生得浓眉毛，大眼睛，蹶鼻子，略绰口。头上裹一顶高样大桶子头巾，着一领大宽袖斜襟褙子；下面衬贴衣裳，甜鞋净袜。入来茶坊里坐下。开茶坊的王二拿着茶盏进前，唱喏奉茶。那官人接茶吃罢，看着王二道："少借这里等个人。"王二道："不妨。"等多时，只见一个男女，名叫僧儿，托个盘儿，口中叫："卖鹌鹑馉饳儿！"官人把手打招，叫："买馉饳儿。"僧儿见叫，托盘儿入茶坊内，放在卓上。将条篯黄穿那馉饳儿，捏些盐放在官人面前，道："官人，吃馉饳儿。"官人道："我吃。先烦你一件事。"僧儿道："不知要做什么？"那官人指着枣槊巷里第四家，问僧儿："认得这人家么？"僧儿道："认得，那里是皇甫殿直家里。殿直押衣袄上边，方才回家。"官人问道："他家有几口？"僧儿道："只是殿直，一个小娘子，一个小养娘。"官人道："你认得那小娘子也不？"僧儿道："小娘子寻常不出帘儿外面。有时叫僧儿买馉饳儿，常去，认得。问他做甚么？"

官人去腰里取下版金线篯儿，抖下五十来钱，安在僧儿盘子里。僧儿见了，可煞喜欢，叉手不离方寸："告官人，有何使令？"官人道："我相烦你则个。"袖中取出一张白纸，包着一对落索环儿，两只短金钗子，一个简帖儿，付与僧儿，道："这三物事，烦你送去适间问的小娘子。你见殿直，不要送与他。见小娘子时，你只道官人再三传语：'将这三件物来与小娘子，万望笑留。'你便去。我只在这里等你回报。"

那僧儿接了三件物事，把盘子寄在王二茶

坊柜上，僧儿托着三件物事，入枣槊巷来。到皇甫殿直门前，把青竹帘掀起，探一探。当时皇甫殿直正在前面交椅上坐地，只见卖馉饳儿的小厮掀起帘子，猖猖狂狂，探了一探，便走。皇甫殿直看着那厮，震威一喝，便是：当阳桥上张飞勇，一喝曹公百万兵。喝那厮一声，问道："做什么？"那厮不顾便走。皇甫殿直拽开脚，两步赶上，捽那厮回来，问道："甚意思？看我一看了便走。"那厮道："一个官人，教我把三件物事与小娘子，不教把来与你。"殿直问道："什么物事？"那厮道："你莫问，不要把与你。"皇甫殿直捻得拳头没缝，去顶门上屑那厮一暴，道："好好的把出来教我看！"那厮吃了一暴，只得怀里取出一个纸裹儿，口里兀自道："教我把与小娘子，又不教把与你，你却打我则甚？"皇甫殿直劈手夺了纸包儿，打开看，里面一对落索环儿，一双短金钗，一个简帖儿。皇甫殿直接得三件物事，拆开简帖，看时："某惶恐再拜，上启小娘子妆前：即日孟春初时，恭惟懿处，起居万福。某外日荷蒙持杯之款，深切仰思，未尝少替。某偶以薄干，不及亲诣；聊有小词，名《诉衷情》，以代面禀，伏乞懿览。词道是：知伊夫婿上边回，懊恼碎情杯。落索环儿一对，简子与金钗。伊收取，莫疑猜，且开怀。自从别后，孤帏冷落，独守书斋。"

皇甫殿直看了简帖儿，劈开眉下眼，咬碎口中牙，问僧儿道："谁教你把来？"僧儿用手指着巷口王二哥茶坊里道："有个粗眉毛、大眼睛、蹶鼻子、略绰口的官人，教我把来与小娘子，不教我把与你。"皇甫殿直一只手捽住僧儿狗毛，出这枣槊巷，径奔王二哥茶坊前来。僧儿指着茶坊道："恰才在这里面打的床铺上坐地的官人，教我把来与小娘子，又不教把与你，你却打我！"皇甫殿直见茶坊没人，骂声："鬼话！"再捽僧儿回来，不由开茶坊的王二分说。当时到家里，殿直把门来关上，搋来搋去，吓得僧儿战做一团。殿直从里面叫出二十四岁花枝也似浑家出来，道："你且看这件物事！"那小娘子又不知上件因依，去交椅上坐地。殿直把那简帖儿和两件物事度与浑家看。那妇人看着简帖儿上言语，也没理会处。殿直道："你见我三个月日押衣袄上边，不知和甚人在家中吃酒？"小娘子道："我和你从小夫妻，你去后，何曾有人和我吃酒？"殿直道："既没人，这三件物从那里来？"小娘子道："我怎知？"殿直左手指，右手举，一个漏风掌打将去。小娘子则叫得一声，掩着面哭将入去。

皇甫殿直再叫将十三岁迎儿出来。去壁上取下一把箭簳子竹来，放在地上，叫过迎儿来。看着迎儿，生得：短胳膊，琵琶腿；劈得柴，打得水；会吃饭，能窝屎。皇甫松去衣架上取下一条绦来，把妮子缚了两只手，掉过屋梁去，直下打一抽，吊将妮子起去。拿起箭簳子竹来，问那妮子道："我出去三个月，小娘子在家中和甚人吃酒？"妮子道："不曾有人。"皇甫殿直拿起箭簳子竹，去妮子腿下便捽，捽得妮子杀猪也似叫。又问又打，那妮子吃不得打，口中道出一句来："三个月殿直出去，小娘子夜夜和个人睡。"

皇甫殿直道："好也！"放下妮子来，解了绦，道："你且来，我问你，是和兀谁睡？"那妮子揩着眼泪道："告殿直，实不敢相瞒，自从殿直出去后，小娘子夜夜和个人睡，不是别人，却是和迎儿睡。"皇甫殿直道："这妮子，却不弄我？"喝将过去。

　　带一管锁，走出门去，拽上那门，把锁锁了。走去转湾巷口，叫将四个人来，是本地方所由，如今叫做"连手"，又叫做"巡军"：张千、李万、董超、薛霸四人。来到门前，用钥匙开了锁，推开门，从里面扯出卖馉饳的僧儿来，道："烦上名收领这厮。"四人道："父母官使令，领台旨。"殿直道："未要去，还有人哩。"从里面叫出十三岁的迎儿和二十四岁花枝的浑家，道："和他都领去。"四人唱喏道："告父母官，小人怎敢收领孺人？"殿直发怒道："你们不敢领他？这件事干人命！"吓倒四个所由，只得领小娘子和迎儿并卖馉饳的僧儿三个同去，解到开封钱大尹厅下。

　　皇甫殿直就厅下唱了大尹喏，把那简帖儿呈覆了。钱大尹看罢，即时教押下一个所属去处，叫将山前行山定来。当时山定承了这件文字，叫僧儿问时，应道："则是茶坊里见个粗眉毛、大眼睛、蹶鼻子、略绰口的官人，他把这封简子来与小娘子。打杀也只是恁地供招。"问这迎儿，迎儿道："即不曾有人来同小娘子吃酒，亦不知付简帖儿来的是何人。打杀也只是恁地供招。"却待问小娘子，小娘子道："自从少年夫妻，都无一个亲戚往来，只有夫妻二人，亦不知把简帖儿来的是何等人。"山前行山定看着小娘子："生得恁地瘦弱，怎禁得打勘？怎地讯问他？"从里面交拐将过来两个狱卒，押出一个罪人来。看这罪人时：面长皱轮骨，胲生渗癞腮，犹如行病鬼，到处降人灾。这罪人原是个强盗头儿，绰号"静山大王"。小娘子见这罪人，把两只手掩着面，那里敢开眼？山前行喝着狱卒道："还不与我施行！"狱卒把枷梢一纽，枷梢在上，罪人头向下，拿起把荆子来，打得杀猪也似叫。山前行问道："你曾杀人也不曾？"静山大王应道："曾杀人。"又问："曾放火不曾？"应道："曾放火。"教两个狱卒把静山大王押入牢里去。山前行回转头来，看着小娘子道："你见静山大王，吃不得几杖子，杀人放火都认了。小娘子，你有事，只好供招了。你却如何吃得这般杖子？"小娘子簌地两行泪下，道："告前行，到这里隐讳不得。觅幅纸和笔，只得与他供招。"小娘子供道："自从少年夫妻，都无一个亲戚来往，即不知把简帖儿来的是甚色样人。如今看要侍儿吃甚罪名，皆出赐大尹笔下。"便怎么说，五回三次问他，供说得一同。

　　似此三日，山前行正在州衙门前立，倒断不下。猛抬头看时，却见皇甫殿直在面前相揖，问及这件事："如何三日理会这件事不下？莫是接了寄简帖的人钱物，故意不与决这件公事？"山前行听得，道："殿直，如今台意要如何？"皇甫松道："只是要休离了。"当日，山前行入州衙里，到晚衙，把这件文字呈了钱大尹。大尹叫将皇甫殿直来，当厅问道："捉贼见赃，捉奸见双。又无证见，如何断得他罪？"皇甫松告钱大尹："松如今不愿同妻子归去，情愿当官休了。"大尹台判："听从夫便。"殿直自归。僧儿、迎儿喝出，各自归去。

只有小娘子见丈夫不要他，把他休了，哭出州衙门来，口中自道："丈夫又不要我，又没一个亲戚投奔，教我那里安身？不若我自寻个死休。"至天汉州桥，看着金水银堤汴河，恰待要跳将下去。则见后面一个人，把小娘子衣裳一搂搂住。回转头来看时，恰是一个婆婆。生得：眉分两道雪，鬓挽一窝丝。眼昏一似秋水微浑，发白不若楚山云淡。婆婆道："孩儿，你却没事寻死做甚么？你认得我也不？"小娘子道："不识婆婆。"婆婆道："我是你姑姑。自从你嫁了老公，我家寒，攀陪你不着，到今不来往。我前日听得你与丈夫官司，我日逐在这里伺候。今日听得道休离了，你要投水做甚么？"小娘子道："我上无片瓦，下无立锥，丈夫又不要我，又无亲戚投奔，不死更待何时？"婆婆道："如今且同你去姑姑家里，看后如何。"妇女自思量道："这婆子，知他是我姑姑也不是，我如今没投奔处，且只得随他去了，却再理会。"即时随这姑姑家去。看时，家里莫甚么活计，却好一个房舍，也有粉青帐儿，有交椅、卓凳之类。

在这姑姑家里过了两三日。当日方才吃罢饭，则听得外面一个官人，高声大气叫道："婆子，你把我物事去卖了，如何不把钱来还？"那婆子听得叫，失张失志，出去迎接来叫的官人，请入来坐地。小娘子着眼看时，见入来的人：粗眉毛，大眼睛，蹶鼻子，略绰口。头上裹一顶高样大桶子头巾，着一领大宽袖斜襟褙子；下面衬贴衣裳，甜鞋净袜。小娘子见了，口喻心，心喻口，道："好似那僧儿说的寄简帖儿官人。"只见官人入来，便坐在凳子上，大惊小怪道："婆子，你把我三百贯钱物事去卖了，今经一个月日，不把钱来还？"婆子道："物事自卖在人头，未得钱。支得时，即便付还官人。"官人道："寻常交关钱物东西，何尝挨许多日了？讨得时，千万送来。"官人说了自去。

婆子入来，看着小娘子，籁地两行泪下，道："却是怎好？"小娘子问道："有什么事？"婆子道："这官人原是蔡州通判，姓洪，如今不做官，却卖些珠翠头面。前日一件物事教我把去卖，吃人交加了，到如今没这钱还他，怪他焦躁不得。他前日央我一件事，我又不曾与他干得。"小娘子问道："却是甚么事？"婆子道："教我讨个细人，要生得好的。若得一个似小娘子模样去嫁与他，那官人必喜欢。小娘子，你如今在这里，老公又不要你，终不然罢了？不若听姑姑说合，你去嫁了这官人，你终身不致担误，挈带姑姑也有个倚靠，不知你意如何？"小娘子沉吟半晌，不得已，只得依允。婆子去回覆了。不一日，这官人娶小娘子来家，成其夫妇。

逡巡过了一年，当年是正月初一日。皇甫殿直自从休了浑家，在家中无好况。正是：时间风火性，烧了岁寒心。自思量道："每年正月初一日，夫妻两个，双双地上本州大相国寺里烧香。我今年却独自一个，不知我浑家那里去了？"簌地两行泪下，闷闷不已。只得勉强着一领紫罗衫，手里把着银香盒，来大相国寺里烧香。到寺中烧了香，恰待出寺门，只见一个官人领着一个妇女。看那官人时，粗眉毛，大眼睛，蹶鼻子，略绰口；领着的妇女，却便是他浑家。当时丈夫看着浑家，浑家又觑着丈夫，两个四目相视，只是不敢言语。那官人同妇女两个入大相国寺里去。皇甫松在这山门头正沉吟间，见一个打香油钱的行者，正在那里打香油钱，看见这两人入去，口里道："你害得我苦，你这汉，如今却在这里！"大踏步赶入寺来。皇甫殿直见行者赶这两人，当时呼住行者道："五戒，你莫待要赶这两个人上去？"那行者道："便是，说不得我受这汉苦。到今日抬头不起，只是为他。"皇甫殿直道："你认得这个妇女么？"行者道："不识。"殿直道："便是我的浑家。"行者问："如何却随着他？"皇甫殿直把送简帖儿和休离的上件事，对行者说了一遍。行者道："却是怎地！"行者却问皇甫殿直："官人认得这个人么？"殿直道："不认得。"行者道："这汉原是州东墦台寺里一个和尚，苦行便是墦台寺里行者。我这本师，却是墦台寺里监院，手头有百十钱，剃度这厮做小师。一年已前时，这厮偷了本师二百两银器，逃走了，累我吃了好些拷打。如今赶出寺来，没讨饭吃处。罪过这大相国寺里知寺厮认，留苦行在此间打化香油钱。今日撞见这厮，却怎地休得！"方才说罢，只见这和尚将着他浑家，从寺廊下出来。行者牵衣拔步，却待去摔这厮，皇甫殿直扯住行者，闪那身已在山门一壁，道："且不要摔他，我和你尾这厮去，看那里着落，却与他官司。"两个后地尾将来。

话分两头。且说那妇人见了丈夫，眼泪汪汪，入去大相国寺里烧了香出来。这汉一路上却问这妇人道："小娘子，如何你见了丈夫便眼泪出？我不容易得你来。我当初从你门前过，见你在帘子下立地，见你生得好，有心在你处。今日得你做夫妻，也非通容易。"两个说来说去，恰到家中门前。入门去，那妇人问道："当初这个简帖儿，却是兀谁把来？"这汉道："好教你得知，便是我教卖馉饳的僧儿把来你的。你丈夫中了我计，真个便把你休了。"妇人听得说，摔住那汉，叫声屈，不知高低。那汉见那妇人叫将起来，却慌了，就把只手去克着他脖项，指望坏他性命。外面皇甫殿直和行者尾着他两人，来到门首，见他们入去，听得里面大惊小怪，抢将入去看时，见克着他浑家，阏阏性命。皇甫殿直和这行者两个，即时把这汉来捉了，解到开封府钱大尹厅下。

这钱大尹是谁？出则壮士携鞭，入则佳人捧臂。世世靴踪不断，子孙出入金门。他是两浙钱王子，吴越国王孙。大尹升厅，把这件事解到厅下。皇甫殿直和这浑家把前面说过的话，对钱大尹历历从头说了一遍。钱大尹大怒，教左右索长枷把和尚枷了，当厅讯一百腿花，押下左司理院，教尽情根勘这件公事。勘正了，皇甫松责领浑家归去，再成夫妻；行者当厅给赏。和尚大情小节，一一都认了：不合设谋奸骗，后来又不合谋害这妇人性命。

准杂犯断，合重杖处死。这婆子不合假妆姑姑，同谋不首，亦合编管邻州。当日推出这和尚来，一个书会先生看见，就法场上做了一只曲儿，唤做《南乡子》："怎见一僧人，犯滥铺摸受典刑。案款已成招状了，遭刑，棒杀髡囚示万民。　　沿路众人听，犹念高王观世音。护法喜神齐合掌，低声，果谓金刚不坏身？"

> 钱如流水去还来，恤寡周贫莫吝财。
> 试览石家金谷地，于今荆棘昔楼台。

话说晋朝有一人，姓石名崇，字季伦。当时未发迹时，专一在大江中驾一小船，只用弓箭射鱼为生。忽一日，至三更，有人扣船言曰："季伦救吾则个！"石崇听得，随即推篷；探头看时，只见月色满天，照着水面，月光之下，水面上立着一个年老之人。石崇问老人："有何事故，夜间相恳？"老人又言："相救则个！"石崇当时就令老人上船，问："有何缘故？"老人答曰："吾非人也，吾乃上江老龙王。年老力衰，今被下江小龙欺我年老，与吾斗敌，累输与他，老拙无安身之地。又约我明日大战，战时，又要输与他。今特来求季伦：明日午时，弯弓在江面上。江中两个大鱼相战，前走者是我，后赶者乃是小龙。但望君借一臂之力，可将后赶大鱼，一箭坏了小龙性命，老拙自当厚报重恩。"石崇听罢，谨领其命。那老人相别而回，涌身一跳，入水而去。

石崇至明日午时，备下弓箭。果然将傍午时，只见大江水面上，有二大鱼追赶将来。石崇扣上弓箭，望着后面大鱼，风地一箭，正中那大鱼腹上。但见满江红水，其大鱼死于江上。此时风浪俱息，并无他事。夜至三更，又见老人扣船来谢道："蒙君大恩，今得安迹。来日午时，你可将船泊于蒋山脚下南岸第七株杨柳树下相候，当有重报。"言罢而去。石崇明日依言，将船去蒋山脚下杨柳树边相候。只见水面上有鬼使三人出，把船推将去。不多时船回，满载金、银、珠、玉等物。又见老人出水与石崇曰："如君再要珍珠宝贝，可将空船来此，相候取物。"相别而去。

这石崇每每将船于柳树下等，便是一船珍宝。因致敌国之富。将宝玩买嘱权贵，累升至太尉之职，真是富贵两全。遂买一所大宅于城中，宅后造金谷园，园中亭台楼馆。用六斛大明珠，买得一妾，名曰绿珠。又置偏房姨奶侍婢，朝欢暮乐，极其富贵。结识朝臣国戚。宅中有十里锦帐，天上人间，无比奢华。

忽一日排筵，独请国舅王恺，这人姐姐是当朝皇后，石崇与王恺饮酒半酣，石崇唤绿珠出来劝酒，端的十分美貌。王恺一见绿珠，喜不自胜，便有奸淫之意。石崇相待宴罢，王恺谢了自回，心中思慕绿珠之色，不能勾得会。王恺常与石崇斗宝，王恺宝物不及石崇，因此阴怀毒心，要害石崇。每每受石崇厚待，无因为之。忽一日，皇后宣王恺入内御宴。王恺见了姐姐，就流泪告言："城中有一财主富室，家财巨万，宝贝奇珍，言不可尽。每每请弟设宴斗宝，百不及他一二。姐姐可怜，与弟弟争口气，于内库内那借奇宝，赛他则个。"皇后见弟如此说，遂召掌内库的太监，内库中借他镇库之宝，乃是一株大珊瑚树，长三尺八寸。不曾启奏天子，令人扛抬往王恺之宅。

王恺谢了姐姐，便回府用蜀锦做重罩罩了。翌日，广设珍羞美馔，使人移在金谷园中，请石崇会宴。先令人扛抬珊瑚树去园上开空闲阁子里安了。王恺与石崇饮酒半酣，王恺道："我有一宝，可请一观，勿笑为幸。"石崇教去了锦袱，看着微笑，用杖一击，打为粉碎。王恺大惊，叫苦连天道："此是朝廷内库中镇库之宝，自你赛我不过，心怀妒恨，将来打碎了，如何是好？"石崇大笑道："国舅休虑，此亦未为至宝。"石崇请王恺到后园中看珊瑚树，大小三十余株，有长至七八尺者。内一株，一般三尺八寸，遂取来赔王恺填库。更取一株长大的，送与王恺。

王恺羞惭而退，自思："国中之宝，敌不得他过！"遂乃生计嫉妒。一日，王恺朝于天子，奏道："城中有一富豪之家，姓石名崇，官居太尉。家中敌国之富，奢华受用，虽我王不能及他快乐。若不早除，恐生不测。"天子准奏，口传圣旨，便差驾上人去捉拿太尉石崇下狱，将石崇应有家资，皆没入官。王恺心中只要图谋绿珠为妾，使兵围绕其宅，欲夺之。绿珠自思道："丈夫被他诬害性命，不知存亡。今日强要夺我，怎肯随他？虽死不受其辱！"言讫，遂于金谷园中坠楼而死。深可悯哉！王恺闻之大怒，将石崇戮于市曹。石崇临受刑时，叹曰："汝辈利吾家财耳。"刽子曰："你既知财多害己，何不早散之？"石崇无言可答，挺颈受刑。胡曾先生有诗曰："一自佳人坠玉楼，晋家宫阙古今愁。惟余金谷园中树，已向斜阳叹白头。"

方才说石崇因富得祸，是夸财炫色，遇了王恺国舅这个对头。如今再说一个富家，安分守己，并不惹事生非；只为一点悭吝未除，便弄出非常大事，变做一段有笑声的小说。这富家姓甚名谁？听我道来：这富家姓张，名富，家住东京开封府，积祖开质库，有名唤做张员外。这员外有件毛病，要去那：虱子背上抽筋，鹭鸶腿上割股，古佛脸上剥金，黑豆皮上刮漆，痰唾留着点灯，捋松将来炒菜。这个员外平日发下四条大愿：一愿衣裳不破，二愿吃食不消，三愿拾得物事，四愿夜梦鬼交。是个一文不使的真苦人。他还地上拾得一文钱，把来磨做镜儿，捍做磬儿，掐做锯儿，叫声"我儿"，做个嘴儿，

喻世明言·彩绘版

放入篚儿。人见他一文不使，起他一个异名，唤做"禁魂张员外"。

当日是日中前后，员外自入去里面，白汤泡冷饭吃点心；两个主管在门前数见钱。只见一个汉，浑身赤膊，一身锦片也似文字，下面熟白绢裈拽扎着；手把着个笊篱，觑着张员外家里，唱个大喏了教化。口里道："持绳把索，为客周全。"主管见员外不在门前，把两文撇在他笊篱里。张员外恰在水瓜心布帘后望见，走将出来道："好也，主管，你做甚么把两文撇与他？一日两文，千日便两贯。"大步向前，赶上捉笊篱的，打一夺，把他一笊篱钱都倾在钱堆里，却教众当直打他一顿。路行人看见，也不忿。那捉笊篱的哥哥吃打了，又不敢和他争，在门前指着了骂。只见一个人叫道："哥哥，你来，我与你说句话。"捉笊篱的回过头来，看那个人，却是狱家院子打扮一个老儿。两个唱了喏，老儿道："哥哥，这禁魂张员外，不近道理，不要共他争，我与你二两银子，你一文价卖生萝卜，也是经纪人。"捉笊篱的得了银子，唱喏自去。不在话下。

那老儿是郑州泰宁军人，姓宋，排行第四，人叫他做宋四公，是小番子闲汉。宋四公夜至三更前后，向金梁桥上，四文钱买两只焦酸馅，揣在怀里，走到禁魂张员外门前。路上没一个人行，月又黑。宋四公取出蹊跷作怪的动使，一挂挂在屋檐上；从上面打一盘盘在屋上，从天井里一跳跳将下去。两边是廊屋，去侧首见一碗灯。听着里面时，只听得有个妇女声道："你看三哥，怎么早晚，兀自未来。"宋四公道："我理会得了，这妇女必是约人在此私通。"看那妇女时，生得：黑丝丝的发儿，白莹莹的额儿，翠弯弯的眉儿，溜度度的眼儿，正隆隆的鼻儿，红艳艳的腮儿，香喷喷的口儿，平坦坦的胸儿，白堆堆的奶儿，玉纤纤的手儿，细袅袅的腰儿，弓弯弯的脚儿。那妇女被宋四公把两只衫袖掩了面，走将上来。妇女道："三哥，做甚么遮了脸子吓我？"被宋四公向前一挫挫住腰里，取出刀来道："悄悄地，高则声便杀了你！"那妇女颤做一团道："告公公，饶奴性命。"宋四公道："小娘子，我来这里做不是，我问你则个：他这里到上库有多少关闭？"妇女道："公公，出得奴房十来步，有个陷马坑，两只恶狗；过了，便有五个防土库的，在那里吃酒赌钱，一家当一更，便是土库；入得那土库，一个纸人，手里托着个银球，底下做着关椟子；踏着关椟子，银球脱在地下，有条合溜，直滚到员外床前；惊觉，教人捉了你。"宋四公道："却是恁地。小娘子，背后来的是你兀谁？"妇女不知是计，回过头去，被宋四公一刀，从肩头上劈将下去，见道血光倒了。那妇女被宋四公杀了。

宋四公再出房门来，行十来步，沿西手走过陷马坑，只听得两个狗子吠。宋四公怀中取出酸馅，着些个不按君臣作怪的药入在里面，觑得近了，撇向狗子身边。狗子闻得又香又软，做两口吃了，先摆番两个狗子。又行过去，只听得人喝么么六六，约莫也有五六人在那里掷骰。宋四公怀中取出一个小罐儿，安些个作怪的药在中面，把块撇火石取些火烧着，喷鼻馨香。那五个人闻得道："好香！员外日早晚兀自烧香。"只管闻来闻去，只见脚在下，头在上，一个倒了，又一个倒。看见那五个男女闻那香，一霎间都摆番了。宋四公走到五人面前，见有半掇儿吃剩的酒，也有果菜之类，被宋四公把来吃了。只见五个人眼睁睁地，只是则声不得。便走到土库门前，见一具胳膊来大三簧锁，锁着土库门。宋四公怀里取个钥匙，名唤做"百事和合"：不论大小粗细锁，都开得。把钥匙一斗，斗开了锁，走入土库里面去。入得门，一个纸人手里，托着个银球。宋四公先拿了银球，把脚踏过许多关棙子，觅了他五万贯锁赃物，都是上等金珠，包裹做一处。怀中取出一管笔来，把津唾润教湿了，去壁上写着四句言语，道："宋国逍遥汉，四海尽留名。曾上太平鼎，到处有名声。"写了这四句言语在壁上，土库也不关，取条路出那张员外门前去。宋四公思量道："梁园虽好，不是久恋之家。"连更彻夜，走归郑州去。

且说张员外家，到得明日天晓，五个男女苏醒，见土库门开着，药死两个狗子，杀死一个妇女，走去覆了员外。员外去使臣房里下了状。滕大尹差王七殿直王遵，看贼踪由。做公的看了壁上四句言语，数中一个老成的叫做周五郎周宣，说道："告观察，不是别人，是宋四。"观察道："如何见得？"周五郎周宣道："'宋国逍遥汉'，只做着上面个'宋'字；'四海尽留名'，只做着个'四'字；'曾上太平鼎'，只做着个'曾'字；'到处有名声'，只做着个'到'字。上面四字道'宋四曾到'。"王殿直道："我久闻得做道路的，有个宋四公，是郑州人氏，最高手段，今番一定是他了。"便教周五郎周宣，将带一行做公的去郑州干办宋四。

众人路上离不得饥餐渴饮，夜住晓行。到郑州，问了宋四公家里，门前开着一个小茶坊。众人入去吃茶，一个老子上灶点茶。众人道："一道请四公出来吃茶。"老子道："公公害些病，未起在，等老子入去传话。"老子走进去了。只听得宋四公里面叫起来道："我自头风发，教你买三文粥来，你兀自不肯。每日若干钱养你，讨不得替心替力，要你何用？"刮刮地把那点茶老子打了几下。只见点茶的老子，手把粥碗出来道："众上下少坐，宋四公教我买粥，吃了便来。"众人等个意休不休，买粥的也不见回来，宋四公也竟不见出来。众人不奈烦，入去他房里看时，只见缚着一个老儿。众人只道宋四公，来收他。那老儿说道："老汉是宋公点茶的，恰才把碗去买粥的，正是宋四公。"众人见说，吃了一惊，叹口气道："真个是好手。我们看不仔细，却被他瞒过了。"只得出门去赶，那里赶得着？众做公的只得四散，分头各去挨查缉获。不在话下。原来众人吃茶时，宋四公在里面听得是东京人声音，悄地打一望，又像个干办公事的模样，心上有些疑惑，故意叫骂埋怨。却把点茶老儿的儿子衣服，打换穿着；低着头，只做买粥，走将出来，因此众人不疑。

却说宋四公出得门来，自思量道："我如今却是去那里好？我有个师弟，是平江府人，姓赵，名正。曾得他信道，如今在谟县。我不如去投奔他家也罢。"
宋四公便改换色服，妆做一个狱家院子打扮，把一把扇子遮着脸，假做瞎眼，
一路上慢腾腾地，取路要来谟县。来到谟县前，见个小酒店，但见：云拂烟
笼锦旆扬，太平时节日舒长。能添壮士英雄胆，会解佳人愁闷肠。三尺晓垂
杨柳岸，一竿斜刺杏花傍。男儿未遂平生志，且乐高歌入醉乡。宋四公觉得
肚中饥馁，入那酒店去买些个酒吃。酒保安排将酒来，宋四公吃了三两杯酒，
只见一个精致致的后生，走入酒店来。看那人时，却是如何打扮？砖顶背
系带头巾，皂罗文武带背儿；下面宽口裤，侧面丝鞋。叫道："公公拜揖。"
宋四公抬头看时，不是别人，便是他师弟赵正。宋四公人面前，不敢师父师
弟厮叫，只道："官人少坐。"赵正和宋四公叙了间阔就坐，教酒保添只盏
来筛酒。吃了一杯，赵正却低低地问道："师父，一向疏阔。"宋四公道："二
哥，几时有道路也没？"赵正道："是道路却也自有，都只把来风花雪月使了。
闻知师父入东京去，得拳道路。"宋四公道："也没甚么，只有得个四五万钱。"
又问赵正道："二哥，你如今那里去？"赵正道："师父，我要上东京闲走一遭，
一道赏玩则个，归平江府去做话说。"

　　宋四公道："二哥，你去不得！"赵正道："我如何上东京不得？"宋
四公道："有三件事，你去不得。第一，你是浙右人，不知东京事，行院少

有认得你的，你去投奔阿谁？第二，东京百八十里罗城，唤做‘卧牛城’。我们只是草寇，常言：‘草入牛口，其命不久。’第三，是东京有五千个眼明手快做公的人，有三都捉事使臣。”赵正道："这三件事，都不妨！师父你只放心，赵正也不到得胡乱吃输。”宋四公道："二哥，你不信我口，要去东京时，我觅得禁魂张员外的一包儿细软，我将归客店里去，安在头边，枕着头。你觅得我的时，你便去上东京。”赵正道："师父，怎地时不妨。”两个说罢，宋四公还了酒钱，将着赵正归客店里。店小二见宋四公将着一个官人归来，唱了喏。赵正同宋四公入房里走一遭，道了安置，赵正自去。

当下天色晚，如何见得？暮烟迷远岫，薄雾卷晴空。群星共皓月争光，远水与山光斗碧。深林古寺，数声钟韵悠扬；曲岸小舟，几点渔灯明灭。枝上子规啼夜月，花间粉蝶宿芳丛。宋四公见天色晚，自思量道："赵正这汉手高，我做他师父，若还真个吃他觅了这般细软，吃好人笑，不如早睡。”宋四公却待要睡，又怕吃赵正来后如何，且只把一包细软安放头边，就床上掩卧。只听得屋梁上知知兹兹地叫，宋四公道："作怪，未曾起更，老鼠便出来打闹人。”仰面向梁上看时，脱些个屋尘下来，宋四公打两个喷涕。少时，老鼠却不则声，只听得两个猫儿，乜凹乜凹地厮咬了叫，溜些尿下来，正滴在宋四公口里，好臊臭！宋四公渐觉困倦，一觉睡去。

到明日天晓起来，头边不见了细软包儿。正在那里没摆拨，只见店小二来说道："公公，昨夜同公公来的官人来相见。”宋四公出来看时，却是赵正。相揖罢，请他入房里去关上房门，赵正从怀里取出一个包儿，纳还师父。宋四公道："二哥，我问你则个。壁落共门都不曾动，你却是从那里来，讨了我的包儿？”赵正道："实瞒不得师父，房里床面前一带黑油纸槛窗，把那学书纸糊着。吃我先在屋上，学一和老鼠，脱下来屋尘，便是我的作怪药，撒在你眼里鼻里，教你打几个喷涕；后面猫尿，便是我的尿。”宋四公道："畜生，你好没道理！”赵正道："是吃我盘到你房门前，揭起学书纸，把小锯儿锯将两条窗栅下来。我便挨身而入，到你床边，偷了包儿，再盘出窗外去。把窗栅再接住，把小钉儿钉着，再把学书纸糊了。怎地，便没踪迹。”宋四公道："好好！你使得，也未是你会处。你还今夜再觅得我这包儿，我便道你会。”赵正道："不妨，容易的事。”赵正把包儿还了宋四公道："师父，我且归去，明日再会。”漾了手自去。

宋四公口里不说，肚里思量道："赵正手高似我，这番又吃他觅了包儿，越不好看，不如安排走休！”宋四公便叫将店小二来说道："店二哥，我如今要行。二百钱在这里，烦你买一百钱臊肉，多讨椒盐；买五十钱蒸饼。剩五十钱，与你买碗酒吃。”店小二谢了公公，便去谟县前买了臊肉和蒸饼。却待回来，离客店十来家，有个茶坊里，一个官人叫道："店二哥，那里去？”店二哥抬头看时，便是和宋四公相识的官人。店二哥道："告官人，公公要去，教男女买臊肉共蒸饼。”赵正道："且把来看。”打开荷叶看了一看，问道：

"这里几文钱肉？"店二哥道："一百钱肉。"赵正就怀里取出二百钱来道："哥哥，你留这爁肉蒸饼在这里。我与你二百钱，一道相烦，依这样与我买来，与哥哥五十钱买酒吃。"店二哥道："谢官人。"道了便去。不多时，便买回来。赵正道："甚劳烦哥哥，与公公再裹了那爁肉。见公公时，做我传语他，只教他今夜小心则个。"店二哥唱喏了，自去。到客店里，将肉和蒸饼递还宋四公。宋四公接了道："罪过哥哥。"店二哥道："早间来的那官人，教再三传语：今夜小心则个。"宋四公安排行李，还了房钱；脊背上背着一包被卧，手里提着包裹，便是觅得禁魂张员外的细软，离了客店。行一里有余，取八角镇路上来。到渡头，看那渡船却在对岸，等不来。肚里又饥，坐在地上，放细软包儿在面前，解开爁肉裹儿，擘开一个蒸饼，把四五块肥底爁肉多蘸些椒盐，卷做一卷。嚼得两口，只见天在下，地在上，就那里倒了。

宋四公只见一个丞局打扮的人，就面前把了细软包儿去。宋四公眼睁睁地见他把去，叫又不得，赶又不得，只得由他。那个丞局拿了包儿，先过渡去了。宋四公多样时苏醒起来，思量道："那丞局是阿谁，捉我包儿去？店二哥与我买的爁肉里面有作怪物事！"宋四公忍气吞声走起来，唤渡船过来。过了渡，上了岸，思量："那里去寻那丞局好？"肚里又闷，又有些饥渴，只见个村酒店，但见：柴门半掩，破帘低垂。村中量酒，岂知有涤器相如？陋质蚕姑，难效彼当炉卓氏。壁间大字，村中学究醉时题；架上麻衣，好饮芒郎留下当。酸醨破瓮土床排，彩画醉仙尘土暗。宋四公且入酒店里去，买些酒消愁解闷则个。酒保唱了喏，排下酒来。一杯两盏，酒至三杯。

宋四公正闷里吃酒，只见外面一个妇女入酒店来：油头粉面，白齿朱唇。锦帕齐眉，罗裙掩地。鬓边斜插些花朵，脸上微堆着笑容。虽不比闺里佳人，也当得垆头少妇。那个妇女入着酒店，与宋四公道个万福，拍手唱一只曲儿。宋四公仔细看时，有些个面熟，道这妇女是酒店擦卓儿的，请小娘子坐则个。妇女在宋四公根底坐定，教量酒添只盏儿来，吃了一盏酒。宋四公把那妇女抱一抱，撮一撮，拍拍惜惜，把手去摸那胸前道："小娘子，没有奶儿？"又去摸他阴门，只见累累垂垂一条价。宋四公道："热牢，你是兀谁？"那个妆做妇女打扮的，叉手不离方寸道："告公公，我不是擦卓儿顶老，我便是苏州平江府赵正。"宋四公道："打脊的检才！我是你师父，却教我摸你爷头！原来却才丞局便是你！"赵正道："可知便是赵正。"宋四公道："二哥，我那细软包儿，你却安在那里？"赵正叫量酒道："把适来我寄在这里包儿还公公。"量酒取将包儿来，宋四公接了道："二哥，你怎地拿下我这包儿？"赵正道："我在客店隔几家茶坊里坐地，见店小二哥提一裹爁肉，我讨来看，便使转他也与我去买，被我安些汗药在里面裹了，依然教他把来与你。我妆做丞局，后面踏将你来。你吃摆番了，被我拿得包儿，到这里等你。"宋四公道："怎地，你真个会，不枉了上得东京去。"即时还了酒钱，两个同出酒店。去空野处除了花朵，溪水里洗了面，换一套男子衣裳着了，取一顶单

271

青纱头巾裹了。宋四公道："你而今要上京去，我与你一封书，去见个人，也是我师弟。他家住汴河岸上，卖人肉馒头。姓侯，名兴，排行第二，便是侯二哥。"赵正道："谢师父。"到前面茶坊里，宋四公写了书，分付赵正，相别自去。宋四公自在谟县。

赵正当晚去客店里安歇，打开宋四公书来看时，那书上写道："师父信上贤师弟二郎、二娘子：别后安乐否？今有姑苏贼人赵正，欲来京做买卖，我特地使他来投奔你。这汉与行院无情，一身线道，堪作你家行货使用。我吃他三次无礼，可千万剿除此人，免为我们行院后患。"赵正看罢了书，伸着舌头，缩不上。"别人便怕了，不敢去。我且看他如何对副我！我自别有道理。"再把那书折迭，一似原先封了。明日天晓，离了客店，取八角镇；过八角镇，取板桥，到陈留县。沿那汴河行到日中前后，只见汴河岸上有个馒头店。门前一个妇女，玉井栏手巾勒着腰，叫道："客长，吃馒头点心去。"门前牌儿上写着："本行侯家，上等馒头点心。"赵正道："这里是侯兴家里了。"走将入去。妇女叫了万福，问道："客长用点心？"赵正道："少待则个。"就脊背上取将包裹下来。一包金银钗子，也有花头的，也有连二连三的，也有素的，都是沿路上觅得的。侯兴老婆看见了，动心起来，道："这客长有二三百只钗子，我虽然卖人肉馒头，老公虽然做赞老子，到没许多物事。你看少间问我买馒头吃，我多使些汗火，许多钗子都是我的。"赵正道："嫂嫂，买五个馒头来。"侯兴老婆道："着！"楂个碟子，盛了五个馒头，就灶头合儿里多撮些物料在里面。赵正肚里道："这合儿里，便是作怪物事了。"赵正怀里取出一包药来，道："嫂嫂，觅些冷水吃药。"侯兴老婆将半碗水来，放在卓上。赵正道："我吃了药，却吃馒头。"赵正吃了药，将两只箸一拨，拨开馒头馅，看了一看，便道："嫂嫂，我爷说与我道：'莫去汴河岸上买馒头吃，那里都是人肉的。'嫂嫂，你看，这一块有指甲，便是人的指头；这一块皮上许多短毛儿，须是人的不便处。"侯兴老婆道："官人休要！那得这话来？"赵正吃了馒头，只听得妇女在灶前道："倒也！"指望摆番赵正，却又没些事。赵正道："嫂嫂，更添五个。"侯兴老婆道："想是恰才汗火少，这番多把些药倾在里面。"赵正道："中。"又取包儿，吃些个药。侯兴老婆道："官人吃甚么药？"赵正道："平江府提刑散的药，名唤做'百病安丸'，妇女家八般头风，胎前产后，脾血气痛，都好服。"侯兴老婆道："就官人觅得一服吃也好。"赵正去怀里别搠换包儿来，撮百十丸与侯兴老婆吃了，就灶前颠番了。赵正道："这婆娘要对副我，却到吃我摆番。别人漾了去，我却不走。"特骨地在那里解腰捉虱子。

不多时，见个人挑一担物事归。赵正道："这个便是侯兴，且看他如何？"侯兴共赵正两个唱了喏，侯兴道："客长吃点心也未？"赵正道："吃了。"侯兴叫道："嫂子，会钱也未？"寻来寻去，寻到灶前，只见浑家倒在地下，口边溜出痰涎，说话不真，喃喃地道："我吃摆番了。"侯兴道："我理会得了。

272

这婆娘不认得江湖上相识，莫是吃那门前客长摆番了？"侯兴向赵正道："法兄，山妻眼拙，不识法兄，切望恕罪。"赵正道："尊兄高姓？"侯兴道："这里便是侯兴。"赵正道："这里便是姑苏赵正。"两个相揖了。侯兴自把解药与浑家吃了。赵正道："二兄，师父宋四公有书上呈。"侯兴接着，拆开看时，书上写着许多言语，末梢道："可剿除此人。"侯兴看罢，怒从心上起，恶向胆边生，道："师父兀自三次无礼，今夜定是坏他性命！"向赵正道："久闻清德，幸得相会！"即时置酒相待。晚饭过了，安排赵正在客房里睡，侯兴夫妇在门前做夜作。

赵正只闻得房里一阵臭气，寻来寻去，床底下一个大缸。探手打一摸，一颗人头；又打一摸，一只人手共人脚。赵正搬出后门头，都把索子缚了，挂在后门屋檐上。关了后门，再入房里。只听得妇女道："二哥，好下手？"侯兴道："二嫂，使未得。更等他落忽些个。"妇女道："二哥，看他今日把出金银钗子，有二三百只。今夜对副他了，明日且把来做一头戴，教人唱采则个。"赵正听得道："好也，他两个要怎地对副我性命，不妨得。"侯兴一个儿子，十来岁，叫做伴哥，发脾寒害在床上。赵正去他房里，抱那小的安在赵正床上，把被来盖了，先走出后门去。不多时，侯兴浑家把着一碗灯，侯兴把一把劈柴大斧头，推开赵正房门，见被盖着个人在那里睡，和被和人，两下斧头，砍做三段。侯兴揭起被来看了一看，叫声："苦也！二嫂，杀了的是我儿子伴哥！"两夫妻号天洒地哭起来。赵正在后门叫道："你没事自杀了儿子则甚？赵正却在这里。"侯兴听得焦燥，拿起劈柴斧赶那赵正。慌忙走出后门去，只见扑地撞着侯兴额头，看时却是人头、人脚、人手，挂在屋檐上，一似闹竿儿相似。侯兴教浑家都搬将入去，直上去赶。

赵正见他来赶，前头是一派溪水，赵正是平江府人，会弄水，打一跳，跳在溪水里，后头侯兴也跳在水里来赶。赵正一分一蹬，顷刻之间，过了对岸。侯兴也会水，来得迟些个。赵正先走上岸，脱下衣裳挤教干。侯兴赶那赵正，从四更前后，到五更二点时候，赶十一二里，直到顺天新郑门一个浴堂。赵正入那浴堂里洗面，一道烘衣裳。正洗面间，只见一个人把两只手去赵正两腿上打一掔，掔番赵正。赵正见侯兴来掔他，把两秃膝椿番侯兴，倒在下面，只顾打。只见一个狱家院子打扮的老儿进前道："你们看我面放手罢。"赵正和侯兴抬头看时，不是别人，却是师父宋四公，一家唱个大喏，直下便拜。宋四公劝了，将他两个去汤店里吃盏汤。侯兴与师父说前面许多事，宋四公道："如今一切休论。则是赵二哥明朝入东京去，那金梁桥下，一个卖酸馅的，也是我们行院。姓王，名秀。这汉走得楼阁没赛，起个浑名，唤做'病猫儿'。他家在大相国寺后面院子里住。他那卖酸馅架儿上一个大金丝罐，是定州中山府窑变了烧出来的，他惜似气命。你如何去拿得他的？"赵正道："不妨。等城门开了，到日中前后，约师父只在侯兴处。"

赵正打扮做一个砖顶背系带头巾，皂罗文武带背儿，走到金梁桥下，见一抱架儿，上面一个大金丝罐，根底立着一个老儿：郓州单青纱现顶儿头巾，身上着一领篦杨柳子布衫。腰里玉井栏手巾，抄着腰。赵正道："这个便是王秀了。"赵正走过金梁桥来，去米铺前撮几颗红米，又去菜担上摘些个叶子，和米和叶子，安在口里，一处嚼教碎。再走到王秀架子边，漾下六文钱，买两个酸馅，特骨地脱一文在地下。王秀去拾那地上一文钱，被赵正吐那米和菜在头巾上，自把了酸馅去。却在金梁桥顶上立地，见个小的跳将来，赵正道："小哥，与你五文钱。你看那卖酸馅王公头巾上一堆虫蚁屎，你去说与他。不要道我说。"那小的真个去说道："王公，你看头巾上。"王秀除下头巾来，只道是虫蚁屎，入去茶坊里揩抹了。走出来架子上看时，不见了那金丝罐。原来赵正见王秀入茶坊去揩那头巾，等他眼慢，拿在袖子里便行，一径走往侯兴家去。宋四公和侯兴看了，吃一惊。赵正道："我不要他的，送还他老婆休。"赵正去房里换了一顶搭飒头巾，底下旧麻鞋，着领旧布衫，手把着金丝罐，直走去大相国寺后院子里。见王秀的老婆，唱个喏了，道："公公教我归来，问婆婆取一领新布衫、汗衫、裤子、新鞋袜，有金丝罐在这里表照。"婆子不知是计，收了金丝罐，取出许多衣裳，分付赵正。赵正接得了，再走去见宋四公和侯兴道："师父，我把金丝罐去他家换许多衣裳在这里。我们三个少间同去送还他，博个笑声。我且着了去闲走一回耍子。"

赵正便把王秀许多衣裳着了，再入城里。去桑家瓦里，闲走一回，买酒买点心吃了，走出瓦子外面来。却待过金梁桥，只听得有人叫："赵二官人。"赵正回过头来看时，却是师父宋四公和侯兴。三个同去金梁桥下，见王秀在那里卖酸馅，宋四公道："王公拜茶。"王秀见了师父和侯二哥，看了赵正，问宋四公道："这个客长是兀谁？"宋四公恰待说，被赵正拖起去，教宋四公"未要说我姓名，只道我是你亲戚，我自别有道理。"王秀又问师父："这客长高姓？"宋四公道："是我的亲戚，我将他来京闲走。"王秀道："如此。"即时寄了酸馅架儿在茶坊，四个同出顺天新郑门外僻静酒店，去买些酒吃。入那酒店去，酒保筛酒来，一杯两盏，酒到三巡。王秀道："师父，我今朝呕气。方才挑那架子出来，一个人买酸馅，脱一钱在地下，我去拾那一钱，不知甚虫蚁屙在我头巾上。我入茶坊去揩头巾出来，不见了金丝罐。一日好闷。"宋四公道："那人好大胆，在你跟前卖弄得，也算有本事了。你休要气闷，到明日闲暇时，大家和你查访这金丝罐。又没三件两件，好歹要讨个下落，不到得失脱。"赵正肚里，只是暗暗的笑。四人都吃得醉。日晚了，各自归。

且说王秀归家去，老婆问道："大哥，你恰才教人把金丝罐归来？"王秀道："不曾。"老婆取来道："在这里，却把了几件衣裳去。"王秀没猜道是谁，猛然想起："今日宋四公的亲戚，身上穿一套衣裳，好似我家的。"心下委决不下，肚里又闷，提一角酒，索性和婆子吃个醉，解衣卸带了睡。王秀道："婆婆，我两个多时不曾做一处。"婆子道："你许多年纪了，兀自鬼乱。"王秀道："婆婆，你岂不闻：后生犹自可，老的急似火。"王秀早移过共头在婆子头边，做一班半点儿事，兀自未了当。原来赵正见两个醉，拨开门，躲在床底下。听得两个鬼乱，把尿盆去房门上打一摞。王秀和婆子吃了一惊，鬼慌起来。看时，见个人从床底下趱将出来，手提一包儿。王秀就灯光下仔细认时，却是和宋四公、侯兴同吃酒的客长。王秀道："你做甚么？"赵正道："宋四公教还你包儿。"王公接了看时，却是许多衣裳。再问："你是甚人？"赵正道："小弟便是姑苏平江府赵正。"王秀道："如此，久闻清名。"因此拜识。便留赵正睡了一夜。次日，将着他闲走。王秀道："你见白虎桥下大宅子，便是钱大王府，好一拳财。"赵正道："我们晚些下手。"王秀道："也好。"到三鼓前后，赵正打个地洞，去钱大王土库偷了三万贯钱正赃，一条暗花盘龙羊脂白玉带。王秀在外接应，共他归去家里去躲。

明日，钱大王写封简子与滕大尹。大尹看了，大怒道："帝辇之下，有这般贼人！"即时差缉捕使臣马翰："限三日内，要捉钱府做不是的贼人。"马观察马翰得了台旨，分付众做公的落宿。自归到大相国寺前，只见一个人，背系带砖顶头巾，也着上一领紫衫，道："观察拜茶。"同入茶坊里，上灶点茶来。那着紫衫的人，怀里取出一裹松子胡桃仁，倾在两盏茶里。观察问道："尊官高姓？"那个人道："姓赵，名正，昨夜钱府做贼的便是小子。"马观察听得，脊背汗流，却待等众做公的过捉他。吃了盏茶，只见天在下，地在上，吃摆番了。赵正道："观察醉也。"扶住他，取出一件作怪动使剪子，剪下观察一半衫褶，安在袖里。还了茶钱，分付茶博士道："我去叫人来扶观察。"赵正自去。两碗饭间，马观察肚里药过了，苏醒起来。看赵正不见了，马观察走归去。睡了一夜，明日天晓，随大尹朝殿。

大尹骑着马，恰待去宣德门去，只见一个人裹顶弯角帽子，着上一领皂衫，拦着马前唱个大喏，道："钱大王有札目上呈。"滕大尹接了，那个人唱喏自去。大尹就马上看时，腰裹金鱼带不见挞尾。简上写道："姑苏贼人赵正，拜禀大尹尚书：所有钱府失物，系是正偷了。若是大尹要来寻赵正家里，远则十万八千，近则只在目前。"大尹看了越焦燥。朝殿回衙，即时升厅，引放民户词状。词状人抛箱，大尹看到第十来纸状，有状子，上面也不依式论诉甚事，去那状上只写一只《西江月》曲儿，道是："是水归于大海，闲汉总入京都。三都捉事马司徒，衫褶难为作主。盗了亲王玉带，剪除大尹金鱼。要知闲汉姓名无？小月旁边乏土。"大尹看罢，道："这个又是赵正，直恁地手高！"即唤马观察马翰来，问他捉贼消息。马翰道："小人因不认得贼人赵正，昨日当面挫过，这贼委的手高。小人访得他是郑州宋四公的师弟，若拿得宋四，便有了赵正。"滕大尹猛然想起："那宋四因盗了张富家的土库，见告失状未获。"即唤王七殿直王遵，分付他协同马翰，访捉贼人宋四、赵正。王殿直王遵禀道："这贼人踪迹难定，求相公宽限时日；

又须官给赏钱，出榜悬挂，那贪着赏钱的便来出首，这公事便容易了办。"滕大尹听了，立限一个月缉获；依他写下榜文："如有缉知真赃来报者，官给赏钱一千贯。"

马翰和王遵领了榜文，径到钱大王府中，禀了钱大王，求他添上赏钱。钱大王也注了一千贯。两个又到禁魂张员外家来，也要他出赏。张员外见在失了五万贯财物，那里肯出赏钱？众人道："员外休得为小失大。捕得着时，好一主大赃追还你。府尹相公也替你出赏，钱大王也注了一千贯，你却不肯时，大尹知道，却不好看相。"张员外说不过了，另写个赏单，勉强写足了五百贯。马观察将去府前张挂，一面与王殿直约会，分路挨查。那时府前看榜的人山人海，宋四公也看了榜，去寻赵正来商议。赵正道："可奈王遵、马翰，日前无怨，定要加添赏钱，缉获我们。又可奈张员外悭吝，别的都出一千贯，偏你只出五百贯，把我们看得恁贱。我们如何去蒿恼他一番，才出得气。"宋四公也怪前番王七殿直领人来拿他，又怪马观察当官禀出赵正是他徒弟。当下两人你商我量，定下一条计策，齐声道："妙哉！"赵正便将钱大王府中这条暗花盘龙羊脂白玉带递与宋四公，四公将禁魂张员外家金珠一包，就中检出几件有名的宝物，递与赵正。两下分别，各自去行事。

且说宋四公才转身，正遇着向日张员外门首捉笊篱的哥哥，一把扯出顺天新郑门，直到侯兴家里歇脚。便道："我今日有用你之处。"那捉笊篱的便道："恩人有何差使？并不敢违。"宋四公道："作成你趁一千贯钱养家则个。"那捉笊篱的到吃一惊，叫道："罪过！小人没福消受。"宋四公道："你只依我，自有好处。"取出暗花盘龙羊脂白玉带，教侯兴扮作内官模样："把这条带去禁魂张员外解库里去解钱。这带是无价之宝，只要解他三百贯，却对他说：'三日便来取赎，若不赎时，再加绝二百贯。你且放在铺内，慢些子收藏则个。'"侯兴依计去了。张员外是贪财之人，见了这带有些利息，不问来由，当去三百贯足钱。侯兴取钱回覆宋四公，宋四公却教捉笊篱的到钱大王门上揭榜出首。

钱大王听说获得真赃，便唤捉笊篱的面审。捉笊篱的说道："小的去解库中当钱，正遇那主管将白玉带卖与北边一个客人，索价一千五百两。有人说是大王府里来的，故此小的出首。"钱大王差下百十名军校，教捉笊篱的做眼，飞也似跑到禁魂张员外家，不由分说，到解库中一搜，搜出了这条暗花盘龙羊脂白玉带。张员外走出来分辩时，这些个众军校，那里来管你三七二十一？一条索子扣头，和解库中两个主管，都拿来见钱大王。钱大王见了这条带，明是真赃，首人不虚。便写个钩帖，付与捉笊篱的，库上支一千贯赏钱。钱大王打轿，亲往开封府拜滕大尹，将玉带及张富一干人送去拷问。大尹自己缉获不着，到是钱大王送来，好生惭愧！便骂道："你前日到本府告失状，开载许多金珠宝贝。我想你庶民之家，那得许多东西？却原来放线做贼！你实说，这玉带甚人偷来的？"张富道："小的祖遗财物，并非做贼窝赃。这条带是昨日申牌时分，一个内官拿来，解了三百贯钱去的。"大尹道："钱大王府里失了暗花盘龙羊脂白玉带，你岂不晓得？怎肯不审来历，当钱与他？如今这内官何在？明明是一派胡说！"喝教狱卒将张富和两个主管一齐用刑，都打得皮开肉绽，鲜血迸流。

张富受苦不过，情愿责限三日，要出去挨获当带之人。三日获不着，甘心认罪。滕大尹心上也有些疑虑，只将两个主管监候，却差狱卒押着张富，准他立限三日回话。张富眼泪汪汪，出了府门，到一个酒店里坐下，且请狱卒吃三杯。方才举盏，只见外面踱个老儿入来，问道："那一个是张员外？"张富低着头，不敢答应。狱卒便问："阁下是谁？要寻张员外则甚？"那老儿道："老汉有个喜信要报他，特到他解库前。闻说有官事在府前，老汉跟寻至此。"张富方才起身道："在下便是张富，不审有何喜信见报？请就此坐讲。"那老儿捱着张员外身边坐下，问道："员外土库中失物，曾缉知下落否？"张员外道："在下不知。"那老儿道："老汉到晓得三分，特来相报员外。若不信时，老汉愿指引同去起赃。见了真正赃物，老汉方敢领赏。"张员外大喜道："若起得这五万贯赃物，便赔偿钱大王，也还有余。拼些上下使用，身上也得干净。"便问道："老丈既然的确，且说是何名姓？"那老儿向耳边低低说了几句，张员外大惊道："怕没此事？"老儿道："老汉情愿到府中出个首状，若起不出真赃，老汉自认罪。"张员外大喜道："且屈老丈同在此吃三杯，等大尹晚堂，一同去禀。"当下四人饮酒半醉，恰好大尹升厅。

张员外买张纸，教老儿写了首状，四人一齐进府出首。滕大尹看了王保状词，却是说马观察、王殿直做贼，偷了张富家财。心中想道："他两个积年捕贼，那有此事？"便问王保道："你莫非挟仇陷害么？有什么证据？"王保老儿道："小的在郑州经纪，见两个人把许多金珠在彼兑换。他说家里还藏得有，要换时再取来。小的认得他是本府差来缉事的，他如何有许多宝物？心下疑惑。今见张富失单，所开宝物相像，小的情愿眼同张富到彼搜寻。如若没有，甘当认罪。"滕大尹似信不信，便差李观察李顺，领着眼明手快的公人，一同王保、张富前去。此时马观察马翰与王七殿直王遵，俱在各县挨缉两宗盗案未归。众人先到王殿直家，发声喊，径奔入来。王七殿直的老婆，抱着三岁的孩子，正在窗前吃枣糕，引着耍子。见众人罗唣，吃了一惊，正不知什么缘故。恐怕吓坏了孩子，把袖褶子掩了耳朵，把着进房。众人随着脚跟儿走，围住婆娘问道："张员外家赃物，藏在那里？"婆娘只光着眼，不知那里说起。众人见婆娘不言不语，一齐掀箱倾笼，搜寻了一回。虽有几件银钗饰和些衣服，并没赃证。李观察却待埋怨王保，只见王保低着头，向床底下钻去，在贴壁床脚下解下一个包儿，笑嘻嘻的捧将出来。众人打开看时，却是八宝嵌花金杯一对，金镶玳瑁杯十只，北珠念珠一串。张员外认得是土库中东西，还痛起来，放声大哭，连婆娘也不知这物事那里来的，慌做一堆，开了口合不得，垂了手抬不起。众人不由分说，将一条索子，扣了婆娘的颈。婆娘哭哭啼啼，将孩子寄在邻家，只得随着众人走路。众人再到马观察家，混乱了一场。又是王保点点搬搬，在屋檐瓦楞内搜出珍珠一包、嵌宝金钏等物。张员外也都认得。两家妻小都带到府前。

滕大尹兀自坐在厅上，专等回话，见众人蜂拥进来，阶下列着许多赃物，说是床脚上、瓦楞内搜出，见有张富识认是真。滕大尹大惊道："常闻得捉贼的就做贼，不想王遵、马翰真个做下这般勾当！"喝教将两家妻小监候，立限速拿正贼，所获赃物暂寄库；首人在外听候，待赃物明白，照额领赏。张富磕头禀道："小人是有碗饭吃的人家，钱大王府中玉带跟由，小人委实不知。今小的家中被盗赃物，既有的据，小人认了悔气，情愿将来赔偿钱府。望相公方便，释放小人和那两个主管，万代阴德。"滕大尹情知张富冤枉，许他召保在外。王保跟张员外到家，要了他五百贯赏钱去了。原来王保就是王秀，浑名"病猫儿"，他走得楼阁没赛。宋四公定下计策，故意将禁魂张员外家土库中赃物，预教王秀潜地埋藏两家床头屋檐等处。却教他改名王保，出首起赃，官府那里知道？

却说王遵、马翰正在各府缉获公事，闻得妻小吃了官司，急忙回来见滕大尹。滕大尹不由分说，用起刑法，打得希烂，要他招承张富赃物，二人那肯招认？大尹教监中放出两家的老婆来，都面面相觑，没处分辩。连大尹也委决不下，都发监候。次日又拘张富到官，劝他："且将己财赔了钱大王府中失物，待从容退赃还你。"张富被官府逼勒不过，只得承认了。归家思想，又恼又闷，又不舍得家财，在土库中自缢而死。可惜有名的禁魂张员外，只为"悭吝"二字，惹出大祸，连性命都丧了。那王七殿直王遵、马观察马翰，后来俱死于狱中。

这一班贼盗，公然在东京做歹事，饮美酒，宿名娟，没人奈何得他。那时节东京扰乱，家家户户，不得太平。直待包龙图相公做了府尹，这一班贼盗，方才惧怕，各散去讫，地方始得宁静。有诗为证，诗云："只因贪吝惹非殃，引到东京盗贼狂。亏杀龙图包大尹，始知好官自民安。"

第三十七卷　梁武帝累修成佛

香雨琪园百尺梯，不知窗外晓莺啼。
觉来悟定胡麻熟，十二峰前月未西。

这诗为齐明帝朝盱眙县光化寺一个修行的，姓范，法名普能而作。这普能前世，原是一条白颈曲蟮，生在千佛寺大通禅师关房前天井里面。那大通禅师坐关时刻，只诵《法华经》。这曲蟮偏有灵性，闻诵经便舒头而听。那禅师诵经三载，这曲蟮也听经三载。忽一日，那禅师关期完满，出来修斋礼佛。偶见关房前草深数尺，久不芟除，乃唤小沙弥将锄去草。小沙弥把庭中的草去尽了，到墙角边，这一锄去得力大，入土数寸。却不知曲蟮正在其下，挥为两段。小沙弥叫声："阿弥陀佛。今日伤了一命，罪过，罪过！"掘些土来埋了曲蟮。不在话下。这曲蟮得了听经之力，便讨得人身，生于范家。长大时，父母双亡，舍身于光化寺中，在空谷禅师座下，做一个火工道人。其人老实，居香积厨下，煮茶做饭，殷勤伏事长老；便是众僧，也不分彼此，一体相待。普能虽不识字，却也硬记得些经典，只有《法华经》一部，背诵如流。晨昏早晚，一有闲空之时，着实念诵修行，在寺三十余年。闻得千佛寺大通禅师坐化了去，去得甚是脱洒，动了个念头，来对长老说："范道在寺多年，一世奉斋，并不敢有一毫贪欲，也不敢狼藉天物。今日拜辞长老回首，烦乞长老慈悲，求个安身去处。"说了，下拜跪着。长老道："你起来，我与你说，你虽是空门修行，还不晓得灵觉门户。你如今回首去，只从这条寂静路上去，不可落在富贵套子里。差了念头，求个轮回也不可得。"

范道受记了，相辞长老，自来香积厨下沐浴。穿些洁净衣服，礼拜诸佛天地父母，又与众僧作别。进到龛子里，盘膝坐下，便闭着双眼去了。众僧都与他念经，叫工人扛这龛子到空地上，正要去请长老下火。只听得殿上撞起钟来，长老忙使人来说道："不要下火！"长老随即也抬乘轿子，来到龛子前。叫人开了龛子门，只见范道又醒转来了，依先开了眼，只立不起来，合掌向长老说："适才弟子到一个好去处，进在红锦帐中，且是安稳，又听得钟鸣起来，有个金身罗汉，把弟子一推，跌在一个大白莲池里。吃这一惊，就醒转来。不知何法旨？"长老说道："因你念头差了，故投落在物类；我特地唤醒你来，再去投胎。"又与众僧说："山门外银杏树下，掘开那青石来看。"众僧都来到树下，掘起那青石来看，只见一条小火赤链蛇，才生出来的，死在那里。众僧见了，都惊异不已，来回覆长老，说："果有此事！"长老叫上首徒弟与范道说："安净坚守，不要妄念，去投个好去处。轮回转世，位列侯王帝主；修行不息，方登极乐世界。"范道受记了，阐着高高的念声"南无阿弥陀佛"，便合了眼。众僧来请长老下火，长老穿上如来法衣，一乘轿子，抬到范道龛子前，分付范道如何？偈曰："范道范道，每日厨灶。火里金莲，颠颠倒倒。"长老念毕了偈，就叫人下火，只见括括杂杂的著将来。众僧念声佛，只见龛子顶上，一道青烟从火里卷将出来，约有数十丈高，盘旋回绕，竟往东边一个所在去了。

说这盱眙县东，有个乐安村。村中有个大财主，姓黄，名岐，家资殷富。不用大秤小斗，不违例克剥人财，坑人陷人，广行方便，普积阴功。其妻孟氏，身怀六甲，正要分娩。范道乘着长老指示，这道灵光竟投到孟氏怀中。这里范道圆寂，那里孟氏就生下这个孩儿来。说这孩儿，相貌端然，骨格秀拔。黄员外四十余岁无子，生得这个孩儿，就如得了若干珍宝一般，举家欢喜。好却十分好了，只是一件：这孩儿生下来，昼夜啼哭，乳也不肯吃。夫妻二人忧惶，求神祈佛，全然不验。家中有个李主管对员外说道："小官人啼哭不已，或有些缘故，不可知得。离此间二十里，山里有个光化寺，寺里空谷长老，能知过去未来，见在活佛。员外何不去拜求他？必然有个道理。"黄员外听说，连忙备盒礼信香，起身往光化寺来。其寺如何？诗云："山寺钟鸣出谷西，溪阴流水带烟齐。野花满地闲来往，多少游人过石堤。"进到方丈里，空谷禅师迎接着，黄员外慌忙下拜，说："新生小孩儿，昼夜啼哭，不肯吃乳，危在须臾。烦望吾师慈悲，没世不忘。"长老知是范道要求长老受记，故此昼夜啼哭。长老不说出这缘故来，长老对黄员外说道："我须亲自去看他，自然无事。"就留黄员外在方丈里吃了素斋，与黄员外一同乘轿，连夜来到黄员外家里。请长老在厅上坐了，长老叫："抱出令郎来。"黄员外自抱出来。长老把手摸着这小儿的头，在着小儿的耳朵，轻轻的说几句，众人都不听得；长老又把手来摸着这小儿的头，说道："无灾无难，利益双亲，道源不替。"只见这小儿便不哭了。众人惊异，说道："何曾见这些异事？真是活佛超度！"黄员外说："待周岁，送到上刹，寄名出家。"长老说："最好。"就与黄员外别了，自回寺里来。黄员外幸得小儿无事，一家爱惜抚养。

光阴捻指，不觉又是周岁。黄员外说："我曾许小儿寄名出家。"就安排盒子表礼，叫养娘抱了孩儿，两乘轿子，抬往寺里。来到方丈内，请见长老拜谢，送了礼物。长老与小儿取个法名，叫做黄复仁；送出一件小法衣，僧帽，与复仁穿戴；吃些素斋，黄员外仍与小儿自回家去。来来往往，复仁不觉又是六岁，员外请个塾师教他读书。这复仁终是有根脚的，聪明伶俐，一村人都晓得他是光化寺里范道化身来的，日后必然富贵。这县里有个童太尉，见复仁聪明俊秀，又见黄家数百万钱财，有个女儿，与复仁同年，使媒人来说，要把女儿许聘与复仁。黄员外初时也不肯定这太尉的女儿，被童太尉再三强不过，只得下三百个盒子，二百两金首饰，一千两银子，若干段匹色丝定了。

也是一缘一会。说这女子聪明过人，不曾上学读书，便识得字，又喜诵诸般经卷。为何能得如此？他却是摩诃迦叶祖师身边一个女侍，降生下来了道缘的。初时，男女两个幼小，不理人事。到十五六岁，年纪渐长，两个一心只要出家修行，各不愿嫁娶。黄员外因复仁年长，选日子要做亲。童小姐听得黄家有了日子，要成亲，心中慌乱，忙写一封书，使养娘送上太太。书云："切惟《诗》重《摽梅》，礼端合卺。奈世情不一，法律难齐。紫玉志向禅门，不乐唱随之偶；心悬觉岸，宁思伉俪之偕？一虑百空，万缘俱尽。禅灯一点，何须花烛之辉煌？梵磬数声，奚取琴瑟之嘹亮？破盂甘食，敝衲为衣。泯色象于两忘，齐生死于一彻。伏望母亲大人，大发慈悲，优容苦志：未谢为云神女，宁追奔月嫦娥。佛果倘成，亲恩可报。莫问琼箫之响，长塞玉杵之盟。干冒台慈，幸惟怜鉴。"养娘拿着小姐书，送上太太。太太接得这书，对养娘道："连日因黄家要求做亲，不曾着人来看小姐。我女儿因甚事，叫你送书来？"养娘把小姐不肯成亲，闲常只是看经念佛要出家的事，说了一遍。太太听了这话，心中不喜，就使人请老爷来看书。太太把小姐的书，送与太尉。太尉看了，说道："没教训的婢子！男婚女嫁，人伦常道。只见孝弟通于神明，那曾见修行做佛？"把这封书扯得粉碎，骂道："放屁，放屁！"太尉只依着黄家的日子，把小姐嫁过去。黄复仁与童小姐两个，那日拜了花烛，虽同一房，二人各自歇宿。一连过了半年有余，夫妇相敬相爱，就如宾客一般。黄复仁要辞了小姐，出去云游。小姐道："官人若出去云游，我与你正好同去出家。自古道：妇人嫁了从夫。身子决不敢坏了。"复仁见小姐坚意要修行，又不肯改嫁，与小姐说道："怎的，我与你结拜做兄姊，一同双修罢。"小姐欢喜，两个各在佛前礼拜。誓毕，二人换了粗布衣服，粗茶淡饭，在家修行。黄员外看见这个模样，都不欢喜。恐怕被人笑耻，员外只得把复仁夫妻二人，连一个养娘，两个梅香，都打发到山里西庄上冷落去处住下。

夫妻二人，只是看经念佛，参禅打坐，三年有余。两个正在佛前长明灯下坐禅，黄复仁忽然见个美貌佳人，妖娇袅娜，走到复仁面前，道个万福，说道："妾是童太尉府中唱曲儿的如翠。太太因大官人不与小姐同床，必然绝了黄家后嗣；二来不碍大官人修行，并无一人知觉。"说罢，与复仁眷恋起来。复仁被这美貌佳人亲近如此，又听说道绝了黄门后嗣，不觉也有些动心。随又想道："童小姐比他十分娇美，我尚且不与他沾身，怎么因这个女子，坏了我的道念？"才然自忖，只听得一声响亮，万道火光，飞腾缭绕，复仁惊醒来。这小姐也却好放参，复仁连忙起来礼拜菩萨，又来礼拜小姐，说道："复仁道念不坚，几乎着魔，望姐姐指迷。"说这小姐，聪明过人，智慧圆通，反胜复仁。小姐就说道："兄弟被色魔迷了，故有此幻象。我与你除是去见空谷祖师，求个解脱。"次日，两个来到光化寺中，来见长老。空谷说道："欲念一兴，四大无着；再求转脱，方始圆明。"因与复仁夫妻二人口号，如何？跳出爱欲渊，渴饮灵山泉。夫也亡去住，妻也履福田。休休同泰寺，荷荷极乐天。夫妻二人拜辞长老，回到西庄来，对养娘、梅香说："我姊妹二人，今夜与你们别了，各要回首。"养娘说道："我伏事大官人、小姐数载，一般修行。如何不带挈养娘同回首？"复仁说道："这个勉强不得，恐你缘分不到。"养娘回话道："我也自有分晓。"夫妻二人沐浴了，各在佛前礼拜，一对儿坐化了。这养娘也在房里不知怎么也回首去了。黄员外听得说，自来收拾。不在话下。

且说黄大官人精灵，竟来投在萧家；小姐来投在支家。渔湖有个萧二郎，

在齐为世胄之家，萧懿、萧坦之俱是一族。萧二郎之妻单氏，最仁慈积善。怀娠九个月，将要分娩之时，这里复仁却好坐化。单氏夜里梦见一个金人，身长丈余，衮服冕旒；旌旗羽旘，辉耀无比。一伙绯衣人，车从簇拥，来到萧家堂上歇下。这个金身人，独自一人，进到单氏房里，望着单氏下拜。

单氏惊惶，正要问时，恍惚之间，单氏梦觉来，就生下一个孩儿来。这孩儿生下来便会啼啸，自与常儿不群，取名萧衍。八九岁时，身上异香不散。聪明才敏，文章书翰，人不可及。亦且长于谈兵，料敌制胜，谋无遗策。衍以五月五日生，齐时俗忌伤克父母，多不肯举。其母密养下，不令其父知之。至是，始令见父。父亲说道：“五月儿刑克父母，养之何为？”衍对父亲说道：“若五月儿有损父母，则萧衍已生九岁；九年之间，曾有害于父母么？九岁之间，不曾伤克父母；则九岁之后，岂能刑克父母哉？请父亲勿疑。”其父异其说，其惑稍解。其叔萧懿闻之，说道：“此儿识见超卓，他日必大吾宗。”由此知其为不凡，每事亦与计议。

时有刺史李贲谋反，僭称越帝，置立官属。朝命将军杨膘讨贲。杨膘见李贲势大，恐不能取胜，每每来问计于萧懿。懿说：“有侄萧衍，年虽幼小，智识不凡，命世之才，我着人去请来。与他计议，必有个善处。”萧懿忙使人召萧衍来见杨膘。膘见衍举止不常，遂致礼敬，虚心请问，要求破贲之策。衍说：“李贲蓄谋已久，兵马精强，士众归向。足下以一旅之师与彼交战，犹如以肉投虎，立见其败。闻贲跨据淮南，近逼广州。孙冏逗遛取罪，子雄失律赐死，贲志骄意满，不复顾忌。足下引大军屯于淮南，以一军与陈霸先，抄贲之后；略出数千之众，与贲接战，勿与争强，佯败而走，引至淮南大屯之所。且淮南芦苇深曲，更兼地湿泥泞，不易驰骋，足下深沟高垒，不与接战，坐毙其锐。候得天时，因风纵火；霸先从后断其归路，诈为贲军逃溃，袭取其城。贲进退无路，必成擒矣。"瞟闻衍言，叹异惊伏，拜辞而去。杨瞟依衍计策，随破了李贲。

萧衍名誉益彰，远近羡慕，人乐归向。衍有大志。一日，齐明帝要起兵灭魏，又恐高欢这枝人马强众，不敢轻发，特遣黄门召衍入朝问计。萧衍随着使者进到朝里，见明帝，拜舞已毕。明帝虽闻萧衍大名，却见衍年纪幼小，说道："卿年幼望重，何才而能？"萧衍回奏道："学问无穷，智识有限，臣不敢以才事陛下。"明帝悚然启敬，不以小儿待之。因与衍计议："要伐魏灭尔朱氏，只是高欢那厮，士众兵强，故与卿商议。"衍奏道："所谓众者，得众人之死；所谓强者，得天下之心。今尔朱氏凶暴狡猾，淫恶滔天；高欢反覆挟诈，窃窥不轨。名虽得众，实失士心。况君臣异谋，各立党与，不能固守其常也。陛下选将练兵，声言北伐，便攻其东。彼备其东，我罢其战。今年一师，明年一旅，日肆侵扰，使彼不安，自然困毙。且上下不和，国必内乱。陛下因其乱而乘之，蔑不胜矣。"明帝闻言大悦，留衍在朝。引入宫内，皇后妃嫔时常相见，与衍日亲日近。衍赞画既多，勋劳日积，累官至雍州刺史。

后至齐主宝卷，惟喜游嬉，荒淫无度，不接朝士，亲信宦官。萧衍闻之，谓张弘策曰："当今始安王遥光、徐孝嗣等，六贵同朝，势必相乱；况主上懔虐嫌忌，赵王伦反迹已形。一朝祸发，天下土崩，不可不为自备。"于是衍乃密修武备，招聚骁勇数万；多伐竹木，沈之檀溪；积茅如冈阜。齐主知萧衍有异志，与郑植计议，欲起兵诛衍。郑植奏道："萧衍图谋日久，士马精强，未易取也，莫若听臣之计，外假加爵温旨，衍必见臣，因而刺杀之。一匹夫之力耳，省了许多钱粮兵马。"齐主大喜，即便使郑植到雍州来，要刺杀萧衍。惊动了光化寺空谷长老，知道此事，就托个梦与萧衍：长老拿着一卷天书，书里夹着一把利刃，递与萧衍。衍醒来，自想道："明明的一个僧人，拿这夹刀的一卷天书与我，莫非有人要来刺我么？明日且看如何。"只见次日有人来报道，朝廷使郑植赍诏书要加爵一事。萧衍自说道："是了。"且不与郑植相见，先使人安排酒席，在宁蛮长史郑绍寂家里，都埋伏停当了，与郑植相见。说道："朝廷使卿来杀我，必有诏书。"郑植赖道："没有此事。"萧衍喝一声道："与我搜看。"只见帐后跑出三四十个力士，就把郑植拿下，身边搜出一把快刀来，又有杀衍的密诏。萧衍大怒，说道："我有甚亏负朝廷，如何要刺杀我？"连夜召张弘策计议起兵。建牙树旗，选集甲士二万余人，马千余匹，船三十余艘，一齐杀出檀溪来。昔日所贮下竹木、茅草，葺束立办。又命王茂、曹景宗为先锋。军至汉口，乘着水涨，顺流进兵，就袭取了嘉湖地方。

且说郢城与鲁城，这两个城是嘉湖的护卫，建康的门户。今被王先锋袭取了嘉湖，这两处守城官，心胆惊落，料道敌不过，彼此相约投降。这建康就如没了门户的一般，无人敢敌。势如破竹，进克建康。兵至近郊，齐主游骋如故，遣将军王珍国等，将精兵十万陈于朱雀航。被吕僧珍纵火焚烧其营，曹景宗大兵乘之，将士殊死战，鼓噪震天地。珍国等不能抗，军遂大败。衍军长驱进至宣阳门，萧衍兄弟子侄皆集。将军徐元瑜以东府城降，李居士以新亭降。十二月，齐人遂弑宝卷。萧衍以太后令，追废宝卷为东昏侯，加衍为大司马，迎宣德太后入宫称制。衍寻自为国相，封梁国公，加九锡。黄复仁化生之时，却原来养娘转世为范云，二女侍一转世为沈约，一转世为任昉，与梁公同在竟陵王西府为官，也是缘会，自然义气相合。至是，梁公引云为谘议，约为侍中，昉为参谋。二年夏四月，梁公萧衍受禅，称皇帝，废齐主为巴陵王，迁太后于别宫。

　　梁主虽然马上得了天下，终是道缘不断，杀中有仁，一心只要修行。梁主因兵兴多故，与魏连和。一日，东魏遣散骑常侍李谐来聘。梁主与谐谈久，命李谐出得朝，更深了，不及还宫，就在便殿斋阁中宿歇。散了宫嫔诸官，独自一个默坐，在阁儿里开着窗看月。约莫三更时分，只见有三五十个青衣使人，从甬巷中走到阁前来。内有一个口里唱着歌，歌："从入牢笼羁绊多，也曾罢毕走洪波。可怜明日庖丁解，不复辽东《白鹇歌》。"梁主听这歌，心中疑惑。这一班人走近，朝着梁主叩头，奏道："陛下仁民爱物，恻隐慈悲。我等俱是太庙中祭祀所用牲体，百万生灵，明日一时就杀。伏愿陛下慈悲，赦宥某等苦难，陛下功德无量。"梁主与青衣使人说道："太庙一祭，朕如何知道杀戮这许多牲体？朕实不忍。来日朕另有处。"这青衣人一齐叩头哀祈，涕泣而去。梁主次日早朝，与文武各官说昨夜斋阁中见青衣之事。又说道："宗庙致敬，固不可已；杀戮屠毒，朕亦不忍。自今以后，把粉面代做牺牲，庶使祀典不废，仁恻亦存，两全无害。永为定制。"谁敢违背？

　　梁主每日持斋奉佛。忽夜间梦见一伙绛衣神人，各持旌节；祥麟凤辇，千百诸神，各持执事护卫，请梁主去游冥府。游到一个大宝殿内，见个金冠法服神人相陪游览。每到一殿，各有主事者都来相见。有等善人，安乐从容，优游自在，仙境天堂，并无挂碍；有等恶人，受罪如刀山血海，拔舌油锅，蛇伤虎咬，诸般罪孽。又见一伙蓝缕贫人，蓬头跣足，疮毒遍体，种种苦恼，一齐朝着梁主哀告："乞陛下慈悲超救。某等俱是无主孤魂，饥饿无食，久沉地狱。"梁主见说，回曰："善哉，善哉。待朕回朝，即超度汝等。"诸罪人皆哀谢。末后，到一座大山。山有一穴，穴中伸出一个大蟒蛇的头来，如一间殿屋相似，对着梁主昂头而起。梁主见了，吃一大惊，正欲退走，只见这蟒蛇张开血池般口，说起话来，叫道："陛下休惊，身乃郗后也。只为生前嫉妒心毒，死后变成蟒身，受此业报。因身躯过大，旋转不便，每苦腹饥，无计求饱。陛下如念夫妇之情，乞广作佛事，使妾脱离此苦，功德无量。"

原来郗后是梁主正宫，生前最妒，凡帝所幸宫人，百般毒害。死于其手者，不计其数。梁主无可奈何，闻得鸽鹏鸟作羹，饮之可以治妒。乃命猎户每月责取鸽鹏百头，日日煮羹，充入御馔进之，果然其妒稍减。后来郗后闻知其事，将羹泼了不吃，妒复如旧。今日死为蟒蛇，阴灵见帝求救。梁主道："朕回朝时，当与汝忏悔前业。"蟒蛇道："多谢陛下仁德。妾今送陛下还朝，陛下勿惊。"说罢，那蟒蛇舒身出来，大数百围，其长不知几百丈。梁主吓出一身冷汗，醒来乃南柯一梦，咨嗟到晓。

次日朝罢，与众僧议设盂兰盆大斋，又造梁皇宝忏。说这盂兰盆大斋者，犹中国言普食也，盖为无主饿鬼而设也；梁皇忏者，梁主所造，专为郗后忏悔恶业，兼为众生解释其罪。冥府罪人，因梁主设斋、造经二事，即得超救一切罪业，地狱为彼一空。梦见郗后如生前装束，欣然来谢道："妾得陛下宝忏之力，已脱蟒身生天，特来拜谢。"又梦见百万狱囚，皆朝着梁主拜谢，齐道："皆赖陛下功德，幸得脱离地狱。"

梁主以此奉佛益专，屡诏寻访高僧礼拜，阐明其教，未得其人。闻得有个榼头和尚，精通释典，遣内侍降敕，召来相见。榼头和尚随着使命而来。武帝在便殿，正与侍中沈约弈棋。内侍禀道："奉敕唤榼头师已在午门外听旨。"适值武帝用心在围棋上，算计要杀一段棋子。这里连禀三次，武帝全不听得。手持一个棋子下去，口里说道："杀了他罢。"武帝是说杀那棋子，内侍只道要杀榼头和尚，应道："得旨。"便传旨出午门外，将榼头和尚斩讫。武帝完了这局围棋，沈约奏道："榼头师已唤至，听宣久矣。"武帝忙呼内侍，教请和尚进殿相见。内侍奏道："已奉旨杀了。"武帝大惊，方悟杀棋时误听之故。乃问内侍道："和尚临刑，有何言语？"内侍奏道："和尚说前劫为小沙弥时，将锄去草，误伤一曲蟮之命。帝那时正做曲蟮。今生合偿他命，乃理之当然也。"武帝叹惜良久，益信轮回报应之理。乃传旨：厚葬榼头和尚。一连数日，心中怏怏不乐。

沈约窥知帝意，乃遣人遍访名僧。忽闻得有个圣僧，法号道林支长老，在建康十里外结茅而居，在那里修行。乃奏知梁主，梁主即命侍中沈约去访其僧。约旌旗车马，仆从都盛，势如山岳，慌动远近，一路传呼。道林自在庵中打坐，寂然不动。沈约走到榻前说道："和尚知侍中来乎？"道林张目说道："侍中知和尚坐乎？"沈约又说道："和尚安身处所，那里得来的？"道林回话道："出家人去住无碍。"只说得这一声，这个庵，连里面僧人，一切都不见了，只剩得一片白地。沈约吃这一惊不小，晓得真是圣僧，慌忙望空下拜道："弟子肉眼凡庸，烦望吾师慈悲。非约僭妄，乃朝廷所使，约不得不如此。"支公仍见沈约，就留沈约吃些斋饭。沈约恳求禅旨指迷，支公与沈约口号云："栗事护前，断舌何缘？欲解阴事，赤章奏天。"纸后又写十来个"隐"字。为何支公有此四句口号？一日，豫州献二寸五分大栗子，梁主与沈约各默书栗子故事。沈约故意少书三事，乃云："不及陛下。"出朝语人曰："此公护前。"盖言梁主护短也。后梁主知道，以此憾约；断舌之事：约与范云劝武帝受禅，约病中梦齐和帝以剑割其舌。约恐惧，命道士密为赤章奏天，以禳其孽。都是沈约的心事，无人知得。被支公说着了，沈约惊得一身冷汗，魂不附体。木呆了一会，又再三拜问"隐"字之义。支公为何连写这十来个"隐"字？日后沈约身死，朝议欲谥沈约为文侯。梁主恨约，不肯谥为文侯，说道："情怀不尽为'隐'。"改其谥为隐侯。支公所书前二事，是沈约已往之事；后谥法一事，是沈约未来之事，沈约如何便悟得出来？再三拜求，定要支公明示。支公说道："天机不可尽泄，侍中日后自应。"说罢，依先闭着眼坐去了。沈约怅然而归。回见武帝，把支公变化之事，备细奏上武帝。武帝说道："世上真有仙佛，但俗人未晓耳。"

　　武帝传旨：来日銮舆幸其庵。命集文武大臣，起二万护卫兵，仪从卤簿，旗幡鼓吹，一齐出城，竟到庵里来迎支公。支公已先知了，庵里都收拾停当，似有个起行的模样。武帝与沈约到得庵里，相见支公，武帝屈尊下拜，尊礼支公为师。行礼已毕，支公说道："陛下请坐，受和尚的拜。"武帝说道："那曾见师拜弟？"支公答道："亦不曾见妻抗夫！"只这一句话头，武帝听了，就如提一桶冷水，从顶门上浇下来，遍身苏麻。此时武帝心地不知怎地忽然开明，就省悟前世黄复仁、童小姐之事。二人点头解意，眷眷不已。武帝就请支公一同在銮舆里回朝，供养在便殿斋阁里。武帝每日退朝，便到阁子中，与支公参究禅理，求解了悟。支公与武帝道："我在此终是不便，与陛下别了，仍到庵里去住。"武帝道："离此间三十里，有个白鹤山，最是清幽仙境之所。朕去建造个寺刹，请师傅到那里去住。"支公应允了。武帝差官督造这个山寺，大兴工作，极土木之美。殿刹禅房，数千百间，资费百万，取名同泰寺，夫妇同登佛地之意。四方僧人来就食者，千百余人。支公供养在同泰寺，一年有余。

　　梁主有个昭明太子，年方六岁，能默诵五经，聪明仁孝。一日，忽然四肢不举，口眼紧闭，不知人事。合宫慌张，来告梁主。遍召诸医，皆不能治。梁主道："朕得此子聪明，若是不醒，朕亦不愿生了。"举朝惊恐。东宫一班宫嫔官属奏道："太子虽然不省人事，身体犹温，陛下何不去见支太师，问个备细如何？"武帝忙排驾，到同泰寺见支公，说太子死去缘故。支公道："陛下不须惊张，太子非死也，是尸蹶也。昔秦穆公曾游天府，闻钧天之乐，七日而苏，赵简子亦游于天，五日而苏。射熊之事，符契扁鹊之言，命董安于书于宫。今太子亦在天上已四日矣。因忉利天有恒伽阿做青梯优迦会，为听仙乐忘返，被三足神乌啄了一口，西王母已杀是乌，太子还在天上，我为陛下取来。"梁主下拜道："若得太子更生，朕情愿与太子一同舍身在寺出家。"支公言："陛下且还宫，太子已苏矣。"梁主急回朝。见太子复生，搂抱太子，父子大哭起来。又说道："我儿，因你蹶了这几日，惊得我死不得死，生不得生，好苦。"太子回话道："我在天上看做会，被神乌啄了手，上帝命天医与我敷药。正要在那里耍，被个僧人抱了下来。"梁主说道："这个师傅，是支长老。明日与你去礼拜长老。"又说舍身之事。梁主致斋三日，先着天厨官来寺里办下大斋，普济群生，报答天地。梁主与太子就舍身在寺里。太子有诗一首，云："粹宇迎闾阖，天衢尚未央。鸣辂和鸾凤，飞旆入羊肠。谷静泉通峡，林深树奏琅。火树含日炫，金刹接天长。月迥塔全见，烟生楼半藏。法雨香林泽，仁风颂圣王。皈依惟上乘，宿化喜陶唐。且进香胡饭，山樱处处芳。长生容有外，诸福被遐方。"

梁主、太子在寺里一住二十余日，文武臣僚、耆老百姓都到寺里请梁主回朝，梁主不允。太后又使宦官来请回朝，梁主也不肯回去。支公夜里与梁主说道："爱欲一念，转展相侵，与陛下还有数年魔债未完，如何便能解脱得去？陛下必须还朝，了这孽缘，待时日到来，自无住碍。"梁主见说，依允。次日，各官又来请梁主回朝。梁主与各官说："朕已发誓舍身，今日又没缘故，便回了朝，这是虚语。朕有个善处：如要朕回朝，须是各出些钱财，赎朕回去才可。朕舍得一万两，各官舍一万两，太后舍一万两，都送在寺里来供佛斋僧，朕方可与太子回朝。"各官、太后都送银子在寺里，梁主也发一万银子，送到寺里来，梁主才回朝。

无多时，适有海西一个大秦犁鞬国，辖下有个条枝国。其人长八九尺，食生物，最猛悍，如禽兽一般；又善为妖妄眩惑，如吞刀吐火、屠人截马之术。闻得梁主受禅，他却要起倾国人马，来与大梁归并。边海守备官闻知这个消息，飞报与梁主知道。梁主见报，与文武官员商议："别的要厮杀，都不打紧。若说这条枝国人马，怎生与他对敌？如何是好？各官有能为朕领兵去敌得他，重加官职。"各官听得说，都面面相看，无人敢去迎敌。侍中范云奏道："臣等去同泰寺，与道林长老求个善处道理。"梁主道："朕须自去走一遭。"梁主慌忙命驾来到寺里，礼拜支长老，把条枝国要来厮杀归并，备说一遍。支公说道："不妨事。条枝国要过西海，方才转洋入大海，一千七百里到得明州；明州过二三条江，才到得建康。明州有个释迦真身舍利塔，是阿育王所造，藏释迦佛爪发舍利于塔中。这塔寺非是无故而设，专为镇西海口子，使彼不得来暴中国，说不尽的好处。今塔已倒坏了，陛下若把这塔依先修起来，镇压风水，老僧上祝释迦阿育王佛力护持，条枝国人马，如何过得海来？"梁主见说，连忙差官修造释迦塔，要增高做九十丈，刹高十丈，与金陵长干塔一般。钱粮工力，不计其数。

这里正好修造。说这大秦犁鞬王催促条枝国，兴起十万人马，海船千艘，精兵猛将，都过大海，要来厮并。道林长老入定时，见这景象。次日，来请梁主在寺里，打个释迦阿育王大会。长老拜佛忏祝，武帝也释去御服，持法衣，行清净大舍，素床瓦器，亲为礼拜讲经。你看这佛力浩大，非同小可。这里祈佛做会，那条枝国人马，下得海，开船不到三四日，就阻了飓风，各船几乎覆没。躲得在海中一个阿耨屿岛里住下，等了十余日，风息了，方敢开船。

不到一会间，风又发了，白浪滔天，如何过得来？仍旧回洋，躲在岛里。不开船，便无风；若要开船，就有风。条枝国大将军乾笃说道："却不是古怪？不开船，便无风；一要开船，风就发起来，还是中国天子福分。天若容我们去厮并，看这光景，便过得海，也未必取胜他们，不若回了兵罢。"把船回得洋时，风也没了，顺顺的放回去。乾笃领着众头目，来见大秦国王满屈，备说这缘故。满屈说道："中国天子弘福。我们终是小邦，不可与大国抗礼。"令乾笃领几个头目，修一通降表，进贡狮子、犀牛、孔雀、三足雉、长鸣鸡，一班夷官来朝拜进贡。梁主见乾笃说阻风不敢过海一事，自知修塔的佛力，以此深信释教，奉事益谨。

梁主恃中国财力，欲并二魏，遂纳侯景之降。景事东魏高欢，景左足偏短，不长弓马，而谋算诸将莫及。尝与高欢言："愿得精兵三万，横行天下，渡江缚取萧老，公为太平主。"欢大喜，使将兵十万，专制河南。适欢死，梁主因欢子高澄素与景不和，用反间高澄，澄果疑景，诈为欢书召景。景发书知澄诈，遂据河南叛魏。景遂使郎中丁和奉降表于梁主，举河南十三州归附。梁主正月丁卯夜，梦中原牧守皆以地来降。次日，见朱异说梦中之事，异奏道："此宇内混一之兆也。"及丁和奉降表见梁主，言景定降计，实是正月乙卯。梁主益神其事，遂纳景降，封景为河南王，又发兵马助景。那里晓得侯景反覆凶人？他知道临贺王萧正德屡以贪暴得罪于梁主，正德阴养死士，只愿国家有变。景因致书于正德。书云："天子年尊，奸臣乱国。大王属当储贰，今被废黜；景虽不才，实思自效。"正德得书大喜，暗地与景连和，又致书与景。书云："仆为其内，公为其外，何为不济？事机在速，今其时矣。"说这侯景与正德密约，遂诈称出猎起兵。十月，袭谯州，执刺史萧泰。又攻破历阳，太守庄铁以城投降，因说侯景曰："国家承平岁久，人不习战斗。大王举兵，内外震骇。宜乘此际，速趋建康，兵不血刃，而成大功。若使朝廷徐得为备，使羸兵千人，直据采石，虽有精甲百万，不能济矣。"景闻大悦，遂以铁为导引。梁主不知正德与景暗通，反令正德督军屯丹阳。正德遣大船数十艘，诈称载获，暗济景众。

侯景得渡，遂围台城，昼夜攻城不息。被董勋引景众登城，就据了台城。把梁主拘于太极东堂，以五百甲士防卫内外，周围铁桶相似。景遂入宫，恣意肆取宫中宝玩珍鼎、前代法器之类，又选美好宫嫔、名姬千数，悉归于己。景阴体弘壮，淫毒无度，夜御数十人，犹不遂其所欲。闻溧阳公主音律超众，容色倾国，欲纳为妃。遂使小黄门田香儿，以紫玉软丝同心结儿一衮，并合欢水果，盛以金泥小盒，密封遗公主。公主启看，左右皆怒，劝主碎其盒，拒而不纳。公主曰："不然，非尔辈所知。侯王天下豪杰，父王昔曾梦狝猴升御榻，正应今日。我不束身归侯王，则萧氏无遗类矣。"遂以双凤名锦被，珊瑚嵌金交莲枕，遗侯景。景见田香儿回奏，大悦，遣亲近左右数十人迎公主。定情之夕，景虽狃毒万端，主亦曲为忍受。日亲不移，致景宠结，得以颠倒是非，妨于朝务。保全公族，主之力也。后王伟劝景废立，尽除衍族；主与伟忤，爱弛。

梁主既为侯景所制，不得来见支公。所求多不遂意。饮膳亦为所裁节，忧愤成疾。口苦，索蜜不得，荷荷而殂，年八十六岁。景秘不发丧。支长老早已知道，况时节已至，不可待也，在寺里坐化了。

且说梁湘东王绎痛梁主被景幽死，遂自称假黄钺大都督中外诸军，承制起兵，来诛侯景。先使竟陵太守王僧辩领五千人马，来复台城。军到湘州地方，僧辩暗令赵伯超来探听侯景消息。伯超恐路上不好行，装做个平常商人，行到柏桐尖山边深林里走过，望见梁主与支公二人，各倚着一杖，缓缓的行来。伯超走近，见了梁主，吃这一惊不小，连忙跪下奏道："陛下与长老因甚到此？今要往何处去？"梁主回答道："朕功行已满，与长老往西天竺极乐国去。有封书寄与湘东王，正没人可寄，卿可仔细收好，与朕寄去。"说了，梁主就袖中取出书，递与赵伯超。伯超刚接得书，就不见了梁主与支公。后伯超探听侯景消息，回覆王僧辩；忙将书送上湘东王，说见梁主一事。湘东王拆开书看，是一首古风。诗云："奸虏窃神器，毒痛流四海；嗟哉萧正德，为景所愚卖。凶逆贼君父，不复为翊戴。惟彼湘东王，愤起忠勤在；落星霸先谋，使景台城败。窜身依答仁，为鸥所屠害；身首各异处，五子诛夷外。暴尸陈市中，争食民心快。今我脱敝履，去住两无碍；极乐为世尊，自在兜利界。篡逆安在哉？铁钺诛千载。"湘东王读罢是诗，泪涕潜流，不胜呜咽。后王僧辩、陈霸先攻破侯景，景竟欲走吴依答仁。羊侃二子羊鹍杀之，暴景尸于市，民争食之，并骨亦尽。溧阳公主亦食其肉，雪冤于天，期以自死。景五子皆被北齐杀尽。于诗无一不验。诗曰："堪笑世人眼界促，只就目前较祸福。台城去路是西天，累世证明有空谷。"

第三十八卷　任孝子烈性为神

参透风流二字禅，好姻缘作恶姻缘。
痴心做处人人爱，冷眼观时个个嫌。
闲花野草且休拈，赢得身安心自然。
山妻本是家常饭，不害相思不费钱。

这首词，单道着色欲乃忘身之本，为人不可苟且。话说南宋光宗朝绍熙元年，临安府在城清河坊南首升阳库前，有个张员外，家中巨富，门首开个川广生药铺。年纪有六旬，妈妈已故。止生一子，唤着张秀一郎，年二十岁，聪明标致。每日不出大门，只务买卖。父母见子年幼，抑且买卖其门如市，打发不开。

铺中有个主管，姓任名珪，年二十五岁。母亲早丧，止有老父，双目不明，端坐在家。任珪大孝，每日辞父出，到晚才归参父，如此孝道。祖居在江干牛皮街上。是年冬间，凭媒说合，娶得一妻，年二十岁，生得大有颜色，系在城内日新桥河下做凉伞的梁公之女儿，小名叫做圣金。自从嫁与任珪，见他笃实本分，只是心中不乐，怨恨父母，"千不嫁，万不嫁，把我嫁在江干。路又远，早晚要归家不便。"终日眉头不展，面带忧容，妆饰皆废。这任珪又向早出晚归，因此不满妇人之意。原来这妇人未嫁之时，先与对门周待诏之子名周得有奸。此人生得丰姿俊雅，专在三街两巷，贪花恋酒，趋奉得妇人中意。年纪三十岁，不要娶妻，只爱偷婆娘。周得与梁姐姐暗约偷期，街坊邻里，那一个不晓得？因此梁公、梁婆又无儿子，没奈何，只得把女儿嫁在江干，省得人是非。这任珪是个朴实之人，不曾打听仔细，胡乱娶了。不想这妇人身虽嫁了任珪，一心只想周得，两人余情不断。

荏苒光阴，正是看见垂杨柳，回头麦又黄。蝉声犹未断，孤雁早成行。忽一日，正值八月十八日潮生日，满城的佳人才子，皆出城看潮。这周得同两个弟兄，俱打扮出候潮门。只见车马往来，人如聚蚁。周得在人丛中丢撇了两个弟兄，潮也不看，一径投到牛皮街那任珪家中来。原来任公每日只闭着大门，坐在楼檐下念佛。周得将扇子柄敲门，任公只道儿子回家，一步步摸出来，把门开了。周得知道是任公，便叫声："老亲家，小子施礼了。"任公听着不是儿子声音，便问："足下何人？有何事到舍下？"周得道："老亲家，小子是梁凉伞姐姐之子。有我姑表妹嫁在宅上，因看潮，特来相访，令郎姐夫在家么？"任公双目虽不明，见说是媳妇的亲，便邀他请坐。就望里面叫一声："娘子，有你阿舅在此相访。"这妇人在楼上正纳闷，听得任公叫，连忙浓添脂粉，插戴钗环，穿几件色服，三步挪做两步，走下楼来。布帘内瞧一瞧："正是我的心肝情人，多时不曾相见。"走出布帘外，笑容可掬，向前相见。这周得一见妇人，正是：分明久旱逢甘雨，赛过他乡遇故知。只想洞房欢会日，那知公府献头时？两个并肩坐下。

这妇人见了周得，神魂飘荡，不能禁止，遂携周得手揭起布帘，口里胡说道："阿舅，上楼去说话。"这任公依旧坐在楼檐下板凳上念佛。这两个上得楼来，就抱做一团。妇人骂道："短命的，教我思量得你成病。因何一向不来看我？负心的贼！"周得笑道："姐姐，我为你嫁上江头来，早晚不得见面，害了相思病，争些儿不得见你。我如常要来，只怕你老公知道，因此不敢来望你。"一头说，一头搂抱上床，解带卸衣，叙旧日海誓山盟，云情雨意。正是：情兴两和谐，搂定香肩脸贴腮。手捻香酥奶绵软，实奇哉，退了裤儿脱绣鞋。玉体靠郎怀，舌送丁香口便开。倒凤颠鸾云雨罢，嘱多才：明朝千万早些来。"这词名《南乡子》，单道其日间云雨之事。这两个霎时云收雨散，各整衣巾。妇人搂住周得在怀里道："我的老公早出晚归，你若不负我心，时常只说相访。老子又瞎，他晓得什么？只顾上楼和你快活，切不可做负心的。"周得答道："好姐姐，心肝肉，你既有心于我，我决不负于你；我若负心，教我堕阿鼻地狱，万劫不得人身。"这妇人见他设咒，连忙捧过周得脸来，舌送丁香，放在他口里，道："我心肝，我不枉了有心爱你。从今后频频走来相会，切不可使我倚门而望。"道罢，两人不忍分别。只得下楼别了任公，一直去了。妇人对任公道："这个是我姑娘的儿子，且是本分淳善，话也不会说，老实的人。"任公答道："好，好。"妇人去灶前安排中饭与任公吃了，自上楼去了，直睡到晚。任珪回来，参了父亲，上楼去了，夫妻无话。睡到天明，辞了父亲，又入城而去。俱各不题。

这周得自那日走了这遭，日夜不安，一心想念。歇不得两日，又去相会，正是情浓似火。此时牛皮街人烟稀少，因此走动，只有数家邻舍，都不知此事。不想周得为了一场官司，有两个月不去相望。这妇人淫心似火，巴不得他来，只因周得不来，恹恹成病，如醉如痴。正是：乌飞兔走，朝来暮往何时歇？女娲只会炼石补青天，岂会熬胶粘日月？倏忽又经元宵，临安府居民门首，扎缚灯棚，悬挂花灯，庆贺元宵。不期这周得官事已了，打扮衣巾，其日已牌时分，径来相望。却好任公在门首念佛。与他施礼罢，径上楼来。袖中取出烧鹅熟肉，两人吃了，解带脱衣上床。如糖似蜜，如胶似漆，恣意颠鸾倒凤，出于分外绸缪。日久不曾相会，两个搂做一团，不舍分开。耽阁长久了，直到申牌时分，不下楼来。这任公肚中又饥，心下又气，想道："这阿舅今日如何在楼上这一日？"便在楼下叫道："我肚饥了，要饭吃！"妇人应道："我肚里疼痛，等我便来。"任公忍气吞声，自去门前坐了，心中暗想："必有跷蹊，今晚孩儿回来问他。"这两人只得分散，轻轻移步下楼，款款开门，放了周得去了。那妇人假意叫肚痛，安排些饭与任公吃了，自去楼上思想情人。不在话下。

却说任珪到晚回来，参见父亲。任公道："我儿且休要上楼去，有一句话要问你。"任珪立住脚听。任公道："你丈人丈母家有个甚么姑舅的阿舅，自从旧年八月十八日看潮来了这遭，以后不时来望，径直上楼去说话，也不打紧。今日早间上楼，直到下午，中饭也不安排我吃。我忍不住叫你老婆，那阿舅听见我叫，慌忙去了。我心中十分疑惑，往日常要问你，只是你早出晚回，因此忘了。我想男子汉与妇人家在楼上一日，必有奸情之事。我自年老，眼又瞎，管不得，我儿自己慢慢访问则个。"

任珪听罢，心中大怒，火急上楼。端的是：口是祸之门，舌为斩身刀。闭口深藏舌，安身处处牢。当时任珪大怒上楼，口中不说，心下思量："我且忍住，看这妇人分豁。"只见这妇人坐在楼上，便问道："父亲吃饭也未？"答应道："吃了。"便上楼点灯来，铺开被，脱了衣裳，先上床睡了。任珪也上床来，却不倒身睡去，坐在枕边问那妇人道："我问你家那有个姑长阿舅，时常来望你？你且说是那个？"妇人见说，爬将起来，穿起衣裳，坐在床上。柳眉剔竖，娇眼圆睁，应道："他便是我爹爹结义的妹子养的儿子。我的爹娘记挂我，时常教他来望我。有甚么半丝麻线？"便焦躁发作道："兀谁在你面前说长道短来？老娘不是善良君子、不裹头巾的婆婆！漾块砖儿也要落地。你且说，是谁说黄道黑，我要和你会同问得明白。"任珪道："你不要嚷！却才父亲与我说，今日甚么阿舅，在楼上一日，因此问你则个。没事便罢休，不消得便焦躁。"一头说，一头便脱衣裳自睡了。那妇人气喘气促，做神做鬼，假意儿装妖作势，哭哭啼啼道："我的父母没眼睛，把我嫁在这里。没来由教他来望，却教别人说是道非。"又哭又说。任珪睡不着，只得爬起来，那妇人头边搂住了，抚恤道："便罢休，是我不是。看往日夫妻之面，与你陪话便了。"那妇人倒在任珪怀里，两个云情雨意，狂了半夜。俱不题了。

任珪天明起来，辞了父亲入城去了。每日巴巴结结，早出晚回。那痴婆一心只想要偷汉子，转转寻思："要待何计脱身？只除寻事回到娘家，方才和周得做一块儿，要个满意。"日夜挂心，捻指又过了半月。忽一日饭后，周得又来。拽开门儿径入，也不与任公相见，一直上楼。那妇人向前搂住，低声说道："叵耐这瞎老驴，与儿子说道，你常来楼上坐定说话。教我分说得口皮都破，被我葫芦提瞒过了。你从今不要来，怎地教我舍得你？可寻思计策，除非回家去，与你方才快活。"周得听了，眉头一簇，计上心来："如今屋上猫儿正狂，叫来叫去。你可漏屋处抱得一个来，安在怀里，必然抓碎你胸前。却放了猫儿，睡在床上啼哭。等你老公回来，必然问你。你说：'你的好爷，却来调戏我。我不肯顺他，他将我胸前抓碎了。'你放声哭起来，你的丈夫必然打发你归家去。我每日得和你同欢同乐，却强如偷鸡吊狗，暂时相会。且在家中住了半年三个月，却又再处。此计大妙！"妇人伏道："我不枉了有心向你。好心肠，有见识！"二人和衣倒在床上调戏了。云雨罢，周得慌忙下楼去了。正是：老龟烹不烂，移祸于枯桑。

那妇人伺候了几日，忽一日，捉得一个猫儿，解开胸膛，包在怀里。这猫儿见衣服包笼，舒脚乱抓。妇人忍着疼痛，由他抓得胸前两奶粉碎。解开衣服，放他自去。此是申牌时分，不做晚饭，和衣倒在床上，把眼揉得绯红，哭了叫，叫了哭。将近黄昏，任珪回来，参了父亲。到里面不见妇人，叫道："娘子，怎么不下楼来？"那妇人听得回了，越哭起来。任珪径上楼，不知何意，问道："吃晚饭也未？怎地又哭？"连问数声不应。那淫妇巧生言语，一头哭，一头叫道："问甚么！说起来妆你娘的谎子。快写休书，打发我回去，做不得这等猪狗样人！你若不打发我回家去，我明日寻个死休！"说了又哭。任珪道："你且不要哭，有甚事？对我说。"这妇人爬将起来，抹了眼泪，擗开胸前，两奶抓得粉碎，有七八条血路。教丈夫看了，道："这是你好亲爷干下的事！今早我送你出门，回身便上楼来。不想你这老驴老畜生，轻手轻脚跟我上楼，一把双手搂住，摸我胸前，定要行奸。吃我不肯，他便将手把我胸前抓得粉碎，那里肯放！我慌忙叫起来，他没意思，方才摸下楼去。教我眼巴巴地望你回来。"说罢，大哭起来，道："我家不是这般没人伦畜生驴马的事。"任珪道："娘子低声，邻舍听得，不好看相。"妇人道："你怕别人得知，明日讨乘轿子，抬我回去便罢休。"任珪虽是大孝之人，听了这篇妖言，不由得怒从心上起，恶向胆边生。"正是画虎画皮难画骨，知人知面不知心。罢罢，原来如此！可知道前日说你与甚么阿舅有奸，眼见得没巴鼻，在我面

前胡说。今后眼也不要看这老禽兽！娘子休哭，且安排饭来吃了睡。"这妇人见丈夫听他虚说，心中暗喜，下楼做饭，吃罢去睡了。正是：娇妻唤做枕边灵，十事商量九事成。

这任珪被这妇人情色昏迷，也不问爷却有此事也无，过了一夜，次早起来，吃饭罢，叫了一乘轿子，买了一只烧鹅，两瓶好酒，送那妇人回去。妇人收拾衣包，也不与任公说知，上轿去了。抬得到家，便上楼。周得知道便过来，也上楼去。就搂做一团，便在梁婆床上，云情雨意。周得道："好计么？"妇人道："端的你好计策！今夜和你放心快活一夜，以遂两下相思之愿。"两个狂罢，周得下楼去，要买办些酒馔之类。妇人道："我带得有烧鹅美酒，与你同吃；你要买时，只觅些鱼菜、时果足矣。"周得一霎时买得一尾鱼，一只猪蹄，四色时新果儿，又买下一大瓶五加皮酒。拿来家里，教使女春梅安排完备，已是申牌时分。妇人摆开卓子，梁公、梁婆在上坐了，周得与妇人对席坐了，使女筛酒。四人饮酒，直至初更。吃了晚饭，梁公梁婆二人下楼去睡了。这两个在楼上，正是：欢来不似今日，喜来更胜当初。正要称意停眠整宿，只听得有人敲门。正是：日间不做亏心事，半夜敲门不吃惊。

这两个指望做一夜快活夫妻，谁想有人敲门？春梅在灶前收拾未了，听得敲门，执灯去开门。见了任珪，惊得呆了，立住脚头，高声叫道："任姐

夫来了！"周得听叫，连忙穿衣径走下楼。思量无处躲避，想空地里有个东厕，且去东厕躲闪。这妇人慢慢下楼道："你今日如何这等晚来？"任珪道："便是出城得晚，关了城门。欲去张员外家歇，又夜深了，因此来这里歇一夜。"妇人道："吃晚饭了未？"任珪道："吃了。只要些汤洗脚。"春梅连忙掇脚盆来，教任珪洗了脚。妇人先上楼，任珪却去东厕里净手。时下有人拦住，不与他去便好。只因来上厕，争些儿死于非命。正是：恩义广施，人生何处不相逢？冤仇莫结，路逢狭处难回避。任珪刚跨上东厕，被周得劈头揪住，叫道："有贼！"梁公、梁婆、妇人、使女，各拿一根柴来乱打。任珪大叫道："是我，不是贼！"众人不由分说，将任珪痛打一顿。周得就在闹里一径走了。任珪叫得喉咙破了，众人方才放手。点灯来看，见了任珪，各人都呆了。任珪道："我被这贼揪住，你们颠倒打我，被这贼走了。"众人假意埋冤道："你不早说，只道是贼。贼到却走了。"说罢，各人自去。

任珪忍气吞声道："莫不是藏甚么人在里面，被我冲破，到打我这一顿？且不要慌，慢慢地察访。"听那更鼓已是三更，去梁公床上睡了。心中胡思乱想，只睡不着。挨到五更，不等天明，起来穿了衣服便走。梁公道："待天明吃了早饭去。"任珪被打得浑身疼痛，那有好气？也不应他。开了大门，拽上了，趁星光之下，直望候潮门来，却讫早了些，城门未开。城边无数经纪行贩，挑着盐担，坐在门下等开门。也有唱曲儿的，也有说闲话的，也有做小买卖的。任珪混在人丛中，坐下纳闷。你道事有凑巧，物有偶然。正所谓：吃食少添盐醋，不是去处休去。要人知重勤学，怕人知事莫做。当时任珪心下郁郁不乐，与决不下。内中忽有一人说道："我那里有一邻居梁凉伞家，有一件好笑的事。"这人道："有什么事？"那人道："梁家有一个女儿，小名圣金，年二十余岁。未曾嫁时，先与对门周待诏之子周得通奸。旧年嫁在城外牛皮街卖生药的主管，叫做任珪。这周得一向去那里来往，被瞎阿公识破，去那里不得了。昨日归在家里，昨晚周得买了嗄饭好酒，吃到更尽。两个正在楼上快活，有这等的巧事，不想那女婿更深夜静，赶不出城，径来丈人家投宿。奸夫惊得没躲避处，走去东厕里躲了。任珪却去东厕净手，你道好笑么？那周得好手段，走将起来劈头将任珪揪住，到叫：'有贼！'丈人、丈母、女儿，一齐把任珪烂酱打了一顿，奸夫逃走了。世上有这样的异事！"众人听说了，一齐拍手笑起来，道："有这等没用之人，被奸夫淫妇安排，难道不晓得？"这人道："若是我，便打一把尖刀，杀做两段。那人必定不是好汉，必是个煨脓烂板乌龟。"又一个道："想那人不晓得老婆有奸，以致如此。"说了，又笑一场。正是：情知语是钩和线，从头钓出是非来。

当时任珪却好听得备细。城门正开，一齐出城，各分路去了。此时任珪不出城，复身来到张员外家里来，取了三五钱银子，到铁铺里买了一柄解腕尖刀，和鞘插在腰间。思量钱塘门晏公庙神明最灵，买了一只白公鸡，香烛纸马，提来庙里，烧香拜告："神圣显灵：任珪妻梁氏，与邻人周得通奸，夜来如此如此。"前话一一祷告罢。将刀出鞘，提鸡在手，问天买卦："如若杀得一个人，杀下的鸡在地下跳一跳；杀他两个人，跳两跳。"说罢，一刀剁下鸡头，那鸡在地下一连跳了四跳，重复从地跳起，直从梁上穿过，坠将下来，却好共是五跳。当时任珪将刀入鞘，再拜："望神明助力报仇。"化纸出庙，上街东行西走，无计可施。到晚回张员外家歇了，没情没绪，买卖也无心去管。次日早起，将刀插在腰间，没做理会处。欲要去梁家干事，又恐撞不着周得，只杀了老婆也无用，又不了事。转转寻思，恨不得咬他一口。径投一个去处，有分教：任珪小胆番为大胆，善心改作恶心；大闹了日新桥，鼎沸了临安府。正是：青龙与白虎同行，吉凶事全然未保。

这任珪东撞西撞，径到美政桥姐姐家里。见了姐姐，说道："你兄弟这两日有些事故，爹在家没人照管，要寄托姐姐家中住几时，休得推故。"姐姐道："老人家多住些时也不妨。"姐姐果然教儿子去接任公，扶着来家。这日，任珪又在街坊上串了一回。走到姐姐家，见了父亲，将从前事，一一说过。道："儿子被这泼淫妇虚言巧语，反说父亲如何如何，儿子一时被惑，险些堕他计中。这口气如何消得？"任公道："你不要这淫妇便了，何须呕气？"任珪道："有一日撞在我手里，决无干休！"任公道："不可造次。从今不要上他门，休了他，别讨个贤会的便罢。"任珪道："儿子自有道理。"辞了父亲并姐姐，气忿忿的入城，恰好是黄昏时候。走到张员外家，将上件事一一告诉："只有父亲在姐姐家，我也放得心下。"张员外道："你且忍耐，此事须要三思而行。自古道：捉奸见双，捉贼见赃。倘或不了事，枉受了苦楚。若下在死囚牢中，无人管你。你若依我说话，不强如杀害人性命。冤家只可解，不可结。"任珪听得劝他，低了头，只不言语。员外教养娘安排酒饭相待，教去房里睡，明日再作计较。

任珪谢了，到房中寸心如割，和衣倒在床上，番来覆去。延捱到四更尽了，越想越恼，心头火按捺不住。起来抓扎身体急捷，将刀插在腰间，摸到厨下，轻轻开了门，靠在后墙。那墙苦不甚高，一步爬上墙头。其时夏末秋初，其夜月色正明如昼。将身望下一跳，跳在地上。道："好了！"一直望丈人家来。隔十数家，黑地里立在屋檐下，思量道："好却好了，怎地得他门开？"踌躇不决。只见卖烧饼的王公，挑着烧饼担儿，手里敲着小小竹筒过来。忽然丈人家门开，走出春梅，叫住王公，将钱买烧饼。任珪自道："那厮当死！"三步作一步，奔入门里，径投胡梯边梁公房里来。拨开房门，拔刀在手，见丈人、丈母俱睡着。心里想道："周得那厮必然在楼上了。"按住一刀一个，割下头来，丢在床前。正要上楼，却好春梅关了门，走到胡梯边，被任珪劈头揪住，道："不要高声；若高声，便杀了你。你且说，周得在那里？"那女子认得是任珪声音，情知不好了。见他手中拿刀，大叫："任姐夫来了！"任珪气起，一刀砍下头来，倒在地下。慌忙大踏步上楼去杀奸夫、淫妇。正是：种瓜得瓜，种豆得豆；天网恢恢，疏而不漏。当时任珪跨上楼来，原来这两个正在床上狂荡，听得王公敲竹筒，唤起春梅买烧饼，房门都不闭，卓上灯尚明。径到床边，妇人已知，听得春梅叫，假做睡着。任珪一手按头，一手将刀去咽喉下切下头来，丢在楼板上。口里道："这口怒气出了，只恨周得那厮不曾杀得，不满我意。"猛想神前杀鸡五跳，杀了丈人、丈母、婆娘、使女，只应得四跳。那鸡从梁上跳下来，必有缘故。抬头一看，却见周得赤条条的伏在梁上。任珪叫道："快下来，饶你性命！"那时周得心慌，爬上去了；一见任珪，战战兢兢，慌了手脚，禁了爬不动。任珪性起，从床上直爬上去，将刀乱砍。可怜周得，从梁上倒撞下来。任珪随势跳下，踏住胸脯，搠了十数刀，将头割下。解开头发，与妇人头结做一处。将刀入鞘，提头下楼。到胡梯边，提了使女头，来寻丈人、丈母头。解开头发，五个头结做一块，放在地上。

此时东方大亮，心中思忖："我今杀得快活，称心满意。逃走被人捉住，不为好汉。不如挺身首官，便吃了一剐，也得名扬于后世。"遂开了门，叫两边邻舍，对众人道："婆娘无礼，人所共知。我今杀了他一家，并奸夫周得。我若走了，连累高邻吃官司，如今起烦和你们同去出首。"众人见说未信，慌忙到梁公房里看时，老夫妻两口俱没了头。胡梯边使女尸倒在那里。上楼看时，周得被杀死在楼上，遍身刀搠伤痕数处，尚在血里。妇人杀在床上。众人吃了一惊，走下楼来，只见五颗头结做一处，都道："真好汉子！我们到官，依直与他讲就是。"道犹未了，嚷动邻舍街坊、里正、缉捕人等，都来缚住任珪。任珪道："不必缚我，我自做自当，并不连累你们。"说罢，两手提了五颗头，出门便走。众邻居一齐跟定。满街男子妇人，不计其数来看，哄动满城人。只因此起，有分教任珪，正是生为孝子肝肠烈，死作明神姓字香。

众邻舍同任珪到临安府，大尹听得杀人公事，大惊，慌忙升厅。两下公吏人等排立左右，任珪将五个人头，行凶刀一把，放在面前，跪下告道："小人姓任，名珪，年二十八岁，系本府百姓，祖居江头牛皮街上。母亲早丧，止有老父，双目不明。前年冬间，凭媒说合，娶到在城日新桥河下梁公女儿为妻，一向到今。小人因无本生理，在卖生药张员外家做主管。早去晚回，日常间这妇人只是不喜。至去年八月十八日，父亲在楼下坐定念佛。原来梁氏未嫁小人之先，与邻人周得有奸。其日本人来家，称是姑舅哥哥来访，径自上楼说话。日常来往，痛父眼瞎不明。忽日父与小人说道：'甚么阿舅，常常来楼上坐，必有奸情之事。'小人听得说，便骂婆娘。一时小人见不到，被这婆娘巧语虚言，说道老父上楼调戏。因此三日前，小人打发妇人回娘家去了。至日，小人回家晚了，关了城门，转到妻家投宿。不想奸夫见我去，逃躲东厕里。小人临睡，去东厕净手，被他劈头揪住，喊叫有贼。当时丈人、丈母、婆娘、使女，一齐执柴乱打小人，此时奸夫走了。小人忍痛归家，思想这口气没出处。不合夜来提刀入门，先杀丈人、丈母，次杀使女，后来上楼杀了淫妇。猛抬头，见奸夫伏在梁上，小人爬上去，乱刀砍死。今提五个首级首告，望相公老爷明镜。"大尹听罢，呆了半晌。遂问排邻，委果供认是实。所供明白，大尹钧旨，令任珪亲笔供招。随即差个县尉，并公吏、仵作人等，押着任珪到尸边检验明白。其日人山人海来看，险道神脱了衣裳，这场话非同小可。

当日一齐同到梁公家，将五个尸首一一检验讫，封了大门。县尉带了一干人犯，来府堂上回话道："检得五个尸，并是凶身自认杀死。"大尹道："虽是自首，难以免责。"交打二十下，取具长枷枷了，上了铁镣手肘，令狱卒押下死囚牢里去；一干排邻回家；教地方公同作眼，将梁公家家财什物变卖了；买下五具棺材，盛下尸首，听候官府发落。

且说任珪在牢内，众人见他是个好男子，都爱敬他。早晚饭食，有人管顾。不在话下。

临安府大尹，与该吏商量："任珪是个烈性好汉，只可惜下手忒狠了，周旋他不得。"只得将文书做过，申呈刑部。刑部官奏过天子，令勘官勘得：本犯奸夫淫妇，理合杀死。不合杀了丈人、丈母、使女，一家非死三人。着令本府待六十日限满，将犯人就本地方凌迟示众。梁公等尸首烧化，财产入官。

文书到府数日，大尹差县尉率领仵作、公吏、军兵人等，当日去牢中取出任珪。大尹将朝廷发落文书，教任珪看了。任珪自知罪重，低头伏死，大尹教去了锁枷镣肘，上了木驴。只见：四道长钉钉，三条麻索缚。两把刀子举，一朵纸花摇。县尉人等，两棒鼓，一声锣，簇拥推着任珪，前往牛皮街示众。但见犯由牌前引，棍棒后随。当时来到牛皮街，围住法场，只等午时三刻。其日看的人，两行如堵。将次午时，真可作怪：一时间天昏地黑，日色无光，狂风大作，飞沙走石，播土扬泥，你我不能相顾。看的人惊得四分五落，魄散魂飘。少顷，风息天明。县尉并刽子众人看任珪时，绑索长钉，俱已脱落，端然坐化在木驴之上。众人一齐发声道："自古至今，不曾见有这般奇异的怪事！"监斩官惊得木麻，慌忙令仵作、公吏人等，看守任珪尸首，自己忙拍马到临安府，禀知大尹。大尹见说，大惊，连忙上轿，一同到法场看时，果然任珪坐化了。大尹径来刑部禀知此事，着令排邻地方人等，看守过夜。明早奏过朝廷，凭圣旨发落。次日巳牌时分，刑部文书到府：随将犯人任珪尸首，即时烧化，以免凌迟。县尉领旨，就当街烧化。城里城外人，有千千万万来看，都说："这样异事，何曾得见？何曾得见？"

却说任公与女儿得知任珪死了，安排些羹饭，外甥挽了瞎公公，女儿抬着轿子，一齐径到当街祭祀了，痛哭一场。任珪的姐姐，教儿子挽扶着公公同回家，奉亲过世。

话休絮烦。过了两月余，每遇黄昏，常时出来显灵。来往行人看见者，回去便患病；备下羹饭纸钱当街祭献，其病即痊。忽一日，有一小儿来牛皮街闲耍，被任珪附体起来。众人一齐来看，小儿说道："玉帝怜吾是忠烈孝义之人，各坊城隍、土地保奏，令做牛皮街土地。汝等善人，可就我屋基立庙。春秋祭祀，保国安民。"说罢，小儿遂醒。当坊邻佑，看见如此显灵，那敢不信！即日敛出财物，买下木植，将任珪基地盖造一所庙宇。连忙请一个塑佛高手，塑起任珪神像，坐于中间处，虔备三牲福礼祭献。自此香火不绝，祈求必应，其庙至今尚存。后人有诗题于庙壁，赞任珪坐化为神之事。诗云："铁销石朽变更多，只有精神永不磨。除却奸淫拼自死，刚肠一片赛阎罗。"

第三十九卷　汪信之一死救全家

　　白发苏堤老妪，不知生长何年。相随宝驾共南迁，往事能言旧汴。
　　前度君王游幸，一时询旧凄然。鱼羹妙制味犹鲜，双手擎来奉献。

　　话说大宋乾道淳熙年间，孝宗皇帝登极，奉高宗为太上皇。那时金邦和好，四郊安静，偃武修文，与民同乐。孝宗皇帝时常奉着太上乘龙舟，来西湖玩赏。湖上做买卖的，一无所禁，所以小民多有乘着圣驾出游，赶趁生意。只卖酒的，也不止百十家。且说有个酒家婆姓宋，排行第五，唤做宋五嫂，原是东京人氏，造得好鲜鱼羹，京中最是有名的。建炎中，随驾南渡，如今也侨寓苏堤赶趁。一日，太上游湖，泊船苏堤之下，闻得有东京人语音。遣内官召来，乃一年老婆婆。有老太监认得他是汴京樊楼下住的宋五嫂，善煮鱼羹，奏知太上。太上题起旧事，凄然伤感，命制鱼羹来献。太上尝之，果然鲜美，即赐金钱一百文。此事一时传遍了临安府，王孙公子，家富巨室，人人来买宋五嫂鱼羹吃。那老妪因此遂成巨富。有诗为证："一碗鱼羹值几钱？旧京遗制动天颜。时人倍价来争市，半买君恩半买鲜。"

　　又一日，御舟经过断桥。太上舍舟闲步，看见一酒肆精雅，坐启内设个素屏风，屏风上写《风入松》词一首，词云："一春常费买花钱，日日醉湖边。玉骢惯识西湖路，骄嘶过沽酒楼前。红杏香中歌舞，绿杨影里秋千。暖风十里丽人天，花压鬓云偏。画船载得春归去，余情付湖水湖烟。明日重移残酒，来寻陌上花钿。"太上览毕，再三称赏，问酒保："此词何人所作？"酒保答言："此乃太学生于国宝醉中所题。"太上笑道："此词虽然做得好，但末句'重移残酒'，不免带寒酸之气。"因索笔，就屏上改云："明日重扶残醉"。即日宣召于国宝见驾，钦赐翰林待诏。那酒家屏风上添了御笔，游人争来观看，因而饮酒，其家亦致大富。后人有诗，单道于国宝际遇太上

喻世明言·彩绘版

之事。诗曰："素屏风上醉题词，不道君王盼睐奇。若问姓名谁上达？酒家即是魏无知。"又有诗赞那酒家云："御笔亲删墨未干，满城闻说尽争看。一般酒肆偏腾涌，始信皇家雨露宽。"

那时南宋承平之际，无意中受了朝廷恩泽的不知多少。同时，又有文武全才，出名豪侠，不得际会风云；被小人诬陷，激成大祸，后来做了一场没挞煞的笑话。此乃命也，时也，运也。正是：时来风送滕王阁，运退雷轰荐福碑。

话说乾道年间，严州遂安县有个富家，姓汪名孚，字师中，曾登乡荐，有财有势，专一武断乡曲，把持官府，为一乡之豪霸。因杀死人命，遇了对头，将汪孚问配吉阳军去。他又夤缘魏国公张浚，假以募兵报效为由，得脱罪籍。回家益治资产，复致大富。

他有个嫡亲兄弟汪革，字信之，是个文武全才，从幼只在哥哥身边居住。因与哥哥汪孚酒中争论，一句闲话，别口气只身径走出门，口里说道："不致千金，誓不还乡！"身边只带得一把雨伞，并无财物，思想："那里去好？我闻得人说，淮庆一路有耕冶可业，甚好经营。且到彼地，再作道理。只是没有盘缠。"心生一计：自小学得些枪棒拳法在身，那时抓缚衣袖，做个把势模样。逢着马头聚处，使几路空拳，将这伞权为枪棒，撇个架子。一般有人喝采，赏发几文钱，将就买些酒饭用度。不一日，渡了扬子江。一路相度地势，直至安庆府。过了宿松，又行三十里，地名麻地坡。看见荒山无数，只有破古庙一所，绝无人居，山上都是炭材。汪革道："此处若起个铁冶，炭又方便，足可擅一方之利。"于是将古庙为家，在外纠合无籍之徒，因山作炭，卖炭买铁，就起个铁冶。铸成铁器，出市发卖。所用之人，各有职掌，恩威并著，无不钦服。数年之间，发个大家事起来。遣人到严州取了妻子，来麻地居住。起造厅屋千间，极其壮丽。又占了本处酤坊，每岁得利若干。又打听望江县有个天荒湖，方圆七十余里，其中多生鱼蒲之类。汪革承佃为己业，湖内渔户数百，皆服他使唤，每岁收他鱼租。其家益富，独霸麻地一乡。乡中有事，俱由他武断。出则佩刀带剑，骑从如云，如贵官一般。四方穷民，归之如市；解衣推食，人人愿出死力。又将家财交结附近郡县官吏。若与他相好的，酒杯来往；若与他作对的，便访求他过失，轻则遣人讦讼，败其声名；重则私令亡命等于沿途劫害，无处踪迹。以此人人惧怕，交欢恐后。分明是郭解重生，朱家再出；气压乡邦，名闻郡国。

话分两头。却说江淮宣抚使皇甫倜，为人宽厚，颇得士心。招致四方豪杰，就中选骁勇的，厚其资粮，朝夕训练，号为"忠义军"。宰相汤思退忌其威名，要将此缺替与门生刘光祖。乃阴令心腹御史劾奏皇甫倜糜费钱粮，招致无赖凶徒；不战不征，徒为他日地方之害。朝廷将皇甫倜革职，就用了刘光祖代之。那刘光祖为人又畏懦，又刻薄，专一阿奉宰相，乃悉反皇甫倜之所为，将忠义军散遣归田，不许占住地方生事。可惜皇甫倜几年精力，训练成军，今日一朝而散。这些军士，也有归乡的，也有结伙走绿林中道路的。

就中单表二人，程彪、程虎，荆州人氏。弟兄两个，都学得一身好武艺，被刘光祖一时驱逐，平日有的请受都花消了，无可存活。思想："投奔谁好？"猛然想起："洪教头洪恭，今住在太湖县南门仓巷口，开个茶坊。他也曾做军校，昔年相处得好。今日何不去奔他，共他商议资身之策？"二人收拾行李，一径来太湖县寻取洪恭。洪恭恰好在茶坊中，相见了，各叙寒温，二人道其来意。洪恭自思家中蜗窄，难以相容。当晚杀鸡为黍，管待二人，送在近处庵院歇了一晚。次日，洪恭又请二人到家中早饭，取出一封书信，说道："多承二位远来，本当留住几时，争奈家贫待慢。今指引到一个去处，管取情投意合，有个小小富贵。"二人谢别而行。将书札看时，上面写道："此书送至宿松县麻地坡汪信之十二爷开拆。"二人依言，来到麻地坡，见了汪革，将洪恭书札呈上。汪革拆开看时，上写道："侍生洪恭再拜，字达信之十二爷阁下：自别台颜，时切想念！兹有程彪、程虎兄弟，武艺超群，向隶籍忠义军。今为新统帅散遣不用，特奉荐至府，乞留为馆宾，令郎必得其资益。外，敝县有湖荡数处，颇有出产，阁下屡约来看，何迟迟耶？专候拨冗一临。若得之，亦美业也。"汪革看毕大喜，即唤儿子汪世雄出来相见。置酒款待，打扫房屋安歇。自此程彪、程虎住在汪家，朝夕与汪世雄演习弓马，点拨枪棒。不觉三月有余，汪革有事欲往临安府去。二程闻汪革出门，便欲相别。汪革问道："二兄今往何处？"二程答道："还到太湖会洪教头则个。"汪革写下一封回书，寄与洪恭。正欲赏发二程起身，只见汪世雄走来，向父亲说道："枪棒还未精熟，欲再留二程过几时，讲些阵法。"汪革依了儿子言语，向二程说道："小儿领教未全，且屈宽住一两个月，待不才回家奉送。"二程见汪革苦留，只得住了。

却说汪革到了临安府，干事已毕。朝中讹传金虏败盟，诏议战守之策。汪革投匦上书，极言向来和议之非。且云："国家虽安，忘战必危。江淮乃东南重地，散遣忠义军，最为非策。"末又云："臣虽不才，愿倡率两淮忠勇，为国家前驱，恢复中原，以报积世之仇，方表微臣之志。"天子览奏，下枢密院会议。这枢密院官都是怕事的，只晓得临渴掘井，那会得未焚徙薪？况且布衣上书，谁肯破格荐引？又未知金鞑子真个杀来也不，且不覆奏，只将温言好语，款留汪革在本府候用。汪革因此逗留临安，急切未回。正是：将相无人国内虚，布衣有志枉嗟吁。黄金散尽貂裘敝，悔向咸阳去上书。

话分两头。再说程彪、程虎二人住在汪家，将及一载，胸中本事，倾倒得授与汪世雄，指望他重重相谢。那汪世雄也情愿厚赠，奈因父亲汪革，一去不回。二程等得不耐烦，坚执要行。汪世雄苦苦相留了几遍。到后来，毕竟留不住了。一时手中又值空乏，打并得五十两银子，分送与二人，每人二十五两；衣服一套；置酒作别。席上汪世雄说道："重承二位高贤屈留赐教，本当厚赠，只因家父久寓临安，二位又坚执要去，世雄手无利权，只有些小私财，权当路费。改日两位若便道光顾，尚容补谢。"二人见银两不多，大失所望，口虽不语，心下想道："洪教头说得汪家父子，万分轻财好义，许我个小富贵，特特而来。淹留一载，只这般赍发起身，比着忠义军中请受，也争不多。早知如此，何不就汪革在家时，即便相辞？也少不得助些盘费。如今汪革又不回来，欲待再住些时，又吃过了送行酒了。"只得快快而别。临行时，与汪世雄讨封回书与洪教头。汪世雄文理不甚通透，便将父亲先前写下这封书，递与二程，托他致意。二程收了。汪世雄又送一程，方才转去。

当日二程走得困乏，到晚寻店歇宿。沽酒对酌，各出怨望之语。程虎道："汪世雄不是个三岁孩儿，难道百十贯钱钞，做不得主？直恁装穷推故，将人小觑！"程彪道："那孩子虽然轻薄，也还有些面情；可恨汪革特地相留，不将人为意，数月之间，书信也不寄一个。只说待他回家奉送，难道十年不回，也等他十年？"程虎道："那些倚着财势，横行乡曲，原不是什么轻财好客的孟尝君。只看他老子出外，儿子就支不动钱钞，便是小家样子。"程彪道："那洪教头也不识人。难道别没个相识，偏荐到这三家村去处？"二个一递一句，说了半夜。吃得有八九分酒了，程虎道："汪革寄与洪教头书，书中不知写甚言语，何不拆来一看？"程彪真个解开包裹，将书取出，湿开封处看时，

上写道："侍生汪革再拜，覆书子敬教师门下：久别怀念，得手书如对面，喜可知也。承荐二程，即留与小儿相处。奈彼欲行甚促，仆又有临安之游，不得厚赠，有负水意。惭愧，惭愧！"书尾又写细字一行，云："别谕俟从临安回，即得践约，计期当在秋凉矣。革再拜。"程虎看罢，大怒道："你是个富家，特地投奔你一场，便多将金帛结识我们，久后也有相逢处。又不是雇工代役，算甚日子久近？却说道，'欲行甚促'，'不得厚赠'，主意原自轻了。"程虎便要将书扯

碎烧毁，却是程彪不肯，依旧收藏了。说道："洪教头荐我兄弟一番，也把个回信与他，使他晓得没甚汤水。"程虎道："也说得是。"当夜安歇无话。

次早起身，又行了一日。第三日，赶到太湖县，见了洪教头。洪恭在茶坊内坐下，各叙寒温。原来洪恭向来娶下个小老婆，唤做细姨。最是帮家做活，看蚕织绢，不辞辛苦。洪恭十分宠爱。只是一件，那妇人是勤苦作家的人，水也不舍得一杯与人吃的。前次程彪、程虎兄弟来时，洪恭虽然送在庵院安歇，却费了他朝暮两餐，被那妇人絮聒了好几日。今番二程又来，洪恭不敢延款了，又乏钱相赠；家中存得几匹好绢，洪恭要赠与二程。料是细姨不肯，自到房中，取了四匹，揣在怀里。刚出房门，被细姨撞见拦住道："老无知，你将这绢往那里去？"洪恭遮掩不过，只得央道："程家兄弟是我好朋友。今日远来别我还乡，无物表情，你只当权借这绢与我，休得违拗。"细姨道："老娘千辛万苦，织成这绢，不把来白送与人的。你自家有绢，自家做人情，莫要干涉老娘。"洪恭又道："他好意远来看我，酒也不留他吃三杯了，这四匹绢怎省得？我的娘，好歹让我做主这一遭儿。待送他转身，我自来陪你的礼。"说罢就走。细姨扯住衫袖，道："你说他远来，有甚好意？前番白白里吃了两顿，今番又做指望。这几匹绢，老娘自家也不舍得做衣服穿，他有甚亲情往来，却要送他？他要绢时，只教他自与老娘取讨。"洪恭见小老婆执意不肯，又怕二程等久，只得发个狠，洒脱袖子，径奔出茶坊来。惹得细姨喉急，发起话来道："甚么没廉耻的光棍，非亲非眷，不时到人家蒿恼！各人要达时务便好。我们开茶坊的人家，有甚大出产？常言道：贴人不富自家穷。有我们这样老无知、老禽兽，不守本分，惯一招引闲神野鬼上们闹炒！看你没饭在锅里时节，有那个好朋友，把一斗五升来资助你？"故意走到屏风背后，千禽兽、万禽兽的骂。原来细姨在内争论时，二程一句句都听得了，心中十分焦燥。又听得后来骂詈，好没意思。不等洪恭作别，取了包裹便走。洪恭随后赶来，说道："小妾因两日有些反目，故此言语不顺，二位休得计较。这粗绢四匹，权折一饭之敬，休嫌微鲜。"程彪、程虎那里肯受，抵死推辞。洪恭只得取绢自回。细姨见有了绢，方才住口。正是：从来阴性吝啬，一文割舍不得。剥尽老公面皮，恶断朋友亲戚。

大抵妇人家勤俭惜财，固是美事，也要通乎人情。比如细姨一味悭吝，不存丈夫体面，他自躲在房室之内，做男子的免不得出外，如何做人？为此恩变为仇，招非揽祸，往往有之。所以古人说得好，道是：妻贤夫祸少，子孝父心宽。

闲话休题。再说程彪、程虎二人，初意来见洪教头，指望照前款留，他便细诉心腹，再求他荐到个好去处，又作道理。不期反受了一场辱骂，思量没处出气。所带汪革回书未投，想起书中有"别谕……候秋凉践约"等话，不知何事？心里正恨汪革，"何不陷他谋叛之情，两处气都出了？好计，好计！只一件，这书上原无实证，难以出首，除非如此如此。"二人离了太湖县，行至江州，在城外觅个旅店，安放行李。次日，弟兄两个改换衣装，到宣抚司衙门前跐了一回。回来吃了早饭，说道："多时不曾上浔阳楼，今日何不去一看？"两个锁上房门，带了些散碎银两，径到浔阳楼来。那楼上游人无数，二人倚栏观看，忽有人扯着程彪的衣袂，叫道："程大哥，几时到此？"程彪回头看，认得是府内惯缉事的，诨名叫做张光头。程彪慌忙叫兄弟程虎，一齐作揖，说道："一言难尽。且同坐吃三杯，慢慢的告诉。"当下三人拣副空座头坐下，分付酒保取酒来饮。张光头道："闻知二位在安庆汪家做教师，甚好际遇！"程彪道："甚么际遇，几乎弄出大事来！"便附耳低言道："汪革久霸一乡，渐有谋叛之意，从我学弓马战阵，庄客数千，都教演精熟了。约太湖洪教头洪恭，秋凉一同举事。教我二人纠合忠义军旧人为内应，我二人不从，逃走至此。"张光头道："有甚证验？"程虎道："见有书札。托我回覆洪恭，我不曾替他投递。"张光头道："书在何处？借来一看。"程彪道："在下处。"三人饮了一回，还了酒钱。张光头直跟二程到下处，取书看了，道："这是机密重情，不可泄漏。不才即当禀知宣抚司，二位定有重赏。"说罢，作别去了。

次日，张光头将此事密密的禀知宣抚使刘光祖。光祖即捕二程兄弟置狱，取其口词并汪革覆洪恭书札，密地飞报枢密府。枢密府官大惊，商量道："汪革见在本府候用，何不擒来鞫问？"差人去拿汪革时，汪革已自走了。原来汪革素性轻财好义，枢密府里的人，一个个和他相好。闻得风声，预先报与他知道，因此汪革连夜逃回。枢密府官见拿汪革不着，愈加心慌，便上表奏闻天子。天子降诏，责令宣抚使捕汪革、洪恭等。宣抚司移文安庆李太守，转行太湖、宿松二县，拿捕反贼。

却说洪恭在太湖县广有耳目，闻风先已逃避无获。只有汪革家私浩大，一时难走。此时宿松县令正缺，只有县尉姓何，名能，是他权印。奉了郡檄，点起土兵二百余人，望麻地进发。行未十里，何县尉在马上思量道："闻得汪家父子骁勇，更兼冶户鱼户，不下千余，我这一去，可不枉送了性命？"乃与土兵都头商议，向山谷僻处屯住数日。回来禀知李太守，道："汪革反谋，果是真的。庄上器械精利，整备拒捕。小官寡不敌众，只得回军。伏乞钧旨，别差勇将前去，方可成功。"

李公听信了，便请都监郭择商议。郭择道："汪革武断一乡，目无官府，已非一日。若说反叛，其情未的。据称拒捕，何曾见官兵杀伤？依起愚见，不须动兵。小将不才，情愿挺身到彼，观其动静。若彼无叛情，要他亲到府中分辨；他若不来，剿除未晚。"李公道："都监所言极当，即烦一行。须体察仔细，不可被他瞒过。"郭择道："小将理会得。"李公又问道："将军此行，带多少人去？"郭择道："只亲随十余人足矣。"李公道："下官将一人帮助。"即唤缉捕使臣王立到来。王立朝上唱个喏，立于旁边。李公指着道："此人胆力颇壮，将军同他去时，缓急有用。"原来郭择与汪革素有交情，此行轻身而往，本要劝谕汪革，周全其事。不期太守差王立同去，"他倚着上官差遣，便要夸才卖智。七嘴八张，连我也不好做事了。"欲待推辞，不要他去，又怕太守疑心。只得领诺，怏怏而别。次早，王立抓扎停当，便去催促郭择起身。又向郭择道："郡中捕贼文书，须要带去。汪革这厮，来便来；不来时，小人同着都监一条麻绳，扣他颈皮。王法无亲，那怕他走上天去！"郭择早有三分不乐，便道："文书虽带在此，一时不可说破，还要相机而行。"王立定要讨文书来看，郭择只得与他看了。王立便要拿起，却是郭择不肯，自己收过，藏在袖里。当日郭择和王立都骑了马，手下跟随的，不上二十个人，离了郡城，望宿松而进。

却说汪革自临安回家，已知枢密院行文消息，正不知这场是非，从何而起。却也自恃没有反叛实迹，跟脚牢实，放心得下。前番何县尉领兵来捕，虽不曾到麻地，已自备细知道。这番如何不打探消息？闻知郡中又差郭都监来，带不满二十人。只怕是诱敌之计，预戒庄客，大作准备。分付儿子汪世雄，埋伏壮丁伺候。"倘若官兵来时，只索抵敌。"却说世雄妻张氏，乃太湖县盐贾张四郎之女，平日最有智数。见其夫装束，问知其情，乃出房对汪革说道："公公素以豪侠名，积渐为官府所忌。若其原非反叛，官府亦自知之。为今之计，不若挺身出辨，得罪犹小，尚可保全家门。倘一有拒捕之名，弄假成真，百口难诉，悔之无及矣。"汪革道："郭都监，吾之故人，来时定有商量。"遂不从张氏之言。

再说郭择到了麻地，径至汪革门首。汪革早在门外迎候，说道："不知都监驾临荒僻，失于远接。"郭择道："郭某此来，甚非得已，信之必然相谅。"两个揖让升厅，分宾坐定，各叙寒温。郭择看见两厢廊庄客往来不绝，明晃晃摆着刀枪，心下颇怀悚惧。又见王立跟定在身旁，不好细谈。汪革开言问道："此位何人？"郭择道："此乃太守相公所遣王观察也。"汪革起身，重与王立作揖，道："失瞻，休罪！"便请王立在厅侧小阁儿内坐下，差个主管相陪。其余从人俱在门首空房中安扎。一时间备下三席大酒：郭择客位一席，汪革主位相陪一席，王立另自一席。余从满盘肉，大瓮酒，尽他醉饱。饮酒中间，汪革又移席书房中小坐，却细叩郭择来意。郭择隐却郡檄内言语，只说道："太守相公深知信之被诬，命郭某前来劝谕。信之若藏身不出，便是无丝有线了；若肯至郡分辨，郭某一力担当。"汪革道："且请宽饮，却又理会。"

郭择真心要周全汪革，乘王立不在眼前，正好说话，连次催并汪革决计。汪革见逼得慌，愈加疑惑。此时六月天气，暑气蒸人，汪革要郭择解衣畅饮，郭择不肯。郭择连次要起身，汪革也不放，只管斟着大觥相劝。自巳牌至申牌时分，席还不散。郭择见天色将晚，恐怕他留宿，决意起身。说道："适郭某所言，出于至诚，并无半字相欺。从与不从，早早裁决，休得两相担误。"汪革带着半醉，唤郭择的表字道："希颜是我故人，敢不吐露心腹：某无辜受谤，不知所由。今即欲入郡参谒，又恐郡守不分皂白，阿附上官，强入人罪。鼠雀贪生，人岂不惜命？今有楮券四百，聊奉希颜表意，为我转限两三个月。我当向临安借贵要之力，与枢密院讨个人情。上面先说得停妥，方敢出关。希颜念吾平日交情，休得推委。"郭择本不欲受，只恐汪革心疑生变，乃佯笑道："平昔相知，自当效力，何劳厚赐？暂时领受，容他日璧还。"却待舒手去接那楮卷，谁知王观察王立站在窗外，听得汪革将楮券送郭择，自己却没甚贿赂，带着九分九厘醉态，不觉大怒，拍窗大叫道："好都监，枢密院奉圣旨着本郡取谋反犯人，乃受钱转限，谁人敢担这干系？"

原来汪世雄率领壮丁，正伏在壁后。听得此语，即时跃出，将郭择一索捆番，骂道："吾父与你何等交情，如何藏匿圣旨文书，吃骗吾父入郡，陷之死地？是何道理？"王立在窗外听见势头不好，早转身便走。正遇着一条好汉，提着朴刀拦住。那人姓刘名青，绰号"刘千斤"，乃汪革手下第一个心腹家奴。喝道："贼子那里走！"王立拨出腰刀厮斗，夺路向前，早被刘青左臂上砍上一刀，王立负痛而奔，刘青紧步赶上。只听得庄外喊声大举，庄客将从人乱砍，尽皆杀死。王立肩胛上又中了一朴刀，情知逃走不脱，便随刀仆地，妆做僵死。庄客将挠钩拖出，和众死尸一堆儿堆向墙边。汪革当厅坐下，汪世雄押郭择，当面搜出袖内文书一卷。汪革看了大怒，喝教斩首。郭择叩头求饶，道："此事非关小人，都因何县尉安禀拒捕，以致太守发怒。小人奉上官差委，不得已而来。若得何县尉面对明白，小人虽死不恨。"汪革道："留下你这驴头也罢，省得那狗县尉没有了证见。"分付："权锁在耳房中。"教汪世雄即时往炭山冶坊等处，凡壮丁都要取齐听令。

却说炭山都是村农，怕事，闻说汪家造反，一个个都向深山中藏躲。只有冶坊中大半是无赖之徒，一呼而集，约有三百余人。都到庄上，杀牛宰马，权做赏军。庄上原有骏马三匹，日行数百里，价值千金。那马都有名色，叫做：惺惺骢，小骢骒，番婆子。又，平日结识得四个好汉，都是胆勇过人的。那四个？龚四八、董三、董四、钱四二。其时也都来庄上，开怀饮酒，直吃到四更尽，五更初。众人都醉饱了，汪革扎缚起来，真像个好汉：头总旋风髻，身穿白锦袍；鞔鞋兜脚紧，裹肚系身牢。多带穿杨箭，高擎斩铁刀；雄威真罕见，麻地显英豪。汪革自骑着番婆子，控马的用着刘青，又是一个不良善的，怎生模样？刚须环眼威风凛，八尺长躯一片锦。千斤铁臂敢相持，好汉逢他打寒噤。汪革引着一百人为前锋。董三、董四、钱四二共引三百人为中军。汪世雄骑着小骢骒，却教龚四八骑着惺惺骢相随，引一百余人，押着郭都监为后队。分发已定，连放三个大硫，一齐起身，望宿松进发，要拿何县尉。正是：人无害虎心，虎有伤人意。

离城约五里之近，天色大明。只见钱四二跑上前向汪革说道："要拿一个县尉，何须惊天动地。只消数人突然而入，缚了他来就是。"汪革道："此言有理。"就教钱四二押着大队屯住，单领董三、董四、刘青和二十余人前行。

望见城濠边一群小儿连臂而歌，歌曰："二六佳人姓汪，偷个船儿过江。过江能几日？一杯热酒难当。"歌之不已。汪革策马近前叱之，忽然不见，心下甚疑。到县前时，已是早衙时分，只见静悄悄地，绝无动静。汪革却待下马，只见一个直宿的老门子，从县里面唱着哩哩花儿的走出，被刘青一把拿住，问道："何县尉在那里？"老门子答道："昨日往东村勾摄公事未回。"汪革就教他引路。径出东门，约行二十余里，来到一所大庙，唤做福应侯庙，乃是一邑之香火。本邑奉事甚谨，最有灵应。老门子指道："每常官府下乡，只在这庙里歇宿，可以问之。"汪革下马入庙。庙祝见人马雄壮，刀仗鲜明，正不知甚人，吓得尿流屁滚，跪地迎接。汪革问他县尉消息，庙祝道："昨晚果然在庙安歇，今日五更起马，不知去向。"汪革方信老门子是实话，将他放了。就在庙里打了中火，遣人四下踪迹县尉，并无的信。看看捱至申牌时分，汪革心中十分焦燥，教取火来，把这福应侯庙烧做白地，引众仍回旧路。刘青道："县尉虽然不在，却有妻小在官廨中。若取之为质，何愁县尉不来？"汪革点头道："是。"行至东门，尚未昏黑，只见城门已闭。却是王观察王立不曾真死，负痛逃命入城，将事情一一禀知巡检。那巡检吓得面如土色，一面分付闭了城门，防他罗唣；一面申报郡中，说汪革杀人造反，早早发兵剿捕。

再说汪革见城门闭了，便欲放火攻门。忽然一阵怪风，从城头上旋将下来。那风好不利害，吹得人毛骨俱悚，惊得那匹番婆子也直立嘶鸣，倒退几步。汪革在马上大叫一声，直跌下地来。正是：未知性命如何，先见四肢不举。刘青见汪革坠马，慌忙扶起看时，不言不语，好似中恶模样，不省人事。刘青只得抱上雕鞍，董三、董四左右防护，刘青控马而行。转到南门，却好汪世雄引着二三十人，带着火把接应，合为一处。又行二里，汪革方才苏醒。叫道："怪哉！分明见一神人，身长数丈，头如车轮，白袍金甲，身坐城堵上，脚垂至地。神兵簇拥，不计其数，旗上明写'福应侯'三字。那神人舒左脚踢我下马，想是神道怪我烧毁其庙，所以为祸也。明早引大队到来，白日里攻打，看他如何？"汪世雄道："父亲还不知道，钱四二恐防累及，已有异心，不知与众人如何商议了：他先洋洋而去，以后众人陆续走散，三停中已去了二停。父亲不如回到家中再作计较。"汪革听罢，懊恨不已。行至屯兵之地，见龚四八，所言相同。郭择还锁押在彼，汪革一时性起，拔出佩刀，将郭择劈做两截。引众再回麻地坡来，一路上又跑散了许多人。到庄点点人数，止存六十余人。

汪革叹道："吾素有忠义之志，忽为奸人所陷，无由自明。初意欲擒拿县尉，究问根由，报仇雪耻；因借府库之资，招徕豪杰，跌宕江淮，驱除这些贪官污吏，使威名盖世；然后就朝廷恩抚，为国家出力，建万世之功业。今吾志不就，命也。"对龚四八等道："感众兄弟相从不舍，吾何忍负累。今罪犯必死，此身已不足惜。众兄弟何不将我绑去送官，自脱其祸？"龚四八等齐声道："哥哥说那里话！我等平日受你看顾大恩，今日患难之际，生死相依，岂有更变！哥哥休将钱四二一例看待。"汪革道："虽然如此，这麻地坡是个死路，若官兵一到，没有退步。大抵朝廷之事，虎头蛇尾，且暂为逃难之计。倘或天天可怜，不绝尽汪门宗祀，此地还是我子孙故业。不然，我汪革魂魄，亦不复到此矣。"言讫，扑簌簌两行泪下。汪世雄放声大哭，龚四八等皆泣下，不能仰视。汪革道："天明恐有军马来到，事不宜迟矣。天荒湖有渔户可依，权且躲避。"乃尽出金珠，将一半付与董三、董四，教他变姓易名，往临安行都为贾，布散流言，说何县尉迫胁汪革，实无反情。只当公道不平，逢人分析。那一半付与龚四八，教他领了三岁的孙子，潜往吴郡藏匿。"官府只虑我北去通房，决不疑在近地。事平之后，径到严州遂安县，寻我哥哥汪师中，必然收留。"乃将三匹名马分赠三人。龚四八道："此马毛色非凡，恐被人识破，不可乘也。"汪革道："若遗与他人，有损无益。"提起大刀，一刀一匹，三马尽皆杀死。庄前庄后，放起一把无情火，必必剥剥，烧得烈焰腾天。汪革与龚、董三人，就火光中洒泪分别。世雄妻张氏见三岁的孩儿去了，大哭一场，自投于火而死。若汪革早听其言，岂有今日？正是：良药苦口，忠言逆耳。有智妇人，赛过男子。汪革伤感不已，然无可奈何了。天色将明，分付庄客："不愿跟随的，听其自便。"引了妻儿老少，和刘青等心腹三十余人，径投望江县天荒湖来。取五只渔船，分载人口，摇向芦苇深处藏躲。

话分两头。却说安庆李太守见了宿松县申文，大惊，忙备文书各上司处申报；一面行文各县，招集民兵剿贼。江淮宣抚司刘光祖将事情装点大了，奏闻朝廷。旨意倒下枢密院："着本处统帅约会各郡军马，合力剿捕，毋致蔓延。"刘光祖各郡调兵，到者约有四五千之数。已知汪革烧毁房舍，逃入天荒湖内。又调各处船兵，水陆并进。又支会平江一路，用兵邀截，以防走逸。那领兵官无非是都监、提辖、县尉、巡检之类，素闻汪革骁勇，党与其众，人有畏怯之心。陆军只屯住在望江城外，水军只屯在里湖港口，抢掳民财，消磨粮饷，那个敢下湖捕贼？住了二十余日，湖中并无动静。有几个大胆的乘个小抃船，哨探出去，望见芦苇中烟火不绝，远远的鼓声敲响，不敢近视，依旧抃转。又过几日，烟火也没了，鼓声也不闻了。水哨禀知军官，移船出港，筛锣揢鼓，摇旗呐喊而前，荡入湖中。连打鱼的小船都四散躲过，并不见一只。向芦苇烟起处搜看时，鬼脚迹也没一个了。但见几只破船上堆却木屑和草根，煨得船板焦黑。浅渚上有两三面大鼓，鼓上缚着羊，连羊也饿得半死了。原来鼓声是羊蹄所击，烟火乃木屑。汪革从湖入江，已顺流东去，正不知几时了。

军官惧罪，只得将船追去。行出江口，只见五个渔船，一字儿泊在江边，船上立着个汉子。有人认得这船是天荒湖内的渔船，拢船去拿那汉子查问时，那汉子噙着眼泪，告诉道："小人姓樊，名速，川中人氏。因到此做些小商贩，买卖已毕，与一个乡亲同坐一只大船，三日前来此江口，撞着这五个渔船。船上许多好汉，自称汪十二爷，要借我大船安顿人口，将这五个小船相换。我不肯时，腰间拔出雪样的刀来便要杀害，只得让与他去了。你看这个小船，怎过得川江？累我重复觅船，好不苦也。"船上两个军官商量道："眼见得换船的汪十二爷，便是汪革了。他人众已散，只有两只大船，容易算计了，且放心赶去。"行至采石矶边，见江面上摆列战舰无数，却是太平郡差出军官，领水军把截采石，盘诘行船，恐防反贼汪革走逸。打听的实，两处军官相会。安庆军官说起汪革在湖中逃走入江，劫上两只大客船，将载家小之事。"料他必从此过，小将跟寻下来，如何不见？"采石军官听说，大惊顿足道："我被这奸贼瞒过了也！前两日辰牌时分，果有两只大客船，船中满载家小，其人冠带来谒，自称姓王，名中一，为蜀中参军，任满赴行都升补。想来'汪'字半边是'王'字，'革'字下截是'中一'二字，此人正是汪革。今已过去，不知何往矣。"两处军官度道："失了汪革正贼，料瞒不过。"只得从实申报上司。上司见汪革踪迹神出鬼没，愈加疑虑，请枢密院悬下赏格，画影图形，各处张挂："有能擒捕汪革者，给赏一万贯，官升三级；获其嫡亲家属一口者，赏三千贯，官升一级。"

却说汪革乘着两只客船，径下太湖。过了数日，闻知官府挨捕紧急，料是藏躲不了，将客船凿沉湖底，将家小寄顿一个打鱼人家，多将金帛相赠，约定一年后来取。却教刘青跟随儿子汪世雄，间道往无为州漕司出首，说："父亲原无反情，特为县尉何能陷害，见今逃难行都，乞押去追寻，免致兴兵调饷。""此乃保全家门之计，不可迟滞。"世雄被父亲所逼，只得去了。漕司看了汪世雄首词，问了备细，差官锁押到临安府，挨获汪革；一面禀知枢密等院衙门去讫。

却说汪革发脱家小，单单剩得一身，改换衣装，径望临安而走。在城外住了数日，不见儿子世雄消息，想起城北厢官白正，系向年相识，乃夜入北关，叩门求见。白正见是汪革，大惊，便欲走避。汪革扯住说道："兄长勿疑，某此来束手投罪，非相累也。"白正方才心稳，开言问道："官府捕足下甚急，何为来此？"汪革将冤情告诉了一遍："如今愿借兄长之力，得诣阙自明，死亦无恨。"白正留汪革住了一宿，次早报知枢密府，遂下于大理院狱中。狱官拷问他家属何在，及同党之人姓名。汪革道："妻小都死于火中，只有一子名世雄，一向在外做客，并不知情。庄丁俱是村民，各各逃命去讫，亦不记姓名。"狱官严刑拷讯，终不肯说。却说白正不愿领赏，记功升官，心下十分可怜汪革，一应狱中事体，替他周旋。临安府闻说反贼汪革投到，把做异事传播。董三、董四知道了，也来暗地与他使钱。大尹院上官下吏都得了贿赂，汪革稍得宽展，遂于狱中上书。大略云："臣汪革，于某年某月投匦献策：愿昌率两淮忠义，为国家前驱破虏，恢复中原。臣志在报国如此，岂有贰心？不知何人谤臣为反，又不知所指何事？愿得其人与臣面质，使臣心迹明白，虽死犹生矣。”

　　天子见其书，乃诏九江府押送程彪、程虎二人，到行都并下大理鞫问。其时无为州漕司文书亦到，汪世雄也来了。那会审一日，好不热闹。汪革父子相会，一段悲伤，自不必说。看见对头，却是二程兄弟，出自意外，到吃一惊，方晓得这场是非的来历。刑官审问时，二程并无他话。只指汪革所寄洪恭之书为据。汪革辨道：“书中所约秋凉践约，原欲置买太湖县湖荡，并非别情。”刑官道：“洪恭已在逃了，有何对证？”汪世雄道：“闻得洪恭见在宣城居住，只拿他来审，便知端的。”刑官一时不能决，权将四人分头监候，行文宁国府去了。不一日，本府将洪恭解到。刘青在外面已自买嘱解子，先将程彪、程虎根由备细与洪恭说了。洪恭料得没事，大着胆进院。遂将写书推荐二程，约汪革来看湖荡，及汪家赏发薄了，二人不悦，并赠绢不受之故，始末根由，说了一遍。“汪革回书，被程彪、程虎藏匿不付。两头怀恨，遂造此谋，诬陷平人，更无别故。”堂上官录了口词，向狱中取出汪家父子、二程兄弟面证。程彪、程虎见洪恭说得的实了，无言可答。汪革又将何县尉停泊中途，诈称拒捕，以致上司激怒等因，说了一遍。问官再四推鞫无异，又且得了贿赂，有心要周旋其事。当时判出审单，略云：“审得犯人一名汪革，颇有侠名，原无反状。始因二程之私怨，妄解书词；继因何尉之讹言，遂开兵衅。察其本谋，实非得已。但不合不行告辨，纠合凶徒，擅杀职官郭择及土兵数人。情虽可原，罪实难宥。思其束手自投，显非抗拒。但行凶非止一人，据革自供当时逃散，不记姓名；而郡县申文，已有刘青名字。合行文本处访拿治罪，不可终成漏网。革子世雄，知情与否，亦难悬断。然观无为州首词与同恶相济者不侔，似宜准自首例，始从末减。汪革照律该凌迟处死，仍枭首示众，决不待时。汪世雄杖脊发配二千里外。程彪、程虎首事妄言，杖脊发配一千里外。俱俟凶党刘青等到后发遣。洪恭供明释放。县尉何能捕贼无才，罢官削籍。”狱具，覆奏天子。圣旨依拟。

　　刘青一闻这个消息，预先漏与狱中，只劝汪革服毒自尽。汪革这一死，正应着宿松城下小儿之歌。他说“二六佳人姓汪”，汪革排行十二也；“偷个船儿过江”，是指劫船之事；“过江能几日？一杯热酒难当”，汪革今日将热酒服毒，果应其言矣。古来说，童谣乃天上荧惑星化成小儿，预言祸福。看起来汪革虽不曾成什么大事，却被官府大惊小怪，起兵调将，骚扰几处州郡，名动京师，忧及天子，便有童谣预兆，亦非偶然也。

　　闲话休题。再说汪革死后，大理院官验过，仍将死尸枭首，悬挂国门。刘青先将尸骸藏过，半夜里偷其头去藁葬于临安北门十里之外。次日私对董三说知其处，然后自投大理，将一应杀人之事，独自承认。又自诉偷葬主人之情。大理院官用刑严讯，备诸毒苦，要他招出葬尸处，终不肯言。是夜，受苦不过，死于狱中。后人有诗赞云：“从容就狱申王法，慷慨捐生报主恩。多少朝中食禄者，几人殉义似刘青？”

大理院官见刘青死了，就算个完局。狱中取出汪世雄及程彪、程虎，决断发配。董三、董四在外，已自使了手脚，买嘱了行杖的。汪世雄皮肤也不曾伤损，程彪、程虎着实吃了大亏。又兼解子也受了买嘱，一路上将他两个难为。行至中途，程彪先病故了，只将程虎解去，不知下落。那解汪世雄的得了许多银两，刚行得三四百里，将他纵放。汪世雄躲在江湖上，使枪棒卖药为生。不在话下。

再说董三、董四收拾了本钱，往姑苏寻着了龚四八，领了小孩子；又往太湖打鱼人家，寻了汪家老小。三个人扮作仆者模样，一路跟随，直送至严州遂安县汪师中处。汪孚问知详细，感伤不已，拨宅安顿。龚、董等都移家附近居住。却有汪孚卫护，地方上谁敢道个不字？

过了半载，事渐冷了。汪师中遣龚四八、董四二人，往麻地坡查理旧时产业。那边依旧有人造炭冶铁。问起缘故，却是钱四二为主，倡率乡民做事，就顶了汪革的故业。只有天荒湖渔户不肯从顺。董四大怒，骂道："这反覆不义之贼，恁般享用得好，心下何安？我拼着性命，与汪信之哥哥报仇。"提了朴刀，便要寻钱四二赌命。龚四八止住道："不可，不可。他既在此做事，乡民都帮助他的。寡不敌众，枉惹人笑。不如回覆师中，再作道理。"

二人转至宿松，何期正在郭都监门首经过。有认得董四的，闲着口，对郭都监的家人郭兴说道："这来的矮胖汉，便是汪革的心腹帮手，叫做董学，排行第四。"郭兴听罢，心下想道："家主之仇，如何不报？"让一步过去，出其不意，从背心上狠的一拳，将董四抑倒，急叫道："拿得反贼汪革手下杀人的凶徒在此！"宅里奔出四五条汉子出来，街坊上人一拥都来，吓得龚四八不敢相救，一道烟走了。郭兴招引地方将董四背剪绑起，头发都揝得干干净净，一步一棍，解到宿松县来。此时新县官尚未到任，何县尉又坏官去了，却是典史掌印。不敢自专，转解到安庆李太守处。李太守因前番汪革反情不实，轻事重报，被上司埋怨了一场，不胜懊悔。今日又说起汪革，头也疼将起来，反怪地方多事，骂道："汪革杀人一事，奉圣旨处分了当。郭择性命已偿过了，如何又生事扰害？那典史与他起解，好不晓事！"嘱教将董四放了。郭兴和地方人等，一场没趣而散。董四被郭家打伤，负痛奔回遂安县去。

却说龚四八先回，将钱四二占了炭冶生业，及董四被郭家拿住之事，细说一遍。汪孚度道："必然解郡。"却待差人到安庆去替他用钱营干，忽见董四光着头奔回，诉说如此如此，"若非李太守好意，性命不保"。汪孚道："据官府口气，此事已撇过一边了。虽然董四哥吃了些亏，也得个好消息。"又过几日，汪孚自引了家童二十余人，来到麻地坡，寻钱四二，与他说话。钱四二闻知汪孚自来，如何敢出头？带着妻子，连夜逃走去了，到撇下房屋家计。汪孚道："这不义之物，不可用之。"赏与本地炭户等，尽他搬运，房屋也都拆去了。汪孚买起木料，烧砖造瓦，另盖起楼房一所。将汪革先前炭冶之业，一一查清，仍旧汪氏管业。又到天荒湖拘集渔户，每人赏赐布钞，以收其心。这七十里天荒湖，仍为汪氏之产。又央人向郡中上下使钱，做汪孚出名，批了执照。汪孚在麻地坡住了十个多月，百事做得停停当当，留下两个家人掌管，自己回遂安去。

不一日，哲宗皇帝晏驾。新天子即位，颁下诏书，大赦天下。汪世雄才敢回家，到遂安拜见了伯伯汪师中，抱头而哭。闻得一家骨肉无恙，母子重逢；小孩儿已长成了，是汪孚取名，叫做汪千一；汪世雄心中一悲一喜。过了数日，汪世雄禀过伯伯："同董三到临安走遭，要将父亲骸骨奔归埋葬。"汪孚道："此是大孝之事，我如何阻当？但须早去早回。此间武彊山广有隙地，风水尽好，我先与你葺理葬事。"汪世雄和董三去了，一路无事。不一日，负骨而回。重备棺木殡殓，择日安葬。

事毕，汪孚向侄儿说道："麻地坡产业虽好，你父亲在彼，挫了威风。又地方多有仇家，龚四八和董三、董四多有人认得了。你去住不得了。我当初为一句闲话上，触了你父亲，别口气走向麻地坡去了，以致弄出许多事来。今日将我的产业尽数让你，一来是见成事业，二来你父亲坟茔在此，也好看管。也教你父亲在九泉之下，消了这口怨气。那麻地坡产业，我自移家往彼居住，不怕谁人奈何得我。"汪世雄拜谢了伯伯。当日汪孚将遂安房产帐目，尽数交付汪世雄明白，童仆也分下一半。自己领了家小，向麻地坡一路而去。从此遂安与宿松，分做二宗，往来不绝。汪世雄凭藉伯伯的财势，地方无不信服。只为妻张氏赴火身死，终身不娶，专以训儿为事。后来汪千一中了武举，直做到亲军指挥使之职。子孙繁盛无比。这段话本，叫做《汪信之一死救全家》。后人有诗赞云："烈烈轰轰大丈夫，出门空手立家模。情真义士多帮手，赏薄宵人起异图。仗剑报仇因迫吏，挺身就狱为全孥。汪孚让宅真高谊，千古传名事岂诬？"

第四十卷　沈小霞相会出师表

闲向书斋阅古今，偶逢奇事感人心。忠臣翻受奸臣制，肮脏英雄泪满襟。　　休解绶，慢投簪，从来日月岂常阴。到头祸福终须应，天道还分贞与淫。

话说国朝嘉靖年间，圣人在位，风调雨顺，国泰民安。只为用错了一个奸臣，浊乱了朝政，险些儿不得太平。那奸臣是谁？姓严名嵩，号介溪，江西分宜人氏，以柔媚得幸。交通宦官，先意迎合，精勤斋醮，供奉青词，由此骤致贵显。为人外装曲谨，内实猜刻。谗害了大学士夏言，自己代为首相。权尊势重，朝野侧目。儿子严世蕃，由官生直做得到工部侍郎。他为人更狠，但有些小人之才：博闻强记，能思善算。介溪公最听他的说话，凡疑难大事，必须与他商量。朝中有"大丞相""小丞相"之称。他父子济恶，招权纳贿，卖官鬻爵。官员求富贵者，以重赂献之，拜他门下做干儿子，即得超迁显位。由是不肖之人，奔走如市。科道衙门，皆其心腹牙爪。但有与他作对的，立见奇祸：轻则杖谪，重则杀戮，好不利害！除非不要性命的，才敢开口说句公道话儿；若不是真正关龙逢、比干，十二分忠君爱国的，宁可误了朝廷，岂敢得罪宰相？其时，有无名子感慨时事，将《神童诗》改成四句云："少小休勤学，钱财可立身。君看严宰相，必用有钱人。"又改四句，道是："天子重权豪，开言惹祸苗。万般皆下品，只有奉承高。"

只为严嵩父子恃宠贪虐，罪恶如山，引出一个忠臣来，做出一段奇奇怪怪的事迹，留下一段轰轰烈烈的话柄。一时身死，万古名扬。正是：家多孝子亲安乐，国有忠臣世泰平。那人姓沈名炼，别号青霞，浙江绍兴人氏。其人有文经武纬之才，济世安民之志。从幼慕诸葛孔明之为人。孔明文集上有《前出师表》《后出师表》，沈炼平日爱诵之，手自抄录数百遍，室中到处粘壁。每逢酒后，便高声背诵。念到"鞠躬尽瘁，死而后已"，往往长叹数声，大哭而罢。以此为常，人都叫他是狂生。嘉靖戊戌年，中了进士，除授知县之职。他共做了三处知县，那三处？溧阳、庄平、清丰。这三任官做得好，真个是：吏肃惟遵法，官清不爱钱。豪强皆敛手，百姓尽安眠。

因他生性伉直，不肯阿奉上官，左迁锦衣卫经历。一到京师，看见严家赃秽狼藉，心中甚怒。忽一日值公宴，见严世蕃倨傲之状，已自九分不像意。饮至中间，只见严世蕃狂呼乱叫，旁若无人；索巨觥飞酒，饮不尽者罚之。这巨觥约容酒斗余，两坐客惧世蕃威势，没人敢不吃。只有一个马给事，天性绝饮；世蕃固意将巨觥飞到他面前。马给事再三告免，世蕃不依。马给事略沾唇，面便发赤，眉头打结，愁苦不胜。世蕃自去下席，亲手揪了他的耳朵，将巨觥灌之。那给事出于无奈，闷着气，一连几口吸尽。不吃也罢，才吃下时，觉得天在下，地在上，墙壁都团团转动，头重脚轻，站立不住。世蕃拍手呵呵大笑。沈炼一肚子不平之气，忽然搴袖而起，抢那只巨觥在手，斟得满满的，走到世蕃面前说道："马司谏承老先生赐酒，已沾醉不能为礼。下官代他酬老先生一杯。"世蕃愕然，方欲举手推辞，只见沈炼声色俱厉道："此杯别人吃得，你也吃得。别人怕着你，我沈炼不怕你！"也揪了世蕃的耳朵灌去，世蕃一饮而尽。沈炼掷杯于案，一般拍手呵呵大笑。吓得众官员面如土色，一个个低着头，不敢则声，世蕃假醉，先辞去了。沈炼也不送，坐在椅上叹道："咳！'汉贼不两立'！'汉贼不两立'！"一连念了七八句。这句书也是《出师表》上的说话，他把严家比着曹操父子。众人只怕世蕃听见，到替他捏两把汗。沈炼全不为意，又取酒连饮几杯，尽醉方散。

　　睡到五更醒来，想道："严世蕃这厮，被我使气，逼他饮酒，他必然记恨，来暗算我。一不做，二不休，有心只是一怪，不如先下手为强。我想严嵩父子之恶，神人怨怒，只因朝廷宠信甚固。我官卑职小，言而无益；欲待觑个机会，方才下手。如今等不及了，只当做张子房在博浪沙中椎击秦始皇，虽然击他不中，也好与众人做个榜样。"就枕头上思想疏稿，想到天明有了。起来焚香盥手，写就表章。表上备说严嵩父子招权纳贿，穷凶极恶，欺君误国十大罪，乞诛之以谢天下。圣旨下道："沈炼谤讪大臣，沽名钓誉，着锦衣卫重打一百，发去口外为民。"严世蕃差人分付锦衣卫官校，定要将沈炼打死。喜得堂上官是个有主意的人，那人姓陆，名炳，平时极敬重沈公的节气；况且又是属官，相处得好的。因此反加周全，好生打个出头棍儿，不甚利害。户部注籍：保安州为民。

　　沈炼带着棒疮，即时收拾行李，带领妻子，雇着一辆车儿，出了国门，望保安进发。原来沈公夫人徐氏，所生四个儿子。长子沈襄，本府廪膳秀才，一向留家。次子沈衮、沈褒，随任读书。幼子沈褒，年方周岁。嫡亲五口儿上路，满朝文武，惧怕严家，没一个敢来送行。有诗为证："一纸封章忤庙廊，萧然行李入遐荒。相知不敢攀鞍送，恐触权奸惹祸殃。"一路上辛苦，自不必说，且喜到了保安州了。那保安州属宣府，是个边远地方，不比内地繁华。异乡风景，举目凄凉；况兼连日阴雨，天昏地黑，倍加惨戚。欲赁间民房居住，又无相识指引，不知何处安身是好。

　　正在彷徨之际，只见一人打个小伞前来。看见路旁行李，又见沈炼一表非俗，立住了脚，相了一回。问道："官人尊姓？何处来的？"沈炼道："姓沈。从京师来。"那人道："小人闻得京中有个沈经历，上本要杀严嵩父子，莫非官人就是他么？"沈炼道："正是。"那人道："仰慕多时，幸得相会。此非说话之处，寒家离此不远，便请携宝眷同行，到寒家权下，再作区处。"沈炼见他十分殷勤，只得从命。行不多路，便到了。看那人家，虽不是个大大宅院，却也精致。那人揖沈炼至于中堂，纳头便拜。沈炼慌忙答礼，问道："足下是谁？何故如此相爱？"那人道："小人姓贾，名石，是宣府卫一个舍人。哥哥是本卫千户，先年身故。无子，小人应袭。为严贼当权，袭职者都要重赂，小人不愿为官。托赖祖荫，有数亩薄田，务农度日。数日前闻阁下弹劾严氏，此乃天下忠臣义士也。又闻编管在此，小人渴欲一见，不意天遣相遇，三生有幸！"说罢又拜下去。沈公再三扶起，便教沈衮、浓褒与贾石相见。贾石教老婆迎接沈奶奶到内宅安置。交卸了行李，打发车夫等去了。分付庄客宰猪买酒，管待沈公一家。贾石道："这等雨天，料阁下也无处去，只好在寒家安歇了。请安心多饮几杯，以宽劳顿。"沈炼谢道："萍水相逢，便承款宿，何以当此？"贾石道："农庄粗粝，休嫌简慢。"当日宾主酬酢，无非说些感慨时事的说话。两边说得情投意合，只恨相见之晚。

过了一宿。次早，沈炼起身，向贾石说道："我要寻所房子，安顿老小，有烦舍人指引。"贾石道："要什么样的房子？"沈炼道："只像宅上这一所，十分足意了，租价但凭尊教。"贾石道："不妨事。"出去踅了一回，转来道："赁房尽有，只是龌龊低洼，急切难得中意的。阁下不若就在草舍权住几时，小人领着家小自到外家去住。等阁下还朝，小人回来，可不稳便？"沈炼道："虽承厚爱，岂敢占舍人之宅？此事决不可！"贾石道："小人虽是村农，颇识好歹。慕阁下忠义之士，想要执鞭坠镫，尚且不能；今日天幸降临，权让这几间草房与阁下作寓，也表得我小人一点敬贤之心。不须推逊。"话毕，慌忙分付庄客，推个车儿，牵个马儿，带个驴儿，一伙子将细软家私搬去；其余家常动使家伙，都留与沈公日用。沈炼见他慨爽，甚不过意，愿与他结义为兄弟。贾石道："小人是一介村农，怎敢僭扳贵宦？"沈炼道："大丈夫意气相许，那有贵贱？"贾石小沈炼五岁，就拜沈炼为兄。沈炼教两个儿子拜贾石为义叔，贾石也唤妻子出来都相见了，做了一家儿亲戚。贾石陪过沈炼吃饭已毕，便引着妻子到外舅李家去讫。自此，沈炼只在贾石宅子内居住。时人有诗叹贾舍人借宅之事，诗曰："倾盖相逢意气真，移家借宅表情亲。世间多少亲和友，竞产争财愧死人。"

却说保安州父老，闻知沈经历为上本参严阁老，贬斥到此，人人敬仰，都来拜望，争识其面。也有运柴运米相助的，也有携酒肴来请沈公吃的，又有遣子弟拜于门下听教的。沈炼每日间与地方人等，讲论忠孝大节及古来忠臣义士的故事。说到关心处，有时毛发倒竖，拍案大叫；有时悲歌长叹，涕泪交流。地方若老若小，无不耸听欢喜。或时唾骂严贼，地方人等齐声附和；其中若有不开口的，众人就骂他是不忠不义。一时高兴，以后率以为常。又闻得沈经历文武全材，都来合他去射箭。沈炼教把稻草扎成三个偶人，用布包裹；一写"唐奸相李林甫"，一写"宋奸相秦桧"，一写"明奸相严嵩"，把那三个偶人做个射鹄。假如要射李林甫的，便高声骂道："李贼看箭！"秦贼、严贼，都是如此。北方人性直，被沈经历唗得热闹了，全不虑及严家知道。

自古道：若要不知，除非莫为。世间只有权势之家，报新闻的极多，早有人将此事报知严嵩父子。严嵩父子深以为恨，商议要寻个事头杀却沈炼，方免其患。适值宣大总督员缺，严阁老分付吏部，教把这缺与他门下干儿子杨顺做去。吏部依言，就将杨侍郎杨顺差往宣大总督。杨顺往严府拜辞，严世蕃置酒送行。席间屏人而语，托他要查沈炼过失。杨顺领命，唯唯而去。正是：合成毒药惟需酒，铸就钢刀待举手。可怜忠义沈经历，还向偶人夸大口。

却说杨顺到任不多时，适遇大同鞑虏俺答引众入寇应州地方，连破了四十余堡，掳去男妇无算。杨顺不敢出兵救援，直待鞑虏去后，方才遣兵调将，为追袭之计。一般筛锣击鼓，扬旗放炮，都是鬼弄，那曾看见半个鞑子的影儿？杨顺情知失机惧罪，密谕将士："搜获避兵的平民，将他剃头斩首，充做鞑虏首级，解往兵部报功。"那一时，不知杀死了多少无辜的百姓。沈炼闻知其事，心中大怒，写书一封，教中军官送与杨顺。中军官晓得沈经历是个揽祸的太岁，书中不知写甚么说话，那里肯与他送。沈炼就穿了青衣小帽，在军门伺候杨顺出来，亲自投递。杨顺接来看时，书中大略说道：一人功名事极小，百姓性命事极大。杀平民以冒功，于心何忍？况且遇鞑贼，止于掳掠；遇我兵，反加杀戮。是将帅之恶，更甚于鞑虏矣。书后又附诗一首。诗云："杀生报主意何如？解道功成万骨枯。试听沙场风雨夜，冤魂相唤觅头颅。"杨顺见书大怒，扯得粉碎。

却说沈炼又做了一篇祭文，率领门下子弟，备了祭礼，望空祭奠那些冤死之鬼。又作《塞下吟》云："云中一片虏烽高，出塞将军已著劳。不斩单于诛百姓，可怜冤血染霜刀。"又诗云："本为求生来避虏，谁知避虏反戕生。早知虏首将民假，悔不当时随虏行。"

杨总督标下有个心腹指挥，姓罗名铠，抄得此诗并祭文，密献于杨顺。杨顺看了，愈加怨恨，遂将第一首诗改窜数字，诗曰："云中一片虏烽高，出塞将军枉著劳。何似借他除佞贼，不须奏请上方刀。"写就密书，连改诗封固，就差罗铠送与严世蕃。书中说："沈炼怨恨相国父子，阴结死士剑客，要乘机报仇。前番鞑虏入寇，他吟诗四句，诗中有借虏除佞之语，意在不轨。"世蕃见书大惊，即请心腹御史路楷商议。路楷曰："不才若往按彼处，当为相国了当这件大事。"世蕃大喜，即分付都察院："便差路楷巡按宣大。"临行，世蕃治酒款别，说道："烦寄语杨公，同心协力，若能除却这心腹之患，当以侯伯世爵相酬，决不失信于二公也。"路楷领诺。不一日，奉了钦差敕令，来到宣府到任，与杨总督相见了。路楷遂将世蕃所托之语，一一对杨顺说知。杨顺道："学生为此事，朝思暮想，废寝忘餐。恨无良策，以置此人于死地。"路楷道："彼此留心。一来休负了严公父子的付托，二来自家富贵的机会，不可挫过。"杨顺道："说得是。倘有可下手处，彼此相报。"当日相别去了。

杨顺思想路楷之言，一夜不睡。次早坐堂，只见中军官报道："今有蔚州卫拿获妖贼二名，解到辕门外，伏听钧旨。"杨顺道："唤进来。"解官磕了头，递上文书。杨顺拆开看了，呵呵大笑。这二名妖贼，叫做阎浩、杨胤夔，系妖人萧芹之党。原来萧芹是白莲教的头儿，向来出入虏地，惯以烧香惑众，哄骗虏酋俺答，说自家有奇术，能咒人使人立死，喝城使城立颓。虏酋愚甚，被他哄动，尊为国师。其党数百人，自为一营。俺答几次入寇，都是萧芹等为之向导，中国屡受其害。先前史侍郎做总督时，遣通事重赂虏中头目脱脱，对他说道："天朝情愿与你通好，将俺家布粟换你家马，名为'马市'。两下息兵罢战，各享安乐，此是美事。只怕萧芹等在内作梗，和好不终。那萧芹原是中国一个无赖小人，全无术法，只是狡伪。哄诱你家抢掠地方，他于中取事。郎主若不信，可要萧芹试其术法。委的喝得城颓，咒得人死，那时合当重用；若咒人人不死，喝城城不颓，显是欺诳，何不缚送天朝？天朝感郎主之德，必有重赏。'马市'一成，岁岁享无穷之利，煞强如抢掠的勾当。"脱脱点头道："是。"对郎主俺答说了。俺答大喜，约会萧芹，要将千骑随之，从右卫而入，试其喝城之技。萧芹自知必败，改换服色，连夜脱身逃走，被居庸关守将盘诘，并其党乔源、张攀隆等拿住，解到史侍郎处。招称妖党甚众，山陕畿南，处处俱有，一向分头缉捕。

今日阎浩、杨胤夔亦是数内有名妖犯。杨总督看见获解到来，一者也算他上任一功，二者要借这个题目，牵害沈炼，如何不喜？当晚就请路御史来后堂商议，道："别个题目摆布沈炼不了，只有白莲教通虏一事，圣上所最怒。如今将妖贼阎浩、杨胤夔招中审入沈炼名字，只说浩等平日师事沈炼，沈炼因失职怨望，教浩等煽妖作幻，勾虏谋逆。天幸今日被擒，乞赐天诛，以绝后患。先用密禀禀知严家，教他叮嘱刑部作速覆本。料这番沈炼之命，必无逃矣。"路楷拍手道："妙哉，妙哉。"两个当时就商量了本稿，约齐了同时发本。严嵩先见了本稿及禀帖，便教严世蕃传语刑部。那刑部尚书许论，是个罢软没用的老儿，听见严府分付，不敢怠慢，连忙覆本，一依杨、路二人之议。圣旨倒下：妖犯着本处巡按御史即时斩决。杨顺荫一子锦衣卫千户；路楷纪功，升迁三级，俟京堂缺推用。

话分两头。却说杨顺自发本之后，便差人密地里拿沈炼下于狱中。慌得徐夫人和沈衮、沈褒没做理会，急寻义叔贾石商议。贾石道："此必杨、路二贼为严家报仇之意。既然下狱，必然诬陷以重罪。两位公子及今逃窜远方，待等严家势败，方可出头。若住在此处，杨、路二贼，决不干休。"沈衮道："未曾看得父亲下落，如何好去？"贾石道："尊大人犯了对头，决无保全之理。公子以宗祀为重，岂可拘于小孝，自取灭绝之祸？可劝令堂老夫人，早为远害全身之计。尊大人处，贾某自当央人看觑，不烦悬念。"二沈便将贾石之言，对徐夫人说知。徐夫人道："你父亲无罪陷狱，何忍弃之而去？贾叔叔虽然相厚，终是个外人。我料杨、路二贼奉承严氏，亦不过与你爹爹作对，终不然累及妻子？你若畏罪而逃，父亲倘然身死，骸骨无收，万世骂你做不孝之子，何颜在世为人乎？"说罢，大哭不止。沈衮、沈褒齐声恸哭。贾石闻知徐夫人不允，叹惜而去。

过了数日，贾石打听的实，果然扭入白莲教之党，问成死罪。沈炼在狱中大骂不止。杨顺自知理亏，只恐临时处决，怕他在众人面前毒骂，不好看相。预先问狱官责取病状，将沈炼结果了性命。贾石将此话报与徐夫人知道，母子痛哭，自不必说。又亏贾石多有识熟人情，买出尸首；嘱付狱卒："若官府要枭示时，把个假的答应。"却瞒着沈衮兄弟，私下备棺盛殓，埋于隙地。事毕，方才向沈衮说道："尊大人遗体已得保全，直待事平之后，方好指点与你知道，今犹未可泄漏。"沈衮兄弟感谢不已。贾石又苦口劝他弟兄二人逃走，沈衮道："极知久占叔叔高居，心上不安。奈家母之意，欲待是非稍定，搬回灵柩，以此迟延不决。"贾石怒道："我贾某生平，为人谋而尽忠。今日之言，全是为你家门户！岂因久占住房，说发你们起身之理？既嫂嫂老夫人之意已定，我亦不敢相强。但我有一小事，即欲远出，有一年半载不回，你母子自小心安住便了。"觑着壁上贴得有前、后《出师表》各一张，乃是沈炼亲笔楷书。贾石道："这两幅字可揭来送我，一路上做个纪念。他日相逢，以此为信。"沈衮就揭下二纸，双手折迭，递与贾石。贾石藏于袖中，流泪而别。原来贾石算定杨、路二贼设心不善，虽然杀了沈炼，未肯干休。自己与沈炼相厚，必然累及。所以预先逃走，在河南地方宗族家权时居住。不在话下。

却说路楷见刑部覆本，有了圣旨，便于狱中取出阎浩、杨胤夔斩讫；并要割沈炼之首，一同枭示，谁知沈炼真尸已被贾石买去了，官府也那里辨验得出？不在话下。再说杨顺看见止于荫子，心中不满，便向路楷说道："当初严东楼许我事成之日，以侯伯爵相酬。今日失言，不知何故？"路楷沉思半晌，答道："沈炼是严家紧对头，今止诛其身，不曾波及其子，斩草不除根，萌芽再发。相国不足我们之意，想在于此。"杨顺道："若如此，何难之有？如今再上个本，说沈炼虽诛，其子亦宜知情，还该坐罪，抄没家私。庶国法可伸，人心知惧。再访他同射草人的几个狂徒，并借屋与他住的，一齐拿来治罪。出了严家父子之气，那时却将前言取赏，看他有何推托？"路楷道："此计大妙！事不宜迟，乘他家属在此，一网而尽，岂不快哉！只怕他儿子知风逃避，却又费力。"杨顺道："高见甚明。"一面写表申奏朝廷，再写禀帖到严府知会，自述孝顺之意；一面预先行牌保安州知州，着用心看守犯属，勿容逃逸。只等旨意批下，便去行事。诗曰："破巢完卵从来少，削草除根势或然。可惜忠良遭屈死，又将家属媚当权。"再过数日，圣旨下了。州里奉着宪牌，差人来拿沈炼家属；并查平素往来诸人姓名，一一挨拿。只有贾石名字，先经出外，只得将在逃开报。此见贾石见几之明也。时人有诗赞云："义

气能如贾石稀，全身远避更知几？任他罗网空中布，争奈仙禽天外飞？"

却说杨顺见拿到沈衮、沈褒，亲自鞫问，要他招承通虏实迹。二沈高声叫屈，那里肯招？被杨总督严刑拷打，打得体无完肤。沈衮、沈褒熬炼不过，双双死于杖下。可怜少年公子，都入枉死城中。其同时拿到犯人，都坐个同谋之罪。累死者何止数十人。幼子沈裹尚在襁褓，免罪，随着母徐氏，另徙在云州极边，不许在保安居住。

路楷又与杨顺商议道："沈炼长子沈襄，是绍兴有名秀才；他时得地，必然衔恨于我辈。不若一并除之，永绝后患。亦要相国知我用心。"杨顺依言，便行文书到浙江，把做钦犯，严提沈襄来问罪。又分付心腹经历金绍，择取有才干的差人，赍文前去；嘱他中途伺便，便行谋害；就所在地方，讨个病状回缴。事成之日，差人重赏；金绍许他荐本超迁。金绍领了台旨，汲汲而回；着意的选两名积年干事的公差，无过是张千、李万。金绍唤他到私衙，赏了他酒饭，取出私财二十两相赠。张千、李万道："小人安敢无功受赐？"金绍道："这银两不是我送你的，是总督杨爷赏你的，教你赍文到绍兴去拿沈襄。一路不要放松他，须要如此如此，这般这般。回来还有重赏。若是怠慢，总督老爷衙门不是取笑的，你两个自去回话。"张千、李万道："莫说总督老爷钧旨，就是老爷分付，小人怎敢有违？"收了银两，谢了金经历；在本府领下公文，疾忙上路，往南进发。

却说沈襄号小霞，是绍兴府学廪膳秀才。他在家久闻得父亲以言事获罪，发去口外为民，甚是挂怀。欲亲到保安州一看，因家中无人主管，行止两难。忽一日，本府差人到来，不由分说，将沈襄锁缚，解到府堂。知府教把文书与沈襄看了备细，就将回文和犯人交付原差，嘱他一路小心。沈襄此时方知父亲及二弟，俱已死于非命；母亲又远徙极边，放声大哭。哭出府门，只见一家老小，都在那里攒做一团的啼哭。原来文书上有"奉旨抄没"的话，本府已差县尉封锁了家私，将人口尽皆逐出。沈小霞听说，真是苦上加苦，哭得咽喉无气。霎时间，亲戚都来与小霞话别。明知此去多凶少吉，少不得说几句劝解的言语。小霞的丈人孟春元取出一包银子，送与二位公差，求他路上看顾女婿。公差嫌少不受。孟氏娘子又添上金簪子一对，方才收了。沈小霞带着哭，分付孟氏道："我此去死多生少，你休为我忧念，只当我已死一般，在爷娘家过活。你是书礼之家，谅无再醮之事，我也放心得下。"指着小妻闻淑女，说道："只这女子，年纪幼小，又无处着落，合该教他改嫁。奈我三十无子，他却有两个半月的身孕。他日倘生得一男，也不绝了沈氏香烟。娘子，你看我平日夫妻面上，一发带他到丈人家去住几时。等待十月满足，生下或男或女，那时凭你发遣他去便了。"话声未绝，只见闻氏淑女说道："官人说那里话！你去数千里之外，没个亲人朝夕看觑，怎生放下？大娘自到孟家去，奴家情愿蓬首垢面，一路伏侍官人前行。一来官人免致寂寞，二来也替大娘分得些忧念。"沈小霞道："得个亲人做伴，我非不欲；但此去多分不幸，累你同死他乡，何益？"闻氏道："老爷在朝为官，官人一向在家，谁人不知？便诬陷老爷有些不是的勾当，家乡隔绝，岂是同谋？妾帮着官人到官申辩，决然罪不至死。就使官人下狱，还留贱妾在外，尚好照管。"孟氏也放丈夫不下，听得闻氏说得有理，极力撺掇丈夫带淑女同去。沈小霞平日素爱淑女有才有智，又见孟氏苦劝，只得依允。当夜，众人齐到孟春元家，歇了一夜。次早，张千、李万催趱上路。

闻氏换了一身布衣，将青布裹头；别了孟氏，背着行李，跟着沈小霞便走，那时分别之苦，自不必说。一路行来，闻氏与沈小霞寸步不离；茶汤饭食，都亲自搬取。张千、李万初时还好言好语，过了扬子江，到徐州起旱，料得家乡已远，就做出嘴脸来。呼么喝六，渐渐难为他夫妻两个来了。闻氏看在眼里，私对丈夫说道："看那两个泼差人，不怀好意。奴家女流之辈，不识路径，若前途有荒僻旷野的所在，须是用心提防。"沈小霞虽然点头，心中还只是半疑不信。又行了几日，看见两个差人不住的交头接耳，私下商量说话；又见他包裹中有倭刀一口，其白如霜，忽然心动，害怕起来。对闻氏说道："你说这泼差人其心不善，我也觉得有七八分了。明日是济宁府界上，过了府去，便是大行山、梁山泺；一路荒野，都是响马出入之所。倘到彼处，他们行凶起来，你也救不得我，我也救不得你，如何是好？"闻氏道："既然如此，官人有何脱身之计，请自方便。留奴家在此，不怕那两个泼差人生吞了我。"沈小霞道："济宁府东门内，有个冯主事，丁忧在家。此人最有侠气，是我父亲极相厚的同年。我明日去投奔他，他必然相纳。只怕你妇人家，没志量打发这两个泼差人，累你受苦，于心何安？你若有力量支持他，我去也放胆；不然，与你同生同死，也是天命当然，死而无怨。"闻氏道："官人有路尽走，奴家自会摆布，不劳挂念。"这里夫妻暗地商量，那张千、李万辛苦了一日，吃了一肚酒，躺躺的熟睡，全然不觉。

次日，早起上路。沈小霞问张千道："前去济宁还有多少路？"张千道："只四十里，半日就到了。"沈小霞道："济宁东门内冯主事，是我年伯。他先前在京师时，借过我父亲二百两银子，有文契在此。他管过北新关，正有银子在家。我若去取讨前欠，他见我是落难之人，必然慨付。取得这项银两，一路上盘缠也得宽裕，免致吃苦。"张千意思有些作难，李万随口应承了，向张千耳边说道："我看这沈公子是忠厚之人，况爱妾、行李都在此处，料无他故。放他去走一遭，取得银两，都是你我二人的造化，有何不可？"张千道："虽然如此，到饭店安歇行李，我守住小娘子在店上，你紧跟着同去，万无一失。"

话休絮烦。看看巳牌时分，早到济宁城外。拣个洁净店儿，安放了行李。沈小霞便道："你二位同我到东门走遭，转来吃饭未迟。"李万道："我同你去。或者他家留酒饭，也不见得。"闻氏故意对丈夫道："常言道：人面逐高低，世情看冷暖。冯主事虽然欠下老爷银两，见老爷死了，你又在难中，谁肯睬手交还？枉自讨个厌贱，不如吃了饭赶路为上。"沈小霞道："这里进城到东门不多路，好歹去走一遭，不折了什么便宜。"李万贪了这二百两银子，一边撺掇该去。沈小霞分付闻氏道："耐心坐坐，若转得快时，便是没想头了；他若好意留款，必然有些赍发，明日雇个轿儿抬你去。这几日在牲口上坐，看你好生不惯。"闻氏觑个空，向丈夫丢个眼色。又道："官人早回，休教奴久待则个。"李万笑道："去多少时，有许多说话，好不老气！"闻氏见丈夫去了，故意招李万转来，嘱付道："若冯家留饭，坐得久时，千万劳你催促一声。"李万答应道："不消分付。"比及李万下阶时，沈小霞已走了一段路了。李万托着大意，又且济宁是他惯走的熟路，东门冯主事家，他也认得，全不疑惑。走了几步，又里急起来，觑个毛坑上，自在方便了，慢慢的望东门而去。

却说沈小霞回头看时，不见了李万，做一口气急急的跑到冯主事家，也是小霞合当有救，正值冯主事独自在厅。两人京中旧时识熟，此时相见，吃了一惊。沈襄也不作揖，扯住冯主事衣袂道："借一步说话。"冯主事已会意了，但引到书房里面。沈小霞放声大哭，冯主事道："年侄，有话快说，休得悲伤，误其大事。"沈小霞哭诉道："父亲被严贼屈陷，已不必说了；两个舍弟随任的，都被杨顺、路楷杀害；只有小侄在家，又行文本府，提去问罪。一家宗祀，眼见灭绝。又两个差人，心怀不善，只怕他受了杨、路二贼之嘱，到前途大行、梁山等处暗算了性命。寻思一计，脱身来投老年伯。老年伯若有计相庇，我亡父在天之灵，必然感激。若老年伯不能遮护小侄，便就此触阶而死。死在老年伯面前，强似死于奸贼之手。"冯主事道："贤侄，不妨。我家卧室之后，有一层复壁，尽可藏身，他人搜检不到之处。今送你在内权住数日，我自有道理。"沈襄拜谢道："老年伯便是重生父母。"冯主事亲执沈襄之手，引入卧房之后。揭开地板一块，有个地道。从此钻下，约走五六十步，便有亮光：有小小廊屋三间，四面皆楼墙围裹，果是人迹不到之处。每日茶饭，都是冯主事亲自送入。他家法极严，谁人敢泄漏半个字？正是：深山堪隐豹，柳密可藏鸦。不须愁汉吏，自有鲁朱家。

且说这一日，李万上了毛坑，望东门冯家而来。到于门首，问老门公道："主事老爷在家么？"老门公道："在家里。"又问道："有个穿白的官人，来见你老爷，曾相见否？"老门公道："正在书房里吃饭哩。"李万听说，一发放心。看看等到未牌，果然厅上走一个穿白的官人出来。李万急上前看时，不是沈襄。那官人径自出门去了。李万等得不耐烦，肚里又饥，不免问老门公道："你说老爷留饭的官人，如何只管坐了去，不见出来？"老门公道："方才出去的不是？"李万道："老爷书房中还有客没有？"老门公道："这到不知。"李万道："方才那穿白的是甚人？"老门公道："是老爷的小舅，常常来的。"李万道："老爷如今在那里？"老门公道："老爷每常饭后，定要睡一觉，此时正好睡哩。"李万听得话不投机，心下早有二分慌了。便道："不瞒大伯说，在下是宣大总督老爷差来的。今有绍兴沈公子名唤沈襄，号沈小霞，系钦提人犯。小人提押到于贵府，他说与你老爷有同年叔侄之谊，要来拜望。在下同他到宅，他进宅去了，在下等候多时，不见出来，想必还在书房中。大伯，你还不知道？烦你去催促一声，教他快快出来，要赶路走。"老门公故意道："你说的是甚么说话？我一些不懂。"李万耐了气，又细细的说一遍。老门公当面的一啐，骂道："见鬼！何常有什么沈公子到来？老爷在丧中，一概不接外客。这门上是我的干纪，出入都是我通禀。你却说这等鬼话！你莫非是白日撞么？强装么公差名色，掏摸东西的。快快请退，休缠你爷的帐！"李万听说，愈加着急，便发作起来道："这沈襄是朝廷要紧的人犯，不是当耍的！请你老爷出来，我自有话说。"老门公道："老爷正瞌睡，没甚事，谁敢去禀？你这獠子，好不达时务！"说罢，洋洋的自去了。

李万道："这个门上老儿好不知事，央他传一句话甚作难？想沈襄定然在内，我奉军门钧帖，不是私事，便闯进去怕怎的？"李万一时粗莽，直撞入厅来，将照壁拍了又拍，大叫道："沈公子好走动了。"不见答应。一连叫唤了数声，只见里头走出一个年少的家童，出来问道："管门的在那里？放谁在厅上喧嚷？"李万正要叫住他说话，那家童在照壁后张了张儿，向西边走去了。李万道："莫非书房在那西边？我且自去看看，怕怎的！"从厅后转西走去，原来是一带长廊。李万看见无人，只顾望前而行。只见屋宇深邃，门户错杂，颇有妇人走动。李万不敢纵步，依旧退回厅上。听得外面乱嚷，李万到门首看时，却是张千来寻李万不见，正和门公在那里斗口。张千一见了李万，不由分说，便骂道："好伙计，只贪图酒食，不干正事！巳牌时分进城，如今申牌将尽，还在此闲荡。不催趱犯人出城去，待怎么？"李万道："呸！那有什么酒食？连人也不见个影儿！"张千道："是你同他进城的。"李万道："我只登了个东，被蛮子上前了几步，跟他不上。一直赶到这里，门上说有个穿白的官人在书房中留饭，我说定是他了。等到如今不见出来，门上人又不肯通报，清水也讨不得一杯吃。老哥，烦你在此等候等候，替我到下处医了肚皮再来。"张千道："有你这样不干事的人！是甚么样犯人，却放他独自行走！就是书房中，少不得也随他进去。如今知他在里头不在里头？还亏你放慢线儿讲话。这是你的干纪，不关我事！"说罢便走。李万赶上扯住道："人是在里头，料没处去。大家在此帮说句话儿，催他出来，也是个道理。你是吃饱的人，如何去得这等要紧？"张千道："他的小老婆在下处，方才虽然嘱付店主人看守，只是放心不下。这是沈襄穿鼻的索儿，有他在，不怕沈襄不来。"李万道："老哥说得是。"当下张千先去了。

李万忍着肚饥守到晚，并无消息。看看日没黄昏，李万腹中饿极了，看见间壁有个点心店儿，不免脱下布衫，抵当几文钱的火烧来吃。去不多时，只听得扛门声响；急跑来看，冯家大门已闭上了。李万道："我做了一世的公人，不曾受这般呕气。主事是多大的官儿，门上直恁作威作势？也有那沈公子好笑，老婆、行李都在下处，既然这里留宿，信也该寄一个出来。事已如此，只得在房檐下胡乱过一夜，天明等个知事的管家出来，与他说话。"此时十月天气，虽不甚冷，半夜里起一阵风，簌簌的下几点微雨，衣服都沾湿了，好生凄楚。捱到天明雨止，只见张千又来了，却是闻氏再三再四催逼他来的。张千身边带了公文解批，和李万商议，只等开门，一拥而入。在厅上大惊小怪，高声发话。老门公拦阻不住，一时间家中大小都聚集来。七嘴八张，好不热闹。街上人听得宅里闹炒，也聚拢来，围住大门外闲看。惊动了那有仁有义、守孝在家的冯主事，从里面踱将出来。

且说冯主事怎生模样：头带栀子花匾摺孝头巾，身穿反摺缝稀眼粗麻衫，腰系麻绳，足着草履。众家人听得咳嗽响，道一声："老爷来了。"都分立在两边。主事出厅问道："为甚事在此喧嚷？"张千、李万上前施礼道："冯爷在上，小的是奉宣大总督爷公文来的，到绍兴拿得钦犯沈襄，经由贵府。他说是冯爷的年侄，要来拜望，小的不敢阻挡，容他进见。自昨日上午到宅，至今不见出来，有误程限，管家们又不肯代禀。伏乞老爷天恩，快些打发上路。"张千便在胸前取出解批和官文呈上。冯主事看了，问道："那沈襄可是沈经历沈炼的儿么？"李万道："正是。"冯主事掩着两耳，把舌头一伸，说道："你这班配军，好不知利害。那沈襄是朝廷钦犯，尚犹自可；他是严相国的仇人，那个敢容纳他在家？他昨日何曾到我家来？你却乱话。官府闻知，传说到严府去，我是当得起他怪的？你两个配军，自不小心，不知得了多少钱财，买放了要紧人犯，却来图赖我！"叫家童与他乱打那配军出去，把大门闭了，不要惹这闲是非，严府知道不是当耍！冯主事一头骂，一头走进宅去了。大小家人，奉了主人之命，推的推，扤的扤，霎时间被众人拥出大门之外。闭了门，兀自听得嘈嘈的乱骂。

张千、李万面面相觑，开了口，合不得；伸了舌，缩不进，张千埋怨李万道："昨日是你一力撺掇，教放他进城，如今你自去寻他。"李万道："且不要埋怨，和你去问他老婆，或者晓得他的路数，再来抓寻便了。"张千道："说得是，他是恩爱的夫妻。昨夜汉子不回，那婆娘暗地流泪，巴巴的独坐了两三个更次。他汉子的行藏，老婆岂有不知？"两个一头说话，飞奔出城，复到饭店中来。

却说闻氏在店房里面听得差人声音，慌忙移步出来，问道："我官人如何不来？"张千指李万道："你只问他就是。"李万将昨日往毛厕出恭，走慢了一步，到冯主事家起先如此如此，以后这般这般，备细说了。张千道："今早空肚皮进城，就吃了这一肚寡气。你丈夫想是真个不在他家了，必然还有个去处，难道不对小娘子说的？小娘子趁早说来，我们好去抓寻。"说犹未了，只见闻氏噙着眼泪，一双扯住两个公人叫道："好，好，还我丈夫来！"张千、李万道："你丈夫自要去拜什么年伯，我们好意容他去走走，不知走向那里去了。连累我们在此着急，没处抓寻。你到问我要丈夫，难道我们藏过了他？说得好笑！"将衣袂掣开，气忿忿地对虎一般坐下。闻氏到走在外面，拦住出路，双足顿地，放声大哭，叫起屈来。老店主听得，忙来解劝。闻氏道："公公有所不知：我丈夫三十无子，娶奴为妾。奴家跟了他二年了，幸有三个多月身孕。我丈夫割舍不下，因此奴家千里相从，一路上寸步不离。昨日为盘缠缺少，要去见那年伯，是李牌头同去的。昨晚一夜不回，奴家已自疑心。今早他两个自回，一定将我丈夫谋害了。你老人家替我做主，还我丈夫便罢休！"老店主道："小娘子休得急性。那排长与你丈夫前日无怨，往日无仇，着甚来由要坏他性命？"闻氏哭声转哀道："公公，你不知道。我丈夫是严阁老的仇人，他两个必定受了严府的嘱托来的，或是他要去严府请功。公公，你详情他千乡万里，带着奴家到此，岂有没半句说话，突然去了？就是他要走时，那同去的李牌头，怎肯放他？你要奉承严府，害了我丈夫不打紧，教奴家孤身妇女，看着何人？公公，这两个杀人的贼徒，烦公公带着奴家同他去官府处叫冤。"

张千、李万被这妇人一哭一诉，就要分析几句，没处插嘴。老店主听见闻氏说得有理，也不免有些疑心，到可怜那妇人起来，只得劝道："小娘子说便是这般说，你丈夫未曾死也不见得，好歹再等候他一日。"闻氏道："依公公等候一日不打紧，那两个杀人的凶身，乘机走脱了，这干系却是谁当？"张千道："若果然谋害了你丈夫，要走脱时，我弟兄两个又到这里则甚？"闻氏道："你欺负我妇人家没张智，又要指望奸骗我。好好的说，我丈夫的尸首在那里？少不得当官也要还我个明白。"老店官见妇人口嘴利害，再不敢言语。店中闲看的，一时间聚了四五十人。闻说妇人如此苦切，人人恼恨那两个差人，都道："小娘子要去叫冤，我们引你到兵备道去。"闻氏向着众人深深拜福，哭道："多承列位路见不平，可怜我落难孤身，指引则个。这两个凶徒，相烦列位替奴家拿他同去，莫放他走了。"众人道："不妨事，在我们身上。"张千、李万欲向众人分剖时，未说得一言半字，众人便道："两个排长不消辨得，虚则虚，实则实；若是没有此情，随着小娘子到官，怕他则甚！"妇人一头哭，一头走。众人拥着张千、李万，搅做一阵的，都到兵备道前。道里尚未开门。那一日，正是放告期。闻氏束了一条白布裙，径抢进栅门，看见大门上架着那大鼓，鼓架上悬着个槌儿，闻氏抢槌在手，向鼓上乱挝，挝得那鼓振天的响。吓得中军官失了三魂，把门吏丧了七魄，一齐跑来，将绳缚住，喝道："这妇人好大胆！"闻氏哭倒在地，口称泼天冤枉。只见门内喝之声，开了大门，王兵备坐堂，问："击鼓者何人？"中军官将妇人带进。闻氏且哭且诉，将家门不幸遭变，一家父子三口死于非命，只剩得丈夫沈襄，昨日又被公差中途谋害，有枝有叶的细说了一遍。王兵备唤张千、李万上来，问其缘故。张千、李万说一句，妇人就剪一句；妇人说得句句有理，张千、李万抵捣不过。王兵备思想道："那严府势大，私谋杀人之事，往往有之，此情难保其无。"便差中军官押了三人，发去本州勘审。

那知州姓贺，奉了这项公事，不敢怠慢。即时扣了店主人到来，听四人的口词。妇人一口咬定二人谋害他丈夫，李万招称："为出恭慢了一步，因而相失。"张千、店主人都据实说了一遍。知州委决不下，那妇人又十分哀切，像个真情；张千、李万又不肯招认。想了一回，将四人闭于空房，打轿去拜冯主事，看他口气若何。冯主事见知州来拜，急忙迎接归厅。茶罢，贺知州提起沈襄之事，才说得"沈襄"二字，冯主事便掩着双耳道："此乃严相公仇家，学生虽有年谊，平素实无交情。老公祖休得下问，恐严府知道，有累学生。"说罢，站起身来道："老公祖既有公事，不敢留坐了。"

贺知州一场没趣，只得作别。在轿上想道："据冯公如此惧怕严府，沈襄必然不在他家。或者被公人所害也不见得；或者去投冯公，见拒不纳，别走个相识人家去了，亦未可知。"回到州中，又取出四人来。问闻氏道："你丈夫除了冯主事，州中还认得有何人？"闻氏道："此地并无相识。"知州道："你丈夫是甚么时候去的？那张千、李万几时来回覆你的说话？"闻氏道："丈夫是昨日未吃午饭前就去的，却是李万同出店门。到申牌时分，张千假说催趱上路，也到城中去了，天晚方来。张千兀自向小妇人说道：'我李家兄弟跟着你丈夫冯主事家歇了，明日我早去催他出城。'今早张千去了一个早晨，两个双双而回，单不见了丈夫，不是他谋害了是谁？若是我丈夫不在冯家，昨日李万就该追寻了，张千也该着忙，如何将好言语稳住小妇人？其情可知。一定张千、李万两个在路上预先约定，却教李万乘夜下手；今早张千进城，两个乘早将尸首埋藏停当，却来回覆我小妇人。望青天爷爷明鉴！"贺知州道："说得是。"张千、李万正要分辨，知州相公喝道："你做公差，所干何事？若非用计谋死，必然得财买放，有何理说？"喝教手下将那张、李重责三十，打得皮开肉绽，鲜血迸流。张千、李万只是不招。妇人在旁，只顾哀哀的痛哭。知州相公不忍，便讨夹棍将两个公差夹起。那公差其实不曾谋死，虽然负痛，怎生招得？一连上了两夹，只是不招。知州相公再要夹时，张、李受苦不过，再三哀求道："沈襄实未曾死，乞爷爷立个限期，差人押小的揸寻沈襄，还那闻氏便了。"知州也没有定见，只得勉从其言。闻氏且发尼姑庵住下；差四名民壮，锁押张千、李万二人，追寻沈襄，五日一比；店主释放宁家。将情具由申详兵备道，道里依缴了。

张千、李万一条铁链锁着，四名民壮，轮番监押。带得几两盘缠，都被民壮搜去为酒食之费；一把倭刀，也当酒吃了。那临清去处又大，茫茫荡荡，来千去万，那里去寻沈公子？也不过一时脱身之法。闻氏在尼姑庵住下，刚到五日，准准的又到州去啼哭，要生要死。州守相公没奈何，只苦得批较差人张千、李万，一连比了十数限，不知打了多少竹批，打得爬走不动。张千得病身死，单单剩得李万，只得到尼姑庵来拜求闻氏道："小的情极，不得不说了。其实奉差来时，有经历金绍，口传杨总督钧旨，教我中途害你丈夫，就所在地方，讨个结状回报。我等口虽应承，怎肯行此不仁之事？不知你丈夫何故，忽然逃走，与我们实实无涉。青天在上，若半字虚情，全家祸灭。如今官府五日一比，兄弟张千已自打死，小的又累死，也是冤枉。你丈夫的确未死，小娘子他日夫妻相逢有日。只求小娘子休去州里啼啼哭哭，宽小的比限，完全狗命，便是阴德。"闻氏道："据你说不曾谋害我丈夫，也难准信。既然如此说，奴家且不去禀官，容你从容查访。只是你们自家要上紧用心，休得怠慢。"李万喏喏连声而去。有诗为证："白金廿两酿凶谋，谁料中途已失囚。锁打禁持熬不得，尼庵苦向妇人求。"

官府立限缉获沈襄，一来为他是总督衙门的紧犯，二来为妇人日日哀求，所以上紧严比。今日也是那李万不该命绝，恰好有个机会。却说总督杨顺、御史路楷，两个日夜商量，奉承严府，指望旦夕封侯拜爵。谁知朝中有个兵科给事中吴时来，风闻杨顺横杀平民冒功之事，把他尽情劾奏一本，并劾路楷朋奸助恶。嘉靖爷正当设醮祝釐，见说杀害平民，大伤和气，龙颜大怒，着锦衣卫扭解来京问罪。严嵩见圣怒不测，一时不及救护，到底亏他于中调停，止于削爵为民。可笑杨顺、路楷杀人媚人，至此徒为人笑，有何益哉？再说贺知州听得杨总督去任，已自把这公事看得冷了；又闻氏连次不来哭禀，两个差人死了一个，只剩得李万，又苦苦哀求不已。贺知州分付打开铁链，与他个广捕文书，只教他用心缉访，明是放松之意。李万得了广捕文书，犹如捧了一道赦书，连连磕了几个头，出得府门，一道烟走了。身边又无盘缠，只得求乞而归。不在话下。

却说沈小霞在冯主事家复壁之中，住了数月，外边消息无有不知，都是冯主事打听将来，说与小霞知道。晓得闻氏在尼姑庵寄居，暗暗欢喜。过了年余，已知张千、李万都逃了，这公事渐渐懒散。冯主事特地收拾内书房三间，安放沈襄在内读书，只不许出外，外人亦无有知者。冯主事三年孝满，为有沈公子在家，也不去起复做官。

光阴似箭，一住八年。值严嵩一品夫人欧阳氏卒，严世蕃不肯扶柩还乡，唆父亲上本留己待养，却于丧中簇拥姬妾，日夜饮酒作乐。嘉靖爷天性至孝，访知其事，心中甚是不悦。时有方士蓝道行，善扶鸾之术。天子召见，教他请仙，问以辅臣贤否。蓝道行奏道："臣所召乃是上界真仙，正直无阿。万一箕下判断有忤圣心，乞恕微臣之罪。"嘉靖爷道："朕正愿闻。天心正论，与卿何涉？岂有罪卿之理？"蓝道行书符念咒，神箕自动，写出十六个字来。道是："高山番草，父子阁老；日月无光，天地颠倒。"嘉靖爷看了，问蓝道行道："卿可解之？"蓝道行奏道："微臣愚昧未解。"嘉靖爷道："朕知其说。'高山'者，'山'字连'高'，乃是'嵩'字；'番草'者，

'番'字'草'头，乃是'蕃'字。此指严嵩、严世蕃父子二人也。朕久闻其专权误国，今仙机示朕，朕当即为处分，卿不可泄于外人。"蓝道行叩头，口称："不敢！"受赐而出。从此嘉靖爷渐渐疏了严嵩。有御史邹应龙，看见机会可乘，遂劾奏："严世蕃凭借父势，卖官鬻爵，许多恶迹，宜加显戮。其父严嵩溺爱恶子，植党蔽贤，宜亟赐休退，以清政本。"嘉靖爷见疏大喜，即升应龙为通政右参议。严世蕃下法司，拟成充军之罪；严嵩回籍。未几，又有江西巡按御史林润，复奏严世蕃不赴军伍，居家愈加暴横，强占民间田产，畜养奸人，私通倭虏，谋为不轨。得旨，三法司提问，问官勘实覆奏。严世蕃即时处斩，抄没家财；严嵩发养济院终老。被害诸臣，尽行昭雪。

冯主事得此喜信，慌忙报与沈襄知道，放他出来。到尼姑庵访问那闻淑女。夫妇相见，抱头而哭。闻氏离家时，怀孕三月，今在庵中生下一孩子，已十岁了。闻氏亲自教他念书，五经皆已成诵，沈襄欢喜无限。冯主事方上京补官，教沈襄同去讼理父冤，闻氏暂迎归本家园上居住。沈襄从其言。到了北京，冯主事先去拜了通政司邹参议，将沈炼父子冤情说了，然后将沈襄讼冤本稿送与他看。邹应龙一力担当。次日，沈襄将奏本往通政司挂号投递。圣旨下：沈炼忠而获罪，准复原官，仍进一级，以旌其直；妻子召还原籍；所没入财产，府县官照数给还；沈襄食廪年久，准贡，敕授知县之职。沈襄复上疏谢恩，疏中奏道："臣父炼向在保安，因目击宣大总督杨顺杀戮平民冒功，吟诗感叹。适值御史路楷，阴受严世蕃之嘱，巡按宣大，与杨顺合谋，陷臣父于极刑，并杀臣弟二人，臣亦几于不免。冤尸未葬，危宗几绝，受祸之惨，莫如臣家。今严世蕃正法，而杨顺、路楷安然保首领于乡，使边廷万家之怨骨，衔恨无伸；臣家三命之冤魂，含悲莫控。恐非所以肃刑典而慰人心也。"圣旨准奏，复提杨顺、路楷到京，问成死罪，监刑部牢中待决。

沈襄来别冯主事，要亲到云州，迎接母亲和兄弟沈衮到京，依傍冯主事寓所相近居住；然后往保安州访求父亲骸骨，负归埋葬。冯主事道："老年嫂处，适才已打听个消息，在云州康健无恙。令弟沈衮，已在彼游庠了。下官当遣人迎之。尊公遗体要紧，贤侄速往访问，到此相会令堂可也。"

沈襄领命，径往保安。一连寻访两日，并无踪迹。第三日，因倦，借坐人家门首。有老者从内而出，延进草堂吃茶。见堂中挂一轴子，乃楷书诸葛孔明两次《出师表》也。表后但写年月，不着姓名。沈小霞看了又看，目不转睛。老者道："客官为何看之？"沈襄道："动问老丈，此字是何人所书？"老者道："此乃吾亡友沈青霞之笔也。"沈小霞道："为何留在老丈处？"老者道："老夫姓贾，名石，当初沈青霞编管此地，就在舍下作寓。老夫与他八拜之交，最相契厚。不料后遭奇祸，老夫惧怕连累，也往河南逃避。带得这二幅《出师表》，裱成一幅，时常展视，如见吾兄之面。杨总督去任后，老夫方敢还乡。嫂嫂徐夫人和幼子沈衮，徙居云州，老夫时常去看他。近日闻得严家势败，吾兄必当昭雪，已曾遣人去云州报信。恐沈小官人要来移取父亲灵柩，老夫将此轴悬挂在中堂，好教他认认父亲遗笔。"沈小霞听罢，连忙拜倒在地，口称恩叔。贾石慌忙扶起道："足下果是何人？"沈小霞道："小侄沈襄，此轴乃亡父之笔也。"贾石道："闻得杨顺这厮，差人到贵府来提贤侄，要行一网打尽之计。老夫只道也遭其毒手，不知贤侄何以得全？"沈小霞将临清事情，备细说了一遍。贾石口称道难得，便分付家童治饭款待。沈小霞问道："父亲灵柩，恩叔必知，乞烦指引一拜。"贾石道："你父亲屈死狱中，是老夫偷尸埋葬，一向不敢对人说知。今日贤侄来此，搬回故土，也不枉老夫一片用心。"说罢，刚欲出门，只见外面一位小官人骑马而来。贾石指沈小霞道："遇巧，遇巧。恰好令弟来也。"那小官便是沈袠。下马相见，贾石指沈小霞道："此位乃大令兄，讳襄的便是。"此日弟兄方才识面，恍如梦中相会，抱头而哭。

　　贾石领路，三人同到沈青霞墓所。但见乱草迷离，土堆隐起。贾石引二沈拜了，二沈俱哭倒在地。贾石劝了一回道："正要商议大事，休得过伤。"二沈方才收泪。贾石道："二哥、三哥，当时死于非命，也亏了狱卒毛公存仁义之心，可怜他无辜被害，将他尸藁葬于城西三里之外。毛公虽然已故，老夫亦知其处。若扶令先尊灵柩回去，一起带回，使他父子魂魄相依，二位意下何如？"二沈道："恩叔所言，正合愚弟兄之意。"当日又同贾石到城西看了，不胜悲感。次日，另备棺木，择吉破土，重新殡殓。三人面色如生，毫不朽败，此乃忠义之气所致也。二沈悲哭，自不必说。当时备下车仗，抬了三个灵柩，别了贾石起身。临别，沈袠对贾石道："这一轴《出师表》，小侄欲问恩叔取去，供养祠堂，幸勿见拒。"贾石慨然许了，取下挂轴相赠。二沈就草堂拜谢，垂泪而别。沈袠先奉灵柩到张家湾，觅船装载。

　　沈袠复身又到北京，见了母亲徐夫人，回覆了说话；拜谢了冯主事，起身。此时，京中官员无不追念沈青霞忠义，怜小霞母子扶柩远归，也有送勘合的，也有赠赆金的，也有馈赆仪的。沈小霞只受勘合一张，余俱不受。到了张家湾，另换了官座船。驿递起人夫一百名牵缆，走得好不快，不一日，来到临清，沈袠分付座船："暂泊河下。"单身入城，到冯主事家，投了主事平安书信，园上领了闻氏淑女并十岁儿子下船。先参了灵柩，后见了徐夫人。那徐氏见了孙儿如此长大，喜不可言。当初只道灭门绝户，如今依旧有子有孙；昔日冤家，皆恶死见报。天理昭然，可见做恶人的到底吃亏，做好人的到底便宜。

　　闲话休题。到了浙江绍兴府，孟春元领了女儿孟氏，在二十里外迎接。一家骨肉重逢，悲喜交集。将丧船停泊马头，府县官员都在吊孝。旧时家产，已自清查给还。二沈扶柩葬于祖茔，重守三年之制，无人不称大孝。抚按又替沈炼建造表忠祠堂，春秋祭祀。亲笔《出师表》一轴，至今供奉在祠堂之中。

　　服满之日，沈袠到京受职，做了知县。为官清正，直升到黄堂知府。闻氏所生之子，少年登科，与叔叔沈襄同年进士。子孙世世书香不绝。

　　冯主事为救沈襄一事，京中重其义气，累官至吏部尚书。忽一日，梦见沈青霞来拜说道："上帝怜某忠直，已授北京城隍之职。屈年兄为南京城隍，明日午时上任。"冯主事觉来，甚以为疑。至日午，忽见轿马来迎，无疾而逝。二公俱已为神矣。有诗为证，诗曰："生前忠义骨犹香，魂魄为神万古扬。料得奸魂沉地狱，皇天果报自昭彰。"